Pasiones cruzadas

books4pocket

Suzanne Brockmann

Pasiones cruzadas

Traducción de Mireia Terés Loriente

EDICIONES URANO

Argentina - Chile - Colombia - España
Estados Unidos - México - Uruguay - Venezuela

Título original: *Hot Target*
Copyright © 2005 by Suzanne Brockmann

℗ de la traducción: Mireia Terés Loriente
© 2005 by Ediciones Urano
            Aribau, 142, pral. – 08036 Barcelona
            www.edicionesurano.com
            www.books4pocket.com

1ª edición en books4pocket marzo 2010

Diseño de la colección: Opalworks
Imagen de portada: Getty Images
Diseño de portada: Alejandro Colucci

Impreso por Novoprint, S.A.
Energía 53
Sant Andreu de la Barca (Barcelona)

Fotocomposición: books4pocket

ISBN: 978-84-92801-19-0
Depósito legal: B-4.489-2010

Impreso en España – *Printed in Spain*

Dedicatoria

A mi fabuloso hijo Jason.

Ya de pequeño, tu sonrisa eclipsaba la luz del sol, y tu carácter alegre y amable te valió multitud de amigos. Todo aquel que te conocía te quería.

A los tres años, caminar se convirtió en algo demasiado rutinario para ti. Y, en lugar de eso, allá donde ibas, bailabas. ¡Incluso a veces dabas vueltas en el aire! Una de las primeras veces que lo hiciste, tu padre me miró. «¿Dónde ha aprendido a hacer eso?». Yo me encogí de hombros. No te dejábamos ver la televisión. «Ni idea… —dije—. Supongo que sólo es Jason siendo él mismo», y luego me fui a jugar contigo y tu inmensa colección de coches y muñecos de acción.

A los ocho años, descubriste el teatro musical. Querías cantar y bailar en un escenario, así que te presentaste a una audición para una obra amateur. Eras demasiado joven, pero el director se quedó fascinado contigo y te convertiste en el carterista más joven de la historia de *Oliver* durante las ocho semanas de función.

A tu padre le encantaba Stevie Wonder y yo, antigua amante de rock and roll, estaba en mi fase country. «¿Qué le ha cogido con todas esas canciones de musicales?», me preguntó tu abuela cuando no dejabas de escuchar una y otra vez la banda sonora de *Secret Garden*. Yo sonreí. «Sólo es Jason siendo él mismo.»

A los nueve años, como trabajo en el colegio, tuviste que escribirle una carta a alguien que admiraras. «¿Por qué Bette Midler?», te pregunté cuando me dijiste a quién habías escogido. «Porque es mi actriz favorita», me dijiste, después de ver *Por favor, maten a mi mujer* treinta veces seguidas. Te contestó y tú enmarcaste la foto dedicada y la colgaste en un lugar preferente de tu armario.

«¡Qué interesante! —le dije a tu padre un día, después de estar de acuerdo, una vez más, en que eras único—. Me pregunto si también le gustará Cher.»

(¡Y te gustaba! Y Bernadette Peters y Debbie Reynolds y…)

A los diez años, fuimos a ver una función en la que actuaba un amigo que habías hecho mientras representabas *The Music Man* en el papel de Winthrop Paroo. En el camino de vuelta a casa, me preguntaste: «¿Sabías que Charley Dude es gay?». «Sí —te dije—. Esta noche ha estado fantástico, ¿verdad?» Asentiste pero, curiosamente, el resto del camino no dijiste nada.

Unos días después, vinieron unos amigos nuestros a casa a ver una película y, mientras Eric y Bill se sentaban en el sofá, empezaron con la broma habitual. «¡Levantando la barrera gay!», dijo Bill, invocando el campo de fuerza invisible que, por lo visto, le permitiría sentarse lo suficientemente cerca de Eric sin provocar comentarios homosexuales.

Se suponía que tenía que hacer gracia pero entonces pensé cómo sonaría para alguien que fuera homosexual.

Esa misma noche, cuando todos se habían marchado a casa y tú ya estabas en la cama, tu padre y yo lo estuvimos comentando y estuvimos de acuerdo. Reunimos a todos nuestros amigos y les dijimos que, a partir de ese momento, en nuestra casa no permitiríamos más comentarios ni bromas sobre homosexuales. Se habían acabado los ataques involuntarios a los gays.

Porque si lo eras (y por entonces yo ya estaba segura de que lo eras y de que, además, así es como Dios te había hecho), no ibas a crecer pensando que te pasaba algo malo.

Años después, a los quince, todavía querías que te fuera a dar las buenas noches a la cama, así que me acercaba a la litera y hablábamos un poco de cómo había ido el día. También te recogía la ropa sucia. Se suponía que tenías que tirarla al cesto, pero casi nunca lo hacías.

Una noche, respiraste hondo y me dijiste: «Mamá, creo que soy gay».

«Ya lo sé —contesté, abrazándote y besándote—. Te quiero. Siempre te querré. ¿Dónde has dejado los calcetines sucios?»

Uno o dos días después, nos sentamos y hablamos del sexo seguro y la seguridad personal. Tengo que confesar que me partió el corazón tener que decirte que ahí fuera había algunas personas que ni siquiera te conocían pero que te odiaban, personas que intentarían hacerte daño porque eras gay. Porque, sencillamente, estabas siendo tú mismo. Y entonces fuiste tú quien me dio un abrazo y un beso y me dijiste: «Ya lo sé. Pero, mamá, el mundo está cambiando».

Hoy, mientras escribo esto, ya tienes dieciocho años. Eres un hombre adulto y estoy orgullosa de ti.

Sí, el mundo está cambiando, pero no lo suficientemente deprisa para mí. El mes de junio, cuando fuimos al desfile del día del orgullo gay, me enfurecí cuando viste ese odioso e ignorante cartel en el que se leía: «Dios te odia».

Ojalá la persona que lo llevaba te hubiera visto a los tres años, a los ocho, a los nueve y a los diez años. Si lo hubiera hecho, sabría que eres un verdadero hijo de Dios. Si lo hubiera hecho, sabría que, siendo gay, estás siendo tú mismo.

Dios te quiere, yo te quiero, tu padre te quiere. De manera incondicional. Ya lo sabes.

Y sé que tú te quieres y te aceptas a ti mismo. Eres una persona fuerte y segura de sí misma. Igual que cuando tenías tres años, sólo estás siendo tú mismo.

¡Nunca pierdas la sonrisa, hijo!

Esta historia es para ti.

Agradecimientos

Muchas gracias, en primer lugar, a mis maravillosos lectores, sobre todo a aquellos que me han escrito queriendo saber más de Jules Cassidy.

Me encanta escribir esta colección de libros sobre el Equipo Seal 16, Troubleshooters Incorporated y el equipo antiterrorista de Max Bhagat. Estos personajes se han convertido en mis amigos. ¡Y es muy emocionante que a muchos lectores les pase lo mismo!

(Para vuestra información, estoy trabajando en la historia de Max y Gina, *Breakpoint*, que saldrá el próximo verano. Para tener más información, podéis visitar mi página web: www.SuzanneBrockmann.com)

Un abrazo enorme a mis queridos lectores de las primeras versiones de mis libros: Lee Brockmann (¡Hola, mamá!), Deede Bergeron, Patricia McMahon y Scout Lutz. ¡Muchas gracias por vuestra colaboración!

También quiero darle las gracias a todo el equipo de Ballantine: Linda Marrow, Gilly Hailparn, Arielle Zibrac… En cuando a mi editora, Sauna Summers… Gracias, GRACIAS, *gracias*, ¡¡¡gracias!!!

Un millón de gracias a los que me mantienen la cabeza sobre los hombros: Eric Ruben, Christina Trevaskis (también conocida como Tina la Fabulosa) y a mi increíble agente, Steve Axelrod. También agradezco la colaboración de mis colegas escritoras Pat White y Alesia Holliday.

Me gustaría incluir una mención especial para Donovan y Betsy Trevaskis. Gracias por compartir a su maravillosa hija conmigo. Sé que tenerla tan lejos debe ser muy duro. ¡Prometo que los visitarás más a menudo!

Gracias a mis propios hijos, Melanie y Jason. ¡Os quiero!

Gracias a Michael Holland por facilitarme la inspiración musical. Mientras escribía *Amenaza en Hollywood* escuché, una y otra vez, *Everything in the Whole Wide World, (It Came As) No Surprise* y *Firefly IX*, del último CD de Michael, *Beach Boys Won't Save You*. (Los CDs de Michael se pueden adquirir en www.CDBaby.com.)

Mi agradecimiento y admiración para el capitán Josh Roots, de los Marines de los Estados Unidos, por ser mi contacto en Irak y por distribuir las decenas de paquetes que enviábamos entre los hombres y mujeres de su unidad. También quiero expresar mi más sincero agradecimiento a aquellos lectores que contribuyeron al envío de esos paquetes durante mi gira de *Contra todas las reglas* también publicada en esta colección, ¡y en especial a aquellos que nos ayudaron a llevarlas hasta las oficinas de correos locales!

Muchas gracias a mi terriblemente paciente marido y mi mejor amigo, Ed Gaffney. (En junio, se publica la primera novela de Ed, un thriller legal titulado *Premeditated Murder*. ¡Estoy tan orgullosa!)

Y por último, aunque no por ello menos importante, gracias a la PFLAG (Parents, Families and Friends of Lesbian and Gays), una organización dedicada a cambiar comportamientos y a crear un entorno de comprensión para que los miembros de familias gays y lesbianas puedan vivir con dignidad y respeto. Para más información, esta es la dirección de su página web: www.pflag.org.

Como siempre, cualquier error que haya cometido o libertad que me haya tomado son sólo responsabilidad mía.

Prólogo

De vez en cuando, a un equipo de los Navy Seal le dan una operación de ensueño.

Rescatar a un grupo de supermodelos secuestradas en algún rincón del mundo.

Reforzar la seguridad, mezclándose entre la gente en las gradas de un estadio durante los Juegos Olímpicos.

Una operación de entrenamiento en Honolulu durante las vacaciones de primavera.

Sin embargo, lo mirara como lo mirara, para el jefe Cosmo Richter, meter su metro noventa de estatura por el agujero de un vertedero de basura construido hacía treinta y cinco años en un país atestado de terroristas en plena noche no estaba entre sus destinos favoritos.

No. Seguro que quien hablaba del cuerpo de Operaciones Especiales como el brazo más glamouroso del ejército de los Estados Unidos no estaba pensando en esto.

Mientras subía con sus hombres por el vertedero y se adentraban en el edificio, un supuesto orfanato, oía a Tony Vlachic, el nuevo integrante del Equipo Seal 16, y también el más joven, haciendo verdaderos esfuerzos por controlar las náuseas que le provocaba el fuerte hedor de aquel lugar.

También oía los tiros de la calle, donde otro pelotón de Seals, Mikey Muldoon y sus siete hombres, se dirigía directamente hacia una emboscada.

Aunque, por supuesto, no era una emboscada de verdad. Ya no.

El líder de los Seals en esta operación, el teniente Mike Muldoon, había adivinado que Ziya, su informador, tenía lazos terroristas. Era verdad que les había dicho que los rehenes civiles estaban escondidos en este edificio, una información que el Cuerpo de Inteligencia había verificado. Y, por supuesto, Ziya les había pedido, por favor, que le permitieran ayudarles.

Sin embargo, nunca fue demasiado específico sobre cómo quería ayudar.

Mikey había acertado cuando había dicho que ayudar a liberar a los rehenes no era lo que Ziya tenía en mente. No, era obvio que el objetivo del informador era «ayudar» a las fuerzas americanas a acabar hechos pedazos en una emboscada mortal.

Mientras los acompañaba hasta esa especie de orfanato, su forma de actuar fue ligeramente distinta. No fue nada obvio pero Mikey, un tipo inteligente y un soldado de primera, se fijó en su actitud. Se fijó en el apenas perceptible nerviosismo que lo recorría de arriba abajo.

Mike miró a Cosmo, que le devolvió un microscópico movimiento de cabeza.

Sí, señor, él también se había fijado.

No hacía falta demasiada imaginación para saber que Ziya estaba esperando que, en cualquier momento, ¡oh, sorpresa!, una o dos células terroristas aparecieran por allí, de modo que cuando los Seals intentaran rescatar a las tres civiles americanas de aquel orfanato abandonado, en su lugar se encontraran otro recibimiento digamos… un poco más hostil.

Así que, mientras Mikey le seguía el juego a Ziya, tomando el «atajo» que les propuso y que, curiosamente, añadía casi ochocientos metros al viaje, Cosmo y sus hombres se separaron del grupo. Se movieron mucho más deprisa y pasaron sigilosamente entre las emboscadas, dispuestos a empezar y acabar cuanto antes la exploración del sistema de eliminación de residuos del edificio.

Al mismo tiempo, un tercer grupo de Seals que los había estado siguiendo a una distancia prudencial tenía la misión de ir eliminando las emboscadas.

Y era ese grupo, formado por el musculoso Big Mac y su pelotón de siete hombres, el que ahora intercambiaba una serie de disparos al vacío y para nada letales con los hombres de Mikey. Entre todos se divirtieron un poco allí, en medio de la noche, bailándole el agua a Ziya y, haciéndole creer que se veían acorralados, pidieron apoyo aéreo para que los sacaran de aquella trampa.

La intención de toda aquella artimaña era conseguir que los amigos terroristas de Ziya que estaban en esa especie de orfanato creyeran que estaban ganando, que los americanos no podían romper el perímetro de defensa.

Se relajarían y quizás incluso empezarían a celebrarlo antes de tiempo.

Lo último que se imaginarían era que Cosmo y sus hombres ya estaban dentro, que habían accedido al edificio a través de aquel vertedero con forma de esfínter que daba a la parte de atrás.

En estas situaciones, el sentido del humor aligeraba mucho las operaciones y Cos dibujó una sonrisa en su cara al imaginarse a su pelotón de Seals como un laxante gigante, entrando en el organismo para liberar a los rehenes. Enema militar, permite hacer una limpieza rápida, sencilla y lo menos dolorosa posible.

La analogía era realmente adecuada porque aquel agujero apestaba igual que un culo podrido.

Cosmo tomó una bocanada de aire relativamente fresco cuando salió del tubo y apareció en el suelo de la cocina del edificio. Todo estaba bastante tranquilo. Las luces estaban apagadas y no se veía a nadie... justo lo que más le gustaba cuando entraba en un edificio donde todo el mundo quería matarlo. Ayudó al resto de sus hombres, Izzy, Gillman, Lopez y Jenk, a salir del tubo.

Y, por último, el suboficial de Marina «Chickie» Vlachic, el nuevo, que miraba a Cosmo como si estuviera loco porque todavía se reía de la broma del laxante.

«Adelante —le dijo a Chick haciendo una señal con la mano—. Cuidado.» Aunque nadie de Inteligencia creía que realmente hubiera niños en este orfanato, lo último que nadie quería era herir a inocentes.

No hicieron falta más señales para recordarle a Vlachic que tenían que llegar al sótano, donde estaban los rehenes. Todo el mundo sabía lo que tenía que hacer y se pusieron en marcha.

Cosmo e Izzy Zanella iban delante.

Bajaron una escalera, llegaron a un pasillo escasamente iluminado...

Y allí estaban.

Las rehenes. Tres mujeres con aspecto desaliñado acurrucadas juntas en una esquina de una celda de aislamiento muertas de miedo.

Era una parte fundamental de todo «orfanato». Era una de esas tácticas tan canallas de los terroristas; utilizaban un hospital o una escuela o un edificio de la Cruz Roja en un barrio «aliado» de los Estados Unidos como tapadera de una fábrica de bombas o zona de reclusión de rehenes.

No se veía ningún vigilante, e Izzy emergió de las sombras una décima de segundo antes de tiempo.

Porque las palabras clave eran «no se veía». Había un vigilante, escondido detrás de una pila de cajones. Cosmo lo vio justo cuando se giraba y veía a Izzy. Abrió los ojos, en una mezcla de sorpresa y alarma, y empezó a buscar a tientas el arma, un AK-47 retocado.

Disparar unas cuantas balas al suelo habría bastando para que sus compañeros bajaran en su ayuda pero, por suerte para ellos, este tipo estaba más concentrado en poner el arma en posición de ataque.

Así que Cosmo lo detuvo antes de que pudiera disparar.

Un ágil movimiento y un giro violento, y el arma cayó al suelo.

Fue entonces, mientras dejaba el cuerpo del vigilante en el suelo, cuando miró directamente a los horrorizados ojos de las tres mujeres que estaban encerradas en aquella celda.

La hermana Mary Francis, la hermana Bernadette y la hermana Mary Grace.

Había matado a un terrorista delante de tres monjas.

Monjas, por el amor de Dios.

No había tiempo para disculpas. Además, ¿qué es lo que podía hacer? ¿Empezar a explicarles en qué consistía la misión?

Lopez, un buen hombre, se colocó delante de Cosmo y del cuerpo del vigilante e hizo lo que pudo para explicarles a las mujeres que una organización terrorista enemiga las había secuestrado.

—Buenas noches, señoras. Somos Navy Seals y hemos venido a llevarlas a casa. Soy el oficial Jay Lopez, soy médico, y en cuanto abramos esta puerta…

Vlachic ya estaba preparando el C4 necesario para volar la cerradura pero Jenk, que siempre utilizaba el cerebro para bien, cacheó al vigilante y, en el bolsillo, encontró la llave.

Mucho más fácil, mucho más discreto. Sin embargo, para ser sinceros, Chick no fue el único que pareció un poco decepcionado.

—… les voy a echar un vistazo rápido —Lopez continuaba hablando con las monjas mientras entraba en la celda—, para ver cuánta ayuda van a necesitar para llegar al tejado. Tendremos que movernos deprisa, señoras…

—Jenk —dijo Cosmo, en voz baja, mientras Lopez seguía con las monjas, explicándoles que vendría un helicóptero para llevarlas a una zona segura. Luego les dijo que, aunque los terroristas oirían al helicóptero, no tenían que preocuparse de nada, porque ellos pensarían que venía a buscar a los Seals que estaban fuera, atrapados en una emboscada.

Jenkins ya sabía lo que Cosmo iba a decirle, y él asintió.

—Buena idea, jefe.

El plan original era que Jenk e Izzy abrirían camino hacia el tejado, Lopez, Chickie y Cosmo ayudarían a las monjas (cargando con ellas si era necesario), y Gillman vigilaría la retaguardia.

Sin embargo, Cosmo, al romper la primera norma del decálogo (no matar a nadie delante de los rehenes) estaba seguro que ninguna de las monjas querría acercarse a él. Así que él y Jenk cambiarían posiciones.

—Listos, jefe —dijo Lopez, lanzando una última sonrisa a las monjas, para tranquilizarlas.

Y se fueron.

—He oído la historia sobre el jefe Richter. ¿Es verdad?

Era la misma pregunta de siempre, y además sobre el horario previsto.

Mientras lo decía, Tony Vlachic tenía la cantidad justa de curiosidad fingida en la voz. Bueno, como no había mucho de qué hablar, ¿por qué no hablar de eso?

Claro.

Los Seals del Equipo 16 estaban esperando en la base porque el vuelo que los tenía que llevar de vuelta a los Estados Unidos se había retrasado de nuevo. La euforia de completar con éxito una misión de rescate ya había desaparecido. Los partes de la misión ya habían acabado y casi todos los informes estaban escritos y archivados.

Casi todos.

Faltaba el de Cosmo Richter.

Estaba sentado en la mesa de Mikey Muldoon, detrás del separador, mirando fijamente el cursor de la pantalla en blanco mientras maldecía el día en que se había presentado al examen de jefe de pelotón.

Maldita sea, odiaba escribir informes.

—¿Qué historia es verdad? —le preguntó Collins a Vlachic. Cosmo los oía perfectamente, porque estaban al otro lado de la puerta, en el pasillo.

Cosmo dejó de fingir por un momento que escribía y se quedó escuchándolos. ¿Es que había más de una historia sobre él?

—La historia —dijo Vlachic, haciendo especial hincapié en el artículo, un tanto impaciente—. No soy idiota, señor. El rumor de Rikers Island es sólo eso, un rumor, ¿no?

Ah, claro. La historia de Rikers Island.

De todos los rumores, a Cosmo ese le molestaba particularmente. Era una lacra en el honor de los equipos. Tenía el potencial para hacer creer a la gente, a la más ingenua, claro, que los Seals no eran mejores que asesinos a sueldo o matones.

—Puede que los civiles se lo crean —continuó el nuevo—, pero los dos sabemos que un ex convicto nunca entraría en los Seals.

Vlachic tenía maneras de gran soldado de operaciones especiales, aunque ahora estaba demostrando que, cuando se trataba de La Historia, era igual que los demás.

Tarde o temprano, todos se acababan haciendo la misma pregunta. «¿Es verdad esa historia sobre el grande y solitario Cosmo Richter?»

La mayoría la hacía entre una y cuarenta y dos horas después de haber salido con él por primera vez a realizar una operación.

Y, claro, hacía veinticuatro horas y media que habían entregado a las rehenes —Cosmo todavía pensaba en ellas como en «Mis tres monjas» a los doctores que los estaban esperando en la base aérea.

Pero, a pesar de que todo el mundo se hacía preguntas sobre La Historia, nunca nadie se las había hecho directamente a Cosmo. Y casi todos esperaban un momento en el que estuvieran seguros que él no los oiría para comentarlo.

Aunque, claro, ni Vlachic ni el alférez Joel Collins podían imaginarse que Cosmo estaba allí, escondido en el minúsculo cubículo que el teniente Muldoon usaba, temporalmente, como despacho.

—Según el informe oficial, no, no es verdad —le dijo Collins a Vlachic. Estaban justo delante de su puerta. Increíble—. El jefe Richter apenas aparecía mencionado.

—Sí, bueno, con el debido respeto, señor, ¿qué va a decir un informe? —respondió Vlachic.

Cosmo intentó no escuchar a los dos miembros más nuevos del equipo mientras juzgaban que información sería aceptable o no en un informe oficial. Ni tampoco mientras comentaban si habría o no otra versión (*top secret*, por supuesto) que incluyera los detalles exactos de lo que había sucedido ese día hacía ya tantos años; o si el comandante Lewis Koehl, el recién nombrado oficial al mando del Equipo Seal 16, habría enviado una copia de ese segundo informe. Ah, y si ese segundo informe existía, ¿figuraría en él el nombre real de Cosmo Richter?, porque nadie se creía que fuera ese.

Cosmo miró a la pantalla del ordenador. ¿Por dónde iba? Releyó lo último que había escrito en el informe del rescate de las monjas.

0507. Rehenes encontradas, identificadas y liberadas de la celda. Único vigilante eliminado antes de dar la alarma.

0510. Salida hacia el tejado. Informes de Inteligencia correctos: cero niños en el edificio. Encontramos dos vigilantes, mínima resistencia, 100% sorpresa, artimaña de la calle perfecta. Vigilante eliminados antes de dar la alarma.

Se estaba repitiendo. El profesor de lengua de la universidad siempre le decía lo mismo, que se repetía.

Maldita sea, odiaba escribir informes.

—Lo que he oído, señor —continuó Vlachic, y Cosmo utilizó la excusa de oír las últimas modificaciones de La Historia para tomarse un respiro de aquel suplicio—, es que el jefe Richter mató, con sus propias manos, a más de cien hombres.

¡Vaya!

La cifra ya había superado los cien.

Si seguía aumentando así, para cuando se retirara, La Historia lo retrataría como el destructor de un batallón entero.

Cuando se había hablado de cincuenta pensó que había sobrepasado los límites de la credibilidad. Y, sin embargo, seguía aumentando.

Los nuevos lo seguían viendo capaz de casi cualquier cosa.

—He oído que perdió la cabeza —continuó Vlachic—, y que...

—No perdió la cabeza, Chick —lo interrumpió Collins, con un toque de desdén en la voz—. Nunca pierde la cabeza. Ni siquiera parpadea. Acabas de volver de una misión con él, ¿me equivoco? Mientras estabas en ese orfanato, ¿a cuántos de esos terroristas de Al Qaeda eliminó el pelotón de Charlie?

—A siete —respondió el suboficial de Marina.

—¿Y a cuántos eliminó el jefe él mismo?

—No lo sé —admitió Vlachic—. Como mínimo, a cuatro. Cinco tal vez —su risa era desdeñosa—. La verdad, estaba demasiado ocupado meándome en los pantalones para fijarme. Y tiene razón, señor... el jefe era como un robot.

«Sí, ya», pensó Cosmo. Si realmente fuera un robot, las miradas de terror de las monjas no lo seguirían atormentando como lo hacían. No las olvidaría en mucho tiempo.

0514. Cuatro terroristas más eliminados en el tejado del orfanato. Antes de dar la alarma.

Con el debido respeto, que le jodan, profesor Harris. Aquello ya era suficientemente duro sin tener que buscar maneras alternativas de explicar una y otra vez que si hubiera dejado que los vigilantes hicieran ruido, un batallón de hombres se les hubieran echado encima y habría muerto mucha más gente.

Además, la cifra actual ya había parecido desorbitada a los ojos de las rehenes. Cos sólo había podido dejar a un lado los cuerpos de los vigilantes muertos. Al menos, las monjas no tendrían que pasar por encima de ellos.

Vale, genial. Menudo tío.

0518. Extracción via helicóptero Seahawk desde el tejado.
0542. Fuera de espacio aéreo hostil.

Ya estaba. ¡Por Dios! Había tardado más en escribir el informe que en realizar toda la operación.

Lo guardó y lo imprimió.

Y entonces se dio cuenta de que si salía del despacho, tendría que pasar por delante de Vlachic y de Collins, que estaban llegando justo a los detalles de La Historia.

—Y el jefe llegó a lo se supone que era la plaza del pueblo, o algo así —iba diciendo Collins—, y se encontró con una auténtica masacre. Habían matado a la mitad de la población. Hombres, mujeres… incluso bebés. Decenas de niños.

—Joder —suspiró Vlachic mientras Cosmo dejaba el informe en la bandeja de Mikey—. Eso no lo sabía. Suena un poco…

—¿Como una puta exageración? —preguntó Collins—. Sí, lo sé, pero en el informe aparecía información detallada sobre las víctimas, así que… Y Sam Starrett, ¿conoces al teniente Starrett, Chick? Un tipo alto, de Texas. Ya no está en los equipos, pero…

—Sí, ya sé a quién te refieres —dijo Vlachic—. Lo vi unas cuantas veces en el campo de entrenamiento, en el molinillo, riéndose de nosotros.

—Pues Starrett también estaba en el pueblo —continuó Collins—. He oído que estaba en el suelo, arrodillado, vomitando. Imagínate lo que debió de ser aquello. Y el jefe Richter, aunque entonces todavía no era jefe, claro, se paseaba por allí, mirándolo todo. No parecía ni afectado ni nada. Ya conoces a Cosmo, nunca deja entrever sus emociones. Tampoco dice mucho, a menos que sea una orden directa. Pero allí estaba, de pie en medio de aquella plaza, solo, y va y dice: «Quien haya hecho esto va a morir, hijos de puta».

En realidad, él había dicho: «Quien haya hecho esto merece morir». Por el camino, a lo largo de las muchas versiones de La Historia, alguien había añadido el taco y había cambiado el matiz de los verbos. Cosmo no les echaba la culpa. Así era más dramático.

Si había culpables en todo aquello, uno era él mismo, porque nunca se había tomado la molestia de aclararlo.

Esa operación había sucedido hacía años, al principio de su carrera. Habían enviado al Equipo Seal 16 a un nido de terroristas de un país lejano conocido como «el pozo». En las montañas, al norte, dos facciones de guerrilleros se habían apoderado del territorio, y alguien en un remoto pueblo había cabreado a uno de los caudillos y éste, en represalia, había arrasado el pueblo.

Las órdenes de los Seals fueron vigilar las negociaciones en las montañas, ayudar en las tascas de limpieza de la masacre y mantener a salvo a los habitantes de la zona.

Unos cuantos oficiales recibieron una orden distinta: localizar el campamento del caudillo. Un pelotón salió con esa misión.

Sin embargo, Cosmo ayudó en la limpieza del pueblo. A pesar de que era invierno, tenían que hacer algo con las decenas de cuerpos que estaban repartidos por toda la plaza.

Había hecho algunos trabajos asquerosos a lo largo de su carrera, pero aquél fue el peor. Hacía que el vertedero de ayer pareciera un picnic en el parque con Nicole Kidman.

Y Renée Zellweger.

—La teoría es que descubrió el campamento del caudillo —le dijo Collins a Vlachic.

Se referían a Cosmo, claro, que ya se había dado por vencido. Se reclinó en la silla de Mikey, apoyó los pies en la mesa y cerró los ojos. Todavía iba a tener que estar allí un buen rato.

—Nadie recuerda haberlo visto en la reunión de la mañana —continuó Collins—, pero podría haber estado escuchando desde fuera de la tienda. Se dice que, durante la noche, subió a las montañas y le hizo una pequeña visita al caudillo de los guerrilleros. Y, en lugar de negociar una reunión, al día siguiente los diplomáticos tuvieron que llenar unas cien bolsas de cadáveres más. El caudillo y casi todos sus hombres estaban muertos.

—¿Y todos están seguros de que fue el jefe Richter? —le preguntó Vlachic.

—No —respondió Collins—. Pero, al parecer, esa noche estuvo desaparecido. Además, si estaba haciendo otra cosa, ¿por qué no lo dice y acaba con todas las especulaciones?

Porque lo que había hecho una noche, hacía ya muchos años, no era asunto de nadie. Cosmo estuvo a punto de levantarse y decirlo en voz alta, acercándose al pasillo. Pero se quedó sentado. Vlachic era un buen chico. Se moriría de vergüenza si supiera que Cosmo lo había estado escuchando todo.

Collins, en cambio, era uno de esos soldados chulitos que los jefes rezaban para que se pasara cuanto antes a la sección civil o madurara, sobre todo antes de hacer que mataran a alguien.

—Y —añadió Collins—, escucha esto: un Seal llamado Hoskins, ya no trabaja con los equipos, pero a veces va con ellos a tomar una copa al Ladybug Lounge, así que puedes ir y preguntárselo a él directamente, dice que vio al jefe al amanecer, camino del río para lavarse el uniforme, que estaba lleno de sangre. Y Hill Silverman, ya lo conoces, ¿no? Oyó a uno de los habitantes del pueblo, un señor mayor, dándole las gracias a Cosmo, como diciéndole «Jamás podré pagarte lo que has hecho».

—Joder —dijo Vlachic, asombrado.

—Sí, señor —respondió Collins—. Pero aquello trajo la paz a la zona, al menos hasta que llegó otro guerrillero…

Como se estaban alejando por el pasillo, sus voces cada vez eran menos perceptibles.

—¿Crees que lo hizo? —Cosmo oyó que preguntaba Vlachic—. ¿Crees que mató a esos hombres?

Pero no pudo oír la respuesta de Collins.

Esperó hasta que escuchó cómo la puerta del pasillo se cerraba, cogió las gafas de sol y se levantó.

—Al fin libre —fue poco más que un suspiro, apenas perceptible y, con toda seguridad, dicho con la intención de que nadie lo escuchara.

—¿De verdad? —le preguntó una voz. Era de mujer y con un ligero acento español y supo, inmediatamente, que se trataba de la hermana Mary Grace, la más joven de sus tres monjas.

A pesar de eso, tuvo que hacer un gran esfuerzo por no saltar; lo había asustado. ¿Cómo era posible que no la hubiera oído acercarse?

El cielo estaba tapado pero, de todas formas, antes de mirar a la monja, se puso las gafas de sol.

Por suerte, no esperaba que le respondiera a la pregunta anterior.

—El teniente Muldoon pensó que le encontraría aquí.

Cosmo no dijo nada, así que la mujer continuó hablando.

—No he tenido ocasión de darle las gracias —dijo—. Así que… —le temblaban las manos. Tenía unos dedos largos y delicados, con las uñas cortas pero bien cuidadas—. Gracias.

—De nada —dijo él, asintiendo, un gesto que significaba que le daba permiso para marcharse—. Me alegro de que usted y sus compañeras estén a salvo.

Pero la monja no se fue.

—¿Tiene un minuto? —preguntó—. ¿Le importa que nos sentemos?

Y entonces fue cuando Cosmo se aseguró su hueco en el infierno. Cogió el informe que había dejado en la bandeja de Muldoon y le mintió a la hermana Mary Grace.

—Me temo que tengo que entregarle esto al teniente Muldoon cuanto antes.

Ella asintió, solemnemente, como si de verdad le creyera.

—En ese caso, ¿puedo acompañarle?

Cosmo se quedó helado, pero ella no esperó a que le contestara. Ya estaba de pie y se dirigía hacia la puerta.

No le quedaba otra opción que seguirla.

Era guapa, en el sentido más monjil de la palabra, con el pelo corto y oscuro y las gafas que no escondían la luminosidad de sus ojos. Cosmo sabía que aquello no tenía buena pinta. En el mejor de los casos, seguramente había venido a sermonearlo por utilizar la fuerza durante el rescate.

«Gracias por salvarnos la vida pero, ¿no podría haberlo hecho sin matar a esos pobres terroristas?»

Y él sabía cómo tenía que contestar. Si conociera bien a esa mujer o la considerara una amiga, le diría: «¿Quiere decir arriesgar su seguridad y la de mi equipo dejando con vida a esos "pobres" terroristas que habían hecho explotar varios autobuses causando, en una sola semana, doscientas sesenta y ocho víctimas civiles, los mismos que habían atacado el hotel donde los delegados de su misión de paz se hospedaban, los mismos que habían ejecutado a once miembros de su delegación, los mismos que las habían secuestrado a usted y a sus dos compañeras con la intención de grabar su tortura y posterior muerte como amenaza a cualquiera que quisiera desafiarlos después?».

Pero no. Sabía que, si le preguntaba eso, él sólo respondería: «No, hermana», se excusaría educadamente y se iría.

Si la reciente experiencia no había cambiado su visión contra la violencia, nada de lo que él pudiera decirle la haría cambiar de opinión.

Y, obviamente, esa monja no iba a cambiarlo a él, por supuesto.

Sin embargo, la mujer no dijo nada hasta que bajaron las escaleras y salieron fuera, bajo la luz del sol.

—Me preguntaba —dijo entonces—. Y perdóneme si la pregunta es demasiado personal, pero ¿está casado?

¿Qué coño…? Cosmo no acababa de creérselo. La miró por encima de las gafas de sol.

No le sucedía a menudo que alguien consiguiera sorprenderlo de aquella manera. Y la hermana Mary Grace, con la aparición sorpresa en el despacho, ya llevaba dos de dos.

—No —dijo él.

—¿Tiene novia? —le preguntó la mujer.

Él apartó la mirada.

—No —¡Por Dios! ¿Estaba intentando…? Por primera vez en muchos años, Cosmo rezó, rezó para que esa monja no lo hubiera ido a buscar para ligar con él. Sería muy raro.

Pero, la verdad era que nunca había tenido demasiada suerte con las mujeres. Atraía a las más extrañas, o las más necesitadas (en el sentido de «Necesito un psiquiatra», o peor: «Necesito que me trates mal, así que si tenías la intención de ser todo un caballero, me largo»).

Tenía como un faro que atraía a las mujeres más desesperadas y disfuncionales, las que pensaban que era peligroso y disfrutaban con eso. Si existía algo parecido a una monja ninfómana, era lógico que acudiera a él.

«Por favor, Señor, si estás ahí, haz que esta mujer sólo haya venido a buscarme para cantar una o dos estrofas de alguna canción de Sonrisas y lágrimas».

—¿Alguna otra persona importante? —insistió ella—. ¿Alguien con quien pueda hablar?

Y, de repente, Cosmo lo entendió todo. La hermana Mary Grace no pretendía saltarle encima (gracias a Dios), sólo quería asegurarse de que tenía una vía de escape para vaciarlo todo y quedarse más tranquilo.

La monja no se asustó cuando Cosmo se detuvo y la miró, en silencio. Sabía perfectamente que la combinación de las gafas de sol opacas y su cara de póquer podía hacer que el tipo más fuerte del planeta se meara encima.

Sin embargo, la hermana Mary Grace dio un paso adelante.

—Sólo quería decirle que, si necesita hablar, aquí me tiene —dijo.

Tenía unos ojos muy bonitos. Tan cálidos y tranquilos. Tan limpios.

—Estoy muy bien —dijo él.

—Lo sé —la manera cómo lo dijo, con esa sonrisa, no sonó a tópico—. Pero todo el mundo necesita hablar con alguien, ¿no cree?

—El equipo tiene un psicólogo a su disposición —le dijo, básicamente porque no se había movido ni un centímetro y esperaba una respuesta. Si hubiera sido cualquier otra persona, se habría excusado y se habría ido.

—Eso está muy bien —añadió ella, con otra cálida sonrisa. Lo hizo sentirse como un mentiroso.

—No es que vaya muy a menudo, bueno… —se corrigió—. En realidad, no voy nunca. Excepto cuando, ya sabe, me obligan a ir.

—Pero, si alguna vez lo necesita, puede ir, ¿no?

—Sí.

Entonces se quedaron en silencio, y ella no hizo ningún esfuerzo por hablar. Se quedó ahí, sonriéndole.

Collins y Vlachic estaban al otro lado del patio, hablando con Izzy Zanella, que estaba intentando convencerlos para jugar a fútbol. Los tres estaban mirando a Cosmo y a la monja por el rabillo del ojo.

—Rezaré por usted —dijo, por fin, la hermana Mary Grace, y, ¡Jesús!, ¿qué podía responder él a eso?

—Gracias, hermana.

Jenkins lo salvó, bendito sea. Salió corriendo del edificio de administración.

—Zanella, ¿has visto a Cos?

Izzy señaló hacia Cosmo y Jenk se acercó corriendo.

—Perdone, jefe —dijo, mientras se acercaba—. Acabamos de recibir una llamada de los Estados Unidos. Su madre, se va a poner bien, pero ha sufrido un accidente. Creo que ha caído y… bueno, me parece que se ha roto las dos muñecas.

¡Joder!

—Discúlpeme —le dijo Cosmo a la monja.

Mientras corría hacia el edificio de administración, oyó que el alférez Collins les preguntaba a Vlachic y a Zanella:

—¿El jefe Richter tiene madre?

1

Su madre lo estaba volviendo loco.

Bueno, para ser justos, no era su madre, sino más bien la elección de la música lo que lo había hecho salir de esa casa, coger el coche y marcharse a San Diego.

Aparcó junto al edificio achaparrado y feo donde estaban las oficinas de Troubleshooters Incorporated. Mientras caminaba hacia la puerta, el sol le daba directamente en la nuca. Como siempre, se encontró la puerta cerrada con llave; al parecer, Tommy Paoletti todavía no había encontrado un o una recepcionista para su empresa de seguridad personal. Pero había instalado un sistema para dejar entrar a la gente sin tener que bajar a abrir personalmente la puerta veinte veces al día.

Había colocado una cámara encima de la puerta y Cosmo levantó la cabeza mientras llamaba al timbre para que Tommy lo reconociera sin problemas.

El sistema abrió la puerta y Cosmo entró.

—Sírvete una taza de café, salgo enseguida —gritó Tom desde el fondo—. ¿Cómo está tu madre?

—Mucho mejor, gracias —respondió Cosmo.

Y era verdad. Justo después del accidente, cuando Cosmo fue a verla al hospital, le dolía todo el cuerpo. Estaba pálida, casi gris, y allí metida en esa cama parecía una señora vieja y frágil.

Pero ahora ya llevaba varios días en casa y ya empezaba a ser la misma de siempre.

Y eso era genial.

Pero, de verdad, si tenía que volver a escuchar una vez más la banda sonora de *El doctor Jekyll & Mister Hyde*, juraba que empezaría a gritar.

—No has tenido tiempo suficiente para saber apreciarla —le había dicho su madre—. Si la escuchas unas cuantas veces más…

«Ah, no, mamá. De eso nada. Ya he tenido bastante, gracias».

Cosmo se sirvió una taza de café de la máquina que había en la sala de espera.

En realidad, *Urinetown* le había gustado. También podía resistir escuchar más de una vez *Full Monty*. Es más, si los cantantes se esforzaban con *West Side Story*, incluso asomaban unas cuantas lágrimas en esos ojos súper cínicos que tenía.

No obstante, los musicales de Broadway favoritos de su madre eran los que el tío Riley había bautizado como «gritones». Esos que estaban llenos de baladas hiperemotivas con crescendos casi inhumanos interpretadas por sopranos o tenores que, como Riley muy bien había dicho una vez, merecían que la policía «del teatro musical» los arrestara de inmediato.

Al tío Riley no le había pasado nada, pero pobre Cosmo si se atrevía a decir algo así en voz alta.

Y no sólo delante de su madre, que le lanzaría la mejor de sus miradas de cordero degollado y luego lo tendría varias horas sentado escuchando sermones sobre el verdadero amor por la música.

Sino que también quedaría bastante en ridículo delante de los compañeros del Equipo Seal 16.

Lo mirarían como si fuera... bueno, gay.

Y no lo era.

Ni por asomo.

Y no es que fuera algo malo, claro que no.

Maldita sea, con una madre como la suya, hubiera sido mucho más fácil serlo. A lo mejor, habría nacido con una habilidad genética especial para disfrutar realmente con *El doctor Jekyll & Mister Hyde*, y *El fantasma de la ópera* y *Los miserables* y las demás obras de «gritones» con las que le chirriaban los dientes cada vez que acompañaba a su madre a verlas al teatro.

Cos cogió la taza y se sentó en uno de los sofás de piel nuevos de la sala de espera. Eran muy cómodos y de un color miel. Sustituían la anterior colección de sillas variopintas y viejas (mayoritariamente, saldos de tiendas de segunda mano) que se amontonaban en el espacio que había delante de la recepción.

¡Vaya!, y habían pintado las paredes.

Revisteros, macetas de plantas, lámparas de verdad, en lugar de los fluorescentes colgados del techo...

Kelly, la mujer de Tom, llevaba meses amenazando a su marido con redecorar la oficina, diciendo que la imagen que quería para su nueva empresa no era, seguramente, la de «pobre desgraciado y, para colmo, con mal gusto».

Sin embargo, los enormes sofás de piel, por muy bonitos que fueran, no encajaban exactamente con el estilo colonial ligero y sencillo de Kelly.

Esto lo había hecho otra persona.

Otra persona que no era Tom, claro, porque aunque era un líder excepcional, el diseño y la moda no eran lo suyo, la verdad.

—¿Ha venido por la reunión?

Cosmo levantó la vista. No conocía a la mujer que se acercaba por el pasillo. Llevaba un traje de raya diplomática hecho para acentuar sus formas femeninas. Era menuda, con el pelo rubio y corto y las facciones delicadas, tenía los ojos azules, terriblemente educados. Profesional. Inteligente.

Inteligente de buena universidad.

No llevaba anillos. Ninguno. Tenías las uñas cortas, se las mordía, un contraste directo e intrigante respecto a la profesional que tenía delante.

Se acercó un poco más.

—¿Puedo ayudarle?

—No, señora —contestó, por fin, Cosmo, y luego se riñó a él mismo. «Di algo, estúpido». Seguro que podía ayudarle. Le encantaría que lo ayudara. «Y sé amable»—. Gracias. Estoy esperando al comandante Paoletti.

Ella sonrió y ese gesto la hizo pasar de increíblemente guapa a sencillamente preciosa con la capacidad de un desfibrilador para pararle el corazón a cualquiera. Cosmo estuvo a punto de arrodillarse y pedirle que fuera la madre de sus hijos.

—Usted debe ser uno de sus seals —dijo.

—Sí, señora —«Levántate, imbécil. Pero, sobre todo, ten cuidado con el caf…» Demasiado tarde. Se salió por un extremo y le cayó en la mano. Ahhh, estaba ardiendo.

Ella fingió que no se había fijado y él fingió que no se había quemado. Ella incluso le ofreció la mano.

—Hola, me llamo Sophia Ghaffari.

Sophia. Era un nombre muy bonito y, sin duda, deberían haber sonado violines cuando lo había dicho. Parecía una Sophia. Vestía como una Sophia. Incluso olía como una Sophia.

Él intentó secarse la mano con los pantalones, pero era inútil.

—Cosmo Richter. Lo siento, yo…

«Soy un completo idiota».

Se fue hasta la mesa donde estaba la máquina de café y encontró, gracias a Dios, unas cuantas servilletas.

Sin embargo, Sophia no salió de allí despavorida gritando: «¡Por favor, que alguien me libere de este cretino!». En lugar de eso, dijo:

—Debe haber venido por el trabajo de Mercedes Chadwick, ¿no?

—No estoy seguro —admitió él—. Tommy dijo algo de una operación sencilla aquí en Los Ángeles.

—Es ésta —ahora que Cosmo tenía las manos limpias, ella había cruzado los brazos—. Es productora de cine… y guionista, creo —añadió—. Ha estado recibiendo amenazas de muerte.

Al parecer, la posibilidad de tocar a Sophia, de darle la mano, había pasado. Una lástima.

—Hola, Cos —dijo Tom Paoletti, acercándose por el pasillo, con una gran sonrisa en la cara—. Siento haberte hecho esperar.

—No pasa nada, señor.

—Antes de que se me olvide, Kelly dice que sigue en pie lo de la comida de mañana.

—¿Cómo está? —preguntó Cosmo. La mujer de Tommy estaba embarazada de su primer hijo.

—¿Aparte de cabreada porque no puede volar? —preguntó Tom—. Le apetecía mucho ir a Massachussets para pasar una semana en la playa antes de que naciera el niño, pero el médico se lo ha desaconsejado. El otro día estuvimos discutiendo durante cuatro horas sobre la definición de «altamente desaconsejado» —puso los ojos en blanco—. La buena noticia es que un cliente nuestro tiene una casa en Malibú y siempre me está diciendo que vaya cuando quiera. Así que mañana iremos. De hecho, me harías un gran favor si pudieras llevarla hasta allí —miró a Sophia—. Sophia, será mejor que te vayas o perderás el avión.

—Sí, es verdad. Un placer conocerle —le dijo Sophia a Cosmo, y luego se giró hacia Tom—. Dile a Decker que siento no haberlo visto.

—No te preocupes, se lo diré —le dijo Tom—. Está en un atasco. Es una lástima… bueno, en serio, no llegarás a tiempo.

Mientras ella se iba hacia su despacho, Tom acompañó a Cosmo hasta su oficina.

—Ha habido un cambio de planes —continuó Tom—. En principio, Decker tenía que reunirse aquí con nosotros, pero se ve que la 15 está totalmente parada. Así que me reuniré con él en casa de la clienta, esta noche. ¿Podrías pasarte?

—Claro —Cosmo no pudo evitar el titubeo al girarse para ver cómo Sophia salía de su despacho y se dirigía hacia la puerta.

Tommy, por supuesto, también lo vio.

—Sophia se encarga de los casos «paranoicos». Ya sabes, gente que se pone muy nerviosa con los constantes cambios de niveles de alerta terrorista. Quieren asegurarse que tienen el mejor sistema de seguridad posible. Ella reúne a un equipo cuya única misión es intentar reventar el sistema, para ver qué tal responde ante profesionales. Se encarga del trabajo, digamos, de relaciones públicas; las reuniones con los clientes, los informes y presentaciones, esas cosas. Es muy buena.

—Parece divertido —dijo Cosmo, con toda la naturalidad que pudo, mientras cerraba la puerta de la oficina de Tom—. Un trabajo ideal para mí. Lo de reventar el sistema, me refiero. ¿Necesita ayuda?

Tommy soltó una carcajada mientras, con un gesto, le indicó a Cosmo que tomara asiento. ¡Vaya, vaya! Alguien había redecorado la oficina, también. De hecho, ahora tenía un escritorio en condiciones y no aquella mesa destartalada que usaba antes.

—Ahora está trabajando fuera del estado. Supuse que querrías estar cerca de tu madre en… ¿Dónde está? ¿En Laguna Beach?

—A lo mejor podría ir y venir —en las paredes había cuadros de verdad. Mejor dicho, acuarelas. Paisajes de costa que, sin duda, eran de Nueva Inglaterra y, probablemente, de la casa de Tom y Kelly en la costa norte de Boston.

Tom arqueó una ceja.

—¿De Denver?

Si hubiera dicho Phoenix o Las Vegas, podría haberlo intentado, pero Denver…

Tom supo lo que estaba pensando.

—Buen intento, jefe —dijo—. Pero acaba de enviudar; no está buscando salir con nadie, por ahora. Además, realmente te necesito en Los Ángeles, bueno… en Hollywood, para ser más exactos.

—¿La productora que ha recibido amenazas de muerte? —dijo Cosmo, repitiendo lo que Sophia le había dicho—. ¿Deck es el jefe de equipo? —Decker era un antiguo Seal y un antiguo miembro de la Agencia.

—Sí —respondió Tom.

Cos asintió. Si no podía trabajar con Sophia, Decker era, definitivamente, su segunda opción.

—Cuente conmigo —dijo, aunque luego rectificó—. Bueno, ya sabe, si él está de acuerdo.

Tom asintió.

—Ya he hablado con él. Está de acuerdo.

Lawrence Decker era una leyenda entre los cuerpos de operaciones especiales. Había dejado los Equipos Seal poco después de los atentados terroristas contra las torres Khobar, un complejo militar americano en territorio saudí. La rumorología apuntaba que el jefe Decker se quedó muy decepcionado con las normas que, en aquella época, prohibían a los Seals perseguir a las organizaciones terroristas que habían matado a tantos soldados estadounidenses. Dejó los Seals y se unió a la organización clandestina y casi anónima conocida como la Agencia, donde cumplió sus deseos y pudo adentrase de incógnito en países que acogían a terroristas en sus territorios. Ahora era uno de los muchos antiguos miembros de los Seals, la Delta Force, la Marina, la CIA, el FBI y la Agencia que trabajaban para la empresa privada de seguridad civil de Tommy Paoletti.

—¿Cuántas semanas de permiso te quedan? —le preguntó Tommy.

—Tres semanas, dos días y diecisiete horas.

Su antiguo jefe de los Seals sonrió.

—Bueno, al menos no cuentas los minutos.

Cosmo miró el reloj. *Y catorce minutos.*

—¿Y estás seguro que no te quieres tomar unas vacaciones? —le preguntó Tom.

—Sí, señor —igual que la mayoría de Seals en el Equipo 16, a Cosmo no le sentaban bien las vacaciones. Al cabo de un par de días, ya estaba aburrido. Nervioso—. Sólo quiero poder hablar con mi madre una o dos veces al día, aunque sólo sea por teléfono.

—Eres hijo único, ¿verdad?

—Sí, señor —respondió Cosmo—. Por eso cogí los treinta días completos —se había cogido todos los días de permiso que le daban a pesar de que su madre insistió en que no quería que la cuidara él. Lo había dejado muy claro cuando dijo que de ninguna manera iba a permitir que su hijo, un hombre hecho y derecho, la acompañara al baño—. Está bastante bien, la verdad, pero quiero estar cerca de ella, ¿me comprende? Parece que se lleva muy bien con las dos enfermeras, la de día y la de noche, y eso está bien porque, bueno, con los dos brazos en cabestrillo, necesita ayuda para todo.

—Debe ser muy frustrante para ella —comentó Tom.

Frustrante era quedarse corto.

—Tiene sus métodos para llevarlo mejor —dijo Cos—. Le encanta escuchar música, así que eso es, básicamente, lo que hace. También le están poniendo un teclado especial, para que pueda conectarse a la red otra vez.

¡Bendito sea el equipo de magos de la informática del Equipo 16!

—Bueno, háblame de una vez de esa productora de Hollywood —Cosmo fue directo al grano—. ¿Cómo se llama? ¿Mercedes? ¿Como los coches?

—J. Mercedes Chadwick —le dijo Tom, con una sonrisa ante la mirada de desagrado de Cosmo.

—¿Y qué ha hecho para cabrear a alguien hasta el punto de querer matarla?

—No necesito protección personal. ¿Un equipo de guardaespaldas? ¡Es totalmente ridículo! —le dijo Jane Chadwick a Patty, la nueva ayudante becaria.

43

Patty no parecía muy convencida, así que Jane miró a Robin, en busca de un poco de apoyo fraternal.

Pero él no la estaba mirando. Le estaba lanzando a Patty una de esas sonrisas de «¡eh, nena!». Y la chica, obviamente, estaba deslumbrada. Era demasiado joven y todavía no tenía la experiencia suficiente para ver más allá de la cara bonita de Robin y reconocer al cerdo mujeriego que se escondía debajo.

—¡Eh! —exclamó Jane, dando una palmada, para sacar a su hermano (bueno, hermanastro) del ensimismamiento. En ocasiones como ésta, Jane se alegraba de saber que sólo compartían una parte de los genes—. Robin, por favor, concéntrate en esto. Patty, llama al estudio y diles que no. Gracias, pero no. Estoy perfectamente así. Sé firme.

A diferencia de las muchas chicas amantes del cine que habían hecho el peregrinaje hasta Hollywood, la belleza pecosa de Patty no era artificial. De hecho, llevaba calcetines hasta las rodillas, de verdad. Jane todavía no la conocía demasiado bien pero, por desgracia, la firmeza no parecía ser uno de sus fuertes.

Pero, al menos, había salido del despacho de Jane, había cerrado la puerta y había liberado a Robin del poder cautivador que ejercía sobre él.

—Si la tocas —le dijo Jane—, te mato, y te prometo que será una muerte lenta y dolorosa.

—¿Qué? —dijo Robin, disfrazado de señor Inocente. Sonó medio a risa, medio a indignación—. Venga ya, Jane. Sólo estaba sonriendo.

Una cosa era verdad: el Don Juan de su hermanastro era un actor excelente. Si conseguían acabar esta película y, lo que era más importante, conseguían que el estudio la distribuyera y llegara a los cines, iba a ser una estrella.

—Además —añadió Robin, con un poco de sorna—. Tú, más que nadie, eres la persona menos indicada para ir por ahí haciendo amenazas de muerte.

Se suponía que tenía que ser un comentario divertido. Pero Jane no se rió.

—No era una amenaza —dijo—. Era una promesa. Mira, para que lo entiendas. Si te acuestas con ella, pensará que es tu novia. Y cuando descubra que sólo fue tu pasatiempo del viernes por la noche, se quedará destrozada. ¿Vale? Y puede que a ti te importen una mierda los sentimientos de Patty, pero a mí no. Ya sé lo que a ti te preocupa, así que, escúchame bien. Si le rompes el corazón, dejará el trabajo. Y si lo deja, tú ocuparás su lugar y serás mi ayudante personal, y no te dejaré un minuto libre hasta que hayamos terminado la película. Lo que, en tu lenguaje, vendría a ser que no follarás en los próximos dos meses. Dos meses.

Su hermanastro sonrió.

—Tranquila, Janey. No me acostaré con ella.

Jane lo miró. Patty le caía bien. Muy bien. Era lista, dulce y estaba preparada para mucho más que para ese trabajo de recadera. Podían trabajar en lo de la falta de carácter; además, Jane tenía de sobra.

Y lo mejor, encima, era que a pesar de la miseria de sueldo que le pagaban, a Patty también le caía bien Jane. Era perfecto.

Siempre que Robin mantuviera a su amiguito dentro de los pantalones y fuera de la ecuación.

El problema era que Patty realmente estaba loca por Robin. Lo que significaba que tendría que ser él quien mantuviera las distancias.

Que Dios los asistiera.

—Tienes que animarte un poco —le dijo su hermano—. ¿Cómo te llaman en *Variety*? —cogió el último número de la revista de cine que estaba abierta encima de la mesa y leyó uno de los párrafos que Patty había subrayado—. «Nunca demasiado seria, la productora y guionista juerguista J. Mercedes Chadwick sube la temperatura del Paraíso.» —Robin la miró por encima de la página-. ¿Quién eres tú, persona demasiado seria, y qué has hecho con mi hermana, la productora juerguista?

Jane le lanzó aquella mirada demoníaca que había llegado a perfeccionar cuando tenía seis años y él, cuatro.

Pero ya no lo asustaba igual que entonces.

—Mira —dijo él—. Ya sé que estás nerviosa por todo esto de los correos electrónicos…

—Pues no —lo interrumpió Jane—. Estoy nerviosa porque el estudio está nervioso. No necesito ningún guardaespaldas. Venga ya, Robbie. Sólo son unos cuantos internautas chalados que…

—Patty me ha dicho que has recibido trescientos, y sólo te hablo de los de hoy.

—No —dijo, riéndose—. Bueno, sí, pero son… no sé, tres chalados enviando cien mensajes cada uno.

—¿Estás segura?

—Sí.

Robin se quedó callado. No se lo había tragado, claro.

—En serio —insistió ella—. ¿Cómo iba a ser verdad? Más silencio.

—¿Quién va a pagarlo? —preguntó Robin, al final.

—¿El qué? ¿Mi vida llena de pecados? —respondió Jane—. Por lo visto, yo.

Él la miró, serio, lo que parecía una broma: Robin pidiéndole a otra persona que se tomara algo en serio.

—El equipo de seguridad extra que los estudios Heart-Beat quieren contratar —aclaró él.

—Ellos —dijo Jane. El presupuesto de la película ya se les había ido de las manos. Incluso estaba utilizando su tarjeta de crédito para pagar algunas cosas. De ninguna manera podía permitirse a un equipo de guardaespaldas las veinticuatro horas del día.

—Entonces no veo cuál es el problema —dijo Robin.

—No lo entiendes —dijo Jane. Y no lo entendía. Su hermano, aunque no era lo que podría llamarse simple, nunca iba con segundas. Bueno, excepto en lo de no acostarse con Patty…

Robin era un vividor y no lo escondía. En su primera entrevista para *Entertainment Weekly* lo había dicho muy claro: «Demasiadas mujeres, demasiado poco tiempo». Como el actor experimentado que era, se las ingeniaba para que los demás creyeran que era encantador. La periodista lo definió como un hombre con la honestidad de un niño ante la imposibilidad de resistirse a la tentación, en lugar de llamarlo directamente por su nombre: egoísta y malcriado.

Aunque, claro, para ser sinceros, en lo de malcriado Jane tenía mucha culpa. Como su hermana mayor, había hecho verdaderos esfuerzos para que tuviera una vida lo más fácil posible. Bueno, al menos así había sido después de superar la fase en que toda su vida giraba alrededor de sus deseos de atormentar a su hermanastro.

Crecer con sus padres había sido bastante complicado. Entre Robin y ella, tenían tres casas: la de Jane y su madre, la de Robin y su madre y la del padre de los dos, donde pasaban un fin de semana cada quince días con él y la mujer de turno.

Lo que significaba que, durante esos fines de semana, estaban Jane, Robin y la señora que se encargaba de casa de su padre, que casi nunca hablaba inglés y que cambiaba casi con más frecuencia que la madrastra.

Fue durante uno de esos fines de semana cuando Jane descubrió que la vida de Robin apestaba a abandono. La propia madre de Jane se refería a la de Robin como a «esa puta borracha», así que aquello no debería haberla sorprendido tanto.

En algún momento, pocos años antes de la muerte de la madre de Robin y de que él se trasladara a vivir con su padre, Jane había dejado de ser un tormento y se había convertido en su heroína, su protectora, su aliada.

—¿Qué es lo que no entiendo? —le preguntó él—. Los estudios quieren contratar a un par de guardaespaldas para que te vigilen. Utilízalo a nuestro favor. Conviértelo en algo de lo que las revistas puedan hablar. Si lo haces bien, a lo mejor los locos esos se dan por vencidos.

—No quiero a un guardaespaldas siguiéndome día y noche —la Jane pública, «la productora juerguista, Mercedes Chadwick» era un personaje tan inventado como cualquiera de los de sus películas, exceptuando los personajes reales de *American Hero*, claro.

Por primera vez en su carrera, que ya duraba siete intensos años y que empezó con un éxito inesperado cuando todavía estaba en la escuela de cine, Jane estaba haciendo una película basada en hechos reales.

Y, precisamente por eso, había recibido amenazas de muerte.

—No quiero tener que ser la «productora juerguista» aquí en casa —le dijo a su hermano. Sólo pensar en que tenía que llevar esos tacones veinticuatro horas al día ya le dolían los pies. Y tendría que hacerlo, porque esos guardaespaldas la estarían mirando. Bueno, era su trabajo, ¿no?

Y de ninguna manera podría arriesgarse a que, cuando todo aquello hubiera terminado, alguno de ellos diera una entrevista y dijera: «¿Jane Chadwick? Sí, lo de Mercedes es una mentira. Nadie la llama así. En realidad, es muy normal. Sólo Jane, ¿sabe? Sin la ropa ajustada y el maquillaje, se queda en nada. Trabaja dieciocho horas al día, que es algo muy aburrido, la verdad. ¿Y todos esos hombres con los que supuestamente sale? Todo cara a la galería. La productora juerguista no ha tenido una juerga privada en su habitación desde hace casi dos años.»

Si los estudios HeartBeat contrataban a un equipo de guardaespaldas, tendría que encerrarse en su cuarto cada noche.

Patty llamó a la puerta, la abrió y se asomó.

—Perdón —dijo. Casi siempre empezaba las conversaciones con una disculpa. Era una costumbre que Jane pretendía cambiar antes de acabar la película—. Han organizado una reunión aquí, hoy a las cuatro, con la empresa de seguridad que han contratado: Troubleshooters Incorporated.

Jane cerró los ojos cuando oyó el tiempo verbal que Patty había usado. «Han contratado.»

—No —dijo—. Diles que no. Olvídate del gracias y la sonrisa y…

—Lo siento —Patty estaba a punto de llorar—, pero, al parecer, el estudio ha llamado al FBI.

«¿Qué?»

—… Y las autoridades se están tomando muy en serio las amenazas. Van a encargarse del caso.

—¿El FBI? —Jane estaba de pie.

Patty asintió.

—Un agente del FBI también vendrá a la reunión. Ya está en camino.

Jules Cassidy odiaba Los Ángeles.

Y los motivos eran los de siempre: los interminables atascos, vivir en la misma estación todo el año y la sensación de competitividad que inundaba la ciudad. Era como si los cuatro millones de habitantes de aquella ciudad estuvieran preocupados porque si estaban en la cima, caerían; si estaban escalando, no llegarían nunca; y si estaban abajo, nunca volverían a tener una oportunidad.

La llamaban la ciudad de los ángeles, pero los que la bautizaron con ese nombre se olvidaron mencionar que los ángeles que vivían aquí abajo no rendían cuentas al jefe de arriba.

Pudo oír una de esas risas satánicas cuando se encontró, frente a frente, con el primer motivo por el que odiaba esta ciudad.

Un chico, bastante joven, lo estaba apuntando con una pistola.

—¡Dame la cartera!

Había visto la señal de «Aparcamiento peligroso» a la entrada del parking, que estaba justo debajo de su hotel, en West Hollywood. Sin embargo, y por lo visto erróneamente, Jules había supuesto que, si había algún peligro, sería de noche y no a plena luz del día. Aunque claro, el aparcamiento estaba oscuro y húmedo. Había unos cuantos coches, pero no se veía a nadie por los alrededores.

Las paredes eran de cemento y el techo también parecía bastante sólido. Seguro que una bala no penetraría en ese material, sino que rebotaría, pudiendo herir a alguien al otro lado del parking. Sin embargo, las puertas de la derecha daban directamente a la calle. No era una arteria principal, pero de vez en cuando pasaban coches.

—No quieres hacer esto —dijo Jules, manteniendo las manos en un lugar donde el crío pudiera verlas, incluso mientras se acercaba a él. Se alegraba de que el arma estuviera en la maleta, porque así podía abrirse la chaqueta tranquilamente y coger la cartera con dos dedos sin que se le viera la funda de la pistola—. Da media vuelta y vete, y hazte un favor a ti mismo. Mientras te alejas, limpia la pistola para no dejar tus huellas y...

—Cállate —le ordenó el chico. Llevaba algunos tatuajes en los nudillos, tatuajes primitivos, lo que significaba que, a pesar de su corta edad, ya había estado en la cárcel. Le temblaban las manos, mala señal. Obviamente, necesitaba un chute. La peor de las enfermedades de los angelitos que vivían en esta ciudad.

Estaba en tan malas condiciones que se había olvidado de ponerse el pasamontañas. Lo llevaba encima de la cabeza, donde no hacía mucho por disimular su identidad.

Las ideas claras no solían ir de la mano con el síndrome de abstinencia, de modo que Jules intentó no confundirlo más.

—Mira, voy a dejar esto en el suelo —dijo, dejando la cartera frente a él—. Y el reloj y el anillo, también —El anillo, que sólo era un aro de plata, serviría para dar el pego. Al chico le temblaban tanto las manos que no podría recogerlo sin apartar la vista de Jules y mirar al suelo, y cuando lo hizo...—. Voy a dar un paso atrás para...

—¡Que te calles, maricón!

Vale, perfecto. Jules se imaginó la conversación alrededor de una misma aguja: «Oye, si alguna vez necesitas dinero rápido, ve a West Hollywood y atraca a un gay. Están todos forrados y, si lo haces bien, lo harás llorar, y así te reirás un poco».

—O sea, que esto es un crimen homófobo, ¿no? —dijo Jules, en un intento por distraerlo, porque en ese momento no pudo echarse a llorar. Pero ya era demasiado tarde. La conversación había terminado.

El chico también se dio cuenta que lo habían descubierto.

Jules no sabía muy bien qué había cambiado, pero le pareció percibir una mirada de «no puedo volver a la cárcel», que era mala compañera de «necesito un chute, ya».

No podía esperar a que el chaval cogiera el anillo así que, en lugar de eso, corrió hacia él, con cuidado de apuntar la pistola hacia arriba y la izquierda, lejos de la puerta, algo que fue totalmente innecesario, porque el arma salió volando, sin dispararse.

Cayó al suelo y Jules empujó al chaval en la otra dirección.

Recurrió a la segunda ley de Newton para ir a por la pistola, cogerla del suelo y sujetarla de manera menos teatrera que el chico, pero mucho más eficaz.

El crío, en el suelo, se sentó, con la cara arañada y sangrando, y miró a Jules con una mezcla de incredulidad y miedo.

—¿Quién coño eres?

—No te pensabas que un maricón pelearía, ¿eh? —le preguntó Jules. Con la pistola bien sujeta con una mano, con la otra sacó el teléfono y llamó al departamento de policía de Los Ángeles, un número que previamente había grabado, el procedimiento habitual cuando iba a trabajar a otra ciudad, durante el vuelo desde Washington—. Sí, hola —dijo, cuando le contestaron en comisaría—. Soy el agente Jules Cassidy, del FBI.

—Mierda —dijo el chico, demasiado estúpido para darse cuenta de que su error no había sido escoger al tipo equivocado, sino haber salido de su casa esa mañana con la intención de cometer un delito grave, un robo a mano armada, en vez de acudir voluntariamente a un centro de desintoxicación.

—Necesito refuerzo policial inmediato en el garaje subterráneo del hotel Stonewall en West Hollywood —le dijo Jules al policía y luego, mirando al chaval, añadió—. Y tú, guapito, tienes derecho a guardar silencio…

2

La casa de la productora J. Mercedes Chadwick en las colinas de Hollywood era un viejo y elegante mastodonte construido en la época del cine mudo. Pero cuando Lawrence Decker se plantó, junto a Cosmo Richter y Tom Paoletti, frente a la fachada principal, se dio cuenta que la palabra clave era «viejo». Probablemente, allí nadie había hecho reformas desde los años cuarenta.

Desde la calle, parecía imponente. Desde dentro, con una serie de cubos colocados debajo de enormes marcas de humedad en el techo, estaba claro que aquella casa era una ruina.

—La factura la pagan otros, ¿no? —le susurró Cosmo a Tom mientras estaban en el recibidor, esperando a que la chica de la carpeta fuera a buscar a la señorita Chadwick.

—Los estudios HeartBeat —le respondió, también en un susurro, Tom.

Decker sabía perfectamente que asegurarse a HeartBeat como cliente regular sería un éxito para Troubleshooters Incorporated. El trabajo sería fácil, operaciones de ensueño, en comparación con la mayoría de operaciones que había realizado por todo el mundo. Si embargo, aunque proteger a alguien relacionado con un estudio de cine nunca se pagaría como un periodo de descanso y recuperación del ejército, tampoco estaba mal.

Trabajos fáciles, dinero fácil. Por eso, el propio Tom había venido con Deck y por eso había traído a Cosmo Richter con él.

El jefe Seal era alto y fuerte, con la cara delgada y los ojos pálidos, que normalmente escondía detrás de las gafas de sol. Sí, daba un poco de miedo, algo que nadie nunca había podido decir de Decker, ni siquiera durante sus años en la Marina.

Cosmo era como un signo de exclamación, colocado estratégicamente para que la clienta se acabara de convencer justo después de que Tom y Decker le hubieran asegurado que podrían protegerla.

Por supuesto, lo primero que había que hacer era instalar un sistema de seguridad. Ahora no había nada, excepto una vieja y polvorienta señal de «Cuidado con el perro» en la puerta automática de la entrada.

Este edificio databa de cuando el último grito en seguridad era un muro de piedra con unas pequeñas aberturas en la parte alta, una puerta abatible en la entrada y un grupo de torres coronadas por unos horribles dientes de piedra.

—Tenemos una lista inmensa de reformas planeadas —les dijo la señorita Chadwick, con una sonrisa, mientras los acompañaba a las habitaciones que ella y su hermano utilizaban como oficinas de su productora. Los tacones de aguja, altísimos, resonaron contra el mármol del suelo—. Pero estamos en lista de espera. Ya saben lo difícil que es hacer reformas en esta ciudad.

Según el informe que Tom le había pasado a Decker, había producido su primera película, un filme de terror de bajo presupuesto titulado *Hell or High Water*, cuando todavía estaba en la escuela de cine. Vendió su pequeña película a una distribuidora por un montón de dinero y se hizo famosa en la meca del cine.

Al parecer, la juventud en Hollywood era una virtud. Y J. Mercedes Chadwick todavía era joven, apenas debía tener unos veintiséis años. Se vestía como una adolescente, como si fuera la gemela morena de Britney Spears, con un pelo largo y oscuro cayéndole por la espalda y un más que considerable espacio entre la cintura de la minifalda, que empezaba debajo de las caderas, hasta el bajo de la camiseta.

Bueno, por llamarla de alguna manera, porque tenía un escote de vértigo.

J. Mercedes Chadwick era una mujer saludable, sí señor.

Sus largas piernas estaban tan morenas como su estómago, y llevaba las uñas de los pies pintadas de un color rosa oscuro bastante exótico.

Tenía lo que Decker llamaba ojos de diosa griega: de un color verde azulado, que contrastaban con el pelo oscuro y la robusta complexión mediterránea. Era muy guapa, aunque no según los patrones de Hollywood, porque no se había muerto de hambre para parecer un esqueleto con ropa.

Y aquella opción tenía toda la intención del mundo; incluso era calculada. Se dio cuenta cuando los presentaron y ella le sujetó la mano un poco más de lo normal y le clavó la mirada en los ojos.

Ella sabía una cosa que parecía que Hollywood había olvidado, y era que, por muy de moda que estuviera estar como un palo, a los hombres les seguían gustando las mujeres con curvas.

Sin embargo, si aquella intensa mirada había despertado su libido, se apagó igual de rápido cuando vio que miraba a Cosmo de la misma manera.

Y Cos, el bendito, ni siquiera esbozó una sonrisa. Se limitó a mirarla, con una expresión totalmente inexpresiva, como si aquel tremendo escote no le dijera nada.

Aunque, claro, a lo mejor era así. Decker no conocía tan bien al chico.

Pero sí que sabía una cosa: a J. Mercedes Chadwick le gustaba destacar. Y de ahí los tacones de casi ocho centímetro, que la hacían elevarse al metro ochenta y sobrepasar al resto de mortales, como Deck.

También vio que, seguramente, todo lo que esta mujer hacía era intencionado.

No podían haber sido más distintas en altura y color, pero le recordó a Sophia Ghaffari, a quien no había visto desde aquella cerveza que compartieron en un bar de Kaiserlautern, en Alemania, hacía más de seis meses.

Ahora Sophia también trabajaba para Tom Paoletti; de hecho, durante los últimos cuatro meses los dos habían trabajado para la misma empresa de San Diego pero Deck había pasado la mayor parte del tiempo en otros asuntos, de incógnito. Las pocas veces que había vuelto a los Estados Unidos, ella no estaba en la ciudad.

Y eso estaba bien, teniendo en cuenta…

Ahora estaban todos (Cosmo, Tom, Decker, Mercedes y su hermano, Robin, que tenía de guapo lo que ella tenía de morena) sentados en una sala llena de sofás y de sillas, con unos grandes ventanales que daban directamente al descuidado jardín trasero.

—¿Y no bastaría un sistema de seguridad de alta tecnología? —le dijo Mercedes a Tom—. Bueno, me refiero a que, si HeartBeat quiere pagarme un sistema de seguridad, ¡genial!, no voy a decir que no. Pero, de verdad, con la tecnología que hay en el mercado hoy en día, la idea de tener a dos guardaespaldas, uno dentro de casa y otro fuera, las veinticuatro horas del día, ¿no es un poco exagerada?

Decker contestó por Tom.

—Considerando el tamaño de esta casa, no, señorita Chadwick.

Obviamente, aquello no le había hecho gracia pero, cuando se giró para mirarlo, supo exactamente qué le había recordado a Sophia: la sonrisa y el contacto visual tan directo al preguntar:

—¿Pero tiene que ser día y noche? Bueno… tengo amigos que pueden protegerme por la noche.

Desde el otro lado de la habitación, su hermano disimuló una carcajada con un repentino ataque de tos.

Mercedes Chadwick no era de las que preguntaban «¿Quieres acostarte conmigo?». No, su actitud era más bien de «¿*Cuándo* quieres acostarte conmigo?».

Para una mujer en ese negocio, era una actitud totalmente opuesta a la de la escuela «vístete y compórtate como un hombre». En lugar de disimular su condición de mujer, Mercedes Chadwick utilizaba su sexualidad para controlar la situación.

Igual que la rubia y preciosa Sophia en Kazbekistán, cuando ella y Deck se conocieron.

Mientra Mercedes le sonreía, Decker se preguntó si ella iría tan lejos como Sophia para dominar la situación.

Joder, ¿es que nunca iba a olvidarlo?

—Su intimidad no se verá comprometida —le dijo Tom a Mercedes, intentando tranquilizarla.

Ella soltó una carcajada.

—Yo creo que sí. Mire, ¿no podemos fingir que tiene a dos de sus hombres aquí día y noche? No me importa que uno de sus hombres me acompañe cuando salga. Es más, puede que hasta sea divertido. Y tampoco me importa si alguien se queda aquí, vigilando la casa mientras no estoy, pero...

Deck y Tom se miraron. ¿*Divertido*?

—Ya sé que todo esto puede parecerle un poco incómodo... —empezó a decir Tom.

—Y yo sé que realmente quieren este trabajo —lo cortó ella—. Así que hagamos un trato.

—No va a haber tratos —dijo Tom, muy serio—. Estamos hablando de su seguridad personal.

Ella puso los ojos en blanco.

—Sí, ya. Como si uno de esos locos fuera a venir aquí y matarme a golpes de teclado. O a lo mejor me matan con uno de esos e-mails en cadena, ya saben: «Si no envías este correo a diez personas en los próximos dos minutos, serás una desgraciada toda tu vida...».

Cosmo Richter, que hasta ahora parecía más ocupado observando el jardín, miró a Mercedes y le dijo:

—Señorita, ¿existe alguna razón que le indique que las amenazas son una broma?

—Una broma —dijo ella, mirando primero a Cosmo y luego a Decker y a Tom—. Exacto, una broma. Es la palabra perfecta para definir todo esto, gracias. Es una broma muy pesada, señores. Seguramente, las ha enviado alguien que el estudio ha contratado para obtener más publicidad para la película. No creerán de verdad que alguien quiere matarme, ¿no?

El interfono sonó antes de que Tom pudiera contestarle.

—Siento interrumpir —dijo, a través del altavoz la asistente personal de Mercedes—. Pero un agente del FBI llamado Jules Cassidy está en la entrada y… —se aclaró la garganta—, bueno, el interfono se ha vuelto a estropear.

—Yo iré —dijo el hermano, Robin.

El agente del FBI conducía un Mercury Sable alquilado.

Robin no sabía muy bien qué esperaba, aunque obviamente no era un coche familiar de cuatro puertas.

El agente era más bajo y joven de lo que imaginaba y salió del coche cuando vio que Robin se acercaba. Era fuerte, musculoso, tenía el pelo oscuro y corto y una cara que podría aparecer al lado de la Robin en cualquier revista.

Se imaginaba la reunión de este tío con la consejera universitaria del instituto. «Podrías ser modelo o estrella de la televisión fácilmente, para eso no necesitas saber actuar… o… ¡Uy, esto es perfecto! Los NSYNC necesitan una cara bonita…» Y él habría respondido: «Bueno, verá, señora Smersh, siento decepcionarla pero me gustaría ser agente del FBI».

—Lo siento —dijo Robin, cuando ya estaba al otro lado de la verja—. A veces se encalla.

En realidad, se encallaba casi siempre y se habían acostumbrado a dejarla abierta, pero Jane había querido cerrarla hoy, seguramente para hacer creer al equipo de seguridad que tomaba las medidas necesarias para protegerse.

Tuvo que hacer cuatro intentos para que aquella maldita puerta se abriera. Cuando, al final, lo hizo, la sonrisa de Robin era de lo más artificial.

Ahora que los dos estaban al mismo lado de la verja, el agente le enseñó su placa mientras le ofrecía la otra mano.

—Jules Cassidy, FBI.

—Robin Chadwick, SAG —le estrechó la mano—. Soy el hermano.

—Encantado. ¿SAG?

—*Screen Actors Guild** —le explicó Robin—. Perdón, soy totalmente incapaz de no ser un gilipollas, sobre todo cuando no me provocan.

La doble negación no frenó a Jules, y se rió, se quitó las gafas de sol y…

¡Vaya! Gran contacto visual. El agente del FBI no sólo era más bajo y joven, sino que también más gay de lo que Robin esperaba.

Desde que se había teñido de rubio para interpretar a Hal Lord en *American Hero*, se le habían acercado más gays de los que recordaba. Al principio, le había puesto un poco nervioso, pero al final había aprendido a eliminar cualquier potencial misterio lo antes posible.

—No soy gay —le dijo Robin. Pensó en la dulce Patty, sola en el despacho de Jane, que le había lanzado esa tímida sonrisa cuando había salido de la reunión. No tenía ninguna duda de que, si esa noche iba a su apartamento, lo dejaría pasar. Sí, ya sabía que se lo había prometido a su hermana, pero es que Patty era tan mona…—. No malgastes tu energía.

Jules volvió a reírse. Parecía sinceramente divertido.

—Estás dando por sentadas muchas cosas, ¿no?

—Siempre lo hago —le dijo Robin, sonriendo—. Es mi ley de vida. Así me evito meterme en líos.

—A mí me parece que te debe meter en ellos —respondió Jules.

---

* *Screen Actors Guild* es la Asociación de Actores Profesionales de Estados Unidos. (N. de la T.)

—Y, aun así, flirteas conmigo. ¿Qué parte de «no soy gay» no has entendido? Entra, ¿quieres?, así podré volver a cerrar.

Jules Cassidy, del FBI, todavía se reía... y era adorable cuando reía. Harve, Guillermo, Gary el sobón e incluso Ricco, que mantenía una relación estable desde hacía varios años, se iban a morir cuando lo conocieran. Se metió en el Sable y cruzó la verja, aunque se detuvo al otro lado.

Robin se dio por vencido después de cinco intentos de cerrar la verja otra vez.

—Odio esta jodida puerta —dijo y, cuando vio que Jules había bajado la ventanilla del coche, añadió—. ¿Convencido? Un uso totalmente heterosexual del verbo «joder», colocado en la frase como un mordaz adverbio.

—Mordaz adjetivo —lo corrigió Jules—. Si fuera un adverbio sería jodidamente.

—Da igual. La escritora es mi hermana —dio Robin—. Por eso es la que ha recibido las amenazas de muerte, las que no se está tomando en serio, por cierto. Dime la verdad, Jules Cassidy, FBI, ¿en serio tenemos que preocuparnos por todo esto?

El agente se puso muy serio, muy deprisa, pasando de ser un chico gay alegre y ligón a ser un hombre totalmente adulto, con un estricto sentido del deber y una determinación que iba a juego con su par de grandes pelotas de acero. Y una mierda, señora Smersh, ¿de dónde había sacado la idea de que Jules Cassidy no podía actuar?

—Sí —le respondió Jules—. En serio. ¿Habéis oído hablar de la Red de Liberación?

. . .

Cosmo vio perfectamente que J. Mercedes Chadwick no acababa de creerse lo que estaba escuchando.

—¿Me está diciendo —repitió ella, como si quisiera asegurarse de que lo había entendido bien—, que hay miles de personas, ¿decenas de miles de personas, ha dicho?, que consideran a Chester Lord, un anónimo juez de Alabama que murió en 1959, un héroe?

El agente del FBI Jules Cassidy asintió.

—Sí, señora. Se hacen llamar Red de Liberación. Chester Lord escribió varios libros y…

Jane no se lo podía creer, estaba con la boca, perfectamente pintada, abierta.

—¿Y la mayoría ni siquiera viven en Alabama?

—No, casi todos viven en Idaho.

—Pero si era un hombre ultraconservador, incluso para la época —señaló ella—. Se dice que el juez Lord prefería mirar hacia otro lado y permitir los linchamientos…

—Creo que lo definen como un hombre honesto y chapado a la antigua —le informó Jules—. Y su hijo Hal fue condecorado como héroe de guerra, aunque de eso seguramente sabrá más usted que nosotros. Pero sí que puedo decirle una cosa: al parecer, esta gente protege con mucho celo la memoria del padre y del hijo, y no les hace demasiada gracia que usted haga pública la condición sexual de Hal en su película.

La ayudante de Mercedes, Patty, había dejado una copia del guión de *American Hero* encima de la mesa, y les había advertido que no podía salir del edificio.

¿Perdón? ¿Y qué iban a hacer ellos con eso? ¿Subastarlo en internet? ¿Vender las escenas más provocativas a las revistas de cotilleos, como *National Voice*?

Cosmo lo hojeó. Era la historia de Jack Shelton y Harold «Hal» Lord, dos jóvenes soldados americanos que fueron a París a principios de 1945, hacia el final de la segunda guerra mundial.

Hal era un héroe de guerra bastante condecorado y, como hablaba un alemán fluido, se ofreció voluntario para un equipo aliado cuya misión era descubrir si los científicos de Hitler habían conseguido fabricar la bomba atómica. La película defendía que Hal era gay, aunque él lo negara completamente. No sólo estaba dentro del armario, sino que estaba sentado en las últimas filas y con los ojos cerrados, para no ver la puerta de salida.

Hasta que conoció a Jack Shelton.

Jack era un gay tan declarado y abierto como podía serlo cualquier chico joven en 1945. Era miembro de la unidad 23, y colaboraba en el proyecto cinematográfico describiéndole a un modisto que había venido de Londres cómo eran los auténticos uniformes nazis que les habían dado al grupo de Hal para cruzar las líneas enemigas.

Al parecer, fue amor a primera vista, algo que horrorizó a Hal. Llevar a su amante gay a casa cuando acabara la guerra no era una opción para un hombre cuyo padre no era, exactamente, el juez Tolerancia y que había sido el líder local del KKK.

Según Hal, no le quedaba otra opción que conseguir que lo mataran en la guerra.

El guión también incluía la historia de amor más tradicional entre los personajes reales de la diseñadora de vestuario ganadora de un Oscar Virginia Simone y el líder del grupo de Hal, el comandante Milton Monroe. A juzgar por los sobrios diálogos y la descripción física del comandante, con su acento del Bronx, Mercedes se había inspirado en Humphrey Bogart para el papel.

O quizás en Spencer Tracy. Estaba claro que le gustaba la época dorada de Hollywood, y eso era un punto a su favor.

—La propia nieta de Hal ha dado el visto bueno a la película —dijo Mercedes—. Si está buscando el sexo, la primera escena gay no llega hasta la página setenta y dos.

Cos levantó la mirada, clavándola directamente en sus ojos, de un color muy bonito, por cierto. Hablaba con él. Pensaba que lo estaba hojeando para buscar…

—La pareja heterosexual no lo hace hasta casi al final de la película, en la página setenta y nueve —continuó—. Verá que están escritas con bastante tacto ya que, en ambos casos, no enseñamos nada. Hemos sido muy cuidadosos con eso, así que no entiendo por qué esos chalados de Internet se han alterado tanto.

—No estaba… —empezó a responder Cosmo, pero Jane ya volvía a estar centrada en Cassidy. Perfecto. Que piense lo que quiera.

—Bueno, la Red de Liberación tampoco está muy contenta con la nieta de Hal —le explicó Jules—. Se ha ido a Europa. Va a llevar una vida tranquila durante un tiempo, lejos del ojo del huracán. Le recomendaría que…

—No —le interrumpió Mercedes, con una voz seca y decidida—. Eso es innegociable. No me voy a esconder. Tengo que hacer una película y cumplir un calendario.

—Jane… —empezó a decir su hermano, pero ella lo hizo callar.

Sin embargo, suavizó el tono. Incluso consiguió esbozar una sonrisa.

—¿Podemos retroceder un poco? Antes ha dicho que esta gente de la Red de Liberación, miles de ellos, se reúnen los fines de semana en... en... Capullolandia, Idaho, donde se sientan alrededor de un fuego... ¿haciendo qué? ¿Recitando los ochenta y siete versos de los poemas épicos que relatan lo bueno que era el juez Chester «linchador de niños» Lord?

—Bueno, de hecho no estamos seguros de lo que hacen en esas reuniones —le explicó Jules. Estaba intentando guardar la compostura, pero Cosmo juraría que lo de «Capullolandia», en otro contexto, lo habría hecho partirse de risa—. Son muy estrictos a la hora de no dejar entrar a personas ajenas al círculo. Sin embargo, casi le puedo asegurar que, hagan lo que hagan, tiene más que ver con armas de fuego que con poesía.

—Pero, sea lo que sea, lo hacen en Idaho, ¿no? —preguntó ella—. Por lo tanto, mientras no salga de California, estaré a salvo, ¿verdad? —miró a su asistente—. Patty, llama a Steve Spielberg y discúlpate en mi nombre. No podré asistir a su fiesta de la patata en Boise la semana que viene, una lástima.

Jules continuó.

—Señorita Chadwick. Con el debido respeto, ayer esto era una broma. Pero hoy la Red de Liberación está involucrada. Algunos mensajes han hecho saltar la alarma. Todavía no tengo los detalles pero mi jefe, Max Bhagat, está bastante preocupado. Y, créame, cuando él se preocupa, no es para tomárselo a risa.

Mercedes miró otra vez los documentos que Jules le había dado, páginas y páginas sacadas directamente de la página web de la Red de Liberación. Incluían una hoja con su foto en el centro de una mirilla telescópica.

Ella se rió, pero a Cosmo le sonó más a algo forzado.

—Esto es impagable, ¿lo sabían? Nunca hubiera podido pagar esta publicidad.

Su hermano intervino, muy serio.

—Creo que todos estamos de acuerdo en que todo esto ya ha llegado demasiado lejos, Jane.

Mercedes, o Jane, como la llamaba su hermano, miró a Jules, a Decker, a Tom y, al final, a Cosmo, como si de alguna manera hubiera decidido que era en quien más confiaba.

—¿De verdad estoy el peligro? —le preguntó.

Cosmo dejó el guión en la mesa. Con él, no, seguro. Nada le atraía menos que una mujer como J. Mercedes Chadwick. De acuerdo, era muy guapa, con una cara ovalada perfecta, que recordaba a las mujeres de la Edad Media. Y ese cuerpo… Cosmo la miró de arriba abajo porque, por su forma de vestir, eso era exactamente lo que esperaba que todo el mundo hiciera. Y, ¿por qué no decirlo?, tenía un cuerpo escultural.

Y sí, vale, era un mentiroso. Le parecía atractiva. Tendría que estar muerto desde hacía dos años para que ese escote no lo hiciera sentarse y mirar. Pero lo atraía igual que una escena de una de las películas porno preferidas de Silverman. Se avergonzaba un poco de su reacción. Porque todo aquello no era real.

El sexo con mujeres como J. Mercedes Chadwick era como dar un paso más allá de la fantasía de hacérselo con una novia imaginaria.

Y, sí, bueno, era un gran paso. Pero era igual de impersonal, quizás incluso más porque, en este caso, tenía que fingir que no lo era. Y eso siempre lo hacía sentirse más solo.

Cosmo se alegraba de que esa mujer fuera su clienta, lo que la convertía en intocable. Incluso si se le tirara encima, siempre tendría una razón de peso para resistir la tentación y así evitar todos los remordimientos de la mañana siguiente.

Pero, en esos momentos, ella y todos los de la habitación lo estaban mirando, esperando su respuesta.

Se aclaró la garganta.

—Hay mucho chalado por ahí suelto —le dijo. Ella parecía no tener suficiente, así que continuó—. A mí me parece una tontería no aceptar que vengamos y la protejamos, teniendo en cuenta que HeartBeat corre con los gastos.

Ella volvió a mirar la fotografía en el objetivo y frunció el ceño. Y Cosmo sospechó que la había asustado más de lo que ella estaba dispuesta a admitir.

Pero siguió con esa actitud superficial.

—Han escrito mal mi nombre —dijo.

—Sí, pero la dirección está bien —intervino su hermano.

Se produjo un silencio, mientras todos asimilaban esa información.

J. Mercedes suspiró, maldiciendo entre dientes. Entonces, levantó la vista y miró directamente a Cosmo.

—¿Cómo vamos a hacerlo? —le preguntó—. ¿Cómo funcionará, exactamente, todo esto?

Muy mal.

Así es como iba a funcionar todo eso de los guardaespaldas.

Hasta que instalaran el sistema de seguridad, alguien iba a estar cerca de Jane, exactamente en algún lugar donde pudiera escucharla, a todas horas.

Bienvenidos, chicos y chicas, a su infierno personal. Hasta que aquello terminara, o hasta que pudiera convencer al estudio de que las amenazas no iban en serio, tendría que interpretar a J. Mercedes Chadwick todo el día, como había imaginado.

Incluso ahora, cuando estaba en su despacho privado, dentro de su habitación, y donde normalmente iría descalza y con un pantalón cómodo y una camiseta mientras intentaba escribir esa maldita escena de la pesadilla del día D que había comentado al estudio que quizás incluiría en la película. Ni siquiera se había quitado los zapatos, porque su mesa era abierta por la parte delantera, lo que significaba que cualquier que abriera la puerta, vería que iba descalza.

Y esas debilidades eran para los mortales. J. Mercedes Chadwick nunca se sacaba los zapatos caros y de tacón de aguja.

En cualquier momento, entraría alguien para comunicarle que el equipo de seguridad de Troubleshooters Incorporated al completo estaba en la sala de reuniones y le preguntaría si le importaría bajar a conocerlos.

Joder, aquello iba a ser horrible.

Jane tenía que seguir el consejo de Robin y convertir aquella pesadilla en publicidad gratis para la película. Y como una imagen vale más que mil palabras, se aseguraría que hubiera muchas fotos.

Sí, señor. Cuando llegara cada mañana al estudio, llevaría a un apuesto guardaespaldas a cada lado, escoltándola desde el coche.

Ya oía el sonido de las cámaras y sentía el calor de los flashes.

Saber que la película saldría beneficiada lo hacía todo un poco más llevadero, pero eso no quitaba que, cuando todo terminara, estuviera destrozada.

Había vivido un momento de pánico cuando Decker, el anodino líder del grupo, había sugerido que podrían meterla en el coche a través de la puerta del garaje, para que así no tuviera que salir a la calle.

Si hacían eso, adiós a las fotografías, al menos en este extremo del viaje.

Pero entonces, abrió la puerta del garaje para tres coches. Los antiguos propietarios habían coleccionado millones de cosas tan fascinantes e inútiles como periódicos, revistas y latas de sardinas perfectamente limpias. Estaba todo apilado en el garaje, junto a botellas vacías de leche y zumo de naranja de cincuenta años atrás y garrafas de oporto. De las de cinco litros.

Al parecer, una familia podía consumir bastante oporto a lo largo de cincuenta años. Tanto que allí no había espacio ni para un coche.

Decker y Cosmo Richter, el Seal, la habían dejado hablar sobre cómo ella había comprado la casa «tal como está» y cómo no había tenido tiempo de llamar a los basureros para que se llevaran todo aquello, paso número uno en el proceso de reformas.

Ninguno de los dos dijo nada, aunque estaba segura que los dos sabían que era la falta de dinero, y no de tiempo, lo que le impedía limpiar aquel lío. Obviamente, no había esperado ningún comentario por parte del Seal. Hablaba en plan telegrama, como si cada palabra que utilizara costara cinco dólares y sólo llevara veinte encima.

Y, sin embargo, estaba muy bueno. Estaba perfecta, fabulosa e increíblemente bueno.

Los cuerpos diez eran extraordinariamente abundantes en Hollywood pero este era distinto. Quizás, saber que el Seal y sus músculos no eran fruto de horas matándose bajo el aire acondicionado del gimnasio contribuía a esa sensación. O quizás era cómo se movía, como si no fuera consciente de la admiración que despertaba.

La mayoría de hombres con los que Jane trataba eran bastante egocéntricos. Eran incapaces de pasar delante de un edificio y no mirarse con cara de «mírame». Honestamente, era el estilo de Hollywood.

Pero Cosmo Richter y sus sorprendentes ojos de color pálido venían del planeta Ajeno a Todo.

Todavía no había decidido si era extraño o tremendamente refrescante.

—Te están esperando —Jane levantó la mirada y vio que no era ni Cosmo ni Decker. Era Patty. Después de todo, se podría haber quitado los zapatos un rato.

—Gracias —dijo. Guardó el documento, cerró el ordenador y bajó las escaleras.

Cosmo la estaba esperando en el vestíbulo y, cuando ella llegó a su altura, él se apartó, gentilmente, dejándola pasar primero.

Tom Paoletti ya no estaba y, por lo tanto, Decker estaba al mando. El agente del FBI, Jules Cassidy, también se había ido. En la sala de reuniones, junto a Deck, había tres hombres y una mujer. Al parecer, había dos miembros más que conocería en los próximos días.

Jane se quedó un momento en la puerta, pensando en la locura económica que aquello suponía.

Por lo visto, protegerla iba a ser un trabajo a jornada completa para más de media docena de personas. Aquello debía costar un dineral. Preferiría invertir todo ese dinero en la distribución de la película. Ya se las arreglaría ella sola con ese chalado.

Cuando la vieron, se pusieron en pie, así que se vistió con su mejor sonrisa y encajó un montón de manos.

Vihn Murphy, un antiguo marine era incluso más grande que Cosmo. Era una original mezcla afroamericana y asiática, con una sonrisa que le iluminaba la cara. Jane apostaría el cuello a que era muy fotogénico, pero llevaba un anillo de casado y estaba comentando no sé qué de su reciente luna de miel.

Si conocía las revistas como creía hacerlo, estaba segura que cualquier foto que le hicieran estaría llena de guiños y sonrisitas. En serio, era alucinante el tiempo que invertía la gente en especular con quién se acostaba J. Mercedes Chadwick.

Sobre todo, teniendo en cuenta que la respuesta era «con nadie».

Lo realmente deprimente era que la historia de las amenazas de muerte sólo sería noticia unos días, pero si combinaba el peligro con su vida amorosa, aquello podría durar semanas.

Meses, si lo sabía llevar bien.

No, no costaría demasiado vender una convincente historia sobre la historia de amor entre la ardiente J. Mercedes y su guardaespaldas. Lo único que tenía que hacer era acercarse a uno de ellos, colocar una mano en uno de esos musculosos brazos y susurrarle algo al oído mientras les hacían las fotos.

Y los periódicos ya se encargarían de decir que la productora y el propietario de esa oreja, posiblemente PJ Prescott, cuya mano acaba de estrechar, lo hacían cinco veces cada noche y dos en la limusina, camino del estudio.

PJ era un piloto de helicópteros y médico que había servido en el cuerpo de paracaidistas de elite de las fuerzas del aire. Era alto, delgado y guapo, pero sufría lo que Jane llamaba «regalo de Dios para la mujeritis». Era charlatán, sonreía mientras mascaba chicle y, al parecer, creía que podía comerse con los ojos a las mujeres siempre que no perdiera su aspecto infantil y apreciara sinceramente lo que estaba mirando.

Sin duda, se creería todo lo que se publicaba en las revistas. Jane se grabó una nota mental para recordarse que nunca la fotografiaran en compañía de PJ. No necesitaba esa clase de problemas.

Por lo tanto, sólo quedaban Cosmo Richter y James Nash, que era uno de los hombres importantes de Decker.

—Es el segundo comandante —le dijo a Mercedes la mujer que estaba junto a Nash—. Cuando sea necesario, yo también ocuparé ese lugar. Soy Tess Bailey. Es un placer conocerla, Mercedes.

Nash era alto, moreno y de una belleza muy elegante aunque era muy obvio que pertenecía a Tess, que parecía más la directora de una escuela elemental que una militar. Le dio la mano con fuerza y su sonrisa era amable y sincera a la vez que escondía una advertencia.

Aunque Jane hubiera querido, que no era el caso, por supuesto, era obvio que Tess no era la mejor candidata a tener como enemiga.

Todos se sentaron para repasar los procedimientos, revisar lo que sabían de la Red de Liberación y para establecer un plan preliminar.

Mientras Decker hablaba, Jane no pudo evitar fijarse en Cosmo Richter, un hombre al que sus compañeros solían llamar Cos o jefe. Y ella sólo pensaba: «Felicidades, jefe. Prepárate para esos susurros».

• • •

—Tu hermana es un ángel —dijo Jack Shelton mientras Robin se sentaba a su lado en la sala de visionado.

—Estoy convencido que se lo dices a todos los chicos —le dijo Robin al anciano, sin apartar los ojos de la pantalla. Le encantaba y, al mismo tiempo, odiaba ver las escenas que habían rodado cada día. Él había hecho dos escenas y… oh, Dios mío, ahí estaba. En los primeros planos, casi cerraba los ojos.

—Es posible que tenga la costumbre de vestirse como una puta barata cuando está en público —dijo Jack, lo suficientemente alto para que Janey, que estaba fuera, hablando por el móvil, lo oyera. Era difícil saber si Jack estaba sordo o simplemente no le importaba que le oyeran—, pero, ¿sabes a cuántos productores he conocido que hayan invitado a una reinona de izquierdas al set y a ver los visionados diarios?

—A una —respondió Robin. No era la primera vez que le hacía la misma pregunta.

—Exacto —dijo Jack—. Jane.

—Bueno, teniendo en cuenta que la película es sobre tu vida…

—Trata a todo el mundo con el mismo respeto —continuó Jack—. A la estrella, al iluminador, al ayudante del cocinero…

—Aquí llega nuestro ángel —dijo Robin, mientras Jane pasaba por delante de los dos para sentarse al otro lado de Jack. En la pantalla su cara se veía gigante y… ¡Mierda! ¿Qué coño tenía en la nariz?

—El estudio quiere una escena en Normandía, Jack —le dijo ella, al más puro estilo Jane: a bocajarro—. Sé que no estuviste en la invasión del día D, pero Hal sí, y me temo que hemos llegado a un acuerdo.

—Un sueño del día D —dijo Jack.

Jane clavó la mirada en Robin.

—¿Se lo has dicho?

—¿Os habéis fijado en mi nariz en la otra escena? —respondió Robin.

Jack le respondió.

—Lo hizo tu ayudante. Me parece bien. Mejor que sea una pesadilla.

—Es lo que había pensado —dijo Jane, ignorando a Robin—. Te la dejaré leer primero, ¿vale?

—No tienes que hacerlo —dijo Jack—. Confío en ti.

Janey le plantó un beso en la mejilla.

—Gracias. Eres muy amable. Pero, de todos modos, te la dejaré leer primero.

—Siempre habláis durante mis escenas —se quejó Robin—. Siempre.

—Porque siempre salen perfectas —le replicó su hermana—. Cada toma es buena. Ya lo sabemos y por eso no tenemos que mirarte siempre.

—Sí, ya, pues que sepas que te acabas de perder un perfecto objeto no identificado en mi nariz. No pongas esa escena en la película —le rogó Robin. Si la ponía, sabía que lo nominarían para los Oscar y que esa sería la escena que pondrían cuando pronunciaran su nombre como nominado. Tendría que sentarse en el Kodak Theatre, la gran noche de su vida, con una mano delante de los ojos, incapaz de mirarse.

—Creo que por fin hemos encontrado al actor adecuado para hacer de Jack joven —le dijo Janey a Jack.

—¿Crees? —repitió él—. ¿No deberíamos haber dejado atrás ya la etapa esa de «creo»?

Por supuesto. Ya iban retrasados, y con el rodaje empezado. Sería mejor que éste fuera el bueno.

—Se llama Hugo Pierce —dijo Robin.

—Será Hugo Pierce —lo corrigió su hermana—. Ya tenemos su prueba de cámara, enseguida la veremos pero, ¡shhhh!, escuchad.

En la pantalla, aparecieron secuencias de noticiarios antiguos, acompañadas por una voz. Bueno, no era una voz; era la voz de Jack.

«Era 1943. Repasando la reciente historia del movimiento en defensa de los derechos de los homosexuales, cualquier podría pensar, echando la vista atrás hacia el tenebroso túnel del tiempo, que los años cuarenta eran una muy mala época para los homosexuales en Estados Unidos. Pero la verdad es que, queridos, 1943 fue un año maravilloso para ser gay.»

—Dios —dijo Jack—. Tengo voz de viejo.

—Cariño, es que eres viejo —le respondió Jane, provocándole una sonrisa.

«Los jóvenes que se alistaban en las fuerzas armadas —continuó la voz aflautada y rota de Jack—, dejando atrás granjas y pueblos, se contaban por millones. Llegábamos todos juntos a las grandes ciudades, Los Ángeles y Nueva York, mientras nos preparábamos para ir a Europa a luchar por nuestro país, por la libertad.

»Y, en realidad, encontramos la libertad, incluso cuando nos preparábamos para luchar y morir. Los que ya sabíamos que ganar el premio al marido del año no entraba en nuestro futuro descubrimos, algunos por primera vez, que no estábamos solos. Nos encontramos en esas grandes ciudades llenas de jóvenes uniformados, lejos de casa y de los padres, lejos de los pueblos, de las expectativas de la clase media y de nuestro inminente e inevitable futuro.

»En diciembre de 1942 yo tenía veintiún años y ya llevaba un poco de ventaja, porque hacía más de un año que me había trasladado a Nueva York a la escuela de arte.»

—Cuando, por fin, encontremos al Jack perfecto —le dijo Jane, al oído—, filmaremos las escenas en la escuela de arte y los reclutamientos y todo irá en silencio debajo de tu relato.

«Cuando los japoneses atacaron Pearl Harbor, acudí corriendo a la oficina de reclutamiento, deseando igual que mis compatriotas defender nuestra nación.

»A los pocos días, había pasado muchas pruebas y ya me habían enviado al campo de entrenamiento donde, de repente, me separaron de lo demás y me dieron nuevas órdenes. Me habían asignado a la Unidad 23, una unidad de combate especial de la que nadie antes había oído hablar.

»Después de un día y una noche enteros viajando, al final llegué a Pine Camp, cerca de Nueva York. Me llevaron a los barracones, que estaban casi llenos de chicos, no me dijeron nada y me dejaron allí.

»Aunque claro, nadie parecía saber para qué.

»Por entonces, todavía no había recibido el nombre de Radar gay, claro, pero da igual cómo quisieran llamarlo, mi radar empezó a dar pitidos como un loco. No era, ni de lejos, el único homosexual. De hecho, queridos, enseguida me di cuenta que, en vez de ser una minoría, como siempre, resulta que un gran porcentaje de los allí reunidos éramos... bueno, amigos de Judy Garland.

»¿Qué posibilidades había de que todo aquello fuera fruto de una coincidencia?»

—Éste es el final del segmento de voz —dijo Janey—. Bueno, ahora veremos la primera parte de la prueba de cámara de Hugo Pierce. Por favor, Señor, que lo haga bien. Es la escena que va inmediatamente detrás del relato, donde Jack...

—Lo recuerdo —dijo Jack.

La cámara de la prueba se centraría en la cara del actor en cuestión mientras la escena, una conversación entre otros hombres de los barracones, giraba a su alrededor. En la versión final se intercalarían primeros planos de gestos típicamente gays: contacto visual, sonrisas, llaves tintineando, etc., todo desde el punto de vista del Jack joven.

Pero ahora, Hugo Pierce dejaba el macuto encima de una litera mientras el actor que hacía del heterosexual e inquieto Ducky McHenry decía: «Combate especial. ¿Qué coño significa combate especial?»

Cuando el joven se giró, la cámara cerró el plano sobre él.

—No es tan guapo como yo —señaló Jack.

Janey se rió.

—Nadie es tan guapo como tú, Jack.

«Cállate, McHenry» —dijo otro de los actores, mientras la cámara hacía un primer plano de Pierce.

Era guapo, pero de una manera tan superficial como si fuera un anuncio. Robin intentó imaginarse besándolo, pero no pudo.

«¡Jesús! —se quejó otra voz, fuera de plano—. ¿Ya está con eso otra vez?»

«No, no, chicos —dijo la voz de Ducky—. Seguro que no es tan complicado. He estado pensando, y lo único que tenemos que averiguar es qué tenemos en común. Entonces, sabremos qué quieren que hagamos.»

Mientras tanto, la cámara seguía centrada en la cara de Pierce.

—No está tan mal —dijo el Jack que estaba sentado junto a Robin.

«¡Eh, tú, el nuevo! —dijo Ducky, y la cámara abrió un poco plano, para incluirlo en la escena. Le estaba hablando directamente a Pierce—. ¿Tú qué crees?»

Se suponía que el público tenía que apreciar cómo una multitud de emociones cruzaban el rostro de Jack mientras pensaba cómo responder a esa pregunta, porque él sabía perfectamente qué tenían en común la mayoría de hombres de esos barracones. Pierce Hugo sólo consiguió parecer asustado.

Jane hizo un ruido que era una mezcla de dolor y de pena.

«¿Qué hacías antes de que el tío Sam te reclutara? —preguntó Ducky.»

La cara de Pierce reflejó alivio. Sin embargo, era demasiado obvio, demasiado «Señores, ¡estoy actuando!» y Janey volvió a hacer ese ruidito.

«Soy… Era… estudiante de arte.»

«¡Ajá! —exclamó Ducky—. ¡Otro artista! Con eso tenemos veintidós artistas, diecisiete actores camareros de barra y tres locutores de radio…»

«Es obvio, amigos —interrumpió alguien mientras la cámara seguía centrada en Pierce, que era un actor tan interesante como una cuchara de madera—. Vamos a montar un espectáculo para los nazis.»

«Hablo en serio —insistió Ducky, entre las risas de los demás—. A ver, el nuevo. ¿Te sacaron de la fila de la unidad que te hubiera tocado, sin decirte nada, y te dejaron aquí?»

Pierce asintió. «Sí.»

«¿Lo veis? —exclamó Ducky, triunfante—. Igual que a los demás.»

Jane se levantó. Gracias a Dios.

—Gracias, ya he visto suficiente. ¡Patty!

La cinta se paró y se encendieron las luces.

—No le has dado ni una oportunidad —le riñó Jack, con cariño—. ¿Qué tenía, ocho palabras de diálogo?

—El diálogo es lo más fácil —le respondió Jane mientras Patty se acercaba por el pasillo.

Robin le sonrió. Igual que no podía imaginarse besando a Hugo Pierce o Pierce Hugo o como se llamara, sí que podía imaginarse besando a Patty.

Ella se sonrojó y le sonrió, tímidamente.

—El papel de Jack en la película es el de observador —continuó Jane—. El público sentirá a través de él. Y si transmite lo mismo que una lechuga…

—Pierce no ha estado tan mal —respondió Jack, mientras Robin se perdía en los azules ojos de Patty—. Siento recordarte que el rodaje ya ha empezado. Necesitas a alguien para el papel.

—Organiza otra reunión con el director de casting cuanto antes —le dijo Jane a Patty—. El Jack perfecto está ahí fuera y, con la ayuda de Dios, lo encontraré.

3

A su madre le habría encantado.

Cosmo estaba tranquilamente sentado en la última fila de la sala de visionado mientras J. Mercedes Chadwick se las arreglaba para ser más dramática que las escenas que acababan de ver.

Sin embargo, y para ser honesto, estaba de acuerdo con Mercedes. El chico que habían visto no había estado a la altura. Pero, al parecer, no tenían presupuesto suficiente para contratar a un actor conocido y con experiencia.

Mientras Cos los observaba, se preguntó si era consciente que su ayudante sólo prestaba atención a un tercio de lo que le estaba diciendo. La chica, Patty, estaba totalmente pendiente del hermano, Robin.

Él, sin embargo, sabía que ella estaba coladita por él y también parecía muy interesado. ¿No sonaba eso a desastre de los gordos?

Cosmo se habría apostado el sueldo de dos meses a que ninguno de los dos, ni Patty ni, por supuesto, Robin, sabían lo más mínimo sobre el otro. Seguro que habían ignorado por completo preguntas como «¿Cuál es tu color favorito?» o «¿Cuál era tu grupo de rock preferido cuando eras joven?». Y si, por casualidad, llegaban a hablar de algo antes de desnudarse a toda prisa, seguro que las respuestas serían muy breves, todo lo contrario a «¿Y por qué Duran Duran?».

Aunque, claro, había gente que se casaba sin molestarse a profundizar un poco más en la personalidad del otro.

En cuanto a Robin y Patty, tarde o temprano, se iban a despertar en la misma cama, post-orgasmo, y entonces mirarían a su alrededor. En cuanto empezaran a utilizar la boca para hablar, la fantasía desaparecería. Patty se daría cuenta, a la fuerza, de que el hombre que había acogido en su interior no existía, que el auténtico Robin no le llegaba ni a la suela de los zapatos al Robin idealizado e imaginario.

O quizás nunca se diera cuenta de su error y se pasara días y días llorando y preguntándose por qué su príncipe azul había «cambiado», de repente.

Y Robin, bueno, ése seguramente era de los que saltaban de la cama y salían por patas. Era uno de esos hombres terriblemente inseguros que escondían toda esa inseguridad detrás de una cara bonita, comentarios inteligentes y una coraza de falsa confianza en sí mismos. Era uno de esos hombres que casi nunca se estaba quieto, que nunca dejaba que nadie se acercara demasiado, por miedo a lo que podría pasar si se abría a alguien y se mostraba tal como era.

Y en cuanto a su hermana…

Cuando vio que Mercedes balanceaba su cuerpo de infarto por el pasillo, con el viejo a su lado, Cosmo se puso de pie.

Cos ya se había cruzado con varias como ella antes. Estaba seguro, sin haberlo preguntado, de que sus dos palabras preferidas eran «yo» y «ahora». Aunque, también era posible que esta película que estaba haciendo le importara de verdad, igual que el señor mayor.

—… Guardaespaldas las veinticuatro horas del día —escuchó que le explicaba a Jack Shelton—. Y el jefe Richter ha sido el afortunado en el sorteo del primer turno nocturno.

—Sólo estaré hasta las dos de la madrugada. Después vendrá Murphy —le recordó Cosmo. Aquella noche era una excepción. Cuando estuviera el equipo completo, alternarían turnos largos y cortos, con cambios de turno irregulares. La clave estaba en no establecer una rutina predecible por cualquiera que los estuviera vigilando.

—Vinh Murphy es un antiguo marine —le dijo Mercedes a Jack—. También pasaré mucho tiempo con James Nash y Tess Bailey, antiguos miembros de la Agencia, y con Larry Decker, un antiguo Navy Seal, igual que el jefe Richter; ya sabes, esos comandos a los que se les acumula el trabajo cuando se declara una guerra en Afganistán o Irak.

—Un jefe de los Navy Seals. ¡Qué bien! —los ojos oscuros de Jack brillaron, jóvenes en una cara llena de arrugas, mientras le sonreía.

A pesar de ser un hombre delgado y menudo, todavía caminaba erguido; el tiempo no había dejado demasiada huella en su físico. Llevaba un traje nuevo, hecho a medida. Cosmo no dudó, ni por un segundo, de que si se ponía a pasar páginas de la revista *GQ* de este mes, vería a varios modelos con esa misma pinta.

—¡Qué tonto! —continuó Jack—. Y yo aquí, intentando imaginar cómo un Richter podría haberse convertido en el líder tribal de los nativos americanos. Obviamente, he vivido lo suficiente para saber que cualquier cosa es posible.

Cosmo le dio la mano.

—Es un honor conocerle, señor. Admiro mucho su trabajo.

Mercedes y Robin intercambiaron una mirada que lo decía todo; después lo miraron con distintos grados de sorpresa y extrañeza. Cosmo sabía exactamente lo que estaba pasando por la cabeza de la productora: «Ajá. Entonces, es por eso que el Wonderbra y la minifalda del tamaño de un cinturón no han provocado la cantidad de babeo deseado».

Estuvo a punto de soltar una carcajada. La gente tardaba muy poco en sacar sus propias conclusiones, y siempre se dejaba llevar por lo más obvio.

Eso sí, casi todos. Porque Patty estaba ajena a todo, mirando a Robin con una sonrisa tonta en la cara.

—¡Qué interesante! —murmuró Jack, todavía dándole la mano a Cosmo—. Notad, chicos, que no ha dicho que era un fan, en plan: «Oh, señor Shelton, soy fan suyo desde hace años». Mi opinión es que le dieron este trabajo e hizo sus deberes, me buscó en Internet y se dio cuenta de que he diseñado el vestuario de algunas de sus películas favoritas —dio unas palmadas en la mano de Cosmo—. Es cien por cien heterosexual, pero la breve fantasía de que no lo fuera me ha encantado. Gracias, querido —se giró hacia Mercedes—. Si por casualidad se te ocurre la típica idea de ligarte a uno de tus guardaespaldas, éste es tu hombre. Por supuesto, no he conocido a los otros pero, ¿cómo podrían hacerle sombra? Es extraordinario.

—Sí —respondió Mercedes—. Un millón de gracias, Jack. Escucha, quiero que tengas con mucho cuidado, ¿me oyes? Si tienes la sensación de que alguien te está siguiendo o si recibes alguna llamada o algún mensaje extraño...

—Me aseguraré de que tanto tú como el estudio lo sepáis —dijo Jack—. Aunque puede que a Scotty no le haga mucha gracia que aparezca con un Navy Seal como guardaespaldas —se giró hacia Robin—. Acompáñame al coche, Harold; el chófer me está esperando.

—Un placer conocerle, señor —dijo Cosmo, sonriendo. ¡Por fin!, una operación de la que podía hablar con su madre, y estaba seguro que a ella le iba a encantar escucharlo.

Mientras Patty salía con Robin y Jack, Mercedes se acercó a la parte delantera de la sala de visionado para coger una libreta en la que había estado tomando apuntes.

—Siento lo de Jack —dijo, volviendo hacia él, dejando claro que no lo sentía—. Le encanta enredar las cosas.

Esa mujer no caminaba. Desfilaba. Se pavoneaba. Lenta y sigilosamente. Y lo hacía encima de esos ridículos tacones vertiginosos.

Cosmo salió antes que ella, miró a ambos lados. No había nadie. Y estaba muy poco iluminado. Casi todas las bombillas del techo estaban estropeadas.

—Tenemos, como máximo, tres días para encontrar a un actor que haga de Jack joven —le comentó ella mientras subía, delante de él, al primer piso y después, al segundo—. Si no, tendremos que quedarnos con Pierce Hugo.

Allí había demasiadas sombras. Tenían que aumentar el voltaje de todas las bombillas de la casa. Cosmo escribió una nota mental para comentárselo a Decker.

Mercedes iba camino de su suite que hacía las veces de habitación y de despacho privado, pero él la detuvo. Se colocó delante de ella, abrió la puerta, encendió la luz y echó un rápido vistazo a la habitación. El escritorio no tenía panel delantero, era como una mesa normal; era imposible esconderse tras él.

En la pared, había colgados varios carteles de películas enmarcados, incluyendo el de *Hell or High Water*, el proyecto universitario que había lanzado su carrera antes de cumplir los veinte años.

Al parecer, uno de los problemas de convertirte, de la noche a la mañana, en una estrella era la dificultad de cumplir con las expectativas. Había otros dos carteles en los que aparecía como productora, pero Cosmo no había oído hablar de ninguna de esas dos películas.

Cruzó el despacho y entró en la habitación y en el baño. Todo estaba bastante limpio, pero el vestidor y el mueble del baño estaban repletos de cosas. Perfume, maquillaje, productos para cuidar el pelo, cremas. En las barras de las toallas había varias medias y piezas de ropa interior delicadas y brillantes.

No había duda, era la habitación de una mujer.

El baño no tenía ventanas. Por lo tanto, era la habitación más segura de la casa. Si había algún problema, como una situación de código rojo, Jane se encerraría allí hasta que llegaran los refuerzos.

—Venga ya —se burló ella, mientras salían del baño—. Si alguien quisiera realmente matarme, no se metería en mi casa y me esperaría, escondido aquí.

Seguramente no pero, ¿no quedarían como unos tontos si sucedía? Cosmo se acercó a todas las ventanas de la habitación y miró los cerrojos. Eran viejos pero todavía resistían. Corrió las cortinas.

—¿No hablas porque se supone que tienes que pasar desapercibido o porque no tienes nada que decir? —le preguntó Mercedes, con una voz un poco más aguda.

Cosmo se quedó pensativo.

—Por las dos cosas, supongo.

—Sí, pues verás —dijo ella, fingiendo que arreglaba los montones de papeles que tenía encima de la mesa, un gesto que reflejaba perfectamente su frustración—. No pasas desapercibido, Rambo, así que deja de intentarlo.

—Me llamo Cosmo —dijo él, entrando en el despacho.

—Uy, perdona. Era una broma. ¿Qué pasa, que se os olvida el sentido del humor cuando entráis en los…?

—En los equipos, llamar Rambo a alguien es un insulto.

Ella lo miró, boquiabierta.

—Me tomas el pelo.

—No, señora.

Mercedes soltó una carcajada de incredulidad.

—Pero si es un superhéroe y tú vas y dices que es un…

—Equipo Seal —le recordó él—. Se llama así por algo. Ese Rambo va a su bola —movió la cabeza—. Es un insulto. No me vuelva a llamar así.

Mercedes lo miraba con los ojos como platos. Cosmo no había añadido «por favor» a propósito y había conseguido su objetivo: asustarla. Antes de hablar, Mercedes tragó saliva, y el tono ya fue mucho más relajado.

—Lo siento. No quería…

—Disculpas aceptadas —Cosmo hizo un movimiento de cabeza y se dirigió hacia la puerta.

Ella se vistió con una de sus mejores sonrisas, cogió el teléfono y apretó un botón.

—Hola, Patty, ¿me harás el favor de recordarle a mi hermano que mañana tiene que estar en el estudio a las cinco de la mañana? Dile que tiene que acostarse temprano —mientras escuchaba lo que su ayudante le estaba comentando, seguía con esa sonrisa en los labios, aunque ahora ya era mucho más artificial—. Gracias —añadió, y colgó.

—Estaré en el pasillo —le informó él.

—¿Es así como funciona? —preguntó ella, de brazos cruzados, todavía molesta y demostrándolo con un modesto gesto de rebeldía—. ¿Te vas a quedar ahí, junto a la puerta, toda la noche?

Él se paró. Asintió.

—Hasta que instalemos el sistema seguridad, sí.

—Trabajo con la puerta cerrada —le dijo, muy seca.

—Está bien pero no la cierre con llave.

—A veces, me llevo el ordenador a la cama —respondió ella—. Si el propósito de todo esto es hacerme sentir más segura, tengo que decirte que dormir con la puerta abierta no es la mejor…

—Sí que lo es —la interrumpió él, justo cuando se dio cuenta de a qué venía esa llamada a Patty. Había sido un mensaje. Para él. Le estaba recordando que su hermano también vivía en esa casa; que no estaban solos. Le tenía miedo de verdad—. Puede cerrarla con llave, si quiere —añadió él—. Lo siento. No pretendía incomodarla.

Si había algún problema, podría abrirla de una patada porque no era tan gruesa.

—Gracias —dijo ella, y puso los ojos en blanco—. Gracias por darme permiso para cerrar la puerta de mi habitación con llave. ¡Odio todo esto!

—Estoy aquí… estamos aquí para mantenerla a salvo —le dijo Cosmo, para tranquilizarla, a pesar de que no le caía especialmente bien. Porque, demonios, se suponía que no tenía que tenerle miedo a él—. He leído el guión. Es bueno. La película… quedará muy bien.

Vale, y ahora lo miraba como si fuera un mono parlanchín que exponían en el zoo. ¿Acaso creía que no sabía leer? Lo creía. Estaba totalmente asombrada de que lo hubiera leído, entero. ¡A la mierda! Muy cabreado, Cosmo se fue hacia la puerta.

Pero ella lo detuvo.

—¿Cuándo es tu próximo turno? —dijo, abriendo la agenda por la página del día siguiente.

—No lo sé —respondió él, un poco seco—. Deck se encarga de los horarios.

—Es que voy a dar una rueda de prensa —dijo ella, pasando el dedo por encima de una lista de citas escritas a lápiz—. Seguramente sobre las cuatro. ¿Podrás estar ahí? —lo miró—. Es un acto público y, para ser sincera, estoy un poco nerviosa al tener que salir a la calle, al menos el primer día…

Para ser honesto, le daba igual. Era muy obvio que tenía otros motivos para querer que estuviera en la rueda de prensa.

—Se lo comentaré a Decker —dijo él.

Ella retrocedió, para no presionarlo más.

—Gracias. Y… me alegro que te gustara el guión.

Sí, ¿y qué más?

Patty estaba en el despacho, viendo cómo las manecillas del reloj se acercaban a las once.

Se habría ido a casa hacía horas pero Robin, que había gritado: «Dile a Jane que volveré sobre las nueve y media» mientras se subía a su deportivo y salía detrás de la limusina de Jack Shelton, todavía no había vuelto.

Aquello era una locura.

Sabía que era una locura.

Pero lo único que pensaba era cuándo, cuándo, cuándo volvería a ver a Robin Chadwick.

En la primera entrevista con Patty, Jane ya le había advertido sobre su hermano.

—Su idea de una relación duradera es que se queda a desayunar —le había dicho—. No dejes que se te acerque demasiado.

Sin embargo, el primer día, Robin fue a comprar la comida y le trajo una selección de sándwiches y ensaladas.

—No estaba seguro de lo que te gustaba —le dijo, con una sonrisa que sólo podía calificarse de una manera: dulce.

Y Patty, en ese momento, perdió la cabeza por un chico que, además de ser guapo, iba directo al grano. Un chico que estaba llamado a ser la próxima estrella de Hollywood y, sí, quizás ella dejaba volar demasiado la imaginación, pero no le costaba demasiado verse allí, a su lado, mientras él ascendía al paraíso del celuloide.

Pensó que, si se quedaba, lo volvería a ver esa noche, pero el tiempo iba pasando y ni rastro de él. Patty tenía que estar en el estudio temprano, a las cinco de la mañana. Había repasado las páginas del día siguiente siete veces y había contactado con todos los extras para la escena de la fiesta, excepto con tres.

Tenía que irse.

Pero Robin también tenía que estar en el estudio temprano. A las cinco, tenía que estar en maquillaje. Pasó las hojas del portafolios y… sí. Un coche vendría a buscarlo a las cuatro y media.

Tenía que volver pronto.

Le sonó el móvil y ella lo cogió inmediatamente. Podía ser Robin, que se había quedado tirado en la carretera y necesitaba ayuda.

—¿Sí?

Una pausa y…

—Perdón —dijo una voz masculina—. No sé si me he equivocado de número. ¿Eres Patty Lashane? Esperaba un contestador o un buzón de voz.

No era Robin. Patty suspiró.

—Sí, soy yo.

—Siento llamar tan tarde. Es que acabo de llegar a casa y he escuchado tu mensaje. Espero no haberte despertado.

—No, no, tranquilo —dijo ella—. Tú debes ser Carl o Wayne o…

—Soy Wayne Ickes —lo pronunció «Ickis». ¡Qué nombre tan raro!

Encontró su currículum y el formulario que había rellenado cuando se presentó al casting de extras.

—Aquí estás. ¿Puedes venir mañana a las…? Uy, no te necesitamos hasta mediodía. ¿Te va bien?

—Perfecto. Genial. Gracias.

Patty le dio la dirección del estudio y le explicó el procedimiento de acceso.

—Ya estás en la lista —dijo ella—. Gracias por llamar…

—¿Ya te has acostumbrado al tráfico de Los Ángeles? —la interrumpió él—. Cuando nos conocimos en el casting, dijiste que acabas de llegar a la ciudad y que conducir en las horas punta te sacaba de los nervios.

—Oh —dijo Patty—. Sí. No. Yo…

—Dijiste que no te gustaba nada conducir en las horas punta, ni siquiera cuando estabas en Tulsa.

—Oh. Sí, bueno…

—Y yo te dije la hermana de mi compañero de habitación en la universidad vive en Tulsa y… —se rió—. No te acuerdas de nada, ¿verdad?

Patty giró el currículum para mirar su foto. Era un chico normal: pelo castaño, ojos marrones, bonita sonrisa en una bonita cara que, por otro lado, no era nada del otro mundo.

Se acordaba de que le había dicho que era de Tulsa y ella sería incapaz, aunque le fuera la vida en ello, de reconocerlo entre varias personas.

—Lo siento —se disculpó—. Pero es que ese día conocí como a setecientos actores.

—No te preocupes —dijo él.

Bip, bip.

Era el ruido de la alarma del coche de Robin. Por fin había llegado.

—Oye, ¿por qué no...? —empezó a decir Wayne, pero Patty lo cortó.

—Lo siento, tengo que colgar —escuchó la voz de Robin, hablando con... ¿cómo se llamaba?, el de seguridad tan grande—. Mañana a mediodía —le recordó a Wayne, y colgó.

Con el corazón acelerado, se asomó al recibidor.

—He cerrado con llave —dijo Robin mientras el Navy Seal, al que veía como un X-Man porque, igual que Cíclope, normalmente escondía sus pálidos ojos detrás de unas gafas de sol, bajaba la escalinata central.

—Lo sé —dijo el hombre, acercándose a la puerta de todos modos—. Gracias. Pero tengo que asegurarme.

—Por favor.

Gris claro. Los ojos del X-Man eran de un color gris claro azulado que parecía casi blanco.

Mientras Robin lo observaba, el Seal comprobó que estaba cerrado, luego puso el seguro, porque Robin se había olvidado.

—Lo siento —dijo—. Culpa mía.

—Por eso tengo que asegurarme —le respondió Cíclope, subiendo las escaleras.

—¿Has pensado alguna vez en dedicarte al mundo del cine? —le preguntó Robin.

Ni siquiera se detuvo.

—No —y, con un movimiento de cabeza, añadió—. Nas noches.

Cabrón taciturno. ¿Es que no podía tomarse la molestia de decirlo bien?

Aunque no era una buena noche. Sólo una más en la que había conseguido pasar el día sin haber jodido nada.

Toda la noche se había mantenido lejos, muy lejos del apartamento de Patty Tentaciones.

Había salido por West Hollywood con Harve y Ricco, dos de sus amigos gays. Había empezado a salir con Harve y compañía como parte de su investigación preliminar del personaje de Hal Lord. Nunca había interpretado a un gay, pero tampoco nunca se había interesado por ese estilo de vida alternativo.

Así que empezó a tragarse todos los episodios de esa serie de gays que daban por la televisión, y que lo había asustado un poco, y le preguntó a Harve, que había sido el encargado de los efectos especiales de la última película de Janey, si había algo de verdad en el retrato de la vida de un gay que hacía la serie.

La respuesta de Harve fue llevárselo de copas.

Y Robin descubrió que los bares gays de verdad no eran «sólo para hombres», como parecía en televisión. También descubrió que los bares gays eran un lugar genial para un chico hetero. Porque los gays tenían amigas que salían con ellos. Y, a pesar de salir con hombres que preferían a otros hombres, no estaban nada mal.

Esta noche había bailado con una jovencita encantadora llamada…

Mierda, no se acordaba. Llevaba un *piercing* en la lengua, eso sí que lo recordaba, porque le había puesto muy difícil cerrar los ojos y hacer ver que estaba con…

—¡Joder! —al fondo del pasillo, al lado de la oficina, había una sombra.

Y sí, es posible que fueran los efectos del alcohol, pero no había bebido tanto. Eso o Patty estaba realmente allí, de pie, como un ángel.

En cualquier caso, estaba bien jodido.

—Lo siento —sí, era ella—. No quería asustarte —dio un paso adelante.

—No pasa nada —dijo Robin—. Tranquila… ¿Qué haces todavía aquí? ¿No deberías haberte ido a casa hace horas?

—Oh —dijo, muy nerviosa—. Estaba trabajando en… Lo siento, no me he dado cuenta que era tan tarde…

—No tienes que disculparte —Robin no pudo evitar acercarse a ella—. No dejes que Janey se aproveche de ti.

Fueron las pecas, decidió, en cuanto la vio de cerca. Ojos grandes y azules, pelo rubio, constitución de chica de granja, figura esbelta… No pudo reprimirse, y la tocó. Sólo con un dedo, rozándole la aterciopelada mejilla.

—Eres preciosa —susurró.

Patty tembló y Robin supo que, si la besaba, dejaría que la llevara por la cocina, a la oscuridad del salón que Janey nunca usaba y…

¡Coño, cómo la deseaba! Para su desesperación, descubrió que cualquier alivio que hubiera encontrado en el aparcamiento del bar con cómo-se-llame ya había desaparecido. Quería algo…

Y para su sorpresa, Patty retrocedió, de modo que la mano de Robin cayó al vacío. Lo miró y dijo:

—Has bebido.

—Cierto —respondió él—. Estoy borracho.

Ella se rió. Una preciosa risa musical.

—¡Robin! Mañana tienes que estar en maquillaje a las cinco…

—¿He llegado tarde alguna vez?

—No, pero…

—¿Sabes que cuando soy Hal Lord y pienso en Edna Potter, ya sabes, su novia del instituto, me la imagino exactamente como tú?

Patty lo miró, llena de ternura.

—¿De verdad? —susurró.

Robin asintió.

—Sí —dijo él, también en un susurro, hipnotizado por la suavidad de su boca. Patty se humedeció los labios con la punta de la lengua y Robin empezó a salivar. Estaba más que preparada para él. Dejó resbalar la mochila por el brazo hasta que cayó al suelo—. ¿Sabes lo que me ayudaría mucho? —no esperó a que le respondiera—. Que me besaras, porque entonces tendría ese recuerdo en la memoria cuando interpretara a Hal y…

¡Bingo!

Patty se acercó a él y lo besó, lenta y suavemente, un primer beso perfecto. Y no es que Robin esperara menos de una becaria de Hollywood veinteañera con la cabeza llena de los momentos románticos de los clásicos del cine.

Colocó las manos en los hombros de Robin y él, a conciencia, no la tocó, no la atrajo hacia su cuerpo. Sólo dejó que lo besara.

Y lo besara, y lo besara, y lo besara.

Después de que el extraño y aterrador Cosmo Richter revisara la habitación y saliera al pasillo, Jane cerró la puerta con llave.

Y por fin pudo quitarse los zapatos.

¡Buf! Cómo le dolían los pies.

Se sacó la falda, se desabrochó el sujetador, que la oprimía como un corsé, y se quitó todo el maquillaje de Mercedes.

Se dio una ducha y se puso una camiseta ancha, unos pantalones cortos y unos calcetines gruesos para mantener los pies calientes.

Aunque tenía muchas ganas de entrar en Internet y leerlo todo acerca de los Navy Seals, se puso a trabajar. A pesar de que toda aquella historia de «no me llames Rambo» la fascinaba, ¡maldita sea!, dejando aparte el comentario del guión, ¿podía estar más claro que el extraño Cosmo no la soportaba?, tenía que escribir notas de prensa, pasar algunos fax y enviar correos electrónicos. Si, a consecuencia de todo aquello, tenía que tener los pies destrozados y ver cómo su vida entera acababa patas arriba, al menos se aseguraría de que la película saliera beneficiada, aunque fuera lo último que hiciera.

Ya eran más de las diez cuando empezó a trabajar en lo que se suponía que tenía que hacer: escribir esa escena del campo de batalla que le había prometido al estudio.

A las once, oyó el coche de Robin. Oyó cómo Cosmo bajaba abajo, hablaba con su hermano y volvía a subir.

Robin debía estar en la cocina, comiendo algo. Pero no subía y a las cinco tenía que estar…

Como si, de repente, lo hubiera entendido todo, se acercó a la ventana, abrió un poco la cortina y lo vio…

El coche de Patty todavía estaba en la entrada.

¡Joder! ¡Joder!

Cruzó el despacho corriendo, abrió la puerta y se encontró cara a cara con Cosmo Richter. Había cogido una silla y se había sentado junto a la puerta. En cuanto la vio, se levantó.

¡Mierda!

Jane le cerró la puerta en las narices y volvió a su habitación. Sin dejar de soltar barbaridades por la boca, abrió el cajón de la ropa interior y cogió el camisón de seda que estaba encima de todo.

Se quitó la camiseta y, mientras se ponía el camisón por la cabeza, se quitó los pantalones. Yendo a la pata coja, primero sobre una pierna y luego sobre la otra, para quitarse los calcetines, llegó al armario, donde estaba colgada la bata de seda blanca, la que tenía la cola estilo años treinta.

Se la puso y se ató el cinturón. No tenía tiempo para ir a buscar las zapatillas de tacón; además, descalza tenía menos posibilidades de matarse al bajar las escaleras. Se soltó el pelo, lo agitó y, mientras iba hacia la puerta, se metió el coletero en el bolsillo.

Esta vez, cuando abrió la puerta, siguió caminando por el pasillo hasta las escaleras.

«No me llames Rambo» todavía estaba de pie.

—Tengo hambre —dijo ella, al pasar delante de él. Posiblemente, pensó que estaba chiflada, pero no podía decirle:

«Creo que el irresponsable de mi hermano se está tirando a mi ayudante encima de la mesa de la sala de reuniones».

Cosmo la siguió, por supuesto, mientras ella bajaba las escaleras como una bala, giraba hacia la parte trasera de la casa, hacia la zona de oficinas y…

Casi chocaba de frente con Robin y Patty.

Estaban ahí, de pie. Despidiéndose.

Iban vestidos.

—Te veré por la mañana —le dijo Robin.

Patty llevaba la mochila colgada del hombro, y el maletín y las llaves del coche en la mano.

—Lo siento —le dijo a Jane—. ¿Te hemos despertado?

Patty tenía las mejillas encendidas y le brillaban los ojos. Sin duda, la habían estado besando. Pero ahora se iba a casa. Sola.

Increíble.

—No, no —respondió Jane, con una sonrisa forzada—. Sólo iba a la cocina a comer algo.

Se giró para lanzarle a su hermano una mirada de reprimenda por salir hasta tan tarde y, encima, volver apestando a whisky y cerveza, pero no tuvo que hacerlo.

Porque Patty lo hizo por ella. Todavía más increíble.

—Vete a dormir —le dijo—. En serio, Robin, antes de que te enteres ya serán las cuatro y media. Todo el mundo cuenta contigo mañana, con que llegues a la hora y digas tus frases. Ya sé que no tienes mucho diálogo, pero es importante que estés en buenas condiciones.

—Tus deseos son órdenes —le respondió Robin, cogiéndole la mano y haciéndole una reverencia—. Pero quizás debería acompañarte al coche.

Ah, no, no, no.

Sin embargo, antes de que Jane saltara encima de su hermano para llevárselo hacia arriba, Patty dijo:

—Estaré bien con… ¿cómo se llama?, bueno con el otro chico de ahí fuera.

—Se llama PJ —dijo Jane—. Buenas noches, Patty. Robin, a tu cuarto.

Lo cogió por el brazo y lo arrastró hacia las escaleras mientras Cosmo acompañaba a Patty a la puerta. La chica le lanzó una última lánguida mirada a Robin antes de salir. Jane oyó cómo el Seal cerraba la puerta con llave y ponía el seguro mientras ella ayudaba a Robin a subir las escaleras.

—¿No hemos tenido una conversación esta mañana y me has prometido que te mantendrías alejado de Patty? —le dijo ella, entre dientes.

—¿Qué? —preguntó Robin, haciéndose el herido y el ofendido—. ¿Y eso implica que no puedo ni hablar con ella?

—Hablar, sí —murmuró ella—. Besarla, no. ¿Qué te pasa? Una chica. Mantenerte alejado de una chica. De esta chica. ¿Qué te queda? ¿Un millón doscientas mil quince chicas de veinte años en el área de Los Ángeles? Te pido un favor y tú vas y…

—Lo siento, lo he intentado, pero no puedo hacerlo —admitió Robin, cuando llegaron al segundo piso. Sujetó a su hermana por lo hombros—. Janey, te lo juro, esta vez es diferente. Es especial. Creo que estoy totalmente enamorado de ella.

—¿Sí? Pues yo creo que estás totalmente borracho —le respondió Jane—. Otra vez.

—¿Y si fuera *la* chica?

Jane se puso muy seria.

—Entonces, lo seguirá siendo cuando acabemos la película dentro de dos meses —lo empujó hacia su cuarto—. Duerme la mona. Mañana hablaremos.

—Lo siento mucho —dijo él, antes de cerrar la puerta.

«Sí, ya».

Jane se giró y vio que Cosmo estaba esperando, pacientemente, al pie de la escalera, a que bajara a la cocina a comer algo.

—Ya no tengo hambre —dijo ella, caminando hacia su habitación.

Por increíble que parezca, Cosmo subió las escaleras y llegó a la puerta de la habitación al mismo tiempo que ella. Daba asco cómo podía moverse tan deprisa cuando quería.

La detuvo cogiéndola suavemente por el hombro.

—Tengo que entrar primero.

Jane se quedó frente a la puerta de la habitación, como una idiota, preguntándose si le diría algo o se enfadaría si, sencillamente, lo ignoraba. O si entraba corriendo en la habitación, gritando: «¡No me cogerás, Rambo, Rambo, Rambo!». En lugar de eso, dijo:

—Bromeas.

—No.

Era divertido. Le había respondido como si ella lo hubiera dicho en serio. Pero ella sabía, incluso antes de abrir la boca, que él no bromeaba. No era capaz de bromear. Cosmo el aburrido nunca bromeaba sobre nada.

—¿Por qué? —preguntó ella, resumiendo en esas dos palabras su frustración por Robin, por el estudio, por la idea de que las ideas neonazis de la Red de Liberación pudieran afectar a su vida de aquella manera, situándola al límite de su aguante personal—. Pero si sólo hemos estado abajo un par de minutos.

Cosmo hizo una pausa, tan larga que resultó bastante incómoda, para analizar lo que Jane acababa de decir, para perfeccionar su próxima lacónica respuesta o para componer mentalmente otro verso de su último soneto de amor. ¡Sí, ya! Estuvo a punto a soltar una carcajada ante la idea de imaginarse a ese hombre escribiendo poesía. Aunque, en realidad, sólo Dios sabía lo que le estaba pasando por la cabeza.

—Tiene que dejarme hacer mi trabajo —le dijo, al final.

—Pero nadie entra como un loco en la habitación de Robin para revisarlo todo antes de que él entre.

—Nadie ha amenazado de muerte a Robin —le respondió Cosmo. Para ser él, aquello podía considerarse toda una conversación.

—De hecho, yo sí —soltó ella—. Esta mañana.

Ninguna reacción. Ni una sonrisa. Nada. Sólo se quedó ahí, mirándola. Con los tacones, no le había parecido tan alto. Pero ahora, descalza, tenía que echar la cabeza hacia atrás para mirarlo a los ojos.

¡Demonios!, tenía unos ojos de un color muy raro. Jane siempre había creído que mantener una mirada fija se le daba bastante, pero esta vez fue ella la que apartó los ojos primero. Era muy raro mirar fijamente a esos ojos y no tener ni idea de lo que pasaba por su mente.

Se apartó, en silencio, porque tenía miedo de que, si abría la boca, no podría evitar llamarlo Rambo.

Con lo charlatán que era él, también hizo un esfuerzo y consiguió mantenerse callado.

Entró y encendió la luz.

Perfecto. Todas las luces encendidas y ella, sin una gota de maquillaje.

Pero él ni siquiera la miró. Entró en el despacho, miró las ventanas y luego se dirigió hacia el dormitorio.

Entonces, la miró, pero sólo para asegurarse de que lo seguía; al parecer, no quería dejarla sola en el pasillo.

Jane se apoyó en el marco de la puerta que separaba el dormitorio y el despacho, donde las luces no eran tan intensas, mientras Cosmo seguía con el registro de rutina. Oyó el ruido de la cortina de la ducha cuando la corrió. Sí, aquello iba a ser muy raro.

Como si le hubiera leído el pensamiento, Cosmo dijo:

—Cuando el sistema de seguridad esté instalado, no tendremos que hacerlo cada vez que entre.

Lawrence Decker le había dicho que empezarían a instalarlo mañana.

Pero, ¿cuándo acabarían?

Mientras Cosmo volvía hacia el despacho, pasó con cuidado por encima de la camiseta, los pantalones cortos y los calcetines que ella había dejado tirados por el suelo, mirándola a los ojos.

Genial. Era callado pero no estúpido. De hecho, Jane sospecha que no era nada estúpido. En absoluto.

Ella se apartó para dejarlo pasar, casi esperando que cerrara la puerta del despacho al salir sin decir nada.

Pero él se detuvo y la miró, con la mano en el pomo.

—Si el cambio de vestuario era por mí, debo decirle que no es necesario.

Se quedó tan sorprendida que habló sin pensar, de manera automática, haciéndose la tonta.

—¿Cambio de vestuario? No sé de qué…

Él ni siquiera se molestó en lanzarle una de esas miradas de «sí, vale». Cosmo sabía que ella sabía que había visto la ropa en el suelo. Ahora sólo estaba esperando, pacientemente, a que acabara de hablar. Ella se calló y los dos se quedaron en silencio. Cuando él estuvo seguro de que ella había terminado, dijo:

—Para serle sincero, le quedan mejor los colores menos brillantes y los tejidos opacos. Como algodón. El gris está bien.

Como la camiseta que había en el suelo.

—Si tuviésemos una situación de emergencia —continuó él—, por la noche, y llevara algo como eso —dijo, señalando el conjunto de seda que llevaba—, sería un blanco muy fácil. ¿Tiene un par de zapatillas deportivas?

Jane parpadeó, boquiabierta ante el cambio de tema.

—De correr. Sí, claro.

Cosmo sonrió tan brevemente que Jane se preguntó si se lo había imaginado.

—De correr. Perfecto —asintió él—. Déjeselas junto a la cama. Por si hay algún problema y tenemos que salir deprisa.

—Estoy ridícula con zapatillas. Sólo me las pongo para ir al gimnasio, y no quiero salir deprisa —Jane dejó brotar toda su frustración—. No quiero que haya ningún problema. No quiero ninguna situación de emergencia. ¡Y no quiero nada de todo esto!

—Nadie quiere —dijo Cosmo y, con un gesto de cabeza, salió y cerró la puerta.

4

—Lo está llevando muy bien —dijo Kelly Paoletti mientras Cosmo la ayudaba a subir al asiento del copiloto. Esperó, abrochándose el cinturón, con cuidado de pasarlo por debajo de su barriga de embarazada, a que él diera la vuelta y se sentara a su lado. Sólo entonces añadió—. Tienes razón respecto a Tanya. Es muy buena. Se preocupa de verdad por tu madre pero tienes que saber que, mientras ayudabas a tu madre con el teclado, he estado hablando con ella. Tanya no es enfermera, sólo es una ayuda a domicilio. Y hay una diferencia bastante importante entre las dos cosas.

Cos la miró mientras conducía dirección norte.

—Kel, por favor, al grano.

—Tanya le ofrece a tu madre exactamente el nivel de cuidados que ella necesita en este momento. Técnicamente, se supone que no puede administrar ningún medicamento, pero teniendo en cuenta que tu madre no necesita ayuda para recordar cuándo tiene que tomarse las pastillas, sino sólo para cogerlas y metérselas en la boca, no debería haber ningún problema.

A pesar de que pareciera sólo un par de años mayor que la ayudante de J. Mercedes Chadwick, sobre todo con el pelo recogido en una cola de caballo, la mujer de Tom Paoletti era médico, pediatra, y entendía perfectamente todos los entresijos del complicado sistema sanitario norteamericano. Se había ofrecido voluntariamente a venir a Laguna Beach en uno de sus escasos días de vacaciones para ver cómo se las arreglaban la madre de Cosmo y su cuidadora con la excusa de ir a comer un día con ella.

Cuando Cosmo la había recogido por la mañana en San Diego, le había advertido que su madre estaba loca. Ella se había reído y le había dicho que todo el mundo cree que su madre está loca; que la suya también lo estaba.

Sin embargo, Cosmo sabía que la suya debía ser de las peores.

No había podido entrar mucho en detalles porque Kelly se había puesto muy pálida. Insistió en que estaba bien, que sólo eran las náuseas matutinas, pero cerró los ojos e intentó dormir un poco; de modo que el resto del viaje lo hicieron en silencio.

Obviamente, ahora ya estaba mucho mejor, ya tenía color en las mejillas y sus ojos azules habían recuperado el brillo. Seguro que no se dormiría durante el viaje hasta Malibú, donde ella y Tommy iban a pasar las próximas semanas descansando.

En teoría.

Esta visita a su madre había servido para otra cosa. Tommy no quería que Kelly cargara ningún peso durante el traslado de sus cosas de San Diego a Malibú. Así, cuando ella llegara, él ya habría deshecho todas las maletas y sólo tendría que irse al muelle, sentarse en una silla y disfrutar de un daikiri sin alcohol.

—Tienes que llamar a la compañía de seguros de tu madre —continuó Kelly, obligándolo a prestar atención—, para asegurarte que no estén pagando por una enfermera y tu madre sólo tenga una ayuda domiciliaria.

—Vale —dijo Cosmo—. Gracias —la miró—. Siento mucho que mi madre... ya sabes. Te haya puesto en ese aprieto.

Kelly se rió.

—No pasa nada. En serio.

Bueno, de hecho, era él quien se había muerto de la vergüenza.

Kelly seguía riéndose.

—Tienes que admitir que ha tenido gracia.

Él negó con la cabeza. Su madre había visto el estado de Kelly e, inmediatamente, había sacado la conclusión errónea.

Cosmo se lo había tenido que repetir como cinco veces: no, Kelly no era su novia embarazada a la que había traído a casa para hablar de los planes de la boda.

Y entonces, ¿quién era? ¿Y qué estaba haciendo con Cosmo? ¿Y por qué no podía casarse con ella, de todos modos? ¿Y qué si no era su hijo? Ya tendrían más. Obviamente, la chica podía tener hijos...

¡Por Dios!

—Es encantadora —dijo Kelly—. Y está decidida a tener nietos —se rió—. Y yo pensaba que mi madre era horrible.

Cosmo tuvo que explicarle a su madre todos los detalles: Kelly ya estaba casada. Con Tom Paoletti, el antiguo oficial al mando del Equipo Seal 16 y su actual jefe en Troubleshooters Incorporated. Y dado que Cosmo le era totalmente leal a Tom, hasta el punto de dar su vida por él, era muy poco probable que siguiera los consejos de su madre e intentara convencer a Kelly para que lo dejara y se casara con él.

—Supongo que hace mucho que no traes a tu novia a casa —dijo Kelly. Ahora tenía una risita burlona en la cara—. Perdona.

—Sí —asintió él—. Di mejor nunca —él también se rió, poniendo los ojos en blanco—. Sería una pesadilla.

—No… —empezó a decir Kelly.

Él la interrumpió.

—Sí. ¿Te imaginas si algún día me gusta de verdad alguien y…? —imitando la voz de su madre, añadió—. Ya sé que dijiste que no te gustaban los musicales pero, si escucharas esta canción de *El doctor Jekyll y mister Hyde* donde Lucy… es la mujer fácil, querida. ¿Cómo lo decís, hoy, los jóvenes? Eso, la puta. Es la puta que canta sobre la esperanza… ¿No es curioso? Deja que te cante, cariño, catorce veces seguidas…

Kelly se estaba riendo tanto que le costaba respirar.

—No es tan horrible. Además, si disfruta de su música, es maravilloso.

—Sí —dijo Cosmo—. Lo sé.

Estuvieron un rato en silencio hasta que Kelly volvió a reírse.

—Es que… —pero no pudo continuar, porque no podía parar de reír. Tardó un rato en recuperar la compostura—. No me río de ti ni de ella.

Cosmo suspiró.

—No pasa nada.

—Es que… estaba sentada en el salón pensando: «Por eso Cosmo es tan callado». Seguro que de pequeño no podías ni abrir la boca, y cuando tu madre no habla, la música está tan alta…

—¿Y todavía te extraña que no lleve a nadie a casa?

—Venga, Cos, no tienes que preocuparte por eso. A cualquier mujer que te quiera le encantará tu madre. Seguro —le dijo Kelly—. Está claro que te adora. Sólo quiere que seas feliz —hizo una pausa.

Uy, problemas.

—¿Todavía sales con...? No me acuerdo de cómo se llama —preguntó Kelly—. Lo siento. Ya sabes a quién me refiero. La contable.

—Stephanie —dijo Cosmo—. No. Aquello fue... No. Aceptó un trabajo en Nueva York —negó con la cabeza—. Además, nunca nos planteamos que fuera a durar demasiado.

Kelly echó el asiento un poco hacia atrás, para intentar estar más cómoda, y giró la cabeza para mirarlo.

—Me dijiste que te gustaba.

—Sí —dijo él. En los dos años que ya duraba aquella extraña amistad, seguramente le había dicho muchas cosas que no debería.

Era amigo de la Kelly de Tom. ¿Quién se lo iba a imaginar? Todo comenzó cuando el comandante Tom Paoletti había estado bajo arresto domiciliario, acusado del inverosímil delito de traición por haber facilitado armas a un grupo de terroristas, entre otras acusaciones igualmente ridículas.

Kelly se empeñó en llevar a cabo su propia investigación, decidida a encontrar las pruebas que necesitaba para limpiar el nombre de su marido. A petición de Tom, Cosmo la empezó a acompañar, como guardia armado, más o menos.

Y cuando empezó a acercarse demasiado a la verdad, un coche bomba cuya intención era impedir que llegara más lejos los hirió a los dos.

Kelly sufrió varias heridas internas graves y Cosmo se rompió la pierna por varios sitios. La amistad se fue solidificando mientras se ayudaban mutuamente con la recuperación al salir del hospital.

—Me gustaba —dijo Cosmo—. Pero supongo que ella nunca estuvo muy unida a mí.

¿Y cómo iba a estarlo? Cuando estaban juntos, apenas hablaban. Bueno, ella hablaba y él escuchaba. Y antes de que él se diera la vuelta para decirle cómo estaba, ella se había buscado a otro y se había largado.

—Lo siento —dijo Kelly.

Él se encogió de hombros.

—Cosas que pasan.

Estuvieron en silencio durante uno o dos kilómetros hasta que Kelly dijo:

—Bueno.

Cosmo no apartó la mirada de la carretera. Sólo esperó.

Y ahí venía, claro.

—Sophia Ghaffari —dijo ella.

Cosmo se rió, maldiciendo entre dientes.

—Tom me dijo que fuiste a la oficina y… la viste —continuó ella.

—Tommy me dijo que acaba de perder a su marido —respondió Cos.

—Bueno, no es tan reciente —dijo ella—. Quiero decir, todavía no hace un año, pero casi. No la conozco demasiado bien, pero diría que se siente bastante sola. Como mínimo, necesita un amigo. Y si hay alguien en quien confiaría lo suficiente como para ir despacio con ella, eres tú. Deberías invitarla a cenar.

Un kilómetro. Otro. Ella estaba ahí sentada, observándolo, esperando una respuesta.

—No lo sé, Kel —dijo, al final. Cenar. Con Sophia Ghaffari. Dios Santo.

—¿Qué te parece esto? —sugirió ella, porque sabía perfectamente en qué estaba pensando—. Una fiesta. Esta semana. En la casa de la playa. Tom y yo. John y Meg…

—No, no, no, no —dijo él—. Ningún oficial del Equipo 16. Ni en broma. No me malinterpretes, quiero a Johnny como a un hermano, pero en una cosa así, formal, sería el teniente Nilsson y yo sería una estatua de sal, toda la noche —incluso sin la presencia de Nilsson, Cosmo sabía que se sentaría en una silla y no abriría la boca. No le gustaba hablar por hablar. Todavía se daba golpes contra la pared por el intento de decirle a Mercedes lo mucho que le había gustado su guión. Y ni siquiera le gustaba esa mujer. No había nada en juego y, aún así, había quedado como un estúpido.

—No tiene por qué ser tan formal —respondió Kelly—. Podríamos encender la barbacoa…

—Ya sería suficientemente duro con Tommy delante —Cosmo se rió de la situación—. No puedo creer que me lo esté planteando.

—¿Y si vienen Vinh y Angelina Murphy? —Kelly estaba dispuesta a todo—. Acaban de volver de su luna de miel y me muero de ganas de ver las fotos del viaje a St. Thomas. Conoces a Vinh, ¿no?

—Sí —dijo Cos—. Está en el equipo en este trabajo de Hollywood. Aunque no conozco a su mujer.

—Es genial —le dijo Kelly—. Te va a encantar.

Trato hecho.

Pero ella siguió insistiendo.

—¿De acuerdo, entonces? Llamaré a Sophia y le preguntaré a ver cuándo vuelve de Denver y…

—Eh, eh, eh —dijo Cosmo—. Espera. Tengo que pensarlo.

—Pues piénsalo deprisa —dijo Kelly—. O, mientras lo piensas, vendrá Bill Silverman o Jazz Jacquette o, ¡Dios!, Izzy Zanella y se lo pedirá antes que tú. Siempre te quejas de que no conoces a chicas que te gustan hasta que se casan con tus amigos.

¿Siempre? Sólo se lo había dicho una vez, y en un momento bastante crítico.

—¿Podemos dejar el tema, por favor? —preguntó, con la voz teñida de desesperación.

—Piénsalo deprisa —repitió Kelly.

Podía sentirla mirándolo mientras conducía. Un kilómetro. Dos.

—¿Qué tienes que hacer esta tarde? —le preguntó ella, al final.

Gracias, Señor.

—Después de dejarte en el paraíso —le dijo Cosmo—, tengo que ir a Los Ángeles. Mercedes, la productora, ha pedido a todo el equipo que vayamos al estudio, a una especie de reunión, a las cuatro y media.

—Mercedes Chadwick, ¿no? —se burló Kelly—. He leído algo sobre ella, aunque no recuerdo dónde… En la revista *People*, quizás. ¿Cómo es?

—Impresionante —dijo Cosmo—. Tiene un cuerpo que haría bailar a un muerto —vio que esa respuesta la había sorprendido, así que intentó explicarse—. Es una mujer muy inteligente, una escritora increíble, pero no es eso lo que quiere que el mundo vea. Se esconde detrás de un cuerpo de escándalo: unos escotes impresionante y siempre va enseñando el ombligo. ¿Sabes lo que quiero decir?

Kelly asintió y suspiró.

—Sí. Por desgracia, he conocido a demasiadas mujeres así en California.

—La mayor parte del tiempo, no me cae demasiado bien.

Ella lo miró, con las cejas arqueadas.

—¿Y el resto del tiempo?

Tendría que haberse imaginado que Kelly notaría que había dicho «la mayor parte del tiempo».

—¡Y cinco, seis, siete, ocho! —exclamó Cosmo, y luego empezó a cantar el primer número de *A Chorus Line*, y Kelly se echó a reír.

De acuerdo, Cosmo no estaba muerto. Y, en lo relacionado con J. Mercedes Chadwick, estaba más que dispuesto a bailar.

Robin Chawick estaba increíble en su uniforme de paracaidista, con el pelo echado hacia atrás, al más puro estilo años cuarenta.

Su escena había terminado hacía más de una hora. Cualquier otra estrella ya se habría marchado a casa, pero varios extras no se habían presentado y Robin se había añadido al montón de gente, con mucho cuidado de darle siempre la espalda a la cámara.

Estaba con un pequeño grupo de extras, todos con ropa de aquella época, en un escenario que representaba un club de Londres a finales del invierno de 1945, escuchando al director mientras daba instrucciones para la siguiente toma.

A Patty le hubiera encantado haber podido quedarse ahí, con la carpeta contra el pecho, reviviendo la noche anterior.

Cuando había besado a Robin Chadwick.

Él quería más que un beso. Se la había llevado a la cocina y luego a la oscuridad del salón que casi nunca usaban y…

Seguramente, esta mañana habría habido más que revivir si no hubiera sido tan tarde y él no se hubiera tenido que levantar tan temprano.

Cuando Patty había llegado al estudio por la mañana, lo había visto. Él le había sonreído y a ella se le había desbocado el corazón.

Y ahora estaba tan embobada que un chico del equipo estuvo a punto de llevársela por delante con un cochecito lleno de máquinas.

—¡Cuidado, que voy! Eh, tú, sí, la chica que tiene tiempo para quedarse ahí sin hacer nada. Te cambio el trabajo, ¿te parece?

En un rodaje, aparte de los actores, que se pasaban el día esperando a que el director gritara «¡Acción!», nadie paraba ni un segundo. Al menos, en este rodaje.

Patty había estado corriendo toda la mañana, y también durante la hora de la comida, el único hueco que Robin, como uno de los productores de la película, había tenido libre. Lo había sentido observándola, pero sólo había podido parar un momento para decirle «Hola».

¿Es que no acabaría nunca ese día?

Patty se colocó la carpeta debajo del brazo mientras cogía dos cafés, uno solo y otro con leche y mucho azúcar.

Uno de sus muchos trabajos era que los invitados al rodaje estuvieran cómodos y bien atendidos, y que estuvieran sentados en una zona especial, lejos de los actores y del equipo técnico.

Hoy había venido Jack Shelton y el agente del FBI, Jules Cassidy.

Con el corte de pelo tan moderno, el cuerpo atlético y los enternecedores ojos oscuros, Jules era casi tan guapo como Robin. Cuando había llegado, le había dicho que Mercedes lo había llamado para pedirle si se podían reunir allí esa tarde.

Patty no sabía nada aunque, como era una simple becaria, casi siempre era la última en enterarse de las cosas.

Después de presentarlos, sentó a Jules al lado de Jack, esperando que no fuera uno de esos antiguos militares a los que la idea de un hombre abiertamente gay los sacaba de quicio. Porque, a pesar de su edad, Jack seguía en activo. Sin duda. Sobre todo cuando saludó a Jules con: «Eres absolutamente adorable».

—¿Les traigo algo más? —les preguntó, después de darles el café. Cuando se acercó, los vio hablando y riendo. El agente del FBI no tenía pinta de salir corriendo escandalizado. Era mucho más simpático que ella… porque Jack Shelton la ponía nerviosa.

—¡Preparados! —gritó la ayudante de dirección.

—Eso significa que se tiene que acomodar deprisa —le dijo a Jules. Jack ya había estado en muchos rodajes a lo largo de su extraña y colorista vida, y ya sabía cómo funcionaba—. No tardará mucho en gritar acción y, entonces, no podrá moverse ni hablar, ni siquiera un ligero movimiento. Perdone, ¿ha apagado el móvil?

Jules asintió.

—Lo he puesto en modo vibración.

—Oh —dijo Patty—. No, lo siento, incluso eso hace demasiado ruido. Voy a tener que pedirle que salga fuera o…

Jules tenía una sonrisa muy cálida e, incluso… ¡vaya! puede que flirteara un poco con ella. Madre mía, era muy guapo.

—Ningún problema —apagó el móvil—. De hecho, ya había estado antes en un rodaje, así que…

—¡Yyy… —gritó el director, alargando la vocal. Patty se puso el dedo índice frente a los labios y cerró los ojos—. …Acción!

Ya habían hecho varias tomas de ese segmento, dos líneas de diálogo y un tiroteo, de modo que aprovechó la oportunidad para descansar un poco y perderse en su sueño preferido.

Robin, ganando el Oscar al mejor actor principal por su papel de Hal Lord en *American Hero*. Subiría al escenario y le daría las gracias a su hermana y a los estudios HeartBeat, así como a todos los actores y actrices de la película. Y entonces, justo ahí, delante de miles de millones de espectadores, le pediría a Patty que lo hiciera el hombre más feliz del mundo y se casara con él.

Los periódicos sacarían en primera página su foto, con los ojos llorosos y la mano en la boca, sorprendida; y luego vendrían las innumerables invitaciones a comer y las ofertas de trabajo.

Patty Leshane Chadwick, productora.

Y en cuanto a la noche de los Oscar, Robin y ella acudirían a infinidad de fiestas codeándose con los grandes nombres de Hollywood. Luego, cuando el sol empezara a teñir el cielo de blanco, irían a la mejor fiesta de todas, una fiesta privada en la casa de la playa que era su hogar, donde harían el amor lenta y pausadamente hasta quedarse plácidamente dormidos en los brazos del otro.

Aunque empezarían esa misma noche, seguro.

Estaba dispuesta a que pasara.

—¡Y corten!

El rodaje volvió a la vida. Los ayudantes y técnicos que se habían quedado quietos volvían a hacer los preparativos necesarios para rodar la escena de nuevo, volviendo a llevar la cámara al punto inicial.

Patty se giró hacia Jules.

—¿Formaba parte del equipo que investigó aquello de Russell Crowe el año pasado?

Él parpadeó con esas largas y oscuras pestañas.

—¿Perdón?

—Ha dicho que había estado antes en un rodaje y yo...

—Ah —dijo Jules—. Sí —la chica estaba continuando con la conversación que habían dejado a medias antes de rodar la escena—. No, no. Yo, eh —se aclaró la garganta—. Viví con un actor hace unos años y, eh, bueno, estaba rodando una película independiente en Nueva York, y...

—Perdón.

Patty se giró y vio a su lado a uno de los extras, un chico joven con uniforme del Ejército del Aire, con galones de capitán. Era bastante surrealista que supiera eso, teniendo en cuenta que hacía unas semanas, habría sido incapaz de diferenciar a un sargento de la Marina de un general del Ejército con cuatro estrellas. Ahora reconocía el rango de los cargos por el uniforme.

Este capitán tenía el pelo oscuro echado hacia atrás y sostenía la gorra con la mano izquierda mientras le ofrecía la derecha.

—Hola. Señorita Leshane. Siento interrumpir...

—Patty —lo corrigió ella.

—Patty —repitió él, con una cálida sonrisa—. Siento mucho molestarte, pero cada vez que he tenido una pausa estabas hablando por teléfono así que he pensado que este sería un buen momento... Sólo nos han dado cinco minutos, así que vengo a decir hola. Soy Wayne.

—Wayne —repitió ella. ¿Dios mío, se suponía que tenía que conocer a Wayne? ¿Había olvidado a algún invitado especial que vendría vestido de extra? Estaba totalmente en blanco.

No le sonaba de nada, con los ojos marrones y una bonita sonrisa, bonitos dientes, aunque todos los actores que venían a Los Ángeles tenían dientes bonitos.

—Wayne Ickes —dijo, y aquello ya le sonó más. Patty había escuchado antes ese nombre pero, ¿dónde?—. Hablamos por teléfono ayer por la noche.

Exacto. Antes de que Robin volviera a casa.

Justo antes de aquel increíble a indescriptible beso que había puesto patas arriba su mundo, su vida, sus esperanzas y sus sueños.

—¿La hermana de mi compañero de habitación vive en Tulsa…? —siguió él, dándole pistas, porque ella seguía allí de pie, sin decir nada.

—Sí —dijo Patty, viendo que todavía le tenía cogida la mano—. Claro. Wayne. Lo siento… —Patty se soltó de su mano.

—Con estas pintas, debe ser difícil reconocernos —le dijo él, dándole una buena excusa—. Con el pelo, los uniformes…

—Pues sí —mintió ella—. Sí —el pobre estaba sudando—. Debes estar muriéndote de calor, con ese uniforme, debajo de los focos.

—Ah —dijo él—. No está tan mal. Está bien. Bueno no es que se esté bien, bien… porque hace bastante calor, pero… Es el uniforme de mi abuelo. Es de verdad. Aunque posiblemente me aceptaron de extra porque tenía uno. No es que me queje. Un trabajo es un trabajo y… —puso los ojos en blanco—. Lo siento, debes pensar que soy imbécil.

—No —dijo ella. De hecho, era bastante mono, y esa manera de hablar cuando estaba nervioso. Le lanzó una sonrisa de «tengo que irme», pero él no la entendió y creyó que le estaba dando pie a continuar hablando.

—Mi abuelo pilotó un B-29 Superfortress. Un bombardero de los grandes —le explicó—. Primero lo destinaron a la India y luego a las islas Mariana. Éste era el uniforme de invierno... apenas se lo puso porque, claro, sirviendo en esos lugares tan cálidos.

—Qué bien —mintió Patty. Había dejado de escucharlo en lo del bombardero. Habría estado bien escucharlo si el día tuviera más horas. Todo el mundo tenía una bonita historia que explicar, pero ella tenía como cuarenta cosas que hacer «para ayer». Y la primera... recorrió todo el estudio con la mirada, buscando...

A Robin. Por fin venía hacia ella, abriéndose camino entre la gente. Sus miradas se cruzaron, él le sonrió y ella pensó que se iba a desmayar y...

—Yo también tengo un horario muy raro, en el hospital. Trabajo en el Cedars-Sinai. Soy camillero. Es un buen trabajo, no es muy glamouroso, ya lo sé, pero me gusta ayudar a la gente y mi jefe es bastante flexible. Bueno, de hecho había pensado que si una noche de estas no estás demasiado ocupada —iba diciendo Wayne, jugueteando con la gorra—, conozco un sitio donde hacen las mejores costillas asadas...

—Perdona —lo interrumpió Patty. ¿Si una noche de esas no estaba demasiado ocupada? Qué gracioso—. Lo siento, pero tengo que... —señaló a Jack y Jules. Y a Robin, que ya se había acercado y los estaba saludando.

Wayne se mostró inmediatamente arrepentido.

—No, no. Soy yo el que lo siente. No me di cuenta que estabas...

—Es que tengo mucho trabajo y... ¿Querías algo? ¿Una de esas hojas para el pago extra? —el departamento de vestuario ofrecía un dinero adicional para los extras que trajeran su propio uniforme. Un tal Carl no sé qué le había pedido una hoja de esas pero ahora no lo veía para entregársela.

—No —dijo Wayne—. Gracias. Ya me la han dado. Eh, hasta luego.

Patty se giró hacia Jack y Jules.

Y Robin.

—¿Estás seguro de que no sientes un deseo secreto de convertirte en actor de cine? —le preguntó Robin a Jules, que se reía y le daba la mano.

—No, estoy muy bien manteniéndome al margen, gracias —dijo el agente del FBI.

—Venga, hombre —se burló Robin, igual que hacía con todo el mundo—. No me creo que un tío como tú, con esa cara, no se mire al espejo y diga: «Podría ser el próximo James Van Der Beek». Ya sabes, con treinta y tantos y todavía haciendo papeles de estudiante de instituto.

—Ya —dijo Jules—. Te lo agradezco, pero no, gracias. Mis días de hacer de adolescente han quedado atrás. Tuve que infiltrarme varias veces en institutos, como estudiante, en operaciones secretas, para acabar con las bandas callejeras. Sólo era… —se volvió a reír—. No, gracias.

—No digo que tengas que hacer de adolescente —dijo Robin—. Sólo que podrías hacerlo. Te da más posibilidades para conseguir diferentes papeles, ¿sabes? —suspiró—. Es que todavía estamos buscando a alguien para que haga de Jack y… —se giró hacia Patty—. ¿No te parece asombroso?

No tenía ni idea de qué estaba hablando. Aunque, claro, siempre que estaba tan cerca de él, se quedaba sin habla.

—Míralos —le dijo—. ¿Es cosa mía o son idénticos?

Patty no sabía qué decir. Pero era Robin, cuando empezaba con algo, no necesitaba ninguna señal de afirmación o negación, él iba a la suya.

—Jack, amigo —dijo—. Explícale al agente secreto lo divertidísimo que es hacer una película.

—Ya sé de lo que hablas —le respondió el anciano—. Pero para ser actor hay que tener algo más que una cara bonita, y tú deberías saberlo.

Por fin, una conversación en la que ella podía intervenir, por extraña que fuera.

—El señor Cassidy ya sabe lo que es hacer una película; ha estado antes en un rodaje —le dijo a Robin—. Su compañero de piso en actor.

—Era —la corrigió Jules—. Bueno, no es que ya no sea actor, pero… eh… ya no vivimos juntos.

—Venga, Patricia —dijo Robin—. Échame una mano con esto, nena. ¿No crees que Jules sería un Jack perfecto? ¿No lo has visto en uniforme? A Jack, digo.

Que le echara una mano. ¡Dios mío!

—Supongo que se parecen un poco —dijo porque, aunque no veía la semejanza por ningún sitio, no quería contradecir a Robin. Vale, los dos eran fuertes y delgados y bajitos, para Hollywood. Pero Jack era afeminado y Jules estaba como un tren.

Y también era un agente federal de alto rango.

—Tu hermana me ha llamado y me ha dicho que teníamos una reunión —le dijo Jules, cambiando de tema—. ¿Sabes de qué va?

Robin negó con la cabeza.

—Podría tratarse de cualquier cosa, desde haceros saber que ayer por la noche tenía cuatro horas libres, así que cogió un avión a Idaho y se encargó ella sola del líder de la Red de Liberación y ahora sólo quiere daros las gracias, ya no os necesita, o a lo mejor también se ha fijado en el asombroso parecido entre Jack y tú y te trae un contrato, ha rellenado la solicitud del SGA o...

—¡Todo el mundo a sus puestos! —gritó la ayudante de dirección.

—Tengo que irme —dijo Robin. Le dio la mano a Jules otra vez—. Piénsalo. Si fueras Jack, haríamos juntos la gran escena del beso. ¿Qué te parece como incentivo?

Arqueó las cejas mientras Patty, medio sonrojada medio divertida, exclamaba:

—¡Robin!

Por suerte, Jules Cassidy tenía sentido del humor y se estaba riendo.

Robin se giró hacia ella, caminando de espaldas, alejándose de ellos.

—Después volverás a la oficina, ¿no? Para los visionados.

—Si tú quieres —dijo ella, corriendo para situarse a su lado.

—Quiero —dijo, y el ardor en su mirada le alteró el ritmo cardiaco a la pobre chica. Robin se acercó un poco y bajó la voz—. Tengo que hablar contigo. En privado —se rió, arrepentido—. Algo que va a ser casi imposible con Janey pisándome los talones continuamente.

—Quizás —dijo, aunque sólo fue poco más que un susurro. Se aclaró la garganta—. Quizás podrías venir a mi casa. Quiero decir, más tarde.

Él se quejó, como si le doliera mucho algo.

—¡Dios, Patty! —exclamó—. Me vas a matar. No sé si es muy buena idea.

—Es una gran idea —susurró ella—. En mi casa a las ocho.

Robin no dijo que sí, pero tampoco dijo que no. Ella tuvo que alejarse, porque vio que Jane y sus guardaespaldas entraban por la puerta. Sentía los ojos de Robin sobre ella mientras se alejaba hacia la puerta y sabía que todavía la estaba mirando.

Patty se rió, asombrada por su buena suerte.

—¿Qué son todos esos equipos de televisión en el aparcamiento? —le preguntó PJ a Decker, cuando se unió al grupo, que ya estaba en una sala del estudio.

Cosmo entró justo detrás, y Decker esperó a que el jefe Seal se acercara lo suficiente para responderle.

—La señorita Chadwick va a dar una rueda de prensa en unos minutos.

Cosmo se mostró imperturbable, como siempre, pero PJ arqueó las cejas. El propio Deck tuvo que mover la cabeza ante la absurdez de lo que acababa de decir.

Casi todas las operaciones en las que había participado habían sido secretas. Primero para los Navy Seals, luego para la Agencia y ahora para Troubleshooters Incorporated. Casi todo habían sido operaciones discretas. No había fuegos artificiales ni veintiún cañonazos para celebrar la victoria ni desfiles triunfales a la vuelta a casa. Y nada de comentar con nadie qué hacía ni dónde iba, ni siquiera a su novia, cuando tenía novia, claro. O sea, que mucho menos dar una rueda de prensa.

Pero esto era Hollywood. Tom Paoletti le había advertido a Deck que éste sería un trabajo un poco distinto. Mercedes Chadwick era una persona famosa. De hecho, no hacía falta que los medios la persiguieran, porque ella misma los buscaba.

La respuesta tradicional cuando alguien recibía una amenaza de muerte era esconderse. El amenazado solía desaparecer del mapa durante un tiempo. Pocas personas salían y daban ruedas de prensa, como Mercedes Chadwick.

—Debe haber pocas noticias, estos días —comentó Murphy. El antiguo marine estaba sentado en una especie de caja de embalaje junto a Dave y Lindsey, el séptimo y octavo miembros del equipo de Decker.

Dave Malkoff era una antiguo miembro de la CIA, y con eso estaba todo dicho. Y con su escaso metro y medio de estatura y con esa sonrisa tímida pero constante, Lindsey Fontaine parecía la guardaespaldas más inverosímil de la historia de la seguridad personal. Pero sus siete productivos años en la policía de Los Ángeles eran la prueba de que las apariencias engañan.

—¿De verdad va a darla ahí fuera? —preguntó Cosmo.

—Sí —respondió Decker—. Créeme, ya lo he desaconsejado pero… —volvió a mover la cabeza.

Había desaconsejado dar una rueda de prensa, y punto. Y mucho menos en otro sitio que no fuera entre cuatro paredes de un lugar cerrado. Pero, al parecer, hacer entrar a los periodistas entorpecería el rodaje de la película. Y, también al parecer, no perder ni una hora de rodaje y promocionar la película era mucho más importante que otras cosas. Entre ellas, salir con vida de allí.

Le había pedido a Mercedes un poco más de tiempo para organizarse. Si les hubiera avisado con un poco más de tiempo, habrían podido prepararlo todo de manera que pudieran garantizarle su seguridad. Podrían haber pedido una lista de los periodistas que iban a acudir a cubrir la rueda de prensa, registrarlos, hacerlos pasar por un detector de metales, revisar todas las cámaras y aparatos técnicos, buscar un sitio de difícil acceso y salida…

Ella se había reído. ¿Una lista de nombres? ¿Para una rueda de prensa? Por lo visto, la idea no era sólo llamar la atención de los editores con una historia fresca y diferente, sino darles todas las facilidades del mundo a los periodistas que quisieran acudir; nada demasiado complicado, vaya. Porque, claro, esa enternecedora historia del babuino y la llama que se habían enamorado durante el rodaje de *Doctor Dolittle 17* parecería terriblemente interesante, sobre todo cuando no se retenía a los periodistas cuatro horas para registrarles los equipos con los que grabarían algo que saldría quince segundos en las noticias de la noche.

¿Sabía Decker cuántas películas se estaban rodando en esos mismos momentos en la ciudad, todas enviando notas de prensa a los medios de comunicación?, le había preguntado Mercedes. ¿Tenía una idea de cuántas productoras luchan por obtener la atención de los medios, cuántas matarían por obtener un breve comentario sobre sus historias?

Por lo visto, no.

Habían llegado al acuerdo de levantar una pequeña carpa junto a la puerta del estudio.

No era el mejor sistema, pero tampoco era el peor. Estarían rodeados, por tres lados, por los muros sin ventanas del estudio y por el estrecho aparcamiento. Con la carpa y varios miembros del equipo en el tejado, las amenazas virtuales de un francotirador eran casi cero. En cuanto a un ataque de cerca, todo el que entrara en el estudio tendría que entrar por la puerta principal y dejar su identificación.

Aquello no significaba que no pudiera pasar algo, pero era mucho menos probable.

—Saldremos con las gafas de sol —le dijo Decker a su equipo—. Si un periodista os pregunta algo, cualquier cosa, incluyendo si el cielo es azul, la respuesta es: «Sin comentarios». ¿Entendido?

Esperó a que el murmullo afirmativo terminara antes de continuar.

—La radio encendida, aunque mantendremos la comunicación al volumen mínimo.

—Válgame Dios —dijo Dave, con la voz llena de admiración.

Estaba mirando hacia el fondo del estudio y Decker se giró para ver qué le había llamado tanto la atención.

Mercedes Chadwick se acercaba hacia ellos como una reina seguida de su séquito. La chica rubia de la carpeta iba detrás del agente del FBI, Jules Cassidy, que seguía a Bailey y Nash, los dos últimos miembros del equipo que faltaban. Perfecto. Ahora ya estaban todos. Podrían empezar cuanto antes.

—Válgame Dios —repitió Dave, con los cristales de las gafas casi empañados—. ¿Es la...?

Ah, claro, Dave todavía no había conocido a la clienta.

—Es ella —le dijo Decker.

Cruzaba el estudio, exhibiendo sus larguísimas piernas y el pelo brillante y voluminoso cayéndole suelto encima de los hombros.

Llevaba los labios perfectamente pintados y el maquillaje aplicado de manera que resaltaran sus exóticas facciones y su suave piel. Llevaba uno de esos trajes de raya diplomático que el tío de Decker se ponía para ir a trabajar al banco pero, en lugar de pantalones, llevaba falda. Bueno, al menos le pareció que era una falda, porque también podía ser un cinturón ancho.

La chaqueta se ceñía perfectamente a sus formas femeninas. Y, aunque le tapaba el ombligo, sólo tenía un botón, a la altura de la cintura, con lo que el escote en V era vertiginoso.

Y, a diferencia del tío Lloyd, Mercedes Chadwick no llevaba ninguna camisa almidonada debajo de la chaqueta. De hecho, a juzgar por lo que veía, debajo de la chaqueta no llevaba nada.

Decker era consciente de que era imposible moverse a cámara lenta pero, de alguna manera, esa mujer se las arreglaba para imitar ese efecto. Y no sólo eso, porque por allí donde pasaba parecía que las feromonas se revolucionaban.

Dave, que estaba a su lado, había cerrado la boca, al fin.

El equipo estaba en silencio, con las radios conectadas. Eran unos pequeños aparatitos que se colocaban en las orejas y que iban conectados a unos micrófonos inalámbricos que se pinzaban en la camisa. Nadie decía nada, ni siquiera el habitual «Probando, un, dos, tres». Por un momento, Decker habría jurado que oyó a Cosmo, uno de los miembros del equipo más callados y, por lo tanto, menos aficionado a cantar en público, tatarear una melodía que le resultaba vagamente familiar. ¿Era posible que estuviera cantando una canción de *Dance to the Music*?

—¡Vaya! —susurró Lindsey, que tampoco había conocido a Mercedes—. Es muy alta.

Sí, claro. Estaban todos ahí embobados y maravillados ante la impresionante altura de aquella mujer.

—¡Hola, Deck! —dijo Mercedes, en un tono musical. Sabía sonar sincera sin parecer artificial. Mucha gente de Hollywood sobreactuaba y lo exageraba. Pero ella parecía realmente encantada de verlo—. Muchas gracias, a todos, por haber venido esta tarde.

Ella le ofreció la mano y él se la encajó, y ahora sí que se quedó maravillado por su altura, porque hoy era más alta que él. Ayer no lo era tanto, ¿no?

Decker saludó a Cassidy y luego les presentó a Dave y a Lindsey. Luego, empezó a recordarle los nombres del resto del equipo, pero ella lo interrumpió, porque los recordaba todos, y los saludó uno a uno.

Cada vez que se inclinaba un poco, la chaqueta estaba a punto de abrirse del todo. Si se inclinaba un poco más… no, no lo suficiente.

Era totalmente inapropiado y absolutamente fascinante, y Decker se dio cuenta que aquella era la intención de la productora. El vestuario, incluyendo los tacones de diez centímetros (misterio de la altura solucionado) estaba diseñado para llamar la atención. No cabía ninguna duda de que sabía perfectamente, al milímetro, hasta dónde podía moverse para no enseñar las vergüenzas a todo el mundo. No iba a permitirlo, pero mucha gente no lo sabía, y no dejarían de mirarla, esperando…

Sinceramente, la admiraba por el conocimiento de la naturaleza humana que demostraba, así como por la capacidad de manipular el sistema a su favor. Aquello no reducía el enfado por la repentina rueda de prensa, pero dejaba claras las diferencias entre los dos mundos en los que se suponía que tenían que operar.

—No ha podido convencerla para que no lo hiciera, ¿no?

Decker se giró y vio que Jules Cassidy, el agente al mando de la investigación del FBI, el agente del FBI gay, ¿cómo había podido pasar?, se había colocado a su lado.

—No.

—No creo que haya ningún problema —dijo Cassidy, mirando a Mercedes. Luego, se giró hacia Decker—. ¿Quiere responder usted a las preguntas relativas a los procedimientos de seguridad o quiere que lo haga yo?

—Puede hacerlo usted —le dijo Deck—. Siempre que su respuesta sea: «Ni un puto comentario».

Cassidy sonrió.

—Bueno, seré un poco más diplomático pero, básicamente, me ceñiré a eso.

—Entonces, adelante —le dijo Deck.

—¿Tiene algún problema conmigo, jefe? —le preguntó Cassidy, a bocajarro, y dirigiéndose a Decker utilizando su antiguo rango militar a propósito.

—Sí, pero lo superaré —le respondió Decker porque, aunque le incomodaba que fuera… ¡Dios!, le gustaban sus habilidades para liderar el grupo sin imponerse. ¿Cuántas veces había trabajado con agentes del FBI que escucharan a los demás como lo hacía Cassidy?

La expresión que vio en la cara del agente le reveló que aquella respuesta tan sincera no era a lo que el chico estaba acostumbrado.

—Bien —dijo Cassidy, asintiendo—. Disculpe —se giró para hacer una llamada. No le dio las gracias a Decker por demostrarle el respeto que, por derecho, se merecía.

Y eso hizo que Deck lo admirara todavía más.

Dejó a Cassidy y se volvió a concentrar en Mercedes, que había acabado al lado de Cosmo. Deck los observó: ella le estaba sonriendo y, mientras le sujetaba una mano, le preguntó:

—¿Cómo está tu madre?

Cos, cuyo corazón seguramente no se habría alterado para nada, la miró inexpresivo mientras ella añadía:

—He estado hablando con Tess y me ha dicho que tu madre se rompió las dos muñecas. Debe ser horrible...

Al final, él asintió y dijo:

—Sí —sin darle más detalles, y soltándose de su mano. Obviamente, consideraba que no valía la pena hacer el esfuerzo de entablar una conversación en condiciones con ella—. Está mejor, gracias.

Sin embargo, Mercedes no se dio por vencida.

—Me alegro —se giró para mirar a Decker—. ¿Estamos listos? —pero se volvió a girar hacia Cos—. Estarás a mi lado, ¿verdad? Cuando salgamos, quiero decir.

Deck se adelantó y respondió por Cosmo.

—De hecho, de todos nosotros, Richter es el más indicado para la retaguardia —el Seal ya se estaba alejando, y el Navy sabía que no podía decirle lo que tenía que hacer en sus vacaciones, pero el Equipo 16 tenía un nuevo oficial al mando. Deck sabía, por experiencia, que lo último que Cosmo querría sería cabrear al nuevo jefe apareciendo en la portada del *USA Today*.

—Ah —dijo Mercedes mordiéndose el labio inferior—. No podemos cancelarlo, y tampoco podemos hacerlo aquí dentro, así que ni se le ocurra sugerirlo, pero... es que estoy muy nerviosa. Pensaba que no lo estaría, pero...

Por otro lado, en cualquier foto, aunque estuviera en primera fila, sólo sería uno más, porque con las gafas de sol nadie lo reconocería.

—Sé que parece una locura, pero es que... —continuó Mercedes.

No era una locura. Cuando se protegía a alguien que había recibido una amenaza de muerte, había en juego muchos elementos psicológicos. Era importante recordar que la persona que se estaba protegiendo se había visto envuelta en un mundo extraño, nuevo y extremadamente peligroso. Todo el mundo tenía maneras diferentes de afrontar esa situación, aunque algunas pudieran parecer irracionales o sin sentido.

La política de Deck era hacer lo que fuera posible para reducir los niveles de estrés del cliente. Y si ella, honestamente, se sentía más segura con Cosmo a su lado… Lo miró, y Cos se encogió de hombros.

—Nadie se va a fijar a en mí —dijo.

Y era verdad. Todos los ojos estarían centrados en J. Mercedes Chadwick.

—Está bien —dijo Deck, y luego se dirigió a todo el equipo—. Adelante.

En los Seals había una expresión para una situación que estaba fuera de control: una encerrona.

Sin embargo, en este caso, Cosmo estaba seguro que todo eso de la rueda prensa sólo era una espectáculo coreografiado al mínimo detalle por J. Mercedes Chadwick. Los había engañado. «Estoy muy nerviosa…, Sé que parece una locura…»

Sabía perfectamente lo que estaba haciendo. Lo tenía todo bajo control. Mientras subía las escaleras hacia la plataforma, le había preguntado.

—¿Tienes novia, jefe?

—No, señora —le respondió él, secamente. Aquello no era asunto suyo.

—Pues ahora sí —le dijo, inclinándose hacia él mientras subían al improvisado escenario, y los flashes de las cámaras empezaron a disparar.

Pero todavía había más. Se tropezó con algo. O fingió que tropezaba. Cosmo reaccionó de manera instintiva, acercándose para cogerla antes de que cayera, y se quedó, abrazándola, con los brazos de Mercedes alrededor de sus hombros, y entonces vio que había caído de lleno en su trampa.

Los flashes continuaron disparando, sobre todo cuando ella le rozó la mejilla con los labios… ¡Lo estaba besando para las cámaras!

—Eres mi héroe —dio, lo suficientemente alto para que los periodistas lo oyeran—. ¿Cómo podré recompensarte? Hmmm, ya pesaremos algo.

Todos se rieron e, incluso cuando ella ya estaba delante de los micros, Cosmo vio que todavía había algunas cámaras que lo seguían enfocando a él.

Decker lo colocó al fondo, pero ya era tarde.

En la tarima, Mercedes estaba diciendo no sé qué de Troubleshooters Incorporated, y sonaba como si estuviera de fiesta todo el día con sus guardaespaldas, que eran mitad James Bond, medio bailarines eróticos, lo que puso la guinda al pastel

Sí, lo había planeado todo.

Y él había sido la víctima inocente.

5

Jules sintió el peso de la diferencia horaria mientras entraba en el aparcamiento del hotel.

Ya hacía horas que se había puesto el sol y varias bombillas de las farolas no funcionaban, convirtiendo aquel ya de por sí decrépito lugar en más sombrío todavía. O a lo mejor no es que no funcionaran. A lo mejor alguien las había desenroscado. A lo mejor el chaval que había intentado atracarlo no era el único que recurría a este aparcamiento cuando necesitaba dinero fácil.

Aunque claro, si alguien se atrevía a meterse con él ahora, con lo cansado y hambriento que estaba y, bueno, también un poco deprimido por estar en Los Ángeles solo, sin compañía profesional ni personal, se iba a arrepentir durante mucho tiempo.

La policía local le había dicho que era mejor que se buscara otro hotel. Por lo visto, el número de atracos a gays en esta zona de West Hollywood había aumentado notablemente; seguramente como consecuencia de la ley de matrimonios homosexuales. Era bastante irónico que una unión amorosa lo suficientemente profunda como para desear un compromiso real y duradero pudiese despertar en otra gente una rabia que los llevaba a atracar, pegar o incluso matar.

Casi siempre, en nombre de Dios.

Jules se cambió de mano sus cosas para tocar el arma que llevaba debajo del brazo, y quitó el seguro de la funda de la pistola.

Llevaba una pistolera. Las bandas negras encima de la camisa azul seguro que se veían bastante, incluso bajo la escasa iluminación del aparcamiento. Era posible que la persona que lo estaba siguiendo fuera el drogata más imbécil de la historia.

Se giró con la mano en la pistolera, aunque tenía el arma bien cogida, dispuesto a usarla si era necesario.

—¡Eh! ¡Tranquilo, J. Edgar! —Ahí estaba Adam, con las manos levantadas—. Pensé que no te haría mucha ilusión verme, pero esto…

Ahí estaba Adam.

Adam.

Que se había llevado a su nuevo novio a casa de los dos mientras Jules estaba en el extranjero. Que había recogido sus cosas y se había marchado con las ya famosas palabras: «¿Sabes una cosa, J? Tienes que aprender a no tomarte las cosas tan en serio».

Adam, que le había dicho que lo quería aunque, al parecer, no lo suficiente.

—¿Qué haces aquí? —preguntó Jules.

Estaba muy guapo. Tenía buen aspecto, como si hubiera estado yendo al gimnasio y comiendo cosas decentes, no esa comida basura que engullía sin parar. Llevaba el pelo oscuro un poco más largo y eso lo hacía parecer más joven de lo que era; tenía veintisiete años. Sin duda, un movimiento calculado y típico de un actor que busca trabajo. Llevaba unos vaqueros gastados, una chaqueta de piel carísima abierta encima de una camiseta blanca y las mismas botas viejas de siempre.

Algunas cosas no cambiaban nunca.

—Te he visto en las noticias y me he imaginado que estarías aquí —dijo Adam, encogiéndose de hombros y sonriendo.

Siempre que habían venido a Los Ángeles, se había hospedado en este hotel, el Stonewall, que tenía un ascensor en el aparcamiento que, con una llave de acceso, subía directamente a las habitaciones, sin tener que pasar por el vestíbulo.

Adam sabía perfectamente que si quería ver a Jules, tenía que esperarlo allí, en el aparcamiento.

—Esperarme aquí no ha sido muy inteligente —le comentó Jules, mientras guardaba el arma—. ¿Cuánto tiempo llevas ahí sentado? ¿Horas?

—Sí, bueno, puede parecer un poco como Adam el Acechador, pero quería verte y tenía que estudiar un poco. Tengo una audición para una obra...

Jules se arregló la chaqueta y se apretó el nudo de la corbata.

—Ayer intentaron atracarme, aquí, en el aparcamiento.

Adam dio un paso adelante.

—¡Dios mío! ¿Estás bien?

Jules dio un paso hacia atrás.

—Sí. ¿Por qué has venido? ¿Qué quieres?

—Vaya, J, eso ha dolido.

—¿Qué quieres?

—Que te jodan. Sólo quería verte. Ha pasado mucho tiempo y... Joder, eres implacable.

Jules, el implacable, se quedó ahí sin decir nada.

—Había pensado que, no sé, podíamos ir a cenar —continuó Adam—. Todavía comes, ¿no? Bueno, todo el mundo tiene que alimentarse y...

—Estoy cansado. Pediré que me suban algo a la habitación.

Tan variable como siempre, Adam pasaba del enfado a la broma y de la broma a la seducción en un abrir y cerrar de ojos.

—Por mí, ningún problema.

—¿Y qué dice Branford? —preguntó Jules, pero se arrepintió enseguida. Mencionar al novio de Adam sólo serviría para que quedara como un celoso y un mezquino. Y eso sólo serviría para alimentar el ya de por sí gran ego de Adam—. Mira, lo siento… Estoy muy cansado. Ha sido… interesante volverte a ver, pero de verdad tengo que…

—Ya no estoy con Bran —dijo Adam—. Lo dejamos hace ocho meses.

¡Ajá! Ahí estaba la razón por la que había venido. Había vuelto para liar un poco a Jules. Aunque Adam era increíblemente imaginativo cuando se trataba de sexo creativo, donde mejor se desenvolvía era enredando a la gente.

Sabía que Jules tenía sus propias reglas, que no le permitían liarse con alguien que estuviera comprometido. Sabía que, si no estuviera soltero, ni siquiera accedería a cenar con él.

Aunque no había dicho que estuviera soltero, ¿verdad? Sólo había dicho que ya no estaba con Bradford.

—¿Y con quién estás? —le preguntó Jules.

—¿Ahora? —Adam negó con la cabeza—. Con nadie.

—¿No has estado con nadie en ocho meses? —Jules no pudo evitar el escepticismo, que rebotó por las cuatro paredes del aparcamiento.

—No seas tonto —Adam se rió—. Después de Bran, probé de aquí y de allí. ¿Por qué? ¿Quieres una lista?

Jules lo miró.

Adam estaba soltero, Adam estaba soltero, Adam estaba soltero...

Y Jules sería el mayor imbécil del universo si creía que cualquier cosa que empezara esa noche terminaría de manera distinta de cómo había terminado siempre.

—He cambiado —dijo Adam, despacio, leyéndole el pensamiento a Jules, como casi siempre.

—Sí —respondió Jules—. Te has dejado el pelo más largo, ¿verdad?.

Adam volvió a reír.

—No me refiero a eso, J.

—Ya sé a lo que te refieres, A —dijo Jules, burlándose de los motes que Adam utilizaba para demostrar su cariño.

Adam apartó la mirada, quizás arrepentido.

—Lo siento. Yo sólo... Lo siento.

Jules suspiró.

—Yo también lo siento. Estoy cansado...

Igual que con un animal salvaje, con Adam era terriblemente peligroso mostrar alguna señal de debilidad. El arrepentimiento se convirtió en un nuevo asalto.

—Pero algo tendrás que cenar —dijo, dando un paso adelante.

Jules dio un paso hacia atrás.

—Venga, ¿es que no tengo derecho ni a un abrazo? —preguntó Adam—. Estuvimos juntos dos años. Seguro que, al menos, me merezco un abrazo amistoso.

—No puedo hacerlo —dijo Jules pero, cuando Adam se acercó, él no se movió.

Y entonces los brazos de Adam estaban a su alrededor. ¡Dios! Era tan horrible como maravilloso, así que dejó caer el maletín y lo abrazó con fuerza, pidiéndole al Señor que su memoria fuera selectiva y que pudiera olvidarse de los malos tiempos, de la rabia, los celos y la frustración que sentía al saber que, por mucho que hiciera o dijera, Adam nunca cambiaría.

—J, hueles igual que siempre —susurró Adam.

—Pues tú no —dijo Jules, apartando la cara de la boca de Adam, que le plantó un beso en la oreja.

—Sí, bueno… -Adam lo soltó y retrocedió un poco.

¿Era posible que Adam estuviera tan nervioso por algo tan sencillo como un abrazo con toda la ropa puesta?

—He cambiado, ¿sabes? —continuó Adam, intentando reírse de sí mismo—. Oye, pasemos por alto el hecho de que los dos estamos solteros y vamos a cenar algo, ¿te parece?

Eran las estúpidas asunciones de Adam lo que hizo que Jules mantuviera las distancias. Aunque fuera cierto, era muy arrogante por su parte.

—¿Estás seguro de que yo también estoy soltero?

Adam parpadeó, pero luego se rió.

—Si tienes pareja, ¿dónde está? ¿Arriba? Si es así, ¿qué haces todavía aquí hablando conmigo?

—A lo mejor está en casa, en Washington. A lo mejor tiene un trabajo de verdad.

—Vaya —dijo Adam—. Menuda indirecta.

—O a lo mejor lo conocí hace poco —mintió Jules, mientras se agachaba a coger el maletín y lo limpiaba—. A lo mejor estoy en ese momento en que estoy empezando algo nuevo, algo mágico, y lo último que quiero es ponerlo en peligro por…

—A lo mejor eres un mentiroso de mierda.

Jules asintió.

—Sí, tal vez. Pero hay algo seguro: esta noche no vas a subir a mi habitación. Así que, si has venido a eso, ya puedes marcharte —estuvo bastante convincente. Casi se lo creyó él mismo.

—He venido a cenar contigo —repitió Adam—. Para charlar —se puso en plan sincero—. Me preocupo por ti, agente. No sé nada de tu vida y, de repente, te veo en la tele y, bueno... quiero saber de ti. Eso es todo.

Sí, vale.

—El restaurante indio de allí abajo todavía está abierto. ¿Te acuerdas lo mucho que te gustaba el malai kofta y el pollo vindaloo que hacen? —continuó Adam—. O, si quieres, podemos ir a otro sitio. Han abierto un restaurante tailandés, está aquí al lado, a dos calles. Hace días que quiero ir.

—Estoy cansado —repitió Jules, por enésima vez. Estaba destrozado. Físicamente, por el cambio horario y ahora, encima, mentalmente.

—Vamos al indio —decidió Adam.

Quizás no contestó porque estaba demasiado cansado, y dejó que Adam lo acompañara hasta el restaurante.

O quizás fue porque hacía demasiado tiempo que no se comía un pollo vindaloo como Dios manda.

Robin tenía que llamar a Patty.

Ya eran más de las once. Sin saber cómo, las ocho habían pasado sin darse cuenta, y ahora llegaba como tres horas tarde a la cita en su casa.

Tres era el número mágico de la noche.

Tuvo que hacer tres intentos hasta meter la moneda por la ranura de la cabina, y otros tres intentos para marcar el número correcto.

Y luego descubrió que necesitaba tres dólares y ochenta centavos en monedas para realizar la llamada.

Y eso sin mencionar que la banda ya había empezado a tocar y no oía nada.

Salió para probar suerte con el teléfono del aparcamiento, y una vez fuera vio que había perdido la moneda de veinticinco centavos.

Llamó de todos modos, a cobro revertido. A Patty, su ángel de la guarda, no le importaría.

Por supuesto, aceptó la llamada.

—Robin, ¿Estás bien?

—Hola, nena —dijo él—. Te debo una… —hizo un esfuerzo para encontrar la palabra. No, para pronunciarla—… disculpa.

—¿Dónde estás? —preguntó ella—. ¿Por qué no me llamas desde el móvil?

—Lo he perdido —le dijo, mientras todo daba vueltas a su alrededor y tuvo que sujetarse a la carmelina de la cabina para no perder el equilibrio—. Y me parece que también he perdido la cartera. Y la mochila. ¡Mierda! El guión estaba dentro, con todas las notas —tembló—. Mira, nena, no puedo ir a tu casa. Porque nos acostaremos y luego Janey se cabreará conmigo. Sabía que si iba a tu casa, aunque sólo fuera a decirte que no podíamos acostarnos, no habría sido capaz de resistirme porque estoy loco por ti…

—Oh, Robin —dijo ella, emocionada, con una voz que hizo que a Robin se le saltaran las lágrimas.

—Al final vine aquí y me emborraché porque sabía que, si lo hacía, Carmin me quitaría las llaves del coche para que no pudiera ir a tu casa, pero se me pasó llamarte para decirte que no iba a ir, pero es mentira porque si te llamaba antes de emborracharme, sabía que me convencerías para ir porque eres…

—¿Dónde estás? —preguntó ella.

—… irresistible. En serio. Lo eres. Sólo con oír tu voz me dan ganas de coger el coche e ir a tu casa y…

—¡No! —exclamó ella. Robin tuvo que separarse el auricular de la oreja, porque casi le revienta el tímpano—. ¡No cogerás el coche para nada! —dijo, en voz baja aunque Robin la escuchó perfectamente.

—Bueno, no lo haré porque no puedo, nena —dijo Robin—. Carmin tiene las llaves —¡Coño!, a lo mejor Carmin también tenía la cartera y el móvil. Y la mochila. ¿No sería genial?

—Dios bendiga a Carmin, quien quiera que sea —dijo ella—. Robin. ¿Dónde estás?

—En el Tropicana —confesó él, consciente de que vendría a buscarlo, consciente de que acabaría haciendo lo que había intentado evitar toda la noche, consciente de que era exactamente el capullo que Janey pensaba que era, pero es que no podía evitarlo.

—Gracias —respondió Patty—. Gracias. No te muevas, ¿vale? Ahora mismo voy.

Robin colgó el teléfono y perdió el equilibrio, empezó a resbalar hasta el suelo, con la espalda apoyada en el muro de cemento. Un tío delgado con una chica exuberante tatuada en el brazo y el cigarro con la ceniza más larga que había visto en su vida se acercó a utilizar el teléfono.

—Lo he intentado —le dijo Robin—. De verdad que lo he intentado.

• • •

Jane seguía despierta cuando el equipo de seguridad hizo el cambio de turno.

Todavía estaba escribiendo aquella maldita secuencia del día D, con la cama llena de libros y relatos personales de la invasión de Normandía y grabaciones del canal de historia en la televisión, sin voz.

Oyó un coche, la puerta de casa, a PJ hablando con la persona que había venido a sustituirlo en la guardia del interior de la casa.

Se suponía que tenía que ser Cosmo Richter.

Jane tenía la esperanza de que el numerito de la tarde le hubiera parecido el colmo y hubiera pedido un cambio de destino o, al menos, que le asignaran la vigilancia del exterior de la casa para no tener que tratar más con ella.

Pero ahora oyó su voz y supo que, incluso si tenía previsto dejar el trabajo mañana a primera hora, había venido a pegarle una última bronca.

Hoy se había pasado, sin duda. Decker se había cabreado mucho pero, ¡oh, Dios mío!, todos los telediarios del país habían mencionado su rueda de prensa, la mayoría centrándose en lo que no había sido rueda de prensa, claro, con titulares que jugaban con las palabras «guarda» y «espaldas». Incluso había visto algo en la CNN, y ni siquiera habían enviado a un cámara.

Ese tipo de publicidad nacional lo compensaba todo.

¿Y qué si Cosmo Richter la odiaba y había venido a decírselo a la cara? Ya ves, menudo problema. Resultaba obvio que no le había caído bien desde el primer día que puso un pie en esta casa, el muy petulante.

Aunque, por supuesto, la fría aversión no tenía nada que ver con la rabia que había recibido de él en el estudio, después de la rueda de prensa. Sentía cómo sus ojos le quemaban la espalda mientras atendía a una llamada de uno de los jefes de los estudios HeartBeat.

Cuando colgó, él había desaparecido.

Sin embargo, ahí estaba, sin duda para comunicarle las dimensiones exactas de su odio hacia ella.

Uy, pero había que esperar a que los *paparazzi* lo persiguieran a todas partes. Porque lo harían. Incluso cuando los medios «serios» ya no hablaran de esa historia, las revistas de sociedad y cotilleos harían lo que fuera para mantenerla viva.

Tarde o temprano, Cosmo tendría media docena de micros delante de la cara y tendría que aguantar las estúpidas preguntas de los periodistas, desde cuál era su opinión sobre la legendaria mala relación de Mercedes con su madre, una pregunta clásica, hasta cuál era su posición favorita en la cama.

Entonces sí que la odiaría.

Jane oyó cómo se alejaba el coche de PJ.

Cuando escuchó los suaves golpes en la puerta, los golpes que había estado temiendo y esperando, tuvo que hacer frente a la realidad: estaba sola en esa casa con Cosmo Richter.

De acuerdo, Robin, ya es hora de volver a casa. Ya eran casi las doce y mañana iba a ser otro largo y duro día de trabajo.

Pero Robin no aparecía. Y, donde quiera que estuviera, no cogía el móvil.

Cosmo volvió a llamar a la puerta.

Sin duda, había visto luz en su habitación al llegar.

Claro que ella siempre podía fingir que estaba dormida. No sería el primer día que se dormía con la luz encendida.

Aunque esta vez no estaba dormida y sabía que, tarde o temprano, iba a tener que mantener esa conversación con aquel hombre.

Se dirigía hacia la puerta cuando sonó el móvil.

Corrió hasta la cama para cogerlo.

—¿Robbie?

—No —la voz al otro lado de la línea era la de Cosmo. Sonaba igual que siempre. Tranquila. Inalterable—. ¿Vas a abrir la puerta o te vas a quedar ahí dentro haciéndote la dormida?

—Pues lo he pensado, la verdad —admitió ella, mientras encendía la lámpara del despacho y abría la puerta. Se encontró de frente con el enorme pecho de Cosmo. ¡Maldita sea!, no llevar tacones era un error. Tenía que conseguir que se sentara cuanto antes, así estarían de igual a igual—. Pero al final he pensado que quizás podríamos solucionarlo cuanto antes mejor.

—¿Solucionarlo? —repitió él, cerrando el teléfono y metiéndolo en uno de los múltiples bolsillos de los pantalones militares. Le sonrió, y casi pareció agradable y amistoso... aunque sus ojos eran totalmente fríos—. ¿Estás segura que estamos hablando de lo mismo?

—Pasa. Siéntate —dijo ella, invitándolo a sentarse en una de las sillas del despacho—. ¿Quieres tomar algo?

—Claro. ¿Por qué no? ¿Tienes cerveza?

Jane abrió la pequeña nevera que tenía en el despacho. Estaba llena de bebidas isotónicas, zumo de guayaba, agua mineral y... ¡sí! Al fondo había cerveza.

—¿Fosters te va bien?

Se giró, con la botella en la mano, pero Cosmo había desaparecido.

—Perfecto —dijo él. ¿Desde su habitación?

—¿Qué estás haciendo? —preguntó ella, entrando en la habitación y…

Dios mío. Se había quitado la camiseta, luciendo un tronco perfecto que brillaba bajo la tenue luz de la televisión y la pantalla del ordenador. Se había quitado la camiseta y se dirigía hacia la cama, como si fuera a…

—¿Qué estás haciendo? —repitió ella.

Se estaba desabotonando, botón a botón, la bragueta de los pantalones. Se detuvo a medio camino, la miró, con esa cara tan delgada que parecía que tenía tantos ángulos como su cuerpo. Con el pelo tan corto, sólo se le veían pómulos y esos ojos tan extraños y pálidos.

—¿Qué? ¿No dijiste que me compensarías? —dijo, acercándose a ella, sin preocuparse por abrocharse los pantalones (¿era posible que no llevara ropa interior?), y cogió la botella—. Gracias.

Desenroscó el tapón, dio media vuelta y volvió hacia la cama, donde se puso cómodo, con las piernas cruzadas y un brazo doblado detrás de la cabeza. Por el amor de Dios, esos músculos eran de escándalo.

—Venga —dijo—. Cámbiate. No me malinterpretes, los pantalones cortos están muy bien pero la camiseta deja demasiado a la imaginación… bueno, ya sabes. ¿No tienes nada rojo? Me gusta mucho, mucho el rojo.

—Vale —lo interrumpió Jane—. Me lo merezco. Lo sé pero ya he tenido bastante, gracias.

—¿Bastante? ¿Cómo? ¿Es que no quieres…? —los señaló a los dos—. ¿No vas a…? Ah claro… —dijo, como si de repente lo hubiera descubierto todo—. Sólo quieres que millones de personas piensen que estás aquí dentro con un profesional altamente cualificado y bien educado, haciendo el amor como locos toda la noche. Ya veo. Qué decepción.

Jane suspiró.

—Vale, cuando hayas terminado con el sarcasmo, ¿podrías ponerte la camiseta y... bueno, abrocharte los pantalones, para que podamos acabar con el sermón en el despacho, por favor?

—¿Qué pasa? ¿Es que te supone un gran problema que esté aquí en tu cama? —preguntó él. Estaba furioso. Jane vio cómo le latía el pulso en el cuello.

Se aclaró la garganta.

—Pues sí, me violenta un poco.

—¡Te violenta! —exclamó él—. ¿Y no se te pasó por la cabeza que el numerito de esta tarde podría violentarme a mí? ¿O es que no soy nadie? ¿Qué se supone que tengo que hacer, eh? Dime. ¿Pasearme por ahí, mientras la gente me felicita? —levantó los pulgares, imitando el gesto que acompañaba a las felicitaciones—. Porque todo el mundo en la zona de Los Ángeles, incluyendo a mi madre, cree que me estoy tirando a una productora de cine famosa y sexualmente aventurera, como si eso fuera un trofeo más a añadir en mi uniforme.

Hablaba muy en serio. Había salido de la cama y se estaba poniendo la camiseta, gracias a Dios, con movimientos bruscos.

—Hazme un favor —continuó—. Llama a mi madre. Y dile que hay una ligera diferencia entre joder y que te jodan. Y que mi papel en tu jueguecito de hoy se limita meramente al de ser jodido. A lo mejor, si se lo dices tú, no saldrá corriendo de casa para comprarse un vestido para la boda.

Jane se rió. No pudo evitarlo.

—¿Estás enfadado por lo que pueda pensar tu madre?

—por lo visto, la risa fue un error. Al menos, no lo había llamado Rambo.

—¿Qué piensa tu madre de ti, Mercedes?

Vale, aquello no iba a ir a más. Con la voz más seca y brusca de lo habitual, Jane dijo:

—Mira, siento mucho si…

Cosmo se sentó en la cama. Había dejado la botella de cerveza en la mesita de noche. Apenas la había probado, pero no hizo ademán de cogerla.

—Sí, vale. Te creo. De verdad.

Jane perdió el control. Quizás lo había juzgado mal, pero ya había tenido bastante petulancia y superioridad por esa noche.

—Vale, está bien. Tienes razón —le dijo—. No lo siento. Ni siquiera un poco. De hecho, estoy loca de contenta. ¿Sabes por qué? Porque hoy hay mucha más gente que sabe de mi película que ayer.

—Gracias a tu imprudente difamación de una empresa cuyo futuro reside en su reputación profesional.

¿Cómo? ¿Estaba de broma? ¿Difamación? Dejando de lado el hecho de que había dicho una frase llena de palabras con más de tres sílabas. Lo que ella había hecho había sido darle una gran publicidad gratis a Troubleshooters Incorporated.

—¡Gracias al giro positivo que le he dado a toda esta maldita situación! —gritó ella—. ¡Por si no te habías dado cuenta, odio esto! ¡Odio tenerte aquí… a ti y a tus nada invisibles amigos!

Él también alzó la voz. ¿Quién iba a imaginarse que el señor silencioso podía hablar tan alto?

—¿De verdad crees que a nosotros nos gusta estar aquí, vigilando tu culo egoísta y despreciable?

¿Qué?

—Ah, no, no te pares ahí —le respondió ella, mirándolo fijamente a los ojos—. ¿Por qué no sueltas el insulto completo? Dispara al corazón de todas las inseguridades femeninas y llámalo «culo enorme», engreído hijo de puta.

—Muy bien —dijo Cosmo. Incluso aplaudió de manera burlona—. Céntrate en lo físico. Siempre te ha funcionado, ¿no? Una distracción con mayúsculas... Siento mucho decírtelo, J. Mercedes Chadwick, ¡por Dios!, ¿no podrías haber buscado un nombre más pomposo, Jane?, pero podrías estar desnuda aquí delante de mí y no me importaría nada.

—Oh, oh —dijo ella—. ¿Tú te ríes de mi nombre? ¿Cosmo? Ya sé que los soldados tenéis motes pero, ¿qué pasa? ¿Es que el de «Gilipollas» ya se lo habían puesto a otro o qué? ¿Cuál es tu verdadero nombre? No, no... espera, déjame adivinar. Stanley. Oh, espera... ya lo sé: Percy. Es ése, ¿no? Percy Richter.

—¿Has acabado? —preguntó él, tranquilamente.

—¿Has acabado tú? —respondió ella—. Mañana por la mañana tengo una sesión de casting muy importante para la película de veinte millones de dólares que estoy produciendo y mi despreciable y enorme culo necesita descansar.

—Genial —dijo Cosmo—. Enfádate por lo que no he dicho. Esto es muy típico de las mujeres como tú...

—¿Mujeres como yo? —Jane estalló. Estuvo a punto de hacer algo que nunca había hecho: cruzar una habitación para pegarle un guantazo a otro ser humano—. ¿Mujeres como yo? ¿Acaso ya me conoces lo suficiente como para encasillarme? ¿Cuándo te has tomado la molestia de conocerme, Percy?

¿Hemos tenido qué... cero conversaciones? ¿Cuándo me has dicho: «Oye, Jane, ¿qué te parece esto?» o «Perdona, Jane, ¿por qué es tan importante para ti esta película?»? Pero a lo mejor no lo necesitas. A lo mejor, anoche, cuando te sentaste al otro lado de la puerta pudiste leer mi mente mientras yo fingía que estaba dormida. ¿Es así cómo me has conocido?

Por fin, había conseguido hacerlo callar. Todavía la estaba mirando con el ceño fruncido, pero al menos estaba callado.

—Y en cuanto a lo de encasillar a la gente, tú eres de la peor clase —continuó ella—. Ya he conocido a gente como tú. Os paseáis por mi mundo y creéis que ya lo sabéis todo, que estáis muy por encima de todo esto de Hollywood. Os creéis que sabéis cómo soy... sois todos unos hipócritas. Ni siquiera os tomáis la molestia de mirar debajo de la superficie. ¿Crees que me conoces? Cariño, no tienes ni idea de cómo soy.

Cosmo seguía callado, así que Jane continuó:

—«Joder, Jane, ¿por qué te preocupas tanto por esta película?» —dijo, hablando por él, por lo que habló en un tono mucho más grave y burlón—. «Bueno, sólo es una película. ¿De verdad merece la pena morir por ella?». Pues, sí, Percy. Sí. Y no es que crea que la amenaza esa sea real. Pero, ¿sabes una cosa? Si lo fuera, seguiría haciendo lo mismo. Seguiría partiéndome el despreciable culo para asegurarme de que esta película no sólo se filma, sino que se ve, porque es una película que creo que se tiene que ver. Me he pasado años, ¡años!, luchando para conseguir el dinero para hacerla y ahora no voy a abandonar. Siento mucho si lo que he hecho o dicho hoy te ha ofendido. Pero volvería a hacerlo, seguro, porque las visitas a la página web de *American Hero* se han multiplicado. ¿Tienes la menor idea de lo que eso significa? Pues que

151

esta noche hay cientos de miles de personas que conocen a Jack Shelton y Hal Lord, dos americanos fantásticos y valientes que lucharon en la segunda guerra mundial, dos héroes que estaban dispuestos a hacer lo que fuera por su país, que contribuyeron a que este mundo fuera más pacífico y democrático… y que resulta que eran gays. Hay gente en este mundo que cree que por eso son menos que ellos y… —movió la cabeza—. Pero, claro, a ti eso no te importa.

Por fin, Cosmo habló.

—¿Cómo lo sabes? —preguntó.

Ella se rió.

—Sí, claro. ¿Cómo iba a saberlo? Uy, perdón, se me olvidó preguntarte si eras un activista a favor de los derechos de los gays. No sé en qué debía estar pensando… estoy segura que muchos Seals lo son. Sal de mi habitación. Ahora. Esta conversación se ha terminado. Ah, por cierto, estás despedido.

Cosmo abrió la boca para responder, pero no pudo hacerlo.

Se oyó un disparo, tenía que ser un disparo; fue una explosión muy fuerte que venía del exterior de la casa, y él saltó de la cama, cogió a Jane y la tiró al suelo.

Jane apenas pudo soltar ni un grito antes de tener la espalda pegada al suelo pero, de algún modo, Cosmo consiguió ponerle la mano detrás la cabeza para que no se golpeara contra el suelo.

—¡No te muevas! —le ordenó mientras sacaba una pistola enorme, ¿dónde la tenía escondida?, y la radio para comunicarse con Murphy, que estaba fuera.

Era increíble. Era absurdo. Aquel hombre, que hacía unos segundos estaba discutiendo con ella, ahora la protegía con su propio cuerpo. Si alguien quería matarla, tendrían que matarlo a él antes.

Era una locura. Era una estupidez.

Era terriblemente humillante.

Le costaba un poco respirar, porque Cosmo estaba estirado encima de ella. Y no es que eso le preocupara lo más mínimo en esos momentos, porque estaba agarrada a él, gritando:

—¡Oh, Dios mío! ¡Oh, Dios mío!

¿De verdad le habían disparado?

—¡Informe! —le ordenó a Murphy—. Shhh, no pasa nada —le dijo a ella—. Te tengo cubierta. Estoy aquí mismo. No voy a dejar que nadie te haga daño.

—Me parece que ha sido el tubo de escape de algún coche, jefe —dijo el antiguo marine.

Claro. Un coche. ¡Un coche! Jane empezó a reírse, apretando la cara contra el sólido hombro de Cosmo. ¡Jesús! Tener guardaespaldas podía hacer que cualquiera se volviera paranoico.

Pero Cosmo no se reía.

—¡Y una mierda! —dijo. La miró y se dirigió a ella—. Perdón.

Tardó varios segundos en adivinar que se había disculpado por el vocabulario, como si ella no hubiera usado esa palabra, o peores, antes. Teniéndolo tan cerca, vio que tenía unos ojos bastante bonitos, con manchas de varias tonalidades de gris, incluso blancas, encima del azul de fondo.

Volvió a hablar con Murphy por radio.

—Ha sido un disparo de rifle.

—No creo, jefe. Estaba aquí fuera y he visto el coche —dijo Murph, tan alegre como siempre.

—Reconozco un disparo de rifle cuando lo oigo —insistió Cosmo, y el poco alivio que las palabras de Murphy habían provocado en Jane desapareció. A menos que...

—Sí, señor, yo también. Pero le digo que he visto pasar el coche. Iba bastante despacio, así que lo miré con los prismáticos. Lo he visto claramente. Un Pontiac Catalina de mediados de los setenta, blanco con el techo negro de loneta; un asco de coche, la verdad. Las ventanas estaban todas cerradas, al menos las de este lado. Si alguien hubiera disparado un rifle, había visto el cañón.

—Verifica el perímetro —ordenó Cosmo.

A menos que estuviera intentando asustarla de manera deliberada.

—Me parece que ya puedes quitarte de encima de mí —dijo.

—Perdón —Cosmo se apartó—. No levantes la cabeza —dijo, ayudándola a sentarse, pero llevándosela junto a la cama—. Aléjate de las ventanas.

—Venga —dijo ella—. ¿No creerás de verás que...?

—No te he hecho daño, ¿no? —su preocupación parecía sincera mientras se arrodillaba a su lado. Maldijo entre dientes cuando vio que, al tirarla al suelo, le había hecho una pequeña quemadura con la alfombra.

Sangraba un poco y picaba, pero ella negó con la cabeza y apartó el brazo.

—Estoy bien. Oye, mira, ha sido muy divertido. Ja ja ja. He pasado mucho miedo, así que... tú ganas.

¿La estaba escuchando? Agachado, para no estar a tiro, cruzó la habitación, cerró la puerta con llave, dejándolos a los dos solos allí dentro.

—¿Murph?

—Aquí no hay nada, jefe.

—En serio, ha sido muy bueno —dijo Jane, levantándose—. Pero ahora…

Cosmo la agarró de la camiseta y la hizo sentarse.

—Te he dicho que no te muevas —le ordenó—. Llama a PJ —dijo, por la radio—. Quiero ir a dar una vuelta alrededor de la casa y quiero que se quede aquí con Jane.

—¿Jane? —preguntó Murphy.

—Mercedes —se corrigió Cosmo, cruzando una breve mirada con ella—. La señorita Chadwick.

—Enseguida —dijo Murphy.

Cosmo le estaba mirando el brazo.

—Tenemos que lavarlo.

Ella lo volvió a apartar.

—Lo que tenemos que hacer es terminar con este patético jueguecito. ¿Me has oído? Tú ganas. No sé por qué te he creído, pero lo he hecho —se rió de su propia credulidad. Como si ese hombre, que obviamente la odiaba, de verdad estuviera dispuesto a arriesgar su vida por salvarla…

—¿Siempre tienes que discutirlo todo? —le preguntó, abiertamente molesto—. Venga —la ayudó a levantarse y la acompañó hasta el baño, colocándose entre ella y las ventanas, de modo que si alguien volvía a disparar, las balas le darían a él y no a ella.

Por supuesto, sabía tan bien como ella que nadie iba a volver a disparar.

—Esto no me hace ninguna gracia —le dijo Jane, muy seca.

—Ni que lo jures —le respondió Cosmo, cerrando la puerta del baño.

6

—¿Cómo es Mercedes Chadwick en persona? —preguntó Adam.

Habían terminado de cenar. Durante casi toda la cena, más la media hora de espera en el bar, habían estado hablando de... ¿cómo no?, Adam. La obra de teatro para la que iba a hacer las pruebas, la película de un estudiante de la escuela de cine que acababa de terminar, las clases de interpretación a las que se había apuntado para intentar hacer contactos en el negocio, su hermana, su madre, su hermano «el puto Nazi», el trabajo de modelo que había hecho y que todavía no le habían pagado...

Jules se encogió de hombros.

—No sé. Parece amable. Divertida. Su hermano me cae bien. Mucho sentido del humor, los dos.

—¿Cómo se llama? —preguntó Adam—. ¿Robert?

—Robin.

—Es verdad —le hizo una señal al camarero—. Otra ronda.

—No —dijo Jules—. Para mí, no. Estoy servido, gracias.

—¿Tienes miedo de perder las inhibiciones si bebes demasiado? —se burló Adam.

Sí. Era increíble como parecía que aquellos dos años que habían pasado desde que lo dejaron jamás habían existido. Era

157

increíble cómo todo volvía, los viejos sentimientos, las viejas esperanzas.

Dios lo librase de las viejas esperanzas.

—Sólo la cuenta, por favor —le dijo Jules al camarero.

—Cuéntame más cosas de Mercedes —dijo Adam, con la barbilla apoyada en la mano. Con el pelo largo y despeinado con gracia, seguramente recibía muchas proposiciones. Parecía tan joven como cuando Jules lo conoció—. ¿Lo de la amenaza de muerte va en serio?

—No puedo hablar de eso —contestó Jules

—¿Qué tal es el estudio? —preguntó Adam—. Dicen las malas lenguas que se pelea mucho con el director, que se lo han impuesto los del estudio y que ella no está demasiado contenta.

—No he conocido al director —dijo Jules—. Y cuando hablo con Mercedes es para asegurarme de que está a salvo —el camarero volvió con la copa de Adam y la cuenta.

La cuenta.

Jules esperó a que la dejara en la mesa, entre los dos, para ver si Adam hacía ademán de cogerla; después de todo, la idea de la cena había sido suya. Pero fue en vano, una estupidez. Sabía que era ridículo, sobre todo cuando el resultado era obvio.

¿O es que acaso pensaba que Adam había cambiado?

Mientras hablaba de toda su vida, no había mencionado para nada un trabajo estable.

—¿Cómo está el vaquero y sexy Sam? —le preguntó ahora—. ¿Ya lo has convertido?

—No me hace gracia —le respondió Jules, visiblemente molesto—. Es amigo mío y mucho mejor persona de lo que tú serás en tu vida. Si vas a pronunciar su nombre, cerdo, mejor hazlo con el respeto que se merece.

El antiguo Navy Seal Sam Starrett, ciento por ciento hetero y ex-homófobo, hacía poco que se había casado con la antigua compañera de Jules en el FBI, Alyssa Locke. Ahora, los dos trabajaban para la empresa de Tom Paoletti, aunque en estos momentos estaban en el extranjero en otra misión.

¿No era curioso? Jules los consideraba sus dos mejores amigos en el mundo entero. Hubiera sido genial trabajar con ellos en este caso.

Y, en cambio, le había tocado Lawrence Decker.

—¡Vale, tranquilo! —dijo Adam—. Era una broma.

—¿Te parece que perpetuar ese mito es una broma? —el mito de que todos los gays tenían la misión de «convertir» a los heteros que se crucen en su camino.

—¿Qué mito? No hay ningún mito —respondió Adam.

—Maldita sea, ¿es que te lo tomas todo a risa? ¿Te haces una idea de lo que es trabajar en un mundo donde…?

—J, J, J… —lo interrumpió Adam—. ¿Qué te pasa? ¿Dónde está tu sentido del humor?

Una parte, había desaparecido el mismo día, hacía dos años, en que Adam había hecho las maletas, se había ido y no había vuelto.

El resto había recibido un serio revés hacía dos minutos, cuando la nostalgia y el amor propio se habían apoderado de él, una vez más, y le habían hecho atreverse a esperar…

Que quizás esta vez sería diferente.

¿Cuántos golpes tendría que recibir para aprender que, tratándose de Adam, nunca iba a ser diferente?

Jules sacó la cartera y miró la cuenta. Con una generosa propina, sesenta dólares bastarían. Sacó tres billetes de veinte y los dejó en la bandejita de la cuenta.

—Tengo que irme.

—Venga Jules. Todavía no me he acabado la copa.

—Tengo que irme —echó la silla hacia atrás y recogió el maletín—. Me alegro de que todo te vaya bien.

—Jules…

Estuvo a punto de girarse y alejarse de allí pero, después de pensarlo mejor, cogió la cuenta y el dinero. Se lo daría directamente al camarero cuando saliera.

Porque, igual que las viejas esperanzas, que siempre acababan aflorando y lo hundían en la más profunda miseria sentimental, algunas cosas no cambiaban.

Patty había ido hasta el Tropicana en taxi, porque así conduciría el coche de Robin hasta su casa y él podría cogerlo por la mañana para irse a casa.

Estaba hecho un asco; se pasó todo el viaje disculpándose o diciéndole lo guapa que estaba o lo mucho que la quería.

Tuvo que ayudarle a salir del coche y a subir las escaleras hasta su piso. Robin tropezó con el felpudo de la entrada y estuvo apunto de tirarlos a los dos al suelo de casa de Patty. De hecho, ella lo soltó y él cayó, lanzando por los aires la mochila que llevaba en la mano.

Pero, como era de esperar en Robin, aquello le hizo mucha gracia. Era, si es que existía algo así, un borracho adorable.

—¿En serio vives aquí? —preguntó, desde el suelo—. Hablaba arrastrando las letras—. Joder, este sitio es muy deprimente. Mira este suelo. Mierda…

—No gano mucho, ¿recuerdas? —le dijo ella, mientras pasaba por encima de él—. Lo alquilaban amueblado y está en una zona bastante decente de la ciudad, así que…

Gritó, entre carcajadas, mientras él la cogía por las piernas y la colocaba a su lado, en el suelo. Pero entonces no pudo reírse más, porque Robin la estaba besando, lamiéndole la boca, dejándole un dulce sabor a whisky (como si a ella le importara). Era ese whisky el que lo había llevado hasta allí.

La rabia y el dolor que había sentido cuando las ocho y media se convirtieron en las nueve, y luego en las nueve y media no sólo la habían hecho contestar una llamada de ese extra, Wayne, ese con el apellido raro, sino que además había aceptado una invitación para ir a tomar algo con él mañana por la noche. ¿Por qué no? Obviamente, Robin se había olvidado de ella.

Aunque no lo había hecho. Se había mantenido alejado o, al menos, lo había intentado, porque la quería.

—Oh, cariño —farfulló él—. Oh, Dios —se colocó entre sus piernas y ya estaba pegado a ella mientras la besaba una y otra vez—. No me hagas esperar —le rogó—. Te necesito ahora…

Ya estaba. Por fin iba a pasar. Robin y ella iban a hacer el amor.

Patty lo ayudó a que le sacara la camiseta y se desabrochó el sujetador, deslizando los tirantes por los brazos. Sin embargo, Robin estaba mucho más interesado en el botón de los vaqueros, así que se lo desabrochó mientras se sacaba las zapatillas con los pies y él la cogía de los bajos de los pantalones y tiraba fuerte, haciéndola resbalar por el suelo con el culo. Ella intentó ponerse de pie, riendo.

—¡Robin!

—¡Dios mío! —dijo él—. ¡Dios mío! —repitió mientras, sin saber cómo, consiguió sacarle una pierna de la pernera del pantalón y entonces volvió a besarla, apretándole los hombros contra el suelo, con la boca cálida, húmeda y hambrienta mientras intentaba desabrocharse sus pantalones.

Patty intentó quitarle la camiseta, impaciente por acariciar aquella suave piel. Pero él no dejaba de besarla y, por lo tanto, ella no podía quitársela. Él se metió entre sus muslos y...

Patty dio un grito ahogado, sorprendida, cuando Robin la penetró. No le dolió. Todo lo contrario, aquello era todo lo contrario al dolor. Estaba lista, pero no lo estaba, con una pierna todavía en los vaqueros, él completamente vestido y los dos ahí tirados en medio del suelo del salón, en lugar de encima de la cama con las sábanas y las almohadas a juego.

—¡Robin! —¿Se había puesto un condón?

—Oh, sí, nena —dijo. Más profundo y rápido cada vez, empujándola hasta que Patty chocó contra la pared y, aun así, Robin no paró—. Sí, nena, oh Dios, oh Dios, yo también te quiero, nena...

¿Cómo habría tenido tiempo de ponerse un condón?

—¡Dios mío! —dio ella cuando, al colocar la mano entre los dos, buscó el condón y sólo encontró la piel de Robin—. ¡Robin!

—¡Oh, sí! —gritó él—. Oh, yo también, nena, ¡sí! —exclamó, mientras la cabeza de Patty chocaba una y otra vez contra la pared. Pum, pum, pum.

Se dejó caer encima de ella.

—Joder. Ha sido genial —murmuró—. Joder. Joder...

Se le apagaba la voz, y él también se estaba apagando.

—¡Robin! —exclamó Patty, intentando controlar el llanto.

Él ni siquiera levantó la cabeza.

—¿Eh?

No sabía muy bien qué decir ni qué hacer.

—No podemos dormir en el suelo.

—Sí, claro —dijo él, levantando un poco la cabeza—. Sí —se separó de ella, salió de ella—. ¿Dónde está el baño? Tengo que ir a limpiarme, a tirar el… oh oh.

Aunque viviera doscientos años, Patty jamás olvidaría la cara de auténtico pánico que puso Robin cuando descubrió que acababan de mantener relaciones sexuales sin protección.

—Creo que me estoy mareando —dijo.

Con una pierna todavía en los vaqueros, Patty lo ayudó a levantarse y lo llevó hasta el baño, donde levantó la tapa del váter.

Si todavía quedaba algún pequeño potencial romántico en aquella noche, el ruido de la cadena se lo llevó todo.

—Mierda —dijo Robin, rascándose la frente mientras estaba ahí, de rodillas, en el suelo del baño, mientras Patty cogía la bata que tenía colgada en la puerta y se la ponía. Se sacó los vaqueros y los tiró al montón de ropa sucia que había en el recibidor.

Robin intentaba no llorar, pero el alcohol que llevaba en el cuerpo se lo estaba poniendo difícil. Ella no había bebido nada y ya tenía problemas para mantenerse de pie, imagínate él.

—Mierda —repitió—. Siempre lo jodo todo.

Patty se sentó a su lado, en el suelo, y lo rodeó con los brazos.

—No —dijo—. Shhh, Robin, eso no es verdad.

—Se suponía que contigo tenía que ser diferente —dijo, y luego empezó a vomitar, dejándola a ella pensando: «¿Es que no ha sido diferente?».

* * *

—He dado otra vuelta a la casa —dijo la voz de Murphy a través de la radio de Cosmo—. Todo parece tranquilo. PJ está de camino; tiempo estimado: diez minutos.

—Que entre directamente —dijo Cosmo, mientras abría el grifo e iba tocando el agua con el dedo, esperando a que se calentara—. Dile que antes de subir eche un vistazo por la casa. Y vigila la calle. Quiero una lista con el modelo, el color y la matrícula de todos los coches que pasen por ahí delante esta noche.

—Es una pérdida de tiempo —dijo Jane—. Creo que estás exagerando un poco.

Allí de pie, a punto de volver a subirse por las paredes, y con una ropa muy distinta al camisón de seda de Victoria's Secret que llevaba la otra noche, Jane no se parecía en nada a la mujer que había cautivado a los periodistas en la rueda de prensa. Con el pelo recogido en una cola de caballo, ni una gota de maquillaje, una camiseta tan grande que la hacía parecer extremadamente menuda y el codo sangrando, parecía su prima lejana, la terremoto de la familia.

—¿Por qué lo haces? —preguntó Cosmo—. ¿Por qué el numerito de la niña guapa y tonta?

—¡Que te jodan!

Vale. Aquí, el único que se había calmado era él; ella seguía cabreada.

Jane creía que la reacción de Cosmo al disparo que los dos habían oído, porque había sido un disparo, era una especie de broma pesada que le estaba gastando.

—Me estoy planteando llamar a Tom Paoletti para informarle de todo esto —dijo ella, muy seca. Tenía una expresión de lo más fría y hablaba como si cada palabra que dijera fuera una frase entera—. Ahora mismo.

—Normalmente, se suele acostar temprano; y su mujer, Kelly, está embarazada. Los despertarías a los dos —el agua ya estaba caliente, así que Cos empapó una de las delicadas toallas y la escurrió antes de cruzar el baño y dársela a Jane.

Era un baño enorme, casi tan grande como su habitación en el piso de San Diego. Jane estaba sentada en una silla junto a una especie de escritorio antiguo. Un escritorio… en un baño. Sí, era muy raro, pero quedaba bien. Iba a juego con la bañera de estilo antiguo y la decoración.

Jane cogió la toalla, desprendiendo resentimiento por todo su ser mientras se lavaba la herida con cuidado.

—Además —añadió Cosmo—. Llamaré a Tom mañana para explicárselo todo. Y también escribiré un informe, con la ayuda de Dios.

—No se te da bien escribir, ¿eh?

—No.

—No me extraña.

Cosmo se tragó la rabia mientras se sentaba en el borde de la bañera de cuatro patas.

—Mira, PJ llegará en cualquier momento. Todavía hay algo que quiero decirte, así que…

—¡Lástima! No me apetece nada escucharte —dijo ella—. No tengo ninguna intención de disculparme y…

—Mi padre, mi padre biológico, desapareció cuando descubrió que mi madre estaba embarazada —la interrumpió Cosmo.

Ella se rió. Bueno, en realidad, se burló.

—¿Y eso que tiene que ver con…?

—Sus padres la echaron de casa. Incluso el sacerdote de la iglesia dejó de ser amable con ella cuando dijo que no quería darme en adopción —continuó él—. La única persona que estuvo a su lado, que se encargó que tuviera comida y un lugar donde dormir, fue un tipo llamado Billy Richter, el fotógrafo del pueblo; ya sabes, el que hacía las fotografías de las bodas, comuniones y bautizos. Su nombre completo era Cosmo William Richter, aunque todo el mundo lo conocía como Billy. Le pusieron ese nombre en honor a su padre, que había muerto en la guerra, en Guadalcanal. Todo el mundo chismorreaba sobre él, decían que lo habían expulsado de la universidad porque era homosexual, algo que, en Findlay, Ohio, y en 1972, era peor que ser un asesino en serie. Pero mamá siempre se portó muy bien con él y él le devolvió el cariño primero dándole un trabajo en la tienda de fotografías y, después, casándose con ella porque, bueno, ya te he dicho que era Ohio, en 1972. Pero sólo eran matrimonio sobre el papel. Dormían en habitaciones separadas. En 1982, nos mudamos a California, donde papá conoció al tío Riley, que se vino a vivir con nosotros. Vivíamos todos juntos, hasta mi último año en el instituto, cuando mi padre murió en un accidente de coche.

Jane había dejado de hacer ruiditos y estaba sentada escuchándolo, mirándolo fijamente.

Cosmo alargó la mano y dijo:

—¿Qué tal? Soy el jefe suboficial de Marina Cosmo William Richter III, en honor a mi padre adoptivo, el hombre más amable que jamás he conocido. Si alguna vez tienes ganas de hablar de los derechos de los gays o del movimiento activista a favor de la comunidad gay, estoy muy versado en el tema; soy heterosexual pero no estúpido. Soy miembro de la PFLAG. También sé bastantes cosas sobre teatro musical y las películas de Bette Midler y, ¡ah, sí!, puedo nombrar todos los discos de Barbra Streisand, siguiendo el orden en que se publicaron. Y también puedo matar a un hombre con mis propias manos —sonrió—. Por si querías saberlo.

Ella no le dio la mano, así que él la retiró. Pero lo estaba escuchando, y continuó:

—PJ va a llegar dentro de un par de minutos —le dijo—. Yo saldré fuera, echaré un vistazo a la casa y a la calle en la que Murph dice que vio ese coche. Pero, primero, necesito aclarar algo que es bastante importante para mí. Antes, cuando estábamos… bueno, gritando mucho sin escuchar lo que el otro decía, has insinuado que tus, eh, acciones esta tarde en la rueda de prensa beneficiarían a Troubleshooters Incorporated. Y estás muy equivocada.

Jane abrió la boca para protestar, pero él levantó una mano y la hizo callar.

—Déjame terminar. Yo te he escuchado; ahora escúchame tú a mí.

Ella esperó.

—Cuando estoy ahí fuera, protegiéndote, como hacía en la rueda de prensa, soy un representante personal de Tommy Paoletti y su empresa. Al hacer lo que hiciste, usándome como un reclamo, insinuaste que mi comportamiento no es profesional.

Jane intentó hablar otra vez, pero Cosmo la volvió a interrumpir levantando la mano.

—Ya sé que hay montones de películas en las que el guardaespaldas y la clienta se enrollan, se enamoran, lo que tú quieras, pero eso es una estupidez. No es profesional y punto. No es romántico. Está mal. Nuestra relación es meramente de negocios. Tú le pagas a Troubleshooters, Tommy me paga a mí, yo te protejo. No me importa lo guapa que sea la clienta, no puedes acostarte con alguien y, al mismo tiempo, protegerla. No puedes. Por lo menos, no si te consideras un verdadero profesional.

Cosmo vio que, al otro lado de la habitación, Jane estaba a punto de estallar. No podía aguantar callada ni un segundo más.

—Era una broma. Como diciendo: «Eh, mira que cuerpazo tiene mi guardaespaldas». Nadie pensó…

—Jane —la interrumpió él—. Eres una mujer inteligente. Y sé que sabes lo que la gente pensó. Mi propia madre me llamó alteradísima.

Ya estaba más calmada, pero todavía seguía moviendo la cabeza.

—Yo sólo…

—Mira, si doy una imagen poco profesional, entonces Tommy y Troubleshooter también la dan. La gran baza de Tommy es su reputación como el antiguo jefe del mejor equipo Seal del país; como un hombre honorable y profesional. ¿Sabes eso que dicen, que no hay mala publicidad? Bueno, pues sí que la hay. Y es exactamente la que esta tarde le has dado a Tommy.

Ella, al final, lo miró.

—Entonces, lo siento. De verdad. Pensé que todos saldríamos ganando. No… No me di cuenta.

—Lo sé, lo sé —dijo él—. Y yo también te debo una disculpa, por dar por sentado que ya lo sabías y que, a pesar de todo, habías seguido adelante. Pensé —agitó la cabeza y rió—. Bueno, ya sabes que fue lo que pensé. Si todavía quieres que me vaya del equipo, solamente tienes que decirlo y me voy.

—¿De verdad estoy en peligro? —preguntó ella—. Quiero decir, bueno… lo que ha pasado esta noche… ¿era real?

—Yo oí un disparo —le dijo él—. Es posible que fuera una bala de fogueo o que no fuera dirigida a la casa; que sólo quisieran asustarte, bueno asustarnos a todos. —A continuación, hizo la pregunta que sabía que le estaba pasando por la cabeza—. ¿Quién haría algo así? No lo sé. ¿Fue la Red de Liberación o alguien que te vio por la tele y quiso asustarte? —le sonrió—. A lo mejor los productores de *Doctor Dolittle 17* vieron toda la atención que estabas congregando y se pusieron celosos… y se las ingeniaron para que no pasaras buena noche.

Jane le sonrió.

—Has hablado con Decker.

—Sí. Compartimos toda la información. En una operación así, no hay secretos entre el equipo; no hay información confidencial —le dijo—. No sólo nos encargamos de la seguridad personal. También estamos investigando las amenazas de muerte que has recibido por correo electrónico, las que nos parecen creíbles. Una manera de mantenerte a salvo es descubrir quién quiere hacerte daño antes de que puedan acercarse demasiado para hacerlo.

—He leído casi todos esos e-mails —respondió ella—. Y todos me parecen… simplemente, una locura.

—Si quieres —dijo Cosmo—, me sentaré contigo, con Deck y con Jules Cassidy, del FBI, y te enseñaremos los que a nosotros nos parecen amenazas reales.

Jane tragó saliva mientras asentía.

—Vale.

La había asustado.

Dios. Tenía que empezar a tomárselo más en serio.

Se escuchó el ruido de la radio.

—PJ ha llegado —anunció la voz de Murphy—. Está dentro.

—Gracias —respondió Cosmo. Se levantó, y Jane lo miró.

—Si de verdad creíste que el peligro era real —dijo—, ¿en serio estabas dispuesto a… a morir por mí?

—Nadie va a morir —le dijo al tiempo que oían cómo PJ llamaba a la puerta. Con un movimiento de cabeza, se despidió de ella y salió, dejando entrar a PJ.

Los golpes en la puerta llegaron después de que Jules se hubo pasado media hora en la cinta caminadora del gimnasio del hotel.

Había fingido que iba al gimnasio a sudar pero, mientras corría, habían intentado ligar con él cinco veces, aunque dos había sido el mismo rapero, de unos veinte años, que iba casi desnudo y que se hacía llamar el Boomerang Blanco. Mientras subía hacia su habitación, Jules pensó que sabía exactamente a qué había ido al gimnasio.

Había bajado para recordarse todo lo que no buscaba, todo lo que no quería en su vida. Y también porque, aunque no tenía ningún problema para rechazar invitaciones sexuales de desconocidos, sabía que Adam no habría sido capaz de salir solo de aquella sala. Y también quería recordarse eso.

Abrió la puerta con una toalla colgada al cuello.

—Mira, chico, te agradezco que insistas, pero los chavales pretenciosos no me van…

No era el Boomerang Blanco.

Era Adam.

Y aquello estaba mal. Muy mal.

—Hola —dijo Adam.

Jules negó con la cabeza.

—No.

—Dices que no pero, si te estuviera dirigiendo en una escena, te diría que pusieras más empeño porque el público no se lo creería porque…

—¿Cómo has conseguido mi número de habitación?

Adam se apoyó en el marco de la puerta.

—Solía vivir con un agente del FBI, ¿recuerdas?

Lo recordaba. Perfectamente.

—Mira, no te pido que me dejes pasar —dijo Adam, con total sinceridad. Aunque era actor, o sea que aquella sinceridad no significaba nada—. Yo sólo… es que no he tenido oportunidad de explicarte cómo me van las cosas.

Jules cruzó los brazos y se quedó, de pie, en medio de la puerta, asegurándose de que su lenguaje verbal dejara claro que no lo iba a invitar a entrar.

Adam continuó.

—Sólo quería que supieras que hace unos seis meses que estoy trabajando en un sitio genial.

—Trabajar —repitió Jules—. ¿Es posible que haya oído la palabra trabajar?

—No seas gilipollas —a Adam se le daba bien hacerse la víctima, pero su expresión tenía una nueva dimensión, una vulnerabilidad que Jules nunca le había visto. ¿Sería posible que…?—. Me cuesta hablar de esto porque puede parecer que me he vendido, que me he rendido en lo de ser actor, y no es así, J, no lo es. Sólo es un trabajo por horas. Bueno, a veces me quedo por la noche, porque me pagan bien, pero me gusta, así que…

Fue la falta de contacto visual, el hecho de que Adam mirara al suelo y no a él para ver si se lo había creído o no, lo que le dio esperanzas a Jules, esperanzas de que no fuera mentira.

—¿Dónde? —preguntó, con un nudo en la garganta.

—Eso es lo mejor —dijo Adam, al final, mirándolo, casi avergonzado por estar tan contento—. Es en la consulta de un veterinario.

—Es genial —dijo Jules. Adam siempre se había quejado de que, en su edificio, no dejaran tener animales.

—Sí —asintió Adam—. Ayudo en el hotel para perros. Bueno, los dueños los dejan allí cuando tienen que marcharse unos días y quieren que alguien cuide a su perro. Es un sitio un poco pijo. Los tenemos en unas habitaciones más bonitas que la mía y me quedo dos o tres noches a la semana. Es genial, J. Tenemos clientes fijos, y la jefa es encantadora. Mandy, se ha convertido en mi amiga y…

Al otro lado del pasillo se abrió una puerta.

—La charla es muy emotiva, chicos, pero estoy intentando dormir. ¿Os importa? —quien quiera que fuera, cerró dando un portazo.

Jules miró a Adam, que lo miró brevemente y apartó la mirada.

—Bueno, sólo quería decirte eso —dijo, casi susurrando—. Eso y, bueno, que te echo de menos —volvía a mirar al suelo pero, esta vez, cuando levantó la mirada, tenía lágrimas en los ojos—. Echo de menos lo que teníamos —se incorporó—. Gracias por la cena. Me alegro que te vayan bien las cosas.

Se giró. Se giró y empezó a alejarse.

—Adam —se escuchó decir Jules. La parte de sí mismo que recordaba el dolor sabía que hacer cualquier cosa que no fuera dejar que Adam se marchara era un error. Pero esa parte no controlaba su voz. Ni sus pies.

Retrocedió, abriendo la puerta de par en par.

Y dejó entrar a Adam.

7

En algún momento de la pasada noche, se había declarado una tregua.

Decker estaba sentado en el despacho de Mercedes Chadwick de la primera planta con Cosmo Richter, esperando a su Alteza.

Cosmo estaba destrozado, pero la rabia contenida que Deck había notado después de la rueda de prensa de ayer había desaparecido. Aunque, no le extrañaba que el Seal estuviera cansado; ya había oído su versión del drama que habían pasado la noche anterior.

Cosmo se había quedado sentado, en frente de la casa, en la oscuridad, durante horas. Había hecho una lista de todos los vehículos que pasaron delante de la casa hasta el amanecer.

Era una calle que terminaba en un callejón sin salida a unos tres kilómetros de la casa de Jane, así que no había habido mucho movimiento.

Aun así, Cosmo lo anotó todo.

Cuando salió el sol, y después de dormir un poco, Cosmo había salido a la calle a buscar pruebas de si lo que había oído había sido, realmente, un disparo. El problema era que no había encontrado nada, ni cartucho ni bala.

La ayudante de Mercedes entró con dos tazas de humeante café para ellos. Estaba demasiado caliente aún, así que Decker lo dejó encima de la carpeta que había traído consigo.

Cosmo bebió un buen trago de café; al parecer, la necesidad de cafeína era mayor que el miedo a quemarse. Decker lo entendía perfectamente. Él mismo había estado en esa situación varias veces, en las que matarías porque el café fuera intravenoso, para conseguir un efecto inmediato.

Cos también tenía una carpeta en las manos. Dentro llevaba la lista de diez coches y camionetas que habían pasado por delante de la casa, incluyendo una camioneta Ford de color oscuro, con el parachoques trasero abollado y una vieja pegatina en la que únicamente podía leerse: «...ville Estudiante de Honor», que era bastante sospechosa, porque llevaba la matrícula cubierta de barro. Cosmo le había dicho a Deck que sólo había podido adivinar un seis blanco sobre fondo negro.

Aunque era una sospecha un poco atrevida, porque había pasado por delante de la casa dos horas después del «incidente». Si es que lo que había ocurrido habido sido algún incidente, claro.

Bastante rato después de que les trajeron el café, apareció Mercedes. Decker y Cosmo se levantaron.

—Sentaos —dijo ella—. Por favor, sentaos —ellos se sentaron. Al menos, hasta que ella se acercó a la ventana—. Hace un día precioso. ¿Por qué Patty ha cerrado las...?

Cosmo se colocó delante de ella.

—Las hemos cerrado nosotros.

Jane se detuvo, lo miró y luego miró a Decker, entendiendo enseguida que lo habían hecho como medida de precaución. Por si alguien estaba apuntando a la ventana del despacho, esperando a tenerla a tiro y...

Era una mujer inteligente, así que se alejó de la ventana. Hasta que desapareciera la amenaza, no iba a pasar mucho tiempo al aire libre.

—Bueno —dijo—. Adiós a mi bronceado.

—Sólo es temporal —le dijo Cos—. Tal como está construida la casa, podríamos levantar un muro y crear una zona donde pudieras salir al exterior…

—¿Y dar vueltas a patio de la cárcel tres veces al día? —agitó la cabeza, disgustada—. No, gracias.

—Piensa que es una situación a corto plazo —dijo él.

—Sí, ya lo sé —lo miró—. Siento quejarme por todo. Es que es tan frustrante.

—Me lo imagino.

Vale. ¿Quién era esa mujer arrepentida y qué había hecho con Mercedes Chadwick? Además, hoy llevaba ropa. Ropa que la tapaba. Bueno, casi toda, porque la camiseta no le llegaba a la cintura de los vaqueros, que iban a la altura de la cadera.

Sin embargo, era una mejora. Iba a facilitarles mucho el poder concentrarse en el trabajo.

—Estás muy bien con vaqueros y zapatillas —Cosmo expresó su opinión mientras se sentaban en el sofá, y no sólo dejó a Decker con la boca abierta, sino también a Mercedes—. No estás nada ridícula.

Obviamente, habían estado hablando de los tacones de diez centímetros de la productora.

Ella fue la primera en recuperarse de la sorpresa, y lo hizo riendo.

—Sí, bueno, pensé que la niña guapa y tonta no tenía que bajar a esta reunión.

Se volvieron a mirar, y se produjo una especie de comunicación silenciosa entre ellos.

—¿No te has ido a casa? —preguntó ella, de repente, al ver que Cosmo llevaba la misma ropa que ayer.

—No —dijo Cos—. Pero he dormido un poco. Estoy bien.

—¿En la camioneta? —preguntó, horrorizada, como si le estuviera preguntando si había arreglado el problema de las aguas negras buceando hasta el fondo del pozo séptico.

—Estoy bien —repitió él, sonriendo. Una sonrisa de verdad.

Decker sabía de buena tinta que el Seal había dormido en sitios peores que su camioneta. Pero Mercedes se giró hacia él.

—Tenemos como diez habitaciones libres en esta casa. ¿Por qué no las habilitamos para el equipo?

—Es muy generosa. Siempre que no sea una imposición —dijo Decker.

—No lo es —respondió ella—. Dígaselo a todos. Haré que Patty pase una nota. Se acabó dormir en la camioneta.

Eso le valió un movimiento de cabeza del Seal y otra sonrisa. ¡Tranquilo chico! ¿Dos sonrisas en un solo minuto? ¿Qué venía ahora? ¿Bolas de fuego cayendo del cielo?

—Antes de empezar, debo pedirle disculpas.

Decker se giró y descubrió que los enormes ojos de Mercedes Chadwick lo estaban mirando.

Por lo visto, ahora venía una disculpa, algo que, cuando había entrado por la puerta esa mañana, parecía tan poco probable como las bolas de fuego cayendo del cielo.

—Larry —dijo ella—. ¿Puedo llamarle Larry?

Decker se aclaró la garganta.

—Casi todo el mundo me llama Deck.

—Deck —repitió ella—. Perfecto. Ayer, en la rueda de prensa, yo... lo siento. Lo siento mucho. No tenía ni idea de que lo que hice podría traerles problemas a usted, a Tom y... le pido disculpas. No volverá a pasar. Sin embargo, me temo que los *paparazzis* van a estar molestándome un tiempo. Si salgo... cuando salga, y tengo que salir. No puedo quedarme aquí para siempre. Tengo una película en marcha. Pero, cuando salga, hay muchas posibilidades de que haya cámaras esperándome. Algunas les enfocarán a ustedes —dijo, refiriéndose al equipo entero—. A quien esté a mi lado. Pero, básicamente, a ti —dijo, dirigiéndose al Seal—. Al menos, hasta que salgan las revistas de la semana que viene. Bueno, ya estoy trabajando en que la historia de Cosmo desaparezca de la primera página.

—Gracias por la advertencia —dijo Decker—. Lo tendremos presente.

—Lo siento —repitió ella.

—Para ser honesto —le dijo Decker—. Tom y yo estuvimos hablando ayer por la noche, y mi recomendación fue pasarle su caso a otro equipo de seguridad.

Ella asintió, todavía más contenida.

—Pero no se han ido —señaló—. ¿Qué les ha hecho cambiar de opinión?

Abrió la carpeta y sacó los tres correos electrónicos que Cosmo había recomendado que le enseñaran. Jane los leyó. No eran más que unas cuantas líneas cada uno.

—«Puta, te crees que eres muy lista. ¿Crees que te vas a escapar de esta? Puede que seas lista, pero yo lo soy más. Te equivocas conmigo, todos se equivocan, y no me vais a pillar. Yo te pillaré, te lo prometo. Empieza a cancelar tus citas, porque tu hora está cerca. Tú estarás muerta y yo me reiré. Te pudrirás bajo tierra y yo seguiré libre.»

—Siento llegar tarde —Jules Cassidy, el agente del FBI gay, entró como un vendaval por la puerta, seguido de la ayudante de Mercedes, que tenía que correr para seguirle el paso—. El tráfico... y salí un poco tarde... Bien, ya habéis empezado. Perfecto.

—¿Le apetece un café, señor Cassidy? —preguntó la chica.

—Sí —dijo Cassidy—. Por favor. Café. Litros de café, por favor, Patty. Dios te bendiga.

¿Es que Decker era el único en toda California que había dormido bien esa noche? Incluso Patty, la ayudante, iba arrastrándose por todas partes.

Cassidy se sentó y dejó el maletín en el suelo, junto a la silla.

—¿Por dónde vais? —preguntó, y Deck vio que el pobre estaba más que cansado. Estaba emocionalmente frito.

Decker conocía perfectamente los síntomas. Los había visto en el espejo por la mañana una o dos veces. La tensión que era imposible de disimular. Los ojos rojos, que no eran consecuencia del frío helado del exterior. Un hombre no tendría que verse con unos ojos que parecía que hubiera estado llorando durante días cuando, en realidad, sólo se había pasado toda la noche haciendo algo que seguro que no lo había hecho llorar. Los hombros tensos, el cuello dolorido, la espalda tiesa...

Había estrés y estrés.

Estaba el que aparecía después de ayudar a enterrar a un amigo.

El estrés que provocaban los errores que no se podía arreglar, las pérdidas irrecuperables.

Era una mierda.

Así que, bueno, sí. Se podía decir que Decker sabía reconocer a alguien emocionalmente frito cuando lo veía.

Y a Jules Cassidy le había pasado algo muy malo entre ayer por la noche y hoy por la mañana.

—«Puta —Mercedes estaba leyendo el tercer y último mensaje—. Saldrás en las noticias unos días, pero luego nadie hablará de ti. Estarás muerta y yo estaré aquí, riéndome. No me pillarán. Te pudrirás bajo tierra y yo seguiré libre. No puedes tocarme, pero yo sí que te tocaré» —dejó el papel encima de la mesa—. Vale, dejando de lado las diferentes direcciones electrónicas, obviamente, éstos los ha enviado la misma persona. Bueno, la manera de escribir y el mensaje son los mismos ¿no? Lo que no entiendo es por qué estos son distintos a los cientos parecidos a estos que recibimos cada día.

Patty volvió con la taza de café de Cassidy, más una cafetera recién hecha que dejó en medio de la mesa. El agente le dio las gracias con una sonrisa en la cara.

Esperaron a que la ayudante saliera de la sala y cerrara la puerta. Entonces, Cosmo y Cassidy miraron a Decker, obviamente preguntándose quién iba a responder a la pregunta de Mercedes.

—¿Quiere...? —normalmente, Deck le habría dicho al agente del FBI que se encargara él, pero el pobre parecía que necesitaba al menos quince minutos a solas con el café.

—Sí —respondió Cassidy, incluso demasiado seco—. Claro —dejó la taza, abrió el maletín y le dio una hoja a Mercedes y una segunda copia a Decker—. Lo siento, sólo tengo dos.

—No pasa nada —Cosmo se acercó a Mercedes para compartir la suya.

El documento era una copia de uno de esos mensajes enviados desde una de esas cuentas de correo gratis. Empezaba con otra palabra, «Cerdo», de acuerdo, pero el resto del mensaje... ¡vaya! Era idéntico, palabra por palabra, al primero que Decker le había enseñado a Mercedes. «Te crees que eres muy listo. ¿Crees que te vas a escapar de esta? Puede que seas listo, pero yo lo soy más.»

—Se lo enviaron al AFD Benjamin Chertok el 12 de abril de 2003. Trece días antes de recibir un disparo mortal —les informó Cassidy—. Lo asesinó un agresor no identificado con un rifle Remington 700P de largo alcance.

En el sofá, Mercedes levantó la vista del papel y la clavó en los ojos de Cosmo.

—Mierda —dijo.

Cosmo asintió.

—Sí.

—¿Qué es AFD? —preguntó ella.

—Perdón —dijo Cassidy—. Ayudante del Fiscal del Distrito. Ben Chertok trabajaba en las oficinas de Idaho Falls. Encabezaba un grupo de abogados que había procesado a John Middlefield, uno de los líderes de la Red de Liberación. Era un caso de evasión de impuestos, con una multa considerable y una pena de prisión sin fianza. Durante el juicio, la Red de Liberación emprendió una campaña difamatoria por Internet en contra de Chertok. Dos semanas después del juicio, apareció muerto en la entrada de su casa, con un disparo en la cabeza cuando volvía de trabajar un viernes por la tarde.

—¡Dios mío! —exclamó Mercedes—. ¿Y por qué no han detenido a todos los miembros de la Red de Liberación?

—No es tan sencillo —dijo Cassidy—. Ojalá lo fuera. Pero no se ha podido establecer ninguna conexión entre los mensajes y la Red de Liberación o el asesinato de Chertok.

Mercedes miró a Cassidy, a Deck y a Cosmo de manera inquisidora.

—Pero si no hay conexiones…

—Podría ser una coincidencia —le explicó el Seal.

—Sin embargo, por muy seguros que estemos de que estos cuatro mensajes los ha escrito la misma persona —aclaró Cassidy—, no tenemos ninguna prueba de que sea la persona que disparó contra Ben Chertok. Podrían perfectamente ser dos personas distintas.

—Pero… —se quejó ella.

—Personalmente, creo que se trata de la misma persona —admitió Cassidy. Estaba ahí sentado, frente a Mercedes, poniendo todas las cartas sobre la mesa.

Deck había trabajado con agentes del FBI y de la Agencia que se negaban a compartir sus opiniones personales con nadie. Hasta que no era un hecho, no lo decían.

Prefería el *modus operandi* de Jules Cassidy, la verdad. Obviamente, era la mejor manera de tratar con alguien con una personalidad tan fuerte como Mercedes Chadwick.

—Si lo es —continuó Cassidy—, si el que escribe los mensajes y el asesino son la misma persona, entonces nos estamos enfrentando a alguien que ya ha matado y ha salido impune. Y no sólo eso porque, al mandarte una copia exacta del mensaje que le envió a Chertok, quiere que sepamos que su próximo objetivo eres tú. En cierto modo, se ha propuesto un reto.

—Y no es alguien de quien podamos esperar errores tontos —le dijo Decker.

—Claro que no —bromeó ella—. Dios no quiera que el señor Chalado, mi psicópata personal, sea de los que deja cabos sin atar.

—No dejaremos que él ni nadie te haga daño —dijo Cosmo, suavemente.

Ella lo miró fijamente varios segundos, hasta que apartó la mirada y se dirigió a Cassidy y Decker.

—Pero si tiene una Remington no sé qué de largo alcance, ¿no es posible que alguien resulte herido?

—Sí —dijo Cosmo—. Él.

Mercedes rió mientras asentía pero Decker notó que, por mucho que quisiera, no se lo creía demasiado.

Mientras Jules salía de casa de Mercedes Chadwick, su hermano Robin llegaba con su precioso Porsche Speedster que gritaba «estrella de cine» a los cuatro vientos.

¡Cómo le dolía la cabeza! Al tiempo que se acercaba a su coche de alquiler, rebuscó por los bolsillos hasta que encontró las gafas de sol y se las puso.

Aunque no es que ayudaran mucho.

Lo que necesitaba era dormir, como mínimo durante seis horas ininterrumpidas. Pero antes tenía que llamar a su jefe, Max, y comprobar que el FBI no había rastreado los correos electrónicos. Luego tenía que enviar por fax la lista de matrículas que había anotado Cosmo a la ayudante de Max, Laronda. Aquello sería como encontrar una aguja en un pajar. A lo mejor lo dejaría para más tarde. Para después de pagar la cuenta del hotel y buscarse otro sitio donde quedarse.

Un sitio donde Adam no pudiera encontrarlo.

Maldita sea.

—Hola —dijo Robin, que había bajado la ventanilla un poco. Estaba ahí sentado, en el asiento del conductor, casi escondiéndose y haciéndole gestos a Jules para que se acercara.

Estaba hecho una mierda. Peor incluso que Jules esa misma mañana cuando se dio cuenta de lo que había hecho. Era curioso cómo alguien tan guapo como Robin Chadwick podía estar tan horrible.

Cuando Jules se acercó, Robin bajó la ventanilla del todo y… ¡buf! Apestaba a alcohol. Pero era alcohol de la noche anterior parcialmente sudado y eliminado de su sistema y parcialmente vomitado encima de la ropa.

La buena noticia, si es que allí había algo bueno, es que Jules no tendría que llamar a sus nuevos amigos de la policía de Los Ángeles para advertirles que Robin iba por la ciudad conduciendo borracho.

—¿Está dentro? —preguntó Robin, en voz baja, casi susurrando.

—¿Tu hermana? —dijo Jules—. Sí, pero se está preparando para ir a una reunión al despacho del director de casting…

—No —lo interrumpió Robin—. Jane no —habló todavía más bajo—. Patty.

Ahora lo entendía todo.

—Sí —dijo Jules—. Patty también está dentro.

—No hables tan alto —le riñó Robin, y luego empezó a maldecir entre dientes.

—No quieres que te vea así, ¿no? —preguntó Jules, sabiendo perfectamente que posiblemente era Robin el que no quería ver a Patty. Punto. Ni ahora ni nunca.

—Sí, sí, eh… —para ser actor, Robin era un mentiroso nefasto. O a lo mejor estaba demasiado resacoso como para esforzarse—. Oye, ¿me harías un favor enorme…?

Jules negó con la cabeza.

—No.

—Ya, bueno, no es como si te pidiera un gran favor enorme. Es más un pequeño y realmente fácil favor enorme. Un favorcito de nada. Si pudieras entrar otra vez y mirar si está cerca de la puerta…

—No —repitió Jules, pero fue como si Robin no lo hubiera escuchado.

—Y si está cerca de la puerta, ¿podrías pedirle que fuera a hacer unas fotocopias o algo así? No sé, algo para alejarla de la entrada para que pueda subir corriendo a mi habitación. ¿No?

Ya era hora que se diera cuenta que Jules estaba de pie, junto al coche, negando con la cabeza.

Era patético, doblemente patético considerando que durante toda aquella escena, Jules veía la ropa sucia y respiraba el hedor a vómito.

—¿Qué has hecho? —le preguntó a Robin—. ¿Te has levantado en otra cama, solo, con una nota en la almohada diciéndote que había café hecho en la cocina? Pero no estaba firmada, ¿no? De modo que has tenido que bajar a la entrada y mirar en el buzón a quién te habías tirado esta vez.

Robin lo miró fijamente.

Jules no estaba seguro de si los ojos como platos querían decir que lo había acertado todo o si, sencillamente, Robin se había quedado sorprendido por el rencor que desprendía su voz.

—Yo también fui joven y estúpido una vez —le dijo Jules. Bueno, joven seguro, porque la noche anterior, cuando había dejado entrar a Adam, había demostrado que seguía siendo estúpido—. Tienes que hablar con ella, Robin.

El actor se frotó la frente.

—¿Y decirle qué? Oye, nena, ¿qué pasó anoche? Sólo me acuerdo de la parte en la que me di cuenta que no habíamos usado condón y la parte en la que saqué por la boca hasta la primera papilla. ¿Y tú qué? ¿Te lo pasaste bien?

Oh, Robin, Robin, Robin...

—¡Ah!, por cierto, nena —Robin continuó con su conversación ficticia con Patty—, ¿sabes que ayer me moría por tocarte? Bueno, pues hoy no puedo pensar en ti sin que me vengan ganas de vomitar. Otra vez.

Jules conocía perfectamente el sentimiento. Ahora mismo, con sólo pensar en Adam...

Maldita sea.

—Soy un cabrón de primera —se lamentó Robin.

—Sí —asintió Jules—. Lo eres. Yo ya pasé por esa época de cabrón a la carrera la mañana después, pero oye, ¿lo del condón combinado con el cambio de opinión provocado por la desaparición del deseo? Joder, Robin, no sólo eres un cabrón de primera, eres un despiadado cabrón de primera. ¿Qué tiene, diecinueve años? Estoy seguro que eso te convierte en un cerdo, hijo de puta y despiadado cabrón de primera —le sonrió—. Me alegro mucho de haberme encontrado contigo esta mañana. Me has ayudado a poner en perspectiva muchas cosas. Que tengas un buen día.

—¡Espera! —Robin apagó el motor y salió del coche, siguiendo a Jules por la entrada. Se movía de aquella manera tan graciosa, despacio y con cuidado, como diciendo «en el mundo hay demasiada luz y demasiado ruido», típica de la mañana después de una buena borrachera.

—¿Estás completamente seguro de que no quieres ser actor?

¿Qué?

No, por todos los santos, otra vez con eso, no.

—No —dijo Jules—. Estoy seguro, de verdad.

—Bueno, es que estamos buscando al actor perfecto para hacer de Jack cuando era joven y, cada vez que te veo, oigo un coro de mil voces angelicales y pienso: «Coño, pero si es él» —Robin lo miró con los ojos entrecerrados, utilizando una mano de visera para taparse el sol—. ¿Cuál es tu problema? ¿Cómo puedes ser la única persona de los Estados Unidos que no quiere ganar un Oscar?

—¿Estás seguro de que no estás enamorado de mí? —respondió Jules—. Un coro de cien voces dice «te quiero en mi película». Pero mil voces angelicales… —negó con la cabeza—. Lo siento, cariño, pero no salgo con actores. Ya no. Una lástima que no me lo dijeras ayer.

—Sí, sí —dijo Robin—. Ja ja ja. ¡Los gays sois tan chistosos! ¿No podrías venir, como favor personal, a la sesión de casting…?

—Ya volvemos a estar con los favores. No.

—Bueno, leer unas líneas, hacer una prueba de cámara…

Jules abrió la puerta del coche.

—¿Cómo puedo decírtelo para que me entiendas? —le preguntó—. A ver: No.

—¿Y si…?

—Robin, cariño, ¿sabes que anoche la cagaste bien cagada? —le dijo Jules—. Pues yo también, sólo que no me he dado cuenta del enorme tamaño de mi cagada hasta veinte minutos antes de la hora que se suponía que tenía que estar aquí para una reunión muy importante. Así que escúchame bien: preferiría clavarme una aguja en el ojo antes que ir a tu sesión de casting.

—Coño —lo compadeció Robin—. ¿Qué pasó?

—Alguien como tú pasó —le explicó Jules—. Alguien que sabía que yo todavía no me había olvidado del maldito sueño idealista de…—se detuvo. ¿Qué estaba haciendo? Ese hombre era un extraño, además de un completo gilipollas. Sin mencionar que Jules estaba de servicio—. Un placer volver a verte, Robin —se metió en el coche de alquiler.

Robin no le dejó cerrar la puerta.

—¿Hay algo que pueda hacer para, no sé, ayudarte? Lo que sea, si quieres hablar o…

Jules lo miró otra vez.

—Como si fuera a aceptar consejos románticos de un hombre a quien la boca le huele a vómito.

—Perdón —Robin se cubrió la boca con el cuello de la camiseta—. ¿Mejor?

Jules puso los ojos en blanco.

—Habla con Patty —le dijo—. No dejes que pase el día pensando que esto es real cuando no lo es. Es una chica muy dulce y…

—¡Robin! ¡Hola! —ahí estaba, hablando del rey de Roma…

Por un momento, mientras le daba la espalda, Robin cerró los ojos y arrugó la cara en una mueca de dolor. Luego se dio ánimos, dibujó una sonrisa y se giró.

—Hola, nena.

Estaba embobada sólo por verlo, la pobre chiquilla.

—Será mejor que te des prisa y te duches —le dijo. Saludó a Jules—. Señor Cassidy, he llamado a su amigo… Adam. Está libre así que le he programado una cita para la sesión de casting. No lo hemos visto nunca, y eso es bueno, pero… No sé, quizás quiera advertirle que no se haga muchas ilusiones. Su currículun no es gran cosa. Normalmente, ni lo habríamos considerado.

—Ya —dijo Jules—. Gracias por darle una oportunidad. Os lo… emmm, agradezco, sí.

Robin lo estaba observando y, de repente, se dio cuenta de todo.

—Ayer saliste en las noticias, ¿no? —dijo—. Con mi hermana, ¿verdad?

Sí. Y Adam lo había visto. Adam había visto que Jules estaba relacionado con la polémica película *American Hero*. Y vio claro que esa relación podía ofrecerle algo que llevaba mucho tiempo buscando: una oportunidad para presentarse a un casting de la famosa productora Mercedes Chadwick.

Y Adam, comportándose como Adam, no había llamado a Jules y le había pedido un favor, por los viejos tiempos.

Posiblemente, porque los viejos tiempos estaban llenos de mentiras, decepciones e innumerables traiciones.

Pero, básicamente, Adam no había llamado porque le encantaba jugar. Y aquello suponía un reto. Recuperar a Jules. Convencerlo de que diera una oportunidad más a algo que siempre había querido.

Por otro lado, aquello no había sido un gran reto, ¿no? Nunca lo fue.

Había salido el sol y el día amaneció brillante y lleno de esperanza.

Sin embargo, justo entonces, cuando Jules salió de la ducha, llegando tarde a la reunión pero encantado de la vida, Adam había dicho:

—He oído rumores de que Mercedes Chadwick todavía busca a alguien para uno de los papeles principales de la película.

Había sido un comentario totalmente inocente, pero Jules se giró a mirarlo. Adam. El maravilloso, increíble y atractivo Adam, en la cama, despeinado, con una incipiente barba en la perfecta barbilla. Y lo supo. De repente, lo supo.

Durante varios segundos, el tiempo se detuvo mientras repasaba las veces que Adam había mencionado la operación de Jules en toda la noche. En la cena, incluso le había preguntado: «¿Cómo es Mercedes Chadwick en persona?».

—Sí —repondió Jules, al final—. Sí, creo que sí. Esta tarde hay una sesión de casting. Es una lástima que no hayas traído tu currículum y las fotos.

Adam se sentó.

—Ya, bueno... He traído uno. ¿En serio harías eso por mí?

—Has traído un currículum —cualquier duda que pudiera haber albergado hasta entonces desapareció. Adam odiaba ir por ahí con mochilas o maletines. Solía salir con la cartera en el bolsillo y nada más. Si había traído el currículum era porque...

Porque su objetivo ayer por la noche no había sido reconciliarse con Jules. Su objetivo había sido conseguir una audición con Mercedes Chadwick.

—Sí, verás —seguro que Adam había notado la mirada en la cara de Jules e intentó arreglarlo—. Lo he traído para enseñártelo. Pensé que igual querrías verlo.

—Pero no me lo has enseñado.

—No se me ocurrió —Adam sonrió—. Y como luego ya nos pusimos a otra cosa...

—¿Dónde está? —cuando apareció en el aparcamiento del hotel no llevaba nada, ni carpetas ni sobres ni nada.

—Yo, eh... bueno, te lo he dejado en recepción —dijo Adam.

—O sea, que querías enseñármelo y por eso lo dejaste en recepción, ¿no?

—J, vine porque quería volver contigo. Y, obviamente, pensé que si volvíamos, igual querrías hacer esto por mí...

—No hemos vuelto —le informó Jules. Descolgó el teléfono y llamó a recepción para pedir un juego de higiene personal para invitados (cepillo de dientes, máquina de afeitar, colirio de ojos, aspirinas, condones)—. Sí, hola. ¿Podrían enviar un kit para ligues a la habitación 312? —se refirió a él con el nombre más cruel a propósito, algo que hizo irritar a Adam.

—Muy bonito —dijo—. ¿Ahora sólo soy un ligue?

Es lo que siempre había sido, un ligue de una noche barato. Jules había sido demasiado tonto por no darse cuenta.

—Cuando vuelva no quiero verte aquí —se puso la chaqueta y se arregló la corbata delante del espejo antes de coger el maletín y marcharse.

Volvió al presente, con Robin.

—Y, aún así, ¿vas y le das las fotos y el curriculum de este tío a Jane? —le preguntó Robin.

—Sí —dijo Jules—. Ya sabes. Por los viejos tiempos

Cerró la puerta y puso en marcha en coche. Bajó la ventanilla.

—Habla con Patty —dijo, una vez más.

Pero, cuando se marchaba, vio cómo Patty y Mercedes, o Jane como la llamaba Robin, se metían en un coche que las esperaba, acompañadas por dos miembros del equipo de seguridad de Tom Paoletti, dejando a Robin sólo, frente a la casa.

8

¿Quién era ese tío? Jane le echó un vistazo al currículum que tenía encima de la mesa. Se llamaba Adam Wyndham. Y, por lo visto, no había hecho casi nada.

El director de casting estaba de pie, en medio del pequeño estudio, leyendo algunas escenas con el joven actor porque Robin todavía no se había dignado a aparecer, maldita sea.

Patty entraba y salía de la sala, organizando el próximo grupo de aspirantes, poniéndolos en fila para que entraran en orden. Cuando la chica volvió a entrar, Jane le hizo una señal para que se acercara.

—Patty, ¿dónde está Robin? —lo primero era lo primero.

—Pensé que venía justo detrás de nosotras pero... me parece que hoy va un poco retrasado —se sonrojó—. Lo siento.

—No es culpa tuya —le dijo Jane, pero... ¿Era culpa de Patty? Por la mañana, cuando había visto a su hermano, parecía que llegara a casa justo entonces, como si hubiera pasado la noche fuera.

—¿Quieres que te traiga más café? —preguntó Patty, todavía sonrojada.

Por Dios. Si su hermano y Patty habían... ayer por la noche...

Entonces era más que probable que Robin se estuviera escondiendo, el muy cabrón.

—No, gracias —le dijo Jane, controlando la necesidad de cogerla por los hombros y regañarla por ser tan estúpida y luego abrazarla por lo mucho que le dolería el corazón roto que el vendaval de Robin dejaría a su paso—. Sólo dime una cosa: ¿de dónde demonios hemos sacado a este Adam Wyndham?

—Lo siento, ¿tan malo es? —preguntó Patty, ansiosa.

—No —respondió Jane, más alto de lo que le hubiera gustado.

El actor, Adam, dejó de leer y la miró.

—¿Quiere que pruebe algo distinto?

Físicamente, era Jack Shelton. Llevaba el pelo un poco largo, pero nada que un buen corte no pudiera arreglar. Ojos de color avellana, cara aniñada, físico esbelto; no era tan menudo como Jack, pero se le acercaba mucho. Era más bajito que Robin que, en definitiva, era lo que importaba.

En el currículum ponía que tenía veinticuatro años, lo que en Hollywood significaba que tenía más de dieciocho y menos de treinta. Jane estaba segura que podría pasar perfectamente por un chico de veintidós años. Era adorable y carismático. Incluso allí de pie, esperando que alguien respondiera a su pregunta, llamaba la atención.

Por primera vez desde que empezaron con los castings, por primera vez en muchos meses, Jane tuvo la esperanza de que no tendría que recurrir a un actor con talento pero que no tuviera nada que ver con Jack Shelton o a un actor sin talento que se le pareciera bastante. Sin embargo, la idea de contratar a alguien sin experiencia le daba un poco de miedo.

—¿No has hecho nada que yo pueda conocer? —le preguntó Jane mientras Patty estaba deambulando a su alrededor.

Él se rió, encantado de la vida de ser el centro de atención, revelando un hoyuelo en las mejillas demasiado perfecto para describirlo con palabras.

—No, a menos que cuente la representación de *El sueño de una noche de verano* que hice con el grupo de teatro del instituto. Hice de Puck.

—¿Cómo no? —Jane volvió a mirar el currículum. Su representante no le sonaba de nada. ¿Cómo había llegado hasta aquí?

Patty se inclinó a su lado y le susurró:

—Es amigo de ese agente del FBI.

¡Ajá!

Increíble.

Pasaba continuamente. Siempre que Jane conocía a alguien que no pertenecía al mundo de Hollywood, los favores no tardaban en aparecer. «Mi hermano/primo/amigo/tío/cuñada/sobrina es actor/actriz…»

Pero lo de Adam era todo un hallazgo. Recompensaba todas las veces que se había sentado en esa misma silla, observando audiciones de actores realmente horrorosos a los que había dado una oportunidad como «favor» personal a amigos o conocidos que se los habían vendido como el próximo Jude Law o la próxima Kate Hudson.

Patty había aceptado ver a Adam Wyndham como un favor, pero resultó que el favor se lo habían hecho a ellos. Dios bendiga a Jules Cassidy.

—¿Has hecho un prueba de cámara alguna vez, Adam? —preguntó Jane.

Él fingió que le habían herido en el corazón y retrocedió dos o tres pasos.

—¿Es una invitación?

—Creo que se está precipitando un poco —dijo Robin.

Jane se giró y vio a su hermano entrar por la puerta del estudio. Patty, que estaba a su lado, se puso más tensa. Cabrón.

—Siento llegar tarde —dijo, dirigiéndose a Jane, y luego se giró hacia Adam—. A lo mejor, antes de gastar película contigo, deberías leer unas líneas conmigo.

Robin fue muy maleducado, algo totalmente impropio de él. Jane se quedó sentada en su silla, boquiabierta, durante varios segundos, hasta que se levantó y dijo, a todos:

—Por favor, disculpadnos un momento.

Cogió a Robin por el brazo, se lo llevó al baño y cerró la puerta.

—¿A qué coño ha venido eso?

—No me gusta ese tío.

—¡Pero si ni siquiera lo has visto! —Jane no podía creérselo.

—No necesito verle —Robin, una de las personas más amables y simpáticas del mundo, estaba fuera de sí—. Sé quién es y sé que no lo queremos en nuestra película, Janey. No nos conviene.

Jane esperó a que continuara, pero él no dijo nada. Se quedó ahí, observándola, como si hubiera dicho algo definitivo en contra del actor.

—¿Y eso qué significa exactamente? —preguntó ella—. ¿Es un cleptómano, tiene problemas con las drogas, es un borracho, ha abusado de niños, es un psicópata, un asesino en serie…?

—Utilizó a Jules para conseguir la prueba —dijo Robin. Y escuchar esas palabras de esa boca habría tenido su gracia si no lo hubiera dicho tan en serio—. Adam Wyndham se la jugó a Jules, haciéndole creer que quería volver con él cuando descubrió que trabajaba con nosotros. ¿No has visto lo enfadado y destrozado que estaba esta mañana? Jules, me refiero.

La verdad era que, aquella mañana, Jane había estado un poco distraída por el hecho de que algún lunático le había enviado un mensaje idéntico al que le enviaron a un abogado de Idaho que acabó muerto en la entrada de su casa.

Un tiro en la cabeza. ¡Bang!

Así que, no, lo sentía, no se había fijado en que Jules estaba triste; de hecho, no se había fijado en casi nada.

Bueno, aquello no era del todo cierto. Se había fijado en Cosmo. Firme y seguro, fuerte y callado. Había entrado en el despacho y, con sólo verlo, se había sentido mucho más relajada. Era muy raro. Sabía que no era algo racional. Usando la lógica, sabía perfectamente que estaba igual de segura con PJ, Murphy o Decker.

Pero ver a Cosmo... No podía negar que se alegraba mucho de que estuviera allí, estaba muy feliz de verlo.

Por la noche, Cosmo, que tenía motivos de sobra para odiarla, había mostrado que estaba dispuesto a protegerla con su propio cuerpo. Estaba dispuesto a interceptar una bala dirigida a ella.

Dios mío.

Y, a pesar de todo, había conseguido superar ese acto de valentía al mostrar una madurez emocional realmente impresionante, sobre todo para ser militar, que solían tener la cabeza pegada a los hombros. Pero Cosmo no. Cosmo tenía un cuello muy, muy bonito. Estaba que echaba fuego por la boca pero, aun así, había dejado de gritar y la había escuchado.

Si hablábamos de Cosmo Richter, Jane había experimentado un cambio de 180 grados. Ayer, pensaba que era arrogante, superficial e intolerante. Hoy, honestamente, le caía muy bien.

Lo suficiente como para recurrir a su agenda de actores y directores y concertar una cita con alguno que fuera hetero y estuviera soltero. Alguien que quisiera que su imagen pública se cotizara al alza. Alguien que pudiera sacar provecho de la atención de la prensa.

Alguien como su viejo amigo Victor Strauss, que estaba en la ciudad para presentar su última película.

Mañana por la noche daba una fiesta en su casa de Bel Air, y ella lo acompañaría, sería su cita. Como siempre, habría alguien de la prensa y, haciéndoles una fotografía con el móvil, rebelaría que Jane y Victor volvían a estar juntos. Juntos juntos.

Victor, un director con dos nominaciones a los Oscar bajo en brazo, era más conocido por su incapacidad para mantener la bragueta cerrada. Algo que añadiría morbo a la noticia.

Y eso, a su vez, alejaría las cámaras de Cosmo.

Que había dormido en la camioneta.

Jane se había fijado en que, en la reunión de esta mañana, Cosmo todavía llevaba la misma ropa que ayer por la noche, la misma camiseta que se había quitado en su habitación mientras…

Sí. Se había fijado en Cosmo.

—… Salieron juntos —iba diciendo Robin—. Y cuando Adam vio a Jules en las noticias…

—Espera, espera —dijo Jane—. Un segundo. Jules Cassidy le dio el currículum a Patty. Si lo hizo, no debería estar tan triste y…

—Bueno, sí que lo estaba. Se sentía utilizado. Me parece que este Adam le gusta de verdad, pero es un cabrón y yo no quiero trabajar con él —se cruzó de brazos—. No se merece esta película.

Aquello rozaba lo surrealista.

—¿Porque es un cabrón?

—Exacto.

—Algo de lo que tú sabes mucho, ¿no? No sé, teniendo en cuenta que tú también lo eres… por pasar la noche con Patty.

Jane lo dijo a modo de tentativa, pero Robin se lo confirmó cuando la fachada de «no voy a transigir» se derrumbó.

—Lo siento, Janey, lo siento. Lo he jodido todo. Soy un cerdo —aquella canción le sonaba.

Su hermano se había llegado a especializar en las disculpas sinceras. Con esos insultos quería fingir que se hacía responsable de sus acciones. Pero, últimamente, aquellas palabras sonaban huecas. Era como si, por concederse a sí mismo el estatus de cerdo, se diera permiso para seguir adelante como hasta ahora, jodiéndolo todo.

—¿No has pensado que a lo mejor Adam ha metido la pata y también lo siente? —respondió Jane—. Lee con él, Robbie. Es muy bueno. Tanto que me asusta. Dale una oportunidad. Si, de verdad, no puedes trabajar con él o si no hay química… Pero ya sabes lo que dicen: del amor al odio hay un paso.

—Va a ser una mierda —dijo Robin—. Para Jules, quiero decir. Si le damos el papel a este tío, Jules tendrá que verlo casi cada día.

—¿Y no se te ha ocurrido que a lo mejor es lo que Jules quiere?

Al viejo Jack Shelton le gustaba Adam.

Robin se sentó junto a los dos, mientras esperaban que llegaran los demás actores para rodar la prueba de cámara de Adam.

Estaba hojeando el guión, porque ni siquiera había leído toda la escena, mientras le preguntaba a Jack sobre su experiencia en la guerra.

—No fue tan terrible —dijo Jack—. Bueno, era una guerra, y eso implica una parte trágica y horrorosa, pero el campo de entrenamiento, alistarme en el Ejército fue… Me pusieron en unos cuarteles llenos de chicos y me sentí en el cielo. Y no estoy hablando de sexo, no me malinterpretes. Era… verás, yo nunca había hecho deportes de equipo. Nunca me había sentido bien recibido en el campo o en el vestuario. Pero, después de Pearl Harbor, de repente tuve acceso a un club al que jamás habría soñado entrar. Y después, cuando me enviaron a la Unidad 23, donde la mayoría éramos gays… Dios mío. Era emocionante y aterrador —sonrió y se acercó a él, bajando la voz—. Porque quería decir que alguien había descubierto mi secreto.

»¿Sabes una cosa? Cuando llegué por primera vez a la Unidad 23, estaba convencido de que el tío Sam nos había enviado allí a los que no éramos tan hombres con la intención de hacernos desaparecer en un gigantesco accidente.

—¿En serio? —Adam dejó de leer el guión. Estaba observando a Jack e, inconscientemente, imitando sus gestos, su manera de sentarse y de respirar. Excepto que, de algún modo,

Adam lo estaba convirtiendo en los gestos y la manera de sentarse y respirar de un chico joven.

Janey tenía razón. El muy cerdo era bueno.

Cuando había leído con él en la oficina del director de casting, se había notado la magia en el ambiente.

Y eso no significaba que a Robin le hiciera mucha gracia actuar con él.

Además todavía tenía que superar la prueba de cámara. Hugo Pierce o Pierce Hugo o como quiera que se llamara ese chico también pareció bueno al principio.

—Sí —Jack, se giró hacia Robin—. ¿Qué escena vais a utilizar para la prueba de cámara, Harold?

A Robin le encantaba que Jack lo llamara Harold. Casi hacía desaparecer los mareos y las náuseas que había sentido toda la mañana. Casi.

—La de cuando tus compañeros de cuartel intentan averiguar qué tenéis en común todos los integrantes de la Unidad 23 —Robin se inclinó hacia delante para dirigirse a Adam, que estaba sentado al otro lado de Jack. Tenía ojos de estrella de cine, de color avellana y muy brillantes. Janey tenía razón. El muy cabrón iluminaría la pantalla—. Sólo tienes unas líneas de diálogo. Lo que buscamos es ver tu reacción cuando te das cuenta que no eres el único hombre gay del grupo.

—Dios mío —dijo, repitiendo las palabras de Jack—. Era emocionante y aterrador. Quería decir que alguien lo sabía.

Daba miedo; por unos segundos, fue Jack. Pero luego volvió a ser él mismo y siguió haciéndole preguntas al viejo.

—¿De verdad pensó que los iban a matar?

—Un grupo de oficiales entró en el cuartel en medio de la noche —le dijo Jack—. Nos despertaron y nos metieron en el bosque, donde nos dijeron que nos escondiéramos, en silencio y sin luces. Y se marcharon. Todos los oficiales desaparecieron. Yo no era el único que estaba asustado, créeme. Cuando llevábamos una hora allí, escuchamos un ruido ensordecedor: motores en marcha, árboles que caían, como si se acercara un monstruo enorme. No tardamos mucho en comprender que lo que oíamos, eran tanques colocándose en posición delante nuestro.

»Las redadas no tenían un nombre tan bonito por entonces, pero eso no quiere decir que el concepto no existiera —continuó Jack—. Todos los que estábamos allí esa noche, bueno, al menos los que habíamos descubierto que éramos admiradores de Judy Garland y que íbamos de vacaciones o compartíamos piso con un «primo» —dijo, marcando las comillas en el aire, a ambos lados de la cabeza—, todos habíamos sufrido algún brote de violencia por ser como éramos —se giró y le habló directamente a Robin—. Cuando te han amenazado por el simple hecho de dar muestras de afecto por alguien a quien quieres, pensar que unos tanques van a acribillarte a balazos en medio de un bosque no es muy descabellado, créeme.

—¿Y qué pasó? —preguntó Adam, tan fascinado como Robin la primera vez que escuchó la historia. Tan fascinado como Janey cuando conoció a Jack por primera vez. Robin todavía recordaba lo emocionada que estaba su hermana ante la idea de explicar la historia de Jack, de convertirla en una película—. No se quedaron ahí esperando a que les dispararan, ¿no?

—Nos habían ordenado que nos quedáramos ahí —le explicó Jack—. Se me ocurrió que iban a disparar a nuestro alrededor de modo que sólo matarían a los que salieran corriendo. Y entonces, todo sería culpa nuestra, *¿n'est-ce pas?* Y, por supuesto, era de esperar que las mariconas salieran corriendo, ¿no? Los muy imbéciles, no tenían ni idea del valor que había que tener para declararse homosexual en una sociedad tan homofóbica como aquélla. Mientras me congelaba en aquel bosque, pensé que podríamos darles una buena lección.

—Jack mantuvo al grupo unido —le explicó Robin a Adam, porque Jack siempre se saltaba esta parte. La parte en la que, a pesar de no ser un oficial, había tomado el mando de su unidad—. Los convenció para que se quedaran donde estaban.

—Y nos quedamos ahí, con los pantalones empapados y escuchando esos tanques que fueron de un lado a otro toda la noche.

—¿Y les dispararon? —preguntó Adam.

—No, qué va —dijo Jack—. Resultó que los oficiales nunca se imaginaron que pudiéramos sentirnos en peligro. Por la mañana, volvieron y nos preguntaron qué habíamos visto y oído. Por supuesto, no habíamos visto nada. Sólo habíamos oído los tanques. Nos dieron un mapa y nos dijeron que los encontráramos. Así que nos pusimos en marcha.

»No tardamos en llegar al otro extremo del bosque. Y allí, al otro lado de un prado, vimos una hilera de tanques —continuó Jack—. Pero era muy extraño porque toda la noche habíamos oído como si los tanques tiraran árboles al suelo, pero la vegetación estaba intacta. «Acercaos», nos dijo el oficial, y salimos del bosque. Mientras caminábamos por un sendero que dividía el prado en dos, vimos que había dos hombres junto a los tanques, que todavía quedaban a cierta distancia de nosotros. Y, de repente, esos hombres se agacharon, levantaron a peso unos de los tanques y le dieron la vuelta, de modo que la torre de disparar estaba boca abajo. ¿Dos hombres levantando un tanque enorme?

»Bueno, nos quedamos de piedra. Y entonces, de la nada, salió una camioneta con unos grandes altavoces encima, emitiendo el sonido de los tanques avanzando a través del bosque.

—Imposible —dijo Adam, sonriendo.

—La escena va a quedar muy bien —dijo Robin. Jane también tenía razón con la sonrisa del desgraciado ese. Le iluminaba la cara.

—Los oficiales nos enseñaron en qué consistiría nuestro trabajo: el Ejército Fantasma —dijo Jack—. Si nos hubieran dicho: «Vais a utilizar efectos sonoros y tanques de goma llenos de aire para engañar a los alemanes y hacerles creer que tenemos un enorme ejército invencible», habríamos pensado que estaban locos. ¿Cómo iba a funcionar? ¿Cómo íbamos a poder engañar a los alemanes, con sus flotas de aviones y carros de combate? Pero ahora habíamos visto que se podía hacer, cómo un grupo de hombres, nosotros, podíamos controlar a decenas de miles de tropas alemanas, evitando que atacaran otros puntos conflictivos.

—La Unidad 23 también trabajó y experimentó mucho con el camuflaje —le explicó Robin a Adam—. Y con las ilusiones ópticas. Pintaron sombras de tanques en la arena para que los aviones alemanes que sobrevolaban la zona creyeran que los aliados habían reunido a un gran batallón en el desierto. Relataban movimientos estratégicos ficticios por canales de radio que sabían que los alemanes escuchaban. Utilizaron a los actores del grupo para pasar información falsa en las ciudades que sabían que simpatizaban con los nazis.

—Nos proponían ejercicios —dijo Jack—. Nosotros los llamábamos problemas y se suponía que teníamos que utilizar la creatividad para solucionarlos. La película se centra en los últimos meses de la guerra, cuando me propusieron localizar tela y botones nazis auténticos y llevarlos a la central aliada de París. Pronto me di cuenta de que estaba ayudando a crear auténticos uniformes nazis que una unidad del ejército aliado utilizaría en una misión extremadamente peligrosa. Iban a adentrarse en Alemania para descubrir si Hitler tenía la capacidad o no de construir una bomba nuclear.

—Y aquí es donde Jack conoce a mi personaje, Hal, que es capitán del Ejército del Aire —dijo Robin—. Se presentó voluntario para formar parte de la misión suicida. Supongo que pensó que morir a tiros por los nazis como espía aliado pondría fin a la lucha interna con su homosexualidad.

—Pero, ¿qué tenían en común todos los soldados de la Unidad 23? —preguntó Adam—. Bueno, obviamente, no todos eran gays.

Jack se rió.

—No, no todos lo eran —dijo. Le sonó el móvil, lo sacó del bolsillo y miró quién llamaba por encima de las gafas—. Perdonadme, chicos, tengo que contestar —empezó a levantarse, pero Robin ya estaba de pie.

—Quédate aquí —le dijo a Jack—. Me apetece otro café, y estoy seguro que a Adam también.

Jack se puso a charlar animadamente con Scott, su pareja, o su último ligue, como decía Jack, mientras Adam se acercó a Robin, que ya estaba preparando más café.

—Estoy en desventaja —dijo Adam—. Ojalá hubiera tenido un mes para poder hablar con Jack antes de rodar la prueba de cámara.

—Sí, bueno, pero la hora de la verdad es hoy. Hazlo lo mejor que puedas —Robin cogió una taza limpia de la bandeja.

—Lo intentaré —Adam observó a Robin servir el café y esperó a que dejara la jarra en su sitio para coger una taza para él—. Aunque no es la única desventaja, ¿no? Resulta bastante obvio que no te caigo demasiado bien.

Robin se echó un corro de leche en el café.

—¡Qué perspicaz!

—Y también resulta bastante obvio que a Mercedes sí que le gusto. Para el papel, digo. Porque, claro… bueno… ya sabes a qué me refiero.

—Está desesperada —dijo Robin—. El tiempo se nos echa encima. Necesitamos a alguien para el papel. Por eso está dispuesta a cerrarlo lo antes posible.

—Ya —dijo Adam—. Supongo —se rió. Una sonrisa encantadoramente ruda—. Oye, si hay alguien que te guste más para el papel y que a ella no le guste especialmente…

—Pues sí, hay alguien —le dijo Robin—. Además, creo que lo conoces. Jules Cassidy.

A Adam estuvo a punto de caérsele la taza al suelo. Pero entonces volvió a reír, esta vez con incredulidad. Tenía una sonrisa para cada ocasión.

—No lo dices en serio, ¿verdad? Porque, bueno, J no es exactamente un actor.

—¿Te parece que no? —le preguntó Robin—. Porque a mí me parece que sí lo es. Me parece que es increíble.

—Vale —dijo Adam, lentamente—. Ahora empiezo a entender de qué va todo esto en realidad.

—Me ha contado lo de ayer por la noche —mientras decía estas palabras, Robin tuvo que hacer un esfuerzo para borrar de la mente una imagen: Adam y Jules juntos. ¡Por Dios! Ni en un millón de años. Si tenía que imaginarse a dos personas haciendo el amor, al menos una de ellas tenía que ser Christina Ricci.

Aunque, claro, a continuación le vino a la cabeza una imagen de Patty, en el suelo, debajo de él mientras... ¡Joder! ¿En serio lo habían hecho en el suelo del salón y sin quitarse la ropa?

—Claro que te lo ha dicho —decía Adam—. Es Jules. Siempre dice la verdad y... —volvió a reírse, con complicidad, como si estuvieran compartiendo una broma privada—. Tío, es increíble. Quien sea que trabaje para ti es genial. Habría jurado que eras hetero.

—Soy hetero.

—Ya —dijo Adam, en ese tono que implicaba que no se lo creía—. Y Jules y tú sólo sois amigos. Perfecto, créete lo que quieras, me da igual, Robbie. Además, tampoco importa.

—¿Por qué? ¿Por qué ya conseguiste lo que querías de él ayer por la noche?

—Coño —dijo Adam—. Debes pensar que soy un cerdo, ¿no es así? Sí, quería conseguir la audición, pero también quería volver con él. Todavía le quiero, y lo voy a conseguir. No lo dudes, Roberta. Lo de esta mañana sólo ha sido un problema técnico. Me malinterpretó y pensó que... —otra risa, esta como quitándole hierro al asunto—. Bueno, estaba equivocado, y voy a convencerlo.

—A mí me pareció que había terminado contigo —dijo Robin.

—Lo superará —le dijo Adam—. Siempre lo hace.

—¿Sabes una cosa? Eso es lo gracioso de siempre. Siempre vuelve, hasta el día que no lo hace. Es como lo de vivir para siempre, hasta el día que te mueres.

—Muy profundo —Adam alzó la taza de café, brindando por eso—. Y sí, vale. Tú ganas. Si querías sacarme de mis casillas lo has conseguido. Felicidades. ¿Quieres saber la verdad? No tenía ni idea de lo mucho que lo iba a echar de menos hasta que estuvo una temporada en otro continente. Pero sí, lo eché de menos. Mucho. Sin embargo, ¿tienes alguna idea de lo que es que alguien te quiera tanto?

Robin pensó en Patty, metida en el despacho del director de casting con Jane, y en la nota que le había dejado por la mañana: «Te quiero», con un corazón en lugar de la «o». Se había quedado con él toda la noche mientras él vomitaba en el baño. No recordaba muchas cosas de anoche, pero sí recordaba las frías manos de Patty sujetándole la frente.

No obstante, ¿eso qué tenía que ver con el amor?

No estaba seguro.

—Me asusté mucho —le confesó Adam. Parecía que lo decía en serio—. Así que me marché. Pero ahora lo quiero. Estoy preparado. Estoy en un punto en que…

Basta ya de tonterías.

—Si de verdad quieres recuperarlo…

—Sí que quiero —dijo Adam, desprendiendo sinceridad por cada poro.

—A menos que la cagues en la prueba de cámara —dijo Robin—, mi hermana posiblemente te ofrecerá el papel. Si quieres enviarle un mensaje a Jules, recházalo.

Adam soltó una carcajada, muy divertido, y todos se giraron hacia ellos.

—Ya, bueno… No creo.

—¿De verdad piensas que lo puedes tener todo?

Adam fue muy directo.

—Sí, creo que sí.

—¿Y si tuvieras que elegir?

—Pero no tengo que hacerlo —Adam se sirvió más café. Y cambió de tema—. Bueno, ¿qué tenían en común los compañeros de Jack de la Unidad 23?

Robin se lo quedó mirando un buen rato.

—Su coeficiente intelectual era muy superior a la media —dijo—. Para tu información, voy a animar a Jules a mantenerse lejos de ti.

—Haz lo que quieras, es un país libre —dijo Adam, despreocupado, llenando otra taza de café y metiéndose unos cuantos sobre de azúcar en el bolsillo delantero de la camisa—. Pero para tu información, corazón, no eres su tipo.

—Soy hetero —dijo Robin mientras Adam se metía el guión debajo del brazo y cogía las dos tazas de café.

—Claro —dijo, guiñándole el ojo mientras volvía hacia donde estaba Jack—. Sigue repitiéndotelo una y otra vez. Así, a lo mejor, es verdad.

9

—Esta noche tengo una cita —le dijo PJ Prescott a Cosmo cuando llegó a casa de Jane pasada la media noche—. Por favor, haz un esfuerzo e intenta no oír disparos durante los próximos treinta o cuarenta minutos, ¿vale? Al menos, dame tiempo para poder alejarme realmente y que así pueda dar la vuelta y volver.

—¿Una cita pasada la media noche? —preguntó Cosmo, dejando el envoltorio de papel del sándwich en la encimera.

PJ sonrió, mirándose en el cristal de la puerta del microondas y se arregló el pelo.

—Una de las buenas. No, tío, en serio. Mi novia, Beth, está en la reserva y la acaban de llamar a filas. Se marchará a Irak dentro de pocas semanas. Siempre que tenemos unas horas libres, intentamos conectarnos a Internet.

—¡Qué raro! No me lo puedo imaginar —dijo Cosmo, sacudiendo la cabeza.

—Ya. Ojalá pudiera ir con ella para cuidarla. Oye, tengo que irme. El sistema de seguridad está funcionando —le informó PJ—. Aunque seguimos comprobándolo cada hora. Sabes los códigos, ¿no?

Cosmo asintió.

—El hermano está en casa —continuó PJ, caminando hacia la puerta—. Está en su habitación. No he visto a Mercedes desde las ocho y media, aproximadamente. Nash está fuera. Las cámaras de seguridad están grabando por si tu Pontiac destartalado o la camioneta misteriosa vuelven. Así que, si no me necesitas…

—Vete —dijo Cosmo—. Si necesito refuerzos, llamaré a Decker.

—Te quiero, tío —PJ ya estaba fuera de la cocina, pero entonces Cosmo oyó que decía—. Hola. Pensaba que estabas durmiendo.

—Sí, claro —era Jane. Se rió—. Dormir. Muy buena, PJ. Eres muy gracioso, ¿lo sabías? ¿Te vas?

—Sí, cariño, me voy. Richter está en la cocina con… ¿cómo lo llamaste? Ah, sí, pensando en sus cosas oscuras e inquietantes.

¿Qué?

Jane se rió otra vez.

—Hasta mañana por la noche.

—Y ni un segundo antes.

Cosmo oyó cómo se abría y se cerraba la puerta y cómo el sistema de seguridad se volvía a poner en marcha.

Después, ruido de pies descalzos en las losas de cerámica del suelo.

—Hola —Jane cruzó la cocina hasta la nevera. La abrió. Cogió una manzana. La lavó y le dio un mordisco.

Llevaba una bata de algodón abierta, revelando una camiseta y unos pantalones cortos. Llevaba el pelo suelto y lacio sobre los hombros.

—¿Cosas inquietantes? —preguntó.

Ella se apoyó en la encimera. Dio otro mordisco a la manzana.

—¿Cuál es tu película favorita de todos los tiempos?

¿Eh?

Ella se quedó allí, esperando pacientemente, sólo observándolo.

—No lo sé —dijo Cosmo, después de un silencio que había durado demasiado, incluso para él—. Tengo que pensarlo.

Ella se rió, incrédula.

—¿Cómo que tienes que pensártelo?

Él negó con la cabeza y se encogió de hombros.

—No es algo que me suelan preguntar muy a menudo. Me gustan muchas películas, pero no estoy seguro de cuál es mi preferida de todos los tiempos. Esta etiqueta de «todos los tiempos» impone mucho. Tengo que pensarlo.

—¿Sólo tienes respuesta inmediata para lo que te preguntan más a menudo? —dio otro mordisco y añadió, con la boca llena—. ¿Qué pasa? ¿Es que siempre te preguntan lo mismo?

Él volvió a encogerse de hombros.

—Hay algunas preguntas que siempre se repiten, sí.

—¿Cómo cuál?

Normalmente, se las hacían personas que conocía en bares. Gente que había bebido demasiado. El resto del tiempo, cuando conocía a alguien, no le hacía ninguna pregunta.

Sin embargo, Jane parecía bastante sobria.

Y volvió a esperar pacientemente su respuesta. La mayoría se daban por vencidos a los pocos segundos de espera.

Pero ella no se movía, comiéndose la manzana y esperando a que le contestara.

—Sobre todo, relacionadas con lo de ser un Seal —dijo.

—Como, ¿qué es un Seal?

Cosmo volvió a negar con la cabeza.

—No, desde el 11-S casi todo el mundo lo sabe.

—Yo no sé si lo tengo muy claro. Es como un comando especial, ¿no?

—Formamos parte de las Fuerzas de Operaciones Especiales de los Estados Unidos.

—Fuerzas Especiales, como en *Black Hawk derribado*, ¿no?

—No —dijo él—. Bueno, sí, las Fuerzas Especiales se encargaron de aquella operación. Pero lo que hacen ellos es distinto a lo que hacemos los Equipos Seal. Bueno, de hecho, la diferencia no radica en el qué sino en el cómo. Mira, las Fuerzas Especiales forman parte de las Operaciones Especiales, pero...

Jane intentaba seguirlo sin rechistar, pero Cosmo juraría que la había perdido. ¡Maldita sea! ¿Cómo se lo explicaba el jefe al mando a civiles como Jane?

—A ver —lo intentó Cosmo—. Las Fuerzas Especiales suelen usar la fuerza, entrar en grandes grupos, con las armas bien visibles, cuando no entran pegando tiros directamente. Se sirven de ametralladoras y helicópteros como refuerzo aéreo, como lo que viste en *Black Hawk derribado*. Una misión de las Fuerzas Especiales tiende a ser, aunque no por norma general, cualquier cosa menos discreta. Lo que hacemos los grupos de operaciones especiales o Seals es entrar en secreto. Eso significa que vamos a una ciudad o un país hostil de manera sigilosa. Sin hacer ruido. En grupos pequeños, normalmente de seis o siete hombres. Hacemos el trabajo que nos han mandado, como eliminar un sistema de comunicaciones o localizar un escondite de terroristas o... no sé, rescatar a un rehén. Así que entramos en silencio y nos vamos del mismo modo. Nos vamos de esa ciudad o ese país sin que nadie, o casi nadie, sepa que hemos estado allí, y sin disparar ni una sola vez.

Jane había dejado de comer y lo estaba escuchando atentamente, mirándolo a los ojos. Tenía unos ojos preciosos. Y una piel perfecta. Y un cuerpo que quitaba el hipo. Pero, ¿lo había entendido? Había militares en el ejército de los Estados Unidos que seguían confundiendo las Operaciones Especiales con Fuerzas Especiales.

—Míralo así y quizás lo entenderás mejor —le dijo, recordando la concisa y clara explicación del jefe al mando—. Cuando pienses en Fuerzas Especiales, piensa en disparos, en fuerza. Cuando pienses en Operaciones Especiales, Seals, piensa en la operación, en entrar, hacer el trabajo y salir lo más deprisa y en silencio posible.

Ella asintió.

—Vale, me parece que ya lo entiendo.

—Bien —sonrió él—. Porque no sé si sabría explicarlo de otra manera.

Jane se giró.

—Pero ¿por qué focas*? —preguntó ella—. Una foca no es muy sexy que digamos. No como un lobo. O un águila. Águilas Veloces, eso sí que es un nombre sexy.

¿Qué estaba pasando allí? Cosmo, que intentaba no perderse nunca en una conversación, se había perdido algo.

Jane le siguió hablando, dándole la espalda mientras se iba hacia el cubo de la basura marcado para COMPUESTOS y tiraba el corazón de la manzana.

—Pero eres un Navy, ¿no? De la Marina. Vale, agua… ¿Qué tal tiburones? —ella misma negó con la cabeza mientras

---

* *Seal* es foca en inglés y, como acrónimo, SEAL, responde a los tres espacios en los que estos cuerpos especiales están preparados para actuar: SE por *Sea* (Mar), A por *Air* (Aire) y L por *Land* (Tierra). *(N. de la T.)*

iba al fregadero y se lavaba las manos, sin mirarlo—. No. Casi siempre se relacionan con el mal. Delfines... Marsopas... Vale, no funcionarían. Demasiado amigables, demasiado... no sé. ¿Qué te parecen las rayas venenosas? ¿Has visto alguna?

Cosmo no podía dejar de mirarla. ¿En serio estaba buscando alternativas para rebautizar a los Equipos?

Volvió a cruzar la cocina y se secó las manos con el paño que colgaba del tirador de la nevera.

—Se parecen bastante a esas pizzas voladoras de *Star Trek*, ya sabes: «Estoy casi ciego». Donde Spock se infecta y tienen que utilizar radiación para... —se calló y lo miró—. No eres un fan de *Star Trek*, ¿verdad?

Cosmo no sabía qué decir ni a qué responder; Jane había llevado la conversación hacia muchas direcciones y muy distintas. Mientras iba de un lado a otro de la cocina, Cosmo no pudo evitar mirarla. «Estoy casi ciego», sí, claro.

Los pantalones tenían dibujos de Bob Esponja y no llevaba maquillaje. La camiseta gris no se había pensado para resultar sexy pero... Esta noche, dejando a Bob Esponja a un lado, la encontró increíblemente atractiva.

¿Cuándo coño había pasado eso?

Mientras esperaba que le contestara, Jane se cerró la bata de manera inconsciente y se ató el cinturón. Dios, ¿la había estado mirando fijamente?

¿Era eso lo que había pasado? Había algo que la había puesto un poco nerviosa, pero no parecía tener mucha prisa por volver a su habitación.

Star Trek, rebautizar a los Equipos... Cos intentó recuperar el hilo de la conversación. «¿Por qué focas?»

—SEAL es un acrónimo —le dijo. Clienta, clienta, clienta. Era su clienta. Joder, era mucho más fácil cuando sólo la veía como una mujer florero muy cara de mantener y molesta—. Mar, aire y tierra. Nos entrenan para operar en estos tres espacios.

—Bueno, eso lo cubre casi todo, ¿no? —dijo ella—. Quizás el espacio exterior queda fuera, ¿o cuenta como aire?

¿Por qué no había subido a la habitación todavía? Era tarde y por la mañana tenía mucho trabajo.

—No hemos recibido muchas llamadas para realizar misiones en el espacio exterior —dijo él.

—Patos tiene más sentido —señaló Jane—. Las focas no vuelan.

—Sí, bueno. La próxima vez que vea al almirante Crowley se lo haré saber.

Ella se rió.

—Perfecto.

Y se quedaron en silencio. Ahora fue ella la que se lo quedó mirando, y lo puso muy nervioso. ¿Qué estaría pensando? Cosmo no tenía ni idea.

Se aclaró la garganta

—Ahora que el sistema de seguridad ya está instalado, me quedaré aquí en la cocina, así que si me necesitas…

—¿Alguna vez has matado a alguien?

No dejó que su cara reflejara sus sensaciones. Nunca lo hacía o, al menos, estaba bastante seguro de ello, aunque ahora empezó a dudarlo, cuando Jane añadió, inmediatamente:

—No te lo estoy preguntando. No es asunto mío, por supuesto. Sólo estaba… Me preguntaba si es una de las preguntas que te suelen hacer.

—Sí, es… Sí.

—¿Quién te lo pregunta más? —quiso saber ella y él se dio cuenta que le había dicho la verdad. No se lo había preguntado porque quisiera saber la respuesta—. ¿Los hombres o las mujeres?

—Las mujeres —dijo ella, al unísono con él, mientras contestaba. Jane se rió—. Es increíble. ¿En qué están pensando?

Cos agitó la cabeza.

—No tengo no idea —siempre se le había hecho muy raro que mujeres que había conocido en un bar, y que obviamente intentaban ligar con él le hicieran esa pregunta. Por lo visto, los hombres con muescas en el cinturón por cada hombre que habían matado resultaban terriblemente atractivos para algunas mujeres.

—¿Y qué les dices? —preguntó Jane, pero esta vez no esperó a que contestara—. Yo me inventaría algo como: «Pues sí, la semana pasada maté con mis manos al que hacía quinientos. Con ciento cuarenta y tres cortes y cincuenta y siete golpes en la cabeza, ya estoy en el grupo de los grandes. Y no sólo me van a dar un reloj, sino que también he acumulado tantos puntos por la lucha cuerpo a cuerpo que he conseguido una lavadora y una secadora. Me las traen la semana que viene. Estoy impaciente».

Cosmo se rió.

—Me gusta.

Ella bajó la mirada, en un gesto de falsa modestia.

—Soy escritora. No puedo evitarlo. Úsalo cuando quieras.

—Normalmente, me despido y me voy.

—¿Y no te acuestas con la señora morbosa?

Él se rió otra vez pero, antes de poder responder, ella añadió:

—Sí, no me vengas con esa sonrisa de «qué pregunta más estúpida». Sabes perfectamente, y admítelo, lo sabes, que a muchos no les importaría. Muchos, y no digo nombres, Robin, lo utilizarían a su favor, y lo harían encantados.

»¿Alguna vez se te ha acercado algún hombre? —continuó ella, totalmente cómoda. A lo mejor, aquel silencio sólo había sido incómodo para él. A lo mejor se lo había imaginado. A lo mejor era un reflejo de su propio estado de desconcierto, provocado porque cuando ahora la miraba, le gustaba lo que veía. Y mucho—. ¿Uno de esos machos que te siguen hasta el aparcamiento para ver lo duro que puede ser un Seal?

Él negó con la cabeza.

—¿Vas a escribir una historia sobre un Navy Seal?

Jane le sonrió. Y se volvió a apoyar en la encimera.

—No puedo evitar pensar en cómo mi vida se ha convertido en una película de esas de serie B que ponen los domingos después de comer —le dijo—. «Una guionista de Hollywood se ve metida de lleno en un mundo de intriga y peligro cuando a raíz de su último proyecto, la verdadera y honesta historia del secreto oculto de un querido héroe de guerra, empieza a recibir amenazas de muerte.» Me parece que debería empezar a pensar en ello, sí.

Cosmo no estaba seguro de si lo decía en serio.

—¿Cómo está tu madre? —esto sí que iba en serio. Y provocó otro extraño silencio en la cocina. En algún momento entre ayer por la noche y hoy se habían convertido en amigos. Al menos, ella lo trataba como si fuera su amigo.

—Se está empezando a hartar de tener las dos muñecas rotas —le dijo.

—Me imagino. ¿Cómo se lo hizo?

—Unas gafas bifocales nuevas más una tormenta que rompió varias ramas de los árboles y cayeron en el porche. Ella tropezó y cayó por las escaleras.

—¡Dios mío! —exclamó Jane—. ¡Es horroroso!

—Por suerte, la vecina estaba fuera y lo vio todo. Llamó a urgencias.

—Dios mío —repitió Jane, muy preocupada—. ¿Te imaginas si no llega a estar ahí para verlo?

Sí. Y lo hacía demasiado a menudo, la verdad.

—Yo estaba en el extranjero cuando pasó.

—Oh, Cos, debió de ser duro.

—Sí —dijo él.

—No puedo imaginármelo —confesó ella—. Ir tan lejos como tú, a lugares terriblemente peligrosos y… PJ me ha dicho que va a probar un poco de su propia medicina. Su novia se va a Irak. Está un poco nervioso.

—Sí —asintió Cosmo—. Va a ser difícil.

—¿Y tu novia qué hace? —preguntó Jane.

Aquella pregunta tanteaba el terreno; se la hizo de manera tan informal que casi veía las sillas de playa y las cervezas frías.

¿Sí o no? Antes de que pudiera decirle: «Ya te lo dije, ahora mismo no salgo con nadie, ¿recuerdas? Mi turno termina a las 3:17. ¿Por qué no nos vemos en tu habitación, nos desnudamos y…?», ella continuó:

—Trabaja para Troubleshooters, ¿no?

—Eh… —dijo Cosmo—. ¿Dónde has oído eso?

—Esta tarde estaba hablando con Murphy y, no sé, supongo que cuando PJ ha venido y nos ha dicho lo de su novia hemos empezado a hablar de Jimmy Nash y Tess Bailey, que están muy enamorados, y de los difícil, o no, que debe ser trabajar juntos las veinticuatro horas del día. A diferencia de PJ y Beth, que van a pasar los próximos ocho meses separados. Pero Murphy comentó que Angelina y él van a cenar con Tom y su mujer la semana que viene y que tú ibas a ir con alguien llamada Sophia, que también trabaja para Troubleshooters, y... Murph pensó que igual estabais saliendo.

Joder, Murphy, ¿por qué no envías una nota de prensa? ¿Y qué estaba haciendo Kelly llamando a Murphy así como así? Se suponía que Cosmo todavía se lo estaba pensando y tenía que decirle algo. ¿Es que no se daba cuenta de que, incluso como «reunión de amigos», los rumores no se iban a hacer esperar?

Jane se aclaró la garganta.

—Siento mucho si lo que hice en la rueda de prensa te complicó un poco las cosas y, ¡vaya!, ya veo por tu cara que no estás nada cómodo hablando de esto.

—No es mi novia —dijo, por fin, Cosmo—. Sólo es... Kelly, la mujer de Tom, intentaba ponerme las cosas fáciles para que la conociera un poco mejor y... ¡Mierda! ¿Lo saben todos?

—Oh —dijo Jane—. No tengo ni...

—Olvídalo —dijo. Perfecto. Volvía a estar en el colegio. Qué pesadilla—. Perdona. No quería...

—¿Qué? ¿Decir «mierda»? —preguntó ella—. Estás de broma, ¿no? Esto se merece un gigantesco «mierda», no lo dudes. Te gusta, pides un poco de ayuda para conocerla a solas Y, ¿qué? ¿Ya se refieren a ella como tu novia? No, no, Cosmo, créeme, se merece un «mierda» como una casa. Si fuera ella, y me enterara de eso, pensaría que tú eras el responsable de los rumores y...

—Gracias por tus palabras.

—PJ dice que es muy guapa —dijo Jane—. Toda rubia y perfecta, tipo Barbie.

—Sí —dijo Cos—. Lo es. Es muy… guapa —aquello era surrealista. De hecho, ni siquiera se acordaba de qué cara tenía.

—Murph dice que es muy buena, que trabajó con ella en Kazbekistán, después de ese terremoto. ¿Qué mujer en su sano juicio decide ir voluntariamente a Kazbekistán? Bueno, hablando de mujeres valientes, ésta debe ser de las primeras de la lista.

¡Vaya! ¿Kazbekistán? ¿En serio?

—Sí —repitió Cosmo—. Supongo que sí. Yo no… eh… no sabía nada de eso. Sólo… no la conozco. Tenía la esperanza de… bueno, conocerla un poco. Sólo tuve una conversación con ella, y me tiré el café por encima. Estoy seguro que debe pensar que soy un imbécil, y cuando se entere de lo de… —negó con la cabeza—. Bueno, una cosa más que no estaba escrita en mi destino.

—¿Qué? Venga ya. Eso es derrotista y estúpido. No se acaba hasta que se acaba —Jane se sentó en la encimera, al lado de la cocina—. ¿Por qué no la invitas a cenar?

¿Cómo era posible que estuvieran manteniendo esa conversación? ¿Cómo había pasado aquello? Cosmo sacudió la cabeza.

Jane insistió.

—¿Por qué no?

—Porque, por si no lo has notado, no soy muy hablador.

—Lo que tienes que hacer es cabrearte con ella —sugirió Jane—. Pégale cuatro gritos y luego declara una tregua. Es lo que hiciste conmigo, y mírate ahora. Bueno, todavía haces algún que otro silencio interminable cuando te hago una pregunta que no quieres contestar, pero me estoy acostumbrando… —se encogió de hombros.

—No es que no quiera contestarte —respondió él—. Es que… —negó con la cabeza.

—¿Por qué demonios ibas a querer una primera cita con público? —preguntó Jane—. Estás loco o eres muy valiente.

Cosmo cerró los ojos un momento.

—No tenía que ser una cita —dijo—. Tenía que ser, no sé, una reunión de amigos cenando juntos… y fue una idea estúpida, lo que fuera, porque me quedaré ahí sentado y no abriré la boca.

—¿Eres virgen? —le preguntó Jane.

Él la miró.

—Bueno, con lo quejativo que estás, casi parece que nunca hayas hablado con una mujer, a menos que seas…

—No lo soy —¿Qué coño era quejativo?

—Bueno, a menos que seas virgen, algunas palabras debes haber intercambiado con una mujer —señaló ella—. Obviamente…

—Esto es diferente —dijo él.

Ella se inclinó hacia delante.

—¿Por qué?

—Esta mujer es… —buscó la palabra que quería—. Es…

—¿Está buena? —sugirió Jane.

—No. Bueno, sí, pero…

—¿Llamativa?

Cosmo la miró.

—Perdona, es que acabo de leer una de esas revistas para chicas y había un test titulado: «¿Eres llamativa?», y si no quieres que termine tus frases, date prisa con esa palabra —de hecho, lo dijo chasqueando los dedos.

—Amable —dijo Cosmo—. Es amable, ¿vale?

—Oh, amable —Jane puso cara como si hubiera pisado la caca de la gatita con los pies descalzos—. ¿Cómo? Amable tipo monja o amable tipo bibliotecaria o…

Por Dios.

—Amable tipo lista —dijo él—. Educada, inteligente y… amable tipo dulce.

Todo lo contrario a las mujeres bastante poco amables con las que solía salir, mujeres que lo perseguían porque les parecía un tipo peligroso, mujeres a las que les gustaba jugar con fuego. Mujeres desesperadas que no estaban buscando, precisamente, alguien con quien hablar.

Para ser sincero, Cos no solía conocer a mujeres amables. Al menos, no hasta que se casaban con sus amigos. Su problema era que no solía salir por donde salían las mujeres amables.

Por supuesto, aunque lo hiciera, aunque se uniera al grupo literario o al grupo de jardinería de San Diego, las mujeres amables no se acercarían a él. Y él tampoco se acercaría a ellas. «¿Qué tal? Hace un buen día…» ¡Jesús! Ya podían matarlo ahora mismo.

—Amable tipo dulce, ¿no como el tipo chica con quien te lo harías en el cuarto de atrás durante la media parte del partido? —le preguntó Jane.

Cosmo se rió.

—Sí.

—Vale. Al menos, hemos aclarado ese punto, aunque a lo mejor quieras pensar dos veces eso de salir con una chica tan increíblemente amable porque, de hecho, puedes tener las dos cosas: la chica amable y el polvo rápido en el cuarto de atrás en la media parte del partido. Eso de todo o nada es un mito masculino —le dijo Jane—. La puta o la virgen. ¿Por qué crees que tienes que elegir entre las dos?

—¿Es que tú no duermes? —le preguntó Cosmo.

—La puta o la virgen —repitió Jane—. Ayer me preguntaste por qué me visto como me visto. Cuando salgo a la calle, claro. Verás, en este negocio les gusta tratar con la puta. Ir de virgen no me ayudaría mucho en mi profesión —imitó la voz de un presentador de noticias—. «Y hoy, en Beverly Hills, Jane Chadwick pasó completamente inadvertida, con un traje pantalón bastante soso, mientras se sentaba en la mesa del fondo del Grill en Alley, donde nadie la reconoció.»

Cosmo le devolvió su propia pregunta.

—¿Por qué crees tú que tienes que elegir entre las dos? Ella lo miró un momento, y luego le sonrió.

—¡Vaya, vaya! Un hombre inteligente. Las apariencias engañan —bajó de la encimera—. He decidido que te voy a ayudar con el problema de Sophia.

¿Qué?

—No —dijo Cos—. No hay ningún problema...

—¿Estás saliendo con ella?

Cos ni siquiera se molestó en contestar.

—Entonces, tienes un problema, Romeo. Y he dicho Romeo, no Rambo, así que no empieces a subirte por las paredes.

—Jane, escucha...

—Mañana seguimos. Es tarde y... ¡Por cierto! ¿Te he dicho que hemos encontrado a nuestro Jack? —hizo un baile de la victoria por la cocina.

Cosmo no pudo evitar reírse.

—Enhorabuena.

—Gracias. Gracias. Muchas gracias. Un desconocido llamado Adam Wyndham. Es amigo de Jules Cassidy y es increíble. ¡Mi película va a ser genial! —se fue hasta la puerta bailando—. Tengo que escribir esa pesadilla, literalmente, de escena del día D que me está volviendo loca. La filmaremos la semana que viene. Es el único momento en que tenemos acceso a la playa y al helicóptero, así que tiene que ser entonces. Lo que significa que tengo que ponerme a ello. Intenta no hacer mucho ruido por aquí abajo, Cos. Bueno, ¿es que no te callas nunca o qué? —se volvió a asomar por la puerta—. Oye, he pensado que… si quieres, puedes traer a tu madre al rodaje. Bueno, si a ella le apetece. A lo mejor el tiempo se le haría más llevadero hasta que le quiten los yesos.

—Gracias —dijo Cosmo—. Eres… —ya se había ido. La oyó subir las escaleras—… muy amable —acabó, aunque ella ya no podía escucharlo.

Era increíblemente amable.

10

—¿Tienes un segundo, Patty?—dijo Decker.

Sin embargo, Patty fingió que no había oído al jefe de seguridad del equipo de Troubleshooters Incorporated. Ahora no podía hablar, y menos con alguien que estaba segura que venía a pedirle un favor.

Porque acababa de ver a Robin. Por fin había llegado, justo a tiempo de irse corriendo a vestuario para su siguiente escena. Si se daba prisa, lo pillaría en maquillaje.

Casi había llegado a las escaleras cuando Decker la alcanzó.

—Patty, hola.

Maldita sea. Oía a Robin riendo y bromeando con Harve, el maquillador de las manos mágicas. Robin, que no la había llamado ni la había pasado a ver ayer por la noche, de quien no había sabido casi nada desde ayer. Robin, con quien apenas había intercambiado una palabra coherente en privado desde que mantuvieron relaciones sexuales sin protección en el suelo de su piso.

Mostró una sonrisa forzada.

—Hola, Deck. ¿En qué puedo ayudarte?

No lo engañó.

—¿Estás bien? —preguntó Deck y, por supuesto, esa amabilidad hizo que Patty casi rompiera a llorar.

Se resistió, parpadeando para contener las lágrimas.

—Es que voy hasta arriba de trabajo —dijo—. Es una locura.

—Conozco la sensación. Y odio tener que darte más trabajo —dijo él—, pero Mercedes me ha dicho que, para obtener una copia de los datos de todo el personal, debería hablar contigo. Necesito todo lo que tengas de los actores, el equipo técnico, los del catering, los extras... cualquiera que tenga acceso al estudio.

Dios mío. Había, literalmente, cientos de personas involucradas en el rodaje de esta película.

Decker comprendió perfectamente la expresión de horror que Patty no pudo disimular.

—Si me indicas en qué ordenador lo tienes —le dijo, para tranquilizarla—, yo mismo me lo imprimiré.

—No, no puedes —dijo ella—. Bueno, los datos que están en el ordenador, sí. Pero es que tengo como mil formularios de extras que necesitaremos para la escena del día D. Sólo los entraré en el ordenador cuando los hayamos contratado.

—Mil —la consternación no figuraba entre el limitado abanico de expresiones faciales de Decker, pero Patty sabía que eso precisamente lo que estaba sintiendo—. Bueno, déjame empezar por la gente que ya has contratado —dijo, al final.

—¿Crees que uno de ellos podría ser el señor Chalado que buscamos? —preguntó, utilizando el irreverente apelativo que Jane le había puesto al asesino de los mensajes electrónicos. ¡Vaya! Daba miedo. De hecho, podría haber hablado con él, con un asesino, dispuesto a matar otra vez.

—Es sólo una medida de precaución —le informó Decker—. Parte del proceso de investigación.

—Te haré una copia de los documentos que necesitas —dijo, e iba a añadir: «Si me das veinte minutos…».

Pero justo entonces gritaron «¡Preparados!», y con eso se esfumaron sus posibilidades de hablar con Robin, así que podía ir perfectamente a hacer las copias de los datos del equipo.

Bajó las escaleras, cerró la puerta y se quedó en la parte del estudio donde no estaba Robin. Le indicó a Decker que la siguiera y, cuando se dirigían a las oficinas de producción, estuvo a punto de darse de bruces con ni más ni menos que Wayne Ickes.

¡Oh, no!

Había olvidado por completo que la noche anterior había quedado con él para ir a tomar algo. Había estado tan obsesionada con Robin que se había olvidado de llamar a Wayne y cancelar lo de las copas.

En lugar de eso, le había dado plantón.

Sin embargo, en sus ojos no había reproche, sino preocupación. Lo que la hizo sentirse todavía peor.

—Lo siento mucho —dijo—. Se me complicó mucho el trabajo y…

—Ya me lo imaginé —dijo él—. No pasa nada. Tengo que comprarme un móvil. He estado utilizando el de un amigo pero ayer lo necesitaba él. ¿Qué te parece si…?

—Ahora mismo tengo que hacer algo muy importante —le dijo. Quería decirle a Wayne que ahora Robin y ella eran novios, pero no podía hacerlo allí, delante de Decker. Habría sido demasiado cruel—. ¿Hablamos más tarde?

Por lo visto, él interpretó ese más tarde como después de trabajar, y no más tarde, dentro de diez años.

—¿A la hora de comer?

¿Tal como estaba de trabajo? Ni hablar.

—Quizás —mintió ella, para quitárselo de encima. Se giró hacia Decker—. Si me acompañas, te daré esos documentos.

Dejaron a Wayne en medio del pasillo.

—¿Tu novio? —preguntó Decker.

—Uy, no —dijo ella, después de cerrar la puerta de la oficina, aunque estaba claro que Wayne pensaba luchar por el papel. Había sido una estupidez aceptar su invitación a salir pero, en aquel momento, estaba muy enfadada con Robin.

—También necesitaré —dijo Decker— una lista de todas las localizaciones donde se va a filmar. Mercedes mencionó algo de una escena al aire libre dentro de unos días. El equipo tendrá que echarle un vistazo para verificar que es suficientemente seguro…

—¿Qué? ¡No es nada seguro! —Patty pensaba que Robin había conseguido convencer a Jane para que no acompañara al equipo esa noche—. Es por la noche —le explicó a Decker, con dificultad para respirar por los nervios. ¿Es que Jane se había vuelto loca? ¿O es que quería morir?—. Es en un bosque. Yo misma ayudé a buscar la localización. Está en medio de la nada. No te ofendas, pero ni siquiera el mejor equipo de seguridad podría protegerla allí fuera. No de un loco con un rifle —bajó la voz y miró a su alrededor para asegurarse que Jane no estaba por allí cerca—. Tienes que impedirlo.

Decker asintió mientras observó cómo Patty se sentaba frente al ordenador, que estaba atado a la mesa con un candado.

—Lo intentaré —dijo, mientras ella entraba la contraseña y abría el documento—. Pero mi trabajo no es limitar los movimientos de Mercedes. Aunque quisiera, no puedo prohibirle ir a un lugar sólo porque a mí me parece demasiado peligroso. Puedo aconsejar y recomendar, pero la última palabra la tiene ella. Seguramente, tú tendrías más éxito que yo para convencerla de algo así.

—Créeme, lo he intentado —el ordenador iba haciendo su trabajo, y Patty se impulsó con los pies y rodó con la silla hasta el archivador. Abrió el tercer cajón—. Aquí están todos los formularios. Todo el cajón —por su cara, Patty vio que Decker estaba pensando que mil formularios ocupaban más de lo que se imaginaba—. Ah, y tengo otro montón, unos trescientos, en casa. Mañana los traeré.

Alguien llamó a la puerta y Patty se preparó para lo peor: otro asalto con Wayne Ickes. Sin embargo, resultó ser la última incorporación al equipo: Adam.

—Perdón —dijo. Con el pelo corto, realmente se parecía a las fotos que había visto de Jack Shelton de joven—. Siento interrumpir, pero sólo tengo cinco minutos y… eres Patty, ¿verdad? Hola, soy Adam. Mercedes no estaba segura y pensó que a lo mejor tú… ¿sabes si… eh… si Jules Cassidy va a venir hoy?

Patty volvió a la mesa, donde había dejado su carpeta.

—No creo que esté en la lista de invitados pero, claro, es del FBI, así que puede presentarse cuando quiera y…

—No está en la ciudad —dijo Decker.

—¿Ah, no? —Adam estaba sorprendido—. ¿Va a volver? Bueno, quiero decir, volverá, ¿verdad? Es que me ayudó a conseguir este papel y todavía no he tenido la oportunidad de darle las gracias.

—Nosotros también tenemos que dárselas —dijo Patty—. Eres increíble.

Adam sonrió.

—Gracias. Eres un ángel. Oye, ¿por casualidad no tendrás su móvil? Me dio su tarjeta con el número nuevo pero me la he dejado en casa.

Patty entró en la agenda de Jane, que tenía en el ordenador, y le leyó el número a Adam.

—Eres —dijo, mientras lo gravaba en su teléfono— mi nueva mejor amiga —se dirigió hacia la puerta, pero entonces se giró—. No me necesitan hasta después de comer. ¿Me haces un favor y me llamas al móvil a la una y cuarto, por si me duermo?

—Claro —Patty lo anotó en un post-it y lo pegó en la carpeta.

—Gracias —dijo Adam, y cerró la puerta.

Decker la estaba mirando, con la ceja arqueada.

—Pensaba que eras la ayudante de Mercedes.

—En una película de mayor presupuesto, tendría su propia ayudante —se sintió obligada a explicar—. No me importa hacer lo que pueda para ayudar a los actores.

—Como si no tuvieras suficiente trabajo ya —dijo él.

Se abrió la puerta.

—Eh, Patty, Mercedes te está buscando —dijo alguien del equipo.

Mierda. Sólo tenía el noventa por cien del documento copiado.

—Enseguida voy —Patty miró a Decker—. No tendré tiempo de fotocopiar los formularios de los extras hasta, bueno… —suspiró al mirar el reloj. Sus posibilidades de hablar con Robin ese día eran cada vez menores—. Supongo que podría ponerme cuando terminemos por la noche.

Ora vez la puerta.

—Patty, los de catering necesitan saber cuánta gente trabajará el sábado. Les encantaría saberlo a ojo, pero necesitan la cifra dentro de veinte minutos.

¿Dónde había dejado los horarios?

—Haré que alguien de mi equipo venga mañana por la mañana y los fotocopie—le dijo Decker.

—Gracias —dijo ella.

Él sonrió.

—Así, a lo mejor, esta noche puedes dormir más de dos horas.

Patty se rió.

—Sí. Deséame suerte.

—Documento copiado —dijo el ordenador.

Patty sacó el disquete y se lo dio a Decker, volvió a entrar la contraseña para bloquear el sistema, cogió los horarios y su carpeta, y salió corriendo en busca de Jane, rezando para que Robin estuviera con ella porque, ¡demonios!, necesitaba ver su sonrisa.

—Lo siento, señor, pero no nos quedan habitaciones libres.

Jules miró a la recepcionista.

—No, no lo entiende —eran casi la una de la madrugada. Era fácil no entender las cosas a la una de la madrugada. Y él lo sabía. En toda su vida, los mayores errores los había cometido después de medianoche—. Tengo una reserva. Me dieron un número de confirmación.

Metió la mano en el bolsillo, sacó un bloc de notas y lo dejó encima del mostrador para que chica pudiera leerlo. Puso su mejor sonrisa pero, mientras la chica entraba alguna información en el ordenador, frunció más el ceño.

No era una buena señal.

—He pasado el día en Idaho —le dijo Jules—. Así que, si me echo a llorar, ya sabe por qué.

Nada. *Niente*. Ni una risita. Ni siquiera una sonrisa.

Jules empezó a pensar que era una figura de cera cuando, por fin, lo miró. Pero volvió a mirar la pantalla del ordenador y a fruncir el ceño, pero ahora también se mordía el labio inferior.

—Irving, Idaho —Jules lo intentó de nuevo—. Y, se lo crea o no, es tan aburrido como parece. Así que espero que mi suerte cambie. Me va a pasar algo bueno, lo presiento. Me va a dar una suite por el mismo precio, ¿a que sí?

Eso o había caído en el pozo de las desgracias. Todo había sido culpa suya por sucumbir a la sonrisa de Adam otra vez.

Otra vez.

Y otra vez.

Era increíble lo estúpido que podía llegar a ser.

Era como su propio hermano pequeño. «Y éste es Jules. No dejes que se acerque a la caja de dulces porque no se puede controlar y luego se pone malo. No es su culpa. Es que no tiene la fuerza de voluntad necesaria para...»

Pero es que volver a ver a Adam...

Desde que se había ido de casa, Jules vivía con un corazón de piedra. Ajeno al dolor, pero también a la alegría. Se había protegido contra todo.

La otra noche, no sólo había dejado entrar a Adam en su habitación, en su vida y en su cama.

Por primera vez en años, se había dado permiso para sentir. Y, ¡Dios mío!, todo había vuelto como una tormenta: rabia, dolor, resentimiento...

Esperanza, alegría, risas...

Amor.

Los últimos días no había parado. No había tenido tiempo de pensar, de analizar qué iba a hacer ahora para, al menos, intentar ordenar y organizar todas esas emociones que había mantenido apartadas durante tanto tiempo.

Sólo quería subir a su habitación y quedarse inconsciente en la cama.

La chica al otro lado del mostrador negó con la cabeza.

—Lo siento, señor Cassidy —dijo—. No tenemos ninguna habitación para usted. Esto no... bueno, es un número de confirmación, pero no es suyo.

Era la una de la madrugada, así que Jules no dijo nada de buenas a primeras. Se quedó callado un momento, analizando esas palabras, haciendo un doble esfuerzo para entenderlas.

—No es mío —repitió.

—Lo siento, señor.

Sí que parecía sentirlo, así que él no alteró el tono de voz. Es más, incluso sonrió.

—¿Puedo hablar con el jefe de recepción —leyó el nombre de la chica de la etiqueta de identificación—, Kaitlyn?

Ella parpadeó.

—Son más de la una de...

—Porque verás —la interrumpió él, sin dejar de sonreír, aunque sabía perfectamente la hora que era—. He llamado y he hecho una reserva a las 4:14 de la tarde. ¿Ves? Lo tengo aquí anotado —dijo, señalándole toda la información en el bloc de notas—. He hablado con una chica que se llama Colleen —eso también lo había apuntado—, que me ha reservado una habitación de no fumadores. Le he dado mi número de tarjeta Visa porque sabía que llegaría tarde. Este bloc de notas es mío. Ésta es mi letra. Por lo tanto, Kaytlin, no es muy difícil adivinar que ése debe ser mi número de confirmación.

Ella volvía a estar tecleando como una loca en el ordenador, negando con la cabeza.

—Lo siento, señor, pero aquí consta que alguien de su oficina, Laronda, llamó a las once y media de la noche y cambió de nombre la reserva.

—Laronda —Jules se rió. Perfecto. Increíble—. ¿Y a qué nombre la ha puesto?

Kaytlin seguía con esa cara que pedía disculpas casi por respirar.

—Me temo que no puedo facilitarle esa información, señor.

Como si lo necesitara.

—¿Es Max Baghat? —preguntó. Era como una versión retorcida de *Ricitos de oro* pero, en vez de Rizos de oro, el que dormía en la cama era Papá Oso.

La reacción de Kaytlin dijo que sí. Por lo visto, todavía no había dado el curso de «Cómo poner cara de póquer I».

—Lo siento, señor, de verdad que no puedo…

—Lo entiendo. Necesitaré que me traigan mi coche de alquiler a la puerta. Está en el garaje —dijo Jules, mientras buscaba el móvil, que había tenido todo el día apagado porque, no tenía idea de cómo, pero Adam había conseguido su número. Cuando lo encendió, vio que tenía como seis o siete mensajes de Laronda que, de ahora en adelante, pasaría a llamarse esa Zorra Roba Habitaciones de Hotel—. ¿Puedes ayudarme a encontrar una habitación libre en algún hotel?

Apretó el botón que le permitiría escuchar el último mensaje recibido, levantando un dedo para que Kaytlin no le contestara ahora.

«Jules, ¿dónde estás? —dijo la voz de Laronda—. Ya debes haber aterrizado. Para que lo sepas, me acabo de enterar de que la compañía aérea te ha puesto en un vuelo distinto. Al parecer, llegarás a Los Ángeles esta misma noche, pero ya he cancelado tu reserva y la he puesto a nombre de Max porque, por lo visto, con el retraso inicial del avión que se suponía que tenías que coger, no ibas a llegar de Idaho hasta mañana por la mañana. Si me necesitas, llámame a casa pero, cariño, que sepas que no tengo tantos poderes como para fabricarte una habitación en una ciudad con todas las plazas hoteleras reservadas.»

—¿Cómo pueden estar todas las plazas hoteleras reservadas? —era una pregunta retórica, pero Kaytlin se la respondió.

—Esta semana se celebran seis convenciones distintas en la ciudad —le dijo—. Quizás podríamos encontrar algo en Anaheim.

«Puede que no te haga mucha gracia, o quizás sí —continuaba el mensaje de Laronda—, pero parece que vas a tener que pasar la noche con el jefe.»

Jules se rió. Ni hablar. ¿Compartir habitación con Max? Tenía que ser una broma.

Pero no lo era.

«Llámalo cuando llegues al hotel —continuó la mujer—. Habitación 1.235. Es idea suya. Llámalo, Jules.»

Sí, claro, idea de Max. Se lo había puesto en bandeja, con un plato de culpabilidad al lado.

—¿Cuánta distancia hay hasta Anaheim? —le preguntó Jules a Kaytlin mientras cerraba el teléfono.

—A esta hora de la noche, seguramente podría llegar en una hora —le dijo, girándose para contestar el teléfono que sonaba, curiosamente, sin hacer mucho ruido.

A él también le sonó el móvil, haciendo mucho más ruido, y miró en la pantalla quién era.

Adam. ¿Cómo no? ¿Qué más podía pasarle esta noche?

Para empezar, pensó que Kaytlin se podría convertir en una vampiresa tipo Buffy, cogerlo, subirlo al mostrador, clavarle los colmillos en el cuello y...

En lugar de eso, estaba sonriendo alegremente, como sólo podría hacerlo ella a la una de la madrugada, y luego le alargó el teléfono.

—Es para usted, señor Cassidy.

Metió a Adam en el bolsillo, todavía sonando, y cogió el auricular.

—¿Sí?

—Tengo una reunión a las siete de la mañana —era Max. Su jefe. El jefe del equipo de elite antiterrorista. No parecía contento. Aunque, últimamente, nunca lo estaba—. Estoy aquí sentado, viendo las mismas noticias por tercera vez, esperando a que te decidas a encender el móvil que, por cierto, espero que tengas un buen motivo para haberlo tenido apagado todo el día.

—Lo tengo —dijo Jules—, señor. Pero ahora no quieres oírlo.

—Ponme a prueba —dijo Max—. Pero hazlo después de subir aquí. Habitación 1.235.

—Sí, eh, sobre eso... —dijo Jules, lentamente. No podía compartir habitación con Max. No importaba que fuera ciento por ciento hetero. Alguien podría verlos y los rumores no se harían esperar. No podía permitirlo—. En serio, señor, no creo que sea una buena idea.

—¿Y qué vas a hacer? —preguntó Max—. ¿Dormir en el coche de alquiler?

—Bueno… sí.

Max suspiró.

—Sube aquí, Cassidy. Correré el riesgo. ¿Qué tengo que temer? ¿Que me contagies algo gay?

—Señor, créeme, la gente puede ser muy malpensada. Hablarán…

—Pues que hablen.

Jules insistió.

—Señor, tu carrera…

—Está bien, mira. Es tu habitación. Sube y yo dormiré en el coche.

—Eso es ridículo, señor.

—Sí —asintió Max—. Sí que lo es.

El vestido negro brillante de Jane parecía que estaba pintado en la piel.

Cosmo llevaba ya un rato esperando en la puerta cuando llegó la limusina. Primero salieron Tess Bailey y Jimmy Nash, y luego apareció PJ. Todos llevaban traje porque, donde quiera que hubiera ido, era obligatorio ir de etiqueta.

Cos se unió a ellos, con el petate colgado al hombro, mientras Jane salía del coche. La rodearon, en formación diamante, y la acompañaron hasta la puerta. Él estaba a su izquierda.

Decker le había dicho que esta noche Jane saldría, pero no le había dicho dónde.

Al parecer, había ido a una fiesta a la tierra del arte de la ropa pintada.

—Hola, Cos, ¿cómo estás? —lo saludó ella, muy contenta de verlo. Olía a humo y a vino pero, aún así, Cosmo percibió unas notas del perfume que ya empezaba a resultarle familiar.

—Bien —dijo, mientras entraban en casa, acercándose a ella hasta que cerraron la puerta.

PJ se quedó fuera, despidiéndose, porque se iba a pasar el resto de la noche con su novia. Tess y Nash, a pesar que el sistema de seguridad estaba encendido, hicieron un recorrido por la casa.

—¿Alguna pista de ese coche... o de tu camioneta? —le preguntó Jane.

—No.

Sabía que aquello lo estaba matando. Se pasaba mucho rato en el jardín, intentando encontrar alguna pista de dónde estaba el tirador cuando había disparado. Intentando imaginar dónde demonios habría podido ir a parar esa bala.

Se había convertido en una broma recurrente entre los miembros del equipo. «Eh, Cos, ¿has encontrado la bala? ¿Alguna pista de tu camioneta?»

«Tu camioneta.»

Murph no había podido anotar la matrícula del coche. Igual que la de la camioneta, estaba sucia.

Posiblemente, de manera intencionada.

Pero, vale, sí, podían estar sucias de barro.

Esta noche, Cos había vuelto a pasar por delante de los garajes de los vecinos.

Había veintitrés casas hasta llegar al final de la calle sin salida. Por lo tanto, sólo había un camino de ida y de vuelta.

Cosmo descubrió que seis de los diez coches de la lista pertenecían a los propietarios de las casas. El séptimo tenía matrícula de otro estado. El octavo era un deportivo de ochenta mil dólares cuyo propietario, posiblemente, no encajaba con la descripción que el FBI hacía del hombre que Jane había bautizado como «señor Chalado». En cuanto a los otros dos, no había ni rastro, por ningún lado, del Pontiac destartalado que Murphy había visto ni de «la camioneta de Cosmo».

—¿Cómo te lo has pasado? —como si tuviera que preguntar. Resultaba obvio que Jane estaba eufórica por algo especial.

Lo que no resultaba tan obvio era cómo podía llevar ropa interior debajo de ese vestido. ¿Y de qué maravillosa tela estaba hecho? Era tan brillante que parecía que estuviera mojado.

—¡Increíble! ¡Qué noche! —se sentó en las escaleras para quitarse los zapatos—. ¿No vas a felicitarme?

—Felicidades —Cosmo la miró mientras se masajeaba los pies al tiempo que la falda, ya de por sí corta, subía y subía y... Se giró para mirar el panel luminoso del sistema de seguridad y dejó el petate en el suelo. Parecía que todo estaba bien. Aunque, sin duda, algunas cosas estaban demasiado bien—. ¿Por qué te felicito?

—HeartBeat quiere reunirse conmigo para firmar un contrato de distribución para *Fool's Gold* —le explicó, poniéndose de pie—. Es una comedia romántica que Robin y yo rodamos hace algunos años. Nunca llegó a estrenarse.

—¿Hiciste una película sin saber si la ibas a poder distribuir? —preguntó él.

—Sí —sonrió ella—. Parece increíble, ¿no? No puedes llegar a imaginarte la de películas que llegan a hacerse cada año y que nunca ven la luz. Las que tienen suerte, se estrenan directamente en vídeo; porque muchas se quedan en las latas acumulando polvo. La suerte juega un papel muy importante. Y, bueno, no se puede decir que haya tenido mucha suerte desde que rechacé trabajar en *Hell or High Water 2*.

A propósito de eso…

—Robin me dijo que lo hubieras tenido más fácil si hubieras hecho la segunda parte…

—Y la tercera y la cuarta… —puso los ojos en blanco—. No, gracias. Me negué a que midieran mi talento por la flor de un día con muchos decibelios de gritos. Espera. Parece que lo esté criticando. Para que conste, creo que *Hell* era una película genial. El guión era bueno y los actores estaban impecables. Y el éxito vino porque todo el mundo, menos mis profesores de la escuela de cine, la vio. Pero, de acuerdo, salió bien. Y sí, como consecuencia, recibí muchas ofertas… para hacer *Hell 2*. Pero es que yo no quería hacer una secuela. Además, aunque la hubiera hecho…

Cosmo asintió. Sabía a lo que se refería. La compararían con la original y siempre saldría perdiendo.

—Así que escribí algo totalmente distinto —le dijo Jane—. Pero fue un fracaso porque, como no era *Hell 2*, no consiguió la distribución que se merecía. Lo que quiso decir que la tuve que hacer con mi propio dinero. Tardé dos años en conseguir el dinero, que casi había salido de mi bolsillo. ¡Vivan las tarjetas de crédito… que todavía estoy pagando! —señaló los cubos metálicos repartidos por el recibidor—. Aunque no te lo creas, todo esto no es el último grito en decoración.

—Sí, bueno, ya me lo había imaginado —le dijo Cosmo.

—Pero, en fin, la hice, con la esperanza de que alguien la viera y aceptara distribuirla. Pero no sucedió. Quiero decir que nadie llegó a verla. Para entonces, ya hacía cinco años de *Hell*. A nadie le interesaba y yo, sencillamente, desaparecí del mapa —se rió—. Este lugar es de locos. Tengo veintiséis años y dicen que he vuelto. Porque aquí las cosas funcionan así. La carrera de todo el mundo sufre altos y bajos. De modo que, cuando no consigues lanzar tu película cuando la terminas, sólo tienes que esperar a que el viento vuelva a soplar a tu favor. Si juegas bien tus cartas, vuelves a estar en el ojo del huracán y, ¡bingo!, salen a la luz viejos proyectos y, con suerte, puedes recuperar lo que invertiste en ellos.

«Si juegas bien tus cartas.»

—La productora juerguista ha hablado —dijo Cosmo.

—J. Mercedes Chadwick al rescate —Jane se recogió el pelo, dejando los hombros y el cuello al aire, dándole a Cosmo una mejor perspectiva del vestido. Y él que pensaba que la parte delantera era escotada... De repente, vio que la abertura de atrás sólo se sujetaba por tres finas tiras de tela. Le llegaba a la parte baja de la espalda donde... sí, tenía un tatuaje: el símbolo chino de la felicidad.

—Buf, necesito una ducha. ¿Me has olido el pelo? Cuando voy a una fiesta, casi siempre me quedo cerca de la piscina, porque el aire suele ser respirable, pero esta vez tenía que estar dentro —giró sobre sí misma, muy feliz—. ¡Oh, Cos! Ha sido bestial... todo el mundo se preocupaba de que las cortinas estuvieran cerradas y vino mucha gente a preguntarme si quería algo, porque el bar estaba fuera. ¡Sofia Coppola! Sofia Coppola me trajo una Diet Coke. Solo por eso casi vale la pena todo esto del señor Chalado este.

El entusiasmo que demostraba más ese vestido eran la combinación pefecta.

—Debes estar muerta —dijo Cosmo—. En cuanto Tess y Nash bajen...

—¡Qué va! —respondió ella—. Tengo la adrenalina a tope. Además, hay algo con lo que esperaba que pudieras ayudarme. Si no te importa, claro.

Eh…

Tess Bailey lo salvó, de momento, cuando apareció en lo alto de la escalera. Nash iba detrás de ella, esbelto y sofisticado con su traje oscuro hecho a medida.

—Vía libre —dijo Tess, con una sonrisa, y también muy elegante con ropa nueva.

Por primera vez en mucho tiempo, Cosmo se sintió mal por cómo vestía. Pantalones militares y camiseta. ¡Joder! Se vestía como un quinceañero.

—Dejo la radio abierta —dijo, antes de que salieran y cerraran la puerta. Nash no estaba de servicio, pero seguramente no se iría mientras Tess estuviera allí.

Cos se giró hacia Jane, con la esperanza de que estuviera tan alegre que se hubiera olvidado que le acababa de pedir un favor, todavía sin especificar. Estaba claro que no sólo había bebido Diet Coke.

—Ya puedes subir a darte esa ducha —le dijo.

Pero ella no se movió. Se quedó ahí, en silencio.

—¿Eso es una manera delicada de decir no? —le preguntó, al final, mordiéndose el labio inferior—. Si no quieres ayudarme, no pasa nada, de verdad. No estaba segura de si…

Vale. Tocado y hundido.

—Será un placer ayudarte en lo que tú quieras —dijo Cosmo y, ¿acaso no era verdad?—. Pero, ¿por qué no subes primero a ducharte y a… bueno, a cambiarte? Te espero en la cocina.

—Por eso estabas tan raro, ¿no? —dijo ella, como si hubiera hecho un gran descubrimiento.

¿Cómo? Él no estaba raro.

¿O sí?

—Odias este vestido —le dijo.

Fue muy directa. Antes de que Cosmo pudiera pensar una respuesta, ella añadió:

—No, en realidad, no lo odias. Sólo desapruebas que lo lleve en público, ¿verdad?

Y para eso sí que tenía respuesta.

—Si quieres que sea sincero…

—Por favor —se cruzó de brazos, un gesto que lo distraía todavía más, teniendo en cuenta ese escote.

Cosmo se concentró.

—Creo que eres algo más que un cuerpo —le dijo—. Creo que no te haces valer, Jane. Entras en una habitación con ese aspecto de… bueno —la señaló de arriba abajo—. ¿Qué crees que piensa la gente cuando te ve?

Jane sabía dónde quería ir a parar y saltó.

—Pues piensan: «¡Dios santo, mírala! Debe de ser súper inteligente». ¿Qué se supone que tengo que hacer, Cos? ¿Ponerme un saco en lugar de este vestido? ¿Sólo porque el Señor dijo: «Tengo una idea, a ésta la voy a hacer con curvas»? ¿Porque me niego a morirme de hambre? Si tengo hambre, como, y punto. ¡A la mierda Ally McBeal! ¿Y por qué tengo que ser responsable por la estupidez de los demás? Si me miran y no ven más allá de mi cuerpo, ¿por qué es culpa mía?

—No es sólo cómo te vistes —dijo Cos—. Es cómo te comportas. La actitud de «¿Quieres hacértelo conmigo ahora o ahora mismo?». Perpetúas el mito.

Jane se rió.

—Esto es muy gracioso. ¿Tú me vas a dar lecciones de perpetuar el mito? Tu reputación profesional está por entero basada en un mito. ¿A cuántas personas mataste en aquella montaña del otro lado del mundo mientras los demás dormían, jefe? ¿Doscientas? ¿O eran trescientas? Nadie sabe la cifra exacta y nunca tú no has movido un dedo para aclararlo.

Jane había escuchado La Historia. Por supuesto.

—Fueron dieciocho —le dijo Cosmo—. Ni uno más ni uno menos.

Ella retrocedió y Cos supo que, a pesar de las palabras provocadoras, se había creído lo que le habían dicho de él. No sabía por qué se tenía que sentir decepcionado pero, de hecho, lo estaba. En realidad, le sentó fatal.

—Perdona —dijo—. No se por qué pero siempre acabamos peleando. No quise... Felicidades por lo de la película. En serio.

—No nos estamos peleando —respondió ella—. Lo del otro día sí que fue una pelea; esto sólo es un sano intercambio de opiniones. No te gusta mi imagen pública, pues mala suerte, chico, porque a mí tampoco me gusta mucho la tuya. Si mataste a dieciocho personas, debías de tener tus motivos. Seguramente, ellos habrían seguido matando y alguien tenía que detenerlos o... Seguro que tuviste tus motivos. No me importa lo que la gente diga de ti, no eres un robot. Seguro que no fue fácil, y seguro que no pudiste hacerlo sin sentir nada. No me lo creo. Pero la mayoría sí. Y tú dejas que piensen lo que quieran, ¿no es así? Estoy segura de que casi te gusta, porque así no se acercan demasiado.

«Si.» Había dicho «si» había matado a dieciocho personas.

Estaba de pie, observándolo, analizándole la cara, como si estuviera intentando leerle los pensamientos.

Cosmo dejó que mirara, aunque ya no estaba seguro de qué podría ver en sus ojos.

Y entonces se lo preguntó. En su cara.

246

—No es verdad, ¿no? Lo de esa historia…

Él no le respondió enseguida, pero Jane esperó.

Y esperó.

Cosmo estaba seguro que podría haberse quedado allí hasta el amanecer y ella no se habría movido.

—Eres la primera persona que me lo pregunta —admitió, al final.

Ella se quedó sorprendida.

—¿En serio?

Cos asintió.

—No todo el mundo es como tú, Jane. De hecho, casi nadie lo es.

Ella lo miró con los ojos entrecerrados.

—Me lo tomaré como un cumplido, gracias.

—Era un cumplido.

—O sea, que no es verdad —aventuró ella—. ¿O sí? Porque no has respondido a mi pregunta.

—Dúchate —le dijo—. Luego baja y te explicaré lo que pasó.

—Vale, tú ganas —Jane levantó las manos, rindiéndose—. Subiré a cambiarme. Debes odiar mucho este vestido. Para que lo sepas, sólo me lo he puesto porque queda muy bien en las fotografías.

Era imposible no mirarla mientras subía las escaleras, y Cosmo se rió para sus adentros. ¿Odiarlo?

No tenía ni idea de lo que sentía por ese vestido.

11

Cuando salió del baño del hotel, Jules llevaba la toalla en la mano.

—Colgaré la mía aquí, en el colgador de la puerta —le dijo a su jefe, que estaba sentado en el escritorio, frente al ordenador, con la barbilla apoyada en una mano.

La televisión estaba encendida, pero sin volumen. Era posible que Max la dejara así toda la noche.

Y durmiera con un ojo abierto, mirándola.

Aquello superaba todos los límites de la rareza: compartir habitación con el jefe. «Por favor, Señor, no dejes que ninguno de los dos se tire un pedo esta noche».

Había dos camas individuales; una deshecha y la otra impoluta. Jules quitó el horrible cubrecama de flores de la cama que nadie había tocado. Por la pinta que tenía la otra, y a juzgar por el pelo revuelto de Max, era obvio que había intentado dormir.

Y no lo había conseguido.

Sinceramente, Max estaba hecho un asco.

Y no sólo era por culpa de los pantalones del pijama de franela rojos, la camiseta de Jimmy Hendrix de hacía mil años y el pelo despeinado. Las bolsas que normalmente tenía debajo de los ojos, ahora eran de proporciones inmensas y, aunque no era conocido por su buen humor, esta noche estaba más sombrío que de costumbre.

El pobre era una convención de tensión viviente.

Por supuesto, a Max nunca se le había dado demasiado bien eso del descanso, pero desde que su novia Gina lo había dejado, era el estrés personificado. Bueno, mejor dicho desde que dejó que Gina lo dejara.

A diferencia de cuando Adam abandonó a Jules, si Max hubiera ido detrás de Gina, se hubiera arrodillado y le hubiera rogado que volviera, ella lo habría hecho. Era posible que ahora estuviera riendo, pensando en ella esperándolo en su casita de Dupont Circle… no, no, espera, el que quería vivir en Dupont Circle era Jules, no Max.

Sólo Dios sabía dónde querría vivir Max.

Aparte de en un mundo sin ataques terroristas.

—¿Estás trabajando en algo en que pueda ayudarte? —le preguntó Jules a su jefe.

Max lo miró.

—No.

—¿Seguro?

—Sí —cerró el portátil, pero no se movió de la silla—. ¿Por qué has tenido el móvil apagado todo el día?

Ahí estaba. La pregunta que había estado temiendo desde que había entrado por la puerta.

Al principio, habían comentado los temas más obvios.

¿Qué estaba haciendo Max en Los Ángeles?

No tenía nada que ver con el caso de Mercedes Chadwick. Por la mañana tenía una reunión con la sede en California de una empresa de seguridad. Había cogido el avión antes de que Laronda se diera cuenta de lo de las habitaciones.

¿Qué tal en Irving, Idaho?

Jules había pasado un buen rato en la oficina del FBI de Idaho Fall. Incluso había hecho una excursión en helicóptero por encima de los barracones de Tim Ebersole, de la Red de Liberación, todo sin incidentes. El FBI vigilaba la zona veinticuatro horas al día, siete días a la semana, igual que los últimos años. No habían apreciado ningún movimiento extraño ni hoy ni durante las últimas semanas, nada fuera de lo habitual.

¿Había hablado con Peggy Ryan últimamente?

Al parecer, había llegado otro mensaje sospechoso mientras Max volaba hacia California. Su sustituta en la oficina, una mujer encantadora aunque homófoba, que prefería fingir que Jules no existía, lo estaba investigando. Tendría que ponerse en contacto con ella por la mañana.

¡Genial! ¡Hurra!

Lo que Max y él no habían comentado era, entre otras cosas, que la ex-pareja de Jules, Adam, con quien había pasado una noche loca, había conseguido uno de los papeles protagonistas de la película de Mercedes Chadwick.

Tampoco hablaron de lo difícil que iba a ser para Jules estar en el estudio el día que rodaran esa escena del apasionado beso entre Adam y el guapísimo actor que interpretaba a Harold Lord, Robin Chadwick.

Ni del hecho de que Robin tenía su propio culebrón después de haberse acostado con Patty, la ayudante personal de su hermana.

Max y él no habían tratado el tema de que Jules echaba mucho de menos a su antigua compañera en el FBI, Alyssa Locke, que estaba en el extranjero con su marido, Sam, en algún lugar sin cobertura para el móvil. No dijo nada de lo mucho que necesitaba hablar con ella, sobre todo ahora que tenía que confesarle que había sucumbido a los encantos de Adam, una vez más. No dijo nada de lo mucho que necesitaba que ella, su mejor amiga, supiera que sólo había sido un desliz momentáneo, que ya se había recuperado, que era fuerte y que no iba a volver a pasar.

Que, con el tiempo, todo el dolor que sentía en esos momentos se haría más llevadero.

Jules tampoco comentó que había llamado a su madre esa misma tarde, pero que ella tenía prisa porque se iba al cine con su nuevo marido, Phil, que fingía que no le importaba que Jules fuera un gay declarado y no se avergonzara de ello pero que, en realidad, no era así.

Max seguía allí, sentado, mirándolo, esperando que respondiera a su pregunta. ¿Por qué había tenido el móvil apagado todo el día?

—¿Sabes cuando Gina llama a la oficina y tú desapareces para que Laronda no tenga que mentirle cuando le dice que no estás?

Max cerró los ojos y se frotó la frente, un gesto equivalente a: «Por Dios, no puedo creerme que hayas pronunciado el nombre de Gina».

—Bueno, en mi vida también hay alguien de quien es muy doloroso hablar —continuó Jules. Por un momento, tuvo la esperanza de que Max lo abrazaría, que demostraría un poco de esa especie de amistad medio rara que habían forjado durante los últimos años. Que le diría: «¿Quieres hablar de ello?, porque a mí me encantaría hablar de Gina, y me da la sensación de que me entenderías perfectamente. La echo tanto de menos que a veces me da la sensación de que voy a hundirme. ¿A ti te pasa lo mismo?».

—Lo siento —fue todo lo que Max consiguió decir, aunque fuera entre dientes, mientras apagaba la lámpara del escritorio y se dejaba caer en la otra cama—. Pero no puede ser que no podamos contactar contigo, Cassidy. Que no vuelva a pasar.

Cogió el mando a distancia y apagó la televisión, y la habitación se quedó a oscuras.

El silencio era tan agobiante como la oscuridad y Jules intentó aguantarlo todo lo pudo.

Que, bueno, no fue mucho, la verdad.

—Supongo que no utilizarás mi oportuna mención a Gina para explicarme dónde está y qué hace… —dijo, al final—. Bueno, ya sabes… —y, utilizando las frases cortas típicas de Max cuando daba explicaciones, añadió—. ¡Qué bien que la hayas mencionado! Me acaba de enviar un e-mail. Ha vuelto a Nueva York. Está bien. Va a empezar en la facultad de Derecho.

—Sigue en Kenia —dijo Max, con la voz particularmente seca—. Déjalo, ¿vale? No hagas que me arrepienta de haberte dejado dormir aquí.

¿Haberlo dejado dormir aquí? El muy cabrón casi había despertado al presidente para que le firmara una orden donde le pedía a Jules que subiera. Pero el perro rabioso que Max llevaba dentro había despertado; Jules se había acercado demasiado.

Se dio la vuelta y se apoyó en un codo.

—Con el debido respeto, cariño, ¿por qué no estás en África? Si Adam me quisiera sólo la mitad de lo que Gina te quiere a ti…

En esta ocasión, la voz de Max fue peligrosamente calmada.

—He dicho que lo dejes.

Otra vez el silencio se apoderó de ellos.

—Vale —dijo Jules, acostándose—. Lo dejo —esperó, pero Max no dijo nada—. Buenas noches —dijo, pero nada—. Señor.

Max ni siquiera se movió.

—Que duermas bien, señor Bhagat —añadió Jules, perfectamente consciente que su jefe acababa de perder una oportunidad de estrechar los lazos entre ellos.

—Dentro de cinco horas —dijo Max, al final—, tengo una reunión. Así que, con el debido respeto, cariño, cierra el pico de una puta vez.

—*Dos hombres y un destino* —dijo Cosmo, cuando Jane entró en la cocina, con el pelo todavía húmedo por la ducha.

Al principio, ella se quedó un poco desconcertada pero, después, recordó que ayer le había preguntado cuál era su película favorita.

—¿De veras?

Cosmo estaba leyendo un libro, pero ahora lo había dejado abierto y con el lomo hacia arriba delante de él. Era un historia militar de no ficción. Algo sobre las Filipinas durante la segunda guerra mundial.

—Si hablamos de clásicos, sería *Historias de Filadelfia* —añadió—. Me encanta Katherine Hepburn. Y, en cuanto a las más recientes, mi debilidad son *Apolo 13* y..., no te rías de mí, ya sé que la calidad brilla por su ausencia, *Air Force One*.

—Sí, a mí también me gusta la idea de tener un presidente peleón. Alguien que haya estado de verdad en un campo de batalla —Jane cogió la tetera y se fue hasta el fregadero, tiró el té que había hecho ya hacía días y la lavó.

Le gustaba Katherine Hepburn, ¿eh? Suponía una interesante variación del tema Sophia, la chica guapa, rubia y delgada del despacho, porque la Hepburn solía construir personajes de la alta sociedad y lengua viperina con un humor muy especial, casi siempre mujeres altas y esbeltas.

Jane tenía la lengua viperina, pero su culo era todo lo contrario a esbelto y... pero, ¿qué estaba haciendo, comparándose con la mujer ideal de Cosmo? Ni que estuviera interesada en él.

Cruzó la cocina, con los pies doloridos por llevar esos endiablados tacones durante demasiadas horas, y llenó la tetera con agua del grifo. La respuesta a esa pregunta era un sí muy deprimente. Ese hombre le interesaba. Y no era un interés tipo: «Oh, eres un Navy Seal con un nombre bastante extraño; muy distinto a todos los hombres que conozco. Qué interesante. ¿Qué te hizo decidirte por esa profesión?». No, le interesaba de verdad.

Como le interesaba la posibilidad de compartir unos largos y placenteros desayunos en la cama de domingo por la mañana con él.

Jane levantó la vista y vio que él la estaba mirando. A menos, claro, que fuera un psicópata que hubiera perdido el control en una montaña de un lejano país y hubiera matado a dieciocho personas a sangre fría.

Se rió para sus adentros. Hacía unos días, hubiera creído que era capaz de eso y más. Los silencios y esas miradas sólo venían a reforzar la imagen de máquina de matar. Cuando quería, podía hacer que sus ojos fueran fríos como el hielo.

Pero ahora lo conocía. No demasiado bien porque, para eso, necesitaría unas cuantas conversaciones más en la cocina para abrir su capa protectora. Pero, al menos, conocía lo suficiente para saber que, si había matado a alguien, seguro que había sido porque no le había quedado otra opción.

También sabía que, si vivieran en un mundo perfecto, haría todo lo que estuviera en su mano para conocerlo mucho, mucho mejor; un esfuerzo que seguramente culminaría en muchos largos y placenteros desayunos en la cama de domingo por la mañana con él.

Pero no era un mundo perfecto y no podía haberlo conocido en peor momento.

Cosmo no estaba en su cocina por casualidad, sino porque lo habían contratado para protegerla. Jane se había pasado casi toda la noche asegurándose de que, dentro de unos días, cualquiera que pasara por delante de un quiosco creyera que el director Victor Strauss y ella estaban saliendo juntos.

Y, por si eso no fuera bastante para que no se dejara llevar por ese sentimiento que, por ahora, se podría reducir a interés y curiosidad, le había prometido a Cosmo que le ayudaría con lo de Sophia.

La menuda, rubia, delgada, amable tipo dulce y perfecta como una Barbie Sophia.

La muy zorra.

—¿Por qué *Dos hombres y un destino*? —le preguntó a Cos mientras se acercaba a la cocina y encendía el gas.

Él no respondió, ¡menuda sorpresa!, así que ella se giró y se lo quedó mirando. Cosmo tenía una expresión muy rara en la cara.

—¿Qué? —preguntó ella.

Él movió la cabeza.

—La mayoría no pregunta por qué.

—¿Es tu manera educada de decir: «La mayoría no son tan impertinentes como tú»?

Cosmo se rió. Dios, le encantaba cuando reía.

—No —dijo—. La mayoría no se toma la molestia de preguntar —se rascó la barbilla—. Claro que, dicho esto, no sé si sabré explicar por qué es mi película favorita.

Se calló, pero ella esperó.

Y esperó, observándolo.

—Supongo —añadió, al final—, no sé, que es porque es divertida y está bien escrita y… Porque es una película sobre la amistad. Sobre la lealtad y la confianza —la miró—. Butch y Sundance eran un equipo. Cuando era pequeño, cuando la vi por primera vez, era un crío muy solitario. Era callado y… tímido. Supongo que me sentí identificado con Sundance, porque él también era muy callado. Y estaba bien, así que yo también estaba bien, ¿sabes lo que te quiero decir?

Jane asintió. Esa respuesta era mucho más sincera de lo que esperaba. Y, por tanto, siguió por el camino gracioso, el más superficial.

—Buena respuesta. Felicidades. Aprobado.

Cosmo soltó una carcajada por ese último comentario. Dios, tenía una sonrisa increíble. Jane tenía muchas ganas y mucho miedo de escuchar su versión de la historia que le había explicado Alana, de maquillaje. Alana, cuya compañera de piso trabajaba de camarera en un bar cerca de la base militar de Coronado.

Por lo visto, el Jefe de los Navy Seal Cosmo Richter era un tema de conversación habitual entre los demás soldados, que hablaban del tema en voz baja.

Pero no tan baja como para que la amiga de Alana no la hubiera oído varias veces.

El hecho de que nadie, absolutamente nadie, le hubiera preguntado jamás si era verdad parecía increíble.

Aunque, por otro lado, a lo mejor no lo era tanto. Era enorme, con unos brazos tan musculosos que parecían los de los muñecos de Terminator. Pero los músculos de Cosmo eran de verdad.

Y sí, lo decía por experiencia, porque lo había visto sin camiseta, ¡cómo olvidarlo! Y todo lo demás también era verdad. Estaba cuadrado, y tenía la altura acorde para ese cuerpo.

Y esos ojos… Eran de un color azul pálido muy extraño, y su cara tenía demasiados ángulos y zonas planas para poder definirlo como guapo.

Si le estuviera haciendo una prueba para una película, sería el malo. Tenía ese tipo de cara.

Excepto cuando sonreía como lo estaba haciendo ahora…

Cuando lo hacía… adiós tipo malo, bienvenido héroe.

—¿Era un examen? —le preguntó.

—Bueno, sí. ¿Quieres una taza de té? —le preguntó ella, mientras sacaba su taza favorita del armario.

—No, gracias —consiguió decirlo sin aquella risita de condescendencia que implicaba que los hombres de verdad no bebían té. Otro punto a su favor, ¡maldita sea!

Quería gritarle: «¿Puedes dejar de ser tan atractivo?».

—Bueno, había una respuesta incorrecta —le dijo—. Si hubieras dicho alguna película en la que saliera un chimpancé, o *El gordo y el flaco contra Drácula*…

—Vale —dijo Cosmo—. Tienes razón —volvió a reírse, pero esta vez ella estaba de espaldas, buscando una bolsita de té en el cajón.

Dios la libre de esa sonrisa. Ayer por la noche ya la había hecho tartamudear y parlotear como una idiota.

—¿Y cuál es tu película favorita? —añadió.

Té con limón, ¡Aleluya, Dios existía! Quedaba una bolsa; no era suficiente para toda la tetera pero, cuando hablábamos de milagros, tampoco había que ser quisquillosos. Para una taza bastaría.

—Soy fan de *Casablanca* —le dijo, mientras apagaba el fuego, llenaba la taza de agua, que todavía estaba fría, y metía la taza en el microondas—. Me encanta el Rick de Bogart. Es un personaje genial. Y no me refiero al simbolismo, que está muy bien, ni al hecho de que la película sea muy literaria. La próxima vez que la veas, fíjate en la iluminación y en los movimientos de cámara. Es excelente en muchos aspectos pero, en realidad, la razón por la que me gusta tanto es Rick.

—Hace mucho que no la veo —admitió él.

¿Qué era eso que había en el suelo? ¿Un petate? En la tela estaba escrito «Richter».

—Yo la veo una vez al año —dijo Jane. Lo debía llevar encima cuando había salido a escoltarla desde el coche, pero no se había fijado. Lo señaló, con una mezcla de esperanza y de temor por si significaba lo que ella creía que significaba—. ¿Te mudas aquí, jefe?

—Mi madre ha ido a San Francisco a visitar a unos amigos —respondió él, mientras sonó la alarma del microondas.

Jane se llevó la taza a la mesa y hundió la bolsa de té hasta el fondo con el dedo. ¡Au! Quemaba, pero no le apetecía levantarse a buscar una cucharilla.

—Tenían entradas para ir a ver *Stomp* —continuó Cos—. Lo planearon hace meses. Iba a anularlo, por lo de los brazos, pero al final la hemos convencido.

—Me alegro por ella —Jane se sentó delante de él, con los doloridos pies debajo del culo. No entendía muy bien la relación entre el viaje de su madre y el hecho de que se mudara a su casa.

—Y, como no está, le están pintando la casa. Le dije que podía hacerlo yo, pero me enseñó la foto de una revista y… —negó con la cabeza—. No era un trabajo de brocha gorda. Implicaba esponjas y estucado. Los pintores tenían unos días libres, así que… El olor a pintura no me gusta demasiado y como dijiste que se había acabado lo de dormir en la camioneta…

—Es verdad —dijo ella.

—Puedo irme a un motel si no te…

—No, por eso os lo ofrecí —pero Batman… ¿un chico de mamá? ¿Era posible que todavía…? ¿Que el duro y solitario Navy Seal…?—. Así que… eh… vives con tu madre —aunque lo intentó, no pudo disimular la incredulidad en su voz.

Cosmo la dejó que reflexionara sobre la estupidez que acababa de decir durante un buen rato, mientras le sonreía.

—Tengo un piso en San Diego —dijo, al final—. Mientras trabajo en Los Ángeles, es más cómodo vivir en casa de mi madre. Además, si me quedo a pasar la noche, tengo más puntos. Es muy importante, aunque los dos estemos dormidos. La adoro pero… —vio cómo Jane se cogía un pie y se lo colocaba encima de la rodilla, para masajeárselo—. Hay un máximo de musicales de Broadway que puedo escuchar de una sola tirada.

Jane pensó que tenía que comprarse una de esas cosas para lavarse y masajearse los pies que tenía su abuela.

—Pero supongo que, por la noche, apaga la música.

—O la apaga o yo ya estoy inconsciente —dijo Cosmo—. Sin embargo, algún día, sólo para reírte, deberías intentar soñar en una repetición programada e interminable de *Dancing Queen*.

Jane puso una cara como si acabara de morder un trozo de limón.

Y allí se quedaron, sentados y sonriéndose. Peligro, peligro, peligro. Sin embargo, Jane no podía dejar de mirarlo. ¿Cómo había podido pensar alguna vez que sus ojos eran fríos?

¿Y por qué no sentía estas descargas eléctricas en el estómago cuando hablaba con Decker, que era soltero y bastante atractivo, a su manera? ¿O con PJ, que no estaba mal y que, a pesar de tener novia formal, no escondía el hecho de que le encantaban las minifaldas de Mercedes? Más de una vez había dicho que Beth no era amante de las relaciones a distancia y que iban dejarlo antes de irse a Irak.

Y luego estaba su amigo, mentor y ex amante Victor Strauss, que le había dicho que no tenía ningún problema en llevar ese juego para engañar a los paparazzi al dormitorio. La única descarga que Jane sintió fue la que le dijo el gran error que cometería si lo hacía.

Esta vez Cosmo fue el primero en apartar la mirada.

Pero no fue por la ropa que Jane llevaba: unos pantalones del pijama de franela y una camiseta vieja. El maquillaje y las minifaldas tenían un horario: de ocho a seis.

Como si le hubiera leído la mente, Cosmo le preguntó:

—¿Por qué llevas esos tacones tan altos? —señaló al pie que se estaba masajeando—. Lo estás haciendo mal. Es muy difícil darse un masaje a uno mismo, mira cómo estás torciendo la rodilla. Cuando acabes, te va a doler más —le hizo un gesto para que acercara la silla—. Déjame a mí.

Lo decía en serio. Quería que Jane pusiera sus pies encima de sus rodillas.

Y ella lo hizo. Y…y… ¡Oh, Dios mío! Tenía unas manos enormes y cálidas, y los dedos eran fuertes y… Jane tuvo que hacer un gran esfuerzo para no poner los ojos en blanco.

—Tendrías que comprarte una de esas máquinas de masajes electrónicas —le dijo Cosmo—. Sólo tienes que apretar la planta del pie contra la bola y dejarla así un rato.

—Lo haré —dijo ella—. Me la compraré —cuando firmara el contrato de distribución con HeartBeat tendría una buena cantidad de dinero y esta vez, antes de destinarlo todo a la producción de *American Hero*, se permitiría algunos lujos.

—O podrías dejar de llevar esos tacones.

O podía asegurarse de que él estuviera en su cocina cada noche cuando volviera de trabajar.

—Tomé una decisión —dijo, bastante seca, mirándolo a los ojos—, sobre cómo quería llamar la atención en este negocio. Cos, a los veintidós años ya había estado en lo más alto y había bajado —en realidad, lo que la devolvió a la primera página fue su sonada ruptura con Victor Strauss. Había asumido la descripción que las revistas hicieron de ella, «productora juerguista», y se inventó un personaje acorde a esa definición—. HeartBeat mostró su interés en financiar una historia de gays durante la segunda guerra mundial —continuó—. ¿De veras crees que habrían aceptado ni siquiera reunirse conmigo si yo no fuera alguien con quien les interesara salir en la foto? ¿Si no me vistiera como lo hago?

—¿Cuántas reuniones tienes con hombres que lo que en realidad quieren no es una reunión? —respondió él—. Al menos, no una en la que se tenga que hablar.

Ella hizo un gesto con la mano quitándole importancia.

—Esto le pasa a todo el mundo en este negocio.

—Pero, seguramente, a ti te pasa más a menudo —dijo, con toda la razón del mundo—. ¿Qué haces, Jane, cuando te presen-

tas en el despacho de alguien y el hombre con quien te reúnes espera que esa actitud de «fóllame» siga después de la reunión? Perdona mi vocabulario, pero es que estoy harto de dar rodeos. Lo que haces es peligroso. ¿Qué pasa si uno de esos hombres no entiende el «no» porque, hasta entonces, todo lo que has estado haciendo se interpretaba como un «sí» enorme y luminoso?

—Nunca voy sola a las reuniones —le explicó Jane—. Robin siempre me acompaña. Siempre —intentó sentarse bien—. ¿No se te ha ocurrido pensar que mi actitud de «fóllame» sólo sea confianza en mí misma? Sí, intento ir por ahí desprendiendo un aura que dice «Me deseas». Y como productora y escritora, sí, quiero sentirme deseada. Pero, como combino esa confianza con un vestuario que me permite enseñar mi cuerpo, lo interpretas como algo puramente sexual. ¡Es tan típico de los hombres! Si una mujer le sonríe a un hombre, él piensa: «¡Sí! Quiere acostarse conmigo». Pues tengo noticias para vosotros. A lo mejor ella sólo le sonríe porque está pensando: «¡Qué corbata más bonita!».

—Tú no sólo sonríes —dijo Cosmo.

—No es verdad —respondió ella.

—Sí que lo es —dijo él—. Utilizas el contacto visual para...

—¡Muy bonito! ¿Y qué? ¿Preferirías que mirara a otra parte cuando hablo con hombres? —estaba rabiosa, así que apartó los pies, algo no muy inteligente, porque ahora ya no se los estaba masajeando.

—Hay contacto visual y contacto visual —dijo él—. Tú sabes perfectamente lo que haces. Elevas la carga sexual al ciento diez por ciento.

—Elevo la confianza —respondió ella—. Si fuera un hombre, pensarías: «¡Vaya, qué carismático!», y te importa-

ría una mierda si llevo un traje o unos vaqueros muy ajustados. Pero, como soy una mujer, ves la confianza combinada con el aspecto exterior. Y, por cierto, si llevara la misma ropa pero tuviera otro cuerpo pensarías: «¡Joder, va a la última», pero como tengo tetas y culo, me ves y piensas que todo está relacionado con el sexo y la provocación. Me parece muy triste, la verdad. ¿Qué? ¿Crees que debería llevar una túnica y taparme de pies a cabeza? ¿Y qué te parece un velo? Ah, pero eso no es suficiente, porque Dios libre a los hombres del contacto visual. ¡Ya está! ¡Ponme una bolsa de papel en la cabeza!

Cosmo se quedó callado unos segundos pero, luego, dijo:

—Siento mucho si te he ofendido. Te escucho y, te parezca justo o injusto, y la experiencia me dice que la vida no es justa, creo que vas demasiado lejos. Pero es mi opinión. Además, no importa quién tenga la razón. A mí me preocupa tu seguridad.

¿Este hombre era de verdad? Atento, sensible, sincero, inteligente y, además, la escuchaba. Pero ella, en lugar de darle las gracias por mostrarse sinceramente preocupado por ella, hizo un chiste fácil.

—Con dos guardaespaldas a mi lado día y noche, tengo muchas posibilidades de estar a salvo, ¿no crees?

—Pero nosotros no estaremos aquí para siempre —señaló él.

—Pero lo parece —dijo, bromeando, odiándose a sí misma por no ser lo suficientemente valiente como para decir lo que estaba pensando: «Ya, sí, bueno, no estaréis aquí para siempre pero, ¿te parece que habría alguna remota posibilidad de que, cuando todo esto termine, y a menos que las cosas entre tú y la perfecta Sophia salgan bien, quieras llevar esta amistad a otro nivel más íntimo?».

Pero no lo dijo porque, ¡Señor!, ¿y si se lo decía y él le contestaba: «Lo siento, pero creo que has malinterpretado mi preocupación por ti y, cuando esto termine, nunca jamás voy a volver por aquí»?

—¿Te has dado cuenta de que hemos hablado de todo menos de la leyenda del jefe Cosmo Richter? —preguntó Jane porque, por favor, a lo mejor escuchar la verdad de lo que les había pasado a esas dieciocho personas haría que desistiera en su interés de ser amiga de ese hombre.

—De todo, no —dijo él, con cara de póquer. Pero Jane vio que no bromeaba cuando añadió—. Quería preguntarte sobre la escena nocturna que vais a rodar… ¿Cuándo? ¿Mañana?

—Sí, al atardecer. —Empezaban a rodar las escenas del principio de la película, cuando Jack entró en la Unidad 23. Robin tenía la noche libre, porque no salía en esas escenas. Jane estuvo a punto de darle la noche libre a Patty, también, pero la necesitaba en el rodaje—. Sé lo que vas a decir. No te preocupes, no voy a salir ahí fuera y poner a mi equipo en peligro.

—Bien.

—Aunque no me hace mucha gracia.

Él asintió.

—Ya, pero es lo correcto.

—Tengo que ir a comprar —le dijo—. Pensé que podría hacerlo mañana por la noche. Necesito un vestido nuevo para el estreno de *Fool's Gold* y había pensado que el momento más seguro es por la noche, cuando las tiendas normalmente están cerradas. Hay una tienda que me gusta mucho y seguro que el propietario no le importará abrirla para mí. ¿Quieres venir? Pensé que a lo mejor podríamos mirar algo para tu cena con Sophia.

Cosmo la miró, intentando decidir si lo decía en serio o en broma.

—Lo digo en serio —se quejó ella—. ¿Cuánto tiempo llevas en el Ejército? ¿Desde los dieciocho?

Él asintió.

—Entonces, supongo que en el armario tienes, ¿qué? ¿Un traje? ¿Ninguno?

—¿Traje? —se rió Cosmo—. «Ninguno» es la respueta correcta. No tener que llevar traje y corbata para trabajar era el primer punto a favor cuando pensé en alistarme.

—Ya, bueno, pero llevar un traje para trabajar y llevar un traje para salir con una chica y, a lo mejor, echar un polvo por el mismo precio, son dos cosas bien distintas.

Cos no llevaba gafas de sol. Estaban dentro de casa y era de noche. Pero Jane reconoció esa mirada. Si hubiera llevado gafas, la habría mirado por encima de la montura. No dijo nada. Sólo la miró.

—Uy, perdón —dijo ella—. No me había dado cuenta de que estábamos fingiendo que tu vida era una película de Disney. A lo mejor vais a cenar y te coge de la mano —parpadeó mientras le sonreía, muy dulce—. ¿Así mejor? Ya sé que no te apetece nada arreglarte pero, si quieres mi opinión, un hombre con tu altura y tu cuerpo, con un traje oscuro bien cortado... —se abanicó con la mano.

Con el codo apoyado en la mesa, Cosmo cerró los ojos y se frotó la frente. Entonces, la miró entre los dedos.

—Si quieres saber la verdad, no tiene nada que ver con si me apetece o no. Ahora no tengo dinero para comprarme ropa nueva, por mucho que quiera echar un... —se aclaró la garganta. Se apoyó en el respaldo y cruzó los brazos—. Bueno, sí que tengo dinero, pero es que lo estoy ahorrando para... Mira, la seguridad social sólo cubría los gastos de mi madre si la enviaba a un hospital de día —se sentó recto—. No era una opción. Quería cuidarla yo mismo, pero ella no quería y... no sabe nada de esto y, bueno, la traeré al rodaje cuando vuelva de San Francisco, gracias por la invitación, por cierto, así que, bueno, confío en que no le digas que... eso...

—¿Que estás pagando a las enfermeras a domicilio de tu propio bolsillo? —dijo Jane, con un nudo en el estómago.

Cosmo asintió.

—No sé el tiempo que durará así que, hasta que le quiten los yesos y empiece la recuperación, no voy a comprarme nada.

Vale.

Era una tontería seguir negándolo. Jane estaba total y perdidamente enamorada de este hombre... cuya vida *era* una película de Disney. Utilizaba sus ahorros para pagar a las enfermeras de su madre, decía cosas como «Perdona mi vocabulario» y ni siquiera se atrevía a decir «echar un polvo» delante de ella.

—Puedes pedir prestado un traje en vestuario —le dijo ella, una vez se había recuperado del nudo en el estómago—. Lo retro está de moda. Estarás genial.

—No sé...

—Yo sí —dijo ella—. Y no discutas. Por Dios, para ser un tipo con una reputación de ser callado, discutes por todo. Y, hablando de esa reputación, creo que la pregunta era: «No es verdad, ¿no?».

El tiempo se detuvo mientras él la miraba y ella se perdía, sólo un poco, en sus increíble ojos.

Al final, Jane no tenía ni idea de cuánto tiempo habían estado así, él negó con la cabeza.

—No —dijo—. No es verdad.

Lo sabía. Lo sabía.

—¿Y qué pasó? —preguntó Jane. Había querido sonar neutra, pero las palabras le salieron como un pequeño susurro.

Cosmo bajó la mirada, aunque no miraba ni el libro ni la taza. Y, cuando por fin, volvió a levantarla, Jane supo que jamás olvidaría la expresión de angustia que vio en sus ojos.

Él asintió ligeramente, como si respondiera a sus propias preguntas internas, como si se diera permiso para explicar algo que Jane instintivamente sabía que era algo de lo que no solía hablar… si es que alguna vez lo había hecho.

—Ya has oído La Historia, así que ya sabes lo que pasó en el pueblo —dijo—. La matanza fue… —se detuvo. Le tembló el músculo de la mandíbula y volvió a bajar la mirada hacia… eso sólo Dios lo sabía.

Jane esperó, sin atreverse a hacer nada, ni siquiera a acercarse y cogerlo de la mano.

—No los mataron con las pistolas —añadió él, sin levantar la mirada—. Lo hicieron con espadas y bayonetas y… Yo ayudé con la limpieza. Los entierros. Los que habían quedado vivos estaban horrorizados y muchos de los muertos no tenían a nadie de su familia vivo para que se encargara de ellos. Algunos sólo tenían uno y… Yo ayudé a un señor mayor a quien le habían asesinado a toda la familia: tres hijos, una nuera y dos nietos. Dios, eran críos, Jane y… —la miró un instante y luego volvió a apartar la vista, agitando la cabeza.

Ella se inclinó hacia delante.

—Puedes explicármelo —dijo—. Soy bastante dura y a lo mejor hablar de ello te ayuda.

—No ayudará —estaba convencido.

—¿Cómo lo sabes? —preguntó ella, igual de convencida de que nunca se lo había explicado a nadie antes.

La miró.

—No los mataron enseguida. Se tomaron su tiempo para ser especialmente brutales con los niños —le dijo Cos, y ella cerró la boca.

»La nuera del señor todavía estaba viva —continuó Cosmo, después de uno de esos silencios que parecían eternos—. No sé cómo sobrevivió, porque tenía el cuello cortado, pero abrió los ojos y me miró y fue como... ¡Dios mío! —movió la cabeza—. No podía ser. Llamé a Lopez, nuestro médico, pero estaba con los demás. Allí sólo estábamos Frank O'Leary y yo. Así que Frank cogió la radio y llamó al helicóptero para evacuarla, mientras yo le aplicaba los primeros auxilios y, Dios Santo, Jane, no sé cómo no se había desangrado, pero tenía pulso, débil pero lo tenía. Pero entonces empezó a pegarme. A día de hoy, todavía no sé de dónde sacó las fuerzas, pero quería llegar a sus hijos. Quería... —se quedó sin habla, y cerró los ojos. Tuvo que empujar las palabras—. Quería cogerlos en brazos. Era como si no se diera cuenta de que ya era demasiado tarde.

—Dios mío —suspiró Jane.

Cosmo se aclaró la garganta. Se frotó la parte baja de las mejillas.

—Y el señor no dejaba de rogarnos que no la dejáramos morir, como si fuéramos Dios o algo así. Y O'Leary me dijo: «El helicóptero viene hacia aquí, pero lo más cerca que puede llegar es el punto de introducción» —volvió a detenerse, consciente de que ella no conocía la jerga militar—. Nos introducimos en el área, nos dejamos caer del helicóptero con cuerdas, ¿me sigues?, a unos diez kilómetros en lo alto de una colina. Y eso es lo más cerca que el helicóptero podía llegar. El pueblo estaba situado en medio de una zona dominada por terroristas, y el helicóptero no podía correr el riesgo de acercarse más y convertirse en un blanco perfecto para que esos desgraciados probaran qué tal funcionaban los lanzamisiles que habían comprado en el mercado negro de armas.

Jane asintió porque vio que él la miraba como si esperara algún tipo de respuesta. Lo seguía, pero no le salían las palabras. No podía hablar. ¿Diez kilómetros? ¿En lo alto de una colina?

—Y O'Leary me dice: «No lo va a conseguir, tío», pero teníamos un botiquín con lo que necesitamos para…. Bueno, verás, soy del grupo 0 —a diferencia de lo del punto de introducción, esta vez no le explicó lo que quería decir. Obviamente, pensaba que ella lo sabía—. Mis conocimientos médicos son escasos, pero se lo había visto hacer a Lopez antes…

—Espera —tuvo que interrumpirlo—. ¿Qué es el grupo 0?

—Donante universal —dijo él, pero ella seguía sin saber exactamente a qué se refería hasta que Cos añadió—. Necesitaba sangre y yo soy del grupo sanguíneo 0. Sí, bueno, técnicamente, se supone que no debemos hacerlo. Cuando vamos a esos países nos meten todo tipo de mierda… —frunció el ceño—. Perdón… para vacunarnos.

—Entonces… ¿Me estás diciendo que tú…? —se quedó con la boca abierta.

—No teníamos plasma. Algunos botiquines están preparados, pero ése no. Así que cogimos un tubo, una línea directa, de mi brazo al suyo… Deja de mirarme así. No es para tanto.

¡Joder que no! Pero, de todos modos, Jane consiguió cerrar la boca porque ese punto de incredulidad que rozaba la adoración al héroe lo hacía sentirse incómodo. La historia ya era de por sí suficientemente difícil de explicar. No quería ponérselo más difícil.

O que creyera que ya había oído bastante.

De hecho, Cosmo la estaba mirando, con el músculo de la mandíbula temblando, y Jane volvió a tener la sensación de que estaba calculando qué detalles le iba a explicar.

—Sabíamos que estaba funcionando porque ya tenía más fuerza —continuó, al final, tan bajito que Jane casi tuvo que contener la respiración para oírlo—. Quería a sus hijos. Y el señor mayor le estaba diciendo: «Están muertos», pero lo hice callar porque sabía que eso era lo que la mantenía viva. ¿Lo entiendes?

Jane asintió. Sí, y también que él le había dado sangre directamente de su brazo.

—Así que le mentí —dijo, y Jane se dio cuenta que, hacía un instante, no estaba calculando qué detalles le iba a dar, sino cómo iba él a soportar el explicárselos—. Le pedí al hombre, que hablaba un poco de inglés, que me dijera cómo se decía: «Están bien, se van a salvar», y saliendo de mi boca, de la boca del asombroso americano, se lo creyó. Estaba a mi lado, me creía y yo pensaba: «Dios mío, me está dando las gracias por salvar a sus hijos».

Señor, tenía lágrimas en los ojos.

—O'Leary la cogió en brazos para llevarla hasta el helicóptero porque yo estaba… bueno, un poco débil y mareado —agitó la cabeza—. Pero no quería irse sin sus hijos. No queríamos darle morfina porque, aunque ya estaba un poco mejor, el pulso todavía era muy débil, y yo le dije que los críos estarían a salvo con su abuelo. Y ella decía: «Mi hijo, mi hijo», y empezó a llorar. No necesitaba hablar su idioma para entender lo que me estaba diciendo, pero el hombre me dijo que no querría irse sin su hijo de dos meses y…

Hizo otra pausa, y se cubrió los ojos con la mano.

Jane no podía moverse ni hablar.

—Así que lo cogí. «¿Está bien?», ella apenas podía hablar, pero no dejaba de preguntar lo mismo. Y yo: «Sí, está bien, está bien». Durante diez putos kilómetros —se le rompió la voz—. Y lo tenía que mantener en una pieza, como a un muñeco, por si a ella se le ocurría mirarlo.

—¡Dios mío! —dijo Jane—. Cosmo…

—¡No! —fue tan seco que Jane, boquiabierta, se quedó quieta casi antes de darse cuenta de que se había levantado e iba hacia él. Cosmo intentó tranquilizarla añadiendo—. Por favor —y ella se volvió a sentar.

Pero no pudo evitar inclinarse hacia delante.

—Cos…

—Lo siento. Dame un…

Se oyó un ruido del walkie-talkie o la radio o lo que fuera que utilizan para comunicarse entre ellos, y Cosmo lo cogió y se levantó, como un vendaval, dándole la espalda.

—Sí.

—Cos. Sólo verificaba la línea —dijo Tess, tan alegre como siempre.

—Bien —dijo él, secamente—. Dejo la línea abierta.

—Recibido —dijo Tess, y cortó.

Cosmo se quedo ahí de pie un rato antes de girarse hacia Jane. Había conseguido recuperar completamente la compostura, aunque ahora no podía mirarla a los ojos.

—Lo siento.

—No lo dices en serio, ¿verdad?

Movió la cabeza, y no fue como si le diera una respuesta afirmativa o negativa, sino más bien como si respondiera a sus propias preguntas internas.

—Y eso es lo que pasó. Allí es donde estaba cuando mataron a los dieciocho terroristas. O'Leary quería que yo también subiera al helicóptero. Pensaba que había dado mucha sangre, así que me ordenó que subiera. Yo era joven y estúpido. Estaba convencido de que estaba bien, a pesar de que todo el camino hasta el helicóptero lo hice con visión de túnel. El síndrome de Superman, ¿sabes? Tíos que, normalmente, acaban muertos, pero yo tuve suerte. Bebí un poco de Gatorade en el helicóptero y convencí al médico de que estaba bien, así que volví por donde había venido. De camino al pueblo, tropecé y… —se aclaró la garganta—. Me di un golpe en la cabeza. Dormí siete horas seguidas, allí entre los arbustos. Cuando me desperté, era por la mañana. Fui hasta el pueblo, con un aspecto horrible, empapado en sangre. Unas cuantas personas asumieron hechos incorrectos sobre mis actividades la noche anterior.

—Que tú nunca te molestaste en aclarar.

Cosmo asintió, mirándola por fin a los ojos.

—Sí. Estoy casi convencido de que los que se tomaron la venganza fueron los propios habitantes del pueblo, pero el rumor del Seal vengativo que había matado a tres pelotones… Mira, incluso en la primera versión, la cifra de terroristas muertos ya estaba inflada. Pero aquello mantuvo a salvo a las gentes del pueblo, porque el rumor no sólo se corrió entre los cuerpos de fuerzas especiales. Es increíble lo rápido que pueden volar las noticias en un país sin teléfono ni tecnología. Así que no dije nada para aclararlo.

—¿Y O'Leary tampoco?

Cosmo negó con la cabeza.

—No. Supongo que lo habría hecho, tarde o temprano, pero murió unos años después, en un ataque terrorista en Kazabek.

Oh, Dios mío.

—Lo siento.

—Yo también. Era un buen hombre. Un amigo. Tuve el placer de liquidar a la célula terrorista que lo mató —se volvió a sentar—. He matado a gente, Jane. Es un aspecto de mi trabajo que no me gusta especialmente. Pero, si hubiera tenido la oportunidad, me habría encantado liquidar a esos dieciocho cabrones que asesinaron a niños delante de sus madres. Los hubiera destrozado, a los muy hijos de puta. Quizás ésa sea otra razón por la que nunca me molesté en desmentir los rumores. Perdón.

—Cos —dijo ella—. Venga, hombre, no pasa nada. Ya soy mayor. No tienes que pedir perdón cada vez que dices una palabrota.

Él sonrió, un gesto compungido en los labios.

—Ya, es que… bueno, es culpa de mi madre.

Jane no pudo reprimirse.

—Señor, eres un encanto —dijo.

Cosmo se rió.

—No, no lo entiendes. Verás, si digo palabrotas delante de mi madre, entonces ella también las dice. Supe que tenía que hacer algo el día que, al preguntarme por uno de mis compañeros, me dijo: «¿Has visto a Silverman últimamente, Cosie? ¿Cómo está el muy hijo de puta?».

Jane soltó una carcajada.

—¡No me lo puedo creer!

—Pues créetelo.

—Ahora sí que tengo ganas de conocerla —y aquello, de repente, sonó muy raro, el que ella quisiera conocer a su madre. Como si estuvieran saliendo y fueran en serio—. Cuando la traigas al estudio —se sintió obligada a añadir.

—Quizás la semana que viene, cuando vuelva —dijo él.

—Genial —bebió un sorbo de té. Ya casi estaba frío—. Gracias. Por explicármelo. Sé que no ha sido fácil…

—Es tarde —la interrumpió él—. Mañana tendrás que madrugar.

Era tarde y sí, tenía que madrugar, pero no quería marcharse. Cogió la taza con las dos manos, aunque ya no estaba caliente.

—Cuando acabes el turno, escoge la habitación que más te guste, tranquilamente. Aunque debo decirte que algunas de las camas del otro lado están bastante decrépitas.

—Estaré bien —dijo él—. Buenas noches.

La había echado. Cosmo lo hizo todavía más evidente al recoger el libro, así que Jane se levantó y se fue hacia la puerta, pero luego se giró.

—Siento que tengo que decir algo —dijo—. Pedirte perdón en nombre de la humanidad por haber tenido que soportar aquello…

Cosmo dejó el libro en la mesa.

—Lo que soporté no fue nada comparado con lo que tuvo que pasar Yasmin.

—¿Se llamaba Yasmin? —el relato ya había sido suficientemente doloroso cuando los protagonistas eran anónimos, pero no pudo evitar preguntar—. ¿Sobrevivió?

Cosmo asintió.

—Sí, para su desgracia, sobrevivió.

Jane no podía imaginarse lo horrible que debió ser para Yasmin despertarse en el hospital y descubrir que sus hijos y su marido estaban muertos.

—Dios...

Él suspiró, como si le hubiera leído la mente, como siempre. Pero, obviamente, no quería hablar más del tema.

Aun así, ella se quedó en la puerta.

—Lo siento.

Cosmo levantó el libro.

—Que duermas bien.

—Gracias —se quedó de pie unos segundos, sin saber que hacer, pero él no volvió a levantar la vista, así que al final subió las escaleras y entró en su habitación.

«¿Que duermas bien?»

¡Qué desastre!

12

Patty salió y se acercó al árbol de los fumadores, fingiendo que estaba buscando al cámara que grababa el *Cómo se hizo* para los extras del DVD pero, en realidad, esperaba encontrarse con Robin cuando llegara al aparcamiento.

—¿Te puedo ayudar en algo, Patty? —preguntó un técnico del equipo, Gary.

Había rumores de que su novio, ¡su novio!, lo había dejado por Harve, el maquillador de efectos especiales. Sin embargo, allí estaban los tres, fumándose un cigarrillo mientras charlaban de manera amistosa, así que posiblemente sólo se tratara de un rumor más.

—Oh —dijo ella—. Gracias, pero...

Estiró un poco el cuello y... ¡sí! El que llegaba era el coche de Robin.

Pero... si estaba allí sola, sin hablar con nadie, parecería que lo estaba esperando.

Además, Gary ya se había girado y volvía a estar charlando con Harve y Guillermo.

Era demasiado tarde para otro cigarrillo. Encima, sólo le faltaba volver a casa fumando. Vamos, su madre la mataba.

A lo mejor, si se quedaba junto a Gary y los demás fingiendo que los escuchaba...

Y entonces vio a Cosmo, el Navy Seal, que había aparcado y ahora salía de su camioneta.

Perfecto. Había recibido un mensaje de voz de Decker esa mañana diciéndole que Cosmo iría al estudio para hacer las fotocopias de aquellos formularios de los extras que habían estado mirando. Podía hacer que lo estaba esperando. Y, claro, mientras lo saludaba podían entretenerse allí un rato, el tiempo suficiente para que Robin se acercara y pudieran entrar los tres juntos en el estudio.

Momento en el que ella aprovecharía para mirarlo tranquilamente y decirle... ¿qué? «¿Por qué no me has devuelto las llamadas?»

Mala idea. Si decía eso, quedaría como una llorona.

Quizás debería decir: «Hola, Robin, esto te va a parecer una locura, y ya se que estoy paranoica, ja ja ja, pero juraría que me estás evitando».

No. Se había ido de su casa pensando que era muy exigente. Y eso nunca era bueno. Los chicos como Robin necesitaban una novia independiente. Alguien que no los persiguiera lloriqueando si no la llamaban durante varios días.

Quizás: «¿Dónde has estado? Pensé que, como mínimo, coincidiríamos ayer en el visionado de las escenas del día».

Pero si le decía eso parecería que lo estaba acusando de algo.

«El visionado de ayer fue genial. Estabas increíble. Por un momento, realmente creí que Adam te gustaba. Ja ja ja.»

Sí, aquello era perfecto. Una broma burlona que, al mismo tiempo, servía como halago por sus dotes de actor.

Pero, cuando Cosmo se acercó, cinco de los fumadores se apartaron del grupo. Patty no se había fijado en quién estaba ahí con Gary, pero ahora vio que no sabía quiénes eran.

Cuatro de ellos llevaban cámaras. Cámaras digitales.

¡Mierda! *Paparazzi.*

Incluyendo al desgraciado ese que trabajaba para las revistas más amarillas del país... ¿cómo se llamaba? Mike Green. Su único objetivo en la vida parecía ser publicar basura sobre Mercedes Chadwick y con quien fuera que él creía que se estaba acostando

En este caso, Cosmo.

Era obvio que lo estaban esperando. Llevaban las cámaras escondidas detrás de la espalda, esperando a que se acercara más para poder coger algunos primeros planos de más calidad.

Patty sólo podía hacer una cosa.

—¡Cámaras! ¡Periodista! ¡Baja la cabeza, tápate la cara! —gritó, corriendo hacia él, intentando interponerse entre el Seal y los *paparazzi.*

Por supuesto, una vez descubiertos, los periodistas también corrieron hacia él.

—¿Es verdad que eres un Navy Seal?

—¿Cuánto tiempo llevas saliendo con Mercedes?

—¿Qué sabes de la problemática relación con su madre?

—¿Hace cuánto, exactamente, estuviste en Afganistán?

—He oído que hace poco sirvió en Kazbekistán y en Irak. ¿No es este trabajo, si se puede llamar así, totalmente distinto a lo que sueles hacer?

—Sí, y sé sincero —gritó Green—. ¿Mercedes Chadwick es tan buena como dicen?

Cosmo había aguantado el chaparrón mientras caminaba hacia el estudio, pero ahora se paró.

—Sin comentarios —dijo Patty, con la esperanza de que Cosmo captara el mensaje.

Pero no lo hizo. Se giró y se enfrentó a ellos. Llevaba gafas de sol y eso, combinado con la angulosa mandíbula y la expresión seria, sin olvidar el palmo que les sacaba a todos, tanto en altura como en anchura, daba miedo. No era un hombre feliz.

Patty contuvo la respiración. Debería hacer algo, intervenir.

Por unos momentos, la posibilidad de una respuesta violenta flotó en el aire. Iba a darles una buena paliza.

Era como estar en medio de una película de Tarantino. Ese hombre les iba a arrancar la cabeza. Y, por muy mal que estuviera, ella se iba a quedar mirándolo todo. De buena gana. «No tuve tiempo de hacer nada —le diría a Jane cuando todo hubiera terminado—. Todo pasó muy deprisa y...»

Pero Cosmo se quedó allí de pie hasta que los periodistas dejaron de hacerle preguntas, con los micrófonos en su cara, dispuestos a captar cualquier palabra que pudiera decir, que posiblemente sería «Que os follen». Lo sabía. Y después le daría a Mike Green el puñetazo que se merecía.

—Mételo dentro —Patty miró a Robin a los ojos, rojos y a punto de estallar. Estaba horrible como si hubiera pasado la noche borracho.

Otra vez.

Le dio a Patty la mochila en la solía llevar el guión y se colocó entre Cosmo y la prensa.

—Si tenéis alguna pregunta sobre *American Hero*, podéis hacérmelas a mí. Soy Robin Chadwick, productor de la película. También interpreto el papel del capitán Hal Lord.

Por desgracia, «Mételo dentro» sólo funcionaba si Cosmo realmente quería entrar.

Y, por lo visto no quería.

Cosmo soltó suavemente la mano de Patty y apartó a Robin.

—Mercedes Chadwick ha recibido amenazas de muerte porque a algunos ignorantes no les gusta la película que está haciendo —dijo, al final, las gafas de sol claramente dirigidas a Green—. ¿Y usted cree que la noticia es con quién se acuesta?

El periodista no se amilanó.

—¿Es verdad que la conoció hace unos d...?

—No creo que eso sea asunto suyo.

—O sea, que es verdad.

Cosmo sonrió. No era una sonrisa amistosa.

—¿Sabe una cosa? Tengo amigos que murieron para proteger su derecho a ser un gilipollas —miró a Patty—. Perdón.

Mike no se conmovió.

—¿No es verdad que, con su pasado militar, tiene más en común con el patriotismo y los valores cristianos de la Red de Liberación que con los... eh... digamos que más que cuestionables tipos a los que está aquí protegiendo?

—¿Perdón? —Cosmo no levantó la voz, pero daba auténtico miedo—. ¿Ha investigado la Red de Liberación o se ha aprendido sus discursos de mierda de su web? No son patrióticos y le aseguro que su doctrina de odio no nace de haberse preguntado: «¿Qué habría hecho Jesucristo?». Red de Liberación... y una mierda. La única libertad que quieren es para personas que son como ellos, piensan como ellos y creen lo que ellos creen...

—Bueno, se ha terminado —era Jane. Gary sería el héroe del día por haberla ido a buscar y, con ella, habían salido Decker, Jules Cassidy y Jack Shelton, aunque sólo Dios sabía que podría hacer ese hombre si las cosas se ponían feas—. Que echen a estos indeseables —ordenó Jane mientras cogía a Cosmo del brazo e, ignorando el aluvión de preguntas, se lo llevaba hacia el estudio.

La puerta de acero se cerró tras ellos. La entrada estaba oscura, así que los ojos de Cosmo tardaron en acostumbrarse a esa luz, incluso después de haberse quitado las gafas de sol.

—Lo siento mucho —dijo Jane.

—No, no. Soy yo el que tiene que disculparse —respondió él—. Debería haber dicho: «Sin comentarios», debería haber seguido caminando.

—No, toda la culpa es mía —insistió ella—. Yo empecé todo esto. ¡Maldita sea! Se suponía que mañana habría terminado, cuando… Pero ahora no te los vas a poder quitar de encima.

—Puedo soportarlo.

—¿Incluso cuando te sigan a casa e intenten engañar a tu madre para conseguir una entrevista?

—Créeme, no lo harán. Además, todavía está en San Francisco.

Jane estaba realmente preocupada.

—No sabes lo lejos que son capaces de llegar. De hecho, te aconsejo que llames a los amigos con los que está tu madre y les digas que no la dejen sola ni un momento.

Cosmo no pudo evitar reírse.

—No es gracioso —dijo Jane, indignada, mirándolo con preocupación.

—Sí que lo es —le dijo él—. Cuando la conozcas, lo entenderás. Le encantaría meterse con uno de esos periodistas. Estaría más preocupado por si, una vez lo hubiera hecho, le gustara tanto que se convirtiera en su mayor afición. ¿Te la imaginas, con gafas de sol como la hermana pequeña de *Historias de Filadelfia*? Seguramente, mamá sólo hablaría en pentámetro yámbico subido de tono o en algún idioma inventado.

Jane se rió, pero Cosmo sabía que no lo creía.

—Es terriblemente atractivo escuchar las palabras «pentámetro yámbico» de la boca de un hombre como tú.

Menos mal que estaba oscuro, porque era posible que Cos se estuviera sonrojando. Atractivo. Dios mío. ¿Estaba flirteando o sólo era su irreverencia habitual?

—¿Un hombre como yo? —consiguió preguntar él—. Creí que ya habíamos aclarado el tema de encasillar a la gente.

—La categoría a la que me refiero es «bombones que no tienen traje». Tienes que admitir que entras en esa categoría.

¿Bombones? ¿De verdad lo veía como a un…?

Hoy también llevaba tacones, aunque no eran tan altos como siempre. El vestido era de un color azul muy bonito, pero no era escotado, ni agresivamente corto, ni (gracias, Señor) de la clase que parecían pintados en la piel. Sin embargo, hablando de bombones. La suave tela se ceñía a su cuerpo y pedía a gritos que alguien la tocara.

Cosmo colocó las manos detrás de la espalda.

—¿Qué? ¿Es que crees que un hombre que no tiene ningún traje no puede ser culto?

Jane sonrió.

—No, pero los hombres cultos suelen ser lo suficientemente listos como para saber que a la mayoría de las mujeres nos gusta el contraste. Los pantalones militares y la camiseta te quedan muy bien, no digo que no. Pero si quieres que Sophia se fije en ti, preséntate a la cena con un buen traje.

Sophia. Maldita sea. Seguía intentando emparejarlos.

Él, en cambio, no podía dejar de pensar en ayer por la noche, cuando se habían sentado en la cocina de Jane y el muy tonto le había explicado la historia de Yasmin, le había explicado La Historia real.

¡Jesús!, era el rey de las malas ideas por pensar que le podría explicar la verdad y que ella no intentaría consolarlo.

Si la hubiera dejado, Jane lo habría abrazado. Y ni siquiera Dios hubiera evitado que le devolviera el abrazo. Y, si lo hubiera hecho…

¡Bingo!

Hubiera estado totalmente perdido.

Se la habría colocado encima de las rodillas. O, vale, está bien, aunque no lo hubiera hecho, aunque se hubiera podido controlar de manera milagrosa y ella se hubiera sentado a su lado, rodeándolo con los brazos, los dedos enredados en su pelo…

¡Dios bendito!

Su boca habría estado a escasos centímetros y…

Mala idea, muy mala.

Besar a la clienta mientras estaba de guardia no estaba bien. Nada bien.

Cosmo retrocedió un poco, alejándose de ella.

—¿Has venido por eso? ¿A recoger el traje? —preguntó ella.

¿Eh?

—¿Lo que te dije de pedir prestado un traje en vestuario? —aclaró ella.

—Ah, sí. No —se rió—. No, Jane, no, eh… He venido porque queremos controlar a todos los que tienen acceso al estudio. Es un trabajo laborioso, pero tenemos que hacerlo. Es un proceso de eliminación, para asegurarnos de que el tipo que buscamos no esté frente a nuestras narices. Creo que tengo que hacer fotocopias de no sé qué.

—De los formularios de los extras —asintió Jane—. Te enseñaré dónde están, pero… espera. ¿Sabes una cosa? ¿Por qué no te acompaña Patty?

—Sí, claro —dijo Cosmo—. Claro. Estás ocupada. Lo siento, estás ocupada —ya la había entretenido bastante, aparte de haber metido la pata hasta el fondo.

—No —dijo ella, acercándose hasta apoyar la mano en su hombro. Tenía los dedos fríos, pero Cosmo tuvo que hacer un esfuerzo por no pegar un salto de alegría—. Es que… quizás no deberíamos pasar tanto tiempo juntos en público. Solos, quiero decir. Ya sabes: «No me tiréis ramos de flores…» —cantó las primera líneas del clásico de Rogers y Hammerstein, *Creerán que estamos enamorados.*

Tenía una voz bonita. No era nada especial, o sea, no era un diamante en bruto de Broadway. Era… muy agradable.

—La gente tiene tendencia a hablar. Parece que no entiendan que un hombre y una mujer pueden ser sólo amigos —continuó Jane—. Y dado que estoy trabajando muy duro para deshacer el lío que monté en la rueda de prensa…

Ya no lo estaba tocando, pero seguía lo suficientemente cerca para que él no pudiera respirar sin oler su sutil perfume. No sabría decir qué era, sólo que tenía un toque de vainilla. Y de café y limón… Era delicioso.

—Quedamos a mediodía —sugirió ella, mirándolo—. En vestuario, donde nadie nos vea. Le pediré a Jack que nos ayude a buscar un traje y… —sonrió, y le aparecieron unas arrugas preciosas alrededor de los ojos—. ¿Qué es tan divertido? —preguntó.

Cosmo se dio cuenta que estaba sonriendo como un tonto. Estaba totalmente colado por ella. Lo de la canción lo había acabado de convencer.

Sí, estaba allí, adorándola, a pesar de que ella sólo lo veía como un amigo.

Vale, Jane, que te lo crees. Como si esa atracción que él sentía fuera unilateral. Cuando se miraban, casi saltaban chispas a su alrededor. No eran imaginaciones de Cosmo.

—¿De qué te ríes? —repitió, riéndose un poco, con los ojos brillantes—. Dímelo, jefe. No te lo guardes para ti solo.

Estuvo a punto de hacerlo.

Estuvo a punto de llevársela a ese rincón tan oscuro, apretarla contra la pared, besarla y demostrarle que entre ellos había mucho más que amistad.

La luz los invadió cuando se abrió la puerta. Se acordó de aquella vez que llevaba gafas de visión nocturna y alguien le había encendido los faros del coche justo delante de la cara.

Volvió a ponerse las gafas. Lo habían dejado ciego.

Y Patty, que entró riéndose a un volumen fuera de lo normal, lo estaba dejando sordo.

—... un minuto allí, ja ja ja. Por un momento, realmente creí que Adam te gustaba —estaba diciendo. Volvió a reírse, demasiado alto, pero Robin no se rió.

—¡Mierda! —dijo, intentando mirar qué hora era en lo que para él, sin duda, sólo era penumbra—. Llego tarde a maquillaje, Janey, pero esta vez no es culpa mía.

—Venga, baja —le ordenó Jane—. Corre. ¡Patty, tú quédate!

Robin recuperó su mochila y se marchó.

—Bueno, podemos registrarlos, claro —le iba diciendo Jules Cassidy a Decker mientras entraban, seguidos de Jack

Shelton—. Deberíamos hacerlo, y a todo el mundo a quien HeartBaet haya dado un pase de prensa sin restricciones.

—Por favor, dime que no lo he entendido bien —lo interrumpió Jane—, y que esos payasos del *National Voice* no tienen un pase de prensa —las caras de Jules y Decker confirmaron que lo había entendido perfectamente—. Y que no se los han dado esos imbéciles de HeartBeat. Pero ¿por qué iban a hacerlo?

Mientras Jack Shelton daba su opinión, Decker se llevó a Cosmo a un aparte. No estaban lo suficientemente lejos de los demás para pegarle un rapapolvo allí mismo, eso vendría después.

—Aquí hay algo terriblemente irónico —le dijo el jefe del equipo.

—Lo sé, jefe —los compañeros que conocían a Cos sabían que eran tan callado que podía estar días, incluso semanas, sin abrir la boca—. No volverá a pasar.

—La próxima vez —dijo Decker—, si es que hay una próxima vez, dices «Sin comentarios» y te vas.

—Sí, señor. Es lo que debería haber hecho.

Decker no había terminado.

—No puedes tocarlos, Cos. No te acerques ni a un metro. Si les pones la mano encima, es su día de suerte. Ya lo sabes.

Lo sabía. Esos cabrones eran especialistas en nunca dar el primer golpe. También eran miembros activos de la Nación de la Litigación, cuyo lema era: «Denuncia primero, calcula los daños después».

—No arruines tu carrera… o la reputación de Tom —le dijo Decker.

—Oído y entendido, jefe.

—Perdón. Si estás listo —le dijo Patty a Cosmo—. Te enseñaré los formularios.

Estaba junto a la puerta, impaciente, y Cosmo se fue con ella. Sin embargo, no pudo resistirse a volver a mirar a Jane que, ¡mira tú por dónde!, lo estaba mirando.

Le debió de sonreír, porque ella le devolvió la sonrisa, y a Cosmo el corazón le dio un vuelco.

Amiga, clienta… no le importaba la definición oficial de su relación. Lo que sabía era que le encantaba su sonrisa. Y, por mucho que deseara recorrer con la lengua cada parte de su cuerpo desnudo, o cerrar los ojos y que ella le hiciera lo mismo, también sabía que sería perfectamente feliz sentado en una habitación con ella, hablando con ella, escuchando su risa, mirando su sonrisa.

Ella se tocó el reloj y arqueó una ceja.

«Quedamos a mediodía», le había dicho.

Cos asintió. Sí, se acordaba.

¡Cuenta con ello!

13

—¡Hombre, J! ¡Bienvenido!

Robin se giró y vio que Adam se acercaba a ellos. ¡Mierda! ¿Qué hacía ése allí?

Robin estaba acompañando a Jules por el pasillo que llevaba a los despachos de Jane y de Patty. Buscaban un lugar tranquilo donde Jules pudiera enchufar el móvil.

El agente federal se había quedado sin batería porque ayer tuvo que compartir habitación con su jefe. El pánico provocado por esa situación («¿Y si se ríe de mis calzoncillos? ¿Y si ha cenado judías? ¿Y si ronca como un caballo y mi risa lo despierta?») le había causado una considerable fatiga cerebral.

Al parecer, el formidable jefe de Jules, Max No sé qué más, era el resultado de un triple cruce entre Emma Peel, Einstein y el conejo aquel de las pilas alcalinas, con la posibilidad de un pequeño y súperpotente accidente nuclear por medio.

Misterioso, brillante, imparable, fabuloso, imparcial, duro, poderoso, brillante, brillante y… ¡ah!, ¿había dicho Jules que era brillante?

Los adverbios, ¿o eran adjetivos? ¡Mierda! Robin nuca se aclaraba. Bueno, fueran lo que fueran, parecían infinitos cuando Jules describía a su jefe.

En su voz también había una especie de respetuosa reverencia cuando mencionaba el nombre de Max, y eso lo sacaba de quicio.

Casi estaba hasta celoso.

Bueno, vale, estaba celoso, pero no en plan gay. Lo estaba porque, aunque él viviera quinientos años, nadie mencionaría su nombre con esa devoción y ese respeto.

Bueno, a lo mejor Patty sí.

Pero, en cambio, seguro que no utilizaría la palabra «brillante» cuatro veces seguidas al hablar de él a alguna de sus amigas, así que no era no mismo.

¡Joder!, todavía no había hablado con ella.

Había pensado quedar algún día para cenar dentro de muchas, muchas semanas, alegando que los dos estarían demasiado ocupados hasta entonces para salir por ahí. Así conseguiría sacársela de encima. Además, así tendría tiempo para pensar qué quería decirle. Obviamente, «Oye, ¿te acuerdas de que creí estar locamente enamorado de ti? Pues creo que fue un virus, porque ahora ya me encuentro mucho mejor» no era la mejor opción.

Aunque, estaba claro que evitarla para siempre tampoco lo era.

Le quitaba demasiado tiempo y energías.

Cuando se habían acercado al despacho, buscando un lugar tranquilo para conectar el móvil y que Jules pudiera hacer una llamada, los sonidos que llegaban del despacho de Patty lo habían dejado helado. ¿Y si estaba allí? Pero, gracias a Dios, no era Patty. Era Cosmo, el Navy Seal de Jane, que estaba haciendo fotocopias.

—Puedes utilizar el despacho de Jane —le dijo a Jules, centrándose en el principal problema: Jules tenía que hacer una llamada a Washington.

Al menos, ése había sido el principal problema hasta que apareció Adam.

Y lo más irónico era que Robin le acababa de decir a Jules que ese día no iban a rodar ninguna escena de Jack, que empezarían por la noche. O, lo que era lo mismo, que podía estar tranquilo, porque Adam no estaría por allí.

A menos, claro, que hubiera hecho un esfuerzo especial para acercarse al estudio con la esperanza de encontrarse con quién, si no, Jules.

Preparados Adam. Entra en escena. «¡Hombre, J! ¡Bienvenido!», había dicho, como si fuera la película de Adam y Jules fuera su invitado personal. Como si Jules no hubiera estado aquí antes de que Adam entrara en la oficina del director de casting. Como si Adam no hubiera utilizado a Jules descaradamente para conseguir la audición.

Sin embargo, Janey tenía razón respecto a ese desgraciado. Era un actor increíble. Las pocas escenas que Robin y él habían rodado juntos habían salido perfectas. Pero, cuando gritaban «¡Corten!», cuando se terminaba la escena y el director les decía que ya estaba, Robin se alejaba lo más deprisa posible para no tener que intercambiar ni un saludo con él.

Adam haciendo de Jack era excelente, pero Adam haciendo de Adam daba asco.

—¡Vaya, vaya! —dijo Robin—. ¡Qué sorpresa tan desagradable!

Adam lo ignoró. Por lo visto, había decidido que las palabras de Robin no iban a ponerlo de mal humor, como si no pasara nada. La actitud opuesta al ex novio arrepentido y que pide perdón.

—¿Qué tal el viaje? —le preguntó a Jules, sonriente. Siempre llevaba el mismo uniforme gay: vaqueros azules gastados, camiseta blanca ajustada, chaqueta de piel colgada en un hombro y botas de motorista.

Como si alguna vez hubiera visto de cerca una moto de verdad.

Sin embargo, era obvio que hoy se había esforzado en arreglarse porque se había peinado en plan despeinado y la manera de coger la chaqueta acentuaba los bien definidos bíceps.

—Te he echado de menos —continuó Adam, con la misma amplia sonrisa en la cara—. ¿Has recibido mis mensajes? Siento haberte llamado tantas veces. No sabía si recibías las llamadas —colgó la chaqueta en unos caballetes que había por ahí y continuó acercándose con los brazos libres—. ¿Qué te parece que me hayan dado el papel de Jack? Es un pasada. Por supuesto, tengo que darte las gracias a ti.

—Sí, bueno —dijo Jules, levantando el maletín, utilizándolo como una barrera para evitar que, con tanto entusiasmo, Adam se le tirara encima—. Felicidades.

—¿Es todo lo que vas a decir? —Adam estaba haciendo un esfuerzo enorme para no dejar de sonreír. De hecho, consiguió que le brillaran los ojos—. ¿Felicidades? Esto es muy grande, J. Por esto vine a California, por una oportunidad como esta. Y te lo debo todo a ti.

¡Parecía estúpido! Robin no conocía demasiado bien al agente del FBI, pero era obvio que esa escena que Adam le estaba montando, en público, y en el trabajo nada menos, era lo último que Jules quería.

—¡Y yo que pensaba que habías venido por el sexo! —le dijo Robin a Adam.

Que se giró y le lanzó una mirada asesina.

¡Vaya! Al parecer, eso del sexo se había acercado peligrosamente a la verdad, y ahora Adam estaba intentando calcular lo amigos o muy amigos que podían ser Robin y Jules.

—¿Nos disculpas, por favor? —le preguntó Adam, muy educado.

—Ni en sueños —pero ahora Jules también lo estaba mirando, sorprendido—. Hasta que Jules me pida que me vaya —añadió Robin.

Se quedaron en silencio, bueno, si es que el sonido de esa vieja fotocopiadora se puede considerar silencio, mientras Jules estaba allí de pie, inmóvil. Robin lo maldijo por darle a Adam una oportunidad. Estaba claro que, cuando se trataba de ese desgraciado, Jules tenía un serio problema de debilidad.

—No es el lugar ni el momento para esto —dijo Jules.

—Sí, sí que lo es —dijo Adam—. Teniendo en cuenta que no sé dónde te alojas y no me devuelves las llamadas, ¿en qué otro sitio puedo hablar contigo? —seguro que pensó que su voz sonaba un poco desesperada, así que se detuvo y dibujó una preciosa sonrisa que parecía de verdad—. Tengo que explicarte muchas cosas, J. ¿Has visto el guión? Salgo en casi todas las escenas. Y, por cierto, mañana vienen los de la revista *Out* para entrevistarme, y he encontrado un piso y… ¡Es increíble lo mucho que me ha cambiado la vida en pocos días! Mira, ya casi son las doce. Vamos a comer. Yo invito.

Por alguna razón, ese comentario hizo sonreír a Jules. Pero no duró demasiado y volvió al estado agotado de antes.

—No puedo. Es demasiado tarde.

Adam se hizo el tonto.

—No. Sólo son las doce menos cuarto.

—Sabes que eso no es lo que quería decir —dijo Robin.

Adam se enfadó, algo que resultaba bastante gracioso, considerando que Robin era mucho más fuerte que él.

—¿Por qué no dejas que hable él solito?

—¿Por qué no empiezas a escuchar lo que te dice? Aunque, claro, para eso tendrás que dejar de hablar de ti —dijo Robin, utilizando las manos como bocas imaginarias que no dejaban de parlotear—. Bla, bla, bla. Yo, yo, yo —ahora parecía Harve. Era increíble. Tenía que llamar a su agente y decirle que le buscara otro papel gay. Uno que no estuviera totalmente reprimido.

—¡Que te jodan! —dijo Adam, sonriendo, con un obvio significado: «Gilipollas».

Todos vemos la paja en el ojo ajeno, ¿eh, chiquitín?

Robin se estiró todo lo que pudo y, como era tan alto, tuvo que bajar la cabeza para mirar a Adam. Podía aplastar a ese marica como a una cucaracha. Se acercó, amenazador. Y, en voz alta, dijo:

—¡Que te jodan a ti!

Jules, que era más bajito que los dos, se colocó en medio, sujetándolos a los dos por el pecho para separarlos.

—Basta.

Cosmo asomó la cabeza por la puerta del despacho de Patty, observó la situación y despareció. Obviamente, había visto que su presencia no era necesaria.

—¿De verdad que estás con éste? —le preguntó Adam a Jules, con un inequívoco tono de incredulidad. Esta vez, lo dijo alto y claro—. ¡Pero si es un gilipollas!

Robin era totalmente consciente de la mano de Jules en su pecho, sujetándolo, como si pudiera evitar que le partiera la cara a Adam.

Intentó dar un paso adelante pero no pudo, Jules era una roca inamovible.

Una roca que le lanzó una mirada de advertencia.

—No hagas nada que demuestre que tiene razón.

El tío podía ser bajito, pero Robin no iba a poder con él. Claro que no. Jules era un agente del FBI. Sólo era un agente del FBI bajito que olía muy bien.

Vale, acorralar a Adam contra la pared y hacerle suplicar por su vida no era una opción.

Robin tendría que recurrir a las palabras para asustarlo.

—Bueno, no es nada serio, todavía —le dijo a Adam, junto con una magnífica sonrisa, por encima de la cabeza de Jules—. Lo de Jules y yo. Pero puede que lo sea… después de esta noche.

Adam y Jules se giraron y lo miraron, sorprendidos. Robin ignoró a Adam, y amplió la cálida sonrisa mientras miraba a Jules. Estaba flirteando. Con un toque de: «¿A que no te atreves?».

—Bueno, no he tenido tiempo de preguntártelo, pero esta noche voy a salir. A investigar, ya sabes. ¿Quieres venir?

Jules se rió y, tímidamente, retiró la mano de su pecho. Volvió a reír. Y luego miró a Robin.

—Pues sí. Me encantaría.

Robin no apartó la vista. Harve le había dicho que se dicen muchas cosas con los ojos. Los hombres heteros no se miraban a los ojos. Al menos, no más de dos o tres segundos.

Pero, ¡eh!, estaba actuando. Y, por lo visto, lo estaba haciendo muy bien porque aquello que vio en los preciosos ojos marrones de Jules Cassidy era una chispa de atracción.

Lo más extraño era que Jules tenía unos ojos preciosos, de verdad. Eran muy profundos y oscuros, tan marrones que te tenías que acercar mucho para ver dónde terminaba el iris y empezaba la pupila. Mirarlos fijamente era como mirar los confines de un espacio exterior lejano y acogedor, como lanzarte de cabeza a un interminable pozo de chocolate caliente, como...

¡Vale, vale! Se había dejado llevar por el personaje un poco más de la cuenta. Y, sin embargo, no podía dejar de mirarlo...

—J.

Jules acabó girándose primero, para mirar a Adam.

—Nunca es demasiado tarde —continuó Adam—. La gente cambia. Yo he cambiado.

¡Bingo! Adam se lo había tragado, creía que esa relación totalmente ficticia entre Robin y Jules era verdad.

—¿Qué te parece a las nueve? —le preguntó Robin a Jules, encantado por cómo eso hacía rabiar a Adam. Alargó una mano y le arregló el cuello de la camisa a Jules, tocó sin tocar. Era una técnica que siempre utilizaba cuando intentaba ligar con una chica en un bar—. ¿Quieres que te recoja en tu hotel o prefieres que quedemos allí directamente?

—Nos veremos allí —Jules miró a Adam, y Robin supo que no quería que el subnormal ese se enterara de dónde estaba viviendo. Muy bien, agente.

—Es un local que se llama Big Dick's; está en Santa Monica...

—Ya sé dónde está —lo interrumpió Jules, sonriendo—. ¿Lo dices en serio? Es muy... salvaje.

—De eso se trata, ¿no? —Robin miró a Adam—. ¡Qué mala suerte, A! Tú no puedes venir; esta noche filmas la escena de los tanques en el bosque —suspiró, burlón—. Una lástima.

—Que te den —dijo Adam pero el mensaje que Robin recibió alto y claro, lo preocupado que estaba, era evidente por cómo estaba allí de pie, fingiendo que nada de aquello le afectaba.

—Casi son las doce, tengo que llamar a Peggy —le dijo Jules a Robin—. ¿Seguro que puedo utilizar el despacho de tu hermana?

—Claro —dijo, lanzándole una sonrisa cómplice, para desespero de Adam—. Entra. Y, si no te veo luego, J, hasta la noche.

Por un momento, Robin estuvo convencido que llamar a Jules por la inicial, como hacía Adam, iba a hacer que al hijo de puta le estallara una vena.

En lugar de eso, Adam sonrió, de manera forzada, y le preguntó a Jules:

—¿Todavía trabajas con Peggy Ryan? Debes de estar harto —se giró hacia Robin—. Digamos que no es una de las candidatas al premio a la Mujer más Tolerante con los Homosexuales del mundo.

Otra vez, el mensaje implícito era: «Mira lo bien que conozco a mi J. Conozco a sus compañeros de trabajo». El muy cabrón no iba a darse por vencido.

—Pero tienes que admitir que Max es increíble. Y muy brillante —respondió Robin, con un mensaje implícito propio: «A mí también me ha hablado de su trabajo»—. Compensa de sobras a la pesada de Peggy —no sabía si era verdad porque Jules no le había dicho nada de esa tal Peggy. Sin embargo, Adam no lo sabía y aquello lo había puesto de los nervios.

Cosmo Richter escogió ese momento para salir del despacho de Patty. Ya había terminado con la fotocopiadora.

Obviamente, Adam no lo había visto antes cuando se había asomado y ahora le estaba dando un buen repaso, como si buscara una banderita arcoiris en los bolsillos de los pantalones, o un triángulo tatuado en sus enormes bíceps.

Los brazos del Seal hacían que los de Adam, trabajados en el gimnasio, parecieran atrofiados.

—Sigue soñando —le susurró Robin. Sin embargo, no entendía esa fascinación. Si era tan grande que parecía que pudiera aplastar una nevera con la mano—. Es hetero.

Era difícil decir si Adam estaba interesado en el Seal o si sólo estaba jugando a «No me importa, no me has hecho daño» con Jules.

—Nadie es ciento por ciento hetero —dijo Adam, sin importarle que Cosmo le oyera.

—¿Has terminado? —le preguntó Jules a Cosmo porque, obviamente, prefería utilizar el despacho de Patty que el de Jane.

—Bueno, voy a hacer una pausa para… eh… comer —le dijo, mirando después a Robin y a Adam.

Mientras ellos los miraban; bueno, Robin y Adam lo miraban, Jules aprovechó para meterse en el despacho y cerrar la puerta y Cosmo abrió la que llevaba al piso de abajo.

—El bar está por el otro lado —dijo Adam.

El Seal se detuvo.

—Sí, ya lo sé. Es que… el departamento de vestuario está aquí abajo, ¿no?

—Sí. Te acompaño —se ofreció Adam.

—Creo que podré encontrarlo solo —le dijo Cosmo.

—Me da que eres la clase de hombre que puede encontrar lo que está buscando —oyó Robin que Adam le decía a Cosmo mientras bajaban.

La manera de sacarse de encima toda la rabia que llevaba dentro: vaciándola sobre el Navy Seal. Sin embargo, para ser sinceros, había que decir que Cosmo parecía bastante tolerante. Con Jack, con el de verdad, claro, se había portado muy bien.

Así que a lo mejor Adam tenía alguna oportunidad de que no le partiera la cara. Pero, al menos, se había ido. Mejor. Cuánto más lejos de Jules, mejor.

La desaparición de Adam también le había dado la oportunidad a Robin de decirle a Jules que aquello del contacto visual había sido parte del truco.

—No le va a gustar nada —oyó que Jules decía. Esos despachos no sabían lo que era la insonorización—. Entonces, ¿sugiere que suspenda la película? ¿Y no le preocupa, aunque sea un poco, que la Red de Liberación se lo tome como una victoria? —otra pausa—. No, no la estoy acusando de… —Jules suspiró—. No, señora —una pausa más larga—. No, señora. Me aseguraré de hacerle saber su recomendación. Pero también llamaré a Max y…

—¡Hola! Oh, Dios mío, perdón… ¿me estabas esperando?

Patty.

Perfecto.

Avanzó por el pasillo con la carpeta contra el pecho, los calcetines hasta las rodillas, sus pecas y los zuecos; una extraña combinación que le había parecido irresistible tan sólo hacía unos días. Era increíble lo que podían hacer unos cuantos días y un poco de distancia.

—Hola —dijo él—. ¡Anda! Sí, bueno…

Patty lo rodeó por el cuello y lo besó. Si hubiera sido por ella, habría sido un beso apasionado, pero Robin lo mantuvo casto y breve.

Evitó que ella se diera cuenta de que no la había besando diciendo:

—He pensado que podríamos ir a cenar algún día para… bueno, para tener una fecha fijada.

A Patty se le iluminó la cara y Robin se sintió como un cabrón. Sin embargo, continuó:

—Como los dos estamos tan ocupados, seguramente tardaremos unas cuantas semanas en tener una noche libre los dos. Hazme un favor y envíame tu horario, ¿vale?

—Es posible que esta noche llueva —dijo ella—, así que…

—Uy, lo siento, esta noche no me va bien —se apresuró a decir Robin—. Ya tengo planes para ir a… eh, investigar. Bueno, ejercicios para mejorar mi interpretación. Para ser ciento uno por ciento gay.

—Podríamos vernos después —sugirió ella.

—Emmm —Robin buscó un motivo por el que aquello no iba a ser posible. Sospechaba que «Porque estaré totalmente borracho y no podré conducir» no iba a servir.

En ese preciso momento, Jules lo rescató, porque salió del despacho de Patty como una exhalación.

—¿Dónde está Jane? —preguntó. Llevaba la cara que Robin describía como la del Detective X en viernes. Muy seria.

—Está en vestuario con Jack Shelton —dijo Patty, con unos ojos como platos—. ¿Qué pasa?

—Ha llegado otro mensaje. Busca a Decker —le ordenó Jules a Patty—. Que se reúna conmigo en vestuario.

La chica se esfumó, por lo que Robin estaba en deuda con Jules. Cuando salía, Patty estuvo a punto de chocar con un extra vestido de uniforme.

—Ahora no, Wayne —escuchó Robin que le decía.

El chico, una especie de bonachón a lo Tom Hanks los saludó con la mano.

—Hola, Jules, ¿qué tal…?

—Hola, lo siento, Wayne, estamos bastante liados —dijo Jules, saludándolo con la mano mientras cogía a Robin por el brazo y lo metía en el despacho de Patty—. Hoy esto está lleno de extras.

—Sí, esta tarde vamos a filmar la gran escena de amor. No la mía, la hetero. La de Virginia y Milt —gracias a Dios. No estaba preparado para filmar las escenas íntimas entre su personaje y el de Adam. Iba a ser muy, muy difícil.

Jules lo estaba mirando.

—¿Una escena de amor con setenta y cinco extras?

—Gin y Milt eran bastante poco convencionales —dijo Robin, y luego se rió—. Mírate, te lo has tragado. Lo decía en broma. La escena empieza en un bar lleno de gente. Janey quiere captar esa especie de soledad en medio del caos. Ya sabes... —cantó—. «Sólo tengo ojos para ti, cariño...».

—Necesito que los hagas salir a todos —dijo Jules—. Extras, equipo... Ahora.

Robin se rió, pero se detuvo. Jules lo había dicho en serio. De hecho, Robin nunca lo había visto tan serio como ahora.

—Cualquiera que no haya pasado por seguridad esta mañana —continuó Jules—, y...

—¿Estás hablando de suspender el rodaje? —lo interrumpió Robin—. No tengo autoridad para...

—¿Y quién la tiene? —preguntó Jules, pero él y Robin respondieron al unísono—. Jane. ¡Mierda! —abrió la puerta—. Será mejor que la encontremos.

—No va a suspender el rodaje —Robin lo siguió—. Ni hablar. ¿Sólo porque haya llegado otro mensaje del señor Chalado?

—Está en la ciudad —dijo Jules—. Tenemos motivos para creer que, a las siete y veinticinco de esta mañana, el señor Chalado estaba aquí, en Hollywood.

—Yo creo que el azul marino —dijo Jack—, aunque no lo sabremos hasta que se lo pruebe.

El señor juntó las manos desde lo alto de la silla de director que Jane había bajado para él a la sala de vestuario. La productora sabía que Jack estaba aquejado de la cadera, aunque él nunca iba a admitirlo en público.

—Quítese esos horribles pantalones militares, señor Richter —continuó—. Cuando dejé el Ejército, juré que nunca más me acercaría a uno de ésos y, míreme ahora, en una película rodeado de uniformes. Pero de ahí a que usted los lleve de manera voluntaria a todas partes...

Mientras Jane lo observaba, Cosmo miró a Jack, después a Adam y, por último, a ella, que le alargaba el colgador.

—¿Hay algún lugar donde pueda...?

Jack lo interrumpió.

—Confíe en mí, no hay nadie en esta habitación que no haya visto los calzoncillos blancos más viejos y gastados del mundo. No sea tímido.

—Ya. Es que... —dijo Cosmo, y Jane supo cuál era el problema cuando él volvió a mirarla.

Ella pensaba que aquel incidente en su habitación, cuando él hizo ademán de desabrocharse los pantalones, había sido debido a la cercanía del día de colada. Pero, por lo visto, se había equivocado. Por lo visto, Cosmo Richter no era un tipo de boxers ni de slips.

Jane se rió.

¡Qué... interesante!

Jane colocó dos burros llenos de uniformes de la segunda guerra mundial en ángulo recto.

—Vestidor instantáneo —dijo, con tono de eficiencia, porque, válgame Dios, el gran Seal estaba muerto de vergüenza. Se estaba sonrojando.

Era adorable.

O, quizás sería más fiel a la verdad decir que lo adoraba todavía más por eso.

Patty le había comentado cómo se había enfrentado a los periodistas cuando le habían hecho una pregunta especialmente irrespetuosa con ella. «¿Mercedes Chadwick es tan buena como dicen?».

Sin embargo, el dulce Cosmo, intentando defender su virtud, había hecho exactamente lo que ellos querían. Al pararse y hablar con los periodistas, aunque sólo fuera para enfrentarse a ellos, había revelado que era vulnerable a su presión. Les había hecho saber que podían sacarlo de sus casillas. Algo que volverían a intentar otra vez. Y otra, y otra.

Y eso era inaceptable. Intolerable.

Sobre todo, teniendo en cuenta que el día en que lo iban a dejar tranquilo estaba tan cerca. Sobre todo, teniendo en cuenta que Jane se había esforzado tanto en hacerlos desaparecer.

Sobre todo, ¡maldita sea!, teniendo en cuenta que había cogido todos sus iniciales y tiernos sentimientos en ciernes hacia ese hombre increíble y se los había prohibido.

No estaba liada con él. No iba a estar liada con él.

Y mañana, el *National Voice* llenaría las estanterías de los hipermercados (sería esperar mucho de esa revista si dijera que llegaría a los quioscos) con las fotografías que habían hecho los periodistas en la fiesta de Victor.

Cuando las fotos se hicieran públicas, ya nadie se acordaría de Cosmo.

Aunque ahora, con aquellas palabras que había intercambiado con ellos, a lo mejor no sería así.

Jane tendría que volver a llamar a Victor y pedirle que la viniera a visitar al estudio. Asegurarse de que mucha gente la viera llevárselo al despacho, cerrar la puerta y encargar la comida.

Y en cuanto a Cosmo... Lo estaba envolviendo, le estaba poniendo un lazo y se lo estaba enviando a Sophia, la zorra, que más valía que apreciara el regalo que le hacía.

—Si hubiera sabido que esto sería un pase de modelos, me habría vestido para la ocasión —dijo Cosmo, muy bajito, para que no pudieran escucharlo, mientras entraba en el vestidor que Jane le había fabricado.

—En realidad, esto no es un pase de moda —le respondió ella, al tiempo que juntaba los dos burros para darle privacidad, al menos de cintura para abajo—. Si lo fuera, no te estarías cambiado ahí dentro —¡vaya! Quedaba un espacio donde se juntaban las dos barras de hierro. Bueno, mejor dicho, donde no se juntaban—. Yo me quedaré aquí delante —dijo.

—Gracias —pero Cosmo no esperó a que se girara. Estaba de espaldas a ella, sí, pero se bajó los pantalones y...

Bueno, ¡ahí estaba!

Bonito... cuerpo.

Jane se giró y vio que Jack estaba observando cómo ella observaba a Cosmo, con las elegantes cejas arqueadas. Aquella situación le parecía muy divertida.

Jane negó con la cabeza. Más tarde, Jack tenía una entrevista con un periodista que trabajaba en uno de esos pequeños canales de cable que ahora proliferaban. No dudaba ni por un segundo que le preguntarían sobre la relación de Mercedes

Chadwick con uno de sus guardaespaldas. Y eso le molestaba mucho. El periodista tendría en frente a un hombre que había luchado en la segunda guerra mundial, a un héroe que había salvado al mundo de la opresión nazi y, en lugar de hablar de eso, le preguntaría por la vida amorosa de la productora juerguista.

Y eso era culpa de Jane, ¿no? Ésa era la imagen que solía dar en público. No podía quejarse de algo que ella conscientemente provocaba.

Pues vale. A Jack le preguntarían sobre ella.

Pero si Jack comentaba haber visto algún tipo de chispa o atracción entre Mercedes y Cosmo, eso sólo echaría más leña al fuego que el Seal había encendido esa mañana.

Lo que Jack tenía que hacer era decir que Cosmo ya tenía novia.

—¿Qué coño…?

Como había oído el sonido de la cremallera, Jane se giró.

Cosmo se estaba mirando los puños de la camisa que Jane le había dado, intentando entender por qué le sobrepasaban las muñecas.

—Necesitas gemelos —dijo ella, apartando uno de los burros y acudiendo en su ayuda.

El abatimiento en la cara de Cosmo la hizo reír.

—¿No puedo ponerme una camisa normal?

Jane metió la mano en los bolsillos para sacar los gemelos, unos botones bañados en oro y con las iniciales C.F.K. grabadas. Charlene, de vestuario, juraba y perjuraba que eran los que Orson Welles había llevado para su personaje en *Ciudadano Kane*—. ¿Tienes alguna camisa normal?

—Sí —dijo él, mientras Jane doblaba el puño derecho y colocaba el gemelo—. Es genial. Negra, con una calavera en la espalda y una llama roja y naranja…

Jane levantó la vista para mirarlo. Lo decía en broma. ¿No?

—Me tomas el pelo, ¿verdad?

Cosmo se echó a reír. ¡Dios mío!, tenía una sonrisa increíble.

—También tengo varias camisas blancas.

—¿También? ¿Quieres decir además de la horterada con la calavera y las llamas?

—Oye, un poco más de respeto —dijo Cosmo—. A las chicas les gusta.

No se había molestado en abotonarse la camisa. Estaba ahí de pie con la camisa abierta, así que ella empezó a abotonársela. Había un límite de cuánto Seal medio desnudo podía soportar una persona.

—No me lo digas, es tu camisa de la suerte. Te la pones y mojas. Siento decírtelo, Cos, pero me parece que mojas a pesar de la camisa, no gracias a ella.

Cosmo volvió a reírse, y mientras ella le sonreía, mirándolo a los ojos, sintió unas mariposas en el estómago. Se había metido en un buen lío. Este hombre le gustaba demasiado. Mientras él se metía la camisa por dentro de los pantalones, Jane dijo:

—Adam, ¿quieres ir a ver si Charlene tiene un cinturón?

—Enseguida, jefa.

Tenía que tomárselo como una cuestión de negocios. Se arrodilló delante de él y se sentó sobre los pies, verificando el largo del pantalón, alisando la tela, fingiendo que no se daba cuenta de las piernas extremadamente sólidas que había debajo de la tela.

—Creo que el largo es perfecto, aunque sería mejor si llevaras zapatos. ¿Tienes zapatos de vestir?

—Los tenía, pero los perdí la última vez que fui a Nueva York —lanzó una mirada furtiva hacia las viejas botas, que estaban allí en el suelo, tiradas, como dos cajas de cartón vacías—. Podría...

—No termines esa frase. Ni siquiera te atrevas a pensarla. Jack, ¿no hay ningunos zapatos de vestir en talla XXL por ahí? —gritó.

—Charlene dice que no, pero ya sabes que es una mentirosa —dijo Jack—. Voy a por un par.

—No tengo los pies tan grandes —dijo Cosmo, con dulzura.

Ella echó la cabeza hacia atrás y lo miró.

—¿Cómo se pueden perder los zapatos? —desde aquella perspectiva, parecía gigantesco. E increíblemente elegante, con el contraste de la camisa blanca y la piel morena.

Cosmo le sonrió.

—Sé lo que estás pensando, pero lamento decirte que no fue tan emocionante.

—¿Ah, sí? —dijo Jane—. ¿Y qué estoy pensando?

—Un ligue de una noche que salió mal, ¿no? Una mujer fatal rabiosa tiró los zapatos desde el piso veinte, ¿me equivoco?

—¿Cómo, si no, se pueden perder los zapatos? —respondió ella—. ¿Te apeteció refrescarte los pies en Central Park? Sí, como que me voy a creer eso.

—La compañía aérea perdió mi equipaje —le dijo Cosmo—. Nunca lo recuperé.

—Oh —dijo ella, haciendo una mueca—. ¡Qué decepcionante!

—Lo siento.

—Si quieres, puedes traer esa camisa de la calavera y las llamas a casa alguna vez —le dijo Jane—. Podría lanzarla por la ventana gritando: «¡Desgraciado!». Aunque, claro, yo sólo estoy en el segundo piso, así que el impacto dramático no sería el mismo. Ni el daño potencial que podría recibir la camisa. Bueno, supongo que siempre podría pegarle dos o tres tijeretazos antes.

—Muy amable, gracias —dijo él, riéndose.

Estaba muy guapo, incluso sin cinturón ni zapatos, incluso sin la chaqueta.

Era extraño porque, normalmente, los hombres tan musculosos parecían más corpulentos cuando llevaban traje, y había miles de trucos y efectos visuales para hacerles parecer más triangulares en lugar de neveras con ropa. Pero Cosmo no necesitaba ningún truco. Tenía la cintura y las caderas estrechas. Incluso demasiado estrechas para estos pantalones.

—¿Te van sueltos? —le preguntó.

—Nada que un cinturón no pueda arreglar.

—Sí, pero no querrás parecer un acordeón y que todo esto te haga arrugas —se levantó hasta quedar apoyada en las rodillas para comprobar lo sueltos que le iban, colocando los dedos por la parte interior de la cintura de los pantalones. Dios bendito, no tenía ni un gramo de grasa. No tenía ni un poco de carne de más, era todo músculo duro. Le sobraban unos buenos cuatro centímetros y, mientras estudiaba las opciones, Jane se quedó pensando mordiéndose el labio. El tirador de la cremallera estaba hacia arriba, así que lo bajó y pasó la mano por encima para alisar la tela.

—Me parece que tendremos que esperar a ver cómo queda con el cinturón. Cuando son pantalones sin pinzas, como éstos, se supone que la parte delantera tiene que quedar plana…

—Pues si sigues con la mano ahí, pronto no lo estará —dijo Adam, que los asustó bastante a los dos. Se había olvidado que estaba ahí de pie.

Jane apartó la mano que, efectivamente, había estado acariciando la parte delantera de los pantalones de Cosmo.

—Perdón —dijo, mientras se levantaba. Ahora era ella la que se había sonrojado. ¡Qué idiota!

Cogió el cinturón que había traído Adam y se lo dio a Cosmo, fingiendo que estaba menos alterada de lo que en realidad estaba.

—En casi todas mis películas, he ayudado con el vestuario —dijo—. Mi especialidad son los bajos. Supongo que porque es casi imposible meter la pata de manera estrepitosa. Al principio, también ayudaba en peluquería y maquillaje. Verás, en una película de bajo presupuesto, el productor tiene que aprender a hacer de casi todo.

Genial, ahora estaba parloteando.

—¿De doble de los actores también? —preguntó Cosmo, apretando la hebilla.

Jack apareció con un par de zapatos. En lugar de enormes cajas de cartón vacías, parecían dos preciosas canoas de piel.

—Estos deberían irte bien —miró a Cosmo—. Madre mía…

Pues sí, madre mía. Además, había llegado en el momento justo.

—Hablemos de Sophia un rato —dijo Jane, para que Jack estuviera al tanto de la existencia de la tal Sophia, mientras Cosmo se calzaba las canoas.

—Sophia, ¿eh? —dijo Jack, que se giró hacia Jane—. Todo este esfuerzo es por una Sophia, no por…

—Sí, Jack, es por ella —lo cortó a tiempo para evitar que dijera «una Jane»—. La brillante, preciosa y valiente Sophia, ¿no, Cos?

Jane cogió la chaqueta del colgador de madera y se la sujetó para que él colocara los brazos, agitándola un poco cuando vio que él no se movía.

Cosmo se la puso, mirando a Jane por encima del hombro.

—En realidad, no la conozco —dijo, al final.

—¿Y no es ése el objetivo de la cena? ¿Conocerla mejor? —Jane alisó la tela de los hombros, esos increíbles hombros—. Parece que te la hubieran hecho a medida —le dio la corbata que Jack había escogido. Una de color azul con un dibujo bastante llamativo.

—No sé quién es Sophia pero, francamente, la odio —dijo Adam.

Jane lo entendía perfectamente. Hasta ese momento, había estado abrigando la descabellada fantasía de que, cuando la película estuviera terminada y las amenazas de muerte hubieran quedado atrás, cuando su vida volviera a la normalidad y la frecuencia con que se encontrara a los *paparazzi* fuera una o dos veces cada seis meses, llamaría a Cosmo y le diría algo como: «Oye, ¿te acuerdas de aquella camisa de la suerte de la que me hablaste hace unos meses? ¿La de la calavera y las llamas? ¿Qué te parecería ponértela y venir a mi casa, a ver qué pasa?».

Pero ahora sabía que aquello no iba a pasar. Sophia la perfecta le iba a echar un vistazo a Cosmo y…

Lo llamaría dentro de unos meses, seguro, pero para darle la enhorabuena por su boda con la mujer de sus sueños.

Maldita sea.

Jack la estaba mirando con recelo, así que ella sonrió.

—Por lo que he oído, Sophia parece un encanto. También trabaja para Troubleshooters Incorporated, así que deben tener muchas cosas en común.

—Demasiado en común hace que la vida sea muy aburrida —comentó Jack—. Las relaciones que he visto que funcionan, las que han durado más, son entre polos opuestos. Hay más cosas de las que hablar. Y, encima, el sexo es mejor.

—En ese caso —dijo Adam, parpadeando—, Cosmo podría olvidarse de Sophia y salir conmigo. Soy su polo más opuesto —apartó los burros para que Jack pudiera sentarse otra vez y no se quedara fuera de la conversación.

Adam no sólo era un actor excelente, sino también un chico considerado, encantador y bastante divertido. Jane no entendía por qué Robin le había cogido tanta manía. Además, era particularmente extraño porque a su hermano le costaba estar enfadado con alguien más de cinco segundos.

—Yo estaba pensando más bien en nuestra Jane —le dijo Jack a Adam.

Ella casi se obligó a reír, como si fuera tan absurdo como emparejar a Cosmo con Adam.

—Ya, bueno, gracias pero no, gracias. Cos y yo somos amigos. Punto. No te creas lo que lees en las revistas sensacionalistas. Que si Cos y yo estamos todo el día uno encima del otro, que si ha nacido un niño con dos cabezas que habla un perfecto latín y griego clásico y que si un doctor de Lituania ha clonado a Elvis.

—¿Qué es todo esto? ¿Es que vas a salir en la peli, Cos?

Jane miró hacia la puerta y vio a Lawrence Decker.

—Una pausa para comer, jefe —dijo Cosmo mientras Decker entraba y se acercaba a ellos. Detrás de él, entraron

Patty, Robin y Jules—. Le comenté a Jane que no tenía traje y…

—Necesita un traje para llevar a la maravillosa Sophia a cenar —dijo Adam. A Jane le pareció muy obvio que fingía que la presencia de Jules no le importaba.

—¿En serio? —dijo Decker. Miró a Cos—. ¿Sophia y tú estáis…? —movió la cabeza, miró a Jane y señaló con el pulgar la puerta por la que acababa de entrar—. ¿Éste es el acceso principal a esta zona? —señaló al otro lado de la sala—. ¿Dónde da esa puerta?

—A un pasillo que lleva a un almacén de vestuario. Esta planta es enorme —respondió Cosmo por ella—. Hay otras salidas: seis escaleras de hacia arriba y cuatro hacia abajo.

Decker se dirigió a Jules.

—¿Quiere…?

El agente del FBI fue hasta la otra puerta, la abrió y echó un vistazo al otro lado.

—¿Qué pasa? —preguntó Cosmo antes de que Jane pudiera hacerlo.

—Ha llegado otro mensaje —dijo Robin—. Janey, el FBI ha podido rastrearlo. Lo enviaron desde una tienda Kinko de Hollywood. Bueno, para ser exactos, desde la que está al final de la calle.

14

De modo que así se filmaba una escena de amor.

No era para nada romántico, con los focos encendidos y recibiendo órdenes a grito pelado por parte del director.

—Virginia, mantén el hombro derecho abajo o saldrá el pezón en el encuadre.

—Las piernas cerradas, Milt. En esta escena sólo queremos ver el culo, no queremos sorpresas peludas.

¡Dios!

Menos mal que Decker estaba de espaldas. Porque, claro, aquélla era la única condición que Mercedes le había puesto para dejarlo entrar al estudio ese día.

Había dado el día libre a todos aquellos que no eran estrictamente necesarios para la escena. La multitud de extras también se había ido a casa, para mayor tranquilidad de Decker.

Aunque, seguramente, no habría tenido que hacerlo si los actores que interpretaban a Virginia y a Milt no hubieran aceptado rodar la gran escena de cama unos días antes de lo que estaba previsto. Pero lo habían hecho y ahora estaba allí, frente a un reducido equipo técnico, interpretando a dos cuarentones desnudos fingiendo que la pasión se desataba entre ellos.

Por supuesto, Deck hubiera estado mucho más contento si todo el mundo se hubiera marchado a casa. Todo el mundo excepto Mercedes y el equipo de Troubleshooters. Mercedes tenía que quedarse, al menos hasta que Cosmo llamara para decir que estaban listos. Se había llevado a parte del equipo a casa de la productora para deshacerse de la basura acumulada en el garaje durante cincuenta años para que pudieran entrar con el coche directamente a casa. Se acabó escoltarla desde el coche por las escaleras principales hasta la puerta, al alcance de cualquiera con un rifle de mirilla telescópica de ciento cincuenta dólares.

No cuando el último mensaje decía: «Estoy más cerca de lo que te imaginas».

El muy cabrón, encima, era un sádico.

El FBI se había ido al Kinko desde donde se había enviado el e-mail, a buscar huellas y a revisar las cintas de la cámara de seguridad.

No hubo suerte. La cámara se había estropeado esa misma mañana a primera hora, y Decker estaba convencido de que no era casualidad.

Habían localizado el ordenador que había usado el señor Chalado. También consiguieron su nombre y un número de tarjeta de crédito que, por supuesto, era robada.

La habían robado en algún momento durante los últimos tres días, en algún lugar de la zona metropolitana de Los Ángeles.

Para empezar, no era mucho.

Tanto el equipo de Troubleshooters como el FBI habían interrogado al dependiente de la tienda. A las siete y veinticinco de la mañana había tres personas trabajando, pero ninguna de las tres pudo ponerle cara al acosador de Mercedes. ¿Joven? Quizás. ¿Estatura media? Quizás. ¿Cabello castaño? Quizás.

—A esa hora de la mañana pasan por aquí muchos estudiantes —le dijo a Decker, a modo de disculpa, la más veterana de los trabajadores, una chica de unos veintidós años.

Al parecer, buscaban a un hombre blanco.

Y, por supuesto, lo suficientemente inteligente como para no volver por ese Kinko donde, ahora mismo, el FBI estaba instalando su propia cámara de seguridad, una que no se pudiera sabotear.

Cuando el grupo de Cosmo acabara de limpiar el garaje de Mercedes, volverían al estudio y anotarían y revisarían cualquier lugar de la ruta donde un francotirador pudiera esconderse.

Campanarios, tejados de edificios de oficinas, montañas…

A menos que pudieran convencer a Mercedes para que redujera su actividad durante unos días, tendrían que buscar rutas alternativas para ir al estudio y asegurarse de coger nunca la misma dos veces seguidas.

Pero lo que tenían que hacer, antes que nada, era pillar a ese hijo de puta.

Entonces Deck podría volver al mundo que mejor conocía, un mundo en el que las palabras «saldrá el pezón en el encuadre» apenas se solían utilizar.

Por no decir nunca.

Cosmo Richter también podría volver a Colorado, con el Equipo Seal 16, donde estaba su sitio.

Era un buen hombre, un buen fichaje para el equipo de Troubleshooters, no iba a discutirlo, pero es que era demasiado… alto. Y estaba más que atractivo con aquel traje y la corbata.

Era perfecto para Sophia por quien, obviamente, se sentía atraído. ¿Por qué no iba a hacerlo? Era guapa, inteligente…

Iba a cenar con él. Cosmo debía haberla invitado y ella había dicho que sí.

Y eso estaba muy bien. Cosmo era un buen hombre. Era un buen hombre para Sophia.

Decker estaba ridículo con traje. Nunca encontraba uno que le quedara bien. Al menos, no por el precio que estaba dispuesto a pagar.

—¡Vale, corten, corten! —gritó el director—. Aquí falta algo. No quiero que estéis comedidos. No os estáis soltando. ¿Dónde está la pasión que vi ayer?

—¿Y si probamos algo distinto? —Decker oyó que decía Mercedes—. ¿Y si dejamos los micrófonos abiertos, nadie dice nada y dejamos que los actores lo hagan como quieran?

Al director no le entusiasmó la idea.

—Así no es como…

—Mira, Len —lo interrumpió Mercedes, con la voz bastante seca—. Llevamos casi tres horas haciéndolo a tu manera. Los actores están cansados. Esta vez lo haremos a su manera.

—Esto no… —empezó a decir el director, pero Mercedes se le acercó y le dijo algo al oído. Decker no lo oyó pero, fuera lo que fuera, lo hizo callar. Patty se acercó a ellos y se llevó al director a un aparte, cerca de Decker, para enseñarle lo que parecía una primera versión del cartel de la película.

—Id a tomar algo, vestíos y que os retoquen el maquillaje —les ordenó Mercedes a los actores—. Los demás, cinco minutos y lo volvemos a preparar todo. Deck, ¿sigues por aquí?

—Sí —dijo él.

—¿Quieres acercarte, por favor? —le dijo ella—. Perdona que no me levante, pero los pies me están matando. Zapatos nuevos. ¿Quieres un café?

—No, gracias. Así estoy bien.

Mercedes estaba sentada en una silla de director con su nombre estampado en el respaldo, junto a otras sillas similares, delante del monitor. Delante de la cámara, el decorado representaba una elegante habitación de hotel en París, hacia 1945. Los focos, sujetos en barras y en enormes marcos de metal (Mercedes los había llamado árboles), aportaban la iluminación adecuada.

—Siento que te tengas que sentar ahí, dándole la espalda a la escena —dijo Mercedes, girándose para mirarlo—. Es que... ¿Te imaginas ser un actor y filmar una escena de amor con decenas de personas mirándote?

—No —admitió él—. No puedo. Bajo ninguna circunstancia.

Ella asintió, invitándolo a sentarse.

—Lo que intento es que los actores estén lo más cómodos posible y que...

—Perdona, Jane. Lo siento... —era Patty con su carpeta—. Victor Staruss te ha dejado un mensaje, y sé que estabas esperando su llamada. Dice que le va bien quedar para comer mañana o pasado.

—Mañana —decidió Mercedes—. Llámalo y dile que me venga a buscar al estudio. ¡Ah!, y dile que traiga flores, algo muy romántico.

Patty asintió, anotándolo en un papel.

—El FBI está aquí. Jules y otro hombre. No sé, me parece que debe ser su jefe. Max no sé qué.

Decker se incorporó. ¿Max Bhagat estaba aquí?

—Que pasen, pero diles que sólo nos quedan unos diez minutos de descanso —le dijo a Patty, que se alejó corriendo, con el teléfono en la oreja.

Mercedes se giro hacia Deck.

—¿Qué posibilidades hay de que vengan a decirme que encontraron una pista en Kinko y que ya han detenido al señor Chalado?

—Si fuera así de sencillo estaría muy bien —asintió Decker.

¡Crash! ¡Pum! ¡Pam!

Decker se levantó de un salto y miró el decorado, que se había quedado parcialmente a oscuras. ¡Ñiiiii! ¿Qué coño pasaba?

Mercedes también se levantó.

—¿Qué…?

¡Bam! ¡Crrrrrsh!

Parecían cristales rotos y venía de arriba, como si a alguien se le hubiera caído una bandeja llena de copas enormes y…

Del techo caían trozos de cristal y de metal. Decker cogió a Mercedes mientras seguía mirando hacia arriba para ver qué o quién había provocado ese estruendo.

¡Bam! ¡Crrrrrsh!

—¡Cuidado! —gritó alguien—. ¡Joder!

—¡Au! —exclamó Mercedes, pero Decker no supo si era por los cristales que estaban lloviendo o porque él la tenía agarrada demasiado fuerte mientras se la llevaba junto a la puerta porque, maldita sea, un foco se había soltado de la barra. Lo vio balancearse como un yo-yo, golpeando los marcos metálicos y sujeto por sólo Dios sabía qué, seguramente el hilo eléctrico.

—¡Cuidado! —fue un grito de pánico y Decker se giró para ver, ¡oh, joder, joder!, que uno de esos árboles de iluminación, una torre con siete u ocho focos colgando, iba a caer de un momento a otro.

Era casi imposible que a Mercedes y a él los pillara debajo, porque estaban un poco apartados. Pero Decker sabía que esa cosa no se iba quedar quieta allí donde cayera. Intentó correr y alejarse del punto de impacto, esquivando altavoces y accesorios de escena.

Mercedes le estaba gritando algo, su nombre entre otras palabras, pero él no tenía ni idea de qué quería. Sólo la colocó delante de él, protegiéndola con su cuerpo cuando esa cosa cayó al suelo, lanzando cristales y piezas de metal en todas las direcciones.

Los focos del escenario estallaron y algunos se soltaron, rebotando sin control por el plató.

Deck colocó a Mercedes a salvo detrás de una carretilla elevadora al tiempo que oyó cómo una pieza de metal pasaba volando por su lado.

¡Mierda! Ésa había pasado cerca pero… ¡Pum! La fuerza de algo sólido golpeándole la parte posterior de la cabeza lo lanzó hacia delante y lo hizo caer al suelo, llevándose con él a Mercedes, todavía protegiéndola, cuando todo se volvió negro.

Hablando de pesadillas, la que Jane había escrito era sobrecogedora.

Cosmo estaba leyendo las páginas del guión que ella le había dado mientras comía en la terraza de una cafetería.

Aquél era el gran favor que Jane le había pedido la otra noche; se lo había pedido y luego se había olvidado. Quería que leyera la secuencia de la batalla del día D, concebida como una pesadilla, que había escrito. Una pesadilla que el personaje de Jack tenía después de conocer y enamorarse de Hal Lord.

Jack, que sirvió en la Unidad 23, nunca entró en combate directo. En cambio, Hal, fue oficial de las legendarias Águilas Veloces. Había saltado en paracaídas sobre Francia el día D. Hal había estado en el campo de batalla más de una vez y, más tarde, Jack lo convenció para que le explicara aquel infierno.

Igual que Jane lo había convencido a él para que le explicara lo de Yasmin.

«Eres la primera persona que lo lee», le había dicho mientras le daba las hojas de papel. Quería saber si a él le parecía «real».

Como si él supiera alguna cosa de guiones.

Pero sí que sabía algo de la guerra.

En la escena que Jane había escrito, Jack soñaba que formaba parte de la invasión de Normandía. Corría por la playa, bajo el fuego enemigo, sufriendo cada paso que daba. Había algunas notas en los márgenes. «Preguntar a Harve si tenemos suficientes bolsas de sangre y otros efectos especiales para que parezca realista.»

Estaba bien luchar con sangre falsa.

La escena tenía formato de sueño, con algunos planos a cámara lenta, algunos en silencio con la voz en off de Hal, recuperando la conversación que más tarde tendría con Jack, donde se lo explicaría todo.

«Everett estaba a poca distancia de mí —Cosmo leyó las palabras de Hal—. Los alemanes nos debían estar apuntando. La explosión me lanzó por los aires, me quedé sordo durante unas horas, pero nada más. Estaba bien. Sólo unos cuantos moretones. Pero el pobre Ev… encontramos sus piernas y sus botas. Eso fue lo que enviamos a casa.

»¡Señor!

»Rezas porque no sabes por qué él murió y tú no. Rezas porque la culpa te hace flaquear las piernas. Porque el dolor de perder a un amigo se convierte en una breve oleada de pena y dolor que tienes que borrar de tu mente para concentrarte en mantener vivos al resto de tus hombres. Al poco tiempo, empiezas a fingir que no sabes sus nombres, que no son tus amigos, que no te importa si viven o mueren. Pero sí que te importa. Y te acuerdas de cada nombre, de cada cara, durante el resto de tu vida…»

Bueno, en eso tenía razón.

En esta escena también había otra voz en off. Una página del diario de Virginia, la diseñadora de vestuario americana que había ayudado a crear los uniformes nazis para aquella peligrosa misión en Alemania. En el guión de Janey, se enamoraba del comandante Milt Monroe, el oficial al mando de la misión.

«Al ver a Milt ponerse al frente de la invasión, ayer, cuando los francotiradores alemanes mataron a todos esos chicos, me hizo darme cuenta de que, a partir de ahora, seré capaz de visualizar su muerte.

»Seré capaz de ver un cielo azul detrás de él mientras lo acribillan a balazos, cómo la sangre sale disparada en todas direcciones pero él se levanta, cae y se vuelve a levantar, negándose a rendirse hasta el último suspiro.

»¡Dios mío!

»¡Maldita sea! ¿Dónde estás? ¡Acaba con esta guerra ya!

»¿Por qué te escondes cuando miles de hombres, miles de Jacks, Hals y Miltons mueren cada día?

»No son cuestiones de estado, reunidos en una asamblea, por mucho que queramos creerlo. Estos chicos y hombres americanos lo sacrifican todo para que otros puedan ser libres.

»A los chicos jóvenes que llegan para luchar se les llama refuerzos. Pero ellos, igual que los que cayeron en su día, son hijos de un padre y una madre que los adoran; no como a uno de tantos, sino como a un ser único, un ser insustituible.

»¡Hay quien los quiere, aunque tú no lo hagas! Alguien, en alguna parte, llorará toda la vida.

»Igual que yo ya he empezado a llorar por Milt.»

—Iré cuando pueda.

Cosmo levantó la vista del guión para ver que PJ volvía a estar colgado del teléfono. Igual que Cos, iba todo sucio de limpiar el garaje de Jane. Seguro que estaba hablando con su novia, que parecía dispuesta a volverlo loco antes de irse a Irak.

—Lo sé —PJ puso los ojos en blanco—. Lo sé, Beth. Cariño, mira… —suspiró. Se acercó a Cos, se apartó el móvil de la boca y lo tapó con la mano—. ¿Ya estás?

Cos vio que todavía tenía la mitad del bocadillo en la mesa.

—Cinco minutos —respondió. Mierda, le había caído mostaza en la página cuatro. Lo limpió con la servilleta pero quedó una mancha. Genial. Así Jane sabría lo desastre que era.

Con el teléfono pegado a la oreja, escuchando a Beth, PJ entró en el supermercado que había enfrente de la cafetería. Lindsey, la tercera componente del equipo de basureros de Troubleshooters, estaba devorando un helado de frambuesa. Sin duda, la intención de PJ fue llevársela con él al supermercado.

Cosmo volvió a la lectura. Aquí las imágenes eran distintas, igual que en un sueño se pasaba de un lugar a otro; así, de repente, Jack estaba participando en el ataque a un fortín alemán. La lucha fue encarnizada pero, al final, entraron victoriosos en el lugar.

Entonces Jack vio algo que se movía por el rabillo del ojo, un soldado alemán. Disparó antes de darse cuenta que el chico tenía las manos levantadas y cayó al suelo. Menuda pesadilla, Jane había sabido crear una atmósfera perfecta.

Pero, para Jack, el sueño fue a peor. Se acercó al chico y, horrorizado, vio que el soldado alemán, en realidad, era Hal.

Jack se arrodilló e intentó taponar la hemorragia en el pecho de Hal. Pero era una herida mortal; había herido de muerte al hombre que quería. Y ahora ya era demasiado tarde. Hal estaba sangrando por la boca y se le iban cerrando los ojos a medida que alargaba la mano y acariciaba a Jack.

«No puedes salvarme», le susurró cuando los disparos y las explosiones volvieron a resonar a su alrededor.

En ese punto de la película, Jack se despertaba, empapado en sudor, sin respiración, horrorizado y descubría que Hal dormía plácidamente a su lado.

El simbolismo era muy bonito. Era una buena escena. Y Janey realmente había conseguido capturar el aire caótico de la batalla.

Janey. Maldia sea. Ya pensaba en ella como Janey.

Estaba perdido.

—¡Cos! —PJ se acercaba a él, con Lindsey pisándole los talones—. ¡Mira esto! Salgo en el *National Voice*. En la edición de mañana. Aquí ha debido llegar antes.

Lanzó el periódico, el *National Voice*, encima de la mesa. Cos cogió la lata de Coca-Cola para que no cayera y…

En la primera página, había una foto y, sí, PJ salía en ella, en el fondo, pareciendo un hombre de negro anónimo, con las gafas y el traje. Sin embargo, el centro de atención era Jane, que se estaba riendo y mirando a los ojos a un señor mayor que la tenía agarrada.

Muy fuerte. Puede que estuvieran bailando o puede que sólo estuvieran ahí. El tío ese tenía una mano en el culo de Jane y estaba a escasas milésimas de segundo de besarla.

—La debieron hacer ayer por la noche —dijo PJ.

Cosmo tuvo que aclararse la garganta antes de hablar, algo que no eliminó la sensación de que le habían tirado una bola de bolos contra el pecho. Al final, consiguió que sus cuerdas vocales emitieran algún sonido.

—Sí —Jane llevaba el vestido negro.

—Bueno, ya sé que nadie va a reconocerme pero yo sé que soy yo —PJ estaba muy emocionado con eso—. Guay, ¿eh?

El titular decía: «La productora juerguista J. Mercedes Chadwick con su viejo amigo, el director Victor Strauss».

¿*Viejo* amigo? ¿Cuántos siglos tenía?

No había ningún artículo… no, espera. Sí que había algo. En una especie de columna de cotilleos había una mención a la foto.

«De sus propios labios: Pillado con las manos en la masa en sus primeros días en el país después de estar siete meses rodando en España, Victor Strauss declaró que su intermitente relación con la ardiente J. Mercedes Chadwick "esta vez va en serio. Sería estúpido si la dejara volver a escapar". ¿Eso que escuchamos con campanas de boda?»

Lindsey estaba leyendo por encima del hombro de Cosmo.

—No sabía que Jane estaba saliendo con Victor Strauss. Sé que quería que dirigiera *American Hero*, pero tenía otro proyecto en marcha. Es mono, para ser un señor mayor y tremendamente rico y famoso.

Cosmo había visto algunas fotos en internet de Jane y él en la conferencia de prensa. En la mayoría, él estaba bastante apartado. Aunque había algunas que las habían tomado justo en el momento en que la había cogido para evitar que cayera, cuando la había abrazado y…

Sabía que, en un momento dado, había reaccionado de una manera poco profesional, porque las cámaras lo habían captado. En su cara había una expresión de inconfundible ira.

Por supuesto, en las fotos parecía deseo. Algo que, pensándolo bien, puede que también estuviera en sus ojos.

Pero sólo durante una décima de segundo.

—Ha ganado un Oscar —le dijo PJ a Lindsey—. La fiesta a la que fuimos era en su casa. Lo tiene en una estantería junto al baño, como si fuera lo primero que quisiera ver después de mear por la mañana. No es tan grande como pensaba, pero pesa lo suyo.

Sin embargo, en la foto, la atracción de Strauss por Jane era manifiesta, y no una emoción pasajera.

Pero, aunque dicen que una imagen vale más que mil palabras, era posible que los del periódico hubieran malinterpretado el mensaje. A lo mejor, Jane y ese famoso director sólo estaban hablando de su próximo proyecto.

PJ se rió.

—Bueno, yo debería saberlo. Vigilé la puerta durante diez minutos mientras Jane y Strauss echaban un polvo rápido.

Lindsey se rió.

—¿En serio? ¿En el baño, en mitad de una fiesta? ¡Bien por Jane!

O a lo mejor no estaban hablando de trabajo.

—Seguramente, pensaron que era más discreto que ir a una de las habitaciones, porque habrían levantado suspicacias

—dijo PJ—. La casa no era tan grande y había gente por todas partes.

—La alternativa habría sido invitarlo a su casa, pero habría sido muy raro para Jane, porque nosotros estamos allí día y noche —dijo Lindsay—. Ininterrumpidamente.

—Si yo fuera ella —añadió PJ—, y quisiera enrollarme con un tío rico que, encima, pudiera ayudarme en mi carrera y que, además, como parte del trato, incluyera un gigantesco diamante, sé que me daría mucho corte.

Cosmo no pudo soportarlo más y se levantó.

—PJ, habla con un poco más de respeto.

—¿Eh? —dijo PJ—. No estoy siendo irrespetuoso. Sólo lo digo. Estoy seguro que a Jane le mola ese tío. Al menos, anoche eso parecía.

Ya no tenía más hambre. Cos tiró la mitad del bocadillo a la basura, se levantó y empezó a caminar hacia la camioneta. Tenía que largarse de allí. Mierda, tenía que largarse de Los Ángeles.

Lindsey le dio un codazo en las costillas a PJ mientras seguían a Cosmo hasta el aparcamiento.

—Lo que pasa es que estás celoso. Creías que tenías alguna posibilidad. ¿En serio esperabas que a una mujer que sale con directores famosos le interesaría salir con un guardaespaldas? Sigue soñando, chico.

—Nadie ha dicho nada de salir —se justificó PJ—. Estoy hablando de la acción, de compartir esos diez minutos en el baño, aunque firmaría cinco en el armario —hizo una pausa—. Es broma, ¿vale? No quiero que los comentarios incriminatorios lleguen a oídos de Beth.

—Porque, como no te conoce lo suficiente, creería que lo dices en serio, ¿no? —respondió Lindsey.

—¿Qué coño significa eso?

Cosmo se perdió el resto de aquella molesta conversación porque le sonó el móvil. Reconoció el número de Tess Bailey.

—Richter.

Tess fue directa al grano.

—Código rojo. Ha habido un incidente en el estudio. Deck y Jane están heridos.

El mundo se detuvo a su alrededor y, de fondo, escuchó a Lindsey que decía:

—… cuando dices que es broma pero no lo es.

—¡Código rojo, silencio! —ordenó, muy alterado. Tanto que Tess también se calló—. No, Tess. Tú no. Continúa.

—Necesitamos que vengas al estudio —le dijo Tess—. Ahora. Espera… Espera un segundo…

PJ y Lindsey ya estaban montados en la camioneta.

—Han tenido acción en el estudio —les informó Cos.

—¡Joder! —dijo PJ—. ¿Víctimas?

—Deck y Jane. No sé más detalles —dijo Cosmo mientras daba marcha atrás y salía del aparcamiento.

—Dios mío —suspiró Lindsey.

Tess volvió al otro lado de la línea.

—La ambulancia entrará directamente por el garaje. Mierda, ¿por qué no se nos ocurrió a nosotros? Una plaza de aparcamiento aquí en el estudio, y nosotros entrando por la puerta principal…

—¿Dónde quieres que vayamos? —la interrumpió Cos, con la camioneta en marcha. Lo primero era lo primero. Pero, Dios, si habían llamado a una ambulancia…

—Al hospital —le dijo Tess—. Al Cedars-Sinai. Nos vemos allí, en la entrada de urgencias. ¡Cerrad la maldita puerta! —la escuchó Cosmo a lo lejos, antes de que Tess cortara la comunicación, sin decirle nada más.

—¿Por dónde se va al Cedars-Sinai? —preguntó Cosmo, y PJ, que estaba revisando su arma, miró a Lindsey, que era de Los Ángeles.

—A la izquierda y luego, en el semáforo, otra vez a la izquierda —dijo, y después se agarró con todas sus fuerzas al cinturón cuando Cosmo arrancó con tanta potencia que, antes de salir del aparcamiento, quemó medio neumático.

Cuando la ambulancia llegó al hospital, Jane comprobó que Cosmo ya había llegado. Estaba serio... y sucio. Claro, había estado limpiando el garaje.

Los demás también habían llegado. Bueno, todos excepto Jules, que se había quedado en el estudio con su jefe, Max Bhagat, y un equipo de investigadores de la oficina local del FBI.

En medio del caos, y mientras esperaban a que llegara la ambulancia, Jane había intercambiado los saludos de rigor con Max, el líder de uno de los equipos antiterroristas de elite del mundo.

—Es un placer conocerla, señorita Chadwick. Soy Max. No, no se moleste en darme la mano, siga aplicando presión a la herida. Espere, no se mueva, deje que le quite este trozo de cristal del pelo...

—¿Saben que estoy bien? —le preguntó Jane a Tess Bailey, la Mujer Maravillas del grupo, que iba con ella en la ambulancia.

Pero Tess estaba hablando por teléfono y, con la mano, le dijo que esperara un momento.

Claro que quizás Jane se estaba adelantando a los acontecimientos. La cara de preocupación de Cosmo podía ser por Decker, que venía en otra ambulancia, detrás de ellas.

Para tranquilidad de Jane, Deck había recuperado la conciencia y estaba lúcido. Sus compañeros prácticamente se habían tenido que sentar encima de él para evitar que se levantara y saliera corriendo para ver si alguien había saboteado los focos.

Tenía millones de preguntas. ¿Había sido intencionado? ¿Podía considerarse intento de asesinato por parte del señor Chalado?

A Jane le costaba creer que se tratara de algo más que de un desafortunado accidente.

Un desafortunado accidente que había pasado en el momento preciso porque, si se hubiera producido mientras rodaban la escena de amor… habría sido horroroso. Y tampoco quería pensar en qué hubiera sucedido si no hubieran cambiado el plan de rodaje, con todos los extras en el escenario… De hecho, habían tenido mucha suerte de ser tan pocos en el estudio cuando había sucedido.

Sólo dos heridos, y ambos de manera superficial.

Aunque, claro, las heridas en la cabeza eran delicadas y Jane no estaría tranquila hasta que un doctor examinara a Decker. Tess creía que debió golpearlo el extremo de un cable eléctrico, con tanta fuerza que lo había dejado inconsciente y le había hecho una herida.

Y eso debía doler muchísimo.

Sin embargo, si le hubiera caído encima el foco, igual ni siquiera se habría despertado. Cuando lo pensaba, todavía le flaqueaban las rodillas.

—Perdón —dijo Tess, cerrando el teléfono mientras la ambulancia se paraba delante de la puerta de urgencias.

—Que Decker entre primero —le dijo Jane.

—Sabes que nunca lo aceptaría —dijo Tess—. Tú entrarás primero. Y deprisa, en cuanto se abra la puerta.

—Pero yo no estoy sangrando —Jane levantó las gasas con las que estaba haciéndose presión en el brazo y... bueno, vale, no era del todo cierto—. Yo no soy la que tiene el posible hematoma subdural agudo.

Tess arqueó las cejas.

—No sabía que tenías conocimientos de medicina.

—Y no los tengo, pero solía escribir los guiones de una telenovela.

Tess se rió. Y luego dijo: «Allá vamos», cuando se abrieron las puertas de la ambulancia. El equipo de seguridad rodeó la silla de ruedas mientras entraba a urgencias.

Cosmo consiguió poner una cara todavía más seria cuando vio la sangre en la parte delantera del vestido.

—¿Estás bien? —le preguntó, mirándola a los ojos, sin duda para ver si estaba en estado de shock o tenía alguna herida interna que tenían que revisar.

—Sí —dijo—. Estoy bien.

Cosmo le lanzó aquella mirada por encima de las gafas de sol que Jane ya conocía tan bien, la que venía a decir «Oh, ¿en serio?» tan alto y claro que casi pudo oírlo, y se echó a reír. Pero, Dios mío, en lugar de eso emitió un sonido mucho más parecido a un sollozo.

No iba a llorar. J. Mercedes Chadwick no lloraba en público.

—Me he cortado con un cristal —le dijo, les dijo a todos. Era mucho más fácil dirigirse a Murphy o a PJ que enfrentarse a la preocupación de Cosmo. Incluso consiguió sonar risueña—. Dejé de aplicarme presión, pero era más profundo de lo que pensaba. Y de ahí la sangre.

Pero entonces, entraron en el hospital y el equipo se quedó atrás; sólo la acompañó Tess.

—¡Janey! —apareció Robin, sofocado—. He recibido un mensaje en el móvil diciendo que estabas aquí... ¡Joder! ¿Qué ha pasado?

—Hemos tenido un accidente —dijo ella, mirando a Cosmo, que estaba junto al control de admisiones, mirándola—. Uno de los focos se soltó de la estructura.

—Dios mío.

Jane le explicó a su hermano lo que había pasado mientras los médicos la llevaban a una habitación al fondo el pasillo. Dejó atrás a Cosmo. Los médicos empezaron a hacer esa cuenta atrás para levantarla de la silla y estirarla en la cama, pero ella interrumpió el relato de los hechos para decir:

—Las piernas estás bien. Puedo subir sola.

—Nos encanta oír eso, cariño, pero parece que has perdido bastante sangre, así que te ayudaremos a subir —le dijo una alegre enfermera.

—Gracias —dijo Jane, mientras subía a la cama, fingiendo que era fácil. ¡Señor!, el vestido estaba hecho un asco, estaba mareada y todavía le flaqueaban las piernas.

—Vamos a echarle un vistazo a esta herida —dijo la enfermera y, cuando Jane levantó las gasas, Robin palideció. Ya de niños, se desmayaba con ver una rodilla pelada.

Tess, atenta a todo, cogió la silla de ruedas, se la colocó detrás y él prácticamente se dejó caer en ella.

—¿Ha visto a Decker? —le preguntó Jane a la enfermera.

—Jane, te mantendré informada —respondió Tess—. Se lo han llevado, no sé dónde... a rayos X, seguramente. Los doctores lo examinaran a fondo. Nash está con él y, en cuanto sepa algo, te prometo que te lo diré.

—No dejes de aplicar presión —le dijo la enfermera a Jane—. Vamos a tener que darte unos puntos, cariño.

—Me lo temía —le respondió Jane—. Soy muy miedica. ¿Pueden ponerme anestesia general?

La enfermera salió de la habitación riendo.

—Cree que lo digo en broma —dijo Jane.

Robin estaba pálido.

—¿Ahora te tomarás las amenazas en serio, por fin?

—Ha sido un accidente —le dijo ella.

Tess intervino.

—Creo que todavía es demasiado pronto para decir si fue intencionado o accidental.

Perfecto. Un motivo más para que su hermano se emborrachara esta noche. Bebe, bebe, bebe... que mañana a lo mejor ya no estamos en este mundo.

—Pensaba que mi asesino psicópata era de los buenos —respondió Jane—. ¿Sabotear un foco del estudio con la esperanza de que la víctima, o sea, yo, esté sentada justo debajo en ese mismo instante no es un poco estúpido y de la brillantez de una piedra?

—Igual lo que pretendía era causar daños materiales —dijo Robin—. Y que suspendiéramos el rodaje, algo que, ¡oh, Dios mío!, señora lista, ha conseguido.

—Es posible que quisiera cogernos por sorpresa —sugirió Tess—. Hacernos creer que el peligro estaba en el estudio y que saliéramos corriendo. Él estaría colocado en algún tejado cercano y, cuando tuviera el objetivo a tiro... ¡bang! Por eso hemos venido a este hospital. Había otros más cercanos, pero no queríamos correr el riesgo de que te estuviera esperando en algún punto del camino.

—Eso es horrible —dijo Robin.

—E increíblemente paranoico —añadió Jane.

—Nosotros lo llamamos curarnos en salud —les dijo Tess—. Vamos a necesitar una lista de todo el mundo que ha entrado en el estudio esta mañana. Había muchos extras, mucha gente nueva.

—Patty la está confeccionando para dársela a Jules Cassidy —dijo Jane.

—¿Jules está aquí? —Robin intentó interrumpir, pero su hermana continuó hablando.

—Mira, Tess, el equipo técnico tiene unas normas respecto a quién tiene autorización y quién no para subir a esas pasarelas del techo —Jane miró a Robin—. No, Jules está en el estudio, buscando pistas. Pistas que no encontrará porque no existen —se volvió a girar hacia Tess—. El electricista es muy bueno. No dejaría que nadie, y mucho menos un extra, se paseara por ahí arriba. Creo que el hecho de que la cadena de seguridad estuviera intacta demuestra que fue un accidente. La cadena hizo lo que se supone que tiene que hacer: evitar que foco cayera al suelo. Si alguien hubiera estado por allí esta mañana, habría roto la cadena.

—A menos que dispusiera de poco tiempo —Tess se tomaba muy en serio su trabajo—. Jane, sé que no quieres oírlo, pero queremos que te tomes unos días de descanso…

—¿Quieres que me esconda en casa, debajo de la cama?

—Quiero que te quedes en algún lugar donde estemos seguros de que estás a salvo…

—En casa y en el estudio estoy a salvo —dijo Jane, alzando la voz, lo que provocó que la herida le sangrara todavía más—. Creí que estábamos de acuerdo en eso. Al aire libre no estoy a salvo, ya lo he aceptado, por mucha rabia que me dé porque tengo un director al que tengo que controlar de

333

cerca porque, si no, no va a rodar mi película, va a rodar la suya, lo que implica ignorar a los actores por completo y…

—Jane —dijo Robin—. Lenny no es tan malo. Respira, ¿vale? Si sigues tan nerviosa, el brazo te va a estallar, como si estuvieras en una película de los Monty Python.

—Robbie, dentro de unos días vamos a recrear la invasión de Normandía. Vale, no será tan grande como en la peli de Spielberg, pero me lo voy a perder y me da mucha rabia.

—Una solución alternativa sería aplazar el rodaje unas semanas—sugirió Tess, con un tono de no haber roto nunca un plato, que iba acorde con su aspecto de vecinita de al lado. Parecía un ama de casa normal y corriente, no la líder del grupo en funciones, mientras atendían a Decker en otra habitación del hospital.

Jane le lanzó una versión propia de la mirada «Oh, ¿en serio?» de Cosmo.

—Sabes que es lo último que se me pasaría por la cabeza. Si suspendemos el rodaje, ganan.

—Si te matan —respondió Tess—, ganan.

Tenía razón.

—Si me matan —le dijo Jane a Robin—, utiliza el dinero del seguro para terminar la película.

—¡Señor, Janey!

La enfermera volvió a entrar.

—El doctor viene hacia aquí. No puedo darte nada para el dolor, cariño, pero ahí fuera hay alguien que se muere de ganas de entrar a verte —le guiñó un ojo—. Si me cogiera de la mano, a mí ya no me dolería nada…

Cosmo. Jane cerró los ojos. ¡Dios, sí! Una dosis de la sólida presencia de Cosmo era justo lo que necesitaba.

—Que entre.

—Claro. Soy una gran fan de sus películas —dijo la enfermera, y Jane abrió los ojos.

Mierda. No estaba hablando de Cosmo. Estaba hablado de Victor Strauss.

¿Qué estaba haciendo allí?

Sin embargo, pensándolo bien, no debía sorprenderle tanto que Patty hubiera convertido una experiencia al borde de la muerte en una operación publicitaria. Al fin y al cabo, había tenido una buena maestra.

Aún faltaban horas, como mínimo, hasta que empezara el turno oficial de Cosmo, hasta que Jane pudiera sentarse con él en la cocina mientras se tomaba una taza de té. Y quizás, en su compañía, segura de que, a diferencia de la mayoría, él no quería ni esperaba nada de ella, podría ser Jane durante un rato. Y, en lugar de hacer bromas sobre el miedo que había pasado, podría admitir que, durante unos segundos, había pasado mucho miedo al pensar que Decker estaba muerto.

Se le llenaron los ojos de lágrimas. Dios, necesitaba una pausa de esa mierda de asfixiante vida pública que llevaba. Hizo un esfuerzo y se tragó las ganas de llorar.

Al menos, podría sacar rendimiento a esas horas.

Dibujó la sonrisa de Mercedes en la cara y se preparó para convertir su visita al hospital en parte del espectáculo.

—¡Patty!

Se quedó de piedra cuando vio a Wayne Ickes. Caminaba hacia ella por el pasillo, vestido de payaso.

Por un momento, Patty pensó en dar media vuelta y salir corriendo. A lo mejor podía fingir que no lo había visto. A lo mejor…

—¿Estás bien? —preguntó él. Demasiado tarde. Señor, hoy no necesitaba eso—. Estaba arriba con los críos y me he enterado de lo que ha pasado.

Claro, un día le había dicho que trabajaba en el Cedars-Sinai. Y, por supuesto, allí es donde habían traído a Jane. Y, por supuesto, durante su turno. Hoy no era su día de suerte.

¿Día? No era su semana de suerte.

Sin embargo, tenía que felicitarse por haber llamado a la prensa, que ya estaba amontonada a las puertas del hospital, grabando a un preocupado Victor Strauss yendo a visitar a Jane. Así alimentaba la historia de que estaban saliendo juntos.

Había hablado por teléfono con Victor, que había insistido en que lo llamara por el nombre de pila, y que siempre le respondía al teléfono, cuando se había producido el accidente.

—Estoy bien —le dijo a Wayne.

—Me he enterado de que Mercedes va a necesitar unos cuantos puntos.

—Pero no muchos —dijo ella—. Ya está casi lista para marcharse a casa. Y Decker también. Ninguno de los dos tendrá que quedarse a pasar la noche.

—Una lástima —dijo Wayne—. Les podía haber traído ración extra de gelatina con la cena.

Patty lo miró. ¿Se suponía que era un comentario divertido?

—Perdón —dijo él—. Una broma desafortunada. Oye, tengo que volver al trabajo porque salgo temprano para llegar al rodaje esta noche. Salgo en la escena del tanque con Adam, ¿sabes?

—Está lloviendo —le dijo ella. Seguro que todavía no había escuchado los mensajes que le había dejado en el móvil—. Se ha cancelado.

—Oh —dijo él, decepcionado. Pero, un segundo después, se le iluminaron los ojos—. En ese caso, ¿quieres ir al cine?

¿Lo decía en serio?

—Esta noche estoy un *poquitín* liada —le dijo Patty, alejándose de él, incapaz de ocultar el sarcasmo en su voz—. Mi jefa ha tenido un accidente. Tengo que quedarme por ahí por si me necesita.

—Claro, lo siento —dijo él, siguiéndola. ¿No se iba a rendir nunca?—. Pero en el supuesto de que se vaya a casa y se quede dormida tranquilamente... Bueno, ya sabes dónde encontrarme.

Sí, lo sabía. Y, por lo tanto, también sabía perfectamente dónde ir para no encontrarse con él.

Y entonces debería haberlo hecho. Debería haberse girado y haberle dicho: «Mira, Wayne. Después de asegurarme que Mercedes está cómodamente instalada en su casa, voy a subir a la habitación de su hermano a esperarlo. Desnuda. En su cama. Porque estoy saliendo con él. Así que, ahora, tú también sabes dónde encontrarme».

Pero no tenía tiempo para eso. Conociendo a Wayne, insistiría en que le diera una oportunidad para demostrarle lo buen novio que podía ser, así como para convencerla de que en la cama no tenía nada que envidiarle a Robin.

Algo que no le costaría mucho, la verdad.

En lugar de eso, se dirigió hacia Cosmo y Murphy, que estaban charlando. Normalmente, intentaba evitaba a Cosmo, porque tenía unos ojos demasiado extraños, pero ahora necesitaba desesperadamente deshacerse de Wayne.

—Mi petate todavía está allí —le estaba diciendo el Seal a Murphy—. Ya me pasaré más tarde a recogerlo. Oye, y gracias por el favor.

—De nada, tío —dijo Murphy.

Los dos se giraron para mirarla.

—Perdón —dijo Patty—. Jane dice que ya casi está lista para marcharse —era más que probable que Tess ya se lo hubiera dicho, pero Wayne seguía allí, mirándola, así que tenía que decir algo.

Murphy le sonrió.

—Gracias, Pat. Ya está todo preparado.

Cosmo añadió:

—¿Cuántos puntos han tenido que darle?

—Seis —por encima del hombro, vio que, por fin, Wayne se daba por vencido y se alejaba por el pasillo. Gracias Señor.

Cosmo asintió.

—No está mal. Tenía un rasguño en la pierna, ¿sabes si se lo han desinfectado?

Patty no se había fijado en el rasguño.

—No lo sé —dijo, encaminándose hacia la habitación de Jane.

—Dile a Jane que yo haré el turno de Cosmo esta noche —dijo Murphy—. Le gusta saber quién está de guardia por la noche.

—Claro —dijo, aunque no sabía muy bien lo que Murphy le había dicho porque, ¡oh, Dios mío!, allí estaba Robin—. ¡Robin!

Estaba hablando por el móvil y se sorprendió mucho al verla. Miró hacia atrás y entonces…

A Patty le dio un vuelco el estómago porque, mientras lo miraba, Robin se puso derecho y esperó a que ella se acercara.

Lo mismo que había hecho ella cuando había visto a Wayne.

Robin la estaba evitando, igual que ella estaba evitando a…

¡Dios mío!

Era el Wayne de Robin.

Un grano en el culo. Una acosadora incansable. Una estúpida aunque, en su caso, doblemente estúpida.

Se había creído, de verdad, que «Te quiero» significaba «Te quiero» y no «Quiero follarte una vez y no volverte a ver».

Patty no esperó a que colgara. No esperó a nada.

—Para que lo sepas —le dijo antes de alejarse, lo suficientemente alto para que las enfermeras lo oyeran—, he tenido mucho mejor sexo sola que contigo.

15

No debería haber venido.

Jules estaba de pie en la acera, debajo del paraguas, en frente del club, preguntándose qué demonios estaba haciendo allí.

Supuso que estaba allí por la misma razón que, cuando hacía la maleta, siempre metía la ropa de salir junto con los trajes y las corbatas de trabajar. Estaba allí porque tenía la esperanza de que, tarde o temprano, encontraría a alguien que le haría olvidar a Adam. Pero estaba lloviendo, lo que significaba que, seguramente, Adam estaría allí, si es que no estaba dentro ya.

Entonces, ¿había venido por eso o a pesar de eso?

¿Debería entrar o marcharse?

Aunque la puerta del local estaba cerrada, desde donde él estaba escuchaba y palpaba en el cuerpo el ritmo repetitivo de la música.

Un taxi se paró delante de él y Robin Chadwick se bajó, con el pelo rubio resplandeciente. Pasó junto a Jules sin mirarlo a la cara y entró en el club. Cuando abrió la puerta, la música de Tony Orlando y los Dawn invadió la calle. Era la noche de los viejos éxitos, ¡menuda suerte!

Señor, ¿le estaba enviando un mensaje? ¿Que Robin pasara junto a él sin verlo y los de Tony Orlando era un señal para que cogiera un taxi y se fuera al hotel a ver la última peli de Hugh Jackman en los canales de pago? Ya no tendría que preocuparse por Max, que ese mismo día había vuelto a Washington.

Jules se separó un poco de un grupo de chicos que estaban fumando y charlando en la calle, protegidos debajo de un toldo. Sacó el móvil y marcó el uno. Una llamada programada al número de Alyssa Locke. Tal como esperaba, lo desviaron casi de inmediato al buzón de voz de su mejor amiga. Ella y su marido, Sam, todavía estaban fuera del país.

—Hola, cielo, soy yo —dijo—. Estoy en West Hollywood, debajo de la lluvia, algo bastante irónico porque, ¿desde cuándo llueve en esta ciudad?

La puerta volvió a abrirse y *Love Will Keep Us Together* retumbó sus oídos, como si Dios le estuviera diciendo: «¡Corre! ¡Corre! ¡Por tu vida, corre!».

—Y, por si eso no fuera lo bastante patético —continuó Jules—, estoy a las puertas del Big Dick, es decir, la escena del crimen, a punto de tener una cita con un tío que está tan al fondo del armario que no me ha reconocido con la ropa de salir y… sí, queridos, hola Sam, sé que también estarás escuchando, he usado la temible palabra: cita. En realidad, acepté en un momento de debilidad inducido por unos preciosos ojos azules, pero ahora quiero irme a casa porque, ¿te acuerdas de que me solías decir lo poco que me convenía Adam? Bueno, pues éste es peor, lo sé, y a pesar de todo aquí estoy, así que estoy bien jodido.

Mientras Jules hacía una pausa, volvieron a abrir la puerta… Diana Ross, ¡Dios mío!

—Y todavía estoy más jodido porque he vuelto a ver a Adam. No para de insistir para que volvamos y, que Dios me asista, pero creo que lo estoy pensando. Lo que significa que no tendría que haberte llamado a ti, sino a un psicólogo, que me habría dicho «Hmmmm», que es exactamente lo que necesito, porque sólo quiero que alguien me haga ver que tengo que volver al hotel antes de hacer alguna estupidez. Bueno, otra.

»Últimamente, mis niveles de estupidez están rozando su máximo. Me estoy planteando pedir un traslado a la oficina de Los Ángeles porque, ¡Qué coño!, ¿sabes? ¿Vivir con alguien que sé que me hará daño o vivir solo? En momentos como éstos, es una elección difícil.

»Pero bueno, seguramente sólo escuchar esto te estará costando como cuatro millones de la moneda que estéis usando allí y, ¡Dios!, ojalá estuvieras aquí. Oye, sed agresivos, cuidaos el uno al otro y gracias por dejarme lloriquear un buen rato. Estoy bien, en serio. Sólo necesitaba decirlo en voz alta. Te llamaré antes de hacer algo de lo que pueda arrepentirme. Más. Mierda. Llámame cuando puedas, ¿vale?

Jules colgó, se giró y casi se echa encima de Adam, que estaba justo detrás de él, bajo la lluvia. No sabía cuánto tiempo llevaba allí escuchando. Sólo Dios lo sabía.

Bueno, Dios y Adam.

Jules consideró como pista el hecho de que, a pesar de no llevar paraguas, no estuviera demasiado mojado.

Y Adam le dio otra pista al decir:

—¿En serio te estás planteando trasladarte a Los Ángeles para vivir con Robin Chadwick? —obviamente, no había oído su nombre y creía que…

A Jules siempre le había sorprendido lo celoso que podía ser Adam, considerando su total incapacidad para serle fiel a nadie.

En respuesta a esa ridícula pregunta, no dijo nada. El hecho de que Adam pudiera imaginar que, después de pasar la noche con él, Jules se estuviera planteando en serio irse a vivir con otra persona decía mucho de lo poco, o nada, que lo conocía.

Durante todos esos años que habían pasado de ser amigos puntuales, a salir juntos y, después, a mantener una relación seria, resultaba obvio que Adam no se había enterado de nada.

—Llega tarde —dijo, refiriéndose a Robin.

—Ya ha entrado —dijo Jules.

—Es un borracho, lo sabes, ¿no? —dijo Adam, como si le estuviera dando a Jules una primicia.

—Tiene muchos problemas y, sí, bebe demasiado —respondió Jules—. Lo sé.

—Y también sabes que sólo está contigo para experimentar, ¿no?

—Sí, bueno, yo también —ir allí esta noche ya era un gran experimento. Jules se dirigió hacia la puerta del club, porque la otra alternativa era parar a un taxi. Y, si lo hacía, Adam intentaría subirse con él.

¿Intentaría? ¿A quién quería engañar? No sólo lo intentaría, sino que lo conseguiría y, entonces, ¿qué se suponía que tenían que hacer?

Adam lo cogió del brazo.

—No entremos —dijo—. Vamos a otro lugar. Conozco un restaurante genial que está aquí mismo…

—Le prometí a Robin…

—¡A tomar por el culo Robin! —Adam hizo una mueca—. Bueno, vale, no ha sido la expresión más acertada. Mira, yo sólo quiero hablar contigo, J. En el Big no se puede hablar. Si vamos al Diablo's, podemos…

—¿Hablar de qué? —preguntó Jules.

Pero Adam no lo estaba escuchando.

—… y beber sangría. Y me han dicho que el guacamole está…

—No quiero guacamole —dijo Jules.

—Pero si está súper bueno. Todo el mundo que es alguien en esta ciudad va allí y…

—¿De qué quieres hablar, Adam? —lo interrumpió Jules—. Tienes exactamente tres segundos para hacerme un resumen o me largo.

—¡Joder, J, relájate!

—Uno.

Adam se rió.

—¿Estás contando?

—Dos.

—Mierda. Bueno, supongo que podría empezar… no sé, haciendo una lista de todas las razones por las que deberíamos volver a estar juntos.

Jules se rió, pero tenía un nudo en la garganta. Dios, ¿era tan imbécil que se emocionaba por una pequeña demostración de afecto?

—¿Tienes… una lista entera?

Como siempre, Adam sabía cuándo le había tocado la fibra sensible. Se acercó un poco, con esa sonrisa a la que Jules no podía resistirse.

—La primera es… porque todavía me quieres.

Sí, claro. Seguía teniendo un nudo en la garganta, pero por otro motivo completamente distinto: decepción. Era un comentario típico de Adam. La primera razón era «porque todavía me quieres», no «porque todavía te quiero». Hijo de puta.

Adam no se había dado cuenta de que había metido la pata hasta el fondo, y continuó diciendo:

—La segunda… porque me conoces mejor que nadie en este mundo y, a pesar de eso, te sigo gustando.

—Me parece que todo esto me suena —dijo, liberando el brazo de la mano de Adam—. Vamos a hablar de lo mucho que Jules quiere a Adam. Gracias pero no. Tengo cosas mejores que hacer. Robin me está esperando.

—Robin está en la barra, charlando con la camarera: veintitrés años, guapa y con unas tetas enormes. Justo su tipo —dijo Adam—. ¿Sabes? He hablado con varias personas del equipo. Sale de bares por West Hollywood con el pretexto de investigar, bebe hasta ponerse ciego y entonces se tira a la primera persona que se cruza en su camino, siempre que sea chica, claro. No sé a qué estaba jugando esta tarde, pero…

—Es muy amable de tu parte querer protegerme de alguien que sale de bares, bebe mucho y se tira a cualquiera… ¡oh, espera! —dijo Jules—. De repente, ya sé por qué todo esto me resulta tan familiar.

Adam parecía avergonzado. Y debería estarlo.

—He cambiado.

—Eso ya lo has dicho —le dijo Jules—. Demasiadas veces como para que me lo crea. Perdona si no descorcho una botella de champán para celebrarlo.

—¿Y qué se supone que tengo que hacer ahora? —preguntó Adam. La lluvia que le resbalaba por la cara podía esconder algunas lágrimas, pero Jules lo conocía demasiado bien.

—Hablar no cuesta nada. ¿Quieres que te crea? Pues tendrás que demostrármelo.

Jules abrió la puerta pero, antes de entrar y dejar que la marabunta de gente y música a cinco millones de decibelios lo engullera, escuchó que Adam, en tono quejoso, decía:

—¿Y cómo coño lo hago?

Robin estaba en la barra, mirando hacia la puerta y moviéndose al ritmo de Cher, cuando vio entrar a Adam. Típico. El muy cabrón seguía muy de cerca a ese bombón más bajito que él, todo vestido de negro, que estaba en la puerta, debajo de un paraguas, y que...

¡Joder!, el bombón era Jules.

Había visto a Robin e iba hacia él, saludándole con la mano mientras Adam, por supuesto, le iba pisando los talones.

Jules llevaba el pelo distinto. Muy moderno y muy poco a lo agente federal.

Entre los dos, Adam y Jules, dos hombres bastante guapos, estaban atrayendo muchas miradas de los habituales del Big Dick. Pero Jules no se daba cuenta. Él sólo tenía ojos para Robin.

En cambio, Adam estaba encantado de ser el objetivo de tantas miradas. Redujo la velocidad, miró a su alrededor y balanceó un poco más las caderas.

Sin embargo, posiblemente porque Robin estaba sonriendo por lo distinto de estaba Jules, éste le sonrió y... ¡puf! Adam desapareció. De golpe, igual que una estrella del cielo cuando amanece.

—He pasado por tu lado al entrar —gritó Robin cuando Jules estaba lo bastante cerca como para oírlo por encima de la música. Le dio el martini chocolate que había pedido al llegar—. No te había reconocido. ¿Dónde está su corbata, agente?

Jules hizo una mueca y se acercó para decirle, al oído:

—No lo digas muy alto, por favor.

Como siempre, olía de maravilla.

—Lo siento —Robin le dijo que se acercara otra vez y él también le habló al oído—. ¿Qué pasa, que vas de incógnito o…?

—Es cuestión de testosterona —le dijo Jules. Bebió un sorbo del martini—. ¡Vaya! Esto es muy fuerte. Gracias, supongo. No sé, será porque siempre hay alguien que quiere pelea con el agente federal de turno.

—¿Estás seguro que no lo hacen para que los esposes y les pegues una buena paliza antes de llevártelos a la cama?

Jules se rió.

—Nunca lo había pensado. Dios, espero que no.

Adam estaba unos metros más alejado, intentando pedir una copa. Los miraba cada dos por tres, obviamente molesto de que estuvieran manteniendo esa conversación en privado, boca a oreja y oreja a boca.

Así que Robin siguió.

—¿Sabes una cosa? No es demasiado tarde. Sólo hemos filmado unas cuantas escenas con el Jack joven; no costaría nada volverlas a filmar. Sólo tienes que aceptar y mando a Adam Ceñofruncido a tomar viento.

A Jules no le hizo demasiada gracia. Dejó la copa vacía en la barra. ¡Eh!, se la había bebido bastante deprisa. ¿Demasiado estrés en su vida?

—Si vas a volver a empezar con eso…

—No —dijo Robin—. Tranquilo —empujó las dos copas hacia la camarera, indicando con el gesto que les sirvieran otra ronda, y después se volvió a acercar a Jules—. ¿Sabes cuál es mi problema?

—Sí, cariño, pero no te gustará oírlo.

Robin hizo un gesto con la mano, restándole importancia al comentario. Estaban hablando de Adam.

—Me da ganas de vomitar —levantó la mirada y vio que el muy cabrón los estaba mirando, así que…

Jules soltó una carcajada.

—Perdona, no creo que te conozca lo suficiente como para que me chupes la oreja.

—Perdón —dijo Robin, sonriendo—. Es que es tan fácil atormentar a Adam, y he bebido un poco más de la cuenta —dijo, por encima de la música.

—Un poco es quedarte corto —le dijo Jules.

Mientras tanto, Adam cada vez estaba más enfadado, aunque ahora era porque la camarera les había servido una segunda ronda mientras a él todavía no le habían atendido. Robin le ofreció una copa a Jules, brindaron y Adam empezó a sacar humo por las orejas.

Aquello era muy divertido.

—Bueno, he bebido un poco con la cena. Necesitaba calmarme —dijo Robin. Bueno, quizás se había pasado un poco, era verdad—. Hoy ha sido un día muy jodido —hizo una pausa—. Aunque, bueno, supongo que eso, en un bar gay, no debe ser tan malo.

Jules se volvió a reír, y eso estaba mejor.

—No debería beber más —dijo, bebiendo un pequeño sorbo del martini—. Estos días sólo he bebido vino y me parece que los niveles de resistencia etílica están bastante bajos y…

Robin metió el dedo dentro de la cintura de los pantalones negros y atrajo a Jules hacia él, algo que, ¡bingo!, hizo que Adam enloqueciera.

—Si te invito a bailar —dijo Robin, lo suficientemente alto para que Adam lo escuchara, y más ahora que el desgraciado se había acercado y estaba a menos de un metro de ellos—, ¿tu gemelo diabólico nos acompañará?

Jules miró a Adam, miró el dedo de Robin, que seguía en sus pantalones, y luego a los ojos de Robin.

—Posiblemente sea un buen momento para decirte que Adam lo sabe —gritó, por encima de la música—. Bueno, que esto no va en serio. Que tú no… que no estamos…

Robin brindó con él, chocando las dos copas.

—Sí, bueno, oye, para todo hay una primera vez, ¿no?

Se suponía que era una broma, él lo había dicho en broma, y con la doble intención de cabrear todavía más a Adam, pero esta vez Jules no se rió. No se separó, pero dejó la copa encima de la barra. Y, cuando volvió a mirar a Robin, estaba muy serio.

—Para que no haya malentendidos, tienes que saber que no me lío con tíos que se emborrachan para poder tener una excusa al día siguiente.

Adam, con el vaso en la mano, se había situado junto a ellos.

—Yo sí —dijo.

Podía ser otra broma desafortunada o un intento real de herir a Jules, como reacción a la mano de Robin, que seguía agarrada a la contra de los pantalones del agente. Robin no estaba seguro.

En cualquier caso, fue un mensaje claro y directo. Jules cerró los ojos.

—Sí, ya lo sé, Adam —dijo. Cuando los abrió, le lanzó una sonrisa forzada a Robin, pero no consiguió disimular que estaba herido—. Y ahora Robin también lo sabe.

—¿Por qué dices esas cosas? —le preguntó Robin a Adam—. Lo único que demuestras con eso es que no le mereces.

—¿Merecerle? —Adam se rió—. ¡Ni que fuera el gordo de Navidad! Déjame decirte una cosa, colega, es terriblemente posesivo y...

—Sí —obviamente, Jules ya no podía aguantar más—. Suelo cabrearme un poco cuando vamos de vacaciones y te lías con un completo desconocido en el cuarto trasero de un club, digamos, exactamente como éste.

¡Joder! Robin hizo una mueca. Por eso Jules se había mostrado tan reticente a venir aquí esta noche.

—Además, A —continuó Jules, burlándose de la inicial que Adam tanto usaba—, ¿quién pagó los billetes a Los Ángeles, el hotel y todo lo que comimos?

—Bueno, supongo que fuiste tú, J, y me lo estarás recordando hasta que me muera, ¿no?

—A ver si lo he entendido bien —interrumpió Robin, mirando a Adam con incredulidad—. ¿Te parece que Jules es posesivo porque se cabreó cuando descubrió que te habías acostado con otro tío?

—Bueno, me dejé llevar —dijo Adam. Imitó a Robin—. Supongo que había bebido un poco más de la cuenta. Además, sólo fue sexo —le dio un codazo a Robin—. Tú sabes a lo que me refiero, ¿no, tío?

—Bueno, creo que eso es una señal para que me vaya —dijo Jules—. Voy a...

—Tócame otra vez, gilipollas —dijo Robin, con su mejor cara de Russell Crowe—, y te arrepentirás.

—¿Quieres decir así? —Adam le dio un codazo todavía más fuerte y la bebida de Robin cayó en la camiseta de Jules.

—¡Mierda!

A pesar de estar empapado, Jules consiguió sujetar a Robin antes de que cayera encima del taburete. Y también lo cogió por el brazo, para evitar que se girara hacia Adam.

—¡No lo hagas! —le advirtió a Robin, y luego se giró hacia Adam—. ¿Quieres tirar a la basura tu carrera? ¿Quieres pasar la noche en la cárcel, en la celda de los borrachos con los peores homófobos de la ciudad? Pues sigue así, lo estás haciendo muy bien. De hecho, puedes llamar a Jane y decirle que te busque un sustituto porque, después de la paliza que te pegarán, no te quedará ni un diente y tendrás los ojos hinchados. Pero oye, no pasa nada. A los perros que cuidas seguro que no les importan las cicatrices.

Algo cambió en la expresión de Adam, y Jules emitió un sonido que intentó que sonara a risa.

—Vale. Perfecto. Eso también era mentira, ¿no? —continuó Jules—. ¿El trabajo que tanto te gusta? ¡Por el amor de Dios, Adam! ¿Y te extraña que no quiera ni verte, y mucho menos hablar contigo? Que te jodan a ti y a tus putas mentiras —se giró hacia Robin—. Y que te jodan a ti también por utilizarme en este estúpido juego que te traes entre manos.

—Jules… —Robin intentó cogerlo por el brazo, pero Jules se soltó.

—¡J!

Adam intentó ir tras él, pero Robin le cortó el paso.

—¿No has hecho suficiente daño ya?

Mientras lo observaba, Jules había tomado el camino más corto hacia la puerta: por el medio de la pista de baile.

—¿Y tú no? —respondió Adam—. Lo dice en serio, ¿sabes? No te tocará. Es un chico con principios —se acercó, demasiado—. En cambio, yo haré lo que quieras cuando quieras.

A Robin le pareció que el tiempo se paró mientras miraba a Adam a los ojos. El muy cabrón lo decía en serio. Daba un poco de miedo.

—En tus sueños, chaval.

—Puede, o puede que no —murmuró Adam—. Estoy impaciente por rodar esa escena de amor. ¿Qué día es? ¿Pasado mañana?

Robin no le respondió. Sería una pérdida de tiempo.

—Si me sigues, dejo la película —le advirtió a Adam mientras recogía su mochila del suelo—. Y si yo la dejo, se suspende el rodaje, la peli no se hace y tú vuelves a ser un don nadie.

Adentrándose en la multitud, siguió a Jules.

Cosmo acababa de salir de la ducha cuando le sonó el móvil.

Vio que era el número de Jane.

Dejó la toalla en la cama y abrió el teléfono, rezando para que no hubiera pasado nada malo.

—Richter. ¿Qué pasa?

—Tú —dijo Jane—. Eso es lo que pasa.

¿Qué?

—¿Estás bien? —preguntó él, dispuesto a… ¿qué? ¿Salir de la habitación del motel a rescatarla, desnudo?

—¿Dónde estás? —preguntó ella mientras él cruzaba la habitación, buscando los pantalones—. Esperaba que estuvieras aquí, y podría haber entendido que no estuvieras si a tu madre le hubiera pasado algo, pero Murphy dice que no lo cree. ¿Está bien?

Cosmo encontró los pantalones, pero se detuvo antes ponérselos, porque todavía llevaba las piernas mojadas.

—¿Qué?

—Tu madre —repitió Jane—. ¿Está bien? ¿Se ha vuelto a caer? ¿Está enferma? ¿Se ha…?

—Sigue en San Francisco. Está bien… Acabo de hablar con ella por teléfono. Jane, ¿qué…?

—Perdona que te haya molestado.

—No me has molestado.

Silencio.

Cosmo miró el teléfono. ¿Qué coño…? Le había colgado. La llamó.

—No me has molestado —dijo, en cuanto ella descolgó.

—Mira, siento mucho haberte llamado —dijo—. Es que pensaba… estaba preocupada por si había pasado algo malo y… ¿Estás bien? ¿Por qué no estás aquí?

Una pregunta muy interesante. Cos se quedó callado un buen rato mientras acababa de secarse, sin saber muy bien qué contestar. Físicamente, estaba bien. Emocionalmente…

Emocionalmente, era como si le hubiera pasado una apisonadora por encima.

—Hoy ha sido un día muy duro.

—Ni que lo digas —dijo ella—. Y esperaba que estuvieras aquí esta noche para… —se calló. Se aclaró la garganta. Volvió a empezar—. Cos, ¿qué pasa? ¿Es que no somos amigos?

Oh, Señor. Cosmo cerró los ojos. No dijo nada. No dijo: «No, Jane, no. No somos amigos».

Tampoco le preguntó qué coño hacía hablando con él por teléfono. ¿Es que no había llevado a Victor Strauss a casa con ella? ¿El muy capullo ya estaba durmiendo?

Ella continuó, aunque con la voz un poco temblorosa.

—Porque yo pensaba que éramos amigos y que a lo mejor te interesaría saber cómo estoy. Al menos, saber cuántos puntos me han dado…

—Seis —dijo él. Sabía lo de los puntos. Sabía el tipo de hilo que habían usado. Joder, incluso sabía el nombre completo de la doctora que se los había dado: Constanza Manuela Puente.

Se quedaron callados los dos, Cos no la oía respirar y miró el teléfono para ver si seguía ahí.

Sí, no había colgado.

Y entonces lo oyó. Un sollozo.

Jane estaba llorando. Bajito, para que él no lo escuchara, pero estaba llorando.

Cosmo tuvo que sentarse.

—He pasado tanto miedo —dijo ella, pero antes de que él pudiera responderle «Sí, ha debido ser horrible, ver todos esos focos cayendo y tener que salir corriendo. Por favor, Janey, no llores…», ella añadió—. Estaba ahí, encima de mí —soltó una risita forzada; se le daba bien—. Nunca había entendido a qué se referían cuando hablaban de un peso muerto, pero ahora ya lo sé. Pesaba tanto, estaba tan… inmóvil. Y entonces vi toda la sangre y, oh, Cos, estaba segura de que estaba muerto…

Estaba hablando de Decker.

—… y pensé que, si lo estaba, era por mi culpa, y ¡Dios!, es mucho mejor persona que yo, y ahora no estás aquí para decirme que todo está bien, que no ha pasado nada, porque no está muerto…

—No está muerto, Jane. Está bien.

Volvió a reírse aunque esta vez no lo hizo tan bien.

—Ya lo sé. Gracias a Dios. Mira, lo siento. Estoy histérica. No necesitas todo esto en tu noche libre. Dejaré que…

—¿Quieres que vaya a tu casa? —preguntó Cosmo, cerrando los ojos y maldiciéndose en silencio en el mismo momento en que esas palabras salieron de su boca.

—¿Podrías? —dijo ella, en voz baja, casi imperceptible, con mucha esperanza encerrada en una sola palabra.

No podía decirle que no.

—Claro —se levantó, se puso los pantalones y las botas, consciente de que se iba a arrepentir. ¿Iba? Joder, ya se estaba arrepintiendo—. Espera —dejó el teléfono para ponerse la camiseta—. Ya estoy.

—¿Dónde estás? —preguntó ella.

—En un motel —admitió él mientras cogía las llaves de la camioneta, que estaban encima de la televisión, y salía al aparcamiento—. No está muy lejos. Puede que a cinco minutos de tu casa. Ahora mismo estoy subiendo a la camioneta, ¿vale?

Ella estaba desconcertada.

—Pero... pero si todas tus cosas... pensaba... ¿no duermes aquí?

—Sí —dijo él, dando marcha atrás—. Bueno... —¡Jesús! Dilo—. Esta noche no quería estar allí. Necesitaba... eh, un poco de espacio.

—Oh, claro —dijo Jane—. Lo siento. No sabía... No debería haberte pedido que leyeras esas páginas del guión...

—No —dijo él—. No, no es... No es por eso—Casi podía verla, dándole vueltas a la cabeza, intentando imaginar qué había hecho o dicho o... Estaba dispuesta a cargar con toda la responsabilidad. Así que se lo dijo—. No quería estar allí cuando llegaras con Victor Strauss.

—¿Victor Strauss? —dijo ella—. Sé que a mucha gente le parece brusco y desagradable pero... no sabía que lo conocieras.

—Y no lo conozco —dijo él—. Es que…

—¿Qué? —preguntó ella, frustración en la voz, cuando el silencio se alargó demasiado.

Por lo visto, tendría que deletreárselo.

—No quería tener que sentarme en la cocina mientras estabas… arriba… —«no, tienes que ser más concreto»—. En tu habitación. Con él. ¿Me entiendes? Con él.

¿Había sido lo suficientemente claro? ¿O tenía que darle más detalles?

Jane habló por él, con la voz llena de sorpresa. Una sorpresa que inmediatamente se transformó en diversión.

—¿Has cambiado el turno con Murphy porque pensabas que me iba a pasear por el segundo piso con Victor, gritando: «Fóllame, grandullón, hasta que las vacas vuelvan a casa»?

Cosmo cerró los ojos mientras esperaba en un semáforo en rojo, escuchando a Jane que no dejaba de reírse al otro lado del teléfono.

—Dios mío —dijo ella—. Dios mío. Pensaba que te habías ido porque no te gustaba. Pero… —su voz volvió a denotar sorpresa—. Te has ido porque te gusto. Y has debido ver… Viste la foto del *Voice*. Cos, tonto, lo había planeado todo. ¿Qué haces, creyéndote algo que ves en esos periódicos? ¿Es que no has aprendido nada en esta semana? Victor Strauss es amigo mío. Estuvo de acuerdo en hacerse pasar por mi último ligue para que los periodistas te dejaran tranquilo.

Vale, se sentía como un estúpido. Y estaba…

—Cosmo, ¿dónde estás? —preguntó Jane.

… aliviado. Increíblemente aliviado. El peso que había estado llevando en el estómago toda la tarde había desaparecido, y lo había sustituido una cada vez mayor sensación de…

—Tengo una emergencia —dijo Jane—. Tienes que venir aquí ahora mismo. ¿Me oyes?

… Esperanza.

—Cos, ¿sigues ahí? —preguntó ella.

—Sí —dijo él, al final, señalando con el intermitente el camino que lo llevaría a su casa—. Entraré por la puerta dentro de unos tres minutos —menos, si pisaba el acelerador a fondo.

—Perfecto —dijo ella, con una voz muy cálida y sensual—. Me parece muy bien. Porque por teléfono no puedo besarte —se rió—. Al menos, no como quiero hacerlo.

Colgó.

Y Cosmo pisó el acelerador.

—¡Jules! ¡Espera!

Jules no se detuvo. Mierda, se había dejado el paraguas en el club, en guardarropía. Pero no tenía ninguna intención de volver a buscarlo. Aparte, ya no llovía tanto.

Y, además, la camiseta ya no podría mojarse mucho más.

—¡Jules! —el que lo seguía era Robin, así que se paró y se giró. Esperó impaciente, intentando poner una expresión que deseaba no mostrara hostilidad ni decepción. Quería ser educado aunque no excesivamente simpático, pero el alcohol alteraba su habilidad para ser sutil.

No debería haberse bebido la segunda copa, ni siquiera la primera.

—Siento mucho que te hayas mojado —dijo Robin, intentando recuperar el aliento, después de correr detrás de Jules un buen rato—. Y también siento mucho, de verdad, lo de… Cuando vi que estaba lloviendo debería haberte llamado, porque debería haber sabido que Adam vendría.

—No es culpa tuya —Jules se volvió a poner en marcha.

—No, pero debería habérmelo imaginado, y es culpa mía el que... Bueno, tenías razón —admitió Robin, siguiéndolo—. Con la idea de hacer enfadar a Adam, me he pasado un poco. ¿Podemos ir a algún sitio para protegernos de la lluvia? ¿Te apetece comer algo?

—No. Estoy cansado. Me voy al hotel —quería que pasara un taxi libre, pero todos los que veía estaban ocupados. Maldita lluvia.

Robin no se rindió.

—Si de verdad quieres irte, perfecto, pero si... Bueno, esperaba tener la oportunidad de... quería... verás, es que hay una escena que me pone un poco nervioso y Adam no es de gran ayuda, la verdad. O, a lo mejor, me está ayudando demasiado, no estoy seguro, pero... Sólo intento entender lo que sintió el personaje de Hal Lord.

Jules se paró en seco y se giró. Increíble.

—¿Quieres que te ayude a interpretar a un tío que está tan al fondo del armario que incluso se engañaba a sí mismo sobre quién era? Ahí no puedo ayudarte, lo siento. Yo salí del armario a los diecisiete años. Era el presidente de la alianza gay-hetero del instituto. Intenta mirarte al espejo, Robbie. Puede que encuentres algo sorprendente ahí.

Algún día se reiría mucho de esto. Lo sabía.

—Sé que piensas que soy... Y sé que con todo el rollo de esta noche sólo te he dado más razones para pensarlo pero, de verdad, Jules, sólo es un juego.

—Sí, claro, todos los heteros que conozco me chupan la oreja. Me pasa continuamente. Los hombres caen rendidos a mis pies. Sí, claro —puso los ojos en blanco.

Robin lo miró a los ojos fijamente.

—Ahí dentro me he fijado en una cosa, y no creo que tú te hayas dado cuenta, pero podías haber tenido a cualquiera de esos tíos de ese bar. A cualquiera. Y no entiendo qué haces perdidamente enamorado de ese gilipollas.

Jules volvió a caminar.

—No has visto lo mejor de él.

—Todo lo contrario. Le he visto actuar, y es increíble —dijo Robin—. Pero parece que disfruta haciéndote daño y eso, en mi pueblo, es un gilipollas.

—Ya —dijo Jules—. En el mío también, pero… —suspiró—. Hay una parte de él que no has visto. Y cuando la muestra, cuando es lo más cariñoso y pacífico que puede ser, no puedes evitar enamorarte de él.

Caminaron un buen rato en silencio.

—Yo sí que podría. Podría evitarlo —dijo Robin, al final—. Nunca me voy a enamorar de él. Eso es un hecho irrevocable.

Jules se rió.

—Si esto fuera una película, seguro que después de esa frase vendría una escena en la que Adam y tú os casábais.

A Robin no le hizo demasiada gracia.

—Gracias a Dios que esto no es una película. Oye, esto de andar bajo la lluvia es algo nuevo para mí, y te lo agradezco pero, ¿no hay ningún sitio donde podamos sentarnos y hablar sin tener que seguir mojándonos? ¿Tienes hambre? Tú eliges el sitio. Yo invito.

Jules miró los increíbles ojos azules de Robin Chadwick. Era alto y guapo y todavía demasiado joven para tener que machacarse en el gimnasio varios días a la semana para poder estar en forma. Era amable, divertido y honesto. También era un alcohólico, un actor y un jugador confeso que seguramente mentía sin pestañear si de verdad le convenía. ¡Ah, sí! Y el premio gordo: insistía en que era heterosexual.

—¿Sabes que Jack no fue la primera historia homosexual de Hal? —le preguntó Robin.

¿En serio?

—Ah, ¿ves? Ahora he captado tu atención —continuó Robin—. Sí, la historia de nuestro amigo Hal es más complicada de lo que parece. Entremos en algún sitio y...

—¿Me estás sobornando? —preguntó Jules—. En plan «Ven conmigo, no como si fueras gay, porque los dos sabemos que no lo eres —¡ja!—, y te lo explicaré». ¿Es eso?

—No —respondió Robin—. No pretendía... Además, tampoco es una historia tan larga ni tan emocionante. El verano después de acabar el instituto, Hal viajó a Europa y, cuando estaba en Berlín, conoció a Miguel, el hijo de uno de los socios de su padre. Fue el clásico incidente donde la culpa fue del alcohol. Hal se emborrachó y, por accidente, se acostó con Miguel. Se sabía al dedillo toda la retahíla de excusas. Que si sólo había sido esa vez. Que si no había sido culpa suya. Que si no sabía lo que estaba haciendo. Aunque, claro, fue mucho más difícil convencerse de todo eso después de la segunda vez que se acostó con Miguel. Lo hicieron dos veces más antes de que Hal tuviera que coger el barco de vuelta a casa.

»Hal le dijo a Jack que, en ese punto, su discurso tenía dos variantes: «Estaba borracho» y «Nadie tiene por qué saberlo».

—Por lo que he leído del padre de Hal Lord —dijo Jules—, seguramente la cosa debía ser más parecida a «Será mejor que no se lo diga a nadie».

—Sí —sonrió Robin, malvado—. «Me iré a casa y me pasaré el resto de mi vida escondiendo lo que soy en realidad». Así es cómo enfoco en personaje. Sabe exactamente qué y quién es, pero ha decidido ocultarlo. Es una mezcla de engaño, negación y… terror. Vivió toda la vida aterrado ante la idea de que alguien descubriera su pequeño secreto. Y entonces conoció a Jack y no pudo evitarlo. Intentó no enamorarse pero… no pudo.

Jules miró a Robin, que caminaba a su lado con las gotas de lluvia resbalándole por el pelo. Dios, ¿qué estaba haciendo? ¿Qué tipo de masoquista era? Por lo visto, uno de los reincidentes porque, a decir verdad, debía admitir que le encantaría andar junto a él toda la noche, observando esos pómulos perfectos y esos maravillosos ojos azules, dejando que la musicalidad de la voz de Robin lo envolviera.

Debería salir corriendo. Debería decir «Tengo que irme» y echar a correr calle abajo. Al cabo de una o dos manzanas, Robin se daría por vencido, incapaz de mantener su ritmo. Parecía fuerte, pero el alcohol seguro que le mermaba las resistencias.

Pero no salió corriendo. Siguió caminando.

—Así que ya ves, nada de sobornos —dijo Robin—. Y nada de presión, ni tonterías, ni motivos ocultos. Nada de rencor, ¿vale? Si todavía quieres irte al hotel, si no quieres ir a cenar, lo aceptaré y me iré a casa.

Jules miró hacia delante y vio que se estaban acercando a un mexicano. No le sonaba haberlo visto la última vez que había venido a la ciudad, así que debía ser ese restaurante nuevo del que le había hablado Adam.

Vaya, vaya. La ironía de entrar con Robin era demasiado grande como para dejarla escapar.

—Me han dicho que aquí hacen un guacamole buenísimo —dijo Jules.

La sonrisa de Robin fue de aquellas que quitan la respiración.

—Vale, perfecto —dijo, y abrió la puerta, dejando que Jules entrara primero.

16

Tres minutos no eran mucho tiempo para arreglarse, aunque sólo fuera un poco.

Jane se lavó la cara, mirándose al espejo, desesperada. Se había limpiado el rímel que se le había corrido con las lágrimas, pero todavía tenía los ojos hinchados y rojos, como si hubiera estado llorando.

Y así había sido.

Mierda.

Se los apretó con una toalla empapada con agua fría y luego, rápidamente, se maquilló un poco. Si no había mucha luz, Cosmo ni siquiera se daría cuenta.

Hizo un rápido repaso de la habitación, recogió la ropa sucia que había ido tirando al suelo durante los últimos días, la metió en el armario y dio una patada a un calcetín que se había dejado por allí en medio, lanzándolo debajo de la cama.

Se miró en el espejo del vestidor. Sabía que a él le gustaba así, vestida normal, con ropa cómoda, pero el arañazo en la rodilla y el vendaje del brazo la hacían parecer una niña de doce años. Y a Cosmo no le iba a gustar nada ese vendaje. En absoluto. Se veía mucho, blanco y brillante, en contraste con los pantalones cortos grises y la camiseta azul.

No iba a poder esconderlo. La única opción era hacerlo menos obvio.

O distraer a Cosmo para que no se fijara en él.

Jane rebuscó por los cajones del vestidor hasta que encontró unos pantalones de yoga suficientemente largos como para taparle la rodilla y una camiseta ajustada, todo en blanco. Se cambió, lanzó la otra ropa debajo de la cama y…

Vale. Sin ropa interior, así lo distraería mucho más. Encima, se puso su camisa preferida; era ligera, blanca y de manga larga… incluso disimulaba el vendaje. Perfecto.

Se estaba cepillando el pelo cuando oyó la puerta de la entrada y, después, el sonido al que se había acabado acostumbrando: la desactivación de la alarma cuando alguien entraba en casa, Cosmo en este caso.

Salió de la habitación y se detuvo en el rellano, él levantó la mirada, la vio y… ¿se fue a la cocina?

Jane no pudo evitar reírse. ¿No era lo menos romántico del mundo? Mucho, teniendo en cuenta que ella esperaba una escena de aquellas a cámara lenta en la que el protagonista sube las escaleras corriendo para ir a besar a su amada.

—Hola —le oyó decir.

—¡Anda, Cosmo! No te esperaba hasta más tarde, tío.

—Cambio de planes —dijo Cosmo—. Sólo quería que supieras que estoy aquí. A lo mejor me quedo… eh, a dormir aquí. Bueno, aquí abajo.

No si ella podía evitarlo.

—Vale, tío. Oye… si tienes un momento, sube y dile algo a Jane. ¿Has visto si tenía la luz encendida? ¿Sabes si todavía está despierta?

Uy, sí, vaya si lo estaba.

—Supongo que Patty se olvidó de decirle que cambiamos los turnos —le dijo Murphy—. Aunque no ha dicho nada, me ha parecido que se quedaba un poco triste cuando se lo he comentado. Ha sido un día muy duro, así que trátala bien.

«Trátala bien.» Jane volvió a reírse. Eso esperaba.

Cosmo también se rió.

—Haré lo que pueda.

Madre mía.

Y allí estaba otra vez. Había salido de la cocina y estaba al pie de la escalera. Se movía con rapidez, como un hombre que tiene una misión. Subió las escaleras. Ella se refugió en la oscuridad de su despacho, con el corazón latiéndole con fuerza. En cualquier momento, entraría por la puerta, la cogería y la besaría y…

—Si te estás escondiendo, el blanco no es demasiado buen color —dijo él, moviéndose más despacio—. A menos que no te estés escondiendo.

—No me estoy escondiendo —parecía fatigada, como si fuera ella la que hubiera subido las escaleras de dos en dos.

Cosmo se quedó en la puerta. La luz venía de detrás, del pasillo, así que era imposible verle la cara.

—¿Puedo pasar?

—Por favor —Jane encendió la lámpara del escritorio. Mucho mejor. Se giró y Cosmo cerró la puerta.

Con llave.

Llevaba la misma ropa, camiseta y pantalones militares, que llevaba en el hospital. Aunque debía haberse duchado justo antes de que ella lo llamara, porque todavía tenía el pelo húmedo. También se había afeitado, y ahora tenía la cara limpia y suave.

Estaba adorable.

La miraba con la misma pasión que ella lo miraba a él y, cuando sus miradas se cruzaron, Cosmo sonrió y dijo:

—Esto es un poco raro, ¿no?

Jane asintió, y retrocedió. «Por favor, Señor, no dejes que me abalance sobre él y le empiece a quitar la ropa sin que hayamos hablado al menos un poco.»

—Gracias por venir —consiguió decir, al final.

La sonrisa de Cosmo desapareció cuando vio que ella se separaba todavía más.

—Si esto es demasiado raro —dijo, al final—, o has cambiado de opinión…

—¡No!

Volvió a sonreír por la rotundidad de la respuesta y avanzó un poco hacia ella y…

Jane se alejó todavía más. Fue hasta la nevera, que estaba detrás de la mesa.

—¿Te apetece…?

—No —dijo él, y allí estaban otra vez, mirándose fijamente—. ¿A qué viene, de repente, tanta corrección y por qué te alejas de mí?

—Tengo miedo de acercarme demasiado porque estoy deseando… saltar encima de ti. De verdad —añadió, para enfatizarlo más.

—Ah, bueno —dijo él—. Por un momento, he pensado que te habías vuelto muy tímida y me estaba poniendo nervioso.

Ella se rió; una sonora risa de incredulidad.

—¿Tímida? ¿Yo? No, Cos, sólo estoy aquí, de pie, esperando el momento perfecto para decir… bueno, verás, es que hay algo que me muero de ganas de decirte.

Cosmo, todo un caballero, le respondió con la frase perfecta.

—Te escucho.

Jane le sonrió. Y se quitó la camisa. La mirada de Cosmo y la pura pasión de sus ojos hicieron que la cabeza le diera vueltas, y se rió. Quizás no había visto el vendaje, sobre todo porque tenía el brazo escondido detrás de la espalda.

Esperó un par de segundos, hasta que él la miró otra vez a los ojos, hasta que estuvo segura que la estaba escuchando y entonces se lo soltó:

—Fóllame, grandullón, hasta que las vacas vuelvan a casa.

Jane estaba segura de que no había nada más satisfactorio en este mundo que el sonido de un hombre pausado partiéndose de risa.

Cosmo se estaba riendo con tantas ganas que tuvo que sentarse, y ella también se rió, observándolo. Y, entonces, la dejó de piedra.

—Coño, estoy loco por ti —le dijo.

Jane también tuvo que sentarse, aunque no por la risa.

—¿En serio? —dijo, casi como un susurro.

Pero él lo escuchó. Y asintió.

—Perdona mi vocabulario. No quería…

—No creo que tengas permiso para disculparte por eso —dijo ella.

Cosmo no había terminado.

—Nunca he conocido a nadie con quien quisiera pasar tanto tiempo como contigo, Janey —le dijo.

«Por favor, no llores, no llores.» Jane tuvo que hacer un gran esfuerzo para contener las lágrimas, que estaban a punto de resbalarle por las mejillas.

Pero todavía no había terminado.

—¿Recuerdas cuando dije que era una estupidez cuando, en las películas, el guardaespaldas siempre se enamora de la mujer a la que tiene que proteger? Bueno, pues no me parece tan estúpido. Si ella es como tú, inteligente, divertida, guapa y con éxito, no es ninguna estupidez. Lo estúpido es que todavía esté soltera. Que no tenga marido o novio. ¿Qué pasa? ¿Que está ahí sentada, preciosa, esperando a que aparezca el guardaespaldas perfecto? —negó con la cabeza—. Por eso, cuando he visto la fotografía tuya y de Strauss me lo he creído. Era casi imposible que no estuvieras comprometida con alguien. Pensé... bueno, y sobre todo cuando empezaste a insistir con lo de Sophia...

—Creí que te gustaba —dijo Jane—. Además, quería que los periodistas te dejaran tranquilo —unos periodistas que lo seguirían a todas partes si se enteraban de esto.

Fue como si Cosmo le leyera el pensamiento.

—Puedo encargarme de los periodistas.

Estaban sentados, cada uno a un lado de la mesa, como si estuvieran en una reunión de negocios. Ella alargó un brazo y él se inclinó hacia delante, entrelazando los dedos de sus manos, sonriéndole, como si esto fuera a lo que había venido corriendo... a cogerla de la mano.

Sin embargo, vio el vendaje y frunció el ceño.

—¿Cómo tienes el brazo?

Jane lo miró a los ojos.

—El médico ha dicho que, si encuentro a alguien muy valiente y fuerte con quien hacer el amor toda la noche, viviré.

Él sonrió, moviendo la cabeza.

—En serio, Jane...

—En serio, Cos —dijo—. Me han puesto seis puntos. Me duele un poco el brazo. Pero eso no es nada comparado con... —se calló.

Él sabía lo que iba a decir, y terminó la frase por ella.

—Con el miedo que sentiste cuando pensaste que Decker...

Jane le soltó la mano y se levantó. Ya le había dicho demasiado. De alguna manera, era distinto cuando pensaba que él sólo quería ser amigo suyo.

—¿Te parece bien si no hablamos de eso?

—Claro —dijo él, pero Jane vio que estaba preocupado por ella.

Se suponía que esto tenía que ser divertido. Que ella tenía que ser divertida. Quería hacerlo reír otra vez.

Él también se levantó, mirándola, con la preocupación reflejada en los ojos.

Jane quería que aquella mirada desapareciera. Supuso que podría rodear la mesa y besarlo y...

¡Uff! Los primeros besos, las primeras veces... Eran complicados. Había mucha presión para que todo saliera perfecto.

—He estado informándome sobre los Seals —le comentó, dando un rodeo lo mayor posible, asegurándose de no acercarse demasiado a él mientras caminaba hacia la habitación—. Para mi próxima película basada en hechos reales. Y tengo algunas preguntas.

Él sonrió. Bingo.

—Sí, ya sé que debes estar pensando: «¿Qué cojones es esto?». Bueno, seguro que no dirías eso delante de mí, pero lo estás pensando. He estado investigando, y es algo que los Seals decís a menudo. Así que debes estar pensando: «¿Qué cojones es esto? Creía que íbamos a follar como conejos y ahora va y tiene preguntas». Pero, verás, es que voy a seguir hablando hasta que lleguemos a la habitación porque sé que, en cuanto te toque, no podré contenerme y no quisiera que nuestra primera vez fuera en el suelo del despacho, o en la mesa. Bueno, ¿cómo quieres que vuelva a trabajar si cada vez que viera la mesa lo recordaría?

—Jane...

—Lo que no entiendo, y quizás tú puedas ayudarme, es la diferencia entre una encerrona y un callejón sin salida. Cada vez que leo algo sobre los Seals, sobre una operación que salió mal, se habla de un callejón sin salida. Aunque a veces se trate de una encerrona. ¿Cuál es peor? ¿Hay algún tipo de tabla que indique el nivel de peligrosidad de cada una? «Teniente Jones a base. Tenemos un callejón sin salida... no, espere, una encerrona. Repito, una encerrona. En las montañas sólo hay siete terroristas y no ocho.»

Cosmo la alcanzó justo en el umbral de la habitación y la cogió por el brazo.

—Jane.

Ella se giró.

—Supongo que el suelo de la habitación estaría... —iba a decir «bien», pero no pudo acabar la frase porque Cosmo la besó.

Apasionadamente.

No se reprimió. Le cubrió la boca con sus labios. Le metió la lengua en la boca como si por fin hubiera encontrado su lugar, y Cosmo juraría que así era.

Fue un beso de posesión, ardiente, profundo y exigente, pero no era una exigencia para que ella se quedara como un pelele en sus brazos. Todo lo contrario. Estaba claro que esperaba que ella también diera lo mejor que tenía dentro.

Fue una invitación directa para disfrutar por igual de la pasión.

Así que ella aceptó, inclinó la cabeza hacia atrás, para que la pudiera besar mejor y para que ella también pudiera acceder a toda su boca. «Veo tu apuesta y la subo un millón.»

Cosmo empezó a hacer un sonido extraño y Jane tardó unos segundos en ver que se estaba riendo, algo que la emocionó y horrorizó al mismo tiempo porque, sinceramente, quería que la besara así para siempre.

Pero nada podía durar para siempre.

Él se separó y se miraron, con la respiración acelerada. Y, ¡sorpresa!, no estaban en el suelo.

Pero únicamente porque Cosmo la tenía sujeta por los hombros con las dos manos, manteniendo las distancias. Ella lo agarraba por los brazos, porque no llegaba hasta el cuerpo. Lo notaba sólido y suave bajo su piel.

Por imposible que pareciera, se habían besado sin ningún tipo de contacto físico. Durante ese largo e increíble beso, sólo la había tocado con la boca.

No se imaginaba lo que podría hacerle con las manos y con la…

—Haremos lo siguiente —dijo él—. Te voy a soltar. Caminaremos tranquilamente hasta la cama y te ayudaré a quitarte la ropa, muy despacio y con cuidado, sin hacerte daño en el brazo ni tocar el vendaje. Jane, ¿me estás escuchando?

Jane asintió.

—Tranquilamente. Puedo hacerlo. Pero creo que tengo que decirte que soy una mentirosa porque tengo un nuevo objetivo en la vida: tenerte dentro de mí lo antes posible.

Él se rió, una carcajada que reflejaba el fuego de su mirada, pero entonces se puso muy serio.

—Escucha —dijo—. Si hay alguna posibilidad de que te haga daño, preferiría no hacerte el amor. Preferiría esperar.

Salir por esa puerta, meterme en el coche e irme al motel, soltando tacos durante todo el camino, vale, pero… A menos que podamos hacer esto…

—Podemos —lo interrumpió ella—. Mira —lo soltó y retrocedió un poco, tranquilamente. Haría casi cualquier cosa para evitar que se fuera.

Cosmo la soltó, y ella siguió caminando.

—Me estoy moviendo despacio y con cuidado —dijo, mientras cogía el borde de la camiseta y se la sacaba por la cabeza, estirando bien la tela para que no le tocara el vendaje del brazo.

Obviamente, cuando dejó caer la ropa al suelo, estaba frente a él, con el torso desnudo, y la mirada de Cosmo era…

Jane se giró, tapándose con los brazos.

—Esa mirada está prohibida hasta que estemos en la cama y hayamos terminado con la parte lenta y cuidadosa.

—¡Bufff! —dijo él—. Jane. No hay ninguna parte lenta y cuidadosa. O quizás debería decir que, si hacemos esto, todo va a ser lento y cuidadoso.

Todavía con el «si».

En cuanto a lo de la parte lenta y cuidadosa, estaba muy equivocado. Pero ella no se molestó en contradecirlo, porque él también se estaba quitando la camiseta y los pantalones y… ¡Oh, Dios mío! Jane empezó a reír.

No es lo que solía hacer la primera vez que estaba frente al cuerpo desnudo de su amante, pero era imposible que Cosmo lo malinterpretara y su autoestima cayera por los suelos.

Imposible.

—Eres más peligrosa cuando no hablas —dijo, mirándola—. Ya sé lo que estás pensando…

—Entonces, sabrás que me he olvidado de todo excepto de por favor, por favor, por favor… —dio una paso hacia él.

Él retrocedió, fuera de su alcance y le gruñó. En realidad, fue una mezcla de gruñido y risa.

—Para o me iré.

—Sí, tienes toda la pinta de querer irte —dio un paso más hacia él, uno pequeño, para ponerlo a prueba.

Él retrocedió.

—Nadie ha dicho nada de querer. Lo digo en serio, Jane. O lo hacemos a mi manera o me voy.

Ella levantó un pie.

Cosmo cogió los pantalones.

Ella volvió a dejar el pie en el suelo. Había otras maneras de ganar ese partido. Se quitó los pantalones de yoga y se estiró en la cama, colocándose muy sexy.

—Espera —dijo.

Saltó de la cama y abrió el mueble que tenía junto a la cama, buscando un condón, asegurándose que él no le quitara un ojo de encima.

Cosmo se estaba riendo.

—Me lo estás poniendo mucho más duro…

—Me alegro, cuánto más duro, mejor —Jane se giró, triunfante, condón en mano—. Como ya he visto que me lees la mente, sabrás que me encanta muy duro —colocó el condón entre los dedos índice y pulgar, y se lo lanzó, igual que aquellas bolitas de papel que tirábamos en el colegio.

Él lo cogió al vuelo. Buenos reflejos.

—Jane.

—Me encanta —dijo ella.

—Tengo una idea.

—Me en-can-ta.

Cosmo tenía la mejor cara de póquer del mundo. Fingía que no le afectaba nada de lo que ella estaba haciendo y diciendo. Sin embargo, su cuerpo no disimulaba tan bien.

—Vuelve a la cama —dijo él, inalterable.

Jane se olvidó de la seducción y fue a lo práctico.

—Cos. No me vas a hacer daño. Mira, el brazo está muuuy lejos de mi…

—A la cama.

—Vale, vale —respondió ella—. Yo también tengo una idea. Me podrías atar la mano al cabezal de la cama, así los dos sabríamos, en todo momento, dónde está el brazo, y entonces podríamos desenfrenarnos como animales y…

Cosmo hizo ademán de coger los pantalones.

Ella se sentó en la cama.

—Das asco —le dijo—. Ni siquiera me estabas escuchando. Era una buena idea.

Él se rió.

—Cuando se te cure un poco el brazo, te prometo que te ataré. O lo haremos colgados de la lámpara o a cuatro patas en el tejado. Lo que tú quieras. Pero ahora, y aunque sea la última cosa que haga en el mundo, voy a hacer que te relajes. Boca abajo.

—Me encanta que un hombre sea autoritario —dijo ella, obedeciendo—. Aunque tengo que decirle, jefe, que todo esto de las órdenes me está poniendo todavía más cachonda. Que, por cierto, es todo lo contrario a relajada.

—No necesariamente —dijo Cosmo—. El deseo va de maravilla para la relajación —dejó los pantalones encima de la otra almohada, donde sabía que ella podía verlos, mientras subía a la cama.

Y se ponía encima de ella.

Se sentó a horcajadas encima de ella, sobre los muslos, con una rodilla a cada lado de las caderas y las manos encima de los hombros, para que no pudiera girarse.

Algo que, por supuesto, ella intentó hacer.

—No te muevas —dijo, tranquilamente, inclinándose para susurrarle al oído—. Lo primero que tienes que hacer para relajarte es estarte quieta.

Jane sintió su respiración contra su mejilla, su pecho desnudo contra su espalda. También sintió su erección, dura contra la parte baja de la espalda, y gimió. No pudo evitarlo.

—Confía en mí —dijo él—. ¿Confías en mí? Lo haremos, te lo prometo. Te lo juro. Te doy mi palabra.

—A menos que «mi palabra» sea el mote de tu…

—Shhh —dijo él, riéndose—. Intenta no hablar.

Dios santo, lo que le estaba haciendo era fantástico. Le masajeaba la espalda con esas manos grandes y cálidas, y el cuello, y los hombros. La besó, detrás de la oreja, en la nuca, en el omóplato… lugares que ella no sabía que eran tan placenteros.

Cosmo le había dado su palabra.

Así que dejó de luchar.

Y él lo supo, porque ya no la sujetaba por los hombros.

Se sentó a su lado, pero no para que ella pudiera girarse, sino para poder seguir «relajándola» por debajo de la espalda.

—Eres preciosa —susurró, con las manos en aquella parte de su anatomía que una vez había llamado despreciable.

No era casualidad. Ella había añadido «enorme» y él no lo había olvidado.

—Eres perfecta, Janey —le dijo, con la voz llena de emoción. Y lo decía el hombre al que algunos llamaban robot—. Eres increíblemente sexy.

Además, a pesar de ser una persona que solía utilizar los silencios a su favor, demostró que, cuando se lo proponía, sabía decir las palabras correctas.

La besó y la acarició hasta los pies, y luego empezó a subir, con cuidado de no hacerle daño en la rodilla, y...

Jane apenas se movió, era más lista que eso, pero separó un poco las piernas. Una invitación. «¡Eh! No te olvides de relajarme también aquí...»

Cosmo se rió. Le dio la vuelta, aunque todavía no la tocó donde ella más quería que la tocara.

En lugar de eso, volvió a empezar con el trabajo de relajación. Desde arriba. Se sentó a horcajadas encima de sus caderas. Le sonrió y, mientras tanto, volvió a los besos y a las caricias en la cara, el cuello, los hombros.

Los pechos.

Se inclinó y le dio un beso en la boca, y mientras Jane se perdía en la dulzura de sus labios, tuvo que hacerlo. Tuvo que tocarlo. El pelo, los brazos, la espalda... aquello era una maravilla, tan sólido y fuerte bajo sus manos. A él parecía no importarle, hasta que ella bajo las manos hasta las caderas y...

Cosmo levantó la cabeza.

—¡Eh!

—Lo estoy haciendo despacito y con mucho cuidado —dijo ella.

Él se rió.

—Sí —respondió, con los ojos medio cerrados por la intensa caricia—. Ya lo veo.

—Esto me relaja mucho —confesó Jane, fascinada por la mezcla de suavidad y dureza, perdida en esa maravillosa mirada.

—Jane —gimió Cosmo—. Si sigues haciendo eso...

—Tengo una idea —dijo ella—. Ésta es muy buena, así que escúchame: ¿por qué no vamos directamente a la parte en que me has prometido que haríam…?

Él se rió y la besó, convencido de que eso la distraería mientras él le cogía las manos y se las colocaba encima de la cabeza. Tenía razón y, cuando la soltó, él ya se había sentado en la cama, lejos de su alcance.

Para entonces Jane ya estaba flotando.

Iba a la deriva, se dejaba llevar…

Cosmo volvió a los besos, cada vez más y más abajo hasta que…

Sííí.

La tocó, la besó y la acarició, sin ni siquiera alterar el ritmo enloquecedor y deliberadamente lento.

La lamió y la miró; ¡Jesús!, era increíble cómo se tomaba tiempo para mirarla, como si fuera la mujer más preciosa que jamás hubiera visto.

Era como sacado de un sueño.

Uno de los buenos.

Jane flotaba, suspiraba, se dejaba llevar, se balanceaba.

Tenía los ojos cerrados mientras él se colocó encima de ella, mientras él…

Los abrió justo para mirarlo cuando, al final, la penetró, cuando…

—Cosmo —suspiró.

Él sonrió, observando su cara mientras él la penetraba lentamente, era increíble, mientras empujaba más y más adentro…

Ella intentó decir algo más, quería decirle algo más, pero lo único que le salió fue un sonido de puro placer. Mientras seguía observándola, con los ojos ardiendo de deseo, Cosmo soltó una carcajada, y se siguió moviendo muy lentamente.

Más adentro.

Ella se movió con él, satisfecha con el ritmo impuesto y el tiempo parecía que se eternizaba. Se eternizaba y sólo dejaba este maravilloso e increíble ahora que eran los ojos de Cosmo, y la sonrisa de Cosmo y el obvio deseo que sentía por ella... una emoción tan poderosa transformada en sensación física. Cada beso era un regalo divino. El cuerpo de Cosmo contra el suyo, dentro del suyo, ese entrar y salir un milagro, y otro, y otro...

Podría haber estado así para siempre. De hecho, no sabía cuánto tiempo llevaban...

Aunque, cuando abrió los ojos, lo supo.

A Cosmo, los brazos le temblaban ligeramente, tenía los músculos tensos, cansados por el esfuerzo de no doblarse, para no aplastarla.

Ya no sonreía. Tenía los ojos cerrados y una expresión de total concentración. Aplastarla no era lo único que no se estaba permitiendo.

—Cos —consiguió decir Jane. Él la miró—. No estoy segura... creo que ya estoy suficientemente relajada. ¿Podemos... volver... al principio?

Cosmo tardó varios segundos en ver que bromeaba, pero cuando lo supo, se echó a reír, y Jane supo que estaba completamente rendido a ella.

—¡Dios, Janey! —dijo, todavía riendo.

Apoyó todo el peso en un brazo y bajó la otra mano hasta las caderas para tocarla (de alguna manera, había descubierto exactamente dónde) y, si su risa no la había hecho llegar al clímax, ahora no tendría otra opción. De hecho, le provocó todavía más placer, por increíble que parezca. Ella llegó al punto culminante con él, con un movimiento lento, glorioso, precioso y feliz, atrayéndolo hacia abajo para besarlo, y besarlo, y besarlo.

Tardó una eternidad en recuperar el aliento, a volver a un lugar desde donde pudiera realmente articular la voz.

Abrió los ojos y vio que Cosmo la estaba observando.

—Hola —dijo, todavía un poco mareada—. ¡Guau!

Él sonrió, y el corazón de Jane se expandió todavía más. En realidad, sintió como si le creciera en el pecho.

«Te quiero» parecía demasiado trivial, demasiado típico, demasiado aterrador de admitir, pero quería decirle algo. Explicarle...

—El orgasmo que me has provocado era algo defectuoso —dijo.

Él sonrió, pero no dijo nada. Esperó a que continuara.

—Los orgasmos son... bueno, ¿sabes cuando estás en mitad de uno y piensas: «¿Es éste? ¿Éste es el especial? ¿El brillante, dorado y perfecto Orgasmo?», pero después, desaparece, como los demás. Y, de hecho, es un descanso. Algo así como: «Gracias Señor, al menos no tengo que pasarme el resto de mi vida persiguiendo a ese imbécil pidiéndole, por favor, otro orgasmo como ése» —le acarició la cara, siguiendo las líneas que se le formaban alrededor de la boca y los ojos cuando sonreía—. Pero éste ha sido realmente especial. Así que no te asustes si empiezo a seguirte por todas partes, ¿vale?

Cosmo la besó, y fue tan tierno que Jane pensó, por un segundo, que había metido la pata y había dicho demasiado.

Como: «Y no seas imbécil y me ropas el corazón».

No, no lo había dicho, ni lo diría nunca.

Pero, para asegurarse, cambió de tema. Y con un hombre que no invertía mucho tiempo en charlas sin sentido, no era muy difícil.

—He estado pensando —dijo—. Y lo que no entiendo es, ¿dónde se van las vacas toda la noche?

Cosmo parpadeó y, luego, cuando entendió de qué estaba hablando, soltó una carcajada. Vacas. *Hasta que las vacas vuelvan a casa.*

—¿Qué clase de granjero es tan irresponsable como para dejar a las vacas sueltas toda la noche y…?

Cosmo la besó otra vez. Y le dio la vuelta, con cuidado, claro, para dejarla boca abajo.

—Obviamente —dijo—, necesitas relajarte más.

17

Murphy estaba en la cocina cuando Cosmo entró para desayunar.

—Hola, Murph —dijo Cosmo. ¿Cómo es que todavía no se había ido?

—Doble turno —le informó Murphy antes de que Cosmo le preguntara. Levantó la mirada de la pila de papeles, que parecían informes, que había dejado encima de la mesa—. ¿Has dormido bien?

Mmmm.

—Sí —dijo Cosmo, mientras abría el armario para coger una taza.

—PJ y Beth han tenido un asunto; no una pelea, un asunto. Son palabras textuales —dijo Murphy—. Así que me he quedado yo.

—Deberías haberme llamado —dijo Cosmo.

—Hmmmm —dijo Murphy—. Sí, bueno, supongo que sí. Me pareció una tontería llamarte por teléfono si estabas durmiendo al otro lado del recibidor. Aunque, cuando fui a buscarte, no estabas allí. Al principio, pensé que igual estabas fuera buscando esa bala, pero entonces me di cuenta que debería haber oído la alarma cuando salieras.

Mierda. Sabía que debería haber vuelto a su habitación más temprano. Se sirvió una taza de café, dándole la espalda al antiguo marine.

—En realidad, no es asunto mío —dijo Murphy—. Aunque supongo que ahora sí que lo es porque no sé hasta qué punto ha sido culpa mía. Creo que mis palabras fueron: «sube y dile algo a Jane», pero a lo mejor no estoy a la última con las distintas connotaciones del verbo decir, así que…

Cosmo se giró hacia él.

—No es culpa tuya.

Murphy lo miró.

—Repito, no es asunto mío, pero si fuera yo…

—Ya he llamado al comandante Paoletti. Le he dejado el mensaje de que necesito hablar con él en algún momento del día —le dijo Cosmo. Tenía que hacer lo correcto moral, ética y profesionalmente. Seguir como hasta ahora no era una opción. Como mínimo, no sin informar a Tommy Paoletti. Al menos, de lo más básico.

Esa mañana también había llamado a su madre y le había dicho que se quedara unos días más en San Francisco.

—En tal caso, y antes de cambiar de tema discretamente y nunca más volver a mencionarlo —dijo Murphy—. Sólo tengo que decir una cosa: ¡Tío, eres mi héroe! Jane no sólo es un sueño húmedo sino una chica estupenda. Sin embargo, me gustaría saber…

—¿Es posible cambiar de tema discretamente si no te mato antes? —se burló Cosmo mientras bebía un sorbo de café.

—Vale, lo he captado. Supongo que nunca lo sabré —Murphy se aclaró la garganta—. Hoy Angelina y yo vamos a comer una pizza a casa de Tom y su mujer en Malibú. Tú conoces a Kelly Paoletti, ¿no? Dice que quiere ver las fotos de la luna de miel. ¿Lo dice en serio o sólo por educación? Necesito saberlo, por si me las puedo «olvidar» en casa.

—Lo dice en serio —le dijo Cos—. Llévatelas.

Murphy asintió.

—A lo mejor me las dejo en el coche.

Alguien intervino por el walkie-talkie.

—Llega una limusina —dijo Nash, que estaba en la entrada—. ¿Esperamos a alguien?

Murphy miró a Cosmo, que negó con la cabeza. Que él supiera, no. Aunque, claro, Jane y él no habían hablado tanto ayer por la noche. Sólo un poco aunque no para comentar el plan de esta mañana.

—Espera, voy a preguntárselo a Jane —Murphy se levantó y Cosmo lo siguió hacia el recibidor.

Y vieron que Jane estaba bajando las escaleras, hablando por teléfono.

—… entiendo que estés preocupado… claro que te entiendo, pero…

Llevaba uno de los trajes de J. Mercedes Chadwick, con la chaqueta aquella tan escotada que había llevado el día de la rueda de prensa. Con el pelo recogido en lo alto de la cabeza, maquillaje y unos pantalones anchos, para que no le rozaran la herida de la rodilla, no parecía la misma mujer despeinada a la que le había hecho el amor hacía tan sólo unas horas. Parecía muy segura de sí misma. Controlando la situación. Distante. Inalcanzable. Demasiado perfecta para ser humana.

—Te entiendo —repitió—. Sí… sí, pero… —con quienquiera que estuviera hablando, no le daba demasiadas oportunidades para responder, así que ella habló con una voz muy seca—. Bueno, entonces no tiene que venir a ver la película, ¿no?

Pasaba algo.

—Es la limusina de Jack Shelton —dijo Nash, por el walkie-talkie.

—Está aquí —le dijo Mercedes a quien estuviera al otro lado de la línea—. Ha pasado por el estudio y ha recogido a Patty. Ella tenía una cinta de la entrevista.

Vio a Cosmo apoyado en la pared, mirándola, y por un segundo, sólo por un segundo, pareció vulnerable. Como si una parte de ella no esperara volver a verlo; esa mañana no, seguro, y quizás nunca. Sin embargo, a esa sensación le siguió una inmensa relajación, que la hizo sonreír mientras recordaba las escenas de la noche anterior.

—Tengo que colgar —dijo. Puso los ojos en blanco y sacó la lengua—. Sí, soy plenamente consciente de que seguiremos hablando de esto más tarde —«Mierda», vocalizó. Se quedó escuchando, agitando la cabeza unos segundos más—. Khhhhhhhh —dijo, al final, como si estuviera cortando la comunicación—. No puedo khhhhhhhh lo qu khhh …ices. Khhhhhhhh —colgó, pero continuó hablando como si la otra persona todavía pudiera escucharla—. Te agradezco mucho que no te calles ni un segundo, pero no voy a introducir los cambios que casi me exiges porque es mi película, no la tuya, gilipollas de mierda —le volvió a sonreír a Cosmo—. Buenos días.

—¿Problemas? —preguntó él.

—Solamente uno. HeartBeat quiere retirar la financiación —se señaló la ropa—. Por eso me he puesto el traje de guerra —se acercó a él—. Podrías haber dejado una nota —estaba más enfadada de lo que quería admitir, así que se detuvo y se echó a reír—. Vaya, ¿de dónde ha salido eso? Lo siento. Los niveles de estrés están al límite y ni siquiera son las nueve.

—Yo, eh, voy fuera a ver por qué no entra Jack —dijo Murphy, marcando el código en el panel de la alarma.

—No tenía nada con qué escribir —le dijo Cosmo a Jane cuando Murphy cerró la puerta—. Ni dónde hacerlo. Lo siento. No pensé que…

—No pasa nada —dijo ella—. No es como si tuviera ningún derecho a… —se volvió a reír—. Es que me gustaría que te hubieras quedado. Así no habría cogido el teléfono. Todavía estaríamos en la cama, ajenos a toda esta pesadilla.

—¿Qué pesadilla?

Ella se acercó lo suficiente para rodearle el cuello con los brazos y bajarle la cabeza hasta besarlo.

—¿Quieres subir? —le preguntó—. Estoy segura de que podríamos corrernos en menos de sesenta segundos, y volveríamos a la cocina antes de que Jack se echara azúcar en el café.

Era algo típico de J. Mercedes Chadwick: recurrir al sexo como distracción. Cosmo se quedó desconcertado. Y un poco intrigado, también, debía admitirlo. ¿Esa J. Mercedes Chadwick era Jane con ropa y maquillaje extremados? ¿O el disfraz incluía algo más?

Lo besó con más pasión y, ¡joder!, bajó la mano hasta la bragueta y empezó a acariciarlo.

Misión cumplida. Cosmo estaba totalmente distraído.

Se descubrió a sí mismo mirando hacia las escaleras y Jane se rió porque sabía que estaba pensando lo de los sesenta segundos.

—¿Cómo tienes el brazo? —consiguió preguntar.

—Completa y milagrosamente curado —dijo, levantando las cejas—. En una de las habitaciones de arriba hay una lámpara que es perfecta para colgarse…

Pero oyeron que alguien abría la puerta, el bueno de Murphy, nunca se lo agradecería lo suficiente, y Cosmo la soltó y dio un paso hacia atrás. Se arregló los pantalones o, al menos, lo intentó mientras ella se arreglaba la chaqueta y se colocaba bien el pelo.

Cosmo sabía que había algo que quería preguntarle. Algo que no tenía nada que ver con el sexo. ¡Ah, sí!

—¿Qué pesadilla?

—¿Qué vamos a hacer? —preguntó Robin, alejando la cámara de video. ¿De quién había sido la brillante idea de grabar esa reunión para incluirla en el montaje de *Cómo se hizo…*? ¿Y quién coño había invitado a Adam? El actor que interpretaba a Jack era la última persona que Robin esperaba ver en la sala de reuniones de Janey cuando se había levantado esa mañana.

Pero a consecuencia de una entrevista que Jack Shelton había dado hacía algunos años, y que se había recuperado ahora, en la que se había mostrado crítico con el presidente de los Estados Unidos, los estudios HeartBeat había recibido multitud de correos electrónicos, llamadas y faxes en protesta por la producción de *American Hero*. A pesar de que era obvio que era una campaña orquestada por la Red de Liberación, no había dudas: al estudio le había entrado miedo.

La había llamado y le había pedido que eliminara la historia homosexual entre Jack y Hal. De hecho, preferirían que el personaje de Jack desapareciera de la película.

—«Por favor, dinos que considerarás la opción introducir los cambios que hemos recomendado» —repitió Jane—. Es una petición, no una orden.

—No vamos a considerar esa opción, ¿verdad? —preguntó Adam, intentando no mostrarse demasiado preocupado.

—A lo mejor deberíamos considerarla —dijo Robin. No lo decía en serio. Sólo quería ver la reacción de Adam.

El otro actor no dijo nada porque, después de todo, aquella cámara lo estaba grabando todo, pero le lanzó una mirada con un mensaje claro: «Que te jodan».

El teléfono volvió a sonar, como llevaba haciendo casi de manera ininterrumpida desde primera hora de la mañana.

—Perdón —dijo Jane, y respondió.

Adam se sentó cerca de Robin.

—¿Te divertiste anoche? ¿Persiguiendo a Jules por toda la ciudad bajo la lluvia?

—Sí —en realidad, se había divertido mucho. El tranquilo restaurante había sido un cambio agradable comparado con la música tan alta del club—. Fuimos a un restaurante donde bebimos una sangría realmente deliciosa.

¡Bingo! A Adam no le hizo ninguna gracia que Robin hubiera conseguido convencer a Jules de que no cogiera un taxi para irse al hotel. Pero la cámara seguía grabando y, aunque estaba enfocando a Jane, Adam aparecía en segundo plano. Así que sonrió y dijo:

—Genial.

Entonces Janey colgó.

—No me pases más llamadas —le dijo a Patty, que estaba intentando, y lo estaba consiguiendo, evitar cualquier tipo de contacto visual con Robin.

Y a él le parecía fantástico.

—Decker está fuera —dijo Patty—. Está buscando a Cosmo. ¿Lo has visto?

—Se ha ido hace un rato. Dijo que tenía que hacer unas cosas en el piso de su madre en Laguna Beach —dijo Jane, y sonrió. Era una sonrisa extraña, soñadora y lejana, como si de repente estuviera en otra parte, alguna parte muy alejada de esta sala de reuniones donde se palpaba la controversia y que tenía las cortinas cerradas. Llevaba sonriendo así toda la mañana, incluso cuando hablaba con algún estúpido por teléfono.

Adam detuvo a Patty antes de que saliera de la sala.

—Quería preguntarte una cosa. El plan de rodaje de mañana no ha cambiado, ¿verdad?

—Los daños en el estudio deberían estar solucionados a última hora de esta tarde —le dijo Patty.

Joder. ¿En serio? Robin creía que dispondría de unos días más. Se aclaró la garganta.

—No creo que esté preparado para esas escenas —se giró hacia su hermana—. ¿Podemos retrasarlo todo un día?

—Yo estoy preparado —dijo Adam.

Jane suspiró, frunció el ceño y volvió a la cruda realidad.

—Por el amor de Dios, Robbie, has tenido mucho más tiempo que Adam para prepararte…

—No son unas escenas fáciles, Janey —se defendió Robin.

—Estás así por lo del beso —dijo Adam—. Venga. Vamos a hacerlo, aquí, ahora —se echó aliento de menta en la boca—. Cuando lo hayas hecho una vez, estarás más…

—Perdonadme —interrumpió Jane—. Lo siento, pero no me estáis ayudando. ¿Necesitáis ensayar? Ensayad. Pero más tarde, por favor.

Adam le lanzó una sonrisa a Robin.

—Me encantaría ensayar más tarde. ¿Qué dices? ¿A las seis en mi piso?

Robin contuvo la urgencia de levantar los dedos en forma de cruz ante la cara de Adam.

—Lo siento. He quedado —mintió. Fingió que miraba su agenda—. ¿Qué tal… nunca? ¿Te va bien?

—Eres taaan gracioso —dijo Adam.

—Mira, no sé a qué has venido, pero yo sólo quiero ayudar a Jane —dijo Robin.

—Sí, eres de gran ayuda —murmuró Patty mientras salía de la sala.

—Escuchad —intervino Jane—. Vamos a grabar una entrevista con Jack y la colgaremos en la web. Os iba a pedir a los dos que le hiciérais las preguntas, pero he cambiado de opinión. Lo hará sólo Adam.

—¿Por qué? —preguntó Robin, una pregunta estúpida por su parte, porque no le apetecía nada hacerlo.

Jane lo ignoró.

—Te daré una lista de preguntas —le dijo a Adam—. Nos vamos a centrar en los años de Jack en el Ejército, en el hecho de que es un veterano de la segunda guerra mundial, que arriesgó su vida por la libertad y la democracia, que nadie, absolutamente nadie tiene derecho a acusarlo de antipatriótico.

—Me parece genial —dijo Adam.

Jane se giró hacia Robin.

—Entre el accidente y la lluvia, ya llevamos varios días de retraso. Vete y haz lo que tengas que hacer para prepararte para las escenas de mañana.

Robin se levantó.

—Pero…

—Vete —Jane señaló la puerta.

Vale. Se fue. Tenía que hacer lo que tenía que hacer, lo que significaba que en el futuro cercado habría mucha ginebra y mucha tónica.

Jane había colgado el teléfono y estaba concentrada leyendo unos papeles cuando alguien llamó a la puerta.

—¿Tienes un minuto? —era Decker.

Ella se enderezó.

—Oh, Dios mío. ¿Cómo estás? No esperaba verte por aquí hoy.

—Estoy bien. De hecho, ayer ya estaba bien —le dijo, aunque parecía un poco avergonzado—. Siento mucho haberte asustado. No necesitaba ir al hospital, de verdad.

—Sí, claro —dijo ella, invitándolo a sentarse—. Eres un antiguo Seal, ¿no? He estado leyendo algunas cosas sobre vosotros. Os gusta cauterizaros las heridas vosotros mismos, sacaros las balas del cuerpo con los dientes y coseros las heridas. Aunque coserte una herida en la parte de atrás de la cabeza supondría un gran reto, incluso para el increíble Decker, ¿no crees?

Él se rió al tiempo que se sentaba junto a ella.

—No tuvieron que darme puntos. Sólo era una herida superficial, un rasguño. Pero la cabeza sangra mucho.

—Pues vaya, si lo hubiera sabido, te habría pedido que fueras a limpiar el estudio ayer. Y luego que vinieras a pintarme la casa. Lavarme el coche, cortar el césped…

—¿Y tú cómo estás? —preguntó él—. Además de sarcástica, quiero decir —la miró fijamente—. ¿Pasa algo que crees que debería saber?

¿Aparte del hecho de que la noche anterior había disfrutado del sexo más increíble de toda su vida con un hombre que la asustaba por lo desconcertante que era?

¿Cómo podía ser que Cosmo fuera tan perfecto?

392

La respuesta era sencilla: era imposible.

Y eso la llevó a la siguiente pregunta: ¿cuándo iba a revelarle su defecto fatal?

Jane tenía una lista mental de posibilidades. Cualquier cosa, desde lo más ridículo (Su madre no estaba en San Francisco, sino que la tenía encadenada en su piso), pasando por lo más realista (Era totalmente incompatible con su estilo de vida de Hollywood), hasta lo más paranoico (Nunca había dejado de odiarla y lo de anoche había sido una especie de castigo patético por lo que ella le había hecho en la rueda de prensa).

Aunque, si eso era un castigo, estaba impaciente por recibir otro igual.

Sin embargo, cuando se había despertado sola en la cama por la mañana, tenía que reconocer que le había dado un ataque de pánico. ¿Dónde se había ido Cosmo? ¿Por qué se había ido?

Pensaba que habían conectado en plan quédate toda la noche. En plan hazme un hueco en tu armario porque pienso pasar aquí una buena temporada.

La ausencia de una nota la había puesto de los nervios. Y el hecho de ponerse de los nervios por eso la había puesto todavía más nerviosa.

Porque resultaba obvio que ese hombre le importaba de verdad.

Lo que significaba que cuando descubriera esa información que le faltaba, ese terrible defecto de Cosmo que ella no sabía, un defecto que se cargaría la relación, ella no podría limitarse a sonreír y divertirse. No podría encogerse de hombros y disfrutar de la fase del sexo ininterrumpido, aunque supiera que aquello no desembocaría en una relación seria.

Aunque, para ser sincera, la fase de sexo ininterrumpido con ese hombre podría durar meses. Años. Incluso décadas, si dependía de ella.

Suspiró, recordando cómo le había sonreído cuando…

—¿Jane?

Ups. Decker le había preguntado algo.

—¿Perdón? —dijo, en una voz más parecida a un suspiro.

—¿Tienes algún problema con Cosmo Richter? —preguntó Decker. Pero antes de que ella le respondiera, añadió—. Porque he recibido una llamada de Tom Paoletti, preguntándome si pasaba algo, algo que hubiera podido provocar su renuncia.

¿Qué?

—¿La renuncia de quién?

—De Richter.

Jane se dejó caer contra el respaldo. ¿Cosmo había dejado el trabajo? ¿Así tal cual? «Hola, Tom, ¿qué tal? Lo dejo».

Ahí estaba un defecto fatal que ella no había imaginado: que todo lo que le había dicho no fuera en serio. Nunca. Pero, sobre todo, anoche. «Coño, estoy loco por ti».

Decker la estaba mirando fijamente.

—No habéis vuelto a… eh… a chocar, ¿no? —le preguntó.

¿Chocar? ¿Chocar? No podía hablar. Ni siquiera podía pensar.

Aquello era la guinda a una mañana de insomnio.

—Sé que al principio tuvisteis vuestras diferencias —continuó Decker, observándola—. Diferencias de opinión y de carácter… esas cosas. Pero creía que ya lo habíais solucionado y que incluso erais amigos.

—Sí —consiguió decir ella—. Amigos —la cabeza le daba vueltas. Era muy posible que, en cualquier momento, perdiera la conciencia. En lugar de eso, sonrió de manera forzada—. No, no hemos vuelto a… chocar… ¿Seguro que ha presentado la renuncia?

—Por lo visto, te ha cogido tan de sorpresa como a mí —dijo Decker—. Eso está bien. Estaba preocupado por si anoche había pasado algo y, como no estaba aquí, me lo había perdido. Todavía no he hablado con Richter… no sé dónde está.

—Me ha dicho que tenía que… —Jane se aclaró la garganta—. … que iba a Laguna Beach.

—A lo mejor tiene algo que ver con su madre —dijo Decker.

¿Sin llamar a Jane para decírselo? Tenía que descubrir qué estaba pasando.

—Y lo ha dejado. ¿Sin ni siquiera darle a Tom un motivo?

—No —dijo Decker—. Le ha dejado un mensaje pidiéndole si podían verse esta noche. Pero ya le ha adelantado algo, porque le ha dicho que quería darle el mayor tiempo posible para encontrar un sustituto.

Un sustituto. Madre mía.

Jane se plantó otra sonrisa en la cara, con la esperanza de que no viera lo enfadada y decepcionada que estaba.

—Siento no poder ayudarte más. No sé nada de eso —cogió el teléfono y Decker reconoció el gesto como el final de la conversación que Jane había pretendido que fuera.

—Te dejo que vuelvas al trabajo.

—Gracias —dijo ella—. ¿Me puedes hacer un favor? Cierra la puerta cuando salgas.

Él lo hizo y ella dejó de sonreír. Marcó el móvil de Cosmo.

Vale. Tranquila. Relájate. Dale una oportunidad para decirte: «Hola, ahora iba a llamarte. Mi madre se ha caído del tranvía y se ha roto las dos piernas, así que tengo que irme a San Francisco, pero volveré porque, coño, estoy loco por ti…».

El aparato le desvió la llamada al buzón de voz.

—Richter. Deja tu mensaje —bip.

—Cos, hola, soy yo. Jane —añadió, odiándose a sí misma por hacerlo, como si no fuera a reconocer su voz después de haberla escuchado jadear su nombre toda la noche. Excepto… ¿y si no la reconocía? ¿Y si…? ¡No vayas por ahí, no vayas por ahí! Se tranquilizó. Intentó sonar alegre—. Cuando escuches esto llámame, ¿vale?

Hasta que no lo oyera de la boca de Cosmo, sólo era un rumor.

Se quedó sentada, mirando el teléfono, deseando que sonara, que Cosmo la llamara. Ahora mismo. Ya.

O de la boca de Tom Paoletti. Posiblemente, hablar con Tom también le aclararía las cosas.

Además, tenía otra buena razón para hablar con Tom porque, si HeartBeat rompía el acuerdo de distribución, eso significaba que el equipo de Troubleshooters estaba en el paro. Jane no podía pagarles.

Abrió el cajón de la mesa, donde guardaba las tarjetas de visita. Allí estaba la de Tom, casi encima de todas. Primero llamó al número de la oficina, pero le salió el contestador. El móvil también la desvió a un buzón de voz.

En la parte de atrás había otro número, escrito con la letra de Jane. Debía ser el número de su casa. No, espera, no era el de casa. Le había dicho que iba a pasar unas semanas de vacaciones en una casa de Malibú, junto a la autopista de la costa. Cuando le había dado el número, le había dicho: «No dudes en llamarme aquí si me necesitas».

Así que Jane no lo dudó.

Respondió una mujer.

—¿Sí?

—Siento molestarla —dijo Jane—. Estoy buscando a Tom. Soy Mercedes Chadwick.

—Ah, hola Mercedes. Soy Kelly, la mujer de Tom —Jane escuchaba risas de fondo, como si estuvieran celebrando algo—. Está aquí, pero ahora mismo está en la playa, hablando con uno de sus hombres. ¿Es urgente? ¿Quieres que...?

—No, no —dijo Jane—. Yo sólo... Es que... ¿Está Cosmo Richter con él, por casualidad?

—Sí, claro, qué tonta, si ya conoces a Cos —dijo Kelly—. Puedo salir a la terraza y llamarlos si quieres...

—No —dijo Jane—. Gracias pero... ¿Sabes si tardarán mucho?

—Más les vale que no —dijo Kelly—. No, no, Murph, déjalas aquí. En el mármol. La caja está muy grasienta. Lo siento. Es que acaban de traer las pizzas y... espera —cubrió el teléfono con la mano, pero Jane podía escucharla—. Está en la puerta de la nevera. Coge un vaso para Sophia, también —Kelly volvió a hablar con Jane—. Lo siento...

—¿Sophia está ahí? —preguntó Jane, antes de pensarlo dos veces y morderse la lengua.

—Ah, ¿también la conoces?

—Rubia y perfecta, ¿no? —dijo Jane. Hijo de puta. ¡El muy hijo de puta!

Kelly se rió.

—Ya veo que la conoces.

¿Cómo podía estar pasando eso? Cosmo no podía hacerle eso, no se lo haría. Y, a pesar de todo, ahí estaba. Después de pasar la noche con ella, ahora había salido corriendo hacia la pequeña y perfecta Sophia.

Joder, siempre le gustaban los más gilipollas.

—Hijo de… —dijo, y se calló a tiempo.

—¿Disculpa? —preguntó Kelly.

Jane se aclaró la garganta.

—Dile a Cosmo… —no, no, no asumas nada. No hasta que hablara con él y le dijera: «Sí, Jane, eres una estúpida. Te he tomado el pelo. Todas esas conversaciones sinceras en la cocina, la dulzura de mis besos, el momento sentimental de las lágrimas… todo ha sido una mentira para acostarme contigo. Soy un cerdo. El peor de los cerdos. Soy el mayor gilipollas de todos con los que has salido porque, además, fuiste tan estúpida de creer que iba a ser distinto. Y eso te convierte en la mayor gilipollas del mundo. Pero, claro, no es una novedad, ¿verdad?».

—¿Quieres que Tom te llame? —preguntó Kelly, con ese tono de «Oh, Dios mío, ¿estás loca o son imaginaciones mías?».

—¿Tu casa tiene entrada directa desde el garaje? —preguntó Jane porque, joder, ya estaba harta de que un chalado con un ordenador que posiblemente jamás había salido del sótano de casa de sus padres gobernara su vida. Estaba harta de tener que cambiar de planes porque un hacker listillo había conseguido y copiado esos mensajes que le habían enviado al abogado muerto de Idaho.

—¿Perdón? —dijo Kelly.

—Estáis en Malibú, ¿verdad? Estaba pensando en ir a pasar una temporada —mintió Jane—, y estoy buscando una casa de alquiler, pero tiene que tener comunicación directa con el garaje —lo que significaba que podría ir de su casa a la casa de Tom y Kelly en Malibú sin ver la luz del sol. O sea, a salvo de las balas imaginarias del asesino imaginario.

—Eh, sí —dijo Kelly, que cada vez parecía más perpleja—. Esta casa es muy bonita. Justo delante de la playa. Y tiene un garaje de dos plazas.

—Perfecto —dijo Jane—. Está en la carretera de la costa, ¿no? ¿El número... —Dios, la numeración debía ser alta por esa zona—... setenta y dos mil y algo? —dijo, escogiendo el número al azar.

—Bueno, está en el veintitrés mil y pico —dijo Kelly, que no estaba mal, considerando que la camioneta de Cosmo estaría aparcada en la puerta—. Si quieres puedo darte el nombre del agente que nos la alquiló.

—Me encantaría —dijo Jane—. ¡Muchas gracias!

Colgó antes de hacer una estupidez, como echarse a llorar por teléfono con una completa desconocida al otro lado de la línea.

Iba a ir a Malibú, donde le daría a Cosmo la oportunidad de explicarle a la cara por qué había dejado el trabajo y por qué estaba en una fiesta en casa de Tom con Sophia la perfecta la noche después de haberse acostado con ella.

Además, tenía gracia, porque si la respuesta era «Porque soy un cerdo», siempre podía aprovechar la ocasión para poner a Sophia sobre aviso.

Porque nadie, ni siquiera las mujeres perfectas, se merecían que les hicieran daño de esa manera.

Jane cogió el bolso, un pañuelo y las gafas de sol y bajó las escaleras corriendo.

• • •

—Voy a salir.

Decker levantó la mirada y vio a Jane en la puerta de la cocina. Se rió, pero enseguida se puso serio porque vio que iba en serio.

—Jane, espera. Sabes que no es buena idea.

—Deck —dijo ella, mirándolo a los ojos con una intensidad que asustaba—, dime que sabes, sin ningún tipo de dudas, que esta amenaza es real. Dime que estás absolutamente convencido de que corro peligro de verdad.

—Bueno —dijo él, a modo de evasiva, porque sabía que ella estaba enfadada.

—«Sí, Jane, la amenaza va en serio» —insistió ella—. Si de verdad lo crees…

Pero no lo creía. No estaba totalmente convencido.

—No es tan sencillo. Hasta que no tengamos más información, necesitamos tomárnoslo como si…

Pero Jane ya iba hacia el garaje.

—Si quieres venir a interponerte entre las balas perdidas y yo, tú mismo —dijo, mientras se ponía el pañuelo en la cabeza, como si con eso nadie fuera a reconocerla.

—Espera —repitió él—. Para. ¿Dónde vas? ¿Vas al estudio?

Jane no se detuvo.

—Voy a Malibú.

¿Qué? ¿Por qué?

—Vale —dijo Decker—. Un segundo. Vamos a calmarnos un poco. Sabes que no puedo decirte lo que puedes y no puedes hacer, pero puedo recomendarte que…

Ella entró en el coche.

Él subió a su lado.

—Jane, no sé qué hay en Malibú…

—Mi vida —dijo ella, con los ojos casi fuera de órbita y los nudillos blancos por la fuerza con la que estaba agarrando el volante—. Mi vida está en Malibú. ¡Y en Hollywood, en Beverly Hills y en todas esas localizaciones supuestamente peligrosas donde se está rodando mi película sin mí! ¡No está aquí, encerrada en esta maldita casa! ¿Cuánto tiempo más voy a tener que esconderme de un chalado con un ordenador que, encima, seguramente no supone ninguna amenaza real?

Decker asintió.

—Puedo entender que estés frustrada, pero tomando esas precauciones temporales...

—¿Temporales? —exclamó ella—. ¿*Temporales*?

—Sí, temporales. Mira, sé cómo te sientes. A todo el mundo le pasa. Incluso hay un nombre para esta situación: síndrome de encarcelamiento. Aparece cuando la rabia se mezcla con el miedo y las medidas de custodia parecen más una sentencia de encarcelamiento...

—¿Y de cuánto es mi sentencia, Deck? ¿De cuatro meses? ¿De seis a doce meses? ¿De dos a seis años?

—No lo sé —le dijo Decker—. Sabes que no lo sé. Lo que sí sé es que necesitas pararte un segundo, respirar hondo y dejar que haga algunas llamadas, pedir refuerzos, montar esto... para mañana.

—Mañana —dijo ella, riéndose—. ¿Quieres oír algo divertido? HeartBeat va a romper el contrato y a retirar el dinero porque no quiero cortar la historia homosexual de la película. «El drama de la segunda guerra mundial es igual de convincente sin Jack Shelton —dijo, con un tono de voz estúpido y burlón—. El director está de acuerdo con este criterio y refuerza la idea de que la película no pierde calidad si se elimina el material controvertido.» ¡Y una mierda! No voy a cambiar nada. Así que, de todos modos, mañana ya no estaréis aquí. Estaré yo sola.

Decker negó con la cabeza.

—Jane, ya veremos qué hacemos… no nos vamos a ir así como así.

Por alguna razón, eso la hizo reír, pero no fue en plan «Ja, ja, qué gracioso» sino en plan «Dios mío, no puedo creerme que hayas dicho eso».

—No puedo pagaros —le dio al botón que accionaba el sistema automático para abrir la puerta del garaje que acababan de instalar—. Será mejor que envíes la factura de todo este equipo a HeartBeat esta misma noche.

Decker la cogió por la muñeca.

—Debería conducir yo. Y tú deberías estar en el asiento de atrás con la cabeza agachada.

—Sí, ya —dijo ella—. Y entonces iremos donde tú quieras ir que, seguramente, no será Malibú. Buen intento, pero conduzco yo.

—Primero enciende el motor —le dijo Decker—. Y luego abre la puerta. Deprisa. Aprieta el acelerador lo más deprisa posible, yo te avisaré cuándo podemos salir —sacó la radio—. ¡Nash! Sal de la entrada. ¿Hay tráfico en la calle?

Ahora, siempre que cualquiera de ellos salía lo hacían así. Primero encendían el coche y luego esperaban a que no pasara ningún coche antes de salir a toda velocidad.

La idea era que el francotirador nunca supiera quién iba en el coche. ¿Era Jane? ¿O sólo era uno de esos seguratas? Según la información que les había dado el FBI, todo apuntaba a que su hombre trabajaba solo. Por lo tanto, jugaban con la dificultad de seguir a todos los coches que salían de casa y, al mismo tiempo, vigilar la casa.

—Todo tranquilo —dijo Nash—. No se ve ningún movimiento. ¿Qué pasa?

—Ábrela —le dijo Decker a Jane, y la puerta del garaje se abrió—. Arranca —dijo. Salieron como una bala, dejando las marcas de los neumáticos en el suelo, mientras Decker le decía a Nash—. Vamos a tomar un poco el aire.

Jane giró a la izquierda.

—¿Qué hay en Malibú? —le preguntó Decker.

Pero ella no respondió. Sólo condujo.

Lo despertó el teléfono.

La siesta había durado siete minutos.

En la oficina del FBI todavía estaban revisando la lista de extras, actores y equipo técnico y artístico de *American Hero*. Revisando, analizando y verificándolo todo a través del ordenador, con la esperanza de que apareciera alguien con una flecha roja de «psicópata homicida».

Durante casi todo el día, Jules había estado dando vueltas, esperando los resultados de los analistas.

Justo después de comer, había asistido a una reunión donde se determinó que la causa del accidente era desconocida, un misterio. Oficialmente, seguían sin saber si había sido una acción intencionada para interrumpir el rodaje; todo lo contrario que ayer, cuando su incapacidad para solucionar el asunto era no oficial.

Más tarde, después de cenar, tenía prevista una reunión con Lawrence Decker, que ya había vuelto al trabajo después de la breve visita al hospital ayer. El tema de reunión: cómo encontrar al chalado ese antes de que matara a Jane.

Después de revisar a los sospechosos habituales de la Red de Liberación, la lista se había reducido a cero. O a lo mejor había aumentado a cuatrocientos mil porque Cosmo le había dejado un mensaje pidiéndole dos listas: una con todos los habitantes de la Costa Oeste que tuvieran un viejo Pontiac blanco y otra con todos los propietarios de una camioneta Ford de color oscuro con un seis en la matrícula.

Como si no fueran a necesitar dos semanas para imprimirlas y un camión para trasladarlas. ¡Dios!

Le pareció que todo el estrés de los últimos días se le había acumulado en una misma tarde. Había dejado lo de los sospechosos en manos de los analistas y se había ido al hotel a dormir un poco antes de bajar a cenar.

Su plan era pasar por la oficina y ver si habían averiguado algo que pudiera aportar a la reunión con Decker. A diferencia de muchos agentes del FBI, Jules no tenía ningún problema en admitir «No lo sabemos». Pero también sabía que si lo repetía diecisiete veces en cinco minutos, podía parecer que no se estaban esforzando lo suficiente.

Ahora estaba buscando el móvil, que no dejaba de sonar. Si era Adam, iba a tirar el teléfono contra la pared.

Pero no era Adam. Era...

—Robin Chadwick —dijo, a modo de saludo, mientras Jules se volvía a dejar caer en la cama—. ¿Qué tal?

Robin era uno de los motivos por los que estaba tan cansado. A pesar de que no se quedaron hasta muy tarde en aquel pequeño restaurante mexicano, Jules estaba acostumbrado a acostarse más temprano, y más esos días. Y todo eso para culminar una semanita de lo más cruel, con una sobredosis de Adam y la visita al gran estado de Idaho...

Robin y él se habían pasado una media hora hablando de la industria del cine, películas favoritas y técnicas de actuación.

Luego, se pasaron el doble de tiempo hablando del trabajo de Jules, de Alyssa, de lo duro que era perder a un compañero del FBI, de lo contento que estaba de que el matrimonio de Alyssa no hubiera supuesto el fin de su amistad.

Hablar con Robin era muy fácil. Hacía preguntas, se interesaba por todo lo que pudiera contribuir a entender mejor lo que Jules le estaba explicando. Su interés era sincero.

No como Adam, que seguro que hubiera prestado más atención a los camareros cuando Jules hubiera empezado a hablar de trabajo.

Bueno, a lo mejor eso era demasiado. La verdad era que Adam siempre había estado celoso de Alyssa. Cuando Jules la mencionaba, él fingía que estaba aburrido.

—Siento mucho molestarte —dijo Robin, al otro lado del teléfono—. Pero es que… necesito… —parecía preocupado.

Jules se sentó en la cama.

—No me molestas.

Robin respiró hondo y soltó el aire muy despacio.

—Necesito un favor gigantesco, pero es pedir demasiado, así que voy a colgar y a fingir que no ha pasado nada…

—¡Eh, eh! —gritó Jules—. Espera. Robin. Dímelo. No des nada por sentado. Lo que para algunos es un favor gigantesco, para otros puede ser un detalle sin importancia. Ponme a prueba.

Robin no dijo nada.

—¿Estás ahí? —preguntó Jules.

—Estoy frente a tu puerta —dijo Robin, al final—. ¿Puedo entrar?

Vaya, vaya. ¿No era la mayor sorpresa del mundo?

—Eh… —dijo Jules.

—Ya, bueno, olvídalo…

—¡Espera! —Jules saltó de la cama. Se puso los pantalones y abrió la puerta.

—Mierda —Robin lo miró. Iba semidesnudo y con el pelo revuelto—. Estabas durmiendo. Te he despertado.

Jules cerró el teléfono que todavía llevaba en la mano. Se peinó un poco.

—No pasa nada. Estoy bien. Bueno, un poco desnudo, pero… —se acabó de abrochar los pantalones mientras Robin lo miraba, algo bastante raro, por cierto.

—¡Menudos abdominales! No puedo creer que escondas eso debajo de un traje.

Jules puso los ojos en blanco.

—No, no quiero ser actor. No empieces otra vez. Deja que me ponga la camisa y los zapatos y podemos bajar al bar a…

—Ya he tomado un par de copas —admitió Robin.

¡Qué sorpresa!

Llevaba el pelo rubio cuidadosamente despeinado y el nudo de la corbata lo más flojo posible, sin llegar a deshacerse. Debía estar cansado y se apoyó en el marco de la puerta, pero Jules supo que estaba muy preocupado por algo.

—Aguante irlandés —continuó Robin—. Mi madre era irlandesa. Maureen O'Reilly, ¿puedes creértelo? La madre de Jane era griega. La tercera esposa de mi padre era de Mississippi. La cuarta era de Australia. Y la quinta es rusa. De momento, detenta el título al matrimonio más longevo de mi padre, pero sus días como señora Chadwick están contados. Mi padre está organizando un viaje a Taiwan.

Vale, perfecto.

—Deja que me ponga la camisa —repitió Jules. Le hizo un gesto a Robin para que sujetara la puerta, pero debió de entenderlo mal porque se lo tomó como una señal para pasar.

Mientras Jules cogía la camisa, que estaba colgada en el respaldo de la silla, oyó cómo se cerraba la puerta.

—Joder —dijo Robin, y Jules supo que le había visto la cicatriz de la espalda.

Lo que significaba que seguía mirándolo.

—¿Qué te pasó? —preguntó Robin.

—La descripción de mi trabajo incluye situaciones de riesgo —dijo Jules—. Había pensando en disimularla con un tatuaje. Algo bonito, como Bert, Ernie o algo así.

Robin se rió.

¿No era la situación perfecta? Estaba solo en una habitación de hotel con Robin Chadwick, que era demasiado encantador y atractivo a pesar de estar ya medio borracho antes de las cinco de la tarde.

—Sólo por curiosidad —dijo Jules, mientras se abotonaba la camisa—. ¿Cómo has conseguido el número de mi habitación?

Robin se metió la mano en el bolsillo y sacó un papel. Se lo ofreció y Jules lo cogió. Era una factura. Del hotel. Del desayuno. Jules no llevaba dinero en efectivo esa mañana y había escrito el número de habitación en la factura.

—Estaba con el dinero que me diste anoche —dijo Robin—. Entre dos billetes.

¡Mierda!

Jules había insistido en pagar a medias. Robin pagó con la tarjeta y se guardó el dinero que le había dado Jules para cubrir su parte sin mirarlo. Al menos, no en el restaurante. Por lo visto, encontró la factura más tarde.

La encontró y debió pensar que…

—No sabía si lo habías hecho a propósito o… —añadió Robin.

—No.

—Ya me lo imaginé —mintió Robin—. Estaba pegada a un billete de cinco. Creo que con un poco de mermelada.

Jules asintió.

—La camarera iba muy atareada y, cuando dejó los platos en la mesa, chocaron y montamos un pequeño lío.

—Y ahora, por mi culpa, los dos estamos muy cortados —dijo Robin—. Porque crees que creo que me lo diste para que viniera…

Basta de rodeos. Jules fue al grano.

—¿Por qué has venido?

—Mañana rodamos una escena —dijo Robin—. Es la primera escena en la que Hal y Jack se besan y… —se aclaró la garganta—. Nunca he besado a un hombre y, no sé, el hecho de que sea Adam… Esperaba que no te importara que… —estaba muerto de vergüenza—. Olvídalo. Lo siento. Ha sido una estupidez.

Quería que Jules fuera el primero. Era increíblemente dulce.

—Además, ¿a quién coño le importa? —continuó Robin—. Somos actores, así que lo besaré. No significa nada. No…

Jules se acercó y lo besó.

No fue nada salvaje, sólo labios contra labios, pero bastó para hacer callar a Robin.

Que miró a Jules, a esos preciosos pómulos, el pelo oscuro y los ojos angustiados.

—No ha sido tan horrible como te habías imaginado, ¿eh? —dijo Jules.

Pero Robin agitó la cabeza.

—Es que… la escena es… eh…

Jules asintió.

—¿Más intensa?

—Sí.

—Con lengua.

—Ya lo creo —dijo Robin.

Jules volvió a asentir.

—¿Quién…?

—Yo… Hal besa a Jack —corrigió Robin—. Es… Bueno, queda claro que es él quien lo va buscando.

—Y que no es una pobre e inocente víctima de las artimañas gays de Jack —dijo Jules.

Robin se rió.

—Exacto.

—Así que… Supongo que le has dado muchas vueltas, ¿no?

—Sí —dijo Robin, rascándose detrás de la oreja—. Los besos de cine son muy distintos a los de la vida real. Quieres transmitir la emoción y echas la cabeza hacia atrás, con la boca abierta —inclinó la cabeza, para demostrárselo—. Eso, o la cámara se coloca entre los dos, muy cerca, y… En cualquier caso, es muy raro.

—¿Y cómo vas a hacerlo? —insistió Jules—. ¿Qué clase de beso es? ¿Es algo apasionado? ¿De cero a cien en décimas de segundo o…?

—No, tenemos uno de esos en otra escena —dijo Robin—. Pero éste, el de mañana, es dulce. Muy romántico. Tierno. Al menos, al principio lo es. Cuando la imagen pasa a negro, es bastante… eh… hambriento. Sí, supongo que podría definirse así. Desesperado, en realidad, porque este tío lleva siete años negándose su propia sexualidad. O así es como voy a interpretarlo.

—Vale —dijo Jules.

Robin no lo acabó de entender.

—¿Vale?

—Cuando tú quieras.

Robin se rió. Y luego se quedó paralizado. Tragó saliva.

—¿En serio? No sé si…

—Has venido por eso, ¿no? Además, siempre me estás diciendo que debería hacer de Jack. Bueno, pues ahora soy Jack. ¿Cuál es mi frase? —preguntó Jules. Sabía que estaba jugando con fuego, pero le daba igual—. ¿Qué te digo justo antes del beso?

—No lo sé.

—¿Cómo puedes no saberlo?

—Bueno, es la parte de Jack, no la de Hal. Espera —cogió la mochila, sacó una copia del guión y lo abrió por una página con muchas marcas—. La escena es en la habitación de Jack. Hal está allí. Ha traído un par de botellas y los dos están bebiendo y hablando. Jugando a hacer suposiciones, ¿sabes? En plan: «Si estuvieras en casa, ¿qué estarías haciendo, ahora mismo?» o «Si te concedieran tres deseos, ¿qué pedirías?». Y en este punto es donde Jack se sincera. No quiere irse a casa. Quiere quedarse allí, en París, conmigo, Hal, para siempre.

»Y yo estoy demasiado borracho para huir —continuó Robin—, pero no lo suficiente como para fingir que no lo he captado. Y digo —leyó el guión—: «¿Qué se siente al no tener miedo a que te descubran? ¿Al no tener miedo de reconocerlo, aunque sólo sea para uno mismo?» Y tú dices…

Le dio el guión, le señaló por dónde iba y Jules leyó:

—«Supongo que me daba más miedo morir sin haber vivido. Soy quien soy. Reconocerlo te da una paz indescriptible.»

—Entonces, yo me quedó callado un rato y, luego, digo —dijo Robin—: «Si supiera, con certeza, que iba a morir, pasaría mis últimos días encerrado aquí contigo.» Y me río, pero no porque sea divertido. En realidad, lo que me estoy planteando es triste y patético. Verás, justo después de esta escena, yo… Hal se presenta voluntario para esa misión suicida en Alemania. Pero ahora le dice a Jack: «Moriría encantado por eso, por una oportunidad para vivir de verdad, aunque sólo fueran dos días». Y lo besa —se aclaró la garganta.

Jules asintió y esperó.

Robin volvió a aclararse la garganta.

—Vale —volvió a mirar el guión un momento y luego lo dejó encima de la cama. Cerró los ojos, respiró hondo y lo soltó de golpe. Cuando abrió los ojos, fue asombroso. Seguía siendo Robin pero tenía una actitud que Jules sabía que pertenecía a otra persona. A Hal.

—Moriría encantado por eso —dijo Robin. Era la frase de Hal. La voz de Hal, con ese suave acento sureño—, por una oportunidad para vivir de verdad, aunque sólo fueran dos días…

Había tanta emoción en sus ojos, tanto amor. Jules se quedó sin aliento.

O eso creía él.

Hasta que Robin se inclinó y lo besó.

Fue el beso más dulce y tierno que le habían dado en su vida, y no sólo le quitó verdaderamente el aliento, sino que también paró el tiempo.

Luego Robin se separó, sólo un poco, lo justo para mirar los ojos de Jules, su cara, su boca, antes de inclinarse para volver a besarlo.

Y entonces todas las reservas desaparecieron, desaparecieron cuando Robin metió la lengua en la boca de Jules y éste se derritió en sus brazos. ¡Madre mía! Derretirse no era la palabra. Estaba abrazado a Robin y quería estar más y más cerca. Le devolvía los besos con la misma pasión, el mismo deseo. Podía saborear la desesperación y la larga espera de Robin, ¡Dios mío!, quería más, quería…

Esto. Quería esto. Por favor, Señor, quería a este hombre, quería que aquello fuera de verdad y no un juego más con otro maldito actor.

Jules se separó. Él terminó el beso, zafándose de los brazos de Robin.

—Lo siento —dijo Robin—. ¡Lo siento! ¡Mierda! No pretendía… ¡Joder!, eso ha sido demasiado… Ha sido culpa mía.

—No —dijo Jules—. No, no es verdad. No ha sido demasiado, quiero decir. Ha sido un poco… demasiado. Sí, supongo que sí. Teniendo en cuenta que sólo…

—Me he dejado llevar por el papel y…

—Sí —dijo Jules—. Ya lo he visto. Creo que no es buena idea que ensayes la escena con Adam, porque no se detendrá donde tiene que detenerse.

—Ya —dijo Robin—. Sí, me aseguraré de que…

—¿De que haya más gente alrededor? —sugirió Jules.

—Sí. Sí. Gracias. Perfecto —cuando Robin levantó la mano para apartarse el pelo de la cara, estaba temblando.

Jules tuvo que meter las manos en los bolsillos para no abrazarlo.

—No sé si lo que voy a decir va a mejorar o a empeorar las cosas pero… ha sido alucinante. Ha sido increíble y absolutamente alucinante.

Vaya, por la cara de Robin vio que lo había empeorado.

Sonó el teléfono, la alarma. ¡Qué oportuno!

Del susto, Robin casi dio un salto.

Jules levantó el auricular y lo volvió a colgar.

—Voy a cenar en el restaurante de abajo —dijo, intentando mostrarse tranquilo y relajado, intentando ignorar el hecho de que Robin ya estaba caminando hacia la puerta, con ganas de echarse a correr lo más deprisa que pudiera—. Si no tienes planes, me encantaría que…

—Me parece genial —dijo Robin, dejándolo helado—. Gracias, te agradezco la oportunidad de dejarme… bueno, seguir investigando.

Investigando.

¡Por Dios!

—Perfecto —dijo Jules—. Voy a coger la corbata —también necesitaba ir al baño para ver si tenía marcas de barba y ponerse un poco de crema.

Sí, lo necesitaba.

Y Robin también.

Jules salió del baño con la crema en la mano y le dio un poco a Robin en la mano.

—Para la barbilla —le dijo.

Robin se miró en el espejo del armario.

—¡Joder! —dijo, acercándose más—. Nunca se me habría ocurrido, Gracias —soltó un risa que pareció algo histérica—. ¿Ves? Aprendo sobre la marcha. Todo esto es información valiosa.

Ya.

Información valiosa.

Sin ninguna duda, en cuanto a excusas para justificar el «No soy gay», ahora Jules estaba seguro de que ya las había oído todas.

—Sabes que me lo tomo muy en serio, señor —le dijo Cosmo a Tommy Paoletti mientras paseaban por la playa—.

Y la oportunidad de ganar ese dinero es… De verdad, te lo agradezco mucho.

—Ya lo sé —le dijo Tom.

—Es que no estoy cómodo —dijo Cosmo—, cobrando por este trabajo en particular.

—Hay otros trabajos que… —empezó a decir Tom.

Pero Cosmo lo interrumpió.

—No quiero otro trabajo —dijo—. Quiero… eh… estar lo más cerca posible de Jane, bueno, de Mercedes, hasta que pillemos a ese cabrón. Y… bueno, después también.

Tom se rió mientras miraba la puesta de sol.

—Vale. Ya lo entiendo. He tardado un poco, pero… Me alegro por ti. Maldita sea pero me alegro por ti.

—Debo pedirte perdón —dijo Cosmo—. Por comportarme de manera poco profesional…

—No tienes que…

—Sí —insistió Cosmo—. Los clientes son territorio prohibido, y yo no he sabido… No tengo excusa. Pero es que estoy enamorado, señor.

Tom no apartó los ojos del horizonte mientras asentía.

—Ya lo veo —luego, se quedó en silencio un buen rato—. ¿Sabes una cosa, Cos? Cuando Kelly me dijo que estaba embarazada, no lo habíamos planeado, pensé que había llegado a un punto en que ya nada podía sorprenderme. Estaba preparado para lo imposible, porque ya había pasado varias veces, así que pensé que lo mejor era olvidarme de las expectativas y las asunciones y disfrutar de la aventura —miró a Cosmo y le ofreció la mano—. Esto es una sorpresa, pero es como la de Kelly, una de las buenas. Te deseo lo mejor, jefe. Sin embargo, me gustaría que siguieras formando parte del equipo. No tengo ningún problema con lo que la clienta y tú hagáis en vuestro tiempo libre, siempre que seáis discretos.

Pero Cosmo negó con la cabeza mientras le daba la mano a Tom.

—No quiero que haya ningún malentendido entre Jane y yo. Es… maravillosa. Y quiero que sepa que voy en serio.

Tom se rió.

—Sí, claro, como eres la persona más frívola que conozco…

Cosmo sonrió.

—Todavía no me conoce tan bien. Verás… tengo que hacerlo así. Lo siento, Tommy.

Tom le dio una palmada en la espalda.

—Estás perdonado.

—Gracias —dijo Cosmo—. Ahora, habiendo dicho esto, me gustaría que me mantuvieras dentro del círculo de información. Porque voy a encontrar a ese hijo de puta antes de que le haga daño a Jane.

Robin estaba histérico.

Se sentó en el restaurante del hotel, delante de Jules, fingiendo ver que no estaba a punto de sufrir una crisis nerviosa. Ni siquiera podía leer el menú. Estaba allí sentado, con el papel en la mano, mientras Jules le preguntaba a la camarera cuál era el plato de marisco del día.

Se quedó agarrado al menú hasta que le trajeron la bebida y luego, después de pedir algo al azar, una ensalada y un bistec, soltó el menú y se sujetó a la copa.

—Necesitaré otra dentro de poco —le dijo a la camarera.

—No te ofendas —le dijo Jules mientras la camarera se alejaba—. No lo diría si no me preocupara por ti pero deberías plantearte la posibilidad de admitir que tienes un serio problema con la bebida.

—Ya, pero no es así —dijo Robin—. Mira, Hal bebía mucho y...

Jules lo miró a los ojos.

—¿Por eso bebes tanto? ¿Porque Hal bebía?

Robin se centró en la copa, en el hielo, en el whisky. Mirar a Jules a los ojos era desconcertante. Y todavía lo era más mirarle a la boca y recordar lo que había sentido cuando...

—Sí.

Jules se rió.

—Eso es un montón de mierda, y lo sabes.

—Tú mismo has dicho que no eres actor —respondió Robin—. No tienes ni idea de lo que hay que hacer para meterte en el papel, para convertirte en otra persona. Tienes que olvidarte de una parte de ti para que el personaje que interpretas tome vida.

¿Cómo podían estar allí sentados, hablando de eso, después de...? ¿Jules también estaría pensando en eso, repasándolo, recordándolo?

—Así que, para poder ser Hal, te olvidas de la parte sobria de tu persona, ¿no?

Besar a un hombre era distinto que besar a una mujer, aunque no tanto. Pero el abrazo ya era otra cosa. ¡Señor! Robin se había excitado al momento. Y seguro que Jules se había dado cuenta... ¿cómo no iba a notarlo?

Y, ¡Dios mío!, todavía estaba... todavía quería...

Algo. Quería algo, pero no estaba seguro de qué.

—¿Estás bien? —le preguntó Jules, preocupado. Preocupado y amable—. ¿Quieres que hablemos de eso?

La camarera escogió ese momento para traer las ensaladas y Jules le sonrió, dándole las gracias, mirándola hasta que estuvo seguro que no podía escucharlos.

—Estás nervioso porque te has excitado, y sabes que lo sé —adivinó Jules—. ¿Por qué es algo tan malo? Estoy halagado. En realidad, me siento bastante bien conmigo mismo, ¿sabes? Lo suficientemente sexy como para excitar a un hetero. Y si tienes miedo de que pueda decirle algo a…

Robin no pudo guardárselo más tiempo.

—¿Crees que soy gay?

Jules se quedó callado varios segundos.

—Yo no puedo responder a eso por ti —dijo—. Lo que sé es que has invertido mucho tiempo en lo que yo veo como… bueno, una especie de persecución. Hacia mí, quiero decir.

¿Persecución?

—¿Qué pasa? ¿Es que un hetero no puede ser amigo de un…?

—Tengo un montón de amigos heteros —le dijo Jules—. Me encantaría añadirte a mi lista de amigos, coma, hetero. Pero no dejas de lanzarme señales que dicen que no quieres que te ponga ahí, así que… —se encogió de hombros.

—Me gustan las mujeres —dijo Robin.

—A mí también —dijo Jules—. Pero no me acuesto con ellas.

—¿Alguna vez has…? —preguntó Robin.

—Sí —respondió Jules—. En la universidad. Con una amiga. Para investigar.

—¿Y? —preguntó Robin—. ¿No funcionó? ¿No pudiste…?

—Sí que pude, y lo hice. Fue sexo —le dijo Jules—. De lo más salvaje. Tenía diecinueve años y, bueno, a esa edad estás loco por echar un polvo —se rió—. Estaba muy buena. Y era maravillosa. La quería mucho pero… Noté que me faltaba algo.

«Me faltaba algo… faltaba algo, faltaba algo».

—Sin embargo —continuó Jules, como si no fuera consciente de la importancia que tenían las palabras que acababa de decir—, seguramente habría intentado engañarme, incluso quizás me habría casado con ella, si no hubiera tenido los padres que tuve.

«Noté que me faltaba algo».

Jules rompió un palito de pan por la mitad y se lo comió mientras Robin se acababa la copa de un trago e intentaba escuchar.

—Fueron un gran apoyo —continuó Jules—. Mi padre incluso… Bueno, murió cuando yo tenía catorce años, y fue muy duro, pero… Me escribió una carta que mi madre me dio cuando reconocí mi sexualidad, el primer día que le dije que era gay. Al parecer, ellos lo supieron antes que yo —se rió—. Se ve que a los cinco años ya se me debía notar.

«Noté que me faltaba algo».

—Pero me querían. Me hicieron sentir seguro y a gusto con lo que era, y se sentaron a esperar a que yo lo descubriera por mí mismo. Cuando mi padre se enteró de que tenían que hacerle un triple bypass… bueno, supo que las posibilidades de salir con vida del quirófano eran muy pocas, así que me escribió esa carta donde me decía que sabía que era gay y que, a pesar que no era lo que hubiera deseado para mí, porque eso significaba que iba a tener una vida más complicada que los demás, también sabía que Dios me había hecho así, que estaba escrito que tenía que ser así. Me dijo que me quería, que siempre me querría. Y que esperaba que encontrara a alguien maravilloso con quien pasar el resto de mi vida y con quien incluso pudiera casarme y formar una familia.

«Noté que me faltaba algo».

Jules tenía los ojos llenos de lágrima, así que sonrió e hizo un esfuerzo para contenerlas.

—Vaya. Lo siento, no suelo hablar de él. Pensé que te gustaría saber que reconocerlo no tiene por qué ser siempre traumático. Como lo fue para Adam, que lo echaron de casa cuando tenía dieciséis años. Su padre sigue sin hablarle. No lo entiendo. Yo no me imagino teniendo un hijo y no... ¿Cómo es tu padre?

Robin agitó la cabeza.

—Casi no le conozco —le enviaba una tarjeta de felicitación cada año... por el cumpleaños de Jane.

Mientras lo observaba, Jules siguió comiéndose la ensalada.

—¿Qué crees que diría si le dijeras que... eh... eres, ya sabes —miró a Robin a los ojos—. Gay.

Noté que me faltaba algo... Toda la vida había notado que le faltaba algo.

Pero no cuando había besado a Jules.

Robin tuvo que sujetarse a la mesa con las dos manos.

—¿Estás bien? —le preguntó Jules.

Robin negó con la cabeza.

Jules dejó el tenedor en el plato.

—¿Quieres irte? Podemos irnos. Deberíamos irnos —miró a su alrededor, buscando a la camarera.

Robin había hecho el amor con más mujeres de las que podía recordar. Mujeres preciosas. Mujeres inteligentes y sexys que habrían podido escribir libros de cómo satisfacer a un hombre en la cama. Perdió la virginidad a los catorce años y, en esos diez años que habían pasado, se había acostado con más mujeres que la mayoría de hombres en una vida entera.

Y, sin embargo, todo eso palidecía comparado con ese maravilloso, increíble y alucinante beso que había compartido hacía menos de una hora.

Con otro hombre.

Robin se levantó.

—Lo siento, tengo que…

Jules también se levantó.

—Cielo, espérame.

—No puedo —Robin empezó a caminar hacia la puerta.

Jules corrió tras él y lo cogió por el brazo.

—Robin…

—¡No me toques! —¡Dios!, lo había dicho gritando. En medio del restaurante.

Todo el mundo los estaba mirando. La camarera y el cocinero se acercaron corriendo.

—¿Señor?

Jules lo soltó y bajó las manos, como si tuviera delante a un animal peligroso.

—Todo saldrá bien. Estarás bien. Te lo prometo. Sólo necesitas tomarte un poco de tiempo, o mucho tiempo, el que tú necesites para aclarar las ideas. ¿Sabes? Es posible que seas más feliz cuando…

Robin hizo lo único que podía hacer: echar a correr.

Porque después de besarle, estaba claro que Jules pensaba, no, no lo pensaba, lo sabía: Robin era gay.

• • •

Sophia Ghaffari era incluso más guapa de lo que Cosmo recordaba.

Mientras se servía una taza de café y entraba en el salón de la casa de la playa, Kelly Paoletti lo miró con los ojos muy abiertos. Su mensaje era claro: «¿Por qué no hablas con ella?»

Él negó con la cabeza.

Se había comido cuatro trozos de pizza sin abrir la boca, esperando el mejor momento para excusarse y marcharse, ansioso por volver a casa de Jane.

Con Jane.

La mujer de Murphy, Angelina, estaba explicando una historia sobre el hotel rural en el que habían estado en St. Thomas durante su luna de miel. Se ve que un día llovió y un río cercano les inundó la habitación.

Era la mujer perfecta para Murphy, de risa fácil, con una sonrisa brillante y el pelo largo y oscuro. Era alta y robusta, como Jane; y no una mujer poca cosa que corría el riesgo de que Murphy la pisara sin querer.

—... unos bichos muy raros del tamaño de un bola de béisboll —estaba diciendo Angelina—. Y os juro que había uno que tenía dos cabezas. Dormimos en el baño con la luz encendida porque la idea de encontrarnos con eso en la cara en medio de la noche nos daba mucho asco.

—¿Dos cabezas? —Sophia se mostró escéptica.

—Una en cada extremo —insistió Angelina. Miró a Murphy—. Di algo.

—Yo también lo vi —dijo Murph—. Aunque no podría jurar que no eran dos bichos pasándoselo de miedo.

—Los bichos no hacen el amor —dijo Angelina—. ¿Vale? Empecemos por ahí. Los bichos ponen huevos. Que es mucho menos interactivo.

Kelly le hizo una señal a Cosmo para que la acompañara a la cocina. Perfecto.

—Tengo que irme —le dijo él cuando cerraron la puerta.

Ella no podía creérselo.

—¿Qué te pasa? Es el destino... vienes a hablar con Tom y resulta que el mismo día he invitado a Sophia...

—¿Resulta? —preguntó él.

—Bueno, puede que oyera a Tom dejarte un mensaje en el móvil, pidiéndote que vinieras esta noche...

Cosmo la abrazó, aunque era un poco extraño. Era como si hubiera una pelota de baloncesto entre los dos.

—Te quiero —le dijo—. Gracias pero... ¿Sabes que te dije que no me gustaba mucho Jane... Mercedes Chadwick? Bueno, pues la he conocido mejor y... bueno, parece que a ella también le gusto...

Kelly abrió los ojos como platos y se rió.

—¿En serio? Ha llamado esta tarde, preguntando por Tom.

—¿Ah, sí?

Kelly asintió.

—Ha sido un poco raro. La llamada, digo. Estoy segura de que es buena chica pero...

Cosmo cogió el móvil y marcó el número de Jane.

—A mí también me ha llamado, mientras hablaba con Tommy, pero cuando la he llamado no había señal.

—¿Estás seguro de que no es...? —hizo una pausa, y luego intentó ser lo más delicada posible—. Una vez me dijiste que normalmente sólo atraías a mujeres un poco... bueno, creo que la palabra que utilizaste fue «raras».

—No —dijo él, riéndose—. Jane no es así. Lo que quería decir era... —todavía tenía problemas con la cobertura del móvil, así que se movió un poco a la izquierda. Mucho mejor—. La mayoría de las mujeres sienten… —buscó la palabra adecuada—… curiosidad por mí. A veces parece como si, no sé, como si las únicas mujeres que se interesan por mí fueran las más problemáticas. Pero Jane es… Te gustaría.

Kelly no parecía muy convencida.

Cos insistió.

—Puedo hablar con ella, Kel. Le he… dicho cosas que nunca había… —movió la cabeza.

—Sólo quiero que no te hagan daño.

—Sí, yo también —volvió a marcar el número de Jane y ahora, por fin, tuvo línea.

En el salón, la conversación había pasado del sexo de los bichos a las fotos de Angelina del viaje.

Kelly se asomó por la puerta y dijo:

—Yo quiero verlas.

—Están en el coche. ¿Estás segura de que…? —dijo Angelina mientras… ¡joder!, otra vez el contestador de Jane.

—Sí. Ve a buscarlas —le dijo Kelly—. Ahora mismo voy —se giró hacia Cosmo, que estaba cerrando el móvil—. ¿No ha habido suerte?

Él negó con la cabeza mientras la puerta de la calle se abría y se cerraba.

—Ya le he dejado un mensaje. No quiero, bueno, asustarla. Dos mensajes en media hora… Mira, tengo que irme —repitió—. Antes de que traigan las fotos. Gracias por la pizza y por…

—¿Hacer de horrible casamentera? —dijo ella, al tiempo que algo rompía la ventana de la cocina.

¡Un disparo!

Dos, tres…

Cosmo cogió a Kelly. ¿Qué coño estaba pasando?

Se oyeron gritos, se abrió la puerta y Murphy gritó:

—¡No! —estaba fuera.

¡Cuatro disparos, cinco!

La voz de Tom:

—¡Kelly!

Cosmo la había colocado en el suelo, con mucho cuidado, y la tenía protegida.

—¡En la cocina! —gritó—. ¡Kelly está a salvo!

Murphy seguía gritando.

—¡No! ¡No! ¡Angelina!

—¿Qué ha pasado? —preguntó Kelly, con la voz temblorosa—. Vinh. Dios mío, es Vinh… Cosmo, ¿dónde está Tom?

—¡Necesitamos una ambulancia! —gritó Tom, desde la parte delantera de la casa—. ¡Cosmo! ¡Ya!

—No te muevas —le ordenó Cos a Kelly—. No te muevas del suelo, ¿lo has entendido?

—Por el amor de Dios, soy médico. ¡Tienes que dejarme ayudar! —le gritó ella, intentando soltarse.

Sophia entró en la cocina, con la camisa ensangrentada, resbalando por encima de los cristales del suelo.

—¿Dónde está el teléfono?

Lo vio antes de que Cosmo se lo dijera y casi lo arrancó de la pared con las prisas de llamar a urgencias.

—Murph y Angelina están… —debieron de responderle enseguida, porque se calló—. Necesitamos una ambulancia y que llame a la policía —la oyó decir Cosmo mientras salía fuera y… ¡Dios mío!—. Nos han atacado, nos han disparado —dijo Sophia—. Hay dos personas gravemente heridas. Tienen que venir enseguida.

—¿Qué ha sido eso? —preguntó Jane mientras avanzaba por la carretera de la costa. Explosiones. Varias, y muy seguidas.

—Disparos —dijo Decker—. Acelera. ¡Acelera!

Le pisó el pie en el acelerador y el coche salió disparado.

Pero cuando Jane vio la camioneta de Cosmo, aparcada junto a la de Murphy y…

Pisó el freno con el pie izquierdo porque, ¡Dios mío!, Murphy estaba en el suelo, al lado de otra persona. Tom estaba arrodillado a su lado, ¿o también le habían dado? No lo sabía. Sólo veía sangre. Mucha sangre.

Por favor, Señor, que no sea Cosmo el que está en el suelo junto a Murphy.

Jane paró el coche, abrió la puerta y salió corriendo.

—¡Cosmo!

—¿Qué está haciendo aquí? —cuando Tom la vio, no podía creérselo.

Pero Cosmo no estaba en el suelo. Estaba en la puerta de casa, con una mujer embarazadísima detrás de él.

—¡Dios mío! —dijo cuando vio a Murphy, cuando la vio a ella—. ¡Agáchate! —le gritó. Se giró hacia la mujer embarazada—. ¡Vuelve dentro!

Murphy estaba abrazado a una mujer. Una mujer que tenía el pelo largo y oscuro manchado de sangre. ¡Dios mío! ¡Dios mío!... Estaba muerta. ¿Cómo podía no estar muerta con tanta sangre por el suelo?

—¡Kelly, vuelve dentro! —gritó Tom, y la mujer embarazada se puso a cuatro gatas y se acercó a él.

Decker iba varios pasos por detrás de Jane y la tiró al suelo, protegiéndola detrás del coche de Murphy.

—Ahora estoy seguro —le dijo Decker—. La amenaza es real. ¡Agáchate!

—Angelina —dijo Murphy, con las manos llenas de sangre.

—¡Sophia! ¡Coge el botiquín que hay debajo del fregadero! —gritó la mujer embarazada, Kelly, que estaba junto a Tom—. Ayúdame —le ordenó a su marido.

—Maldita sea —le dijo él—. Estás embarazada.

—¿Qué pasa? ¿Te acabas de dar cuenta o qué? —le respondió—. Soy médico... no me voy a quedar en casa y dejar que se mueran aquí.

—Venga, tío —le dijo Cosmo a Murphy—. Tienes que soltar a Angelina para que podamos ayudarla —estaba arrodillado junto a él, ayudando a Tom y a Kelly a parar la herromagia, sin ningún miedo—. ¿Dónde está el botiquín?

—Murph —dijo Tom—. ¿Has visto desde dónde disparaba?

—Una —susurró, tocándose el reloj.

—La ambulancia viene en camino —una mujer rubia salió de casa con el botiquín y se lo dio a Tom mientras se escondía detrás del coche de Murphy. Estaba llena de sangre. Tenía que ser Sophia. Dios, ¿también le habían disparado?—. La chica de urgencias dice que deberíamos entrar lo antes posible. ¿Podemos moverlos?

—¿Estás herida? —preguntó Decker. Estaba mirando a Sophia.

—El fracotirador ya ha debido marcharse —dijo Cosmo.

—¿Qué puedo hacer? —preguntó Jane—. ¿Hay algo que pueda hacer?

—No te muevas —le dijo Cosmo, mirándola a los ojos.

A lo lejos, se oían las sirenas. Las ambulancias estaban cerca.

—Angelina...

—Está bien, Murph —dijo Cosmo—. Está herida pero se va a poner bien. Es fuerte… ya sabes que es fuerte —levantó la vista y miró a Jane, un momento—. Tienes una herida muy fea en el pecho, tío. Tienes que relajarte o te vas a desangrar.

Oh, Dios mío…

—Sophia —dijo Decker, cogiéndola del brazo y casi agitándola—. ¿Estás herida? ¿Te han dado?

Ella negó con la cabeza, no. Sonrió, temblorosa.

—Me alegro mucho de verte, Deck. Ha pasado bastante tiempo.

Por lo visto, Decker conocía a Sophia bastante bien. Por lo visto, todos la conocían. Mientras Jane los miraba, Decker la tomó entre sus brazos y la abrazó, con fuerza. Pero sólo durante un segundo, después se fue junto a Tom y Cosmo, para ayudarlos.

Las sirenas cada vez estaban más cerca.

—¿Qué puedo hacer? —repitió Jane.

—Entra en casa —le ordenó Tom—. Sophia, llévate a Mercedes dentro. Necesito que alguien vaya informando a los de urgencias.

Sophia cogió a Jane por el brazo, la puso de pie y se la llevó hasta la puerta. Tenía más fuerza de lo que parecía.

—¡Mantenla a cubierto! —gritó Cosmo.

—Deck, cuando llegue la ambulancia, te necesito conmigo —Jane oyó la voz de Tom, incluso desde dentro de casa—. Los disparos vinieron de algún punto más o menos hacia la una, seguramente del otro lado de la calle.

Sophia cogió el teléfono, que estaba colgando de la pared.

—Tenemos varios heridos de bala, pero los peores son una herida en el pecho y una en la cabeza —le dijo Sophia a la persona de urgencias—. La mujer es la que está peor. No podemos moverla.

—Dios, no —susurró Jane.

Desde fuera, Tom gritó.

—¿Alguien ha llamado a Jules Cassidy?

Por fin. Algo que podía hacer. Jane cogió su teléfono… que estaba sonando. Acababa de recibir un mensaje de voz de Cosmo. Borró la pantalla y marcó.

19

Robin vomitó entre los arbustos que había junto a la casa de la playa dos veces.

Se había mareado al ver la sangre en la entrada.

O quizás eran los gintonics que se había bebido con el estómago vacío.

Después de comerle la boca a su amante gay.

Vale, quizás estaba exagerando. Jules le había dejado bastante claro que no le interesaba formar parte de los que había llamado «el experimento de ciencias» de Robin. De lo que no estaba seguro era de lo que le interesaba.

Después de salir corriendo del hotel, Jules lo había seguido y le había dicho que a Vinh Murphy y a su mujer los habían disparado en un ataque que, en principio, iba dirigido a Jane.

El camino a Malibú había sido bastante tenso. Jules se había pasado casi todo el viaje al teléfono, gracias a Dios, hablando con la policía local, el FBI e incluso con su jefe, el increíble Max Bhagat, que ya estaba otra vez en Washington.

No fue consciente de la cruda realidad de lo que había pasado, alguien había intentado asesinar a su hermana, hasta que vio la sangre.

Y en ese momento fue a tener una conversación privada con uno de los arbustos.

Después entró en casa para ver a Janey, que iba de un lado a otro, limpiando los cristales y ayudando a Kelly, la embarazadísima mujer de Tom, a recoger sus cosas. Algunos amigos, un hombre al que parecía que le habían roto la nariz una vez al año desde los catorce y su mujer, mucho más joven y guapa que él, también la estaban ayudando. Iban a acompañar a Kelly a su casa de San Diego.

Cuando a los invitados a cenar les diparan en la entrada, quiere decir que las vacaciones se han terminado.

Robin había estado investigando hasta que encontró el minibar. Se sirvió un vaso largo de whisky, se apoyó en la pared y se quedó observándolo todo.

La señora Nariz Rota, se llamaba Teri, estaba delgada. En circunstancias normales, era el tipo de chica al que habría perseguido: muy guapa y casada con un ogro.

Se pasó un rato desnudándola mentalmente, pero el señor Nariz Rota no parecía preocupado.

Sin duda había captado la onda gay que desprendía.

¡Mierda!

Robin volvió fuera, donde toda aquella sangre lo envió a hacer la segunda visita de la noche a los arbustos.

Jules estaba con un grupo de hombres; policías, miembros del equipo de Troubleshooters, agentes del FBI… Estaba al mando, pero vio salir a Robin y se disculpó un segundo.

Se acercó a él.

—¿Estás bien?

—Sí —dijo Robin, sentándose en las escaleras de la casa. Se bebió un buen trago de whisky para humedecerse la boca, pero parecía un crimen escupirlo, así que se lo tragó.

—Oye, con cuidado —dijo Jules—. ¿Estás seguro de que eso te va a ayudar?

Era de lo único que Robin estaba seguro. Era lo único que podía hacer para no romper a llorar.

Jules suspiró y se sentó a su lado.

—Quizá sería mejor que volvieras dentro.

¿Y arriesgarse a que Jane se avergonzara de él y lo metiera en una de esas maletas? No, gracias.

—¿Cómo ha podido pasar? —dijo Robin, agarrando el vaso con fuerza—. ¿Cómo sabía que Janey iba a estar aquí?

—No lo sabía, cariño —los ojos de Jules eran tan cálidos y sinceros—. Imaginamos que siguió a Murphy esta mañana cuando salió de vuestra casa, vio a Angelina, y los siguió hasta aquí, pensándose que era Jane. De lejos, son bastante parecidas.

—Sí, hombre —dijo Robin—. Angelina es negra, ¿no?

—Es latina —dijo Jules—. El color de su piel es menos aceitunado que el de Jane. Se parecen mucho, en serio.

—Es una putada —dijo Robin—. Sólo porque se parezcan...

—Ya —dijo Jules.

—¿Se va a morir? —preguntó Robin.

—Ahora mismo está en el quirófano. Está muy mal.

—¿Y Murphy?

—Igual —le dijo Jules—. Aunque él no va a necesitar cirugía cerebral, así que tiene más posibilidades. Y aun así... —movió la cabeza.

Robin no pudo aguantarse más. Bajó la cabeza y empezó a llorar. Podría haber sido Jane. Y ahora Murphy y su mujer... Señor, se acababan de casar. Murphy le había hablado de Angelina, la había llamado «mi chica». Era una mezcla de miembro de seguridad y consejera en un centro juvenil. Murphy la describía como una mezcla entre la madre Teresa de Calcuta y Lara Croft. Y ahora, porque a algún desgraciado no le gustaba la película que Janey y él estaban haciendo, estaba metida en un quirófano con la cabeza abierta.

—En momentos como éste ser gay es un asco —dijo Jules—. Porque, aunque quisieras, no puedo abrazarte. No aquí, no cuando estoy trabajando —se levantó y se separó un poco como si, a pesar de lo que acababa de decir, no estuviera seguro de poder contenerse—. No debería haberte traído. Ha sido un error. No necesitabas esto. Lo siento mucho, Robin.

Se giró y empezó a caminar hacia los otros hombres.

—Jules.

Se paró. Se giró.

—No sé lo que quiero —admitió Robin.

Jules le sonrió, cansado.

—Yo sí —dijo—. Por primera vez en muchos años, sé exactamente lo que quiero.

Entonces, mietras se giraba y se alejaba, Robin habría jurado que le escuchó reírse y decir:

—A la mierda Adam.

Cuando Cosmo entró en la casa, Jane estaba fregando los platos.

Estaba justo delante de la ventana de la cocina.

La cogió y se la llevó a otra habitación, dejando gotas de jabón por toda la cocina, mientras le preguntaba, entre dientes:

—¿Es que te has vuelto loca?

Ella lo miró, con los ojos como platos.

—Sólo intento ayudar.

—¿Cómo? —preguntó él—. ¿Cómo nos ayudas si te matan a ti también?

—¡Las cortinas estaban cerradas!

—Son muy finas; desde la calle se ve la cocina.

—No lo sabía —susurró ella, con los ojos llenos de lágrimas.

Cosmo la tomó entre sus brazos y la abrazó muy fuerte.

—¡Señor!, Jane, ¿qué estás haciendo aquí?

—Lo siento mucho —dijo ella, abrazándolo—. Soy una imbécil —empezó a llorar—. Cuando llegué y vi a Murphy y no te vi, pensé… —se separó y se secó los ojos con las manos, para ver si así dejaba de llorar. ¡Dios mío!, odiaba que la vieran llorar—. Dime que no sabías que Sophia iba a estar aquí.

¿Sophia? Madre mía.

—No lo sabía —dijo Cos—. ¿Pensaste que yo…? Que iba a…

—¿Has dejado el trabajo? —le preguntó.

¿Cómo demonios se había enterado? Había pensado explicárselo por la noche.

—Sí —dijo—. Lo he dejado. Porque no me parecía bien que me pagaran para proteger a mi… bueno, a mi novia. Si no te importa que te llame así. Espero que no. Espero no estar asumiendo demasiado…

Ella no entendía nada.

—Y, en lugar de eso, ¿te vas?

—Esperaba que no te importara que me mudara contigo —le explicó Cosmo—. No a tu cuarto —añadió inmediatamente—. A tu casa. Bueno, a la habitación que he estado utilizando estos días.

—Pero pensaba que necesitabas el dinero.

—No tanto como necesito que tú estés a salvo —se volvió de acero frente a la nueva oleada de lágrimas que inundaban los ojos de Jane—. Jane, ¿en qué estabas pensando? No deberías haber salido de casa. Deberías haber esperado a que te llamara. Ha sido una imprudencia muy estúpida. Y sé que no eres estúpida.

—No pensé que fuera real —dijo, secándose los ojos antes de que las lágrimas resbalaran mejillas abajo—. La amenaza. Pensé que era una broma. Yo no… Quería… Me aseguré de que hubiera un garaje para dejar el coche, ¿sabes? Aquí. Así no tendría que salir ahí fuera.

—Pues a mí me ha parecido que sí que has salido ahí fuera. Estupidez número dos: salir del coche cuando había un francotirador disparando. Decker dice que te dijo que aceleraras pero que tú frenaste. ¿En qué coño pensabas? Lo siento pero…

—Pensé… —se giró, dándole la espalda.

—Cuando no sigues las instrucciones de un grupo de profesionales a los que les pagan para mantenerte viva no eres la única a la que pones en peligro —dijo Cosmo. Jane tenía que escucharlo—. ¿Quieres ir a dar una vuelta por Rodeo Drive a plena luz del día? Vale, perfecto, pero estaremos a tu lado. No serás la única que morirá.

Ella estaba con la cabeza baja y abrazándose, como si tuviera frío.

—Lo siento mucho —susurró.

Él se acercó y la abrazó, pero era como abrazar a una estatua de piedra.

—Lo que ha pasado esta noche no es culpa tuya —le dijo—. Lo sabes, ¿no?

Ella soltó una risa de incredulidad.

—Sí, ya.

—No es…

—¿Sabes una cosa? Soy una estúpida —dijo, soltándose—. Pensaba que no me devolvías las llamadas porque…

Pensaba que ibas a dejar el trabajo y huir con Sophia. Pensé que jamás volverías a llamarme —se rió—. ¡Dios! Soy idiota.

Cielo santo, lo decía en serio.

—Janey, ¿cómo has podido pensar que, después de lo de anoche, yo iba a…?

—Fue demasiado perfecto —dijo ella—. Nada es tan perfecto. Aunque sólo Dios sabe que intento serlo… —otra vez, tuvo que hacer un esfuerzo para contener las lágrimas y lo consiguió—. ¿Ha llamado Decker desde el hospital?

—Ha dicho que Angelina ha entrado en el quirófano. A Murphy están intentando estabilizarlo.

—Se parece a mí —Jane se giró para mirar a Cosmo, angustiada—. Has dicho que no es culpa mía…

—Y no lo es.

—… pero le disparó a Angelina porque pensaba que era yo, ¿verdad?

—Sí —dijo él—. Eso creemos.

—Al principio, pensé que había sido culpa mía porque me debía haber seguido —dijo ella—, pero Tom me ha dicho que el francotirador ya estaba aquí, seguramente en el jardín de al lado, antes de que yo saliera de Hollywood. Que debió haber seguido a Murphy. Y, bueno, eso está bien. Porque Angelina y Murphy no van a morir porque yo sea una celosa y una estúpida, pero… sigue siendo culpa mía.

—¿Es tu culpa que un chalado cogiera un rifle y empezara a disparar contra gente inocente? No puedes hacerte responsable de eso —Cosmo vio que no lo creía.

Jane se volvió a abrazar.

—Si Angelina muere…

Cosmo la abrazó.

—Jane, puedes llorar tranquila.

Pero no podía, porque en ese momento entró Tom Paoletti.

—Perdón. Lo siento...

Jane se separó de Cosmo y se secó la cara.

—¿Sabemos algo?

—Del hospital, nada —dijo Tom. Pero Cosmo sabía que había algo más y que no iban a ser buenas noticias—. Teníamos razón con el francotirador. Disparó desde una ventana abierta que hay al otro lado de la calle. Y esto te va a encantar, Cos. Tenemos cuatro testigos que dicen haber visto tu coche misterioso por esta zona esta noche.

—Oh, Dios mío —dijo Jane.

—¿La camioneta? —preguntó Cosmo.

—No. El Pontiac catalina blanco viejo con el techo de loneta muy gastado. Llamaba mucho la atención por estos barrios.

Aquello no tenía sentido. Después de darle vueltas durante varios días, Cosmo estaba realmente convencido de que el vehículo que buscaban era la camioneta.

—Una mujer dice haberlo visto aparcado en su calle, a unos trescientos metros de aquí, a la hora del tiroteo —les dijo Tom—. Lo estaba vigilando y dijo que, si seguía allí por la mañana, iba a llamar a la policía.

—¿Alguien apuntó la matrícula? —preguntó Cosmo.

—No. Y tampoco nadie puede facilitarnos una descripción del conductor —miró a Jane y, a juzgar por la expresión de su cara, Cosmo supo que todavía había más cosas, pero Tommy estaba seguro de que a Jane no le iba a hacer ninguna gracia.

—Sea lo que sea, señor —le dijo Cosmo a su antiguo jefe—, necesita saberlo.

—Ya —dijo Tom—. Jane, ha dejado una nota. Es el mismo de los e-mails.

—¡Joder! —dijo ella, casi sin respiración—. ¿El señor Chalado?

—Sí —dijo Tom—. Estaba ahí enfrente; disparó desde una habitación del segundo piso. En el suelo había un cartucho. Encima de la nota. Sospecho que los análisis de balística nos dirán que las balas y el cartucho son de la misma arma.

¡Joder, joder!

—La nota era un e-mail —dijo Tom—. Ya sabéis, impreso directamente de la página del correo, con cabecera y todo. Lo ha enviado desde su cuenta de hotmail a la dirección de Jane. Con fecha de hoy. En el tema ha puesto: «¿Te acuerdas de mí?».

¿Y el e-mail qué decía? Cosmo cogió a Jane de la mano y ella se abrazó a él.

Tommy no parecía muy contento.

—El mensaje decía: «Ups, pensé que eras tú».

—¿Qué? —Jane estaba horrorizada.

No era la única.

—¿Que dice qué? ¿Que sabía que no era yo? —continuó Jane—. Es eso, ¿no? ¿Que no ha disparado a Angelina por equivocación, que lo había planeado, como parte de esta pesadilla? Bueno, tenía que haberlo planeado, ¿no? Había impreso el e-mail con antelación… —miró a Tom y luego a Cosmo, como implorándoles que le dijeran que estaba equivocada.

Pero tenía razón.

—Todavía hay más —dijo Tom, muy serio—. Son buenas y malas noticias al mismo tiempo. No sólo lo imprimió, sino que también lo envió. Lo has recibido en tu cuenta de correo. Y se aseguró, igual que con el último e-mail que envió desde aquella tienda Kinko, de que pudiéramos seguirle el rastro.

—¿Y? —preguntó Cosmo.

—Lo envió desde las oficinas de *American Hero* —les dijo Tom—. Desde los estudios HeartBeat.

¿Qué?

—¿Cuándo? —preguntó Jane—. ¿Hoy? Hoy había muy poca gente allí.

—Se envió hoy —dijo Tom—, pero estaba programado desde antes. El remitente no tiene que estar presente. De hecho, estamos casi seguros de que no estaba allí.

—Pero sabemos que ha tenido acceso al estudio —dijo Cosmo—. ¿No? ¿En algún momento? Lo que significa que tuvo que entrar por la puerta y dejar sus datos.

—Sí —dijo Tom—. Pero no sabemos cuándo. El FBI está fabricando una lista con los nombres que HeartBeat pueda proporcionarnos pero, durante los últimos quince días, por esa puerta han pasado miles de personas.

—Si estuvo en el estudio… —dijo Jane—, ¿por qué no me mató entonces?

—No había ruta de escape —dijo Cos.

—Porque no habría podido escapar —aclaró Tom—. Y porque, al parecer, le gusta mucho jugar.

—¿Disparar a Murphy y a Angelina es un juego? —Jane se soltó de la mano de Cosmo. Salió de la habitación y se encerró en el baño. No iba a llorar en público.

Tom miró a Cosmo.

—Quizá deberías llevártela a casa.

Cos asintió. Como si eso fuera a servir para algo.

—Más tarde tendremos que reunirnos —dijo Tom—.

Quiero que Jules Cassidy también esté presente, pero seguramente estará muy liado hasta por la mañana.

—Entonces, por la mañana —dijo Cos. Así tendría más tiempo para intentar convencer a Jane de que aquello no era culpa suya.

Tom asintió.

—Meteré el coche en el garaje.

—Al hermano también, por favor, Tom —dijo Cos—. Si no te importa. Quiero tenerlo controlado.

Tommy lo miró.

—Suerte con eso.

Robin se entiró en el asiento de atrás del coche de Janey durante el viaje de vuelta a Hollywood.

Jules apenas lo había mirado cuando le había dicho adiós, estaba demasiado ocupado siendo un eficaz agente del FBI. Pero cuando Robin miró por la ventana de atrás mientras se alejaban, Jules lo estaba mirando.

¡Dios!, necesitaba una copa.

El Navy Seal conducía el coche Janey. No dejaba de mirarla, como si su preocupación fuera más allá de los límites de la seguridad física. Al final, ella alargó el brazo y lo cogió de la mano, ¡qué interesante!, como si ella lo estuviera consolando a él.

—Supongo que no eres gay —dijo Robin.

Cosmo le lanzó una mirada de las intensas a través del retrovisor.

—Supongo que no —dijo, al final.

Al cabo de unos cinco kilómetros, Robin volvió a hablar.

—Puede que sea gay.

Jane se giró y lo miró. Estaba agotada, con unas ojeras oscuras que le llegaban a las mejillas.

—¿Estás borracho?

—Puede que esté borracho —dijo él—, pero no creo que los niveles de alcohol en la sangre cambien el hecho de ser gay o no. Aunque puede que sí. Parece que soy menos gay cuando voy borracho. O quizás sólo tenga más ganas de tirarme a cualquiera. Y con cualquiera me refiero a cualquier mujer. Nunca he... —movió la cabeza.

—Robin, si se trata de uno de esos métodos que usáis los actores adoptando la personalidad de vuestro personaje las veinticuatro horas del día, déjalo ya, ¿vale?

—¿Y si lo dice en serio? —preguntó Cosmo.

Janey puso los ojos en blanco.

—Nunca dice nada en serio.

—Pero, ¿y si esta vez lo hace? —Cosmo miró a Robin por el retrovisor—. Lo que se supone que tienes que decir es: «¿Y qué? Gay, hetero, bi. Eso no cambia nada. Eres mi hermano y te quiero».

Robin quería llorar; escuchar esas palabras de ese hombre grande y duro... Oyó la voz de Jules: «Reconocerlo no tiene por qué ser siempre traumático».

—A Hal nunca nadie le dijo algo así. Y sabía que nadie lo haría. Lo habría perdido todo. No sólo su familia y su carrera, sino todo su futuro.

—Debió ser duro para Hal —dijo Cosmo—. Tener que enfrentarse a eso.

Janey volvió a mirar a Robin.

—¿Cómo vas a ser gay? Cada vez que me doy la vuelta, estás con una mujer distinta. Eres el hombre menos gay que conozco —miró a Cosmo y sonrió—. Bueno, excepto tú, claro.

La pasión que despredió ese contacto visual en el asiento delantero casi hizo saltar chispas. ¡Oye, oye! ¡Bien por Janey! No hacía el amor desde… ¡buf! Seguramente hacía años.

—¿No te parece extraño que nunca haya tenido una novia formal? —le preguntó Robin—. Bueno, no desde el jardín de infancia.

—Eso no significa que seas gay —dijo Jane—. Eso significa que eres un egoísta al que le aterran los compromisos. ¿No te acostaste con mi ayudante? ¿Mi ayudante que, por lo que sé, es una chica?

—Sí —dijo Robin. Le había estado dando muchas vueltas y creía que, por fin, lo había entendido—. Pensaba que estaba enamorado de ella, pero creo que lo que me gustaba era la idea de que fuera imposible. No podía tenerla, así que la deseaba. Y aquel día a mí también me apetecía, así que…

—Das asco —dijo Jane—. Eres el peor de los cerdos.

—Hoy estoy enamorado de Jules Cassidy —dijo Robin, básicamente para ver cómo sonaban esas palabras en voz alta. No era verdad. No podía serlo. No dejaría que lo fuera. Además, no tenía ni idea de qué era el amor verdadero. Todo lo que había sentido en el pasado, esa intensa necesidad, desaparecía igual de deprisa.

Ahora estaba sintiendo algo fuerte, aunque también podía ser una indigestión a causa del whisky que se había bebido después de vomitar, dos veces.

Lo único que sabía era que no podía dejar de pensar en ese beso. Aunque suponía que eso no lo convertía en gay, sólo en un obsesivo.

—Pues estás bien jodido —dijo Jane mientras él cerraba los ojos y revivía la sorprendente suavidad de la boca de Jules, la sensación del fresco algodón de la camisa bajo sus manos, el musculoso cuerpo debajo de esos…—. Espero que se matenga alejado de ti, porque lo único que conseguirás es hacerle daño. Es un buen chico, Robin. ¿Me estás escuchando? —chasqueó los dedos frente a su cara—. Concéntrate. No lo mezcles con tus jueguecitos. No sabrá que no vas en serio hasta que sea demasiado tarde.

—Jane —dijo Cosmo.

—Sólo está haciendo el tonto —dijo ella—. No lo dice en serio.

Cosmo la miró. No dijo nada, sólo la miró, y ella suspiró, desesperada.

—Gay, hetero, bi. Eso no cambia nada. Eres mi hermano y te quiero —dijo Jane, de un tirón—. Pero si sigues jodiendo a personas que quiero, cerdo egoísta, haré que te arrepientas de haber nacido —se rió—. Como si eso te hubiera detenido hasta ahora.

Por supuesto que no. Porque su estado natural ya era el de estar arrepentido de haber nacido. Nunca estaba satisfecho. Siempre buscando algo que no sabía qué era…

¿Lo había encontrado esta noche en los ojos de Jules Cassidy? «Por primera vez en años, sé exactamente lo que quiero».

¡Joder! Lo mirara como lo mirara, salía perdiendo.

Entertainment Weekly había descrito a Robin como «el próximo sex symbol» y «uno de los jóvenes actores más atractivos». Podía interpretar a personajes gays como Hal Lord y decían que era «atrevido» y «arriesgado». Pero si era gay, sólo le darían papeles de gay.

Lo estereotiparían. Le pondrían una etiqueta. Y, al final, no le darían trabajo.

Tendría que conformarse con una vida oscura, lejos de los focos. O peor.

Cara bonita. Mariquita.

¡Dios!, recordaba perfectamente el pánico que sentía cuando los niños mayores lo cogían en mitad del pasillo del colegio, lo llevaban al baño y cerraban la puerta. Lo tiraban al suelo y él se quedaba con la mejilla pegada al suelo mientras se acurrucaba en un rincón, intentando esquivar los golpes y deseando que no fueran más allá de las patadas. Porque si le pegaban en la cara, su padre vería los moretones y le preguntaría qué había pasado, y él no podía decirle que había dejado que le pegaran, otra vez… no podría soportar que su padre se avergonzara de él.

Cara bonita. Mariquita.

Y entonces, casi de la noche a la mañana, todo cambió. Jane, la persona con menos aspecto de ángel de la guarda del mundo, bajó y lo rescató. Tardó casi un año, pero al final consiguió que lo trasladaran junto a ella, al colegio de su barrio. Le enseñó a vestirse, a caminar y a peinarse.

Y entonces fue Kimberlee Novara la que se lo llevó al baño y cerró la puerta. «¿Quieres que te lo haga?», le preguntó y a él nunca se le ocurrió decir que no. La verdad era que no quería decir que no. Le gustó lo que le hizo sentir. Y cuando corrió la voz de que Kim había hecho lo que había hecho, él se convirtió en un héroe. Los mismos que le habrían dado una paliza hacía un año, ahora le daban palmadas en la espalda para felicitarlo y lo invitaban a salir con ellos después de clase.

Kimberlee era repugnante, estúpida y no especialmente guapa, pero «salir» con ella no significaba que tuvieran que pasar mucho rato juntos. Al menos, no hablando. Cuando Robin iba a su casa, lo llevaba al sótano y…

El sexo era sexo. Y casi siempre lo hacían con las luces apagadas.

Después de Kimberlee vino Ashley, y luego Brianna, y luego Lisa, Tawanda, Jacki, Christy, Deena, Susan, Chloe, Mara, etc.

Y ya nadie más volvió a llamarlo «mariquita».

¿Cómo podía plantearse volver a los abusos, a la falta de respeto, al terror?

Seguramente, Janey tenía razón, sólo se estaba dejando llevar por el papel. Hal se estaba apoderando de él. Y, a pesar de la elección de su hermana, él había identificado a Jules como Jack. Sólo eso.

Robin no era gay, sólo era un actor con mucho talento que se había identificado demasiado con su personaje.

—¿Rodaremos mañana? —le preguntó a Jane—. ¿O lo suspenderemos por…?

Ella negó con la cabeza.

—No lo sé.

—No interrumpas el rodaje —dijo Cosmo.

—Me parece una falta de respeto seguir adelante, como si…

—No lo es —dijo Cosmo—. Si fuera yo el que está en el hospital, me gustaría que siguieras adelante. No dejes que ese tío gane.

Ella asintió. Miró a Robin.

—Sí, mañana rodamos.

¡Mierda!

—Vale —abrió la mochila y sacó el guión.

Estaba tan preparado como cualquier otro día para rodar esa escena del beso entre Hal y Jack. Pero mañana también tenía otra escena, y también era un beso. ¡Señor! Lo único que hacía en esa película era besar al desgraciado ese de Adam Wyndham.

—Odio esta película —dijo él.

—En este momento, yo también —dijo Janey.

La segunda escena de mañana era el beso de despedida de Hal y Jack. Su personaje le daba una carta a Jack. Estaba cerrada en un sobre con un mensaje claro: «Ábrela sólo si muero».

El contenido de la carta se revelaba casi al final de la película con una voz en off.

Robin pasó páginas hasta llegar allí. La leería varias veces por la mañana, justo antes del rodaje porque, aunque el público no lo escucharía hasta más tarde, las palabras que Hal decía tenían que reflejarse en su cara.

Levantó el guión para poder leerlo mientras las luces del coche que llevaban detrás iluminaban la página.

«Querido J», empezaba la carta. Vaya. Nunca se había dado cuenta. Era gracioso, y bastante patético, pero J es cómo llamaba Adam a Jules.

Cuando leas esto ya estaré lejos.

Puede que haya muerto en la batalla, que esté prisionero en un campo nazi o que esté de vuelta en Alabama, sano y salvo.

Sea lo que sea que el destino me tenga preparado, el hombre que conoces y quieres habrá desaparecido. Tiene que morir, y si no es en cuerpo, al menos sí en espíritu. Si no cae en el campo de batalla, debo ser valiente y desterrarlo de mi corazón para siempre, y a ti, amor mío, con él.

Si muero, no llores por mí. Contigo conocí la felicidad. Tu amor fue un regalo que nunca esperé recibir. Lo que he-

mos compartido me ha llenado y me voy de este mundo sin ninguna queja.

Si sobrevivo a la guerra, por favor, perdóname por no ser lo suficientemente fuerte.

No me escribas. No te responderé. No vengas a verme. No te reconoceré. Y tú tampoco me reconocerás, porque el hombre al que quieres ya no estará.

El único lugar en el que vivirá, y me temo que no por mucho tiempo, será en tu corazón.

Respetuosamente,

H.

La reacción de Robin cuando leyó la carta la primera vez, cuando Janey le enseñó el guión, era que Harold Lord estaba muy confundido. Debió de costarle mucho tomar aquella decisión.

Ahora ya no estaba tan seguro de que el tío no fuera más que un cobarde de mierda.

Cosmo le llevó a Jane una taza de té a la habitación.

Fue suficiente para que a ella se le llenaran los ojos de lágrimas. Otra vez.

¡Dios santo!, lloraba por cualquier cosa. Poco importaba que, al llegar a casa, se hubiera dado un relajante baño de un cuarto de hora. Seguramente, Cosmo podría haber entrado y hablarle del tiempo y ella se habría echado a llorar.

—¿Alguna noticia del hospital? —preguntó mientras Cosmo dejaba la taza en la mesilla de noche, junto a la cama.

—Todavía no —respondió él, sin ninguna señal de exasperación, a pesar de que le acababa de hacer la misma pregunta hacía diez minutos. Cosmo se sentó junto a ella—. Janey, llorar te hará bien.

—No, estoy perfectamente —dijo—. Es que…

—¿Qué? —preguntó él, colocándole un mechón de pelo detrás de la oreja, con una delicadeza increíble—. Habla conmigo.

Jane agitó la cabeza. ¿Cómo era posible que aquello fuera real? Pistolas y tiros y gente herida… todo aquello era una mentira. La magia de Hollywood. En su mundo, el director habría gritado «¡Corten!», Murphy y Angelina se habrían levantado, sonriendo y bromeando, y se habrían ido a quitarse toda la sangre falsa antes de irse a cenar con sus amigos.

En su mundo, las pistolas eran de fogueo, no disparaban balas de verdad, la sangre era falsa y las partes de los cuerpos desmembrados eran de látex.

En el mundo de Cosmo, la muerte y la destrucción estaban al orden del día. El peligro iba implícito en su trabajo.

Ahora mismo le estaba mirando los puntos del brazo, asegurándose de que no se le habían infectado. Esos puntos no eran nada para un hombre que sabía cómo actuar ante un pecho que sangraba a borbotones.

—Somos tan distintos —le dijo ella.

Él sonrió.

—Justo estaba pensando en lo mucho que nos parecemos.

Dios, si creía que era como él, valiente, fuerte y decidida, realmente lo había engañado bien. Ahí estaba otra víctima del famoso encanto de J. Mercedes Chadwick.

Hizo lo único que se le ocurrió. Lo convirtió en una broma. Era eso o echarse a llorar y no parar nunca.

—Sí, casi siempre me confunden con un Navy Seal.

Cosmo se rió, y ella tuvo que hacer un gran esfuerzo por contener las lágrimas. Aunque era una tontería porque le encantaba hacerlo reír; de hecho, se había convertido en su nuevo pasatiempos preferido.

Sin embargo, Cosmo ya no reía y la estaba mirando muy preocupado. Jane cogió la taza para poder mirar a otro lado mientras contenía una nueva oleada de lágrimas.

—Todo esto te debe parecer surrealista —dijo Cosmo, lentamente.

—Sí —asintió ella, mientras bebía un sorbo de té.

—¿Cómo puedo ayudarte? —preguntó él.

Jane tuvo que reírse porque, por increíble que pareciera, lo decía en serio. El hombre más atractivo que había conocido en su vida le estaba ofreciendo su total apoyo. Intentó imaginarse a Victor, o a cualquiera de los idiotas con los que había salido, pronunciando esas mismas palabras y… no, imposible. No podía.

Intentó imaginarse a cualquiera de ellos renunciando a un trabajo bien pagado por ella, o subiéndole una taza de té a la cama o colocándose delante de una bala por ella.

Y los más gracioso era que no valía la pena morir por una persona como ella. No era como Cosmo y, tarde o temprano, él se iba a dar cuenta. Sólo pensarlo se le hizo un nudo en la garganta.

—Habla conmigo, Janey. Dime lo que necesitas —le imploró Cosmo.

Jane volvió a dejar la taza en la mesita, porque no estaba surtiendo efecto, y lo abrazó.

—A ti —dijo, con la voz patéticamente rota—. Cos, te necesito a ti.

Y él no lo pensó ni un instante. La besó.

Y eso era bueno porque, al menos, tenía los ojos cerrados y, por lo tanto, no podía ver el mar de lágrimas que le resbalaban por las mejillas.

Además, la respiración entrecortada también se podía deber al deseo, ¿no? En cualquier caso, Cosmo no dijo nada cuando se tendió junto a ella en la cama, haciendo una pequeña pausa para que ella apartara la sábana y la manta.

Jane alargó la mano para apagar la lámpara de la mesita pero él se le adelantó y apagó la luz.

Se oyó un ruido seco, que duró un par o tres de segundos, y luego él volvió a la cama, retomando los besos. Se había quitado la ropa y la sensación de notar su suave piel contra su cuerpo hizo que Jane quisiera…

Sí. Cosmo sabía lo que quería. Jane intentó secarse los ojos con la camiseta cuando él le ayudó a quitársela, pero fue en vano porque las lágrimas no dejaban de brotar.

Sabía que él notaba las mejillas húmedas y el sabor salado cuando la besaba, pero Cosmo no se apartó, no se detuvo, ni siquiera lo mencionó. Sólo murmuró:

—No pasa nada, Jane. Está bien —y la volvió a besar.

—Por favor.

Sólo tuvo que decirlo una vez. Cosmo ya se había puesto el preservativo, para protegerlos, y cuando ella levantó las caderas para salir en su busca, él la penetró; sin juegos, sin entretenerse.

La noche anterior, Jane había descubierto que Cosmo era un amante exquisito, con una enorme sensibilidad y una extraordinaria habilidad para dar placer. Era capaz de convertir el sexo en una forma de arte.

Pero lo que ella quería y necesitaba en esos momentos era un buen polvo a la antigua.

Y eso era exactamente lo que él le dio.

Jane lloró, lloró de verdad, mientras él la hacía sacudirse, mientras se aferraba a él, mientras gemía...

Y luego la abrazó, acariciándole el pelo en silencio, mientras seguía llorando.

Más tarde, mucho más tarde, recuperó la conciencia y levantó la cabeza para preguntarle:

—¿Te has...?

Lo escuchó reírse en la oscuridad.

—Estoy bien —le dijo—. Duérmete.

20

La madre de Patty quería que volviera a casa.

Tenía como un millón de mensajes en el buzón de voz. El teléfono no había dejado de sonar desde que el tiroteo en Malibú había salido en las noticias.

Se había vestido para salir frente a la multitud de periodistas que la estaban esperando a las puertas del estudio, donde leería un breve comunicado que Jane le había enviado. A pesar de la tragedia de la noche anterior, el rodaje iba a seguir adelante. Las dos víctimas del ataque seguían graves. Iban a reforzar la seguridad en torno al estudio y a las localizaciones.

El mensaje de Jane había sido así de conciso. Ojalá no hubiera ningún problema más.

Aunque para ella iba a ser difícil, porque Robin estaba por ahí.

Se había cruzado con él cuando iba a maquillaje. Estaba horrible; otro día, otra resaca. Qué imbecil.

Patty no sabía por qué lo había hecho, pero se había colocado frente a él, obligándolo a pararse.

Él la miró a los ojos un segundo.

—Me merezco cualquier cosa que quieras decirme —dijo él—. Lo sé.

Era obvio que se sentía horrible, o estaba fingiendo que se sentía horrible.

Quería que se sintiera todavía peor.

—Se me ha retrasado la regla —le dijo, aunque no era verdad.

Funcionó. La mirada de terror de Robin la hubiera hecho partirse de risa si no hubiera estado tan enfadada con él.

Patty lo dejó pensando alguna disculpa. ¿«Lo siento» era la respuesta correcta a esa noticia? Imbécil.

Se animó bastante al escuchar la voz de Victor Strauss en uno de los mensajes. La había llamado él mismo, y no su secretaria.

—Seguro que todo el mundo llama para ver cómo está Mercedes —decía el mensaje—. Pero yo quería saber cómo estabas tú.

¡Qué mono!

La animó lo suficiente como para llamar a Wayne Ickes y pedirle que viniera al estudio, que quería hablar con él.

Llegó temprano, como siempre, y llamó a la puerta del despacho de Jane, donde Patty estaba trabajando. Era mucho más bonito que el suyo, y Jane hoy no iba a utilizarlo.

—Me ha sorprendido que no estuvieras abajo en el rodaje —dijo Wayne, sentado frente a ella.

Patty había estado allí un rato, pero la química entre Robin y Adam frente a la cámara la estaba poniendo enferma. Sabía que estaban actuando pero...

—Como Jane está trabajando desde casa —le dijo Patty—, hay mucho trabajo administrativo que hacer.

Él asintió.

—Bueno, ¿y tú qué tal? —le preguntó Wayne, con los ojos esperanzados.

Como si ella fuera a decirle: «Wayne, esto de seguirme a todas partes es tan romántico que he pensado que ya no puedo aguantar más. Ven y fóllame encima de la mesa de Jane».

Pero, en lugar de eso, dijo:

—Te debo una disculpa.

Él se rió.

—Vaya, así empiezan los discursos que terminan con un «quiero que seamos amigos».

Patty asintió.

—Es de esos. Siento no habértelo dicho antes pero...

—Quieres que seamos amigos —dijo él, terminando la frase por ella—. ¿Aunque ya no estés saliendo con Robin Chadwick?

Ella se rió.

—¿Cómo lo sabes?

—Venga, Patty —dijo Wayne—. Vi cómo lo mirabas. También vi cómo él te evitaba —la miró con dulzura—. Debió ser duro.

—En realidad —dijo ella—, estoy enfadada... básicamente conmigo misma. Es muy inmaduro.

—Yo soy muy maduro —dijo Wayne—. Tengo un trabajo serio y adulto en un hospital...

—Buen intento —se rió Patty—. En serio, Wayne, me encataría ser tu amiga.

—Entonces, amigos —dijo él—. ¿Ves que fácil?

Pues sí, la verdad. Fue más fácil de lo que se había imaginado. Tenía una sonrisa muy bonita.

—En realidad, estoy a punto de empezar algo con alguien —admitió ella, pensando en el mensaje de Victor.

—Eso está bien —dijo—. Olvídate de ese como-se-llame.

El teléfono de Patty volvió a sonar. Miró el número.

—Mierda. Es mi madre —le dijo a Wayne—. Me llama cada hora. Quiere que vuelva a casa. Como si fuera a hacerlo, ¿sabes? —contestó—. Mamá, espera un momento —tapó el teléfono con una mano—. Tengo que contestar y decirle que no, que todavía no me han disparado —dijo—. Lo siento.

—No pasa nada —Wayne se levantó—. Gracias por ser tan sincera. Ya nos veremos.

—Me alegro de que hayas venido —le dijo, mientras él cerraba la puerta.

Y lo curioso era que era verdad, se alegraba.

—¿Cómo está Kelly? —preguntó Jane mientras Decker entraba detrás de Tom en la sala de reuniones.

—Bien, gracias —respondió Tom.

Deck sabía que lo que Tom no decía era que quien seguramente nunca se recuperaría de lo de anoche sería él. El hecho de que Murphy y Angelina estuvieran en la UCI, luchando por sus vidas, ya era suficientemente malo. Pero que la violencia propia de su trabajo lo siguiera a casa y pusiera en peligro a su mujer y a su hijo, que todavía no había nacido… No lo había dicho con palabras, pero Decker sabía que Tom estaba muy afectado.

Y no era el único.

Jane parecía exhausta. Y Cosmo también parecía que no había dormido mucho los últimos días. Estaba en una esquina, haciendo café; saludó a Deck con la cabeza.

La reunión de primera hora de la mañana se había retrasado hasta mediodía, básicamente por la apretada agenda de Jules Cassidy.

Que ahora entraba por la puerta.

—Siento llegar tarde —dejó el maletín encima de la mesa y lo abrió. Miró a su alrededor—. ¿Estamos todos?

Decker hizo un repaso. Tom, Nash, Tess, Lindsey, PJ, Cos, Jane, Sophia...

¿Sophia?

Decker cruzó la sala.

—¿Qué estás haciendo aquí? —le preguntó, aunque ya lo sabía.

—Sustituir a Murphy —le dijo ella.

Él movió la cabeza. Increíble.

—Bueno, considerando que soy el jefe del equipo, ¿no se te ha ocurrido consultarlo conmigo antes?

—Chicos, tengo un cuarto de hora —dijo Jules, en voz alta—. ¿Podemos sentarnos y empezar?

Decker se sentó al lado de Sophia.

—Esto no va a funcionar —le dijo, al oído.

—Os pido disculpas por adelantado por tener que marcharme corriendo —les dijo Jules—, pero tengo una reunión en el centro. Supongo que queréis los informes de balística —distribuyó varias copias por la mesa—. Sí, sí y sí. Es la misma arma con la que mataron al fiscal Ben Chertok en Idaho, un Remington 700P, robado a Davis T. Carter en 1999 que, en ese momento, vivía en Seattle, Washington.

Decker hojeó el informe. No había ninguna sorpresa.

—No había huellas en el cartucho, que es lo que esperábamos —continuó Jules—. La nota de la escena del crimen se imprimió en una impresora de tinta vieja. El papel, por ahora, no aporta nada nuevo. Ninguna marca de agua y manchas de chocolate con las huellas del sujeto. En la casa tampoco había ninguna señal de que hubieran forzado la puerta. Y, por ahora, no sabemos nada más.

Sophia se acercó a Deck para poder leer el informe. Olía increíblemente bien.

—Murphy también es mi amigo —le susurró.

—¿Y qué sabemos? —le preguntó Jane a Jules.

Él suspiró.

—Bueno, sabemos que sea quien sea, ha tenido acceso a los estudios HeartBeat, así que debemos tener su nombre, el verdadero o el falso, en una de las listas de empleados que han pasado por la puerta de entrada en las últimas semanas. Por desgracia, hay miles de nombres en esas listas.

»Estamos bastante seguros de que sabe manejar un ordenador aunque, hoy en día, eso no es muy difícil.

»También estamos seguros de que, dada su facilidad para disparar —contunió Jules—, y sabéis tan bien como yo que es un tirador experto o un novato con suerte, ha estado practicando. Y mucho. Estamos haciendo una lista de los habituales a los campos de tiro, tanto de este estado como de otros. Por supuesto, estamos cruzando todas estas listas con la que nos ha proporcionado HeartBeat. Aunque, si sale a hacer prácticas al desierto, puede que no encontremos nada —hizo una pausa—. También sabemos, Jane, que no deberías ir a ninguna parte hasta que lo cojamos. Y deberías mantenerte apartada de las ventanas.

—¿Y qué hago? —a Jane no le hacía ninguna gracia todo eso—. ¿Me escondo entre estas cuatro paredes mientras ese chalado dispara a mi equipo de seguridad, o a mis amigos, o a mi equipo o…?

—Me gustaría proponer algo —interrumpió Tom—. ¿Por qué no te trasladamos a otro sitio? Uno que sea más seguro para ti, pero también para nosotros. Un hotel, por ejemplo, donde podamos controlar con las cámaras quién entra y sale de cada piso.

—Otra alternativa —sugirió Jules—, sería que te marcharas de Los Ángeles, o incluso del país. Sólo por un tiempo, claro.

Mientras Decker la miraba, Jane negaba con la cabeza.

—No. Si de verdad creéis que ir a un hotel será más seguro para todos, iré a un hotel. Aunque, para ser sincera, en este momento tengo todo el dinero invertido en la película. Lo máximo que puedo permitirme es un motel de carretera.

—Haré una petición a HeartBeat —dijo Tom—, por supuesto.

—Sí, bueno… —dijo Jane—. Anoche no tuve tiempo de comentártelo, pero ayer HeartBeat me dijo que igual dejaba la producción de la película, que retiraba todo el dinero.

Tom se apoyó en el respaldo de la silla.

—¿Por qué iban a hacer eso?

—Quieren que elimine un trozo de la película —contestó Jane—. Aunque hoy todavía no he hablado con ellos, así que…

Tom asintió.

—No vamos a dejarte en la estacada. Nos quedaremos hasta el final, tanto si nos pagan como si no —le sonrió a Jane—. Pero, por favor, no se lo digas a ellos.

Se suponía que aquella misión iba a ser dinero fácil. Era muy irónico.

Jane estaba emocionada.

—Gracias —susurró.

—Al menos, señor, podríamos trabajar a cubierto —sugirió Cosmo—. Podríamos vigilar las calles desde las ventanas del último piso y, así, no seríamos blancos fáciles.

—Bien. Tened los ojos bien abiertos —les dijo Tom a todos—. Estad muy atentos, incluso cuando acabéis el turno.

Coged un camino de vuelta a casa largo. Vamos a asegurarnos de que nuestras familias están a salvo.

Si Murphy hubiera prestado atención cuando salió de casa de Jane ayer por la mañana, habría visto que lo seguían. Como jefe de equipo, Decker debería habérselo recordado. ¡Maldita sea!

Sophia le devolvió el informe de balística y, como si supiera lo que estaba pensando, le dijo:

—No es culpa tuya, Deck.

Él sólo la miró.

A Jules le sonó el móvil.

—Perdonadme, tengo que contestar —dijo, levantándose y saliendo al pasillo.

—No lo es —insistió Sophia. Pero, entonces, se rió—. Te echas la culpa por todo, ¿no?

No podía ni mirarla. ¡Joder, Cassidy, cuelga y sigue con la reunión!

—No deberías hacerlo —dijo Sophia—. Lo que pasó entre nosotros…

—Nunca debería haber pasado —la interrumpió él, obligándose a mirarla. Dios, soñaba con esos ojos, esa cara…

Esa boca.

Había estado viviendo en la calle en un país del tercer mundo, escondiéndose de un señor de la guerra que le había puesto precio a su cabeza. Había utilizado el sexo para distraer a Decker, porque estaba asustada de que fuera un cazarecompensas que fuera a entregarla a ese asesino.

Y Decker, que era una persona difícil de distraer, había dejado que las cosas fueran demasiado lejos.

—No fue real —le dijo ella, con una mirada de lo más sincera—. Deck, de verdad. Tienes que olvidarlo. No significó nada.

«No significó nada».

No tenía ni idea.

Jules volvió a entrar, guardándose el teléfono en el bolsillo, salvando a Deck.

—Lo siento. ¿Por dónde íbamos?

—A Nash y a mí nos gustaría quedarnos aquí mientras dure todo esto —dijo Tess—. Y a Decker y a Dave también. Hay sitio de sobras —miró a Jane—. Si a ti te parece bien.

Jane asintió.

—Os puede parecer una locura pero, ¿no podríamos cogerlo montando una trampa? ¿Utilizándome a mí como cebo?

—Bueno, estamos planteándonos esa posibilidad —dijo Jules. Luego miró a Cosmo—. Tranquilo vaquero. No te utilizaríamos a ti, Jane, sino a alguien que se pareciera a ti. A una agente del FBI entrenada para eso...

Jane ya estaba negando con la cabeza.

—Es inaceptable. No quiero hacerlo. Si alguien va a hacer de cebo, voy a ser yo.

—Y eso es inaceptable para nosotros —le dijo Jules, buscando algo más en el maletín—. Lo siento, chicos, tengo que irme. Obviamente, seguiremos en contacto, cruzando las bases de datos y creando una lista de nombres que nuestros analistas quieran entrevistar.

Entrevistar. Iban a hablar con las personas de la lista, una a una. Llamarían a la puerta y pedirían permiso para entrar.

El FBI tenía que seguir unas normas. Las órdenes eran obligatorias para poder entrar en una casa a registrarla.

Pero los miembros de Troubleshooters no tenían que seguirlas. Como civiles, podían utilizar sus... digamos... habilidades especiales para entrar en una casa y buscar al asesino.

Por supuesto, otro nombre para entrar en una casa de aquella manera era: allanamiento de morada.

Y, justamente por eso, el equipo de Troubleshooters también necesitaba sus habilidades especiales para que no les pillaran.

Jules sacó otro informe del maletín.

—Tengo una lista de todos los actores, extras o empleados del estudio que alguna vez han vivido por la zona de Seattle, donde robaron el arma con la que dispararon a Murphy y Angelina. Una lista de todos los actores, extras, etc. que alguna vez han tenido un arma registrada a su nombre —dejó las listas en la messa a medida que iba leyendo el encabezado—. Una lista de todos los actores, etc. que han servido en el Ejército. Otra lista de antiguos militares que han recibido clases de tiro. Y, por si acaso, una lista de todos los actores y extras que rellenaron el formulario de vestuario y dijeron que tenían un uniforme nazi en casa.

—¿Qué? —Tom no podía creérselo.

—Sí —dijo Jules—. ¿Quiere decir algo? No lo sé. Supongo que, si haces de extra en muchas películas de la segunda guerra mundial, es normal que tengas uno. No significa necesariamente que imites marchas militares en el sótano de casa o invites a tus amigos a leer *Mein Kampf* a casa los sábados por la noche. Sin embargo, nos pareció algo que podría sernos útil.

Cosmo había cogido las listas y les estaba echando un vistazo.

—¿Tienes una lista de los nombres que aparecen en dos o más de estas listas? —preguntó.

—No —dijo Jules—, pero te la conseguiré. Es una buena idea. Sin embargo, y exclusivamanete para ti, querido Cosmo, tengo otras dos listas: una con todos los actores, extras y empleados del estudio que tienen un coche blanco viejo con la capota de loneta, parecido al misterioso Pontiac, así como una lista de todos los actores, etc. que tienen una camioneta de color oscuro con un seis en la matrícula. Sinceramente, después de que alguna gente admitiera haber visto el Pontiac en Malibú, no sé por qué sigues interesado en la camioneta pero, a partir de ahora, si necesitas algo, para mí será una prioridad —miró a los otros miembros del equipo de Troubleshooters—. Se acabaron las bromas sobre el misterioso coche de Cosmo o sobre esas balas fantasma, ¿está claro? De hecho, creo que todos le debemos una sincera disculpa al jefe Richter.

Cerró el maletín.

—Y con esto, me voy.

—Deck —Tom se había dado cuenta de que estaba sentado al lado de Sophia—. Lo siento, tendría que haberte comentado que Sophia había pedido sustituir a...

—Lo siento, señor. Pero no me parece bien —dijo Decker—. A menos que usted insista.

Tom se quedó sorprendido, pero se recuperó enseguida.

—Claro que no. Tú eres el jefe del equipo.

A Sophia tampoco le había hecho mucha gracia pero, antes de que pudiera decir nada, Decker se levantó y se marchó.

El momento favorito de Cosmo para un allanamiento de morada limpio era a última hora de la mañana, cuando la gente estaba trabajando y los niños estaban en el colegio. Pero a primera hora de la tarde tampoco estaba mal.

Si la cerradura de la puerta era demasiado complicada, entraba por alguna ventana abierta y daba una vuelta por la casa.

Buscando algo extraño.

Buscando escondites donde ocultar un rifle robado y munición. Cualquier cosa, desde lo más tradicional, como una baldosa suelta debajo de la cual se podía esconder un arsenal, pasando por lo más creativo, como fondos falsos en un armario, hasta lo más literario, como pasillos secretos escondidos detrás de un póster de Sarah Michelle Gellar o Jennifer Aniston, como en la novela *Cadena perpetua* de Stephen King.

Estaba repasando la lista que Jules le había dado, la de extras que tenían un uniforme nazi.

Parecía un inicio igual de bueno que los demás.

Iba por la L, Carl Linderman. Un buen nombre alemán, pero a Richter no le decía nada.

Carl vivía en un piso en la primera planta de una vieja casa diminuta en un barrio en que las casas estaban muy juntas. Entrar había sido bastante fácil. La cerradura era tan sencilla que incluso un niño pequeño la hubiera abierto.

Carl vivía en un cuartucho destartalado y viejo. En el comedor, junto a la cocina, había una mesa plegable y dos sillas, también plegables. Había un colchón hinchable en el suelo, con un saco de dormir abierto encima, frente al televisor, y ya no había más muebles. En la habitación había otro colchón hinchable y otro saco de dormir.

En el suelo había dos petates, pero sólo había ropa. Vaqueros, pantalones militares y camisetas. Ese tipo vestía como Cosmo. Aunque había ropa de dos tamaños, una un poco más grande que la otra. Allí vivían dos personas.

El uniforme nazi en cuestión era del que estaba más delgado. Estaba colgado en el armario, protegido con una funda de plástico. También había varios trajes recién sacados de la tintorería.

El suelo estaba lleno de cajas de pizzas, de comida rápida y papeles de chucherías, de latas de refresco y ropa sucia.

No había ningún escondite o, al menos, Cosmo no pudo encontrarlo.

Había un cable de teléfono conectado a la toma de corriente que había junto a la cocina y que llegaba hasta la mesa plegable de la cocina, como si alguien hubiera estado utilizando un ordenador portátil para conectarse a internet.

En la encimera había una copia del guión de *American Hero*, pero eso era todo. Nada de libros, ni revistas, ni fotografías ni nada personal.

Era como si sólo utilizaran el piso para dormir y comer.

Algo que, en Los Ángeles, no era tan extraño, porque mucha gente venía a Hollywood a conseguir el papel de su vida. Se pasaban el día de audición en audición o trabajando de camareros para poder pagar el alquiler.

Antes de salir por la puerta, Cosmo se asomó por la ventana para asegurarse de que no había nadie, de que los vecinos de arriba no acababan de volver a casa. Le pareció ver un movimiento detrás de lo que parecía la ventana de una cocina, y se detuvo. Pero volvió a mirar y vio que la ventana estaba abierta y que el movimiento que había visto seguramente había sido la cortina.

Salió del edificio, cerrando la puerta tras él.

—¿Quién es usted? —dijo una voz de señora mayor que, por lo visto, estaba en esa ventana abierta. ¡Mierda! Había visto algo más que el movimiento de las cortinas—. ¿Qué está haciendo aquí?

Una opción era salir corriendo.

Otra era aprovecharse de alguien que se debía pasar el día controlando quién entraba y salía del edificio desde la ventana de la cocina.

Se giró para mirarla, con una sonrisa en la cara.

—Carl me dijo que había perdido el guión, ya sabe, de esa película en la que participa. Me pidió que viniera para ver si se lo había dejado en casa —levantó las manos mientras se encogía de hombros—. No ha habido suerte.

—Carl —repitió la mujer—. ¿Es el gordo o el flaco?

Era una pregunta trampa que tenía el cincuenta por ciento de posibilidades de fallar.

—El flaco —dijo, recordando el uniforme del armario.

Ella pareció satisfecha, así que abrió la puerta para verlo mejor.

—¿Quién es usted?

—Me llamo Percy —le dijo—. Carl y yo somos amigos de la infancia. De hecho, he venido a Los Ángeles por él. Dice que le va muy bien pero, si es cierto, supongo que como mínimo tendría una cama. El tío vive como un nómada. ¿Lleva mucho en el edificio?

—Unas semanas —dijo la señora.

—Ah, entonces será por eso —dijo Cosmo—. Seguro que no ha tenido tiempo de ir a comprar muebles. Ha sido un palcer conocerla, señora —se giró, pero se lo pensó mejor—. Oiga, ¿no sabrá usted si todavía lleva ese viejo Pontiac blanco?

Ella negó con la cabeza.

—Tiene una camioneta.

—¿Negra?

—Roja —dijo ella.

—Gracias. Buenos días —dijo Cosmo. Suficiente.

Hasta el siguiente.

● ● ●

Robin estaba sentado en la barra, con la séptima copa en la mano. ¿O era la octava?

Estaba en ese punto de la noche donde contar las copas ya era irrelevante.

—Pensé que te encontraría aquí.

Adam. ¿Cómo no? Era su día de suerte. Todavía llevaba el pelo como el joven Jack, algo que desconcertó un poco al Hal que Robin llevaba dentro.

Era muy duro ser alguien durante varias horas al día y después querer ser la misma persona de antes, así como así. Robin no entendía a esos actores que podían chasquear los dedos, recuperar su personalidad e irse a casa tranquilamente después de un día de rodaje.

Él necesitaba unas seis o siete copas para calmarse él y el personaje en cuestión que estuviera interpretando en ese momento.

En este caso, Harold Lord. Este papel iba a acabar con él o a comportarle todo lo que siempre había querido.

Bueno, si podía llegar a averiguarlo, claro. ¿Fama y dinero como «uno de los jóvenes actores más atractivos» de Hollywood o…?

—Creo que ya te he visto suficiente por hoy —le dijo Robin a Adam, haciendo un esfuerzo por vocalizar. Era algo que se le daba muy bien, fingir que no iba como una cuba cuando iba como una cuba.

Adam se rió y le brillaron los preciosos ojos. Más que el pelo engominado. En lugar de los habituales vaqueros y camiseta, llevaba pantalones militares y una camisa verde. Intentó mantener el equilibrio encima de la barra de acero de los pies pero resbaló, queriendo, obviamente, y fue a parar encima de Robin. Apoyó una mano en su muslo y lo rodeó con el brazo.

—Pues yo no he visto todo lo que me gustaría así que, ¿qué hacemos?

—Cuando dices esas cosas me das asco —dijo Robin, y lo empujó. Sin embargo, Hal le impidió empujarlo demasiado fuerte.

—Imagínate que eres Hal y yo Jack.

—No.

—Ya sé. Imagina que soy Jules.

—Déjame en paz, joder —Robin ignoró a Hal y empujó a Adam con todas sus fuerzas.

El camarero los miró mal.

—Id a fuera o al fondo. Peleaos o follad, pero no mientras estéis aquí sentados.

—Dos más de lo que él está tomando —dijo Adam—. Y llénalas cuando estén vacías. Nos portaremos bien, lo prometo —miró a Robin—. Venga, Robbie. Hoy no ha estado tan mal, ¿no? —se rió—. Seguro que al cerdo ese se le han entelado las gafas.

—El director se llama Lenny —dijo Robin.

—Sí, como si fuera tu mejor amigo. Leo la prensa, y sé que casi fue una imposición del estudio. ¿Sabías que se hizo famoso con un anuncio de laxantes?

—Ha hecho un montón de películas —respondió Robin—. Oye, mira… ¿por qué no te vas a ser negativo a otra parte? Lo estás haciendo muy bien.

El camarero les trajo las bebidas y Adam cogió una, acercándole la otra a Robin. Levantó el vaso.

—Porque acabemos lo que hemos empezado —bebió un sorbo y se pasó la lengua por los labios.

Robin cerró los ojos.

—Aléjate de mí.

—Lo digo en broma. Venga —bebió otro trago—. Pero, ahora en serio, Robin, admítelo, te ha gustado, aunque sólo sea un poco…

—Mira, la cosa funciona así —le dijo Robin—. Hal está enamorado de Jack. Yo interpreto a Hal y tú interpretas a Jack. Estamos haciendo una película.

—¿Y por qué te gusta salir por los bares gays? —preguntó Adam, cambiando de táctica—. ¿Por qué has venido aquí esta noche, Roberta? Seguro que sabías que vendría.

Era una buena pregunta. Una para la que Robin no tenía respuesta. Había pensado ir al hotel de Jules. Con la esperanza de encontrase con él cuando volviera de trabajar y la esperanza de no hacerlo. En lugar de eso, había salido con Harve y un grupo del equipo de maquillaje, y habían acabado en ese bar.

Donde, pensándolo fríamente, sí, era lógico que Adam lo hubiera encontrado.

Adam, con quien se lo había montado durante horas esa tarde, delante de las cámaras. Adam, que aprovechando que Hal era el que llevaba la voz cantante en la escena, había aprovechado para meterle mano por todas partes.

Por *todas* partes.

A Hal le había encantado.

Se había puesto tan cachondo que estuvo a punto de ponerlos en evidencia a los dos allí, en pleno rodaje.

Hal que, a pesar de las ocho copas, ¿o eran nueve? (¡Dios!, a Robin se le estaban acabando los dedos de las manos y Hal todavía seguía torturándole), parecía que todavía mandaba sobre determinada parte de su anatomía, estaba casi dispuesto a arrodillarse y a rogarle a Jack que lo tocara como lo había tocado por la tarde.

Pero Jack no estaba allí. Y Adam sí.

—Vale, una pregunta que a lo mejor sí que podrás contestar, borrachín —dijo Adam, acabándose su copa y pidiendo otra ronda, para los dos—. No pude evitar fijarme en que las inciales de Mercedes en esas páginas revisadas del guión eran falsificadas, y no demasido bien, por cierto. Ya sabes, lo de la escena en que nos damos la mano.

¡Ups!

—Te has dado cuenta, ¿eh? —dijo Robin.

Adam se rió.

—¿Pensabas que no lo haría?

—Bueno, ya sabes que los de HeartBeat quieren eliminar a Jack Shelton de la película, ¿no? —dijo Robin—. Y, lógicamente, una posibilidad sería eliminar la relación entre Jack y Hal, aunque es una estupidez, porque es el hilo conductor de la historia. Entonces, lo que he empezado a hacer, y no se lo digas a Janey, es un «trato» con el director —dijo «trato» marcando las comillas en el aire con los dedos—. Estamos reescribiendo las escenas «peligrosas». Así Jack no desaparece, pero se suaviza la relación con Hal. En lugar de amantes, son amigos.

—O sea, que les estás bailando el agua a los de HeartBeat reescribiendo la película de tu hermana sin que ella se entere, ¿no? —dijo Adam.

—No, mira —dijo Robin—. Soy como un agente doble. Fingo que colaboro con HeartBeat. Seguimos rodando el guión de Janey, pero también hacemos la otra versión. Los del estudio se piensan que hemos aceptado sus modificaciones y así nos dejan en paz. Se corre la voz de que hemos introducido unos cambios y todo esto se calma un poco. Y, puede que así, ese tío al que Janey llama señor Chalado también desaparezca.

—¿Y ella no sabe nada de todo esto? —preguntó Adam.

—Ahora está un poco distraída —le dijo Robin—. Entre Murphy y Cosmo.

—Joder, ¿qué le ha pasado a Cosmo? —Adam parecía preocupado.

—No, nada —dijo Robin—. Bueno, le ha pasado Janey —miró el reloj pero no podía ver qué hora era. Muy mala señal. Daba igual; debía ser muy tarde—. Seguramente se estarán persiguiendo por su cuarto o algo así. Bueno, lo digo basándome en el hecho de que somos familia —vaya, aquello sonó como si estuviera flirteando. Hal miró a Adam para ver su reacción.

No pasó nada.

—Dios, me has asustado —dijo Adam—. Eres imbécil —se rió, y se bebió la copa de un trago—. Vaya. Lo necesitaba. Pensaba que había pasado algo más. Entre lo de Murphy y su mujer. Es una putada.

—Deberías haber visto la sangre en el suelo —dijo Robin.

Adam se quedó callado un momento, mirándolo.

—¿Estaba Jules? —preguntó—. Porque eso es lo que hace. Si hay disparos, en lugar de salir piando, como la gente normal, él va hacia ellos. Va hacia los disparos, la sangre, los muertos y esas cosas —sacudió la cabeza—. Es una locura.

—Él me llevó —dijo Robin—. Estábamos cenando y…

—¿Cenando? —Adam se rió—. ¡Vaya!

—¿Qué se supone que significa eso?

—Nada —Adam volvió a mirar al camarero—. No, es que… Salir a cenar es un paso importante para J. Le debes gustar mucho, Robskie. Estoy impresionado. ¿Y no es genial verlo hacer cosas de agente del FBI? Muy masculino. Me ponía un montón. Y, al mismo tiempo, no me ponia nada porque... bueno, ¿ya te ha enseñado las cicatrices?

¿Cicatrices? ¿En plural? ¿Había más?

—¿Durante la cena? —preguntó Robin.

—¿No era servicio de habitaciones?

—No.

—Ah, vale, entonces no estoy tan impresionado.

—Sólo he visto una —dijo Robin—. La de la espalda.

—¡Bien por J! —Adam le sonrió, aunque era una sonrisa un poco tensa—. ¡Y bien por ti, Robbie! ¡Diablillo! Estoy orgulloso de ti. Por fin has abierto el sobre de tu identidad sexual. ¿Quién estaba a cuatro patas? —arqueó las cejas.

Robin estrenó la nueva copa.

—Muy gracioso —dijo.

—Bueno, entonces supongo que ya sabes cómo le dispararon, ¿no?

Robin no pudo evitar exclamar:

—¿A Jules le dispararon?

—¿Ah, no te lo explicó? —dijo Adam—. Fue sólo sexo, ¿eh? Ni una palabra. ¡Vaya con J, será animal!

—No nos acostamos —admitió Robin—. Se cambió la camisa y le vi la cicatriz. Eso es todo.

—Porque te estás reservando para mí, ¿verdad? —dijo Adam—. ¡Qué mono! —apoyó la mano en el muslo de Robin.

Robin se apartó, pero Hal le impidió alejarse demasiado.

—No puedo creerme que le dispararan.

—Fue horrible —dijo Adam—. Ya sabes, grave. Estuvo a punto de morir.

¿Qué? ¿Morir? ¡Joder!

—¿Cuándo fue?

—Hace un par de años —le dijo Adam, mirando de cerca la copa recién llenada que le acababan de traer—. ¿Qué es esto? Sea lo que sea, es mi nueva bebida favorita.

—Té helado de Long Island —dijo Robin—. Al estilo Chadwick —añadió Hal.

Adam le devolvió la sonrisa a Hal.

—Genial. Creo que me gustarían muchas más cosas al estilo Chadwick.

Robin frunció el ceño.

—¿Quién le disparó?

—Un terrorista —dijo Adam—. Pasó justo después de que yo vine a Los Ángeles. Ni siquiera me enteré hasta meses después de que hubo salido del hospital. Nadie se molestó en llamarme. Lo pillaron en medio de un tiroteo con una célula terrorista en San Diego.

—¿San Diego? —nunca hubiera pensado en California como posible escenario de un tiroteo mortal con una célula terrorista.

Adam asintió y, de repente, el juego del gato y el ratón que habían mantenido hasta ese momento desapareció. Adam lo acabó. Se quedó muy callado. Vulnerable. Maldita sea, se parecía tanto a Jack que Hal tuvo que contener la respiración.

—Era difícil vivir con él —dijo Adam—. El no saber si iba a volver a casa cada vez que se iba a hacer un trabajo. Siempre me preguntó: «¿Por qué me has dejado?». ¿Qué se suponía que le tenía que decir? «¿Porque no podía soportar la idea de que te mataran y me dejaras para siempre, así que me fui yo»? —dejó el vaso en la barra y le dio la espalda a Robin—. Y entonces sucedió, mi peor pesadilla. Y no estaba allí con él. Cuando me enteré, sólo podía pensar en si alguien se hubiera dignado a llamarme si realmente hubiera muerto.

Quizás no me habría enterado. Podría haberme pasado la vida pensando que estaba por ahí salvando el mundo y ya haría años que estaría enterrado bajo tierra.

Robin tocó a Adam. Le tocó el brazo con la mano.

—Lo siento.

Adam asintió.

—Gracias —sonrió, pero enseguida recuperó el gesto serio—. Bueno, él lo dice como si yo fuera el malo de la película. Sé que lo hace. Y no le culpo. Pero siempre hay dos versiones de la historia. Y él no… Nunca entendió lo solo que me sentía cada vez que se iba. Y, cuando volvía, siempre era lo mismo: «Alyssa esto, Alyssa lo otro». ¿Cómo podía competir con eso? Un día me rendí y, cuando volvió a casa, fue en plan: «¿De quién son esos calzoncillos que hay debajo de la cama, desgraciado?». Al menos, así se dio cuenta de que existía, ¿me entiendes?

De alguna manera, habían acabado cogidos de la mano. ¿Cómo demonios había sucedido?

Robin tenía que salir de allí, porque Hal quería abrazar a Jack con fuerza y no soltarlo. Nunca.

Bajó del taburete. Vale. Estaba caminando… sin caerse. Aunque, puede que lo hiciera porque Jack lo estaba sujetando.

—¿Dónde vas, hombretón? —preguntó Jack.

—A casa —buscó las llaves en el bolsillo.

—Sí, como si te fuera a dejar conducir —Jack se las quitó de las manos y se las guardó en el bolsillo.

—¡Eh!

—Yo conduciré —le dijo Jack, con esa sonrisa que Hal no podía resistir—. No pasa nada, cariño. Todo va a ir bien. Te voy a llevar donde quieres ir.

Cosmo se despertó solo en la cama de Jane.

Se sentó, asustado, pero cuando vio la luz del despacho encendida por debajo de la puerta volvió a respirar tranquilo.

Eran las cuatro pasadas; la había metido en la cama hacía menos de dos horas.

Necesitaba descansar e, igual que la noche anterior, Cosmo había recurrido al sexo para conseguir que se durmiera. Tenía la esperanza de que el sexo también la relajaría pero, por lo visto, el que se había quedado dormido había sido él.

Llamó a la puerta mientras se asomaba, y ella lo miró desde el escritorio.

—Lo siento —dijo ella—. ¿Te he despertado?

Cosmo dejó que sus ojos se acostumbraran a la luz.

—No, yo… supongo que noté que no estabas en la cama.

—No podía dormir.

—¿En qué trabajas?

—En nada… —se encogió de hombros—. Una idea que he tenido. Todavía es demasiado pronto para hablar de ella.

Cosmo asintió, y cruzó el despacho para sentarse en una de las sillas que había enfrente de ella.

—Deberías haberme despertado.

—Estabas tan tranquilo que no me he atrevido —sonrió a pesar del cansancio y la preocupación, con la barbilla apoyada en la mano, observándolo—. ¿Te importaría mucho quedarte así, sentado, para siempre?

La pasión en sus ojos era inconfundible. Cosmo se rió, estiró las piernas y se rascó la barbilla. Ella se quedó sentada, mirándolo.

Vale. Podían hacerlo así. Podían hacer el amor toda la noche. El brazo ya no le dolía tanto; todavía no estaba para colgarse de la lámpara o subir al tejado, pero ya faltaba poco.

Y el sexo era una muy buena manera de reducir el estrés. Una manera de expresar emociones difíciles de traducir en palabras.

Por supuesto, en términos de exponer sentimientos complejos, hablar era más eficaz. Pero cada vez resultaba más obvio que Jane no necesitaba hablar. Al menos, no con él. No sobre de cosas realmente importantes.

Como qué sintió cuando vio a Murphy y a Angelina en el suelo, heridos. Como lo preocupada que debía estar porque el asesino le había disparado a otra persona. Como lo mucho que se culpaba por eso. Como qué iba a hacer ahora, porque estaba claro que estaba planeando algo.

En realidad, era bastante irónico que no quisiera hablar con él, teniendo en cuenta lo mucho que le gustaban a Jane las palabras, la comunicación, explicar historias.

Ahí sentado, mirándola a los ojos, sabía que iban a acabar otra vez en la cama, algo que a él no le suponía ningún problema, claro. Al contrario. Pero no iba a ceder hasta después de haber intentado mantener una conversación como Dios manda. Empezó suave.

—¿Te he dicho alguna vez lo mucho que me gustó la escena del día D, esa del sueño?

Jane sonrió.

—Gracias.

Se levantó. Rodeó la mesa, acercándose a él. Uy, uy, uy…

—Cómo Jack se da cuenta de lo de Hal, de manera inconsciente, es muy… eh…

Era difícil mantener una conversación seria cuando ella lo estaba mirando de aquella manera.

—Eh… bonito.

—Me alegro de que te gustara. La filmaremos dentro de unos días.

—Debe de ser muy duro, ya sabes, tener que mantenerte lejos del set…

Fue todavía más duro cuando Jane alargó las manos y se las colocó encima del estómago, haciendo un gesto con la cabeza hacia la habitación.

Él fue directo al grano. Igual que ella.

—Habla conmigo.

Jane se sentó a horcajadas sobre sus piernas. Lo besó. Se desabrochó la bata.

—No quiero hablar—. Lo besó, con pasión, un beso cargado de promesas. Se separó para mirarlo y le sonrió—. Y tú tampoco.

Cosmo le apartó las manos antes de que…

—Sí, en realidad, yo sí quiero hablar.

Sin embargo, para ser totalmente honesto, lo que ahora quería era hablar luego porque, ¡Dios bendito!, con la bata abierta, el pelo suelo y esa sonrisa estaba increíblemente sexy.

Una sonrisa que sólo era una coraza para esconder las preocupaciones y el miedo.

—Quiero que hablemos de cómo no vamos a dejar que ese tío tenga otra oportunidad para hacerle daño a otra persona —le dijo Cosmo—. Ni a ti, ni a mí, ni a tu hermano, ni a nadie del equipo…

—Perfecto —dijo ella—. Me parece absolutamente perfecto.

Pero Cosmo vio claramente que estaba mintiendo. Se inclinó para besarlo otra vez, llevándole las manos a sus pechos; una distracción nada molesta, la verdad.

—Jane —empezó a decir, pero ella tenía las manos libres y resbaló por sus piernas hasta arrodillarse delante de él y...

Ya estaba totalmente distraído. ¿De qué estaban hablando?

—No volveremos a subestimarlo —dijo Cosmo. O, al menos, creía haber dicho eso.

Puede que Jane le hubiera respondido, pero él no se enteró. Bueno, sí, estaba seguro de que había dicho algo, aunque no tenía ni idea de qué.

—Cuando dije que hablaras conmigo no me refería a esto —le dijo—, pero me encanta tu creatividad.

Jane se rió. Sí, aquello había sido una risa. Seguro.

Pero, cuando levantó la cabeza para mirarlo, ya no sonreía.

—Cos —suspiró—, ¿qué voy a hacer si Murphy y Angelina mueren?

Cosmo la levantó y la sentó en sus rodillas, abrazándola muy fuerte. Pero antes de que pudiera responderle, antes de que pudiera pensar en las palabras justas para tranquilizarla, ella añadió:

—No me respondas. No digas nada que pueda validar la posibilidad de que mueran, ¿vale? No digas nada. Sólo bésame, sólo... por favor...

Cosmo la besó.

Tarde o temprano, tendría que hablar con alguien.

Pero ahora necesitaba contacto físico. Necesitaba una prueba de que no estaba sola. Necesitaba conexión, comodidad, libertad.

Y él podía darle eso. Y más.

La cogió en brazos y la llevó a la habitación donde, hasta el amanecer, no dijeron ni una palabra.

21

Jane levantó la cabeza cuando Cosmo llamó a la puerta.

—¿Tienes un minuto? —preguntó él.

—Sólo si son buenas noticias —dijo ella—. Preferiblemente sobre Murphy y Angelina.

Esta mañana estaba más animada, seguramente porque gracias a otro de los milagrosos masajes de espalda de Cosmo había podido dormir un poco, aunque había recibido otro e-mail del señor Chalado:

«Te crees que eres muy lista, pero yo lo soy más. Tú estarás muerta y yo me reiré. Te pudrirás bajo tierra y yo seguiré libre. Tengo planes para ti…»

—No ha habido ningún cambio —le dijo Cosmo, colocándose delante de la silla en la que se había sentado anoche. Ella prefería que no llevara nada de ropa, como por la noche, pero… Tener a un apuesto Navy Seal desnudo en su oficina era algo que podía llegar a aburrirla. O no—. Siguen en la UCI.

No eran buenas noticias, pero tampoco eran malas.

Y otra cosa de lo más ambiguo, esta vez por la ausencia de noticias, era el hecho de que no había recibido más llamadas del estudio presionando para que eliminara el personaje de Jack de la película. No sabía porqué habían dejado de llamar, pero no iba a preguntárselo.

—De hecho, vengo a hacerte una pregunta y no a traerte noticias —dijo Cosmo—. Al menos, eso es lo que espero. No sabrás, por casualidad, dónde estará tu hermano, ¿verdad?

Jane pasó de estar hirviendo a estar helada. Dios, por favor, Robin no...

—Eh —dijo Cosmo mientras el mundo no dejaba de dar vueltas—. Eh, eh, Jane —Cosmo se acercó a ella y le colocó la cabeza entre las rodillas—. Respira. Respira. Y escúchame, ¿vale?

Vale. Aquello era su peor pesadilla. Ese lunático iba a ir, uno a uno, a por su familia y sus amigos. Todos estaban en peligro. Incluyendo, especialmente, a Cosmo.

Que le estaba hablado.

—Robin no ha dormido aquí esta noche y no contesta al teléfono. Pero no significa... Jane, escúchame.

Lo escuchaba. Lo estaba escuchando. Señor, por favor, por favor...

—No significa nada —le dijo Cosmo—. Ya conoces a tu hermano. Sabes que bebe mucho. Demasiado. Seguro que se emborrachó, perdió el móvil y acabó en casa de un amigo. Seguro que está durmiendo la mona. ¿Estás respirando? Sigue así.

Jane levantó la cara y vio a Cosmo arrodillado a su lado, mirándola con preocupación. ¿Era posible que casi se hubiera desmayado? Tenía un vacío en el estómago, la cabeza le daba vueltas y no quería que Cosmo la dejara.

Nunca más.

No hasta que encontraran al tipo que había disparado contra Murphy y Angelina. O hasta que el muy hijo de puta volviera al agujero de donde había salido.

No podía permitir que le hiciera daño a nadie más. Si encontraban a Robin, quería que también lo vigilaran día y noche. Y a Jack y a Adam, y a los demás protagonistas de la película.

¿Si encontraban a Robin? *Cuando* lo encontraran.

Cos tenía razón. Había muchas noches que Robin no iba a dormir a casa. Se había convertido en una costumbre y, aunque el señor Chalado no andara suelto por ahí sembrando el pánico, lo de Robin con la bebida había pasado de castaño oscuro. Tendría que hablar con él, decirle que estaba preocupada. Que si quería, podían hablar de eso de «puede que sea gay», por ridículo que pareciera.

Pero ahora sólo quería escuchar la voz de su hermano pequeño.

—¿Estás bien? —le preguntó Cosmo.

—Si Robbie no está muerto —dijo Jane—, voy a matarlo yo misma.

Cos se rió.

—Vale. Pero no está muerto. Y vamos a encontrarle. Empecemos llamando a la gente con la que suele salir. ¿Tienes alguna idea de con quién…?

—Gary, Harve, Guillermo —dijo Jane mientras abría un documento en la pantalla del ordenador—. Son del equipo. Tengo sus teléfonos —cogió el móvil de escima de unos papeles—. Yo llamo a Gary.

Cosmo miró la pantalla por encima del hombro de Jane y, con su móvil en la mano, dijo:

—Yo llamo a Harve.

Jules estaba delante de la puerta de Adam.

Ahí estaba. El momento de la verdad.

A ver, Carol, ¡enséñanos qué se esconde detrás de la puerta número uno!

Hacía veinte minutos, Cosmo Richter lo había llamado para decirle que Robin estaba en paradero desconocido. Nadie lo había visto desde ayer por la noche.

—No sabrás, por casualidad —dijo Cosmo, con mucha delicadeza—, dónde está, ¿verdad?

Jules cortó por lo sano.

—Si me estás preguntando si anoche estuvo conmigo, la respuesta es no.

Cosmo le dijo que anoche habían visto a Robin en un club, un local gay (sí, dijo local, no antro) en West Hollywood. Había ido con uno del equipo que lo vio marcharse poco después de la medianoche.

Y, ¡ah!, se había ido con Adam Wyndham.

Al oír eso, Jules tuvo que parar el coche. Se quedó sentado en el parking de una heladería, mirando el cartel luminoso, incapaz de seguir conduciendo durante un rato.

Cosmo siguió hablando, y le dijo que había intentado llamar a Adam varias veces, pero que no cogía el teléfono.

Jane estaba muy preocupada por su hermano y sólo quería estar segura de que estaba bien. No se trataba de juzgarlo ni recriminarle nada. Nadie estaba enfadado con Robin. Jules se rió cuando Cosmo dijo eso porque, bueno, nadie al otro lado de la línea estaba enfadado con Robin. Pero el Seal no podía saber lo que Jules sentía. ¿Por qué iba a saberlo?

Cosmo no podía ir él mismo a buscarlo, porque tenía que quedarse con Jane.

—Y preferiría no tener que enviar a PJ —le dijo, con la sensibilidad que ya no le sorprendía viniendo de los Navy Seals—. Pero es que los demás están ocupados.

—Yo puedo ir —dijo Jules. Aunque sabía que había sido muy, muy estúpido.

—Gracias. Esperaba que dijeras eso —Cosmo le dio al dirección y continuó, con delicadeza—. La otra noche, Robin dijo que... te apreciaba.

—¿Sí? Joder, pues tiene una manera muy graciosa de demostrarlo —vaya, no había podido controlar la ira.

Cosmo se quedo callado unos segundos.

—Espero no estar pidiéndote demasiado.

¡Qué va! Vete a casa de tu ex para ver si el primer hombre del que te has enamorado en años está allí con el muy cerdo, los dos desnudos en la cama, en una habitación que olía a sexo...

Ningún problema.

—Bueno, no estamos seguro de que Robin esté ahí, ¿no? —dijo Jules.

—Llámame cuando llegues, por favor —dijo Cosmo, que era su manera hipereducada de decir «Oh, sí, estamos seguros»—. Tanto si lo encuentras como si no.

Jules había tardado veine minutos en llegar. Veinte minutos de agarrarse tan fuerte al volante que le dolían los nudillos.

Veinte minutos llenos de recriminaciones.

Debería haber llamado a Robin anoche. Para ver cómo había ido esa escena, para asegurarse de que estaba bien.

Había pensado en salir, ir a buscarlo, hablar con él pero, después de más de veinticuatro horas de pie, había llegado a la habitación y se había quedado dormido.

Debería haber puesto la alarma.

Debería haber llamado a Robin a las tres de la madrugada, cuando se había despertado y había visto que ya era muy tarde para salir.

Quizás podría haberlo evitado.

Maldita sea, debería haber sido él.

Y debería haber pasado dentro de varias semanas, o meses, cuando Robin hubiera tenido tiempo de pensar, cuando estuviera seguro de quién era y qué quería.

Jules dejó la pistola en el maletero del coche antes de subir al apartamento de Adam.

Estaba en un barrio distinguido; era uno de esos elegantes edificios de estructura española con un patio central muy bonito. Sin duda, Adam se había mudado aquí hacía pocos días, cuando le habían dado el papel de Jack. Era muy distinto al cuchitril que Jules esperaba encontrarse.

Respiró hondo y llamó al timbre.

—Mi madre odiaba a Robin y a su madre.

Cosmo estaba sentado, con Jane sobre sus rodillas, esperando a que Jules los llamara con las noticias de que Robin estaba a salvo.

—Los odiaba a muerte —continuó Jane—. Así que, yo también los odiaba. No me di cuenta de lo que pasaba hasta que fui más mayor: Robin fue concebido mientras mis padres estaban «felizmente» casados. Mi madre se quedó destrozada, pero Robin no tenía la culpa. Sin embargo ella nunca se olvidó del pasado. Y yo…

Hizo una pausa y Cosmo no dijo nada, sólo le siguió acariciando el pelo.

—Yo también me porté muy mal con él —admitió, al final—. Durante muchos años.

—Sólo eras una niña —tenían los dos móviles encima de la mesa y Cosmo deseaba que sonaran. En alguna parte, Robin se estaría despertando y, seguramente, se daría cuenta de que su hermana debía estar muy preocupada y llamaría—. No puedes culparte por querer serle fiel a tu madre.

—Pero sabía que estaba mal —susurró Jane—. Sabía que lo que le hacía estaba mal. Tenía unos canguros de cerámica que papá le trajo de Australia. ¿Cuándo fue? Justo hacia el final del reinado de la tercera esposa de mi padre, de Mississippi. Era horrible, quería que la llamáramos señorita Ashley. Yo la llamaba señorita Ashquerosa que, por cierto, no le gustaba nada. Debía tener unos diez años y Robin, ocho. Da igual. A él le encantaban esos canguros y yo los cogí y los puse en el suelo, donde sabía que alguien los pisaría y, por supuesto, papá llegó a casa y la cabeza del más pequeño salió volando. El mayor perdió las patas delanteras. Y a Robin le riñeron por haber dañado el suelo de madera de la señorita Ashquerosa.

Se rió.

—Aunque sólo fue una reprimenda de cuatro segundos. Nadie nos vigilaba en casa de papá, e íbamos cada quince días, como un reloj. Casi siempre estábamos los dos solos con el ama de llaves, la señora E. Nos solía decir que cuidar a los niños no estaba dentro de sus funciones y luego se encerraba en su habitación, y nosotros hacíamos el loco por toda la casa. Así que yo me dedicaba a atormentar a Robin sin que nadie me parara los pies. Y Robin me dejaba hacerle lo que quisiera porque, no sé… era como si quisiera decirme que prefería esa atención a que lo ignorara. Era el típico niño con aspecto frágil y tonto —movió la cabeza—. Solía decirle que papá no era su padre. Que era producto de algún alien que había del espacio, y que por eso olía tan mal y no tenía amigos.

Se quedó callada un buen rato, así que Cosmo dijo.

—Parece que te ha perdonado.

—Ya —dijo ella—. Pero yo no puedo olvidarlo. Cuando habla de su infancia, es como si hubiera borrado todo lo malo. Sólo se acuerda de lo bueno.

—¿Cómo qué? —preguntó Cosmo.

—Como cuando pegué con cola los canguros —se rió—. Me quedaron fatal. Fue patético, con una pata para aquí y la otra para allí, pero él me miraba con esos ojos azules… como si fuera su heroína —suspiró—. No sé cuándo empezaron a cambiar las cosas. No fue de un día para otro. Sólo… no sé. Empecé a esperar con impaciencia esos fines de semana. Quizás era porque Robin hacía todo lo que le decía. Era el cómplice perfecto. Como aquel día en que quise probar qué sabor tenía el jarabe de plantas venenosas.

Cosmo sonrió. Uy, uy, uy…

Jane giró la cabeza para mirarlo.

—Sí, era mi conejillo de indias; de hecho, se ofreció voluntario. Aunque claro, siempre lo hacía, y yo me aprovechaba. Dios, debes pensar que era horrible. Y tienes razón. Soy una persona horrible.

—Creo que no tuviste una infancia fácil —le dijo Cosmo.

—¿Y la tuya qué? No me digas que fue un camino de rosas —respondió ella—. El niño con los ojos raros, con el nombre raro y el padre gay. Seguro que te lo pasaste pipa.

—Venir a California lo facilitó todo bastante —dijo él, mientras ella volvía a apoyar la cabeza en su hombro—. Empecé en una escuela nueva y me concentré en los estudios.

—¿Y no te sentías solo? —preguntó ella.

—¿Y tú? —dijo él.

—Tenía un montón de amigos —le dijo ella.

—Pero, seguramente, Robin era el único que sabía cómo te sentías, de verdad.

Jane volvió a mirarlo.

—Nunca lo había visto así pero… sí. Puede.

Lo estaba analizando con la mirada, como si quisiera meterse en su cabeza y ver qué estaba pensando. Que era que todavía tenían unos diez minutos para que Jules llegara al apartamento de Adam. Cos estaba considerando si tenía tiempo suficiente para cambiar delicadamente de tema y pasar de Robin a Jane. Cómo se sentía hoy. Lo destrozada y asustada que se tendría que haber quedado al descubrir que alguien relamente quería matarla, lo preocupada que estaba por Murphy y Angelina…

Pero, claro, debería estar más que satisfecho de que estuviera hablando con él. De lo que fuera.

—Así que tú y tu hermano os hicisteis amigos, ¿no? —dijo, después de un silencio que se había prolongado demasiado, incluso para él.

Jane asintió.

—Me di cuenta de que estaba bastante abandonado. Bueno, que olía mal y esas cosas. Nadie se encargaba de él, de lavarle la ropa, hacer que se duchara, etc. Su madre bebía mucho, así que era peor que un cero a la izquierda. Y un día, mientras tenía la ropa en la lavadora, le vi el cuerpo lleno de magulladuras. Me dijo que había un grupo de chicos en el colegio que se lo llevaban al baño, lo insultaban y le pegaban.

»Había planeado ir a su escuela y pegarles una buena paliza, porque ya tenía trece años y era bastante grande para mi edad, pero justo entonces se murió su madre. Empotró el coche contra un poste de teléfono. Fue horrible, Cos. Robin se lo tomó con una naturalidad asombrosa, como si llevara tiempo sabiendo que eso pasaría. Tuvo que mudarse con papá, que acababa de divorciarse de la zorra australiana esa, gracias a Dios. Pero llegó la esposa número cinco, a la que llamábamos Cadete Espacial, y no fue de mucha ayuda, la verdad. Después de un año viviendo bajo el mismo techo, lo seguía llamando Robert, y yo era la única que se aseguraba de que se lavara los dientes cada día. Lo llamaba cada noche y hacíamos una lista de todo lo que tenía que hacer al día siguiente. Pensé que si no olía tan mal, en el colegio no le pegarían.

»Fuimos tirando así un par de años pero, cuando yo tenía quince años, mi madre se prometió con un tipo de Vermont y dijo que nos íbamos a la Costa Este. Pero yo no podía dejar a Robin, así que le pregunté a mi madre si podía venir con nosotros —se rió—. Bueno, me dejó muy claro que no era posible. Creo que sus palabras exactas fueron: «Por encima de mi cadáver», y que las usó unas veinte veces. Así que le di un ultimátum. O Robin venía con nosotros o me quedaba en California con papá. Dos días después, metió mis cosas en una maleta y me llevó a casa de papá.

Cosmo frunció el ceño.

—Debió ser muy duro para ti.

—No —dijo Jane—. En realidad, estuvo muy bien. Papá se acabó comprando una casa en mi antiguo barrio, para que no tuviera que cambiar de instituto, y eso significaba que Robin iba al mismo instituto que yo. Le di una mano de pintura y llegó como el bonísimo hermano pequeño de Mercedes Chadwick. Tampoco me importó que cada día fuera más alto. Para él, eso supuso un giro de ciento ochenta grados en su vida.

—Pero tu madre estaba al otro lado del país.

Jane intentó bromear.

—Mejor. ¿Te imaginas a J. Mercedes Chadwick en Vermont? —se levantó—. ¿Por qué Jules no llama?

Sonó el interfono de Jane.

—Perdonadme, chicos —dijo PJ, a través del altavoz—. Patty está aquí. Necesita ver a Jane. No estaba seguro de si… bueno, de si era un buen momento.

Jane rodeó la mesa y apretó el botón.

—Que suba —miró a Cos—. Se piensan que nos pasamos el día en la cama. Aunque… hemos tenido veinte minutos. ¿Cómo es que no se nos ha ocurrido?

Patty llamó a la puerta y Cosmo le abrió.

—Un segundo, por favor —le dijo Cosmo, y le cerró la puerta en las narices—. Creo que tu madre se equivocó al dejarte con tu padre, sin luchar por ti.

A Jane se le llenaron los ojos de lágrimas.

—Oh, Cos, no le echo la culpa en absoluto. Era una niña insoportable. Y entonces se quedó embarazada de los gemelos y…

—Se equivocó, Jane —la besó—. Hay algunas cosas por las que vale la pena luchar y también gritar —se acercó a la puerta y la abrió—. Estaré abajo. Te avisaré en cuanto llame Jules.

—Tengo buenas y malas noticias —le informó Patty cuando entró en el despacho de Jane.

—Primero las malas —dijo Jane, preparándose y secándose la cara. Estos días no podía mantener una conversación con Cosmo sin llorar.

—Supongo que no has visto las escenas diarias, ¿verdad? —Patty llevaba una cinta de vídeo en la mano.

—No —admitió Jane. Había estado un poco distraída. Con Murphy y Angelina en el hospital, Robin desaparecido y Cosmo poniendo patas arriba su vida...

—A lo mejor quieres llamar a Robin, para que te lo explique —dijo Patty, mientras introducía la cinta en el vídeo.

—Eh —dijo Jane.

—No me lo digas —dijo Patty, con desdén—. Todavía no ha vuelto a casa. Siento mucho decírtelo, Jane, pero tu hermano es un cerdo.

Vale. Jane llevaba días esperando esa reacción, desde el instante en que Robin empezó a evitar a Patty, pero es que ahora la pillaba en muy mal momento. Jane tendría más ganas de despellejar vivo a su hermano cuando Jules lo encontrara, sano y salvo.

—En realidad —dijo Jane—. Esta noche no ha dormido aquí y estoy un poco preocupada.

Patty se rió.

—¿Has llamado a Charlene, de vestuario?

—Creemos que ya lo hemos encontrado —dijo Jane, queriéndole ahorrar el mal trago de decirle dónde exactamente—. Sé que estás muy enfadada pero, por favor recuerda que fui yo la que, hace varios meses, te dijo que era un capullo.

—Pues espera y verás, de verdad, lo capullo que puede ser —Patty encendió el televisor, con un gesto lleno de rabia.

En la escena que estaban viendo, salía Robin mirando a Adam, muy conmovido.

—Te quiero —suspiró Adam.

—También lo sé —susurró Robin, inclinándose para...

Vale, vale. Esa escena la había escrito ella. Era la despedida entre Hal y Jack, pero ver a su hermano besar a Adam, justo ahora, era un poco raro, teniendo en cuenta dónde había pasado la noche.

En cambio, Patty estaba totalmente impertérrita.

—Espera un momento, la he rebobinado demasiado —pasó adelante la cinta hasta el final de la escena—. Aquí.

La escena volvía a empezar. Jack abría la puerta y se encontraba delante de Hal. Había varias líneas de diálogo, pero nada de lo que veía justificaba la actitud de «espera y verás» de Patty. Lo único extraño era que, esta vez, su hermano interpretaba a Hal sin ninguna emoción, como si estuvieran haciendo una lectura del guión, sin actuar.

Jane abrió la boca para decir algo, pero Patty la interrumpió.

—Mira a tu hermano. ¿Es que no lo ves?

En la pantalla del televisor, Robin estaba diciendo: «Necesitan a alguien que hable un alemán fluido», lo dijo sin ninguna energía, teniendo en cuenta que era una escena muy emotiva.

Patty habló encima de la respuesta de Adam.

—Espera. Ya casi hemos llegado.

«He venido a decirte que lo siento —dijo Robin, sonando lo menos sincero posible—. Y a despedirme.»

«¿Despedirte?», repitió Adam.

—¿Lo ves? —dijo Patty.

Sí, Jane lo veía. Aquí es donde Hal le daba a Jack un sobre con la carta que había escrito. «Ábrela sólo si muero».

«Salimos esta noche», le dijo Robin a Adam.

«No», Adam fingía que estaba triste, pero no destrozado.

«Lo siento. Ya llego tarde. Tengo que irme», o Robin se había saltado varias frases o, sí, Patty, alguien cambiado el guión de Jane.

En el televisor, los dos hombres se daban la mano en vez de un apasionado beso.

«¡Que Dios te bendiga!», dijo Adam.

Patty, triunfante, congeló la imagen.

—Robin ha estado reescribiendo las escenas de Hal y Jack para HeartBeat. En esta nueva versión, son amigos y no amantes. Lo están grabando todo dos veces.

—Sí, pero mira qué está haciendo —dijo Jane—. No se implica ni muestra ninguna emoción —no pudo evitar reírse—. Lo ha hecho para que los de HeartBeat me dejaran en paz —apagó el televisor—. No tenía autoridad para hacer esos cambios. Y como yo no he podido visionar las escenas, no sabía lo que estaba haciendo… —suspiró—. Sé que no querías empeorar las cosas, pero ahora voy a tener que llamar al estudio y hablarlo con ellos —y, seguramente, retirarían la financiación—. Mierda.

—No —dijo Patty—. Acaban de llamar.

—¿HeartBeat?

—Sí. Han dicho que la escena del día D se va a rodar pasado mañana —le dijo a Jane—. Ya han reservado la playa y el helicóptero, han hablado con los extras que necesitamos y se van a encargar de todo lo necesario durante los cuatro días de rodaje, incluyendo catering y una carpa especial para la prensa. Nosotros sólo tenemos que presentarnos a la hora de filmar.

—¿HeartBeat? —repitió Jane. Al principio le había dicho que, como mucho, tenía un día para filmar esa escena. Había pensado filmar los diálogos y los primeros planos en el estudio, con decorado—. ¿Los anteriormente conocido como Cabrones Despiadados?

—Acaban de emitir un comunicado donde están contigo al doscientos por ciento —le dijo Patty—. Que no van a cambiar ni una coma de *American Hero*, ¡ja!, y que rezan cada día por Angelina, Murphy y sus familias. Además, añaden que están haciendo todo lo que está en su mano para garantizar tu seguridad.

Jane no podía creérselo.

—¿Qué?

—Jane, éstas eran las buenas noticias —obviamente, Patty esperaba que Jane se enfadara mucho por la «traición» de Robin y diera saltos de alegría por el repentino y absoluto apoyo de HeartBeat.

—Es por lo del ataque. Ha salido en las noticias estatales, ¿no? —Jane estaba furiosa. Había hecho falta un ataque brutal para que el estudio la respaldara incondicionalmente. Y lo más patético es que podría haber pasado lo contrario. Se imaginaba a los ejecutivos del estudio reuniéndose para decidir cómo responder ante el último acontecimiento. Porque ellos lo veían así: un acontecimiento que haría que sus acciones subieran o bajaran.

Y, mientras tanto, Angelina y Murphy estaban en el hospital, debatiéndose entre la vida y la muerte. Y Robin estaba desaparecido.

Alguien llamó a la puerta.

Jane corrió a abrirla. Era Cosmo.

—Lo hemos encontrado —dijo.

¡Gracias, Señor!

—¿Estaba… donde pansábamos que estaba?, —en casa de Adam

Cos asintió.

—Joder —dijo Jane. La otra noche, en el coche, cuando dijo «Puede que sea gay», iba en serio. Eso o el papel de Hal se le había ido mucho de las manos.

—¿Dónde pensábais que estaba? —preguntó Patty, con la voz tensa. Jane la miró y en sus ojos vio mucho más dolor que rabia.

Ups. Jane miró a Cosmo antes de que este entrara y cerrara la puerta tras él.

—Vas a tener que hablar de este tema con él. No creo que yo pueda...

—Si no es Charlene, ¿quién es? —preguntó Patty—. ¿Alana, de maquillaje? ¿O esa cómo se llame del catering? ¿O una de las Karen de contabilidad?

—¿De verdad importa? —le preguntó Jane, con la máxima dulzura.

—No —respondió Patty—. Tienes razón. No importa —se rió de aquella manera en que se ríen las mujeres cuando están heridas pero no quieren que se les note—. Mientras no sea, ya sabes, Adam.

Jane no pestañeó. No movió ni un músculo. No hizo nada.

Pero, por alguna razón, Patty se quedó de piedra.

—Dios mío —susurró, mirando a Jane—. ¿Robin estaba con... Adam?

—Será mejor que te sientes —dijo Jane, pero Patty dio media vuelta y salió corriendo.

La expresión de sorpresa y consternación en la cara de Adam cuando abrió la puerta fue todo lo que Jules necesitaba ver.

Eso, y la mochila de Robin en el suelo.

Y, a pesar de todo, mientras se le retorcía el estómago, mientras llamaba a Cosmo, necesitó una verificación verbal, mirando a Adam a la cara con el teléfono en la oreja.

—¿Robin está aquí?

Aunque parezca mentira, Adam lo pensó un momento; seguro que estaba considerando qué posibilidades tenía de salirse con la suya si mentía. Jules se lo vio en los ojos. Los mismos ojos que no dejaban de mirarlo a él y a la mochila.

Pero incluso Adam sabía cuándo no se podía jugar. Así que asintió, con una mezcla de culpabilidad y remordimiento reflejados en la cara.

—Sí.

—Lo he encontrado —dijo Jules—. Lo llevaré a casa sano y salvo —cerró el teléfono mientras el Seal le daba las gracias y se lo guardó en el bolsillo.

Cuando entró y cerró la puerta, se permitió echarle un vistazo a Adam.

Llevaba unos pantalones cortos muy viejos que, obviamente, se acababa de poner para abrir la puerta. Estaba apoyado en la pared, como si estuviera demasiado cansado para aguantarse en pie. Iba despeinado, tenía los ojos rojos y necesitaba afeitarse y ducharse.

Y una buena paliza.

Jules consiguió relajar los puños.

—Estás hecho una mierda.

—Me siento como una mierda —dijo Adam—. Por Dios, J, no sé qué decirte. Iba borracho y se me tiró encima y…

—Cállate —«Se me tiró encima». ¿Cuántas veces había oído esa misma frase? La siguiente era «Yo no quería que pasara esto» y, si esas palabras salían de la boca de Adam, cuando los dos sabían que eso exactamente lo que Adam quería que pasara, sólo Dios sabía lo que Jules sería capaz de hacer.

—¿Dónde está? —como si tuviera que preguntarlo.

—En la habitación de matrimonio —dijo Adam—. Se ha pasado la noche vomitando. No quieras saber lo divertido que ha sido.

Jules nunca le había pegado a nadie que no le hubiera atacado físicamente y, por muchas ganas que tuviera de hacerlo, no iba a empezar ahora. Se quitó la chaqueta y la dejó en el perchero que había junto a la puerta.

Desde allí veía un salón. Sin muebles, sólo unas cuantas cajas tiradas en el suelo. Y, al fondo, había una cocina.

Entró, arremangándose la camisa.

Era espaciosa, con el suelo de baldosas, los armarios de arce y la encimera de granito. En una esquina, había más cajas. Abrió la nevera que estaba llena, como se había imaginado, de agua embotellada. Adam nunca bebía del grifo.

—Para que lo sepas —dijo Adam, entrando detrás de él en la cocina—. Al principio fue Jack esto, Jack lo otro. Pero después, me llamaba Jules. Creo que está enamorado de ti.

Jules consiguió no lanzarle la botella de agua a la cara, aunque le costó mucho contenerse. Se guardó las palabras que sabía que sólo conseguirían satisfacer aún más a Adam. El cabrón tenía que ponérselo más difícil. Tenía que decirle eso para que doliera todavía más.

¿Cómo habían llegado a eso? Adam lo había querido, Jules lo sabía.

Adam abrió la boca para añadir otra de sus perlas, pero Jules lo interrumpió.

—Haz café, y quédate aquí con la boca cerrada. No salgas de la cocina.

—¿Sabes una cosa? No puedes venir aquí y decirme que…

—Haz café. Hijo de puta.

Adam cogió el bote del café.

—Vale, vale. Dios…

Jules cruzó el salón y el pasillo que llevaba a la parte posterior del piso con la botella de agua en la mano. Para llegar al baño tenía que pasar por la habitación, así que intentó no fijarse en la enorme cama de Adam. Lo intentó pero no pudo.

De hecho, lo que vio lo impresionó tanto que no pudo continuar. Se quedó allí, mirando las sábanas revueltas, las almohadas en el suelo y los envoltorios de colores de los condones tirados por todas partes.

Maldita sea. Así era difícil mantener la esperanza de que no hubiera pasado nada.

—Vale —se dijo.

La vida estaba llena de tragedias. Y, honestamente, comparado con Angelina y Murphy en el hospital, esto no era nada.

Y, sí, puede que si se lo repetía una y otra vez, no le doliera tanto.

O no.

«Creo que está enamorado de ti».

Sí, gracias A. Muchas gracias por aprovecharte de Robin, por darle otro motivo para ponerse ciego de alcohol cada día, por ponerle todavía más difícil todo por lo que estaba pasando en estos momentos.

Jules se acercó a la puerta del baño, respiró hondo y la abrió.

Ninguna sorpresa.

El baño era tan bonito como la cocina, con un plato de ducha lo suficientemente grande para acoger a dos personas y una bañera jacuzzi. Sin embargo, lo más llamativo era el joven desnudo que había tendido en el suelo.

Robin estaba dormido o inconsciente, era difícil saberlo, con la cabeza entre la taza del váter y la pared.

Totalmente desnudo, con el culo más blanco que el resto del cuerpo.

Dios, apestaba. Jules se acercó a Robin para tirar la cadena y luego abrió la mampara de la ducha y abrió el agua, para que se fuera calentando. Dejó la botella en la pica del lavabo y se acercó para ver cómo podía sacar la cabeza de Robin de… ¡Jesús! Se había dormido con la mejilla pegada al bote de la escobilla del váter. ¡Qué asco!

Algún día se reiría de esto. Algún día, dentro de muchos años, iría a comer con Alyssa y se partirían de risa con esto.

Robin se movió un poco mientras Jules lo cogía de los hombros y lo separaba de la posibilidad de darse un golpe contra la pared o contra la taza, o contra las dos cosas a la vez. Gimió mientras Jules le daba la vuelta, ¡vaya, buenos días, amiguito!, y lo ayudaba a sentarse. Jules cogió la botella de agua y se la dio para que bebiera.

—Joder —murmuró Robin, cerrando los ojos, que le dolían con tanta luz.

Jules se levantó y apagó la luz.

—Vamos a meterte en la ducha.

Robin abrió los ojos y, aunque fuera un poco, fue consciente de lo que había hecho.

—Joder —suspiró.

—De hecho —dijo Jules, haciendo un esfuerzo por sonar tranquilo y relajado—, en mi pueblo, lo más habitual es «Buenos días».

A juzgar por cómo Robin miraba a su alrededor, Jules supo que no tenía ni idea de dónde estaba. La resaca. También se dio cuenta de que estaba desnudo. Así como que estaba…

Dios, volver a tener veinticuatro años y despertarte dispuesto a comerte el mundo, a pesar de los evidentes efectos de una borrachera con mayúsculas.

Robin intentó coger la toalla, pero el movimiento le hizo estallar la cabeza.

—¡Joder!

Jules se apiadó de él y cogió la toalla del estante y… ¡Oye! Esa toalla era suya; una de las muchas cosas que desaparecieron cuando Adam se fue. ¿No era una casualidad?

Le dio su toalla a Robin, que se tapó, y luego miró a Jules, con una curiosa mezcla de miedo y esperanza en sus ojos.

—¿Hemos…?

—Por desgracia, no —Jules tuvo que darse la vuelta. Fingió que revisaba el estante de las toallas para ver si había alguna más que era suya. Sí. Sí. No. Sí—. Sólo he venido a buscarte. Le prometí a Cosmo Richter que te llevaría a casa en condiciones. Tu hermana estaba muy preocupada por ti; has escogido una mala noche para desaparecer del mapa, cariño.

Robin se quejó cuando Jules se volvió a girar; estaba muy pálido.

—Con cuidado, estás… ¿Quieres que…?

Robin negó con la cabeza.

—¿Quieres que te ayude a meterte en la ducha —preguntó Jules—, o quieres ir a cuatro patas, sin levantarte?

En la cara de Robin vio que estaba epezando a recordar trozos de la noche anterior. Sin embargo, siguió negando con la cabeza.

—¿Dónde…? ¿Quién…?

—Es el baño de Adam —le dijo Jules, sin duda proporcionándole la información que le faltaba.

—¿Adam? —nadie nunca había pronunciado ese nombre con más terror y asco. Robin se puso verde.

Jules asintió.

Y Robin se agarró a la taza del váter porque iba a vomitar.

Cuando Cosmo vio a Tom Paoletti en la sala de reuniones de Jane, supo que no eran buenas noticias.

—¿Está arriba? —preguntó Tommy.

—Sí, señor —Cosmo tragó saliva. Entró en la sala y vio que también estaba Decker, con PJ y Nash. Tess estaba llorando—. ¿Murph?

Tommy negó con la cabeza.

Angelina.

Maldita sea.

—Seguro que quieres subir conmigo para hablar con Jane —dijo Tom.

Cosmo asintió.

—¿Murphy lo sabe? —«Señor, ayúdale».

—No —respondió Decker—. Todavía no ha recuperado la conciencia.

—Dado su estado —añadió PJ—, los médicos no se lo van a decir enseguida.

—La quería tanto —dijo Tess, entre lágrimas y sollozos—. ¿Qué va a hacer sin ella?

—¿Y le van a mentir? ¿Le van a decir que no está muerta? —preguntó Nash—. ¿Y qué se supone que tenemos que hacer nosotros? ¿Mentirle, también? ¿No lo va a descubrir él sólo?

Tenía a Tess entre sus brazos, pero seguramente era más para su propia tranquilidad que para la de ella. Todos lo notaban, lo sentían… ese miedo.

Miedo a la muerte.

Para la mayoría era algo nuevo, por extraño que pareciera, teniendo en cuenta que su trabajo implicaba enfrentarse al peligro y a la muerte en cualquier momento.

De hecho, el mismo Cosmo estaba en paz con su propia muerte desde hacía tiempo. Cuando llegara su hora, adiós y muy buenas. Que no es lo mismo que decir que deseara morir. Todo lo contrario. Cuando llegara su hora, lucharía a muerte contra… bueno, contra la propia muerte. Pero la lucha no vendría del miedo. La fuerza vendría de sus ganas de vivir.

Sin embargo, esto era distinto. Era la muerte de un ser querido.

¡Señor!

Para un grupo de locos del control, y sí, casi todos entraban en aquella categoría, esto era horrible.

Jane… muerta. Era terrible. Perderla para siempre. No volver a verla nunca más.

Sólo persarlo le hacía flaquear las rodillas.

También lo veía en la cara de sus compañeros. Sobre todo en la de Tommy. Hacía algunos años había estado muy cerca de perder a Kelly. Y ver el peligro tan cerca de casa debió ser horroroso para él.

—Creo que Murphy ya sabía que Angelina tenía pocas posibilidades de sobrevivir —dijo Decker—. Por eso no despierta.

—Hola, chicos, ¿qué… pasa? —Jane se quedó en la puerta—. Dios, no.

Miró a Tom, a Decker y, por último, a Cosmo, rogándole con la mirada que no le dijera lo que se estaba temiendo.

—Angelina ha muerto —le dijo Cos.

—Dios mío —dijo Jane, cubriéndose la boca con la mano—. Oh, no… —Cosmo se acercó a ella, pero ella retrocedió—. Lo siento. Lo siento mucho.

Se giró y echó a correr.

Cosmo la siguió aunque no tenía ni idea de lo que podría decirle para hacerla sentir mejor. La cogió en lo alto de las escaleras.

—Janey.

Estaba llorando. Desesperada. Soltando esas enormes lágrimas que se había estado guardando durante tantísimo tiempo.

Cosmo intentó abrazarla, pero ella lo apartó.

—Me voy a Idaho —le dijo—. Voy a ir a Idaho, me voy a quedar en la puerta de la Red de Liberación y les voy a exigir que salgan a por mí. ¡Que salgan y me cojan! —gritó—. ¡Que me peguen un tiro, delante de las cámaras!

No era momento para intentar hacerla entrar en razón. Se acercó a ella, ofreciéndole todo su apoyo.

—Jane, lo siento mucho.

—Me alegré —dijo entre sollozos, abrazándolo, al final—. Cuando vi toda la sangre y a Murphy en el suelo, pensé que la otra persona eras tú, pero cuando vi a Angelina me alegré. Me alegré. Gracias a Dios. Eso es lo que pensé. Gracias a Dios que no es Cosmo. ¡Gracias a Dios!

—Janey, es una reacción normal querer…

—¡No puedo soportarlo más! —dijo, separándose de él—. Quiero que os marchéis todos. Dile a Tom y a Deck que están despedidos. Todos están despedidos. Tú también —se abalanzó en la barandilla y gritó—. ¡Iros a casa! ¡Suspendo el rodaje! ¡Se ha acabado!

—Jane…

—¿Quién es el siguiente? —se preguntó, secándose las lágrimas con rabia.

—Dios, por favor, date permiso para llorar —dijo Cos mientras ella decía:

—Si no soy yo, ¿quién es el siguiente?

—Vamos a encontrar a ese tío —le dijo, cogiéndola por los brazos—. No dejes que gane.

—No quiero que lo encuentres —dijo ella—. Quiero que estés a salvo. Quiero que vuelvas a San Diego y estés a salvo.

—No voy a…

—Lo nuestro se ha terminado —dijo Jane.

—… ir a ningún sitio —acabó de decir Cosmo, mientras ella intentaba soltarse.

—Se ha terminado —gritó ella, y Cosmo tuvo que soltarla antes de que se abrieran los puntos del brazo—. Aunque, ¿sabes qué? Es una inmensa tontería, porque en realidad no estábamos saliendo. Nunca hemos ido a ningún sitio, solamente nos hemos acostado. Así, que, bueno, que sepas que no vamos a volver a acostarnos. Ya te puedes ir a casa.

Cosmo cometió el error de reírse.

—¿Crees que esto es muy gracioso? —le gritó ella.

Claro que no.

—¿Crees que la única razón por la que estoy aquí es el sexo? —respondió él.

—No lo sé. ¡No sé por qué nadie iba a arriesgarse a morir por mí! —entró en el despacho y le cerró la puerta en las narices. Con llave.

—Venga, Jane —dijo él, con la frente apoyada en la puerta—. Déjame entrar. Habla conmigo. Por favor.

—Joder, ha sido mejor que Gran Hermano.

Cosmo se giró y vio a Robin a mitad de las escaleras, incapaz de mantener la boca cerrada incluso cuando estaba hecho un asco de la borrachera de ayer.

—Angelina ha muerto —le dijo.

Robin hizo una mueca.

—Joder, soy un capullo. Lo siento mucho. Debes estar… ¿La conocías mucho?

—No mucho, nos presentaron el otro día —dijo Cos—. Y todavía estoy como flotando, ¿sabes? Todavía no he asimilado el golpe.

—Si hay algo que pueda hacer… —empezó a decir, pero luego puso los ojos en blanco—. Sí, como si eso fuera a ayudar —suspiró y miró la puerta de su hermana—. Supongo que está demasiado cabreada para hablar conmigo.

Cosmo se apartó.

—Pero puedes intentarlo.

Robin movió la cabeza y siguió subiendo las escaleras. Giró hacia el otro lado, hacia su habitación.

—Ahora mismo no necesita mi mierda, con todo lo que ya tiene encima.

—¿Estás bien? —preguntó Cosmo—. ¿Has aclarado algo?

Robin lo miró, horrorizado.

—¿Todo el mundo sabe dónde estaba?

—Estoy seguro que sólo lo sabemos Jane y yo —lo tranquilizó Cosmo—. Supongo que no le importará que hable por ella y te diga que te quiere. Decidas lo que decidas. O si no decides nada. No tienes por qué decidir nada ahora —joder, la estaba cagando todavía más. Menudo día.

Sin embargo, Robin parecía emocionado.

—Gracias, pero… —se giró, para esconder las lágrimas que le inundaban los ojos, en un gesto que parecía estar grabado en los genes Chadwick. Que nunca te vean llorar en público por algo menos trágico que una muerte.

Y Cos sabía de lo que hablaba.

Robin no dijo nada durante unos segundos, pero tampoco se fue. Así que Cosmo esperó.

—Lo de anoche fue… un error —le dijo Robin, al final—. Las cosas se descontrolaron mucho. No debería haber… No fue…

Cos asintió, recordando la conversación telefónica con Jules Cassidy, que no podía esconder que le gustaba Robin.

—Escogiste al tío equivocado, ¿no?

—No, no escogí nada —dijo Robin—. No. Estaba… —agitó la cabeza—. Había bebido demasiado y…

—Y una mierda —dijo Cosmo, y Robin retrocedió un paso, asustado por el volumen y la vehemencia del Seal—. Asume tus responsabilidades. Bebiste demasiado. Escogiste tomar una decisión muy importante mientras estabas completamente borracho. Asúmelo. Lo hiciste. ¿Crees que fue un error? Pues haz lo que tengas que hacer para enmendarlo.

—No sé si puedo —dijo Robin.

—Inténtalo —respondió Cosmo—. Pero empieza asumiendo tus responsabilidades. Sé un hombre.

Robin se quedó allí de pie un buen rato.

—Ya —dijo, al final—. Ya —se fue hacia su habitación—. Janey es tonta por cerrarte la puerta en las narices.

La puerta no era el gran problema.

Cos tenía que encontrar la manera de que Jane lo escuchara, o a Decker, o a PJ, o a cualquiera de ellos. No le importaba quién le diera el mensaje.

Olvídate de la puerta cerrada. Incluso cuando estaba abierta de par en par, ella tampoco lo dejaba entrar en su vida.

Tenía demasiado miedo de escuchar lo que él le decía, que no iban a volver a menospreciar a ese tío. El gran peligro estaba ahí afuera, claro, pero el equipo de Troubleshooters y el FBI estaban tomando precauciones.

Ese tío, el señor Chalado, no iba a disparar a menos que estuviera seguro de que podía escapar. Quería ganar, y eso significaba asegurarse de que no iban a cogerlo. O a matarlo.

Los perfiles aseguraban que no era un suicida, y Cosmo estaba de acuerdo.

Con esa información, podían ir siempre un paso por delante, todos. Debían evitar ir a sitios desde donde les pudiera disparar y tuviera una ruta de escape.

Como Idaho. ¿En qué demonios estaba pensando?

Las cámaras de seguridad adicionales que estaban instalando, con permiso de los vecinos, en las casas que rodeaban la de Jane, seguro que ayudaban a que se sintiera más segura.

Robin se detuvo y se giró.

—¿Sabes si Jane decía en serio lo de suspender el rodaje?

—No lo sé —admitió Cosmo—. Pero yo no lo haría. Eso le daría más poder al tío ese.

—A lo mejor, así se va —dijo Robin.

—Si nos guiamos por el último e-mail que le ha enviado a Jane, no —dijo Cos.

—¿Qué decía?

—Esto se acaba cuando estés muerta.

—Mierda.

—Se equivoca —dijo Cosmo—. Esto se acabará cuando él muera.

22

Cuando acabara todo eso, Cosmo iba a ser capaz de escribir una tesis sobre lo que las personas se esconden las unas a las otras.

Hasta ahora, había encontrado drogas, que había tirado por el váter, un par de pistolas en lugares accesibles, que había «arreglado» para que no funcionaran, y un montón de pornografía. Aparte de alcohol, colecciones enteras de los vídeos de la vieja serie de televisión *The Partirdge Family*, diarios, fotos de antiguas novias y caramelos y chucherías a granel.

No esperaba encontrarse un altar dedicado a Jane. Aunque no era algo que sólo salía en las películas, porque los sociópatas tendían a desarrollar comportamientos obsesivos compulsivos, sabía que su hombre era más inteligente que todo eso.

Como era última hora de la tarde, cuando casi todo el mundo volvía a casa, Cosmo sólo vigilaba. Pasaba conduciendo por delante de las casas. Buscando la mejor manera de entrar en una casa, viendo qué vecinos eran más escandalosos, qué tipo de verjas y métodos de seguridad tenían, etc.

También se dedicó a mirar los coches en las entradas de las direcciones de la interminable lista que le facilitó Jules Cassidy.

Buscando esa maldita camioneta fantasma por todas partes.

Un perro le ladró y un niño montado en un triciclo lo miró fijamente desde la entrada de la casa que observaba.

Delante de la vivienda había una camioneta negra que, además, tenía un seis en la matrícula. Pero no era la camioneta que había visto esa noche. Era otro modelo. No tenía el parachoques abollado ni la pegatina de estudiante de honor. Aunque, claro, eso no significaba nada. Las etiquetas se podían quitar y las abolladuras se podían arreglar.

Cosmo siguió conduciendo.

La verdad era que el hombre que había matado a Angelina Murphy, el hombre que quería matar a Jane, podría estar dentro de una de esas casas.

Le sonó el móvil. Miró el número. Era Jane.

—Hola, me alegro de que hayas llamado —dijo, al descolgar—. He estado pensando en…

—Eh, eh. No digas nada de lo que podamos arrepentirnos los dos —le dijo una voz masculina.

—Robin.

—Sí, jefe —dijo el hermano de Jane. Parecía cansado—. Aquí en el manicomio tenemos un pequeño problema. He tenido que encerrar a Jane en la despensa. Será mejor que vengas cuanto antes.

Cosmo hizo un giro de ciento ochenta grados.

—¿Qué has hecho qué?

—Jane quiere ir a Idaho. Se le ha metido en la cabeza esa idea descabellada y ha despedido a todo el equipo de seguridad y… ¡Mierda! Está intentando tirar la puerta al suelo. Si sale…

Cosmo maldijo en voz baja.

—Si es necesario, siéntate encima de ella. Voy hacia allí.

La cercanía de la muerte afectaba de distintas maneras a las personas.

Decker sabía que, para algunos, era una alarma para despertarse.

Otros fingían que no les importaba y escondían sus verdaderos sentimientos detrás de una coraza de atrevimientos y diversión.

Para otros, esa cercanía implicaba una sensación de miedo muy poderosa, tanto que incluso a veces dejaban de vivir.

A gente como Jane, les despertaba el instinto luchador y se iban a la guerra.

A menudo sin tener en cuenta las consecuencias.

Decker sabía de lo que hablaba. Él mismo formaba parte de ese grupo. Una parte de él también quería coger e irse a Idaho. Pero, a diferencia del plan de Jane, él se saltaría el control de seguridad de la Red de Liberación, abriría la puerta del edificio de una patada y le partiría el cuello a Tim Ebersole con sus propias manos.

Aunque el FBI seguía sin encontrar ninguna conexión entre el grupo de Ebersole y el tirador, y seguramente nunca lo harían, Decker sabía tan bien como Jane que la doctrina de odio de la Red de Liberación había empezado a extenderse.

El plan de Jane no incluía partirle el cuello a nadie con sus propias manos. Pretendía rodearse de cámaras de televisión y quedarse frente a las instalaciones de la Red de Liberación, exigiendo hablar con Tim Ebersole, para acusarlo personalmente del asesinato de Angelina Murphy, para entregarle en mano la orden judicial. Iba a demandar a toda la organización Red de Liberación acusándola de cargos completamente ridículos. No tenía ninguna posibilidad de ganar.

Pero eso no era lo importante.

Que las cámaras filmaran a Ebersole con la orden en la mano era más que suficiente.

Las noticias matarían por esa historia. Y relacionarían la muerte de Angelina con la Red de Liberación, al menos en la mente del espectador.

Pero había varios aspectos peligrosos que, obviamente, Jane no había tenido en cuenta.

—¿De verdad crees que el hecho de que las cámaras estén ahí detendrá a ese tío? —preguntó, gritando, Cosmo mientras Jane y él entraban en la cocina.

Decker no estaba seguro en qué categoría encajaba el Seal, cómo le afectaría a él la proximidad de la muerte. Lo único que sabía con seguridad era que el jefe, que normalmente se mostraba taciturno e impasible, había llegado a su límite.

—Estará aquí, en Los Ángeles. ¿Cómo va a dispararme desde aquí? —respondió ella.

—¿Qué pasa? ¿Es que no te puede seguir al aeropuerto y coger el siguiente vuelo a Idaho?

A juzgar por la cara de Jane, estaba claro que no lo había pensado, pero no estaba dispuesta, o preparada, a echarse atrás.

—Si lo montamos bien…

—Pero, ¿y si algo sale mal y…? —se cogió la cabeza con las manos—. ¡Dios, no puedo creerme que esté teniendo esta conversación! —también parecía un poco incómodo por el hecho de que esa conversación fuera tan pública. Miró a Decker, PJ y Robin, y luego se acercó a Jane y bajó la voz—. Jane, escucha, me encanta que hablemos sobre esto… estoy feliz porque quieras hablar, pero vamos…

—No quiero hablar —le contestó ella—. ¡Quiero ir a Idaho! El avión sale…

—…arriba —dijo él— y hablemos en serio de…

—… en menos de dos horas —continuó ella, gritando más que él—. Ya he hecho la maleta, estoy lista. ¡Ya no puedo seguir escondiéndome aquí dentro! ¡No puedo!

—Janey —dijo Cosmo—. Dios. Sé cómo te sientes pero, por favor te lo pido, párate un momento y piensa en el peligro…

—Quizás lo mejor sería que me disparara —respondió Jane—. Piensa en toda la publicidad que supondría para la película. «Productora asesinada a sangre fría. Siguiente pase a las diez.»

Cosmo retrocedió.

—¡Por el amor de Dios, Jane!

—Tranquilo, Cos, sabes que no lo dice en serio —por lo visto, el hermano de Jane se sintió obligado a intervenir.

—Todo esto termina cuando yo muera. Eso es lo que dijo. Pues a lo mejor es lo que tenemos que hacer para terminarlo —miró a Decker—. Si llevara un chaleco antibalas… Hablamos de utilizarme como cebo, pero podemos presentarnos allí y fingir que me mata…

—¡Por encima de mi cadáver!

—¡No! —exclamó ella, mirando fijamente a Cosmo—. De eso se trata, ¿no lo entiendes? ¡De que no haya más cadáveres! ¡El de Angelina es suficiente, maldita sea!

—¡Claro que lo entiendo! —le gritó Cosmo—. ¡Con Angelina ya tuvimos bastante! No dejaré que corras un riesgo tan grande…

—¿Y qué? —dijo ella, colocándose a escasos centímetros de su cara—. ¿Qué vas a hacer? ¿Encerrarme otra vez en la despensa?

—Sí —dijo él—. Eso haré.

Aquello sorprendió mucho a Jane.

Cosmo no había terminado.

—¡No voy a dejar que vayas a Idaho para que sientas que estás haciendo algo, para que te sientas mejor, joder…, lo siento, por algo que no es culpa tuya! ¿Sabes cuántas personas te culpan de la muerte de Angelina, Jane? —no esperó a que le respondiera. Había puesto la directa—. Una. Tú. Así que supéralo. Poner tu vida en peligro no va a hacer que ella vuelva, nada hará que ella vuelva. Eres una maldita egoísta.

Esa palabra, *egoísta*, tuvo que doler, pero Jane transformó el dolor en ira.

—¿Qué derecho tienes a decirme lo que puedo y no puedo hacer?

Él no dijo nada. Sólo movió la cabeza.

Ella siguió al ataque.

—Tú corres riesgos todo el tiempo. Sales por ahí, haciendo Dios sabe qué, donde podrías encontrarte de cara con ese chalado y, entonces, ¿qué?

Entonces lo mataría. Cosmo no lo dijo, pero Decker sabía perfectamente que si un miembro de su equipo se encontraba frente a frente con el asesino de Angelina, el pobre desgraciado ese tenía muy pocas posibilidades de llegar vivo al juicio.

Jane insistió, porque creía que iba ganando. No sabía nada…

—Si puedo correr un riesgo para hacer que todo esto termine…

—¿Y si te dispara a la cabeza, como hizo con Angelina? —le preguntó Cosmo—. Ningún chaleco antibalas puede protegerte de una bala en la cabeza.

—Por eso se llama un riesgo…

—No —dijo él—. Ah, ah. No voy a dejar que lo hagas.

Ella abrió los ojos.

—¿Dejar?

Cos se cruzó de brazos.

—Eso es lo que he dicho.

Mientras Decker, PJ y Robin seguían intentando convertirse en un mueble más de la cocina, Cosmo y Jane se estaban mirando fijamente.

Cosmo habló primero.

—¿Sabes? Puedo soportar tu ira. Es parte de tu proceso de sufrimiento, es otra cara del miedo… y sé de lo que hablo. Y sé por qué estás intentando que me aleje de ti, así que está bien. Sé que tienes miedo de que me haga daño, o a Robin, o a Decker, o a cualquiera de nosotros… pero esto no es la respuesta. Sí, corro riesgos, riesgos calculados, porque es mi trabajo. Me he entrenado para eso. Y tengo experiencia. Todos la tenemos. Por eso, cuando dices: «Quiero ir a Idaho» y nosotros te decimos: «Mmm, mala idea», tienes que decir: «Vale, quizás otro día» y no: «Apartaos de mi camino, gilipollas» —movió la cabeza—. Ojalá me explicaras lo que sientes; estoy aquí, Jane, a tu lado, pero también sé lo duro que puede ser. Quieres que nos pasemos dos semanas, o dos meses, hablando de Robin o de las mujeres de tu padre, perfecto. Estoy encantado de escucharte. También estoy encantado de dejarte todo el tiempo y espacio que necesites, sabiendo que, incluso si me aparto un poco, no voy a ir a ningún sitio. Lo que no estoy dispuesto a soportar es este desprecio por tu seguridad, no soportaré que pongas en peligro tu vida por una estupidez.

»No eres responsable de la muerte de Angelina. Pero si te presentas en Idaho y te matan, de eso sí serás la única responsable. Y yo, por dejar que lo hagas.

»En cuanto al derecho que tengo a decirte lo que puedes o no puedes hacer, no tengo ninguno. No tengo ningún derecho, excepto el que me confiere el hecho que te quiero. Y Dios sabe que haré todo lo posible para no acabar en la piel de Murphy —se le quebró la voz—. No me hagas eso, Janey.

Nadie movió ni un dedo. Nadie dijo nada. Ni siquiera el imbécil del hermano de Jane. Decker contuvo la respiración.

Jane se echó a llorar, transformando la ira en el dolor profundo y agudo que todos sentían. Salió corriendo de la cocina pero, antes, dejó los billetes de avión en la encimera, gracias a Dios.

Cosmo la siguió.

—Jane...

—Rompí contigo esta mañana —Decker oyó que le decía ella mientras subía las escaleras, antes de dar un sonoro portazo.

Se asomó al pasillo y vio al Seal sentado en las escaleras, agotado, como si hubiera corrido una maratón.

—Sí, ya —dijo Cosmo, rascándose la frente—. Pero yo no rompí contigo.

Patty se gastó el alquiler de dos meses en un vestido, unos zapatos y un corte de pelo que la hacían parecer una chica de veintitrés años.

Y era perfecto, porque ésa era la edad que ponía en el carnet falso que le había enviado su hermana mayor.

Se maquilló en el coche, con la música bien alta y el móvil apagado.

Había comenzado a sonar casi inmediatamente después de salir de casa de Jane.

Había salido corriendo y no había esperado a que nadie la escoltara hasta casa. De hecho, ni siquiera había ido a casa, a pesar de que todo el equipo tenía «instrucciones» de quedarse en casa cuando saliera del trabajo.

Esa clase de precauciones le parecían ridículas, teniendo en cuenta que su novio la había dejado por otro hombre.

Bueno, vale, Robin Chadwick no era exactamente su novio.

Pero se había ido directa al hospital, a hacerse la prueba del VIH.

La enfermera le dio una buena reprimenda por haber tenido relaciones sexuales sin protección y le había asegurado que, aunque Robin fuera heterosexual, no correría más peligro del que corría ahora. El riesgo venía determinado por sus múltiples parejas y el no usar métodos de protección. El virus del VIH no discriminaba entre heterosexuales y homosexuales.

¿Y con eso se suponía que se tenía que sentir mejor?

No tendrían los resultados hasta dentro de unos días. Y, aunque salieran negativos, tendría que volver a hacerse la prueba dentro de seis meses.

Así que había decidido que no se iba a morir sin haber vivido antes.

Salió del coche y tuvo que quedarse quieta un momento para acostumbrarse a los tacones nuevos. Cuando llegó a la esquina, ya parecía que había caminado toda su vida sobre ocho centímetros de tacón.

Llegaba con una hora de antelación, pero no pasaba nada. Se sentaría en la barra, mirando hacia la puerta y practicando su sonrisa de sorpresa. «¡Victor! ¡Qué coincidencia! ¿Cenas aquí? Pues me parece que a mí me han dado plantón. ¿Acompañarte? ¡Me encantaría!»

La ayudante personal de Victor Strauss le dijo que su jefe cenaría en ese restaurante esta noche. Era increíble lo fácil que fue conseguir esa información sin resultar demasiado obvia.

Se imaginó la cálida mano de Victor en su cintura mientras la acompañaba a la mesa. O… sí, su futuro brillaba ante sus ojos… cuando lo acompañara a la ceremonia de los Oscar la primavera que viene.

En el hospital, después de que a Jane le cayó ese foco encima, la había tocado. Había sido muy breve, para apartarla del camino de una camilla, pero la había tocado.

Se haría de rogar, al menos hasta que tuviera el resultado de la prueba. Por favor, Señor, que sea negativa.

Para empezar, había llenado el bolso y el coche de preservativos.

Mierda, el restaurante estaba más lejos de lo que pensaba. Tenía que cruzar la calle y caminar dos manzanas más.

Patty se quedó en el semáforo de la esquina, esperando a que se pusiera verde, consciente de todos los ojos que la miraban. ¿Quién era, tan elegante? Tenía que ser Alguien.

Notó que alguien la empujaba, y casi se cae, con aquellos zapatos, aunque otra persona la sujetó y…

—¡Au!

Le clavó algo puntiagudo, una aguja, en el culo.

Se giró.

A su lado, vio a un tipo con una bolsa de hacer deporte.

—Lo siento.

Sí, ya. Si hubiera sido joven y guapo como Brad Pitt u Orlando Bloom, quizás le habría sonreído. En lugar de eso, le lanzó una mirada de desprecio.

El semáforo se puso verde, la gente empezó a cruzar y…

De repente, el bordillo parecía estar más lejos y se tambaleó un poco. La calle estaba oscura y…

El tipo de la bolsa de deporte la cogió por el brazo.

—Deja que te ayude, cariño.

—No, gracias —dijo ella, pero le costó vocalizar las palabras, como si tuviera los músculos de la cara dormidos—. He quedado con Victor Strauss.

—Ha bebido más de la cuenta —le dijo el hombre a una señora que la estaba mirando. Con preocupación, no con admiración. La señora dijo algo, pero Patty no la entendió. ¿Hablaba ruso?

—No —dijo Patty—. Necesito una copa —pero todo estaba muy borroso.

El hombre le cogió el brazo y se lo colocó encima de sus hombros, y no estaba mal, porque las piernas no la aguantaban y…

—Ya hemos llegado al coche —dijo él, pero no era el coche de Patty, aunque no le importó demasiado porque, cuando todo empezó a volverse gris, lo único que quería era sentarse.

Poco después de medianoche, Cosmo llamó a la puerta de Jane.

—Vete —gritó ella.

Él dijo algo, pero lo dijo bastante bajito y ella no pudo entenderlo. Volvió a llamar, eso sí que lo oyó.

Se había pasado la noche llorando. Por Angelina, a quien nunca había conocido. Por Murphy, que desprendía amor por su mujer por los cuatro costados.

Por ella misma.

Se quedó sentada en el escritorio, esperando a que Cosmo se fuera.

Pero esta vez, el Seal abrió la puerta y entró.

Guardándose en el bolsillo una especie de navaja multiusos.

—Vaya, eso me deja muy tranquila —dijo ella—. Esto es allanamiento de morada.

Cosmo parecía muy cansado.

—Necesitaba… no sé. Asegurarme de que estabas bien, supongo —dijo, sentándose frente a ella.

Jane no estaba bien, pero no se lo dijo.

Cosmo estaba sentado con los codos apoyados en las rodillas y las manos en la nuca, mirando al suelo.

Estaba sentado en la misma silla que… ¡Maldita sea! ¿Iba a poder mirarlo algún día sin pensar que ellos estaban vivos y Angelina no? Cada vez que se rieran, pensaría que Angelina ya no podía reírse. Y Murphy no volvería a reír, posiblemente nunca más.

Cada vez que Cosmo le sonriera y le diera un vuelco el corazón, la sonrisa desaparecería enseguida, porque recordaría que el corazón de Angelina no iba a dar más vuelcos como ese. Y Murphy… Dios mío.

Cada vez que hicieran el amor, cada vez que Cosmo le dijera que la quería…

La quería. Le había dicho que la quería.

Y ella únicamente podía pensar en por qué el Señor le había enviado ese precioso y maravilloso regalo y a Angelina y a Murphy les habían robado la vida en común para siempre.

Por mucho que quisiera, Jane sabía que nada de lo que Cosmo pudiera decirle o hacer la convencería de que la mujer que estaba en la morgue del hospital no estaba allí por su culpa.

—No eres la única que se siente responsable —dijo Cosmo, al final, como si pudiera leerle la mente. Cuando levantó la cabeza para mirarla, ella se quedó de piedra la verle los ojos llenos de lágrimas. Cosmo se apoyó en el respaldo de la silla, mirándola fijamente, como si la estuviera retando a hacer algún comentario—. Tommy y Decker también están destrozados. Todos lo estamos. No hay nadie entre nosotros que no se haya hecho mil recriminaciones. Si le hubiéramos recordado a Murphy que se asegurara de que no le seguía nadie. Es el procedimiento normal. Joder, yo lo hago automáticamente. Nunca se me había ocurrido recordárselo a nadie pero, a lo mejor, si lo hubiera hecho, esta noche no habríamos tenido que ir al hospital a…

Tuvo que parar. Cruzó los brazos sobre el pecho y se apretó el puente de la nariz con el pulgar. Después soltó el aire, un gesto cargado de dolor y pena.

—Hemos entrado ahí, Janey, y le hemos dicho a Murphy que…

Jane no podía moverse. No podía hablar. Tenía el corazón en la garganta.

—Le hemos dicho que había muerto —dijo Cosmo, con la voz rota—. Tuvimos que decírselo. Estaba gritando y… tuvieron que atarlo a la cama. Se despertó y siguió preguntando por ella y los putos médicos no le querían decir la verdad, así que empezó a gritar que quería verla. Estaba tan furioso que era capaz de soltarse y empezar a buscarla por todas las habitaciones, así que entramos en su habitación. Tommy, Decker y yo.

Ahora Jane también estaba llorando, con una mano delante de la boca.

—Aunque viva quinientos años —susurró Cosmo—, nunca olvidaré cómo… Jane, he visto morir a hombres. En sus ojos hay algo distinto cuando mueren. Y, te lo juro por Dios, que hoy he visto morir a Murphy. Cuando nos hemos ido, seguía respirando pero… —movió la cabeza.

—Lo siento —dijo Jane—. Lo siento mucho.

Cosmo había llamado a su puerta esta noche no porque creyera que ella lo necesitara, sino porque la necesitaba a ella.

Y, en parte, Jane también lloraba porque, si hubiera dependido de ella, Cosmo todavía estaría al otro lado de la puerta.

Se levantó, rodeó la mesa para ir a abrazarlo, pero él ya estaba casi en la puerta, secándose los ojos con la camiseta.

—Cos —dijo ella, y él la abrazó, aunque la soltó enseguida.

—Podemos echarnos la culpa por esto, Janey —le dijo él, muy lentamente—. Podemos sentir lástima por nosotros mismos y pasarnos el día pensando «debería haber hecho esto» o «no debería haber hecho aquello», pero sólo hay un hombre responsable de la muerte de Angelina. Está ahí fuera y voy a encontrarlo.

—Cos… —Jane lo siguió por el pasillo, pero él no se detuvo—. Ten cuidado —dijo, aunque sabía que lo tendría, mientras lo veía bajar las escaleras, salir por la puerta y perderse en la noche.

23

Robin no volvió a ver a Jules hasta dos días después del desgraciado error de aquella noche.

Dos días en los que siempre había alguien que lo acompañaba de casa al estudio y del estudio a casa. Dos días de dar gracias al Señor porque no tenía que rodar ninguna escena con Adam y porque no se admitían visitas, por el peligro del francotirador.

Esa mañana, Patty no había aparecido por el estudio. Al parecer, no contestaba al móvil y Janey estaba muy preocupada por ella. Varios miembros del equipo de Troubleshooters habían ido corriendo a su casa, pero no habían encontrado nada. Ningún cadáver, ninguna señal de pelea ni ninguna pista sobre dónde podía estar.

Al principio, Robin también se había preocupado, pero cuando Jane le dijo que Patty se había enterado de su encuentro nocturno con Adam, encontes se tranquillizó. Todo encajaba.

Seguramente, habría vuelto a Kansas o donde fuera. Dentro de unas horas, recibirían una llamada de su madre diciendo que había llegado bien.

Y eso supondría un gran alivio para Robin. Irse a casa era mucho mejor que ir al *National Voice* y hacer pública la homosexualidad del hermano de Mercedes Chadwick.

Aunque, la verdad, habría sido muy irónico, sobre todo ahora que estaba seguro de que no era gay. No recordaba mucho de la noche con Adam, sólo a…

Hal.

A él le había encantado.

Pero eso no significaba que Robin fuera gay; sólo quería decir que era un excelente actor que se había dejado llevar por su personaje.

Ojalá nunca tuviera que interpretar el papel de un asesino en serie.

En cuanto terminaran la película, exorcisaría a Hal y volvería a su vida normal. Hasta entonces, tenía que soportar que el personaje se apoderara de su mente y se pasara el día soñando con…

Con Adam, no. No le apetecía revivir la casi violencia de aquel acto y las prisas de… ¡mierda! Había sido un sexo tan intenso que lo superaba y lo hacía sentirse culpable.

No. Lo que lo perseguía era ese beso que se había dado con Jules. Lo tenía grabado en la memoria de manera mucho más nítida que cualquier cosa que hubiera podido hacer con Adam.

También se había pasado los dos últimos días intentando mantener su promesa de no beber, aunque al final siempre acababa abriendo el armario y sacando el ron portorriqueño que tenía guardado en su cuarto. En teoría, estaba allí porque nunca lo había bajado al mueble bar desde que había vuelto de Aruba el año pasado, pero la verdad era que lo tenía allí para echar mano de él en momentos de estrés.

Y hablando de estrés.

Jane estaba que no podía con su alma.

Durante esos dos días, Robin había visto a Cosmo, que tenía la paciencia de un santo, dejarle todo el espacio del mundo a su hermana. Cuando no estaba trabajando en el ordenador de la sala de reuniones, miraba mapas de la zona de Los Ángeles con unas listas al lado y, si no, salía a buscar al hombre que había matado a Angelina, aunque era muy extraño porque lo hacía a plena luz del día.

La pregunta que se hacía Robin no era si el Seal mataría al cabrón ese cuando lo encontrara, sino cómo.

Alana, de maquillaje, le había dicho que había oído que podía matar a un hombre con sus propias manos. Lo cogía, le retorcía el pescuezo y hasta la vista, señor Chalado. Una lástima no haberte podido conocer mejor.

Ojalá Cosmo se diera prisa.

Cosmo le gustaba. Y mucho.

No es *ese* sentido. Lárgate, Hal.

En el sentido de posible cuñado. Normalmente, Janey siempre salía con imbéciles, pero Cosmo era una especie de fabulosa mezcla entre Jesucristo y Terminator. El Terminator bueno, el de la segunda parte.

Y, encima, quería a Jane. Se lo había dicho delante de todos durante la discusión de ayer en la cocina. Había sido mucho mejor que esos *realities* de la tele.

Ahora Robin, que acababa de llegar del estudio, lo estaba buscando pero, en su lugar, se encontró con Jules Cassidy.

Estaba sentado en la sala de reuniones, leyendo unos documentos que parecían oficiales.

Robin se quedó de piedra en la puerta y Jules levantó la mirada.

Pero enseguida volvió a la lectura.

Seguramente, porque esperaba que Robin se marchara.

Jules le había dejado un par de mensajes en el móvil. Mensajes que él no le había devuelto.

Todavía.

Quería hacerlo. Cuando supiera qué iba a decirle.

«Sé un hombre».

Robin respiró hondo y entró en la sala de reuniones.

—Hola.

Jules lo miró. De repente, fue como si alguien hubiera abierto una ventana en el ártico y a Robin se le congeló el corazón.

—Estoy esperando a Cosmo Richter —dijo Jules—. ¿Sabes dónde está?

—¿Llenando setenta bolsas de basura con el cuerpo del señor Chalado cortado en setenta trocitos? —bromeó Robin.

Jules no se rió.

—Por si no te acuerdas, soy agente federal.

—Era una broma.

—Pues no ha tenido gracia.

Vale.

—Siento no haberte llamado —Robin se sentó frente a él.

—Estaba preocupado por ti, aunque supongo que no debería haberlo estado —Jules volvió a lo suyo.

—No sabía qué decirte —no había excusa para lo que había hecho.

—No hay nada que decir —Jules juntó los papeles, los unió con un clip y los metió en el maletín—. Le esperaré en la cocina —echó la silla hacia atrás.

—No me imagino lo que debiste sentir al entrar en aquella habitación —a Robin le tembló la voz—. Saber que había hecho… lo que había hecho, aún sabiendo lo mucho que querías a Adam…

Jules estaba a punto de levantarse, pero se quedó inmóvil.

—¿De verdad crees que…? —se rió, se echó hacia atrás y se apretó el puente de la nariz, como si tuviera un dolor de cabeza de mil demmonios—. ¿Crees que estoy enfadado por Adam?

—Sé que todavía le quieres —dijo Robin. Sabía que, aunque Jules le había demostrado que estaba interesado en él, todavía no se había olvidado de Adam—. Sé que uno de los motivos por los que rompisteis fueron las infidelidades de Adam, que debió ser…

—Una vez fui a un psicólogo —le dijo Jules—, que solía decir que perdonaba a Adam una y otra vez dándole una segunda, tercera, decimoctava, cuadragesimoséptima oportunidad porque nunca pude hacerlo con mi padre, porque había muerto cuando yo era más joven. Cuando mi padre se marchó, fue para siempre. Adam, en cambio, me egañaba o incluso se iba de casa, pero siempre volvía. Era duro, ha sido duro, no darle otra oportunidad. No podía tener el amor de mi padre, pero podía tener el de Adam. Pero lo gracioso es que Adam no podía, no puede, darme lo que necesitaba, igual que mi padre no podía volver de entre los muertos —se rió—. Y, al final, resultó que el que más me quería era el muerto.

Se levantó.

Robin también. ¿Qué estaba diciendo? ¿Que Adam no le quería? ¿No era obvio? ¿Y eso no empeoraba todavía más la traición de Robin?

—¿Adam y tú estáis…? —Jules se calló. Empezó otra vez—. ¿Has estado… con Adam otra vez?

—¡No! —exclamó Robin, de repente—. ¡Dios! Me da asco. No fue… No soy… gay. No lo soy. Ahora lo sé. Seguro. Sólo fue esa vez. No volverá a pasar. No, gracias. No me interesa.

Jules lo miró.

—A ver si lo he entendido. ¿Sabes que no eres gay porque no quieres acostarte, otra vez, con alguien que te da asco? Sí señor, tiene todo el sentido del mundo —cogió el maletín—. Robin, amigo mío, te estás negando la realidad.

«Sé un hombre». Robin se interpuso en su camino.

—Jules, toda esa historia entre tú y yo ha sido… Yo sólo… estaba actuando. Ya te lo dije. Siento mucho si me malinterpretaste. Debería habértelo dejado más claro y… Bueno, para empezar, no debería haber arruinado nuestra relación, porque me gustas, en serio. Como amigo, claro.

Jules asintió.

—Amigo, coma, hetero. Vale.

—Y lo que pasó con Adam… —Robin respiró hondo—. Esa noche… sólo estaba explorando los demonios internos de Hal, y se me fue de las manos. No fue nada.

Jules volvió a asentir.

—No significó nada —dijo—. Ya. Como si no lo hubiera oído nunca. Pero esta vez no significó nada de verdad, ¿no? Sólo fue sexo sin importancia entre dos tíos, uno de los cuales siente asco por el otro. Gracias por aclarármelo —intentó esquivar a Robin para salir de la sala.

Pero Robin se lo volvió a impedir.

—No quiero que pienses que todo fue culpa de Adam —dijo Robin—, porque no lo fue. Sentía… —se aclaró la garganta—… curiosidad.

—Sí, claro, yo también siento mucha curiosidad —dijo Jules, con la voz llena de sarcasmo—. Odio a muerte a Tim Ebersole, el líder de la Red de Liberación, y me paso como cinco o seis horas al día pensando cómo sería acostarme con él.

La rabia de Jules era palpable, pero debajo de la rabia se notaba que estaba herido, y eso era mucho más doloroso.

«Sé un hombre». Robin no se apartó. Se quedó ahí. Miró a Jules a los ojos.

—Sólo se me ocurre decirte que lo siento —dijo, muy despacio—, y que espero que me perdones. Ojalá algún día podamos volver a ser amigos.

Jules se rió. Pero entonces dejó el maletín en el suelo, se acercó y…

Robin lo vio venir.

Jules iba a besarlo.

Lo vio venir y debería haberse apartado porque aquello no era investigación, no era necesario, era…

Dulce. Era insoportablemente dulce, como lo había sido en la habitación de Jules el otro día.

Y no sólo no se apartó, sino que se acercó más, se acercó a Jules y…

Y no era Hal besando a Jack, ni Adam besando a Hal; Hal no estaba allí. Era Jules besándolo a él y se sentía increíblemente…

Bien.

Quería apartarse, tenía que apartarse, pero le temblaban las piernas y estaba abrazando a Jules, que no dejaba de besarlo. Con más fuerza, más pasión, más intensidad. Jules lo estaba devorando y entonces… ¡Señor!, le colocó las manos en el pecho y…

Se separó.

Y ahí estaba Robin. Con la respiración entrecortada, totalmente sobrio, mirando a los ojos llenos de deseo de ese hombre que, obviamente, quería ser algo más que simplemente su amigo.

Mirando a los ojos de ese hombre que, con la mano que tenía encima de su corazón, notaba la evidencia del deseo igualmente intenso que Robín sentía hacia él.

Dios, Dios, Dios…

—Eres un actor de puta madre —dijo Jules.

Robin no podía hablar, no podía moverse, no podía separarse de Jules.

No quería separarse. Quería…

Oh, Señor, sabía perfectamente lo que quería.

Por mucho que se esforzó, no pudo evitar volver a inclinarse y besar a Jules y…

—¡Ups! Lo siento —se separaron de golpe mientras Cosmo daba media vuelta.

—Espera —dijo Jules. Estaba casi tan alterado como Robin—. ¡Espera! Lo siento, no debería haber ocurrido en un… un sitio tan público. Ha sido una completa…

—¿Público? ¿En casa de Robin? —dijo Cosmo, muy tranquilo. Miró a su alrededor—. A mí me parece un sitio lo suficientemente privado —miró a Robin, que se había tenido que sentar—. ¿Ya te has aclarado o todavía estás hecho un lío?

Jules respondió por él, pasándose las manos por la cara.

—Un lío —dijo—. Se podría decir que lo hemos liado más. Aunque sólo ha sido un lío potencial. Porque todavía no habíamos llegado al lío gordo y… —se rió—. Dios, no me refería a eso. Será mejor que te diga lo que quería decirte y me vaya —miró a Robin y añadió—. De hecho, si me das dos minutos, me reuniré contigo en la cocina.

Cosmo asintió.

—Claro. Tómate el tiempo que necesites.

Jules vio cómo Cosmo cerraba la puerta tras él y se giró hacia Robin.

—Lo siento, se me ha ido de las manos.

Robin seguía sin poder hablar. Sólo movió la cabeza.

Jules se sentó a su lado, muy preocupado.

—¿Estás bien?

Pensaba que por fin había descubierto lo que quería, pero ahora Hal no estaba allí para echarle la culpa. Él era el único responsable.

Y estaba histérico.

—Robin… —Jules le tocó el brazo.

Robin pegó un salto y se levantó

Jules se quedó sentado, mirando al suelo.

—Vale —dijo, al final—. Era una posibilidad que no había contemplado. Lo tenía todo preparado, todo lo que te iba a decir cuando descubrieras que eras gay y… —miró a Robin, que le estaba dando la espalda—. No puedo perdonarte. No estoy preparado. Por lo de la otra noche, ya sabes. Por Adam. Puede que nunca lo esté así que, aunque Cosmo no nos hubiera interrumpido, la pequeña fantasía de antes no habría llegado demasiado lejos. Ya te lo he dicho y te lo repito: no voy a ser tu proyecto científico. Y mucho menos el conejillo de indias número dos de una lista todavía por determinar. Y, por mucho que te arrodillaras ante mí, y lo digo en el sentido más penitente de la palabra, y me pidieras que te perdonara…

A Robin le temblaban las manos, así que las metió en los bolsillos de los pantalones.

—… eso no cambiaría nada —continuó Jules—. ¿Sabes cuando te he besado? En parte lo he hecho porque quería que supieras lo que nunca podrás tener. Eso es lo que tiraste a la basura cuando te fuiste con Adam a su casa.

Lo decía en serio. Cuando Robin se giró para mirarlo, Jules se agachó para coger el maletín.

—No voy a humillarme más —añadió Jules—. Ni siquiera por un polvo increíble. Bueno, puede que por eso sí, pero no por un polvo increíble contigo. No cuando sé lo que podríamos tener —se rió—. Aunque, claro, como no eres gay no importa, ¿no?

Se quedó ahí de pie, mirando a Robin, como si esperara alguna respuesta.

Al final, Robin pudo articular varias palabras:

—Joder, necesito una copa.

Jules se rió y se fue hacia la puerta.

—Sí, eso te ayudará mucho.

Jules Cassidy estaba muerto de vergüenza por el hecho de que Cos lo hubiera pillando besando a Robin. Lo primero que hizo cuando entró en la cocina, fue disculparse, otra vez.

Cosmo cogió su cartera, sacó la trajeta de miembro de la PFLAG y la dejó encima de la mesa.

Jules dejó de parlotear.

—¿Tienes un hermano… que es…?

—Mi padre —dijo Cosmo.

—¿Tu padre? —Jules se rió, pero enseguida recuperó la compostura—. Lo siento. Es que me has… sorprendido.

—Mi familia era un tanto alternativa —le explicó Cosmo.

—Ya veo. Y, claro, viniendo de una familia así era lógico que acabaras siendo un Seal, ¿no?

Cos se encogió de hombros.

—Fui a parar aquí.

—Perdona. Nadie va a parar a ese programa de entrenamiento intensivo y sale con la insignia de los Seals así como así.

—Me alisté en la Marina para pagarme la universidad —dijo Cosmo—. En casa no nos sobraba el dinero, precisamente. Mi padre murió en un accidente de coche y las facturas del hospital eran terribles... Quería ir a la universidad, así que me alisté. Me pasé dos años en un barco. Horroroso. Me daba golpes en la cabeza por todas partes y la comida a bordo era asquerosa. Pero tenía que quedarme para obtener el título universitario, así que me presenté al programa Seal. Habría hecho cualquier cosa por evitar pasarme seis meses más en un barco —sonrió—. Era el mejor incentivo para convertirme en Seal.

Jules se rió.

—Es increíble —se sentó delante de Cosmo—. Siempre me has dado mucho miedo —admitió—. De todos los Seal del Equipo 16, bueno, siempre hay algunos que hacéis saltar todas mis alarmas homófobas.

—Son los ojos —dijo Cosmo—. Durante un tiempo pensé que era por el corte de pelo pero... —se encogió de hombros—. Los ojos no puedo cambiármelos.

Jules volvió a reírse mientras abría el maletín.

—Tengo la lista que me pediste: los extras que tienen uniformes de la segunda guerra mundial, tanto de los nazis como de los aliados, cruzada con la lista de los que tienen coche propio —miró a Cosmo—. ¿Qué es, exactamente, lo que estás pensando?

Cosmo cogió la lista y la ojeó. Había unos cuarenta nombres. Algunos le sonaban de la lista de extras con uniforme nazi que Jules le había dado y que él ya había estudiado. Sólo unos cuantos tenían una camioneta. Aunque eso no significaba nada. Puede que su corazonada fuera incorrecta y, aunque no lo fuera, la camioneta que había visto esa primera no-

che bien podía ser prestada, robada o, incluso, no estar registrada en ninguna parte.

—Le pregunté a Jane cómo seleccionaban a los extras
—le dijo a Jules—. No sé, ¿por qué escoger a Bob Smith en
lugar de Tim Jones si, en definitiva, todos van a estar haciendo bulto, sin que nadie les vea ni la cara? Me dijo que la edad
y la apariencia física son factores clave. Si buscas a un chico
joven y atlético para un campo de entrenamiento del Ejército, no vas a quedarte con un hombre calvo y gordo de sesenta y pico, ¿no?

—Claro —dijo Jules.

—Así que los descartes no sólo se deciden por los currí-
culums, también por las Polaroids que se hacen en una sesión
de casting de extras. Mira, los extras llegan al estudio, el
agente de casting se asegura que son normales (eso quiere decir que intenta descartar a los pirados o problemáticos) y les
pide que rellenen un formulario: dónde viven, si tienen uniforme u otras prendas de esa época, si tienen un coche de
principios de los años cuarenta o un vehículo militar y, por
último, cuál es su disponibilidad.

»Jane me dijo que cualquiera que tenga un uniforme o
un vehículo pasa a formar parte de otra lista —continuó Cosmo—. Se revisan para verificar la autenticidad histórica y entonces, si los extras pasan el casting, se les pone una marca de
prioridad. Son los primeros a los que van a llamar porque no
necesitan uniforme, y eso que se ahorra el estudio. ¿Me sigues?

Jules asintió.

—Entonces, si estás en esa lista, es ya un poco cuestión
de suerte, dependiendo de la disponibilidad de cada uno. Jane
me dijo que Patty coge la lista y empieza a hacer llamadas. El

que está en casa y puede trabajar tal o cual día, consigue el trabajo —le dijo Cosmo—. Y cuando necesita a mucha gente, como en la escena del día D que van a filmar mañana, entonces recurre a la lista general.

—Pero llaman primero a los actores con su propio uniforme —dijo Jules—. O sea, que si soy el señor Chalado y quiero trabajar de extra en una película de la segunda guerra mundial para poder aterrorizar a la productora, lo primero que debería conseguir sería un uniforme auténtico, ¿no?

—O un coche de época —dijo Cosmo—. Si tienes un coche que se puede usar en una escena de exteriores, la ayudante de producción se va a convertir en tu mejor amiga. Te dará mucho trabajo, incluso hasta alguna frase en plan: «¡Cuidado!» o algo así como recompensa por dejarles utilizar tu coche. Pero Patty ya me ha pasado esa lista, era muy corta. Ya la he... emmm... verificado.

—Ya —dijo Jules—. Y esto me lleva al segundo tema que quería comentarte. Mis buenos amigos de la policía de Los Ángeles me han informado de una serie de allanamientos de morada por esta zona. No roban ni rompen nada. Sólo alguna cerradura forzada o un sistema de alarma manipulado y la sensación, por parte de muchos de los propietarios, de que alguien había entrado en su casa mientras ellos estaban trabajando.

—¿En serio? —dijo Cosmo.

—Sí —Jules cerró el maletín—. Y lo que es más extraño es que las direcciones coinciden con nuestras listas. Ya sabes... actores, miembros del equipo, empleados del estudio, etc.

—Qué coincidencia.

Jules movió la cabeza.

—Pues sí. He hablado con Tom y con Decker y están tan desconcertados como yo.

—Es que es desconcertante.

—Ya —dijo Jules, muy seco—. Estoy totalmente desconcertado —se levantó—. Si lo encuentras, nos llamas y nosotros nos encargaremos de él, ¿vale?

—Ahora mismo, mi prioridad es mantener a Jane a salvo —dijo Cosmo.

—Sí, vale. Respóndeme con una frase que no tiene nada que ver con lo que te he preguntado y que, encima, no promete nada bueno —Jules se rió mientras salía de la cocina—. Como si no fuera a darme cuenta de lo que es una frase evasiva. ¡Qué va! Sólo soy agente federal.

Jules estaba a punto de salir de casa, un proceso para el que tenía que coordinarse con todo el equipo de Troubleshooters aunque, con todas las cámaras y los sensores, aparte del personal de seguridad, la casa de los Chadwick era el lugar más seguro de Los Ángeles, cuando oyó los gritos de Jane.

—¡Cos! ¡Cosmo!

Jules tuvo que apartarse, porque el Seal salió de la cocina como una locomotora. Subió hasta el segundo piso saltando y agarrándose a la barandilla, impulsándose por encima de ésta.

Jules subió por el método convencional: por las escaleras. Vio a Jane salir de su despacho con el móvil en la mano y una mirada de horror en sus ojos.

Cosmo la agarró con tanta fuerza que estuvo a punto de tirarla al suelo. Le dio un repaso de arriba abajo. Parecía que estaba bien, toda de una pieza.

—Tiene a Patty —dijo, y empezó a llorar.

—¿Quién tiene a Patty? —preguntó Cosmo.

Robin, al escuchar los gritos de su hermana, había salido de la sala de reuniones y se había asomado a la entrada. Jules no se permitió mirarlo.

—¡Me acaba de llamar! —le dijo Jane—. El señor Chalado. Me ha llamado y me ha dicho que va a matar a Patty si no... si no... Dios, Cos, ¡tenemos que llamar a Jules!

—¡Jules! —gritó Cosmo, abrazando a Jane.

—¿Te ha llamado al móvil? —le preguntó Jules—. ¿Ahora mismo?

Jane no lo había visto subir las escaleras. Lo miró, sorprendida.

—Vaya, eres muy bueno —le dijo a Cosmo con una sonrisa. Sonrisa que enseguida desapareció cuando miró a Jules y le respondió—. Sí. Me ha dicho que si no hago exactamente lo que me dice, a Patty le pasará —las lágrimas volvieron a resbalar por sus mejillas—... lo mismo que a Angelina.

24

Jane estaba sentada en la sala de reuniones mientras el FBI le instalaba un equipo que, según Jules Cassidy, seguramente no les ayudaría a rastrear nada cuando el asesino volviera a llamar, si es que lo hacía.

El asesino que había secuestrado a Patty.

La tensión podía notarse en el aire. Cosmo estaba allí, igual que Robin.

Aunque, claro, era posible que Robin sólo quisiera estar cerca del mueble bar.

Jules entró y se sentó delante de Jane. Parecía cansado pero consiguió dibujar una sonrisa.

—Vamos a repasar lo de la llamada otra vez.

—Preferiría hablar de esa mujer que se va a hacer pasar por mí —le dijo Jane.

—Es una agente del FBI —dijo Cosmo.

—Y eso le va a servir de mucho si, como tú mismo dijiste, el tío ese le pega un tiro en la cabeza —dijo Jane, muy seca—. No va a morir nadie más —miró a Jules—. Necesito que me prometas que…

—No puedo —le dijo él, con sus elegantes labios con gesto serio—. No voy a mentirte. Pero creo que deberías saber que los forenses han determinado que la bala que impactó en la cabeza de Angelina fue fortuita. El asesino disparó seis veces y sólo la primera bala le impactó en el hombro derecho. Fue después, cuando ya estaba en el suelo, cuando una bala le entró por la parte posterior de la cabeza.

Dios mío.

—¿Cómo lo sabes? —preguntó Jane.

—La medicina forense es una ciencia, Janey —le dijo Cosmo—. Son matemáticas y física. Cuando conoces algunas variables, cómo desde dónde salieron los disparos y el punto y el ángulo por dónde los proyectiles entraron en el cuerpo de la víctima, puedes llegar a saber cómo y dónde estaba la víctima cuando le dispararon.

—En el caso de Angelina —añadió Jules—, también sabemos que, cuando la primera bala impactó en el hombro, iba hacia el coche, es decir, estaba de frente al asesino. Nuestro hombre es bueno pero, en esa posición, era imposible que le diera en la parte posterior de la cabeza.

—En ese caso, dadme a mí el chaleco antibalas y... —dijo Jane, pero Cosmo la interrumpió.

—No es una opción.

Ella ni siquiera lo miró.

—Estoy hablando con Jules.

—No es una opción, Jane —dijo Jules—. Aunque no te lo parezca, son malas noticias porque significa que, quien quiera que sea este tío, posiblemente es lo suficientemente bueno para no disparar a la cabeza intencionadamente; es un objetivo más pequeño, hay más posibilidades de fallar. También es listo y sabe que, aunque no hubieras acudido a nosotros con la noticia de que ha secuestrado a Patty, te está dando tiempo suficiente para ir a comprarte un chaleco antibalas. Está planeando algo y no vamos a correr el riesgo de poner tu vida en peligro.

—Pero sí la de otra persona —protestó ella.

—Una agente profesional —dijo Cosmo—, que sabe cómo manejar situaciones como ésta.

—¿Cómo se llama? —preguntó Jane.

—Janey —dijo Robin—. ¿Por qué no respondes a las preguntas de Jules? ¿Qué tiene que ver cómo se llama la...?

Jane estaba a punto de perder los nervios.

—¡Porque si va a morir por mí, al menos debería saber cómo se llama!

Jules se inclinó hacia delante y le cogió las manos.

—Jane. Sé lo que estás pensando. Pero debes saber que, si hubieras querido encargarte de esto tú sola, tanto Patty como tú habríais acabado muertas.

—Y ahora sólo morirá Patty, ¿no? —Jane estaba desesperada—. Patty y una mujer a la que ni siquiera conozco.

—Cuando sepa el nombre de la agente, te lo diré —le dijo Jules—. Te mantendré informada en todo momento.

Jules Cassidy tenía unos ojos preciosos. Eran de un color marrón oscuro muy bonito, con unas pestañas muy largas. Pero todavía era más bonita la bondad que veía en ellos, la sinceridad en esa cara que era incluso demasiado perfecta.

¿Qué le pasaba a su hermano? ¿Qué mosca le había picado para irse a casa de Adam en lugar de irse con Jules?

Jane ya lo había visto muchas veces. El huracán Robin llegaba, arrasaba con todo y destruía cualquier posibilidad de felicidad a su alrededor.

Gay, hetero o bi, quería a su hermano pero, Señor, era un inútil.

—Ahora mismo no tenemos ningún plan definido —admitió Jules—. Tenemos que esperar a que vuelva a llamar, saber qué es lo que quiere, dónde quiere que vayas, exactamente. Mientras tanto, utilizaremos todos los medios para encontrar a Patty, desde la última tecnología en satélite hasta el señor misterioso aquí presente —hizo un gesto hacia Cosmo—, y su increíble habilidad para entrar en las casas.

Cosmo. Que la quería.

Estaba de pie el otro lado de la sala, como si no quisiera agobiarla o intimidarla o…

—A ver si recuerdas algo más de la conversación —le dijo Jules—. Cuando sonó el móvil y viste que era el número de Patty…

—Dije: «Gracias a Dios que estás a salvo» —dijo Jane—. Y ese tío se rió y dijo: «No te preocupes. Patty está sana y salva».

Cuando le tembló la voz, Cosmo se acercó un poco. «Estoy aquí».

Jane se aclaró la garganta.

—Dije: «¿Quién eres?», y él dijo: «Tu peor pesadilla». Entonces dije: «¿Robin?», porque pensé que igual eras tú gastándome una broma.

Era un diálogo tan típico de película de serie B que había pensado que su hermano…

En el sofá, Robin se tapó los ojos con la mano. Jules lo miró.

—¿Y él qué dijo?

Aquí es donde Jane se perdía un poco.

—Se rió —Jane cerró los ojos para concentrarse—. Y dijo: «Tengo a Patty» y algo como: «Si no quieres que le haga lo que le hice a Angelina… —tuvo que hacer una pausa. Respiró hondo. Miró a Cosmo, que la animó con la cabeza— …harás exactamente lo que te diga. Si le dices a alguien que he llamado…» y aquí es donde le interrumpí. Le dije algo como: «Pero el FBI ya sabe que ha desaparecido y la está buscando», aunque todavía no te habíamos llamado —le dijo a Jules—. Pero sabía que era el siguiente paso.

—¿Crees que ya estará muerta? —preguntó Robin.

—No —respondió Jules—. Seguramente, su intención es llevar a Jane a un lugar donde pueda matarla y escapar. Se imaginará que, si quiere que Jane acepte su juego, tendrá que darnos lo que nosotros llamamos una prueba de vida; una posibilidad para hablar con Patty por teléfono, por ejemplo. Una conversación de verdad, no sólo escuchar una grabación con su voz.

—Me dijo que si le decía a alguien que había llamado, la mataría —dijo Jane—. Y entonces dijo que volvería a llamar esta noche para darme instrucciones.

—¿Dijo eso? ¿«Esta noche»? —preguntó Jules.

—No lo sé —admitió ella—. A lo mejor dijo «más tarde».

Jules miró a los otros agentes del FBI, que asintieron.

—Bueno, en cualquier caso, estamos preparados para cuando llame. Cuando lo haga, tendrás que mantenerlo al teléfono un rato. Te pida lo que te pida, dile que vas a tener problemas para deshacerte del equipo de seguridad. Seguramente, te dará un plazo máximo. Intentará presionarte para que tengamos el menor tiempo posible para prepararnos —a Jules le sonó el móvil—. Perdona.

Se levantó del sofá para responder al teléfono.

Robin también se levantó, para ir al mueble bar y servirse otra copa. Justo lo que necesitaba.

—Hiciste lo correcto —Cosmo se sentó a su lado en el sofá. Cerca pero no demasiado—. Pediste ayuda en vez de salir corriendo y hacer una locura. Quería… —se aclaró la garganta—. Quiero que sepas lo mucho que significa para mí.

Jane no podía aguantar su mirada. «Por favor, Señor, no dejes que vuelva a llorar». Tenía la sensación que, estos últimos días, sólo había hecho que llorar.

En cambio, Angelina nunca más volvería a llorar.

Cosmo se quedó callado un buen rato. Cuando volvió a hablar, lo hizo en voz baja, muy despacio.

—Perdí a un muy buen amigo hace unos años —le dijo—. Frank O'Leary, que estaba conmigo cuando...

—Le salvaste la vida a Yasmin —Jane terminó la frase por él.

Él asintió.

—Lo mataron unos años después de aquello. En un ataque terrorista... Un rebelde empezó a disparar en el vestíbulo de un hotel en Kazbekistán.

—Dios mío.

—No siempre te sentirás así —le dijo él—. No siempre dolerá tanto.

—A Murphy sí —apretó los dientes para no llorar—. Cos, sólo puedo pensar que no debería haber querido conseguir tanta publicidad gratuita para la película. Debería haberla hecho sin hacer ruido y estrenarla, así gente como Tim Ebersole, los de la Red de Liberación y el loco que mató a Angelina ni siquiera se habrían enterado.

Cosmo se quedó pensativo un momento.

—Pero no es lo que tú querías, ¿no? —le dijo—. ¿Querías hacer una película sin que se enterara nadie?

—No pero... no dejo de pensar que debería haberlo dejado. Cancelarlo todo. No merece la pena morir por una película —le dijo.

—Te equivocas —dijo Cosmo, con mucha convicción—. He estado en países en los que la gente no puede hacer películas, donde la libertad de expresión te puede llevar a la cárcel o al paredón. Todo el mundo debería pasar, obligatoriamente, una temporada en un país de esos. Te cambia la vida, Janey. Mucha gente cree que la libertad es algo normal y no saben lo que es vivir privados de ella. Vuelves a casa y piensas «Gracias a Dios», porque vives en un país donde nadie te persigue, ni te oprime ni te aterroriza, nadie te impone una religión… —iba contando con los dedos a medida que lo iba diciendo—. Tienes libertad de expresión, puedes mostrarte en contra de las decisiones del gobierno. ¿Has oído alguna vez la frase: «Lucharé a muerte para proteger tu derecho a no estar de acuerdo conmigo»?

Jane asintió.

—Frank lo hizo. Luchó a muerte. Frank y Matt y Scout y Jeremy y… —sacudió la cabeza—. Todos se sacrificaron por nuestro país y hay otros, como ellos, que se sacrifican cada día. No tienes ni idea de lo que es estar ahí fuera, expuesto a esos riesgos, ver cómo tus amigos mueren y luego volver a casa y ver esto… —intentó encontrar las palabras correctas—. Ver a gente, americanos, que intentan silenciar a otros americanos sólo porque no están de acuerdo con ellos. Personas llamando antipatriotas a otras porque no comparten las mismas opiniones. Frank no murió por eso, murió por la democracia, por un país gobernado por el pueblo, donde todas las voces, incluso las menos populares, tuvieran derecho a ser escuchadas. Incluso la Red de Liberación tiene derecho a esparcir su mierda nazi en la red siempre que no amenacen a nadie ni pretendan quitarle a nadie sus derechos. Porque decirle a alguien que se calle no es americano. Es una deshonra para mis amigos que murieron por este país.

»Estamos en guerra —le dijo Cosmo—. Los hombres y mujeres que están ahí fuera, en esos países, están luchando por la libertad. Y cuentan con gente como tú para que, desde aquí, les des un motivo para seguir luchando. La opresión empieza cuando cedemos ante una amenaza, cuando permitimos que nos silencien.

Hizo una pausa de varios segundos, y luego continuó:

—El cumpleaños de Frankie O'Leary era un día después del mío. Nació en un pequeño pueblo de Louisiana. Tenía un acento muy cerrado y, aunque podía suavizarlo cuando quería, había un oficial de la Marina a quien le molestaba mucho... Bueno, a Frankie no le caía demasiado bien y, siempre que veía al almirante Tucker, siempre exageraba mucho el acento. «Cómo volver a Tucker loco» —Cosmo se rió, recordando—. A Frankie le gustaba mucho Elvis, sobre todo sus años de gospel, y le gustaba hacer esquí acuático. Era increíble, deberías haberlo visto. Su novia se llamaba Rosie y sus últimas palabras y sus últimos pensamientos fueron para ella, de lo mucho que la quería.

Tuvo que parar, pero al final se aclaró la garganta y continuó.

—La llamo tres veces al año y hablamos de él. Para su cumpleaños, el Día de los Caídos, el último lunes de mayo, y a finales de agosto. Le gustaba mucho la astronomía y le encantaba esa lluvia de meteoritos que cae en agosto, ¿sabes? Ahora no recuerdo cómo se llama. Creo que es el aniversario de la primera vez que la invitó a salir. Era muy romántico y la trataba muy bien.

Jane ya no pudo contener las lágrimas por más tiempo.

—Los otros trescientos sesenta y dos días honramos su memoria haciendo que se sienta orgulloso de nosotros —Cosmo hizo otra de sus largas pausas—. Luchando. Resistiendo. Viviendo y recordando que la libertad siempre tiene un precio. Y eso es lo que tendrás que hacer por Angelina, Janey. Ya sé que ella no pidió luchar en esta guerra, pero el hombre que la mató es tan terrorista como el que mató a Frank, y no podemos permitir que los terroristas se salgan con la suya.

—¿Y Patty? —preguntó Jane—. ¿Y esa mujer del FBI?

—Confía en Jules y su equipo —le dijo Cosmo—. Haz lo que te digan, Jane. ¿Me prometes que harás lo que te digan? Nada de riesgos estúpidos, nada de locuras, nada de heroicidades…

El miedo hizo que el corazón de Jane latiera con más fuerza.

—¿Dónde vas? —hablando de nada de locuras ni de heroicidades…

—Voy a encontrar a ese tío antes de que le haga daño a alguien más —la besó con mucha dulzura, con unos labios tan amorosos, y la mano encima de la mejilla. Pero enseguida se separó—. Siento que hubiera tanta gente cuando dije… lo que dije.

«Te quiero».

Oh, Dios mío.

—Cos —dijo Jane—. Respecto a eso… creo que deberíamos hablar.

«Creo que deberíamos hablar» no eran las cuatro palabras que Cosmo esperaba escuchar de la boca de Jane.

Al menos no ahora, en respuesta a su declaración de amor.

Pero estaba bien. Miró a Jules y a Robin. Estaban al otro lado de la sala; Jules seguía hablando por teléfono y Robin se estaba sirviendo otra copa más. Cosmo hubiera preferido más intimidad pero… aquí estaban. Y tenían que hablar.

Jane estaba llorando, cosa que le partía el corazón.

—Sé que todo esto no se me da muy bien —dijo él, despacio—. En el pasado, cometí errores por no decir nada y ahora creo que he dicho demasiado y demasiado pronto.

—No —dijo ella—. No eres tú, soy yo.

Vale, aquello era lo peor que podía escuchar en una conversación para hablar del estado de la relación.

—Quizás —dijo Cosmo—, no deberíamos hablarlo ahora. Quizás, cuando todo esto termine, Patty esté a salvo y ese tío… —soltó el aire con fuerza—. Quizás, si nos lo tomamos con calma, entonces…

Quizás entonces podría hacer que ella también se enamorara de él.

—Es que… odio la idea de decepcionarte —le dijo ella—. Y sé que es lo que he estado haciendo hasta ahora.

¿Qué? Cosmo no entendía nada.

—Janey, no estoy… Bueno, sí, estoy un poco decepcionado de que no hayas querido hablar conmigo… —se inclinó y le cogió las manos—. Mira, si todo esto te resultara fácil no serías humana. Ojalá confiaras en mí lo suficiente como para compartir conmigo tus miedos —hizo una pausa, porque quería hacerlo bien—. Sé que te sientes responsable por todo lo que ha pasado, y me gustaría que lo hablaras conmigo. Porque, bueno, esto es cosa de dos. Y si estamos juntos el tiempo suficiente, no sé… sólo es cuestión de tiempo que yo también te decepcione a ti. Nadie es perfecto. No busco la perfección. Sí, a veces me sacas de quicio pero nunca he sido más feliz que cuando estoy contigo, incluso cuando me sacas de quicio.

Las lágrimas de Jane cayeron sobre sus manos entrelazadas. Dios, no quería hacerla llorar. Era lo último que quería. En el pasado, éste era el momento en que decidía abandonar.

Pero esta vez no. Esta vez iba a quedarse y a luchar.

—Cuando cojamos a este tío —le dijo—, y las cosas vuelvan a la normalidad…

Ella levantó la cabeza.

—Lloro mucho. Intento no hacerlo pero… Y tengo mucho genio. Me enfado y digo cosas, cosas horribles, que no siento. Soy como una niña de cuatro años en un cuerpo de adulta. No soy divertida, sólo lo finjo. Soy… Soy… seria y un enorme saco de dudas y he engañado a todo el mundo para que crean que soy otra persona…

—Jane —dijo Cosmo—. Yo te veo a ti. A la auténtica.

—¿De verdad? —en sus ojos había esperanza. Esperanza y un montón de lágrimas que ya no intentaba ocultarle—. ¿Estás seguro? Porque se me da tan bien ser Mercedes que la línea ya empieza a ser borrosa. A veces, incluso me engaño a mí misma.

Cosmo asintió.

—Puede… intimidar un poco pero, ¿sabes qué he descubierto de ella?

Jane negó con la cabeza.

Cos le acarició la mejilla, frenando una lágrima con el pulgar.

—Es muy amable. Amable en plan dulce —aclaró—. No en plan monjil.

Ella se rió. Fue un sonido extraño, un poco gutural, pero era buena señal.

—Es difícil convivir conmigo —dijo.

—¿Ah, sí? ¿Y quién te lo ha dicho? —le preguntó él—. ¿Tu madre? Ya se equivocó una vez. Pero, vale, supongamos que en esto tiene razón. ¿Y qué? No creas que es fácil convivir conmigo. ¿Siguiente punto?

Ella se volvió a reír.

—No es tan sencillo.

—Sí que lo es.

—No, no lo…

—¿Me quieres? —Cosmo puso todas las cartas sobre la mesa.

Los ojos de Jane se volvieron a llenar de lágrimas. Lo de llorar mucho iba en serio.

—Sí —susurró.

Los ojos de Cosmo también se humedecieron. Dios, menuda pareja.

—Entonces, es así de sencillo —dijo él, apoyando su frente en la de Jane—. Estoy loco por ti, Jane. Estoy loco por las dos, por todas… como quieras llamarlo. Y si tú también me quieres… dime, con eso a nuestro favor, ¿qué puede salir mal?

—No sé si te merezco —dijo ella.

—Bueno, pues convéncete —le dijo él—. Porque yo sí te merezco —la besó otra vez—. Tengo que irme. Prométeme que harás lo que Jules te diga. Nada de riesgos estúpidos.

Jane se secó las mejillas con las manos.

—Tendré cuidado.

Él la miró a los ojos.

—Te lo prometo —dijo.

—Si me necesitas, llámame —dijo, y se fue hacia la puerta.

—Cosmo.

Se giró a mirarla.

—Esto es cosa de dos —dijo Jane. Ya no intentaba ocultar que estaba preocupada por él, gracias a Dios—. No quiero recibir una llamada de Tom Paoletti y de Decker el Día de los Caídos.

Él volvió junto a ella, con el corazón en la garganta. Dios mío.

—Yo tampoco quiero eso para ti.

Al mirarla, Cosmo supo que Jane era consciente de que no le había prometido que eso nunca pasaría. Como Seal, era una promesa que no podía hacer porque a lo mejor no sería capaz de mantenerla.

Se inclinó para besarla y se fue.

El sonido de la entrada de un fax no despertó a Robin, así que Jules le dio una patada a la silla cuando pasó por su lado.

—Vete a la cama.

Robin abrió los ojos.

—¿Ya ha llamado?

—Todavía no —dijo Jules—. ¿No sales en esa escena del día D que rodáis mañana? Me pareció oír que Jane decía que te vendrían a buscar antes del amanecer —miró su reloj—. Que es dentro de, más o menos, una hora. Vale, olvídate de la cama. Será mejor que vayas a darte una ducha.

Robin negó con la cabeza, haciendo una mueca de dolor por lo mareado que estaba de la resaca.

—No creo que Janey siga adelante con la película…

—Tiene que hacerlo —lo interrumpió Jules, marcando el número de Cosmo en el móvil—. Hay que seguir como siempre. Tenemos que suponer que el asesino nos estará vigilando. En serio, Robin, será mejor que te vayas.

—¿Por qué no ha llamado? —preguntó Robin.

—No lo sé —admitió Jules—. A lo mejor sólo quiere jugar con nosotros.

Le desviaron la llamada al buzón de voz.

—Richter, soy Cassidy. Aunque no te lo creas, acabo de recibir una lista de nombres de Hacienda. Es habitual verificar cualquier lista de sospechosos con ellos, por si ven algo raro. Creo que es una tradición instaurada desde los días en que todos los agentes del FBI eran contables. En cualquier caso, he comparado su lista con la de los extras que tienen un uniforme original y hay cuatro nombres que coinciden —miró el fax—. Uno es por evasión de impuestos, Christopher Martins. En otros dos casos había errores en los números de la seguridad social, que podrían ser intencionados o no, Paul Ramirez y William Hart. El último es un poco extraño. Un tal Carl Linderman aparece señalado por *pagar* impuestos el año pasado, por lo visto después de varios años sin declarar ningún ingreso. No sé de qué va esto… es decir, no sé por qué pagar impuestos de repente puede ser un problema. No sé, puede ser un estudiante, ¿no? Bueno, aquí lo tienes. Llámame para que sepa que has recibido el mensaje. De hecho, ¿por qué no llamas a Jane? Creo que le gustaría mucho oír tu voz. Las últimas horas han sido bastante tensas por aquí. Gracias.

Colgó y llamó a Tom Paoletti para explicarle lo mismo. Después cerró el teléfono y miró a Robin, que lo estaba mirando.

—¿Qué? —preguntó Jules.

—Adam estará en el rodaje —le dijo Robin—. No lo he visto desde…

Esa noche.

Jules estaba demasiado cansado, así que cerró los ojos en un intento de esconder su emotiva reacción a esa información. ¿Qué se suponía que tenía que decir? ¿Felicidades?

—Cos ha recibido tu mensaje —dijo Jane, desde el otro lado de la sala, con el móvil pegado a la oreja—. No ha podido cogerlo a tiempo. Dice que pondrá a esos cuatro los primeros de la lista.

—Gracias, cariño —dijo Jules, y luego se giró hacia Robin—. Buena suerte.

—Hoy es el día que muero —Robin debió de darse cuenta que no era lo mejor que le podía decir a un agente del FBI encargado de perseguir a un psicópata que quería matar a su hermana—. En la película —añadió, enseguida—. Es un sueño, una pesadilla, y muero... Hal muere... de mil formas distintas.

Señor, Jules necesitaba unas vacaciones.

—Que te diviertas —le dijo, y se marchó.

25

—El seis de junio de mil novecientos cuarenta y cuatro yo no estaba cerca de la playa de Omaha en Normandía —le dijo Jack Shelton a Robin con su anciana voz—. Cuando la Unidad 23 llegó, ya había varios frentes de batalla abiertos en Francia. De todos modos, me quedé en aquella playa un rato e intenté imaginarme lo que había sido para esos chicos saltar de los botes y arrastrarse por la arena. Me sorprendió mucho lo desprotegida que estaba… era una playa. No había dónde esconderse de lo que debió ser una lluvia de proyectiles que los alemanes disparaban desde sus casetas de cemento en los acantilados.

Robin estaba junto a Jack en la playa de California donde, durante los cuatro días siguientes, rodarían la secuencia de la batalla.

—Aparte del agua salada y la arena, esto no se parece en nada a Normandía —dijo Jack.

En lugar de acantilados había una empinada colina llena de vegetación en el extremo sur de la playa. A los pies de la colina había un montón de grandes rocas, formando una especie de rompeolas que se adentraba en el océano. Las rocas parecían resbaladizas y peligrosas allí donde el agua chocaba contra ellas, y solamente peligrosas en la zona seca.

Los directores de escena habían repartido pedazos del famoso muro de Hitler por la arena: enormes barras de acero, trozos de cemento para evitar que los tanques avanzaran, rollos de alambre de púas para complicarles más la vida a los soldados de a pie. Aunque el alambre era lo único de verdad. El acero y el cemento eran espuma y plástico.

Se añadirían efectos especiales por ordenador. Un poco más de muro por aquí, un poco de acantilado realista por allá, la enorme armada aliada invadiendo el «canal», sonido de helicópteros y aviones.

Jack le dijo a Robin que alguno de sus coetáneos, directores de escena de la época dorada de Hollywood, miraban mal a los directores que utilizaban efectos digitales. Decían que era hacer trampas.

Jack pensaba que los efectos digitales sólo eran otra manera de recortar presupuesto.

Y era verdad. Sin ellos, Janey ni siquiera se habría atrevido a incluir esta secuencia en la película. Y también le ahorraban tener que contratar a más extras.

Los marines se añadirían por ordenador, aunque ya había cientos de ellos, bueno, de hecho eran especialistas y extras, que habían aparcado en el gigantesco espacio habilitado como parking y ya estaban presentándose en la carpa circular de maquillaje y peluquería.

Había tres carpas más. Una era para que los actores pudieran protegerse A la sombra. Otra era para el equipo de producción, así como para los explosivos de mentira y las partes del cuerpo de látex de aquellos que iban a «morir» de manera trágica.

La tercera tienda era para el atrezzo: bártulos de batalla y armas que parecían auténticas.

Normalmente, esas cosas se repartían en la carpa de vestuario que había en el aparcamiento. Sin embargo, debido a la alta seguridad alrededor de la playa, se había cercado todo el espacio donde iban a rodar con una alambrada de tela metálica, y ningún actor o especialista podía llevar un arma, aunque fuera falsa, hasta que entrara dentro del espacio cercado.

Mientras Robin paseaba por la playa con Jack, vio a Adam, de uniforme, en plena discusión con el director y el coordinador de especialistas, ensayando una carrera por la playa y un aterrizaje detrás de un pequeño montículo de arena. El montículo estaba amañado para que explotara, como si fuera consecuencia de una bomba.

El equipo de efectos especiales también había preparado unas hileras de pequeños explosivos para simular los disparos de las ametralladoras nazis. Adam tenía que estar cerca de ellos, pero no demasiado, para que el peligro pareciera real.

El director artístico se hallaba un poco más alejado, hablando con un grupo de extras, indicándoles las zonas donde sólo podían entrar los especialistas.

Harve estaba con los especialistas, dándoles un cursito acelerado para recordarles cómo funcionaban los petardos y las bolsas de sangre falsa que llevaban escondidos en los uniformes.

Había otro grupo todavía más a lo lejos, cerca del «acantilado». Uno de los extras estaba deslomándose para cavar un hoyo donde atrincherarse.

—Es un poco raro —dio Jack, siguiendo la mirada de Robin—. He estado hablando con él un rato. Estaba dispuesto a hacer la trinchera él solo.

La verdad era que estaba muy metido en el papel.

—Algunos de estos hombres forman parte de algún grupo de representantes de veteranos de guerra —le dijo Robin—. Pueden llegar a tomárselo un poco demasiado en serio. Les gusta meterse en la piel de los personajes. Es como tener a cientos de Robert De Niros como extras.

Jack asintió.

—Hablando de meterse en la piel de los distintos personajes —dijo—. Estás destrozado. Tienes que cuidarte más, Robin. Aunque es verdad que Harold tenía un aspecto inhumano, yo diría que estaba más cerca de lo divino que no de lo mortal.

—Sí, bueno, Hal no tenía que preocuparse de... —Robin se calló—.

Intentaré acostarme más temprano. Mientras tanto, será mejor que vaya a maquillaje, a ver si ellos pueden hacer algo con este aspecto destrozado.

—¡Ah! Adam te estaba buscando —le dijo Jack—. Quería hablar contigo antes de empezar a filmar. Le aseguré que te diría que lo buscaras.

—Gracias —dijo Robin. Sí, claro, buscaría a Adam, pero para huir de él como de la peste.

El sonido de las sirenas a lo lejos fue la primera pista que Cosmo tuvo de que su presencia no autorizada en la casa de tres habitaciones de William Hart no había pasado desapercibida.

La segunda pista fue una voz femenina que venía desde la penumbra del otro lado del pasillo.

—Deja lo que sea que creyeras estar robando, levanta las manos y date la vuelta, muy despacio. Tengo una pistola y no me da miedo usarla.

¿Cómo lo había oído? Había sido muy silencioso. E invisible. Cos estuvo a punto de preguntarle si quería un trabajo y darle la tarjeta de Tom Paoletti pero, en lugar de eso, mantuvo las manos en un lugar donde la mujer pudiera verlas mientras se giraba.

Y, era cierto. La mujer menuda y joven que estaba de pie al otro lado del pasillo tenía una Colt.380 en la mano.

—La policía está en camino —le informó ella.

Puede que no tuviera miedo de usar la pistola, pero la situación era ridícula. Aunque era más que probable que no supiera cómo usarla porque, por lo que Cosmo veía, el seguro estaba puesto.

Con la vida de Patty en peligro y Janey subiéndose por las paredes, Cosmo no tenía tiempo para explicarle a la hermana pequeña de los ángeles de Charlie o a los policías que estaban en camino qué estaba haciendo en esa casa. Sí, la puerta de la cocina estaba abierta cuando él llegó, pero eso sólo significaba que, si se negaban a escucharle, tendría que enfrentarse a los cargos de invasión del hogar en vez de los de allanamiento de morada. El arresto y la lectura de sus derechos le harían perder demasiado tiempo.

Pero también sabía, sin ningún tipo de duda, que a Jane no le haría mucha gracia que le dispararan y lo mataran esta mañana.

Las sirenas estaban cada vez más cerca y Cosmo le echó otra ojeada a la pistola.

—¿Es de verdad o de juguete? —preguntó, al final, mientras la chica encendía la luz del pasillo.

—Es de verdad y si te mueves te pegaré un tiro.

No con el seguro puesto, cielo.

Cosmo se lanzó hacia el comedor y rompió la puerta corredera de cristal con los pies, para luego poder pasar por el agujero. Se rascó con unos cristales y se hizo daño, pero no tanto como le habría dolido si le hubiera dado tiempo a la vaquera a quitar el seguro.

Sangrando de Dios sabe dónde, saltó la valla y cruzó el jardín trasero, zigzagueando por si ella decidía dispararle.

El hecho de que no lo hiciera era buena señal.

Las heridas, en cambio, no lo eran. Aunque, por lo que había visto, lo peor eran un par de rasguños superficiales en los antebrazos.

Cosmo se envolvió los brazos con el bajo de la camiseta para no dejar un rastro de sangre mientras daba un rodeo hasta donde había dejado el coche. Desde el jardín de un vecino, vio tres coches de policía aparcados delante de la casa de William Hart, con las luces de emergencia todavía encendidas.

Se había salvado por los pelos.

Y, seguramente, después de aquello podía tachar a William Hart de la lista de sospechosos. Al menos, podían estar seguros de que Patty no estaba allí encerrada. Los secuestradores no suelen llamar a la policía.

Cosmo se movió con sigilo, escondiéndose detrás de los arbustos. El brazo izquierdo sangraba de manera más que evidente y... ¡maldita sea!

Al final de la calle había otro coche de policía, aparcado justo detrás de su camioneta.

Cosmo había estacionado en la calle principal, a bastante distancia de la casa pero, al parecer, no la suficiente. El poli estaba allí de pie, vigilando, sin duda buscando a alguien con aspecto de acabar de cruzar una puerta de cristal.

Alguien, digamos, con el brazo ensangrentado.

Maldiciendo, Cosmo dio media vuelta y se fue en dirección contraria.

Necesitaba alejarse de ese barrio antes de entrar en una tienda a comprarse una camisa nueva, quejándose de la aparatosa caída que había tenido con la bici cuando iba a desayunar con su nueva novia y su padre.

Pero, hasta que tuviera esa camisa, preferiblemente de manga larga, tenía que intentar pasar desapercibido, aunque también podría ir a casa de Carl Linderman. Era el sospechoso número cuatro en la lista de Hacienda. Sospechoso por... ésta era muy buena... por pagar impuestos.

Seguro que era una pérdida de tiempo. Las posibilidades de que el asesino fuera a) un extra con su propio uniforme, b) uno de los sospechosos de Hacienda y, sobretodo, c) Carl Linderman, en cuyo piso Cosmo ya había estado, eran pocas.

Sin embargo, el hecho de que el nombre de Carl Linderman apareciera en tantas listas merecía otra visita.

Cos tendría que volver a por la camioneta más tarde.

Y, ¡mierda!, a por el móvil, que se lo había dejado en el salpicadero, justo encima de la radio.

De un lado de la calle, se oyó una sirena de policía, así que Cosmo se perdió entre la niebla matutina y desapareció.

—¡No me jodas!

Jane miró a Jules, que estaba hablando con alguien por el móvil. ¿Era un «¡No me jodas!» bueno o malo?

—¡No me jodas! —repitió, y esta vez pareció enfadado—. ¿Hace cuatro horas? ¿Y no se te ocurrió pensar que igual lo querríamos saber?

Jane lo miró.

—No —dijo Jules—. No, la secuestraron. Sí, un caso federal...

Jane sospechó que estaban hablando de Patty y se levantó, nerviosa.

—Tienes ordenador, ¿verdad? Con… —Jules la miró—. Espera —le dijo a quien quiera que estuviera al otro lado de la línea—. Patty está viva —le dijo a Jane—. Está en el hospital Century City. Está bien.

—¿Qué? —dijo ella, aliviada.

—Sí, la encontraron hace cuatro horas. Por lo que saben, le quitó el rifle al secuestrador y le disparó… en defensa propia. Ya hemos recibido el informe de balística. Es la misma arma con la que mataron a Angelina y a Ben Chertok.

—¡No me jodas! —dijo Jane—. ¿Me estás diciendo que…?

—Estamos casi seguros de que tu señor Chalado está muerto.

Decker se presentó en la escena del crimen unos segundos después de Jules Cassidy.

Alguien ya había cerrado el perímetro del edificio y el parking con cordón policial.

El coche de la entrada era un Pontiac Catalina. Blanco, con la cubierta de tela.

Joder.

Cassidy estaba a punto de entrar pero, justo entonces, vio a Decker y lo esperó.

—Nuestro hombre se llamaba Mark Avery —dijo Jules, directamente, sin saludos ni bienvenidas. Deck sabía que el agente del FBI también había estado despierto toda la noche aunque, la verdad, no lo parecía. Era un digno discípulo de su jefe, Max Bhagat, que siempre iba impecable. Debajo del traje, la camisa de Jules parecía limpia y recién planchada. Deck apostaría todo su dinero a que Jules llevaba una maquinilla eléctrica en la guantera y que la utilizaba en los semáforos en rojo.

—Veinticuatro años. Lo habían arrestado varias veces, nunca por nada serio —continuó Jules mientras entraba en el piso y caminaba hacia la cocina—. Disturbios en la calle, intoxicación pública, provocar peleas por gritar consignas a favor de la supremacía blanca en barrios latinos o negros. Se decía que era a quien había que vigilar por los crímenes racistas en esta parte de la ciudad. Pintadas en la sinagonga y cosas así. Siempre era sospechoso, nunca lo pillaron. Será interesante ver si esos crímenes desaparecen ahora que está muerto. ¡Buf! Huele fatal.

Decker casi se tapó la nariz. No sólo por el olor metálico de la sangre que estaba esparcida en la pared y que iba resbalando hasta el suelo. Era como si no hubieran tirado la basura en dos o tres semanas.

Jules debió de pensar lo mismo porque utilizó un bolígrafo para levantar la tapa del cubo de la basura. Y se encontraron con una bolsa blanca e impoluta, como si Mark Avery le hubiera dicho a Patty: «Espera, no me dispares todavía, que tengo que ir a tirar la basura».

—El rifle estaba en el suelo, aquí —dijo Jules, yendo hacia el otro lado de la cocina—, cerca de donde estaba tendida Patty. Todavía está en estado de shock y no ha hecho declaraciones oficiales. Le inyectaron Rohypnol, también conocido como el pinchazo de los violadores —hizo una pausa—. ¿Sabes qué es?

Decker se encogió de hombros.

—¿No se supone que te hacer ser muy dócil? ¿Fácil de mover y manipular? Es un tranquilizante para caballos, ¿no?

563

Jules asintió.

—A lo mejor Avery pensó que la droga ya había hecho su efecto, pero no era así —miró las pruebas forenses que decoraban la pared—. No me extraña que no llamara a Jane anoche.

Parecía como si hubiera habido una pelea o alguien tuviera muy mal genio. Los restos de la cena estaban por el suelo y habían tirado una de las sillas. Jules pasó por encima de un cristal roto para acercarse a la nevera.

—Nos hemos llevado un ordenador de una de las habitaciones —continuó—. Al parecer, contiene unas memorias inéditas de nuestro hombre, donde Avery explica lo que hizo. Cómo siguió a Murphy a Malibú y... —movió la cabeza—. Está lleno de pruebas. Las direcciones de Internet coinciden con las que se usaron para enviarle los e-mails a Mercedes Chadwick. Se ve que incluso había un registro económico que controlaba los gastos del viaje a Idaho, cuando mató a Chertok.

Abrió la nevera y frunció el ceño.

Deck se colocó a su lado y miró por encima de su hombro.

Estaba vacía.

Bueno, casi vacía. Sólo había un bote de mayonesa en la estantería del medio.

Los dos hombres se quedaron mirándolo.

—A veces —dijo Jules—, cuando un caso se acaba de manera inesperada, de algún modo que no preveías, sin un montón de violencia innecesaria, puede dejar una sensación extraña. Y no es que no esté terriblemente agradecido de que la violencia se limitara a estas cuatro paredes, que lo estoy.

—Ya —dijo Decker mientras Jules cerraba la puerta de la nevera.

Jules miró a su alrededor, con el ceño todavía fruncido.

—¿Dónde está Jane? —preguntó—. Cuando me fui, quería ir al hospital… a ver a Patty. ¿Sabes si ha ido?

Decker asintió.

—PJ, Nash y Tess han ido con ella. De garaje a garaje.

Jules asintió.

—Bien.

—¿Quieres ir a la parte de atrás, a ver qué hay en la basura? —preguntó Decker.

Jules empezó a caminar.

—Claro.

—Se han ido.

Esta vez, Cosmo no se molestó a entrar a escondidas. Se plantó delante de la puerta del edificio de Carl Linderman y la señora del otro día se asomó por la ventana de la cocina.

—Sus amigos —le dijo—. Se han ido. Hace un par de noches.

—¿En serio? —dijo Cosmo, con el pulso acelerado. ¿Carl Linderman, que tenía que trabajar de extra en la película de Jane los siguientes cuatro días, se había ido? Después de que su vecina, de eso no le cabía ninguna duda, le dijera que un «amigo» había estado en su casa, buscándolo.

—Lo cargaron todo en la camioneta que, por cierto, sí que es negra. La roja es del fontanero que vive encima de ellos. Pero lo raro es que lo cargaron todo a las tres de la mañana. Me quedé muy tranquila cuando se fueron. No se puede imaginar lo que es intentar dormir con gente cuchicheando por los pasillos.

Una camioneta negra, no roja.

—A lo mejor, Carl estaba ayudando a su compañero de piso con la mudanza —dijo Cosmo.

—No lo creo —dijo ella—. No he visto a ninguno de los dos desde entonces.

—Espero que esté equivocada —le mintió él, con una sonrisa—. Se supone que había quedado aquí con Carl esta mañana. Todavía tengo su llave.

Lo que tenía era la navaja multiusos, pero colocó el cuerpo entre la cerradura y la señora, abrió la puerta y…

¡Vaya!

El piso estaba vacío.

Totalmente vacío. Alguien se lo había llevado todo.

Cosmo entró. No había ni una lata de cerveza, ni una caja de pizza ni una mota de suciedad.

Y mucho se temía que tampoco habría huellas dactilares.

Vale, Carl Linderman. Que tenía dos uniformes, uno nazi y otro del ejército aliado. Que había estado en los estudios Heart Beat varias veces, según los registros de entrada. Que tenía una camioneta que no era roja, sino negra… una camioneta que no estaba registrada en las listas oficiales. Al menos, no bajo ese nombre.

Pero ¿Carl Linderman y su compañero de piso?

Aquello no encajaba. Los perfiles del FBI eran bastante claros desde el primer día: su hombre trabajaba solo.

Y, sin embargo…

Cos se asomó a la puerta.

La vecina tenía esa sonrisa de «se lo dije».

Él le concedió la victoria.

—Tenía razón. ¿Sabe si vino alguien a ayudarles a limpiar el piso? —le preguntó—. Bueno, lo digo porque los conozco y sé que son unos cerdos, pero esto está impecable.

—Marilyn, la propietaria del piso me dijo que lo limpia-ron ellos mismos —dijo la mujer—. Incluso se llevaron la ba-sura en la camioneta, porque en los cubos de ahí fuera no hay nada. ¿Se lo puede creer?

Sí. Sí que podía. Se llamaba sanear un lugar. Siempre que trabajaba encubierto lo hacía, para eliminar cualquier prueba de su paso por ese lugar.

—¿Sabe adónde han podido ir?

Ella negó con la cabeza.

—No —lo miró con los ojos entrecerrados—. ¿Es poli o algo así?

—Algo así —dijo Cosmo—. Tengo que llamar al FBI. ¿Puedo utilizar su teléfono?

Vio un gran «NO» escrito en su cara. No le hacía mucha gracia dejar entrar en su casa a alguien con las pintas que lle-vaba hoy Cosmo, ni siquiera para llamar a las autoridades, pero la curiosidad hizo que no le cerrara la puerta en las na-rices.

—¿Están metidos en algún lío?

Había momentos para guardar secretos y momentos donde el tiempo era oro. Cosmo sabía que éste era de los se-gundos.

—Estoy seguro que están relacionados con las amenazas de muerte que ha recibido la productora de cine Mercedes Chadwick, ¿la conoce?

Ella asintió.

—Puede que sean cómplices del asesinato de la mujer de uno de los miembros de su equipo de seguridad —continuó Cosmo—. Y creemos que han secuestrado a su ayudante per-sonal.

—Sí, lo he oído en la tele —dijo la señora.

Cosmo la miró y vio que el miedo de dejarlo pasar iba cediendo ante la posibilidad de acudir al programa de Larry King y explicar que ella fue la que lo solucionó todo.

Larry King pudo más que el miedo. Lo dejó entrar.

Mientras Robin estaba en la playa, vio a un extra con un uniforme de las SS cargar a otro hombre a cuestas. La cabeza del segundo hombre colgaba, como si estuviera inconsciente, y tenía el uniforme lleno de sangre falsa, aunque el efecto era muy real.

—¿Está bien? —preguntó Robin. Lo último que necesitaban ahora era que a los extras les diera una insolación y tuvieran que ir al hospital.

—Sólo estamos ensayando —dijo el tipo de las SS.

Extras ensayando. ¡Vaya! ¡Sí que se lo tomaban en serio! O, a lo mejor, sabían que era productor de la película y querían impresionarlo por si les daba alguna frase en la peli. Ni hablar.

—Pues parece de verdad —dijo Robin, levantando los pulgares, mientras se alejaba. Pero… espera un segundo. El tipo «inconsciente» llevaba un uniforme aliado. Las posibilidades de que un nazi sacara a un aliado a hombros de la playa de Omaha el día D eran nulas.

No nos llaméis, chicos, seremos nosotros los que os llamemos.

Se dirigió hacia la carpa, a ver si alguien le podía llenar la cantimplora de atrezzo de algo que no fuera agua.

—¡Robin Chadwick!

Robin se giró y vio a otro extra andando decidido hacia él. Este estaba muy enfadado.

Había visto su cara en otra parte pero, ¿dónde? ¿Qué había hecho Robin para ofenderlo, seguramente en medio de alguna borrachera monumental?

Aunque, claro, después de lo de Adam, las opciones se podían contar con los dedos de una mano.

Adam.

Que escogió ese momento para aparecer a su lado. Justo a tiempo.

—Hey —dijo Adam, en voz baja, para que nadie pudiera escucharlos—. No me llamas, no me escribes, no me mandas flores. ¿Qué va a pensar un buen chico como yo?

Vale, perfecto.

Aquello iba a ser muy divertido. El fuerte dolor de cabeza que Robin tenía, por cortesía de la preocupación de ayer por la noche, la falta de sueño y el whisky, se transformó en un intenso pinchazo detrás del ojo izquierdo.

—¿Ya estás contento? —le preguntó el extra, muy alterado, como si Robin supiera de qué estaba hablando.

—Eh… —dijo Robin.

—Alana, de maquillaje, me lo ha dicho —dijo el chico, y Robin lo entendió todo.

—Vale, vale, espera —dijo Robin—. Alana me dijo que no tenía novio. Se lo pregunté, lo juro, y me dijo…

Vale, a lo mejor no se refería a eso, porque ahora el chico ese parecía muy confundido. Pero después, la confusión dejó paso a la ira.

Adam, en cambio, parecía estar pasándoselo de maravilla.

—Eres un cabronazo —dijo el chico—. ¿Te acostaste con Patty y Alana, con las dos?

Y con Charlene y Margery y Susan y…

Adam. Robin no se atrevió a mirarlo. Joder, estar allí a su lado era horrible. No recordaba mucho de aquella noche, pero sí lo suficiente.

«No pienses en eso, no pienses en eso…»

—Alana me ha dicho que se comenta que Patty ha desaparecido —dijo el chico. ¡Wayne! Sí, se llamaba Wayne. Lo había visto merodeando por el despacho de Patty en los estudios—. Que el tío que persigue a tu hermana la ha secuestrado.

Wayne estaba muy cabreado. Joder, si supiera la verdad…

Pero Robin no podía decir nada. El señor Chalado le había dicho a Jane que no lo comentara con nadie. Así que él se hizo el sueco.

—Se ha ido a casa —le dijo a Wayne, interpretando el papel de cabronazo, dándole a Wayne lo que quería—. Y sí, bueno, ha sido culpa mía. Una noche bebí demasiado y… Me pasa muy a menudo, ¿sabes? —lo dijo en plan «no fue culpa mía», y le añadió una sonrisita de desdén—. Pero se enfadó porque no quería casarme con ella y… bueno, se ha ido con mamá.

Pero Wayne negaba con la cabeza.

—Estoy seguro que no tenía ninguna intención de irse a casa. Ya había superado lo tuyo, listillo. Estaba saliendo con otro.

—Eh, tío —Robin se encogió de hombros—. Piensa lo que quieras. ¿Qué puedo decir? Fue un error. Lo siento. ¿Qué más puedo hacer? Por mucho que quiera, no puedo rebobinar el tiempo y desfollarla.

Vio que Wayne tenía ganas de pegarle un puñetazo. Si alguien le hubiera hablado así sobre una persona que él quisiera, no se habría podido controlar. Pero Wayne era mucho mejor persona que él. Dio media vuelta y se alejó.

Era un buen chico y Patty le gustaba de verdad. Y cuando descubriera que la habían secuestrado, o asesinado, se quedaría hecho polvo.

A Robin le temblaban las manos y le dolía tanto la cabeza que tuvo que sentarse. Pero el único sitio para hacerlo era en la arena y, cuando se giró, Adam seguía allí, mirándolo.

—¿Hay alguien con quien no te hayas acostado? —le preguntó Adam. Pero entonces se acercó, lo miró mejor y se sentó a su lado, preocupado—. ¿Estás bien?

—Necesito que no me toques —dijo Robin, entre dientes.

Adam retrocedió y asintió.

—Vale —dijo, muy despacio—. Ya me lo esperaba, así que no estoy demasiado… decepcionado —soltó una risa forzada—. A diferencia de Patty, yo no salí corriendo a encargar las invitaciones de boda.

Robin cerró los ojos. Ni siquiera podía mirar a Adam. ¿Cómo había llegado hasta aquí? ¿A un punto donde su vida era una mierda? ¿Donde hasta respirar dolía?

Adam bajó la voz y dijo:

—Sé que te gustaría rebobinar y desfollarme a mí también, pero no puedes. No voy a hacer como Patty e ir lloriqueando por las esquinas. No se lo voy a decir a nadie, Robin. Lo que pasó entre nosotros quedará entre nosotros, así que no tienes que preocuparte porque desvele tu secreto. Tampoco voy a perseguirte, así que puedes estar tranquilo. Pero, para que lo sepas, eso no significa que no quiera repetir porque… ¿mira por dónde?, sí que quiero. Si alguna vez te apetece, ya sabes dónde encontrarme.

Robin se quedó allí un buen rato y, cuando abrió los ojos, Adam ya no estaba.

Patty todavía estaba inconsciente por el efecto de las drogas que le habían administrado, así que Jane no sabía cómo todos esos periodistas se habían enterado de que se encontraba allí.

Aunque, claro, la historia del secuestro de Patty había salido en las noticias y todas las cadenas de televisión querían conectar en directo con su enviado especial que estaba frente a la fachada del hospital.

En el piso donde habían encontrado a Patty también habían hallado muchas pruebas. Por lo visto, el señor Chalado, que ahora tenía nombre, Mark Avery, había pensado utilizar a Patty para atraer a Jane. Al parecer, el plan (el detective de la policía de Los Ángeles con el que había hablado le había dicho que Avery lo explicaba todo en una especie de diario digital) era matar también a Patty después de dejarla hablar con Jane por teléfono.

Pero Patty había salvado la vida de Jane y la suya propia.

Resultaba muy irónico pensar que, a pesar de estar todo el día rodeada de Navy Seals, antiguos Marines y agentes del FBI, la heroína iba a ser su ayudante de veinte años de Oklahoma.

Cuando salió del ascensor, miró el móvil. Cosmo todavía no había llamado. ¿Dónde estaba?

—Mercedes, ¿qué va a hacer ahora que el peligro ha terminado? —le preguntó uno de los periodistas, pillándola por sorpresa.

Dios, estaba hecha un desastre. Se frenó en seco mientras las cámaras la rodeaban. Vaqueros, camiseta, ni una gota de maquillaje y los ojos rojos de llorar después de comprobar que Patty estaba sana y salva.

PJ Prescott la cogió del brazo.

—¿Quieres que te saque de aquí? —le susurró al oído.

Ella negó con la cabeza y puso la sonrisa de Mercedes Chadwick. Y, con Angelina en el corazón, se aprovechó de lo que iba a suponer una magnífica publicidad para una película que todos tenían que ver, una película que se había hecho en un país donde la libertad no era algo que había que dar por sentado.

—No —le susurró a PJ—. Voy a dar la cara.

26

—Lo han encontrado, ¿lo sabe? —dijo la señora mientras entraba en la cocina delante de Cosmo y le señalaba el teléfono que había entre la pared y la nevera, junto a una fotografía de las nietas de la señora.

—¿A quién? —preguntó mientras marcaba el número de Jane.

—Lo han estado diciendo en las noticias toda la mañana —le dijo ella, mirándola como un águila, por si se le ocurría robarle algún imán de la nevera.

Maldita sea, Jane no cogía el teléfono. Aunque era lógico... un número desconocido llamándola al móvil.

Intentó llamar a Jules pero le salió el buzón de voz. Con Decker lo mismo. No se molestó en dejarles un mensaje.

—¿Cuántas llamadas va a hacer? —preguntó la señora.

En la encimera de la cocina había un televisor pequeño, sin volumen y... ¡Dios mío!

La de la pantalla era Jane. La estaban entrevistando; tenía media docena de micrófonos en la cara. Cosmo subió el volumen.

—¡Eh! —gritó la señora, yéndose al otro lado de la cocina.

—Shhh —le ordenó él mientras escuchaba la voz de Jane.

—... últimas semanas han sido horribles —llevaba los mismos vaqueros y la misma camiseta que cuando él había salido de casa, hacía ya varias horas—. Todavía me cuesta creer que todo se haya terminado. Lo voy a celebrar yendo a la playa donde el equipo de *American Hero* está grabando una secuencia que recrea el día D, el desembarco de Normandía. Me parece de lo más adecuado que mi primer paso a la luz del sol, en libertad, sea en nuestra versión de la playa de Omaha.

¿Terminado? ¿Qué coño estaba pasando? ¿Por qué creía que todo había terminado? A menos que... se giró hacia la señora mientras, en la televisión, Jane seguía seguía hablado de la libertad de expresión.

—Antes ha dicho que lo habían encontrado. ¿A quién?

—Al tipo que intentaba matar a Mercedes Chadwick —dijo ella—. Un tal Mark Avery. Está muerto. La chica a la que secuestró lo mató con su propia arma.

—Mark Avery —repitió él, hablando en voz alta a pesar del nudo en la garganta que le provocaba el miedo—. ¿No Carl Linderman? —podía ser un alias; los dos podían ser la misma persona—. ¿Han dicho si era un extra en la película de Jane... de Mercedes?

—No. Tenían mucha información sobre él, muchas pruebas de que era el asesino, pero no han dicho nada de que fuera actor —entrecerró los ojos—. Si está con el FBI, ¿cómo es que no sabe todo esto?

—Necesito su coche —dijo, mientras volvía a marcar el número de Jane. Había visto una vieja camioneta en la entrada.

—Si cree que le voy a dar las llaves como si...

No tuvo que hacerlo; estaban allí, justo delante de Cosmo, colgadas de la pared. Cosmo se las metió en el bolsillo.

—Si quiere, puede venir, pero no me responsabilizo de su seguridad cuando empiece el tiroteo.

Ella se asustó, y luego dijo.

—¡Voy a llamar a la policía!

—Perfecto. Dígales que manden refuerzos y a los cuerpos especiales al set de *American Hero* —Jane no lo cogió pero, esta vez, le dejó un mensaje—. Jane, soy Cos. No vayas a la playa. Estoy seguro que el asesino no trabajaba solo, que eran dos, como mínimo, y uno todavía sigue suelto. No estás segura. Repito, no vayas a la playa.

—Demasiado tarde —dijo la mujer, y Cos se giró para mirar la televisión que, con un cartel de «Directo» en una esquina, daba imágenes de Jane atravesando una especie de alambrada y siendo recibida entre aplausos por un grupo de extras con los uniformes ensangrentados.

Esta allí. En la playa. Al aire libre.

«Señor, ayúdame…»

—¿Tiene móvil? —le preguntó a la señora.

—¿Tengo pinta de tener móvil?

Cosmo marcó el número de Jules en el teléfono de la cocina y colgó.

—Llame a este número hasta que le contesten —le dijo—. Dígale al agente del FBI que lo coja que tiene un mensaje del jefe Richter, que Mercedes Chadwick todavía está en peligro, que tengo motivos para creer que el asesino no trabajaba solo y ¡que tenemos que sacarla de esa playa ahora mismo!

Mientras Janey hablaba para las cámaras, Robin estaba junto al viejo Jack bajo una pequeña sombra a los pies de la colina intentando que el dolor de cabeza desapareciera, algo que, por ahora, no había conseguido.

Se centró en las buenas noticias del día. Patty estaba bien. El señor Chalado estaba muerto y el peligro había terminado.

Justamente por eso, Jane estaba hoy allí con ellos. Robin sabía las ganas que tenía su hermana de estar presente en la filmación de esta secuencia. Pero también sabía que lo habría suspendido todo en un abrir y cerrar de ojos si, con eso, coneguía que Angelina volviera a vivir.

El helicóptero con el que tenían que filmar las escenas aéreas por la tarde ya había llegado. Aquello también era una buena noticia, aunque todavía tenían que filmar dos secuencias en suelo bastante largas antes de quedarse sin luz natural.

En la playa, los extras se estaban empezando a poner nerviosos.

Pero Jane ya había terminado. Las cámaras de la prensa ya se estaban alejando, casi todos dispuestos a ir a filmar la siguiente historia, a pesar de la invitación de Jane a que se quedaran a ver el rodaje.

Algunos ya habían filmado a los extras sentados en la playa, esperando. Siempre quedaba bien ver a unos nazis sentados al lado de Marines americanos, aunque era mucho más impresionante ver a hombres vestidos y maquillados como soldados muertos tomándose un refresco y riendo.

—Eh, nazi, te han dado el arma equivocada —dijo Jack, de repente—. No me ha oído —le dijo a Robin. Señaló a un extra que se alejaba hacia el otro lado—. Es un soldado alemán pero lleva un rifle americado, un Springfield. Se han equivocado. ¿Es que no hay nadie en atrezzo que no sea un completo incompetente?

—Casi toda la acción va a transcurrir al otro lado de la playa —dijo Robin, porque lo último que le apetecía era per-

seguir a un extra a quien le habían dado un arma falsa equivocada.

—¡Eh, nazi! —gritó Jack, otra vez, pero el extra, que estaba empezando a subir la colina, no se giró.

A Robin lo salvó el grito de la ayudante del director para
que todo el mundo se pusiera en su sitio.

—Allí arriba nadie lo verá —le dijo a Jack, casi empu-
jando al viejo hasta la carpa de invitados.

Jules estaba en la cocina de Mark Avery cuando le sonó el móvil.

No reconoció el número, así que podría ser Adam llamando desde una cabina y no respondió.

La puerta trasera se abrió y entró Decker.

—Acabo de hablar con Tess. PJ, Nash y ella están con
Jane. En la playa, donde están rodando la película.

—¿No podía esperarse uno o dos días, al menos, hasta
que…? —preguntó Jules.

¿Hasta que qué?

¿Hasta que encontraran más pruebas incriminatorias
contra Avery? ¿Qué más podían necesitar?

Jules no sabía por qué estaba tan nervioso pero, mientras
miraba a su alrededor otra vez, los cristales rotos en el suelo,
la silla tirada por ahí, la pared salpicada de sangre, lo supo.

—Es como si estuviéramos en el plató de una película.
Todo está perfectamente colocado para que lo veamos.

Decker asintió.

—Sí, es como un curso de esos de *Escena del Crimen
para Principiantes*. Aquí tenemos el arma, aquí las pruebas.
Aunque nos falta resolver el misterio de la bolsa de basura…

Jules se rió.

—Sí —sin duda, aquél era el mayor misterio. Había algo en aquella cocina que olía a podrido, a pesar de que la nevera estaba casi vacía. Ni la policía ni el FBI se habían llevado la bolsa de basura como prueba. Y él mismo había llamado a la empresa encargada de la recogida de la basura y le dijeron que pasaban los martes, con lo que los cubos de la calle deberían haber estado a tope.

—Me voy a la playa —dijo Decker, dirigiéndose a la puerta—. A ver si puedo convencer a Jane para que tenga más cuidado.

Buena idea. Él haría lo mismo.

—¿Dónde está Cosmo? —preguntó Jules, siguiendo a Deck hasta la calle. Ya habían pasado varias horas desde que el Seal había llamado por última vez—. Él puede convencerla de lo que sea.

Le volvió a sonar el móvil. El mismo número. Maldita sea. Aquello no podía seguir así. Contestó.

—Cassidy.

—Ya era hora que contestara —dijo una voz femenina—. Tengo un mensaje de un tal Richter para usted, aunque será mejor que no me haya engañado porque, si lo ha hecho, me acaba de robar el coche.

Se suponía que Robin tenía que correr por la playa en zigzag, con Adam a su lado; algo que no debería haber sido tan difícil. La cámara empezaba con un primer plano de ellos y luego se abría para captar la crudeza de la batalla que los rodeaba.

Cuando llegó a la marca, a unos treinta metros de donde había empezado, se suponía que tenía que caer al suelo por los «tiros» de una ametralladora alemana.

Iba lleno de petardos y de bolsas de sangre falsa, que explotarían cuando le «dispararan». Parecería de verdad, sobre todo con un plano tam amplio.

—¿Preparados? —preguntó el director, con el megáfono pegado a la boca, y Robin cerró los ojos, dejando que Hal se apoderara de él.

—Y... ¡Acción! —se oyó un primer disparo, que era la señal para que los extras entraran en acción.

Casi todos fingían que disparaban, pero sólo los especialistas llevaban rifles que disparaban balas de fogueo. Hacían mucho ruido y, para que todo el mundo supiera cuándo cortaban, se lanzaría una bengala.

No era fácil correr por la arena con esas botas. Le pesaban mucho las piernas, iba con la cabeza agachada, el rifle en las manos y...

¡Mierda! Se tropezó con algo y cayó al suelo antes de tiempo y...

¡Madre de Dios! La culata del rifle le dio un golpe en los huevos y Robin pegó un grito muy doloroso y empezó a soltar una serie de palabrotas muy impropias de Hal.

—Seguimos rodando —dijo el director, por el megáfono—. Seguid... Hal y Jack, al punto de inicio.

—Quiere que volvamos a empezar —gritó Adam, por encima del ruido de los disparos.

¡No me digas, Sherlock! Pero Robin sólo podía quedarse en la arena, retorcido, intentando no vomitar.

Pero era como si se le pidiera al sol que no se pusiera esa noche. Sin embargo, consiguió girarse para que las pocas cámaras de las noticias que todavía quedaban al lado de la carpa no captaran su imagen vomitando en medio del rodaje.

—Buah, ¡qué asco! —escuchó que Adam decía mientras el director gritaba:

—¡Corten! —y la bengala salió disparada hacia el cielo.

—¿Por qué no llevas un protector? —le preguntó Jane a su hermano, a quien habían tenido que ayudar a llegar a la carpa. Ahora estaba tendido sobre la arena, todavía muy pálido.

Los hombres eran unas criaturas muy delicadas y Robin era particularmente frágil. Se había dado cuenta cuando eran adolescentes e incluso se había aprovechado de eso en una o dos ocasiones.

Él negó con la cabeza.

—No creía que lo iba a necesitar.

—¿Quieres que vaya a ver si Charlene tiene alguno? —le preguntó, y luego soltó un grito porque alguien la había levantado y no tocaba con los pies en el suelo. PJ y Nash la habían cogido cada uno por debajo de un brazo y la estaban llevando hacia el fondo de la carpa.

—Decker acaba de llamar —le dijo PJ—. Quiere que te vayas a casa.

Jane estaba exasperada. Cuando la dejaron en el suelo, se arregló la camisa.

—¿Cuál es su problema? ¿No creí que fuera un don angustias más?

—Sí, bueno, Jules Cassidy y Cosmo también están preocupados —dijo PJ—. Y eso me basta para preocuparme yo también.

—Creemos que el asesino no trabaja solo —Jane se giró para ver a Tess, que venía con un chaleco y una chaqueta muy gruesa en las manos. Ahora se dirigió a PJ—. Eran éstos, ¿no?

Él asintió. Los cogió y se los dio a Jane.

—Póntelos.

—Vale, un momento —miró a Tess—. Hasta ahora sólo he oído: «Los perfiles indican que trabaja solo, un inadaptado, un tipo raro y solitario…» y ahora, de repente, ¿es mentira? ¿Qué pasa? Además… —miró el chaleco y la chaqueta que PJ tenía en las manos—. Por si no te habías enterado, no es invierno y esto no es el Ártico.

—A veces, los perfiles no encajan con la realidad —le explicó Tess.

—Esto en un chaleco antibalas y una chaqueta de malla metálica —le dijo PJ—. Si alguien te dispara y llevas esto, tienes alguna posibilidad de sobrevivir.

Maldita sea.

—Se suponía que se había terminado —le dijo Jane a PJ mientras éste le apretaba las cintas del chaleco y le metía un brazo en la chaqueta.

—Decker y Jules vienen hacia aquí —dijo PJ.

—Jane, te van a pedir que te vayas a casa —dijo Tess—. Cuando lleguen los refuerzos, entraremos con un coche en la carpa para sacarte de aquí —vio que Jane ponía los ojos en blanco—. Es posible que las precauciones sean exageradas pero…

—Si Deck me dijera que creía que iba a caer medio metro de nieve en un soleado día de junio —dijo PJ—, yo saldría corriendo a comprar sal gorda.

Mierda.

—¿Dónde está Cosmo? —preguntó Jane, en la primera muestra de que el enfado estaba dejando sitio al miedo. Si el señor Chalado no trabajaba solo, ella no era la única que seguía en peligro.

Tess y PJ se miraron.

—A lo mejor Deck lo sabe —dijo Tess.

A PJ no le resultó fácil meter el otro brazo de Jane en la chaqueta, pero ella se lo quitó de encima y lo hizo por sí misma.

Robin ya estaba en la playa otra vez. El director iba a gritar «Acción» en cualquier momento.

—Al menos lo miro desde el monitor, ¿no? —dijo ella.

PJ le indicó que no se moviera.

—Te lo acercaré hasta aquí.

Cosmo le debía a la vieja vecina de Carl Linderman un juego de neumáticos nuevos para su camioneta Taurus del 89.

Los destrozó un poco más al cruzar tres carriles de coches que venían en los dos sentidos hasta llegar al aparcamiento de la playa.

Los guardias se seguridad que HeartBeat había contratado se levantaron, alarmados.

Que sean cuatro neumáticos y un silenciador.

Pero Cosmo frenó y dio marcha atrás porque, ¡oh, Dios mío!, allí estaba.

La camioneta que había estado buscando durante toda la semana. Con un seis en la matrícula y una abolladura en el parachoques.

Y estaba allí, aparcada a plena luz del día, con los demás coches de los extras.

La pegatina del estudiante de honor de no sé qué-ville ya no estaba, pero sí las marcas de que la habían arrancado.

Cos no tenía ninguna duda. Era la camioneta que había visto aquella noche delante de la casa de Jane. Y apostaría todo su dinero a que era de Carl Linderman.

Era espeluznante que estuviera allí así como así; era como si Carl estuviera muy seguro de que nadie lo estaría buscando.

Por otro lado, el hecho de que la camioneta estuviera allí no era demasiado tranquilizador. Seguramente, Carl tendría una ruta de escape si había venido a disparar contra Jane.

Eso o esta vez no quería escapar.

Imposible. Ese tío no era un suicida. Le gustaba jugar. Disfrutaba volviendo locos a sus adversarios.

Y era difícil volver locos a la policía y al FBI si estabas muerto.

Aunque, claro, registrar la camioneta podría darle alguna pista de las intenciones de Carl.

Pero lo primero era lo primero, y su principal prioridad era poner a Jane a salvo.

Estaba a punto de pisar el acelerador cuando un coche se colocó junto a él y tocó el cláxon.

Era Jules Cassidy.

Cosmo bajó la ventanilla del copiloto.

—Recibí tu mensaje —le dijo el agente del FBI—. Jane está aquí. A salvo. El resto del equipo está con ella, y Decker también. Iba delante de mí así que ya debe de estar dentro.

—Ésta es la camioneta que estaba buscando —dijo Cosmo, señalando por encima de su hombro.

—¿Estás seguro? —preguntó Jules.

—Afirmativo.

Jules asintió.

—Tomaré nota de la matrícula y pediré una orden.

Sí, como si Cosmo fuera a quedarse allí sentado, esperando una orden.

—Si está abierta, ¿necesitamos una orden? —preguntó—. ¿Cuáles son las normas? ¿Tiene que estar abierta o basta con que las pistas estén a la vista?

Jules había trabajado antes con Navy Seals, y sabía que no siempre seguías las normas.

Debería haber sido capaz de resistir la tentación pero, cuando Cosmo le dijo:

—¿Por qué no vas hasta la entrada y les dices a esos payasos que nos abran la verja para que podamos entrar, mientras yo miro si está abierta?

Había dicho:

—Vale.

Sin embargo, abrir la verja no iba a ser nada fácil. Estaba cerrada, con una cadena y un candado enorme. Nadie sabía dónde estaba un tal Steve que, al parecer, era el único que tenía la llave.

Jules podía entrar a pie, siempre que pasara por el detector de metales, pero si quería entrar con el coche tendría que esperar a Steve.

Del otro lado del parking se oyó un ruido de cristales rotos.

—Está abierta —gritó Cosmo.

Sí, ya.

—Encuentren a Steve —le dijo Jules a los guardias, un corpulento señor llamado Clarence y un pobre chico llamado Joe—, y deprisa. Porque, en unos treinta segundos, un Navy Seal muy enfadado vendrá aquí dispuesto a romper esta cadena con los dientes.

La diferencia entre ese personal de seguridad y el equipo de Troubleshooters era abismal. Estos chicos no estaban entrenados para algo tan grande. Seguro que, el más experimentado, había perseguido a chiquillos que habían rodabo algún caramelo en un supermercado.

Clarence salió corriendo a buscar a Steve.

Ya era hora.

Cosmo se acercó corriendo.

—Mira lo que Carl LInderman tenía en la camioneta. Una MP-5 de asalto.

—Y un cargamento de munición —dijo—. Estaba debajo del asiento del copiloto. Fácil de ver dentro de una camioneta abiera.

—¿Es de atrezzo? —preguntó el tal Joe, muy nervioso—. Porque nos dijeron que les entregarían las armas de atrezzo dentro de esa carpa y…

—Espero que no le moleste que la utilice —añadió Cosmo—. Mira, quiero entrar con el coche para que puedas llevarte a Jane. ¿Podemos coger el tuyo? He dejado el mío bloqueando la camioneta —miró la verja, fijándose en el candado por primera vez—. ¿Qué coño es esto?

Decker había llegado. Jane lo vio entrar y hablar con los demás miembros de su equipo, sin duda buscando la mejor manera de sacar de allí.

Era mucho esperar que su vuelta al rodaje fuera triunfante.

—Y… ¡Acción!

Mientras Jane miraba el monitor, Robin empezó a correr.

El plano se fue abriendo lentamente para incluir a Adam como Jack que, con una mano encima del casco, y fingiendo que estaba totalmente fuera de su ambiente, seguía a Robin para intentar salvarle la vida.

Era una escena muy larga que habían coreografiado minuciosamente, con soldados cayendo y muriendo alrededor de los dos protagonistas mientras ellos cruzaban la playa.

Pero, entonces, volvió a pasar. A medio camino de donde Robin se suponía que tenía que caer, se tiró al suelo.

Adam no se dio cuenta hasta varios segundos después, porque iba mirando al suelo, pero entonces miró a su alrededor, vio que estaba solo y se detuvo. Se giró, vio a Robin, levantó la cara al cielo como clamando ayuda divina, y luego se acercó a él.

Pero Robin no se levantó.

Adam se arrodilló a su lado, con un lenguaje corporal muy alarmado. Se levantó de un salto, gritándoles algo a los cámaras, que no podían escucharle por el ruido de los disparos.

—Por el amor de Dios, ¿es que Robin te ha vaciado todas las botellas del mueble bar o qué? —gritó Harve—. ¡Tic tac! El tiempo es oro, cielos.

Los extras siguieron luchando, aunque los que estaban cerca de Robin y Adam se pararon.

Pero entonces Harve miró hacia arriba, donde había algunos agujeros en la carpa por donde, de repente, entraba el sol.

—¿Qué demonios…?

—¡Jane! ¡Jane! —Jack, el de verdad, se acercó corriendo.

No tenía ni idea de que alguien de su edad pudiera moverse tan rápido.

—El piloto del helicóptero —gritó—. Estábamos hablando y… —tomó aire—. ¡Le han disparado!

Los agujeros de la carpa eran disparon. Alguien estaba disparando balas de verdad.

27

Robin estaba sangrando.

Aunque no había para tanto. Había sangrado antes: por un puñetazo en la nariz, por un corte con una hoja de papel, aquella vez que había atravesado un cristal con la mano cuando tenía trece años y se había emborrachado por primera vez, por el «roce» con el hermano de Eliza Tetrinini el año pasado…

Sabía lo que era sangrar.

Y esto era otra cosa.

La sangre le salía a chorros de la pierna. Del muslo. Y dolía mucho.

Estaba corriendo y, de repente…

—Te has caído demasiado temprano —le riñó Adam, pero luego suavizó el tono—. Joder, ¿te ha explotado una bolsa de sangre? Qué lío. Hostia tío, Robin, parece… real —y entonces, empezó a gritar—. Dios mío, Robin, ¿qué te has hecho?

—No lo sé —dijo Robin. Joder, dolía mucho.

—¡Señor! —Adam se levantó y empezó a agitar los brazos, para que dejaran de filmar.

Y justo donde se había arrodillado hacía un segundo, un trozo de arena saltó por los aires, como si…

¿Qué coño había pasado? ¿Es que se habían metido, por accidente, en una zona llena de petardos, de los que imitaban el impacto de una bala en la arena?

El director de especialistas y Harve les habían asegurado que eran inofensivos pero, obviamente, podía haber algún fallo y...

—¡Me cago en la puta! —exclamó Robin. Algo caliente y puntiagudo se le clavó en el brazo, hundiéndolo más en la arena. Levantó la mano, cubierta de sangre, y entonces lo supo—. Alguien está disparando balas de verdad —le dijo a Adam, que salió corriendo, el muy cobarde, dejándolo que muriera desangrado en su particular versión de la playa de Omaha.

Jules sabía que aquel sonido de disparos estaba volviendo loco a Cosmo.

Steve, el de la llave, todavía no había llegado, y se les estaba agotando la paciencia.

Por suerte, en el pasado Jules había aprendido a contratar un seguro a todo riesgo para los coches que alquilaba cuando iba a trabajar a otra ciudad y, a juzgar por el gesto serio de Cosmo, esta vez iba a tener que recurrir sin dudarlo a él.

Pero justo entonces le sonó el móvil.

Era Tess Bailey.

—¡Jules! ¡Código rojo! Se han disparado balas reales. Al menos hay dos heridos, y uno es Robin Chadwick...

No.

—¡Sube al coche! —le gritó a Cosmo mientras él ponía en marcha el motor—. ¡Código rojo!

«Por favor, Señor, no dejes que Robin se muera mientras nosotros no podemos entrar por una mierda de candado de nueve dólares».

Le pasó el teléfono a Cosmo y él dio marcha atrás. Las ruedas chirriaron mientras retrocedía lo suficiente para alcanzar la velocidad que necesitaba.

—¡Mantener a Jane a cubierto! Llegamos enseguida —le dijo Cosmo a Tess, mientras se cogía al cinturón al tiempo que Jules apretaba el acelerador y se dirigía directo hacia la verja.

Habían disparado a su hermano.

Alguien, puede que Jack, lanzó la bengala al aire y, de repente, se hizo el silencio.

Sin los disparos de fogueo, Jane pudo oír perfectamente a varios de los extras gritar que los ayudaran.

E, igual que en una batalla de verdad, todo el mundo empezó a llamar al médico.

Una compañía militar tenía varios, pero ellos sólo tenían uno.

Alguien empujó a Jane al suelo, detrás de unas cajas, aunque nadie sabía dónde estaba el francotirador. Podía estar en cualquier parte, ¿no? Cualquiera de las armas que llevaban los extras podía ser de verdad y matar a alguien.

Y, obviamente, ella era el principal objetivo.

Oyó a Adam, que gritaba:

—¡Está sangrando, maldita sea! ¡Que alguien me ayude… no puedo moverlo solo!

—Me quedaré aquí —les dijo Jane a PJ, Nash y Tess, que estaban casi sentados encima de ella, con las armas en la mano. Era imposible librarse de ellos y correr hasta su hermano. Lo mejor que podía hacer por él era obedecer—. ¿Veis? Estoy a salvo. Me voy a portar bien. ¡Ahora id a ayudar a Robin y a los demás!

Dios, ¿cuántos extras estaban heridos? ¿Cómo podía haber pasado eso?

—Una ambulancia está en camino —le dijo Tess.

Decker se había apropiado del megáfono del director.

—¡Suelten las armas! Repito, ¡todos los extras, suelten las armas inmediatamente!

Se oyó un ensordecedor ruido metálico, el de las armas de atrezzo cayendo al suelo, justo cuando un coche cruzaba la verja a toda velocidad.

Y entonces oyó una voz familiar.

—¡Jane! ¿Dónde está Jane?

Cosmo había llegado.

Adam volvió.

Se tiró al suelo cuando estuvo junto a Robin, como si estuviera llegando a la última base, en la última carrera del partido final.

Había traído a Wayne que, durante el día, trabajaba en un hospital.

Wayne, que odiaba a muerte a Robin.

—Marchaos… Poneos a cubierto —susurró Robin.

Estaban en medio de la playa, completamente desprotegidos. Los demás extras se habían apartado, por si era algún tipo de improvisación, una escena adicional de la que no les habían dicho nada. Algunos incluso creían que las cámaras seguían rodando.

—No pasa nada, Robin, todo el mundo ha soltado las armas. Quien quiera que estaba disparando, ya ha parado. Te vamos a llevar a la carpa —le dijo Adam—. La ambulancia está en camino.

Se oyó un disparo y tanto Adam como Wayne cubrieron a Robin con su cuerpo.

—Bueno, vale, soy el mayor mentiroso del mundo —dijo Adam, cuando levantó la cabeza—. Saquémosle de aquí.

Wayne estaba mirando el torniquete que Robin se había hecho en la pierna, y que le había costado mucho, teniendo en cuenta que también tenía una bala metida en el brazo izquierdo.

—Tiene que estar más aprieto. Esto te va a doler —le dijo a Robin—, pero me alegro. Lo que le hiciste a Patty fue horrible, pero no te voy a dejar morir.

—Adelante —dijo Robin, apretando los dientes.

Y entonces sólo sintió dolor.

Dolor y la mano de Adam cogiéndolo con fuerza a pesar de que un chalado les estaba disparando.

Gracias a Dios, todo se volvió negro.

Cosmo abrazó con fuerza a Jane detrás de esas cajas. ¿En qué demonios pensaba, saliendo de casa así, sin consultarle?

Aunque, bien es cierto, que no había sido fácil de localizar, con el móvil en la camioneta, cerca de casa de Linderman.

—Se había terminado —le dijo ella, con la cara pegada a su pecho. ¿Lo había dicho en voz alta? Jane respodió como si lo hubiera oído—. Patty estaba a salvo, y todo se había terminado…

—Tenemos que meterte en el coche —le dijo él. En el coche y sacarla de allí, lo antes posible.

Ella lo miró y Cosmo supo que aquello no iba a ser nada fácil. ¿Por qué iba a serlo? Hasta ahora, nada había sido fácil.

—Mi hermano está ahí fuera —dijo—. ¡No voy a dejarlo!

—Sí —dijo Cos—. Aunque tenga que sacarte en brazos y meterte en ese coche a la fuerza.

Jane se enfureció.

—No te atreverás.

—¿No? Pues mírame —le respondió él.

Pero se oyeron más disparos y Cos se colocó encima de ella, incluso más cerca del suelo.

—¡Dios mío! —dijo ella—. ¡Dios mío! ¡Le está disparando a gente inocente! ¡Tenemos que hacer que pare! ¡Cos, yo puedo hacer que pare!

—No, no puedes —le dijo Cosmo—. Tu trabajo ahora es mantenerte agachada y hacer lo que te digamos.

—¡Pero me quiere a mí! —gritó ella.

—Sí, bueno, yo también te quiero —dijo él—. Quiero que te quedes quieta un poco más. Lo tenemos rodeado.

—¿Qué? —dijo ella, incrédula—. ¡El que tiene el rifle es él!

—Sí, pero nosotros tenemos el helicóptero —dijo él—. Quédate aquí, ¿me oyes? Tengo que echar un vistazo a la playa. ¡Tess! —gritó, y la mujer se acercó, dispuesta a saltar encima de Jane si se movía un centímetro. No era que Cosmo no confiara en ella. Pero sabía que el número de heridos la estaba volviendo loca.

—¿Lo tenemos localizado? —gritó Cos, desde detrás de una pila de cajas al otro lado de la carpa. Dios, ¿eran agujeros de bala lo que había en el techo de la carpa? ¡*Crack*! Pues sí, y acababa de abrirse otro. Tenía que haber una especie de terreno elevado por aquí cerca, desde donde ese cabrón les estaba disparando.

—Todavía no —dijo Decker, mientras cruzaba la carpa. Bajó la voz a los niveles normales de conversación cuando se colocó junto a Cosmo—. Pero hay cinco herido, todos en la playa. Creo que debe estar en esa colina.

Una colina. ¡Claro! Y cubierta de arbustos. Cosmo tenía muy buena vista, pero en estos momentos habría vendido su huevo izquierdo por unos prismáticos con infrarrojos.

Apareció Jack. Era el único, junto a los miembros del equipo de Troubleshooters, que no estaba histérico.

—Vi a un nazi, un extra con un uniforme marrón, subir a esa colina con un rifle Springfield —dijo—. Tiene un alcance muy grande. Nadie de esta playa está a salvo. Los extras no saben qué está pasando. Creen que es un especialista que ha contratado el estudio. Pero, cuando se enteren de que no es así, habrá una estampida, seguramente hacia esta carpa. Con su permiso, me gustaría empezar a sacarlos hacia el aparcamiento.

—Hágalo —dijo Deck—. Pero vaya con cuidado —levantó la voz—. PJ, Nash, vigilad la colina, seguramente está ahí arriba.

Cuando Robin abrió los ojos, Wayne ya no estaba y, en su lugar, había un ángel que se parecía mucho a Jules Cassidy.

¿No era una casualidad?

—¿Estoy muerto? —preguntó Robin, levantando la mano para acariciar al ángel, al que le dejó la cara manchada de sangre.

—¡Ahora! —exclamó el ángel y Robin notó que lo levantaban.

Volvió a sentir un dolor muy intenso, así que seguro que no estaba ascendiendo al cielo, mientras medio lo llevaban, medio lo arrastraban por la arena.

¡Señor! Tenía tanto frío que le castañeteaban los dientes, así que seguramente tampoco estaba en el infierno.

Pero se le parecía bastante.

¡Crack! ¡Crack!

Se pararon y dejaron a Robin en el suelo.

—¡Mierda! —dijo Adam—. Ésa ha pasado bastante cerca.

—Wayne, ¿te han dado? —preguntó Jules.

—No, señor. ¿Y a usted?

—No —dijo Jules—. Pero parece que no quiere que vayamos a ningún sitio.

—No —consiguió susurrar Robin—. No quiere que *yo* vaya a ningún sitio.

Wayne, el muy cabrón, después de esa primera experiencia, se fue a cuatro patas hacia la carpa.

—Vete, vete —le rogó Robin. Miró a Adam, que también se había ido pero que había vuelto, y a Jules, que debería estar en esa carpa, cuidando de Janey—. Los tres. Por favor… no quiero que os mate a vosotros también.

—Si hubiera querido matarnos —dijo Jules, muy tranquilo dada la situación—, ya lo habría hecho. Tengo el presentimiento de que tiene otros planes.

El coche de alquiler de Jules estaba dentro de la carpa, pero Cosmo se dio cuenta enseguida de que la arena esa demasiado blanda para poder sacar de allí a Jane con seguridad. Avanzaría muy despacio, eso si no se quedaban las ruedas allí hundidas en la arena.

Y, mientras tanto, ese loco podía dejar el coche como un colador.

Les servía más aquí, en la carpa, como una barricada adicional.

Jane, a la que le habían repetido hasta la saciedad que no se moviera, estaba escondida detrás del coche con Harve, Gary y otros miembros del equipo, así como con algunos extras que se habían dado cuenta enseguida de lo que estaba pasando y habían acudido a refugiarse.

Decker había movido las cajas y había formado una pantalla para que los miembros de su equipo pudieran moverse de un lado a otro de la carpa tranquilamente.

El francotirador seguía disparándoles, un poco a ciegas, con la esperanza de que alguna de aquellas balas impactara en Jane.

Todo aquello era una especie de espectáculo surrealista, con el viejo Jack Shelton con el megáfono en mano, como un antiguo maestro de ceremonias, dando instrucciones a los extras para que salieran de forma tranquila de la playa y fueran al parking, donde estarían seguros.

En la puerta se formó un pequeño embudo de gente, lo que significaba que todavía quedaban algunos rezagados en la playa, sin mencionar a un grupo bastante numeroso que se había ido hacia el otro extremo.

También había otro grupo importante pegado a las faldas de la colina, protegiéndose debajo de las enormes rocas.

¡Crack! ¡Crack!

—Está en la colina —dijo Nash—. En la mitad superior.

—¡PJ! —Cos cogió varios rollos de cable muy resistente que había por allí—. ¿Puedes hacer volar ese helicóptero?

—¿Ese juguete? —PJ se rió—. Con una mano atada a la espalda.

Cosmo se colgó del hombro el arma que había cogido de la camioneta de Carl Linderman.

—Vamos a acabar con esto.

· · ·

Robin tenía que ir a un hospital.

Había entrado en estado de shock y Jules lo tapó con su chaqueta, pensando que ojalá pudiera hacer algo más.

—Lo siento —susurró Robin.

—No irás a dejarme, ¿verdad? —dijo Jules.

—Vete —le rogó Robin—. Por favor. No quiero que tú también mueras.

—No voy a dejarte morir —Jules oyó las sirenas. La ambulancia y la policía se estaban acercando.

Era el momento de la verdad. Si el asesino pretendía escaparse, iba a tener que hacer el último movimiento ahora, antes de que llegaran los cuerpos especiales.

Y, fuera lo que fuera lo que tuviera en mente, Jules estaba seguro de que quería usar a Robin como moneda de cambio. Estaba claro que lo tenía localizado en la mira telescópica del arma y sabía que también sabía que tenía el número de teléfono de Jane. Ya la había llamado antes; la volvería a llamar.

—¡Adam —exclamó—, Wayne, actuad! Fingid que Robin se está muriendo.

Los dos se incorporaron, sin entender muy bien lo que el agente del FBI les pedía.

—¡Lo estamos perdiendo! —gritó Jules, inclinándose sobre Robin, fingiendo que le hacía el boca a boca.

Wayne se inclinó y colocó dos dedos junto al cuello de Robin.

—¡No tengo pulso!

Adam se quedó quieto, indeciso.

—Puede que nos esté vigilando por una lente telescópica —dijo Jules, dando la espalda a la colina de donde provenían los disparos—. Que os lea los labios. Robin, escúchame, sólo finge que te mueres, ¿vale, cariño? Sólo fíngelo.

Cuando se inclinó para un último boca a boca de mentira, Robin lo besó.

Abrió los ojos y estaban llenos de dolor y arrepentimiento.

—Lo siento mucho —susurró—. He sido un cobarde.

—Te vas a poner bien —le dijo Jules, que no tuvo que fingir las lágrimas que le resbalaron por las mejillas—. Guarda el discuro moribundo para otro día.

Adam interpretó su papel.

—Ya está —dijo, de frente a la colina. Si alguien lo estaba mirando, seguro que podía leerle los labios—. Está muerto —cogió la chaqueta de Jules y le tapó la cara.

—Prepararos para levantarlo —ordenó Jules—. Robin, no grites. Recuerda que estás muerto.

Robin estaba muerto.

Mientras Jane estaba escondida detrás del coche de Jules, miró el monitor de televisión. Adam acababa de poner algo que parecía una chaqueta encima de la cara de su hermano.

—No —dijo—. No…

Tess estaba a su lado.

—Jane, tienes que agacharte —pero entonces vio el monitor—. Oh, Dios mío…

Jane estaba a punto de desmayarse.

En la pantalla, Jules, Adam y otro chico llevaban el cuerpo de su hermano.

El cuerpo de su hermano.

Jane no podía respirar.

—Mantén la cabeza agachada —le ordenó Tess—. Voy a ayudarles. Te lo traeremos, Jane, ¿me entiendes? Sé que quieres verlo, pero no te muevas de detrás de este coche.

Jane asintió y Tess desapareció.

Sonó el móvil de Jane, y ella lo escuchó por encima del ruido de las voces gritando y del helicóptero que intentaba ponerse en marcha.

Y supo, con una certeza escalofriante, quién estaba al otro lado de la línea. Pero cuando vio el número de Patty en la pantalla, estuvo convencida.

—Estás muerto —le dijo, en vez del tradicional «¿Diga?».

El hombre se rió.

—Hoy es un buen día para morir, ¿no te parece?

Era el hombre que la había llamado para decirle que había secuestrado a Patty, el mismo hombre con el que había hablado anoche. Patty, que estaba totalmente drogada, seguramente no había sido quién había apretado el gatillo de aquella pistola. Todo era un montaje muy complejo, un plan para que todos estuvieran aquí y ahora.

Un aquí y ahora en el que acababan de matar a su hermnao pequeño.

—Esta vez no escaparás —le dijo Jane, con la voz temblorosa.

—No quiero escapar —dijo él—. Como te he dicho, me parece un buen día para morir. Tienes veinte segundos para salir de esa carpa o empezaré a disparar. Iba a decirte que iba a empezar por tu hermano, pero parece que ya está muerto. Tendré que cambiar de plan. ¡Anda!, pero mira, ¿el que sube al helicóptero no es tu novio, el Navy Seal? Creo que empezaré por él. Cuando estén en el aire será un objetivo de lo más fácil. O a lo mejor le disparo al piloto y tu chico morirá cuando caigan. Dos pájaros de un tiro. No, tres. Alguien más sube a bordo.

—¡No! —dijo Jane.

—Eres la única que puede detenerme —dijo—. Diecinueve, dieciocho... —colgó.

—¡Harve! —gritó Jane—. ¡Te necesito!

Decker dejó la puerta lateral del helicóptero abierta mientras Cosmo ataba los rollos de cable que había cogido de la carpa. No iban a necesitarlos, porque en el helicóptero había una buena cuerda de escalar. Mientras Deck lo observaba, Cosmo le hizo un nudo para que les sirviera de anclaje.

En caso de que tuvieran que descender desde el aire, no se destrozarían tanto las manos como con los cables. Aunque, sin guantes, igualmente se las iban a quemar, incluso con la cuerda. Pero no les dolería hasta después. En el momento de bajar, Decker sabía que no sentiría nada. Estaría totalmente concentrado en el aquí y ahora.

Un aquí y ahora que enfrentaría a dos Seals apenas armados con un psicópata que llevaba un arma de gran alcance.

Deck sólo llevaba una pistola. Y el rifle que Cosmo había conseguido quién sabe dónde tampoco era mucho, la verdad. Tendrían que acercarse bastante.

Mientras el psicópata chalado ese podía dispararles incluso antes de que ese cacharro despegara.

Decker deseaba que PJ de verdad supiera cómo manejar ese aparato. Iban a tener que maniobrar un poco para evitar que el tío ese les diera.

—¡Vamos! —gritó Cosmo.

PJ encendió el motor y...

Hizo unos sonidos muy raros, y se apagó, como si se hubiera calado.

—¡Joder!

—¡PJ! —Cosmo no parecía muy contento.

—¡Lo estoy intentando! Venga, bonito, vamos…

El helicóptero estaba teniendo problemas para despegar, que era más una mano que Dios le echaba que no una señal divina.

Jane estaba segura de que, a pesar de los veinte segundos que le había dado el señor Chalado para salir de la carpa, no iba a disparar a nadie hasta que el helicóptero estuviera en el aire.

Sin embargo, también sabía que si Tess o Nash la veían, la cogerían y la volverían a meter detrás del coche. Pero ahora estaban ocupados ayudando a Jules, a Adam y a Wayne a mover el cuerpo de Robin, dejándolo detrás de las cajas, ayudándole a que se sentara para que pudieran ver…

¿Ayudándole a que se sentara?

Su hermano estaba vivo. Estaba muy pálido, sí, pero tenía los ojos abiertos y estaba hablando.

Si Jane hubiera necesitado una señal divina, hubiera sido aquella. Pero no la necesitaba. Sabía lo que hacía. Sabía que aquélla era su única oportunidad. También que Cosmo no pensaría igual, pero se equivocaba. Aquello no era un riesgo estúpido.

Se colocó en un extremo de la carpa, para estar preparada cuando PJ consiguiera hacer volar ese trasto. Cogió el teléfono y llamó a Decker.

• • •

—Disparamos a matar —gritó Decker—. Era Jane. La ha llamado. Dice que es un suicida, que le ha dicho que era un buen día para morir. Parece que no va a rendirse.

Imposible. ¿Un suicida? Cosmo no se lo creía, pero ahora no había tiempo de discutir.

Se alegró mucho de llevar el arma colgada a los hombros porque, cuando por fin PJ consiguió hacer volar el helicóptero, lo hizo con movimientos bastante bruscos y Cosmo tuvo que sujetarse para no caer al suelo.

—Lo siento —gritó PJ.

No había tiempo para intercambiar una mirada de «Los pilotos de la Marina son mejores» con Decker porque, aunque no habían empezado demasiado bien, ahora PJ iba directo hacia la colina.

Aunque, bien pensado, quizás los pilotos de la Marina no eran mejores porque Cos nunca había visto un trasto de estos, un helicóptero civil, moverse con aquella agilidad.

En cuanto a lo del francotirador suicida… aunque no se lo creía, no tenía ningún problema con disparar a matar. Ninguno.

—Joder. ¿Ésa es Jane? —gritó Decker por encima del ruido de las hélices—. ¿Qué hace?

Unas palabras que sirvieron para que a Cosmo se le parara el corazón.

Miró hacia la playa y…

Sí.

Era Jane.

Corriendo por la arena.

Hacia la colina.

En zig zag.

Con el pelo largo al viento.

Ella miró hacia el helicóptero, hacia él, con la cara ovalada demsiado lejos de él para que la viera con claridad. Cosmo escuchó el crack del rifle y vio que Jane retrocedía en el aire, con sangre por todas partes.

¡Dios mío! Llevaba un chaleco antibalas y una chaqueta de malla metálica, lo que quería decir que debía haberle disparado a la cabeza.

Y, con esa idea en la cabeza, se convirtió en lo que todo el mundo pensaba que era.

Un robot.

—¡Enemigo a las diez! —gritó Decker.

Cosmo se asomó por la puerta, en busca de cualquier movimiento. Mientras se deslizaba por la cuerda, se quemó las manos, pero en ese momento no sintió nada. Sujetó el rifle con una mano, dispuesto a abrir fuego en cuanto tuviera a tiro a...

Pero el francotirador no volvió a disparar y el tiempo pasó a cámara lenta, como siempre que Cosmo tenía el dedo tenso contra el gatillo.

Mientras un segundo se convertía en una eternidad, Cosmo vio el brillo del sol contra el acero del cañón de un rifle. Hacía un día maravilloso, con un cielo tan azul y claro que casi dolía mirarlo. Vio las venas de las hojas del arbusto...

Vio un uniforme verde escondido detrás de esas hojas y se siguió deslizando, cada vez estaba más cerca...

Nazi.

Jack había visto a un nazi con uniforme marrón subir a la colina.

Marrón, no verde.

Aunque puede que Jack estuviera equivocado. Ya era mayor y puede que le hubiera fallado la vista. Seguro que se confundió.

Pero el cañón no se movió. Y no se movió.

Ese tío no era un suicida. Era un jugador. ¿Y cómo ganaba un jugador una partida que tenía perdida?

La luz del sol que se reflejaba en el cañón del rifle bailó, pero fue porque Cos se había movido. El rifle no se movía, estaba quieto, en el mismo lugar, mientras el dedo de Cosmo iba apretando lentamente el gatillo.

Y más abajo, lejos de aquel retrato que bien podría haberse llamado *Uniforme verde con rifle*, en ese mismo momento que duró una eternidad, algo se movió.

Cosmo vio algo marrón de refilón una fracción de segundo antes de apretar del todo el gatillo. Una fracción de segundo antes de dispararle una bala mortal al hombre equivocado.

Jack tenía razón con lo del uniforme.

En esa fracción de segundo que se hizo eterna, Cosmo vio, tan claro como las venas de esas hojas, los ojos de Murphy cuando le dijeron que Angelina había muerto, y también vio a Jane, llena de sangre en la playa.

Se giro, apuntó el MP-5 hacia esa dirección y se soltó de la cuerda cuando le faltaban unos tres metros para llegar al suelo rocoso de la colina.

Cosmo sintió que Decker se deslizaba por la cuerda tras él mientras él intentaba no resbalar, mientras se abría camino entre los arbustos de media altura, mientras se encontraba cara a cara con un hombre con un uniforme nazi, sangrando por tres heridas, aunque ninguna era mortal.

El hombre estaba intentando sacar una pistola que llevaba en la cintura de los pantalones, pero cuando vio a Cosmo se quedó de piedra.

Y Cosmo también.

Jane estaba sangrando. Mucho.

Jules podía ver la sangre desde donde estaba.

La había visto salir de la carpa, correr por la playa y salir rebotada hacia atrás, con violencia, cuando le habían disparado.

Y, mientras sujetaba a Robin para evitar que corriera tras ella, oyó los disparos de un arma automática. Se detuvieron, y luego volvieron a disparar.

Jules le dijo a Adam que se quedara con Robin. También le dijo a Tess que se quedara allí para recibir a la ambulancia y la policía, cuyas sirenas estaban cada vez más cerca.

Entonces salió corriendo hacia Jane.

Wayne, el extra que les había ayudado a Adam y a él a mover a Robin le seguía los pasos.

El chico era muy valiente.

El helicóptero les pasó por encima y Cosmo tomó un atajo para llegar hasta Jane antes de aterrizar deslizándose por una cuerda y corriendo hasta ella mientras PJ hacía un aterrizaje nada ortodoxo un poco más lejos.

Cosmo alcanzó a Jane al mismo tiempo que llegaba Jules, aunque cuando la vio cubierta, literalmente cubierta de sangre, se detuvo en seco.

Pero entonces ella se sentó.

Era como una escena de esas películas de terror. Abrió los ojos y se sentó.

Cosmo dejó caer el arma y la miró. Tenía la respiración entrecortada y el pulso acelerado, y no era precisamente por la pequeña carrera que acababa de pegarse.

Jane lo miró. Ninguno de los dos dijo nada.

Jules cogió a Wayne por el brazo y lo sujetó.

Jane se abrió la chaqueta y les enseñó las bolsas de sangre vacías. Sangre falsa.

—Ni siquiera me dio. Cuando escuché el ruido de los disparos me tiré al suelo.

Cosmo asintió. Miró a Jules.

—Vamos a necesitar una bolsa para un cadáver en la colina —tenía la voz rasposa, así que tragó saliva y se aclaró la garganta—. Decker sigue allí. Tiene el arma y a un chaval que nuestro hombre había tomado como rehén. El chaval está inconsciente. Drogado o algo así. Estaba colocado detrás del rifle. Estoy seguro de que quería que pensáramos que era el asesino y que lo matáramos, mientras él bajaba la colina y salía con los demás extras —se giró y volvió a mirar a Jane—. Creí haberte dicho que te quedaras detrás del coche, en la carpa.

—No podía —dijo ella.

Él asintió y entonces se alejó un poco. No mucho. Unos cuatro o cinco metros. Se sentó en la arena. Se rodeó las rodillas con los brazos y se quedó mirando el océano.

PJ llegó corriendo, con el botiquín en la mano, como si les hubiera servido de mucho si de verdad hubieran disparado a Jane en la cabeza.

—Tienes conocimientos médicos, ¿verdad? —le preguntó Jules.

PJ asintió.

—Nos puedes ser de mucha ayuda en las carpas —continuó Jules—. Tenemos a un montón de extras heridos. Ningún grave; Robin quizá sea el que está peor. Es el primero en la lista de la ambulancia.

Jane lo miró, asustada, y Jules la ayudó a levantarse.

—Ha preguntado por ti —le dijo él.

Ella dudó un segundo, mirando a Cosmo.

—Cos, ¿vienes? —le preguntó Jules.

Cosmo se giró un poco, lo suficiente para dirigirse a él, aunque ni siquiera los miró por encima del hombro.

—Dentro de un minuto —dijo—. Dadme sólo un minuto.

28

Cuando Jules llegó al hospital, Adam estaba en el vestíbulo, sentado junto a Jack Shelton. Jane Chadwick también estaba allí, al fondo, junto a la tienda de refrigerios, atendiendo a unos periodistas.

Y eso significaba que su hermano estaba bien, ¿no? Había intentado llamarla durante todo el camino pero siempre le saltaba el buzón de voz. Se había pasado el rato imaginándose lo peor.

—Robin ya ha salido del quirófano. Se va a poner bien —le dijo Adam, y fue tal el alivio que tuvo que sentarse—. Ha salido el doctor y ha dicho que una bala le había tocado una arteria, pero lo han podido arreglar y ahora descanssa tranquilamente. ¡Ja! Menuda idiotez. ¿Cómo va a estar tranquilo si le han disparado? ¿Estás bien, J?

Jules levantó la cabeza.

—Sí. Es que… —movió la cabeza. Gracias a Dios.

—No estás acostumbrado a estar al otro lado, ¿eh? —dijo Adam, levantándose y metiendo unas monedas en una máquina de refrescos—. Bienvenido a mi mundo.

Mientras se rascaba la nuca, Jules escuchó lo que Jane les estaba diciendo a los periodistas.

—La historia que explicamos en *American Hero* no tiene nada que ver con el juez Lord, aunque el hecho de que Hal creciera en un entorno nada tolerante lo obligó a esconder su verdadera naturaleza. Toda su vida fue una mentira, a excepción de unos pocos días en París en 1945.

Adam le colocó una botella de Coca-Cola, fría y burbujeante, en las manos.

—Para ti ha sido un día más, ¿no? —le dijo.

Jules se rió.

—No —contestó. Movió la cabeza mientras abría el refresco y bebía un buen sorbo. Azúcar y cafeína: dos grupos alimenticios esenciales—. Gracias.

Adam se encogió de hombros y se sentó a su lado.

—No, hoy ha sido… un gran día —dijo Jules—. Un día muy largo —miró a Adam, que todavía iba vestido de Jack. En la cara llevaba maquillaje, suciedad y sangre—. Si no lo hubieras ayudado, Robin seguramente se había muerto desangrado.

—Yo no le ayudé —dijo Adam, restándole importancia—. Fue Wayne.

—Sí, bueno, pero tú fuiste a buscar a Wayne y te quedaste allí en la playa con él. Estuviste muy bien. Estoy… orgulloso de ti —Jules le ofreció la mano.

—¿Eso es todo? —dijo Adam—. ¿Le salvo la vida a Robin y lo único que obtengo es una encajada de manos?

Jules se rió.

Adam también, y se inclinó para abrazarlo.

Pero Jules levantó la mano.

—Sí, lo único que obtienes es una encajada de manos —dijo—. Y mi eterno agradecimiento.

Adam ya no reía. Le dio la mano a Jules y lo miró a los ojos, como si buscara algo.

—Esta vez hemos terminado de verdad, ¿no es así?

—Sí —dijo Jules y, por primera vez, sintió que era verdad. No era una sensación agradable, pero tampoco era devastadora. Era… natural. Liberó su mano de la encajada de Adam.

Adam se levantó. Avanzó unos pasos y se giró.

—¿Estás seguro?

—Sí, muy seguro —dijo Jules.

—Si crees que Robin va a…

—No lo creo —dijo Jules—. Adiós, Adam —nunca había pronunciado esas palabras. Siempre utilizaba alguna versión menos definitiva, como «Ya nos veremos», «*Au revoir*», «Hasta la vista»…—. Que tengas mucha suerte con la película.

No iría a verla, pero Adam seguramente ya lo sabía.

Adam miró a Jack, que estaba sentado ahí al lado, haciendo un gran esfuerzo por no escuchar su conversación.

—¿Quieres que te lleve? —le preguntó Adam.

Jack negó con la cabeza.

—No, gracias. Viene a recogerme Scotty.

Adam asintió y dibujó una sonrisa forzada.

—Nos vemos en el set, Jack —ni siquiera se giró a mirar a Jules mientras se alejaba.

Aunque era algo muy típico de Adam. Mientras Jules lo observaba, se puso las gafas de sol y salió bajo el sol californiano sin mirar atrás.

Desde el otro lado de la máquina de refrescos, Jack dijo:

—Es muy extraño ver tu vida en la gran pantalla.

Jules miró a su alrededor porque no estaba seguro de si hablaba con él. Pero allí cerca no había nadie más, así que sonrió, educado.

—Ya me imagino.

—Escuchar palabras que dije hace más de sesenta años, ver los errores que cometí reproducidos por actores... Pero, para ser sincero, joven, verte a ti y a Robin Chadwick... —Jack agitó la cabeza—. No, perdona, ver cómo miras a Robin me hace recordar, casi como si fuera ayer, lo doloroso que fue.

Jules se pasó una mano por la cara mientras se reía.

—¿Tan obvio resulta?

—Sólo para mí.

—No sé qué es lo que tiene.

—Magia —dijo Jack—. Pero bebe demasiado —chasqueó la lengua—. La pregunta que uno tiene que hacerse es si merece la pena sufrir por una cara bonita.

—¿Crees que si fuera a una clínica de rehabilitación...? —Jules se detuvo y se rió—. Escúchame. ¿Qué estoy diciendo? No voy a hacerme esto. Otra vez, no. Ahí fuera tiene que haber alguien que no me haga sufrir.

—Estoy seguro que sí —dijo Jack.

—Y eso lo dice el hombre cuya vida se ha convertido en una película... que no acaba con un final feliz.

—Sólo para Hal —dijo Jack.

Jules se burló de eso.

—¿No te quedaste destrozado? Venga hombre, que he leído el guión. He leído esa carta que Hal te escribió. Dios...

—«Por favor no me escribas. No te responderé —citó Jack—. No vengas a verme. No te reconoceré» —negó con la cabeza—. Tardé un tiempo, varios años, en darme cuenta de que no tenía por qué ser una carta cruel. En realidad, me estaba evitando sufrimiento. Hal sabía que no podía darme lo que yo necesitaba: un amor del que pudiéramos disfrutar sin tenernos que esconder. Y podríamos haber estado juntos, sí. En secreto, en la oscuridad, escondiéndonos y diciendo mentiras, compartiendo unos cuantos días juntos cada cinco o seis meses. Si no me hubiera escrito esa carta, Hal habría podido tenerlo todo. A su familia, su carrera, su mujer, su vida. Y a mí también. Pero, en lugar de eso, me dio la libertad.

—¡Jack! —un señor muy elegante y con el pelo blanco acababa de entrar en el hospital—. ¡Gracias a Dios que estás bien! —se paró delante de Jack, fijándose en las manchas de polvo en lo que eran unos pantalones perfectos y la camisa Armani—. ¿Estás bien?

Y entonces fue el turno de Jules para fingir que no los escuchaba.

—Sí —dijo Jack, mientras los dos se abrazaban—. Jane insitió en que me viera un médico.

—¿Y?

—Unos cuantos moretones —dijo Jack—. Y la cadera dolorida. Nada que un buen rato en el jacuzzi no pueda arreglar.

—En las noticas han dicho que ayudaste a salvar cientos de vidas.

—Bueno, la palabra clave es «ayudar» —dijo Jack, modesto.

—Cosmo Richter me dijo que fuiste tú el que vio al extra con el uniforme nazi subir a la colina con el rifle —Jules no pudo evitar intervenir en la conversación, y Jack y su pareja lo miraron—. Sin esa información, Cos seguramente habría matado a un inocente.

—Jules Cassidy, Scout Cardaro —los presentó Jack—. Jules es agente del FBI. Scotty es mi actual ligue.

Scout se rió mientras le daba la mano a Jules. Le brillaban los ojos en una cara bonita y joven a pesar de las arrugas.

—¿No lo oyes? La semana que viene cumpliré setenta y un años. Hace décadas que me renuncié a la etiqueta de ligue.

Y cuando utiliza la palabra «actual», la gente suele pensar que me mudé con él la semana pasada —le lanzó una mirada exasperada y afectiva a Jack—. En diciembre hará cuarenta y nueve años que estamos juntos.

Jules se incorporó.

—¿Cuarenta y nueve? ¡Vaya! —cuarenta y nueve años era casi toda una vida—. Felicidades.

—Gracias —dijo Jack. Se giró hacia Scout—. Estábamos hablando de la película. A Jules le parece que no acaba bien.

—Sólo para Hal —dijo Scout, repitiendo las mismas palabras que había dicho Jack hacía unos instantes—. Personalmente, cuando Hal muera, pienso levantarme y aplaudir —sonrió—. No paso un día sin agradecerle a Harold Lord lo que hizo. ¿Conoces el refrán? Cuando Dios cierra una puerta, abre una ventana —le guiñó el ojo a Jules—. Algún día te invitaremos a cenar y te explicaremos cómo me colé por la ventana de Jack. Pero, ahora, el jacuzzi nos reclama.

Jack también le guiñó el ojo.

—A veces tienes suerte y la cara bonita viene con el paquete.

Mientras Jules los miraba divertido, Scout ayudó a Jack a levantarse. Se cogieron del brazo y los dos se fueron a casa. La casa que habían compartido durante cuarenta y nueve años. Sin esconderse.

Cosmo había desaparecido.

Sin embargo, Jules Cassidy estaba sentado en el vestíbulo, esperándola.

Jane lo vio cuando se despidió de los periodistas al terminar la entrevista.

Hoy no había muerto nadie, y estaría por siempre agradecida por ello.

Bueno, nadie excepto el hombre que había matado a Angelina y, por mucho que lo intentara, no podía sentir lástima por él.

Cosmo le había disparado. Y, por supuesto, ya corría el rumor de que lo había hecho a sangre fría. El hombre estaba herido, a su merced y él…

—El nombre real del señor Chalado era John Bordette —le dijo Jules, cuando se levantó para recibirla—. Tú lo conocías como Carl Linderman, pero también utilizaba otros nombres, como Barry Parks y John Weaver. Es posible que tuviera otros alias, pero todavía no los hemos descubierto. De hecho, pagaba impuestos para cada una de esas identidades. Y por eso lo pillamos, porque pagaba impuestos —agitó la cabeza—. Estoy seguro de que el auténtico Carl Linderman está enterrado en el sótano de su casa. Pero tenía casi ochenta años y estaba inválido. Había dejado de pagar impuestos hacía cuatro años. Y entonces, el año pasado, empezó a pagarlos otra vez, por unas ganancias en acciones. No estamos hablando de mucho dinero. Dieciséis o diecisiete mil dólares anuales. Pero era muy raro que, de repente, volviera a declarar todo aquello. Así que Hacienda lo puso en la lista de «esto es muy extraño». Cuando la cruzamos con tu lista de extras, coincidió. Cosmo fue a su casa y…

—¿Has visto a Cosmo? —preguntó Jane.

—Estoy aquí.

Jane y Jules se asustaron, porque no lo habían visto. Llevaba los pantalones asquerosos y una camisa de cuadros escoceses. ¿Llevaba eso esta mañana cuando había salido de casa? Cuando se acercó, a Jane se le hizo un nudo en la garganta.

«Prométeme que nada de riesgos estúpidos».

La manera cómo la había mirado en la playa no era de enfado, ni de rabia, era distinta a cualquier emoción que le hubiera visto antes en la cara, incluso el día que le había dicho lo de Murphy.

—Siento haber tardado tanto en llegar —le dijo Cosmo—. Cuando te fuiste al hospital con Robin, tuve que quedarme a hablar con la policía, el FBI, el Ejército… —miró a Jules—. Creo que también estaban los guardacostas.

Jules se rió.

—Sí, me parece que sí. Y luego incluso vi a unos fiscales de la Marina.

—Me entretuvieron un buen rato —le dijo Cosmo a Jane—. Y, cuando llegué, estabas dando una entrevista para la televisión —se volvió a girar hacia Jules—. ¿Hemos podido relacionar a nuestro hombre…? ¿Cómo se llama?

—John Bordette —dijo Jules.

—¿Está relacionado con la Red de Liberación?

—Sólo bajo la identidad de Barry Parks, que aparecía en la lista de miembros. Pero no es suficiente. También era miembro de la Asociación de amigos de la biblioteca pública de Springfield, y eso no convierte a la biblioteca en responsable de sus acciones —Jules movió al cabeza—. Creemos que es más posible que Bordette quisiera añadir el asesinato de Mercedes en su currículum para ver si así podía acceder al centro sagrado de la Red de Liberación. Tenemos pruebas de que estuvo en Idaho Falls justo antes del asesinato de Ben Chertok. También es posible que hayamos aclarado el misterio que rodeó a un suicidio que no estaba relacionado con este caso pero que sucedió sobre aquella época. El chaval se pegó un tiro y su familia insistía que era imposible que lo hubiera hecho él. Resulta que trabajaba en la misma tienda que Bordette. Era el mismo estilo de chico problemático y solitario que Mark Avery. La verdad es que las similitudes entre ambos ponen los pelos de punta.

—Mark Avery es el chico que, supuestamente, Patty mató, ¿no? —dijo Cosmo, intentando aclararse.

—Nosotros creemos que la cosa fue así —dijo Jules—. John Bordette, un psicópata en potencia, aspira a convertirse en uno de los tenientes de Tim Ebersole en la Red de Liberación. Es su sueño, como un de esas películas de colegas. John y su nuevo mejor amigo, Timmy, quieren convertir «los Estados Unidos en un lugar seguro para los estadounidenses de verdad», tienen grandes planes. Pero Tim ignora las llamadas de John, no entiendo por qué, la verdad, y John se imagina que tendrá que demostrarle a la Red de Liberación de lo que es capaz. Decide eliminar a su mayor enemigo, el fiscal del distrito Ben Chertok, y le pega un tiro. El chaval de la tienda sabía demasiado o había participado de alguna manera en el asesinato. En cualquier caso, John se deshace de él en las afueras de la ciudad, haciendo que parezca un suicidio.

»Se esconde durante un tiempo, se asegura de que no es sospechoso de asesinato y llama a Tim. Pero, mira por dónde, Tim sigue ignorándolo. A los de la Red de Liberación les importa un pepino la ejecución de Ben Chertok. Johnny está como al principio. Se sienta y se relaja; seguramente mató a Carl Linderman para alegrase el día y para añadir una nueva identidad a su lista. Pero entonces, ¿a que no os imagináis lo que ve en la página web de la Red de Liberación? —Jules miró a Jane—. Tu cara en medio de un objetivo telescópico. Pero, esta vez, John no va a matarte así como así. Se asegurará de que la gente sepa que va a hacerlo, y lo hará a pesar del equipo de seguridad que te sigue veinticuatro horas al día, siete días a la semana.

»Conoce a Mark Avery y lo engaña desde el principio, porque lo que quiere es hacer mucho ruido y generar mucho peligro pero, después, hacerte creer que la amenaza ya no existe. Todo empieza con ese disparo en tu casa por la noche, mientras el coche de Mark pasaba por allí.

»Seguramente, le había dicho a Mark que vigilara un poco la calle y luego se colocó en algún lugar detrás de la casa, esperó a que llegara Mark y disparó.

»Luego esperó unas horas y volvió a casa. Manchó la matrícula con barro, por si acaso, pero seguro que no se imaginaba que Cosmo estaría allí, escondido en la oscuridad, vigilando la calle tantas horas después del incidente —hizo una pausa—. ¿Alguna pregunta?

—Pero todo esto no es seguro, ¿no? —dijo Jane—. Es sólo una teoría vuestra.

—Algunas cosas sí que son seguras —le dijo Jules—. Además, cuando se trata de teorías así solemos acercarnos bastante a la verdad.

—¿Como hicieron los que describieron el perfil del asesino, que insistían en que trabajaba solo? —preguntó Jane.

—Hay una gran diferencia entre trabajar con un socio o en equipo y formar una alianza temporal con alguien que no conoces de nada —le dijo Cosmo—. Los perfiles decían que nuestro hombre no trabajaba en equipo, y era verdad.

—Vale —dijo Jules—. Johnny consigue varios uniformes de la segunda guerra mundial, seguramente con la ayuda de Mark, y se presenta al casting bajo el nombre de Carl Linderman. Tiene acceso al set, desde donde envía aquel e-mail y consigue que se cierren los estudios. Luego llega el accidente de los focos, y estamos prácticamente seguros de que fue un accidente, y por suerte para Johnny la historia sólo consigue más protagonismo en las noticias. Le gusta pero todavía hay gente que no se lo toma en serio, probablemente Tim Ebersole.

»Así que le dispara a Angelina para asegurarse de que ha llamado la atención de todo el mundo. Luego secuestra a Patty y hace que parezca que lo ha matado. Pero resulta que el muerto es su nuevo amiguito, Mark Avery. John sigue ahí fuera y tú sigues en peligro, pero se supone que vas a salir de tu encierro y que nosotros estaremos demasiado ocupados celebrándolo, pero decide no matarte cuando salgas de casa, gracias a Dios. Porque si quiere que Tim se lo tome en serio tiene que hacerlo a lo grande.

»Así que planea sacarte a la calle mientras filmas la enorme secuencia de la batalla, que seguramente saldrá en las noticias. Cuando apareces en la playa, y se lo pones más que fácil al presentarte allí el primero de los cuatro días de rodaje, duerme a algún extra con el mismo tranquilizante de caballos que usó para drogar a Patty, y esto es un hecho.

—Pero, ¿cómo entró el rifle en la playa? —preguntó Jane.

—El rifle y una pistola —corrigió Cosmo—. Sólo necesitaba tener la información con un poco de antelación y, como tenía un uniforme, seguramente fue de los primeros a los que HeartBeat llamó.

—Seguro —dijo Jane—. Ellos se encargaron del casting, pero trabajaban con nuestras listas.

—Lo llamaron y le dijeron el día y la hora —especuló Cosmo—. Seguramente preguntó si habría seguridad adicional. En plan: «¿No acaban de matar a alguien relacionado con la película?». Y entonces debieron decirle lo del detector de metales y la verja metálica, asegurándole que estaría a salvo. Me apuesto lo que sea a que vino esa misma noche, antes de que colocaran la verja, y enterró las armas en la playa.

Jules asintió.

—Varios extras han dicho que vieron a alguien cavar una especie de trinchera justo debajo de la colina. No le dieron demasiada importancia pero… Ahí lo tenéis —suspiró—. Mirad, si no necesitáis nada más, me voy a ir al hotel. Si hay alguna novedad… Bueno, estaremos en contacto.

—¿Cuánto tiempo vas a quedarte por aquí? —le preguntó Jane.

—Seguramente, unos cuantos días —respondió Jules.

—¿Vendrás a ver a Robin antes de irte? —preguntó ella—. Bueno, ahora no, porque está dormido pero… quizás mañana —Robin había estado preguntando por él en la ambulancia.

—No sé si tendré tiempo —le dijo Jules y a Jane se le heló el corazón. Era su forma educada de decir que no.

—Dale una segunda oportunidad, por favor —dijo Jane—. Todo el mundo merece una segunda oportunidad, ¿no? Jules, serías perfecto para él.

No podía creerse que estuviera diciendo eso, no podía creerse las muchas ganas que tenía que su hermano tuviera una relación con otro hombre.

Un hombre al que era obvio que adoraba y que le correspondía.

Jules se rió.

—No estoy seguro que él estuviera de acuerdo. Exactamente, no está… —negó con la cabeza—. ¿Sabes lo que le iría bien? Un programa de rehabilitación de treinta días, aislado de todo, y unas cuantas sesiones de psicoanálisis —cogió el maletín—. Os llamaré mañana. Todavía seguimos buscando las cosas de Bordette. Se lo llevó todo, seguramente a un guardamuebles. Esperamos encontrar un ordenador. ¿Quién sabe? Escribió un diario falso para Avery. A lo mejor escribía uno real él mismo —le dio la mano a Jane, y luego a Cosmo—. Habéis hecho un buen trabajo, chicos.

Y ahí estaba. Sola con Cosmo, bueno y con la señora de recepción, y con Deck, Tom y los demás que la esperaban en el parking para llevarla a casa.

—¿De qué tienes tanto miedo? —le preguntó Cosmo—. Soy yo el que tiene que disculparse.

¿Lo decía en serio? Le había dicho claramente que se quedara debajo de la carpa.

—En la playa he perdido el control —dijo Cosmo. Lo decía en serio—. Yo… Es que… —negó con la cabeza—. Con Robin herido, lo último que necesitabas era que yo me pusiera de esa manera y… lo siento. Siento no haber estado a tu lado.

Jane lo miró.

—Soy yo la que lo siente… por asustarte. Pero, Cos, Dios mío, tenía que hacerlo. Me llamó y me dijo que iba a matarte. Pensé que si podía distraerle, si podía hacerle creer que me había dado… No podía quedarme ahí sentada y dejar que te matara. No podía.

—Ya lo sé —Cosmo se sentó en una de las sillas de plástico. Parecía agotado. ¿Y eso que tenía en las mangas de esa horrible camisa era sangre reseca?

—¿No estás… enfadado? —preguntó ella, sentándose a su lado.

Él negó con la cabeza, no.

—Janey, te conozco. Pensaste que podrías ayudar. Y no puedo enfadarme contigo por hacer exactamente lo que yo hubiera hecho en tu lugar pero ¿conoces el concepto de preparación y entrenamiento? ¿Algo que yo he hecho y tú no?

—Pero… engañé a Bordette, ¿no?

Cos la miró, con la mandíbula temblorosa. Se quedó callado unos segundos, pero ella esperó.

—También me engañaste a mí. Se me paró el corazón —le dijo, al final—. Casi dejo que me dispare.

—¿Qué?

—Bordette tenía una pistola. Se le encalló en la funda. Pero estaba a punto a dispararme de todas formas, a través de la funda si era necesario.

—Oh, Dios mío…

—Lo pensé. Pensé en dejar que lo hiciera.

Lo decía en serio. Jane lo abrazó.

—Cosmo…

Él también la abrazó con fuerza.

—Dios, estaba ahí de pie, y pensé en lo duro que iba a ser vivir el resto de mi vida sin ti. Pensé en Yasmin, que perdió a su marido y a sus hijos y me maldijo por haberle salvado la vida. Y pensé en los ojos de Murphy…

—Oh, Cos… —ese día había estado más cerca de convertirse en una tragedia de lo que ella imaginaba. Casi no podía respirar.

—Sólo fue un segundo. O menos. No me da miedo morir pero… no va a ser así. Y luego, en la playa, cuando estabas bien y…

—Estoy bien —le dijo Jane—. Estoy bien y tú… —le miró los brazos y le arremangó la camisa—. Tú estás herido.

—Tenía un plan —le dijo él, como si no la hubiera escuchado, como si ella no hubiera visto los cortes y la sangre reseca en los brazos—. Había pensado que cuando todo esto terminara y estuvieras a salvo, te invitaría un día a cenar a casa de mi madre. Y si sobrevivías, si no salías corriendo de la casa, te pediría que te casaras conmigo.

Madre mía...

—Espera, no es eso —continuó él, apartándole el pelo de la cara y limpiándole con el pulgar una mancha de no sé qué que tenía en la mejilla—. Parece que esté diciendo... —hizo otra pausa—. Lo que quería decir es que, si vivir conmigo iba a ser una tortura para ti, no te lo pediría. Mira, mi madre es una parte muy importante de mi vida y... Te quiero, Janey, pero no quiero hacerte desgraciada.

Jane no podía creerse lo que le estaba diciendo.

—¿En serio ibas a pedirme que...? —En pasado. Él *tenía* un plan.

—Soy un Seal —le dijo—. Nuestro país está en guerra, y podría morir. Dios sabe que mejores hombres que yo han caído. Pero puede que el próximo sea yo... y te dejaría para siempre —la miró a los ojos—. Nunca había entendido qué significaba eso, qué se sentía. Pero lo de hoy... me ha abierto los ojos.

—¿Y ya está? —dijo Jane—. ¿Tienes esta epifanía y me quedo sin conocer a tu madre?

Cosmo tenía los ojos llenos de lágrimas y le sonrió, una sonrisa muy triste.

—Te quiero demasiado.

—¿Demasiado? —dijo ella—. No creí que eso fuera posible tratándose de amor.

—No quiero que te sientas como yo me he sentido hoy —Cosmo movió la cabeza—. Sólo han sido unos minutos, pero ya he tenido suficiente para una vida entera.

—¿De verdad crees que nunca he pensado que te ganas la vida de una manera peligrosa? —le preguntó ella—. ¿Crees que me acabo de enterar? Gran titular: «Cosmo podría morir». Dices que me conoces pero si crees que eso me va a asustar es que no me conoces tanto. Me quieres. Demasiado… signifique lo que signifique —le dijo, con la voz temblorosa—. Yo te quiero ferozmente. Con eso a nuestro favor, ¿qué puede salir mal?

Cosmo la besó y Jane supo que todo iba a salir bien.

—Dilo otra vez —le pidió él.

—Te quiero ferozmente —le dijo ella, aunque arruinó un poco el impacto de una palabra tan intensa como «ferozmente» cuando empezó a llorar. Aunque a él pareció no importarle. En realidad, pareció que le gustó, porque sus ojos también estaban sospechosamente húmedos.

—Y eso nos basta para enfrentarnos a lo que la vida nos traiga —dijo él.

Jane lo abrazó y…

—Perdón, buscamos a un tal Cosmo Richter.

Cos la soltó, ella miró hacia arriba y vio a dos policías.

—Mierda —dijo Cosmo—. Perdona —miró a Jane, que no sabía qué pasaba—. Creo que me van a detener por robar un coche.

—¿Qué? —exclamó ella, riéndose—. ¿Hablas en serio?

Pero Tom Paoletti y Decker se acercaron. Interceptaron a los dos policías y los sacaron del vestíbulo del hospital, lejos de Jane y de Cosmo.

—Lo siento, agentes, no puedo acompañarles —dijo Cos mientras se perdía en los ojos de Jane—. Tengo otros planes para esta noche.

29

Robin había recibido un montón de visitas en el hospital durante los últimos dos días.

Adam había venido dos veces, algo que se le hacía muy extraño.

Janey y Cosmo venían cada mañana y cada noche.

Harve, Guillermo y Gary, benditos sean, le pasaban botellas de whisky, sin que se enteraran las enfermeras.

Incluso su padre vino con como se llame, su mujer actual, aunque no se quedaron demasiado rato.

Sin embargo, no sabía nada de Jules.

A Robin le hubiera gustado, al menos, darle las gracias por salvarle la vida.

Y entonces, el tercer día, recibió la visita más inesperada del mundo.

Patty Lashane.

Robin se estaba quejando de que no daban nada bueno en la televisión a las dos del mediodía. En el canal ESPN daban lacrosse universitario femenino, que era todavía menos interesante que *Rugrats, la película*. ¿Por qué no había ningún canal donde dieran capítulos de Bob Esponja todo el día?

—¿Cómo estás, Robin? —preguntó Patty.

Y, de repente, esas mujeres con aquellos enormes palos de madera en la mano y las faldas escocesas parecían fascinantes. Robin consiguió dibujar una sonrisa mientras apagaba el televisor.

—Bastante bien —dijo—, teniendo en cuenta que me dispararon. Dos veces.

—Ya lo sé —dijo ella.

—Bueno, eh… tú también has pasado lo tuyo, ¿no? —comentó Robin.

—No recuerdo nada —respondió Patty.

Llevaba un traje pantalón y unos zapatos muy bonitos. Se había cortado el pelo.

—Estás muy bien —le dijo Robin mientras ella se sentaba en la silla que había junto a la cama.

—Gracias —dijo ella—. He quedado para comer.

—¿Con Wayne? —preguntó Robin.

Ella lo miró fijamente.

—No. Con Victor Strauss.

—¿El director?

Paty se puso a la defensiva.

—¿Es tan difícil de creer?

—No, claro que no. Tú tienes, ¿qué?, veinte años y él noventa. Esto es Hollywood. ¡A por él, chica!

—No es tan viejo —protestó Patty.

—¿Y qué me dices de Wayne?

—¿Wayne Ickes? —Patty se rió como si Robin hubiera explicado un chiste—. Sólo somos amigos.

—Ayudó a salvarme la vida —le dijo Robin—. Deberías haberlo visto… todo un héroe. Todo el mundo corría a ponerse a cubierto y él se quedó a mi lado. Adam también —algo que había sido la mayor sorpresa del siglo. Pero no quería hablar de Adam. No con Patty, que sabía que ellos… ¡Dios!—. Wayne es muy valiente, es buen chico y está claro que le gustas.

Patty jugó con el asa del bolso y Robin supo que aquella actitud de despreocupación era mentira.

—Está saliendo con Debbie, la chica nueva —admitió, al final, y cuando levantó la cabeza, tenía los ojos llenos de tristeza.

—Vaya —dijo Robin.

—Cree que estoy con Victor, que salgo con él, porque vio las flores que me envió cuando estaba en el hospital y… —agitó la cabeza—. Estoy segura de que Victor sólo quiere lo mismo que tú.

¿No me digas, Sherlock?

—Aunque él no lo finge —dijo Patty—. No es gay.

—Yo tampoco —protestó Robin—. Yo sólo… bueno, por casualidad, mantuve relaciones con… bueno, otro hombre.

—¿Por eso te acostaste conmigo? —le preguntó ella—. ¿Para que la gente pensara que eras hetero?

—No soy gay —dijo Robin, con un toque de desesperación en la voz—. Iba muy borracho y… me dejé llevar por el personaje y… ni siquiera estoy seguro de lo que pasó esa noche con Adam. No recuerdo casi nada.

—Me hice la prueba del sida —le dijo ella—. Ha salido negativa.

Sida. Dios mío.

—Qué bien —dijo Robin—. Mira, Patty, sé que todavía estás muy enfadada conmigo pero…

—No se lo diré a nadie —dijo ella—. Pero me debes una. Me suplicarás que te llame. Acuérdate de mi nombre, porque algún día seré productora, así que leerás todos los guiones que te mande y…

—¿Me estás haciendo chantaje?

Ella le mostró la más dulce de sus sonrisas.

—Claro —se levantó—. Tengo que irme. Sólo he venido para que supieras que no estaba embarazada. Bueno, para que no te preocuparas más.

¿Embarazada?

—¡Buf! —resopló él.

—Eres un imbécil. Ni siquiera te acordabas, ¿a que no?

—He tenido otras cosas en la cabeza —admitió Robin. Intentó cambiar de tema—. Deberías llamar a Wayne y decirle la verdad de lo que hay entre Victor y tú.

—Es demasiado tarde —dijo ella.

—Nunca es demasiado tarde —respondió él—. ¿Quieres que lo llame? Lo llamaré, ¿vale?

Patty negó con la cabeza.

—¿Recuerdas algo de esa noche en mi casa? —le preguntó.

Robin no le contestó. Era muy irónico. Apenas recordaba nada de las noches que había pasado con Patty y Adam. Sin embargo, recordaba cada beso que se había dado con Jules. Con todo lujo de detalles.

—Sí —mintió, porque ya le había hecho suficiente daño—. Recuerdo que estuvo muy bien.

—Duró unos diez segundos —le informó ella—. Ni siquiera llegué a… ya sabes. Y luego empezaste a vomitar por todo el baño. Es una escala del uno al diez, tú estás por debajo del cero.

—Vaya, oye, muchas gracias por venir —dijo él—. Me has alegrado el día.

Ella se dirigió hacia la puerta.

—Me alegro de que no te murieras.

—Yo también me alegro de que tú tampoco te murieras —le dijo Robin—. Y gracias por… ya sabes —no ir corriendo al *National Voice* a explicar su historia.

—El hecho de que llames a Wayne no quiere decir que estemos en paz. Sigues estando por debajo de cero —dijo, y salió por la puerta.

—Bueno, veo que ha ido bien —Jules entró en la habitación de Robin, dándole un susto de muerte. Debía de estar fuera, esperando. Llevaba la ropa de agente del FBI: traje oscuro, camisa blanca y corbata roja.

—Ah —dijo Robin, que consiguió dibujar una sonrisa. ¿Habría escuchado toda la conversación?—. Es el día de las visitas inesperadas. Menuda suerte la mía.

—Aquí hace calor —Jules se quitó la chaqueta antes de sentarse en la misma silla que Patty.

—Es que tenía frío y como la manta me pesaba demasiado, por la pierna…

Jules empezó a arremangarse la camisa.

—He venido a despedirme.

Robin dejó de intentar sonreír.

—¿Vuelves a…?

—A Washington —le dijo Jules—. Mi trabajo está allí.

Robin no sabía qué decir, y mucho menos con ese nudo en la garganta.

—¿Te ha dicho tu hermana que hemos encontrado el ordenador de Bordette? —le preguntó Jules.

—Sí —Robin bebió un sorbo del vaso—. El tío era un solitario. Que escribiera un diario como ése es… asqueroso. Jane dice que escribía unas poesías bastante repulsivas.

—No creas. Algunas estaban bien —dijo Jules—. Aunque muy oscuras.

Y se quedaron así, mirándose, un buen rato.

—¿Los médicos te han hablado del programa de rehabilitación? —le preguntó, al final, Jules y Robin asintió—. Tienes que tomártelo con calma. No esperes poder correr cinco kilómetros al día siguiente de salir del hospital.

Robin asintió.

—Adam me dijo que, hace unos años, te dispararon.

No estaba seguro de qué había sorprendido más a Jules, que hubiera mencionado a Adam o el hecho de que Adam y Robin hubieran hablado de él.

Pero se recuperó enseguida, e incluso sonrió.

—Vaya, y yo que pensaba que cuando estabais juntos no hablabais demasiado.

—Hablábamos mucho —le dijo Robin—. Sobre todo, de ti.

—Ah, vale, entonces eso lo arregla todo —soltó aire con fuerza—. Creo que es hora de que me vaya.

Robin hizo un mal gesto, o se movió demasiado deprisa, o a lo mejor era una señal de Dios, pero gritó por la repentina punzada de dolor.

Al momento, Jules estaba a su lado.

—¿Estás bien? ¿Quieres que avise a la enfermera?

Robin negó con la cabeza. «No te vayas». No lo dijo. No podía decirlo. Fingió que las lágrimas que le brotaban de los ojos eran una respuesta involuntaria al dolor físico, que sólo eran un efecto secundario, igual que el sudor que notaba en la frente y en el bigote. Bebió un sorbo del vaso y se tranquilizó.

—¿Cómo llevas el dolor? —le preguntó Jules.

—La enfermera jefe me ha cogido cariño —dijo Robin—. Estoy bien.

Jules se acercó un poco más.

—Hueles a whisky.

—Sí, bueno —dijo Robin. De tan cerca, podía oler la colonia de Jules. Siempre olía tan bien. Y tenía unos ojos tan marrones—. Y luego están mis considerados amigos.

—He sido un estúpido por pensar que saldrías sobrio del hospital —Jules estaba muy enfadado—. Maldita sea, Robin…

—Eh, venga… —Robin hizo un mal gesto y el dolor volvió a paralizarlo—. Joder, joder, joder…

Cuando abrió los ojos, Jules estaba oliendo el contenido del vaso. Luego fue al baño y lo tiró por el lavabo.

—Sé lo fútil que es esto —dijo, cuando volvió a la habitación—, porque, cuando me vaya, lo volverás a llenar.

—Entonces, no te vayas —dijo Robin, en broma.

Jules se lo tomó en serio.

—¿Y esperar a la próxima vez que te emborraches y vuelvas a sentir curiosidad? No, gracias, me voy a casa —le llenó el vaso de agua y se lo dejó en la mesilla—. ¿Sabías que Jack y su pareja, Scotty, llevan juntos casi cincuenta años?

¡Guau!

—¿Quieres decir… juntos juntos?

—Quiero decir comprometidos el uno con el otro. Del todo. Algo que incluye fidelidad. No es un concepto exclusivamente hetero, ¿lo sabías? Y vivieron felices para siempre.

—Joder —dijo Robin—. ¿Sexo con una sola persona, durante el resto de tu vida? Me parece un poco restrictivo.

—Y eso se lo dice el hetero al gay —Jules se acercó a la cama—. Se te ven las raíces.

—¿Qué es esto? ¿El día nacional de machacar a los inválidos?

—Tienes el pelo mucho más oscuro de lo que creía —Jules alargó la mano y le tocó el pelo, separándoselo para verle mejor las raíces—. Entonces, ¿qué eres? ¿Un irlandés moreno? ¿Pelo negro y ojos azules?

Robin asintió. Dios, aquello le gustaba mucho.

—Robin O'Reilly Chadwick —dijo, con su mejor acento irlandés, rezando para que Jules se apartara. O para que no lo hiciera nunca. No estaba muy seguro de lo que quería—. Buenos días, Jules Cassidy.

Jules sonrió.

—Di mejor buenas tardes.

—No para un buen bebedor irlandés.

Aquello hizo su efecto. Jules retrocedió.

—Tengo que irme. El avión sale dentro de tres horas.

Robin intentó memorizarlo, allí de pie con el nudo de la corbata un poco flojo. Cuando se giró para coger la chaqueta, Robin no le miró el culo. Sólo estaba admirando lo fuerte que estaba.

Mentiroso.

Jules se colocó la chaqueta encima de un hombro y se giró para una última mirada...

—Estaremos en contacto —dijo Robin.

—No creo que sea una buena idea.

—Entonces, ¿qué es esto? ¿Adiós, que te vaya bien?

—Sí —dijo Jules—. Creo que es lo mejor.

—Pensaba que éramos amigos.

—No lo somos —le dijo Jules—. No puedo ser tu amigo porque no estás en una condición en la que realmente puedas ser mi amigo, así que...

—¿Por qué? ¿Porque no quiero chuparte la...?

—No —lo interrumpió Jules—. Porque quieres hacerlo.

—Vale —dijo, con voz cantarina, para esconder lo nervioso que estaba—. Si pensar eso te va a dejar más tranquilo... —sólo pudo hacer un ligero movimiento de hombros sin volver a gritar.

—Lo siento —dijo Jules—. Me merezco más que eso. Me merezco alguien que me quiera de verdad —le tembló la voz—. Joder, me merezco poder querer sin tener que esconderme.

—Yo también lo siento —susurró Robin.

—Cuídate —dijo Jules, y se dirigió hacia la puerta.

—¡Espera! —¿es que no iba a besarlo? ¿Una última muestra de esos besos maravillosos y que perduraban en el tiempo que Robin decía que no quería? ¿Un último contacto de labios, un pequeño baile de lenguas para recordarle lo que estaba demasiado asustado de permitirse?

«Cara bonita. Mariquita».

Jules se asomó, esperando escuchar las palabras que Robin no podía decir, no iba a decir.

—No te metas mucho con esa Peggy Ryan —le dijo Robin.

Jules asintió.

—Vale —dijo—. Gracias.

Y entonces sí que se fue.

Robin se movió un poco, el dolor se apoderó de él y dejó que las lágrimas le resbalaran por las mejillas.

—¿Qué haces? —preguntó Jane mientras salía al jardín por las puertas correderas de la sala de reuniones.

Cosmo estaba allí de pie, mirando hacia la parte posterior de la casa. Todavía buscaba esa bala perdida. No se molestó en decírselo. Jane ya lo sabía.

—Ha llamado tu madre —dijo ella—. Lleva un poco de retraso y que si podemos pasar a recogerla dentro de cuarenta de minutos…

—Lo siento —dijo él.

—No pasa nada —dijo ella—. Es muy considerado por su parte. Llamarnos para que no tengamos que estarnos sen-

633

tados en el salón, esperándola. Escuchando *El doctor Jekyll y mister Hyde*. Otra vez.

Cosmo se rió.

—Sólo tienes que pedirle que ponga otra cosa —posiblemente, su madre quería más a Jane que a él.

—No quería decírtelo —comentó Jane—, pero me encanta ese musical. Tu madre me lo va a dejar, y *Los Miserables* y *El fantasma de la ópera* también. Son mis favoritos. Así me los podré grabar y que suenen uno detrás de otro sin pausa.

Cosmo soltó una carcajada. Menos mal que no lo decía en serio.

Pero entonces, Jane empezó a canturrear el dueto del segundo acto y... ¡Dios!, esperaba que no lo estuviera diciendo en serio.

—¿Qué es lo peor de ser un Seal? —le preguntó.

—Tener que estar lejos de ti —le respondió él. Y no sólo era verdad, sino que le valió un intenso beso. ¿Qué era eso que Jane y Robin siempre decían?

«Bingo».

—Lo decía en broma —le dijo Jane, con los brazos alrededor de su cuello, los dedos en el pelo, su cuerpo contra el de Cosmo—. Lo de grabarme los musicales.

—El pelo te queda muy bien —le dijo él. Lo llevaba recogido, una especie de moño muy complicado en lo alto de la cabeza—. Pero, ¿ya te durará?

—Sólo es una prueba. Espera a verme mañana con el vestido —arqueó las cejas—. Y espera a verme sin el vestido. El equipo me ha regalado un conjunto de ropa interior especial para la ocasión.

Cosmo se quedó sin habla, así que la volvió a besar.

Cuarenta minutos. Cua-ren-ta mi-nu-tos. Antes de que pudiera sugerir... no sé... ver esa ropa interior nueva, Jane dijo:

—Será una casa genial para tener niños, ¿no crees?

¿Niños? Mierda. Cosmo se quedó callado un buen rato.

Se iban a Las Vegas, con la madre de Cosmo, nada menos, a casarse porque él tendría que irse dentro de poco y Jane no quería esperar.

Seguramente, se iría en alguna misión secreta con el Equipo Seal 16. A Afganistán o Irak durante sólo Dios sabe cuánto tiempo.

Sospechaba que muy poca gente se llevaba a su madre cuando se fugaban a Las Vegas para casarse. Pero Jane también había insistido en eso.

Una mujer exigente. Y ahora también quería niños.

—¿Vas a volver a hablar algún día —le preguntó Jane—, o te he dejado mudo para siempre?

—Sí —dijo Cosmo—. Una casa genial para tener niños.

—Eso pensaba yo. Bueno, ya sabes, dentro de unos años, cuando nos hayamos estabilizado un poco —hizo una pausa de... mmm... una décima de segundo antes de preguntar—. ¿Y qué es lo segundo peor de ser un Seal? Sin contar los entrenamientos intensivos.

Durante las últimas semanas habían hablado, sin descanso, de todas las clases de entrenamientos que Cosmo había hecho, y seguía haciendo, como parte del cuerpo de Operaciones Especiales de los Navy Seal. Sabía que Jane necesitaba escuchar todo lo que pudiera explicarle. Si sabía que si él era capaz de cuidarse durante una misión peligrosa le ayudaría a dormir tranquila por las noches.

Así que Cosmo se lo había explicado todo. Le había gustado mucho tirarse en paracaídas. También le habían gustado las clases de submarinismo y de demolición subacuática. Le encantaba la formación continua que recibían con los juguetes de los equipos, es decir, los equipos de alta tecnología que usaban mientras estaban en el «mundo real». El entrenamiento de supervivencia era interesante y el entrenamiento físico era eso, entrenamiento físico. A algunos les costaba mucho, otros los soportaban bien. La relación de Cosmo con el continuo entrenamiento físico era más agradable. Le gustaba. Lo mantenía en forma.

Había hablado de todo.

Pero ahora no lo dudó ni un segundo.

—Escribir informes.

Jane se rió, que era lo que Cosmo quería. Había cosas mucho peores que escribir informes, pero hoy era un día especial y no quería arruinarlo.

—Es verdad —dijo ella—. Algo de eso mencionaste. ¿Sabes una cosa? La gente normal tiene miedo de las alturas, de los espacios cerrados, de las serpientes…

—No es miedo —dijo él—. Es pánico. Es… algo que no disfruto especialmente.

Jane se puso seria.

—¿Y no vas a tener que escribir mucho informes si trabajas para Tom Paoletti?

—Cuando trabaje para Tom —la corrigió él. No estaba preparado para dejar el Equipo 16, al menos no hasta dentro de unos años. Pero cuando se retirara, y ser un Seal era para gente joven, y él ya casi era un viejo a los treinta y dos años, estaba invitado a unirse a la empresa de Tom Paoletti. Hacía unos días, habían estado comentando la posibilidad de que Cosmo abriera una sede de la empresa en Los Ángeles—. Aunque no será muy distinto de lo que tengo que hacer como jefe de pelotón de los Seals.

—Yo puedo ayudarte, ya lo sabes —dijo Jane.

—No —respondió Cosmo—. Gracias. Muchas gracias. Pero sé lo que tengo que hacer. Hacer una lista de los hechos y dar mi versión de lo sucedido. Es que… no sé, siempre me cuesta empezar.

—Yo estaba pensando más en ayudarte dándote incentivos para terminar deprisa y volver a casa conmigo —lo besó otra vez.

Vale. Cosmo sabía que, de ahora en adelante, estaría mucho más motivado para entregar pronto los informes.

Habían decidido no vender su piso de San Diego y Jane, que tenía un horario más flexible, viviría a caballo entre San Diego y Hollywood. Además, también había dicho que, durante esos meses en los que estuviera haciendo una película, podrían encontrarse a medio camino, en casa de la madre de Cosmo en Laguna Beach.

Para Cosmo, no era el lugar ideal para un encuentro romántico, pero le encantaba que a su prometida le gustara su madre, de corazón.

Prometida sólo por unas horas más. Mañana, a estas horas, ya sería su mujer.

Jane le sonrió.

—Así que… Cuarenta minutos… bueno, ahora ya treinta y pico. Podríamos seguir buscando balas fantasma o… ¿supongo que no querrás ver mi conjunto de ropa interior nuevo?

Jane se rió cuando Cosmo la cargó en hombros y entró en casa.

www.books4pocket.com

www.books4pocket.com